T0267073

Los hechos casuales

Juan Carlos Botero

Los hechos casuales

ALFAGUARA

Penguin
Random House
Grupo Editorial

Título: *Los hechos casuales*
Primera edición en Alfaguara: septiembre de 2022
© 2022, Juan Carlos Botero

© 2022, de la presente edición en castellano para todo el mundo:
Penguin Random House Grupo Editorial, S. A. S.
Carrera 7 # 75-51, piso 7, Bogotá, D. C., Colombia
PBX (57-1) 7430700
© 2022, Penguin Random House Grupo Editorial USA, LLC
8950 SW 74th Court, Suite 2010
Miami, FL 33156

© Diseño: Penguin Random House Grupo Editorial, inspirado en un diseño original de Enric Satué
© Imagen de portada: Klaus Vedfelt, Getty Images

Impreso en México - *Printed in Mexico*

ISBN: 978-1-64473-730-9

22 23 24 25 26   10 9 8 7 6 5 4 3 2 1

Para Uchi, Natalia y Tatiana,
por el amor y la paciencia,
y la calidez del hogar.

Algo, que ciertamente no se nombra
con la palabra azar, *rige estas cosas.*

JORGE LUIS BORGES

La vida, el azar, el diablo o quien fuera,
concluyó Ruy Díaz, tal vez incluso el propio Dios,
tenían un extraño sentido del humor.
Una retorcida forma de tirar los dados.

ARTURO PÉREZ-REVERTE, *Sidi*

Who will dare to write a history
of human goodness?

WILL AND ARIEL DURANT

Nota del autor

Este libro es una novela, o sea, una obra de ficción. No es una novela histórica, porque aun si varios de los episodios que se narran sin duda ocurrieron, y varias de las anécdotas que le suceden al personaje principal están basadas en mis propias experiencias, no aspiro a retratar la realidad de manera exacta. Me he tomado ciertas licencias poéticas y algunas libertades de tiempo y espacio para enfatizar o dramatizar los hechos narrados. En mi opinión, estas libertades no alteran esencialmente la veracidad de lo ocurrido. Sin embargo, el juicio final de todo libro siempre lo emite, exclusivamente, no quien lo escribe sino quien lo lee. Y el autor sólo puede agradecer que la persona tenga sus palabras entre las manos.

1. Los hechos casuales

Ella tenía razón: siempre me han intrigado los hechos casuales. Me refiero a esos eventos de grandes repercusiones ocasionados por sucesos fortuitos y en apariencia pequeños. La carta que llegó o no llegó a tiempo, la tuerca mal apretada en el fuselaje del avión, la manguera porosa que permite la fuga de gas, o la decisión espontánea y trivial que, al cabo de los acontecimientos, cuando el polvo regresa a la tierra y las cosas se ven con claridad, resulta definitiva. Pienso, incluso, que aquellos imprevistos que escapan a nuestro dominio son, a menudo, los que determinan nuestra existencia. Lo cual es algo que no nos gusta reconocer. Y menos, aceptar. Preferimos creer que ejercemos cierto control sobre nuestro destino, y nos rodeamos de inventos cada vez más confiables y seguros a fin de reducir el peligro y eliminar el riesgo de la vida cotidiana. Pero es una ilusión, pues a pesar de los cuidados y las precauciones un hecho mínimo, fruto del azar, puede desencadenar el cataclismo, como el copo de nieve que se desprende en silencio de una rama en la cima de la montaña y desata la avalancha que sepulta a un pueblo entero.

No exagero. Te lo demuestro con un ejemplo. Hace poco en Bogotá, un hombre salió de su oficina en el centro de la ciudad y tomó el ascensor para bajar a la primera planta del edificio donde trabajaba desde hacía más de veinte años. De casualidad, mientras descendía en la vieja cabina, un camión dirigido a la plaza de toros se accidentó en la esquina —al parecer la llanta trasera golpeó una roca que había saltado de una volqueta y se partió el eje de la transmisión— y se escaparon las bestias que iban adentro, y salieron corriendo por la calle. Un par de autos frenaron y chocaron, los peatones gritaron y huyeron, y un toro extraviado se metió en el edificio, buscando una salida y espantando a la gente en el vestíbulo. El hombre no se dio cuenta de nada, y tan pronto se abrió la puerta del ascensor éste se encontró de frente con un toro de lidia, resoplando fuego y acezante como una locomotora, y murió corneado en la cabina sin emitir siquiera una voz de protesta. Ese día los medios nacionales registramos la noticia, pero ninguno destacó lo más inquietante: en ese momento el destino de ese hombre dependió de naderías. Es decir, si él hubiera salido de su oficina con un minuto de retraso, o si hubiera pulsado el botón del ascensor un segundo antes o después, o si se le hubiera caído el maletín de los papeles y hubiera tardado en recogerlo del suelo, a lo mejor aquel señor habría tenido una suerte distinta. Pero también la habría tenido si el toro hubiera ingresado al edificio vecino, o si la roca que ocasionó el percance no hubiera saltado de la volqueta, o si al caer hubiera rodado unos centímetros más en una dirección u otra, y así no se habría estropeado el eje del camión con todos los animales adentro. En fin, esto siempre nos pasa a todos, Roberto. Porque cada incidente de importancia que sucede en nuestra vida —cada relación, cada nacimiento, cada triunfo y cada catástrofe— cuenta con un hecho pequeño y accidental que, para bien o para mal, contribuye al efecto total e irreversible de ese mismo incidente. Por ello, cuanto más reflexiono acerca del alcance que tienen esos hechos insignificantes, más me ronda una conclusión alarmante: los hechos insignificantes no existen. Y si así lo parecen es sólo porque no hemos escuchado el último de sus ecos, o no hemos percibido la última de sus ondulaciones.

En cualquier caso, mi interés por estos desenlaces del azar comenzó por un infortunio preciso: la muerte de mi socio y amigo Rafael Alcázar.

Rafael era mi mejor amigo de la infancia. Nos conocimos en primaria, con apenas cinco años recién cumplidos, y reparamos el uno en el otro por otro hecho casual: ambos teníamos el mismo suéter de lana azul con rombos amarillos. Nuestro curso estaba dividido en dos clases distintas, y al dirigirnos a la misa de la mañana en filas paralelas —lideradas por dos curas cascarrabias que nos obligaban a guardar silencio y a mirar al frente—, los niños caminábamos con las palmas juntas en posición de rezar, pero al vernos

14

pasar luciendo el mismo suéter, Rafael y yo nos saludamos de prisa con la mano. Así nos conocimos, y en ese primer año de la escuela nos hicimos amigos. Éramos hijos únicos, y supongo que el uno encontró en el otro al hermano que nunca tuvo, y aunque yo dejé esa escuela al cabo de un tiempo —mi padre perdió la paciencia con la mentalidad medieval de los curas—, Rafael y yo seguimos siendo amigos y lo fuimos siempre, a pesar de los vaivenes y los altibajos de la vida. No recuerdo haber tenido una sola pelea de importancia con Rafael, y el uno fue padrino de bodas del otro, y entre los dos fundamos nuestra empresa, que en pocos años —quién lo diría— llegaría a ser una de las más influyentes del país en el campo de las comunicaciones.

El hecho es que Rafael siempre conservó un estudio aparte donde le gustaba trabajar solo un par de días a la semana, lejos de la empresa, para pensar con calma. Mi amigo era un hombre sencillo y jamás quiso emplear chofer o escolta, a pesar de su fortuna y a pesar de que se lo pedí tantas veces, y tampoco dejó de conducir el mismo automóvil de toda la vida, un viejo Mercedes-Benz de dos puertas, color crema, que heredó de su padre y que él mantenía en perfecta condición. Las llaves del estudio las dejaba en la guantera del auto para no cargar con ellas, y luego de estacionar con cuidado en el sótano del edificio, Rafael se bajaba con el manojo de llaves y subía por las escaleras al segundo piso, y allí entraba en su despacho para trabajar desde las nueve de la mañana hasta las cinco de la tarde, con su disciplina habitual de soldado. Rafael era un hombre meticuloso, ordenado, con rutinas y costumbres que no variaban nunca. De modo que al final de la jornada mi amigo aseguraba la puerta del recinto, bajaba al garaje y se subía en su auto y guardaba las llaves en la guantera, al igual que siempre. Pero una tarde, justo en el momento de salir del estudio, timbró su teléfono celular. Yo lo estaba llamando para hablarle de una reunión de trabajo que acababa de concluir en la oficina, y mientras charlábamos y Rafael le ponía seguro a la puerta, por un descuido él metió las llaves en el bolsillo de su chaqueta y por eso no las guardó después en la guantera del vehículo. Luego, esa noche se quitó la chaqueta al llegar a su casa, la colgó en su ropero y allí se quedaron

15

las llaves, metidas en el bolsillo. Al cabo de unos días Rafael regresó a su estudio, y sólo al estacionar en el garaje y al abrir la guantera cayó en la cuenta de que no tenía llaves para entrar. Entonces se acordó de lo sucedido y se dio una palmada en la frente. Pensó en conducir a la empresa para no perder el día de trabajo, cuando se le ocurrió llamar a su esposa, María Claudia, y contarle lo que había pasado. Ella le dijo que estaba saliendo de la casa en ese momento y, qué casualidad, tenía que hacer unas compras cerca del estudio, así que le podría llevar las llaves sin problema. Rafael se lo agradeció y para no aguardar en la lobreguez del sótano, puso el auto en reversa, salió del garaje y estacionó en la calle, enfrente del edificio, detrás de otros cinco automóviles. Empezó a llover con fuerza, entonces Rafael encendió la radio para escuchar su emisora favorita de música clásica, tomó una revista de actualidad y pasó el tiempo leyendo, mientras esperaba a su esposa. Estoy seguro de que no se fijó en el hombre que se acercaba a los vehículos como si estuviera pidiendo limosna en la lluvia, ni oyó lo que estaba pasando a causa de la música y del repiqueteo de las gotas sobre el techo metálico del vehículo, y tal vez por eso, al percibir los golpecitos en la ventanilla, Rafael se inclinó sobre el asiento del pasajero para bajar el cristal y ver qué deseaba aquel señor ensopado de lluvia, y me imagino su expresión cuando el otro le apuntó con un revólver y le disparó un balazo en la cara. Rafael murió antes de llegar al hospital, y ese día aquel psicópata mató a siete personas en total, dos en la misma fila de autos donde Rafael aguardaba a María Claudia. El hombre fue capturado horas después, y confesó que su intención no había sido robar a sus víctimas sino matarlas, y que había seleccionado a cada una «por una corazonada». El hecho es que mi amigo jamás había dejado las llaves del estudio en su casa y sólo le ocurrió esa vez por la fatalidad de que le entró mi llamada en el instante en que él cerraba la puerta al salir, y como Rafael tenía las manos ocupadas con su portafolio de trabajo y unos libros de consulta, para atender su celular él metió las llaves en el bolsillo de su chaqueta y esa pequeña distracción terminó por desatar el resto, la secuencia de actos que culminó en ese punto trágico: que él estuviera estacionado allí en el momento exacto en que el asesino pasaba por la calle, al acecho de su próxima víctima. De no haber sido por ese suceso fortuito e intrascendente —intrascendente, por supuesto, sólo en apariencia—, Rafael estaría trabajando en su estudio mientras aquel demente iba de auto en auto, buscando personas para matar.

Es imposible no especular al respecto, y durante un tiempo lo hice tanto que por poco pierdo el juicio. Por ejemplo: si la reunión en la oficina que motivó mi llamada hubiera concluido un minuto antes o un minuto después, o si yo hubiera marcado mal el teléfono de mi amigo y hubiera tardado un breve lapso en teclearlo de nuevo, o si María Claudia no hubiera tenido que hacer sus compras ese día cerca del estudio sino en otro lugar, ¿ahora estaría vivo Rafael? ¿Acaso él habría estado sorbiendo una taza de café aquella mañana, meditando en sus asuntos mientras miraba por la ventana del segundo piso del edificio, y habría visto allá abajo a ese extraño individuo que caminaba por la acera, encorvado, acercándose a los carros y asesinando a sus víctimas? Al ver el primer cráneo estallar contra el cristal del auto, ¿habría llamado Rafael a la policía, o abierto la ventana y pegado un grito, haciendo que el psicópata huyera? ¿Ese acto le habría salvado la vida a una de las personas que murieron ese día, o habría hecho que un fulano ajeno a esta historia —en otro lugar, alguien que todavía está vivo— muriera? Incluso es probable que mi amigo le haya salvado la vida a otro ciudadano que, al pasar manejando por la calle en medio de la lluvia, no encontró puesto para estacionar delante del edificio y tuvo que conducir a otro sitio —maldiciendo, sin duda—, sin enterarse jamás de que, por una llamada telefónica ocurrida días antes y por algo tan inocuo como unas llaves guardadas por error en el bolsillo de una chaqueta, él seguía respirando, trabajando, gozando de su familia y de sus amigos. En una palabra: vivo.

La muerte de Rafael sucedió hace años, pero desde entonces me obsesionan esos giros imprevistos del destino, el hecho fútil que acontece en cualquier momento, desencadenando consecuencias irremediables y tanto en un sentido como en otro. Por eso ahora no logro pensar en otra cosa, y es por ella y por lo que ella me dijo esa noche, mientras afuera ya empezaba a salir el sol: «A ti, Sebastián, siempre te han intrigado los hechos casuales». Y es verdad. Puedo decir, incluso, que éstos han trazado las directrices de mi vida. Me hice amigo tuyo por un suceso fortuito, y a las únicas dos mujeres que he amado en serio las conocí de manera accidental. Como si lo anterior no bastara, reconozco que a raíz de una serie de casualidades soy un asesino.

Quizás me ayude decirlo así, letra por letra, aunque sólo sea entre tú y yo, Roberto, y ante todo para mí mismo: he matado a las personas más importantes de mi vida.

2. El espejo

Sebastián Sarmiento cerró los ojos y alzó el rostro, muy despacio, dejando que el potente chorro de agua caliente lo golpeara con fuerza, masajeándole la piel, y permaneció inmóvil durante varios minutos. Después procedió a afeitarse. Utilizó el espejo antivapor colgado en la pared de la ducha, dotado de un bombillo que proyectaba una luz adecuada a su mentón y mejillas, y tomó la lata de espuma mentolada puesta junto a los champús y jabones finos para la cara y el cuerpo. Agitó la lata un par de veces y presionó la boquilla, soltando una trémula montañita blanca de espuma en el hueco de la mano. Se untó la fragante sustancia en la barba de la tarde y se pasó la cuchilla de mango de plata, siguiendo la curvatura de la mandíbula, aunque lo hacía de manera mecánica, sin deseos de encontrarse con sus ojos en el cristal del espejo. Escuchó la crepitación de los vellos al rasurarse y experimentó la sensación de limpieza que le dejaba la piel del rostro suave y fresca. Al cabo volvió a encarar la regadera, permitiendo que la cascada fuerte y cálida limpiara todo rastro de espuma de su semblante, y después apoyó las palmas de las manos en la pared de mármol, envuelto en las nubes de vapor del agua, con los párpados cerrados y la frente, nariz y mejillas soportando el pulsante aguijoneo que brotaba de la cabeza de bronce. Se dio media vuelta, buscando que el chorro macizo le frotara la espalda y los músculos tensionados de los hombros y de la nuca. Luego se enjabonó como lo hacía siempre: a conciencia, con cierto vigor más del necesario, atento a cada resquicio de la piel, y después se quedó quieto bajo la presión de la ducha, tratando de no recordar nada y dejando que el agua le fuera quitando, lenta y suavemente, los residuos de la memoria junto con el jabón del cuerpo. Al terminar cerró los grifos. Abrió la puerta de la ducha, al tiempo que una bocanada de vapor salía y empañaba el gran espejo del cuarto de baño, y tomó una de las toallas blancas y gruesas, estampadas con las iniciales de su esposa, y se secó con fuerza. De pie sobre la mullida alfombra del suelo, se frotó la cabeza y se anudó la toalla alrededor de la cintura. Con la palma de la mano despejó un óvalo amplio en el vapor del espejo, y mientras se peinaba tuvo que admitir que, a pesar de todo y de haber cumplido más de cuarenta años, se encontraba en aceptable forma física: estómago plano, abdominales aún delineados, los brazos fuertes y la espalda ancha gracias a una juventud en la que había practicado deporte con disciplina, y hoy a la rutina del gimnasio y a las veinte o treinta piscinas que cada mañana nadaba en el club antes de dirigirse a la oficina. Después de todo lo que he vivido, reflexionó, seguro que otro tendría el pelo completamente blanco y las arrugas en torno de los ojos no serían estas líneas incipientes sino surcos profundos que llegarían hasta el hueso. Dejó escapar un suspiro y luego presionó el atomizador para aplicarse la colonia francesa, palpándose las mejillas y disfrutando el ligero ardor en el rostro rasurado. Salió a su alcoba y consultó su reloj de oro blanco Patek Philippe, con la correa de piel de cocodrilo y el delicado mecanismo interno visible a través del cristal, punteado de rubíes y ruedas dentadas en oro dorado, que le había regalado su esposa poco antes de morir y que él se quitaba sin falta cada vez que ingresaba a la ducha. Sólo un cuarto de hora para tener que salir al concierto, comprobó con fatiga. En verdad hubiera preferido reposar un rato, recostarse en la cama envuelto en su bata gruesa y suave, incluso probar un dedo de whisky en las rocas, contemplando la titilante ciudad desde ese lujoso apartamento ubicado en la carrera Séptima con la calle 76 de Bogotá. Pasó la mirada por esa habitación sin fotos familiares y con pinturas costosas colgadas en las paredes, y reconoció la poderosa tentación de descansar unos minutos y de poner la mente en blanco, pero no había tiempo. Entonces redujo el volumen del televisor que mantenía puesto en el canal de noticias, tomó el citófono y llamó a Jaime, el hombre de confianza que le hacía de secretario, asistente personal, guardaespaldas y mayordomo, y le pidió que Facundo, su conductor de varios años, tuviera el automóvil estacionado en la puerta del edificio y listo para partir en quince minutos.

—Sí, señor —oyó la voz clara y atenta de su ayudante—. ¿Se le ofrece algo más, don Sebastián?

—No, Jaime. Gracias.

Colgó el auricular. Regresó al baño e iba a continuar con su aseo cuando notó que el vapor se había desvanecido del espejo, reflejando su imagen con perfecta nitidez, y por un descuido su mirada tropezó con sus ojos grandes y vacíos. No pudo eludir un estremecimiento. Permaneció un rato observándose con atención, reparando en las arrugas y en las primeras canas visibles en el cabello oscuro. Se acercó al espejo, viendo cómo su imagen se agrandaba y su respiración volvía a empañar ligeramente la superficie del cristal. Entonces se miró de veras, fijando la vista por un segundo en sus ojos claros y desprovistos de cualquier chispa o fulgor, y en la pequeña cicatriz de la barbilla que todavía se notaba a pesar de haber transcurrido tantos años. Hizo un último esfuerzo pero no lo pudo evitar: los recuerdos llegaron en un torrente y después siguieron de largo, dejando su alma quebrantada bajo su peso abrumador.

—Estás muerto, compadre —suspiró largo y profundo—. Estás muerto por dentro.

3. Un concierto en el Teatro Colón

Me llamo Roberto Mendoza y soy historiador y profesor universitario. Además, para no faltar a la verdad, puedo decir que yo no había vuelto a ver a mi amigo Sebastián Sarmiento desde hacía más de veinticinco años, desde los viejos tiempos del colegio, y al comienzo no lo reconocí. No porque él hubiera cambiado demasiado. Al contrario: tal como lo pude comprobar meses después, durante la reunión de exalumnos que celebró el Liceo Americano en el restaurante Andrés Carne de Res, Sebastián era uno de los que mejor se había conservado. Nuestros compañeros de curso habían envejecido de manera previsible a lo largo de casi tres décadas, y la vida cómoda y sedentaria disfrutada por unos, y las crisis y las enfermedades padecidas por otros, habían dejado su huella. Pero de Sebastián no se podía decir nada de eso. Recuerdo que esa noche en aquel restaurante tan animado que yo sólo conocía de oídas, en medio del trajín de los meseros juveniles y el bullicio de la música vallenata —los famosos *Clásicos de la provincia* de Carlos Vives sonaban sabrosos y contagiosos—, más los gritos de sorpresa y las voces de alegría de los exalumnos que se reencontraban al cabo de tantos años sin verse, y los saludos con fuertes abrazos y sonoras palmotadas, y los brindis felices con cervezas y canelazos de aguardiente, Sebastián permaneció casi todo el tiempo sentado en un rincón, apartado y distante, acariciando su bebida que apenas probaba, vestido con elegancia y mirándonos a todos con esa expresión amable y serena que lo caracterizaba. A pesar de su aspecto introvertido y un poco fuera de lugar, el hombre no dejaba de sonreír con gentileza, tímido pero sincero, como si le alegrara nuestra felicidad. Y esa noche pude apreciar, ante el evidente contraste con los demás, que él seguía siendo un caballero que las mujeres consideraban apuesto: pulcro y limpio, envuelto en un aroma de agua de colonia masculina, y dotado de buenos modales y una gracia natural que reflejaban su crianza privilegiada. Tenía la tez bronceada y los ojos claros, el cabello oscuro bien cortado, una sonrisa discreta de dientes blancos y rectos, y despedía el aire saludable de quien goza de buen estado físico. De modo que si no lo reconocí en seguida fue sólo porque había pasado demasiado tiempo sin ver a mi amigo de la infancia, sin pensar en él siquiera, y porque en el colegio Sebastián siempre se comportó de la misma manera que lo haría en ese restaurante situado en las afueras del pueblo de Chía: como si fuera invisible, semejante a una sombra o a un fantasma.

Veo que he dicho que Sebastián era mi amigo, pero me temo que el calificativo quizá sea excesivo. No miento cuando digo que lo conocí en el colegio, brevemente, mas justo en ese momento, en primero de bachillerato y con sólo trece años cumplidos, de repente Sebastián se marchó del país de un día para otro, sin despedirse de nadie y sin que ninguno de nosotros supiera lo que había pasado. También es cierto que de pronto él regresó a Bogotá cuatro años después —su reaparición fue igual de inesperada que su partida—, cursó su último año escolar con todos nosotros y se terminó graduando en nuestra misma promoción, pero nunca supimos lo que había sucedido. Jamás nos explicaron por qué Sebastián se había marchado del país de esa manera tan abrupta y misteriosa, siendo apenas un niño, ni en dónde había estado durante aquellos cuatro años. Además, cuando él finalmente regresó a Colombia, convertido en un joven taciturno de diecisiete años y con el cabello largo hasta los hombros, la faceta introvertida y reservada de su personalidad se había acentuado todavía más, y para entonces nuestra amistad se había enfriado del todo. Desde ese momento yo no lo volví a ver, es decir desde que nos graduamos del colegio, pero a lo mejor no me equivoco si afirmo que, por un período muy corto en primero de bachillerato, cuando ambos teníamos trece años de edad y poco antes de su precipitado viaje al exterior, Sebastián y yo fuimos amigos.

Por otro lado, mi decisión de escribir sobre Sebastián vino después, cuando entendí un hecho fundamental: lo que le ha ocurrido a este hombre nos ha ocurrido a todos en este país, ya sea sufrido en carne propia o padecido de manera indirecta a través de terceros, o como mínimo registrado mediante los medios de comunicación, pero en cualquier caso compartido por nuestra misma cultura y nuestros mismos referentes, vivido de alguna forma por todo colombiano. Recuerdo que una tarde sentí el impulso de contar su historia, todavía sin saber muy bien por qué ni qué justificaba compartir su vida, y en seguida busqué mi pluma de tinta azul y un cuaderno nuevo y limpio, y entonces me pregunté en qué momento debía empezar mi relato. A fin de cuentas, eso es de lo primero que hace un escritor: fijar el inicio de su crónica, aun si todavía no conoce el final de la misma; trazar una línea en el tiempo para decir: «Aquí comienza mi narración». Y ahí mismo comprendí que yo tenía un punto de partida claro: la noche del viernes 10 de enero del año pasado, cuando conduje mi viejo y destartalado Renault 4 en medio de un tráfico infernal al Teatro Colón de Bogotá, para escuchar la *Novena sinfonía* de Ludwig van Beethoven dirigida por el famoso director ruso Sergei Rabinovich.

Llegué más tarde de lo deseado. Era una noche de gala, un evento privado de corbata negra patrocinado por Alcásar, la conocida empresa de comunicaciones, con el fin de recaudar fondos para su organización de beneficencia. Uno de mis grandes amigos, Juan Manuel de la Torre, ha tenido negocios con esa firma desde hace años y lo habían invitado junto con su señora a uno de los palcos de honor, reservado para celebridades extranjeras, ejecutivos de Alcásar y figuras de fama nacional. Sin embargo, su mujer no pudo asistir por algún motivo de última hora, entonces Juan Manuel me llamó para decirme que tenía una boleta disponible y que si me gustaría acompañarlo. Confieso que yo estaba cansado por ser el final del día y de la semana, y sólo deseaba quedarme en mi casa y cenar con mi esposa y jugar un rato con mis dos hijas pequeñas. Lo último que me apetecía, y así se lo dije a Juan Manuel con toda franqueza, era atravesar la ciudad en mi viejo auto a la hora de mayor tráfico y buscar un lugar para estacionar en el barrio colonial de La Candelaria, y todavía menos desempolvar el traje de etiqueta que adquirí por insistencia de mi esposa y que terminó siendo la compra más inútil de toda mi vida, pues me costó un ojo de la cara y no lo he usado más de dos o tres veces en bodas aburridas y en las que sólo estuve un par de horas como máximo. Lo cierto es que yo no tenía ganas de conducir en la lluvia —hasta recuerdo que el limpiaparabrisas me estaba dando problemas en esos días—, ni de asistir a una recepción estirada y encopetada, rodeado de gente rica y famosa que no conozco, así que le di las gracias a Juan Manuel y me disculpé. Pero él insistió. No quiero ir solo, se quejó, y acudió a toda suerte de argumentos para convencerme, pero yo no me moví de mi sitio. Al final, conociendo mi pasión por la música clásica, Juan Manuel me pidió que lo aguardara un minuto mientras buscaba la tarjeta de la invitación, y me leyó la programación musical por teléfono y el nombre del director invitado. Fue un recurso eficaz, lo reconozco, porque apenas escuché el apellido de Rabinovich y que se trataba de la obra maestra de Beethoven, se me olvidó el cansancio como por acto de magia y acepté encantado. Quedamos en encontrarnos en la puerta del teatro y colgué para alistarme a la carrera.

Como digo, llegué más tarde de lo deseado. Caía una llovizna suave y helada, y luego de estacionar en un parqueadero sin techo a varias cuadras de distancia, me acerqué al Colón esquivando charcos y dando brincos por la acera, bordeando las fachadas de cal de las casas sin luces y buscando la protección de los aleros de teja española. Juan Manuel me estaba esperando bajo la marquesina de cristal del teatro, en frente del Palacio de San Carlos, y sólo tuvimos tiempo para saludarnos con un apretón de manos, entregar las boletas en la puerta de entrada y subir corriendo al segundo piso, donde nos topamos con una alegre multitud vestida con elegancia. Las damas llevaban vestidos largos y chales de piel, y los caballeros, esmoquin y corbatín negro, y algunos hasta lucían bufandas blancas de seda, y las joyas en dedos, pechos y lóbulos destellaban bajo las lágrimas de cristal de los salones. En ese momento todos los invitados salían del foyer donde meseros uniformados habían servido canapés y copas altas de champaña. Por lo visto, allí un señor de buen aspecto y cabello blanco y espeso, que saludaba a todo el mundo en su papel de anfitrión y dirigente de la empresa, acababa de pronunciar un discurso para darles las gracias a los presentes por su asistencia y por apoyar, de esa manera tan generosa, a la Fundación Alcásar. Entonces nos sumamos a la concurrencia, Juan Manuel saludando a unas amistades de lejos con gestos de la mano y yo reconociendo a muchas personas por haberlas visto fotografiadas en diarios y revistas ilustradas, y así nos fuimos acercando al palco que nos correspondía y que resultó ser uno de los centrales del teatro. A través de la puerta entreabierta percibí a un par de ejecutivos de la compañía patrocinadora, que ya estaban reunidos con sus mujeres, y unas pocas sillas todavía disponibles. El señor del cabello blanco se acercó a nosotros, le estrechó la mano a Juan Manuel y lo saludó con una sonrisa cortés —no notó mi presencia, me parece—, y entró en el palco para ocupar el puesto principal junto a una señora que seguramente era su esposa. Los dos entramos también, y Juan Manuel no me pudo presentar a ninguno porque en ese momento se fueron reduciendo las luces del teatro y apagando las voces del público, y nos tuvimos que sentar de prisa para no tener que buscar los puestos en la penumbra. Tomé asiento en una silla de madera sin brazos, forrada en terciopelo rojo, ubicada en la parte posterior del palco, entre un señor muy distinguido sentado a mi derecha y una señora que me extendió la mano con delicadeza y murmuró algo en francés. Había una fragancia exquisita en el recinto, una refinada mezcla de colonias y perfumes costosos, entonces me acomodé en la silla y respiré profundo, contento de haber llegado a tiempo y emocionado por lo que estaba a punto de escuchar.

Mi vista no estaba obstruida del todo. Según entiendo, casi nunca hay suficiente espacio en esos palcos para que los que están atrás vean bien la función, pero aun así comprobé que el teatro estaba lleno y que no había un puesto vacante. Atisbando entre las dos o tres cabezas que tenía enfrente, repasé las localidades de ambos costados, los palcos adornados con querubines en relieves de yeso, para ver si descubría a alguien conocido o famoso en la tenue luz del auditorio. En el centro de la parte superior del escenario reparé en el medallón con el rostro del navegante genovés que le da nombre al teatro, y alcé la vista para admirar la inmensa lámpara de cristal de murano que cuelga de la bóveda del plafón, con las seis musas pintadas por Filippo Mastellari casi ocultas en la oscuridad. En el escenario la Orquesta Sinfónica de Colombia parecía atenta, los músicos en silencio luego de afinar sus instrumentos y de acomodarse en las sillas metálicas y plegables, con las partituras abiertas en los atriles. Más atrás, ocupando el vasto fondo del escenario, el Coro Nacional se veía dispuesto y organizado en forma escalonada. Entre tanto, los cuatro solistas esperaban al director de pie en la parte derecha del proscenio, elegantes y pacientes.

—¿Ve bien? —me preguntó afable el señor que estaba a mi lado—. Si desea, me puedo mover un poco más a la derecha...

—No se moleste —respondí agradecido—. Así está perfecto.

—¿Seguro?

—Seguro.

Entonces el público irrumpió en aplausos y vi que de los bastidores salía Rabinovich, caminando hacia el estrado. Era un hombre alto y maduro, con cierto parecido al célebre director austriaco Herbert von Karajan, incluyendo el famoso mechón de cabello plateado, y vestía un impecable frac con corbatín blanco, pechera almidonada y chaqueta de largos faldones. El director subió con un pequeño brinco al podio e inclinó la cabeza levemente, con una mano en el corazón para agradecer la entusiasta recepción del público. A continuación, extendió

28

el brazo izquierdo con deferencia para presentar a los solistas, y, sin más demora, se dio la vuelta con la batuta en alto. Un silencio sobrenatural inundó el teatro.

Qué maravilla, me dije.

Tras un instante de suspenso, Rabinovich ordenó la primera entrada y los violoncelos respondieron en el acto, de manera casi inaudible, un mínimo aleteo como un zumbido de colibrí. La música empezó a crecer, ascendiendo en volumen y potencia, dotada de verdadera fuerza volcánica, como si el director tuviera una tormenta embridada bajo el control de las manos. El hombre silenciaba los violines recogiendo un puño en el aire, activaba el redoble de los timbales con apenas una mirada, despertaba a los contrabajos, a los platillos y a las trompas con una señal del dedo, animaba las cuerdas y los vientos trazando grandes arcos con los brazos, y exhortaba a todos los instrumentos de la percusión con una orden inapelable de la batuta. La música, alegre y jovial por momentos, en otros severa y amenazante, tronaba en la sala con la fatalidad de las obras maestras, como si no fuera una pieza compuesta por un hombre imperfecto y falible, huraño y malgeniado y con dolencias de anciano, sino dictada por un espíritu superior para deleite de la humanidad entera.

A partir de entonces sólo tuve oídos para aquel prodigio. Me sentí llevado por la música, procurando absorber la experiencia con todos mis sentidos, registrando los detalles de la acción de la orquesta y escuchando los retumbos de la composición. Cuando sonó la poderosa voz del bajo en el cuarto movimiento, el llamado a la fraternidad universal de los versos de Schiller, traté de recrear en mi mente el impacto que tuvo que significar para el público de aquel entonces, en esa lejana noche de su estreno en el Teatro de la Corte Imperial de Viena, el 7 de mayo de 1824, escuchar voces en una sinfonía por primera vez en la historia. Incluso llegué a vislumbrar al gran compositor dirigiendo la obra, completamente sordo, de espaldas al auditorio, hasta que al final del concierto, como bien se sabe, la contralto Caroline Unger se acercó y lo tomó del brazo, emocionada hasta las lágrimas, y le hizo dar media vuelta. Entonces Beethoven vio a la muchedumbre exaltada, aplaudiendo de pie y lanzando sombreros al aire para que el maestro pudiera apreciar, conmovido, la extraordinaria reacción que él no podía escuchar.

Al concluir la sinfonía esa noche en el Teatro Colón, el público también se levantó de sus sillas y el estruendo de los aplausos se prolongó varios minutos. Rabinovich sonreía y sudaba, se apartaba el mechón de cabello plateado de la frente, altivo como un actor de cine, y extendió la mano en un ademán galante para que los solistas recibieran los aplausos de la multitud, igual el primer violín, y en seguida hizo poner de pie a la orquesta completa y luego al Coro Nacional. El auditorio renovó la intensidad de los aplausos y escuché que el señor que estaba a mi lado decía en voz baja:

—Pensar que esa música estuvo tronando en la mente de un solo hombre.

Estábamos parados, aplaudiendo con fuerza, y yo no sabía él a quién se dirigía, aunque me llamó la atención que sus palabras hicieran eco en mis propios pensamientos.

—Desde entonces la han escuchado millones de personas —continuó el señor, sus facciones casi invisibles en la penumbra del palco—, pero hubo un momento en la historia en que esa música sólo la conocía un individuo —el caballero negó con la cabeza, no sé si maravillado o con pesadumbre—. Lo imagino de noche en el salón de su casa, sentado al piano y rodeado de velas titilantes, anotando y tachando notas en hojas de papel regadas por todas partes, con esta magnífica música creciendo en su cabeza…

Me di vuelta para mirarlo mejor, sin saber bien a quién le hablaba, y en ese momento pensé que su rostro sonriente y cordial me era familiar, cuando la señora de acento u origen francés nos anunció a todos que ésa había sido una de las mejores interpretaciones de la *Novena sinfonía* que ella había escuchado en su vida, y que la última vez que la oyó, en Berlín, había sido…

Empezamos a movernos para que las damas salieran primero del palco, apartando las sillas de madera con cierta dificultad en ese espacio reducido, cuando el señor que había hablado dijo, sin alzar el tono de la voz:

—Es curioso, pero me recuerda una frase de Nietzsche que leí hace años —me miró con una expresión amable—. Algo sobre pasos de paloma y los grandes pensamientos.

Yo conocía la cita y la recordé en voz alta:

—«Las palabras más silenciosas son las que traen la tempestad» —evoqué—. «Pensamientos que caminan con pies de paloma dirigen el mundo».

El hombre sonrió de nuevo, cálido y educado.

—Sí… ésa es —dijo. Se quedó cavilando, como haciendo memoria, aunque las sombras del palco no me permitían distinguir con claridad su semblante—. Lo hace a uno pensar en esta música, ¿no es cierto? —parecía vacilar, como si temiera ofender con su opinión—. También recuerdo otra de aquel filósofo que siempre me ha gustado —agregó con cierta timidez—. «Los acontecimientos más grandes no son nuestras horas más estruendosas sino las más silenciosas» —afirmó—. «No en torno a inventores de un ruido nuevo: en torno a los inventores de nuevos valores gira el mundo. Gira de modo *inaudible*» —noté que el hombre se sonrojaba un poco y se tocaba la punta de la nariz con el puño de la mano, como pidiendo disculpas por la inmodestia—. Es algo así, creo.

Fuimos los últimos en salir al amplio corredor bien iluminado, donde la multitud saludaba y comentaba el concierto con entusiasmo. Vi a Juan Manuel conversando con alguien de la empresa benefactora y le hice un gesto para que se acercara.

—Eres Roberto, ¿verdad? —de pronto escuché que me decía el señor—. ¿Roberto Mendoza?

Me volví para mirarlo bien a la luz del corredor, y entonces su rostro familiar se me hizo claro. Quedé boquiabierto.

—¿Sebastián? —pregunté incrédulo—. ¿Sebastián Sarmiento?

El caballero asintió con una tenue sonrisa a la vez que me extendía la mano.

—Así es —dijo, apretando mi diestra, fuerte pero no en exceso—. Mucho tiempo, amigo mío.

—Muchísimo —admití, estupefacto—. No lo puedo creer… No te veía desde… desde…

—Desde el colegio —señaló el otro, con aquella sonrisa que más parecía de nostalgia que de alegría—. Imagínate: desde la noche en que nos graduamos del liceo. Te reconocí apenas entraste al palco, pero no te quise molestar hasta no estar seguro.

En ésas se aproximaron Juan Manuel y el señor del cabello blanco, el que había hablado al comienzo en el foyer. Aquel hombre tenía un aspecto mundano, con la piel bronceada y el rostro bien afeitado, y una sonrisa que revelaba una dentadura blanca y reluciente. Su conducta era la de esos sujetos que no sólo son dueños de una empresa sino habitantes de un mundo aparte y superior, un cosmos desprovisto de necesidades y dotado de recursos ilimitados.

—Veo que ya te conociste con Sebastián —me dijo Juan Manuel—. Excelente. Entonces te presento a Luis Antonio Salcedo, también de Alcásar. Lamento que no los pude presentar en el palco —se pareció disculpar con todos—, pues llegamos un poco tarde…

Los cuatro nos presentamos y hablamos con gusto, elogiando la función y el nivel musical del coro y de la orquesta. Sin embargo, yo no salía de mi asombro de estar al lado de Sebastián Sarmiento, un excompañero del colegio que no veía desde hacía tanto tiempo. De vez en cuando yo robaba miradas con disimulo para tratar de detallar su rostro, comparando su cara de hombre adulto con el recuerdo que yo tenía en mi mente de la juventud, y aunque él seguía siendo un individuo relativamente joven y de presencia agradable, también comprobé los efectos de la madurez. Noté a Luis Antonio Salcedo un poco distraído mientras reparaba en otros invitados que se acercaban o pasaban a nuestro lado, como suele suceder con esa clase de personas que les dedican excesiva importancia a las relaciones públicas, las que están con uno pero a la vez dan la sensación de que en realidad están pendientes de los demás, otra gente quizá más interesante o relevante, y siempre hay alguien afuera del círculo de presentes que puede ser más importante o valioso. El hombre se apartaba por unos segundos para saludar a una mujer con un beso deliberado en la mejilla, o a un colega con una palmada amistosa en la espalda, y en algún momento comentó, sin ocultar su satisfacción, que el evento había sido un éxito y que seguro iban a superar la cifra de recaudos del año pasado.

—Porque Alcásar —sentenció con orgullo y en tono alto, como para que todos lo escucharan— es una de las compañías que más invierte en programas de filantropía. ¿No es correcto, Sebastián?

El otro hizo un discreto gesto afirmativo. De repente sentí que nuestro pequeño grupo parecía ocupar el centro de atención de la velada. Varias personas acudían a saludar y a manifestar su agrado por el concierto, o felicitaban a los empresarios por haber contratado a Rabinovich para dirigir la Orquesta Sinfónica, y aunque algunos pocos intercambiaban dos o tres palabras con Sebastián, la gran mayoría congratulaba a Salcedo, quien parecía disfrutar su papel de protagonista de la noche. A continuación Juan Manuel fue llamado por una de las damas que nos habían acompañado en el palco —en ese momento advertí que se trataba de una conocida señora de la farándula nacional—, Salcedo se retiró para saludar a uno de los banqueros más importantes del país y después vi que lo solicitaba una muchacha que portaba un micrófono en la mano. La reconocí como una periodista de los noticieros de la noche, y tan pronto ella hizo una señal con la mano se encendieron los focos intensos de una cámara de televisión, y Salcedo se apartó hacia el foyer para conceder una entrevista en aquel salón de techos altos, espejos en las paredes y lámparas de cristal. Mientras se retiraban los dos, seguidos por las luces y el camarógrafo y algunos curiosos, alcancé a escuchar la primera pregunta sobre el resultado de la gala y cuánto pensaba el empresario que había recolectado la fundación para sus obras de beneficencia.

Sebastián y yo nos quedamos solos en medio de la multitud. Ahora que Salcedo se había alejado poca gente se acercó a partir de ese momento, y por alguna razón me sentí un tanto perdido, sin saber muy bien sobre qué hablar. Era una situación extraña y algo incómoda, porque debido a que habíamos compartido una época del colegio se podría suponer que teníamos mil temas flotando en el tintero, inquietudes similares y preguntas en común sobre otros exalumnos, así como muchas otras cosas sobre las cuales charlar para actualizarnos y reírnos un rato. Pero en verdad nuestra amistad —se me ocurrió en ese momento— había sido realmente corta y además había tenido lugar hacía demasiado tiempo, cuando éramos apenas unos niños. De manera que ahora nos veíamos como dos adultos extraños que, en últimas, no se conocían para nada.

—De modo que estás vinculado a Alcásar —dije al fin, por decir cualquier cosa.

—Así es —replicó Sebastián, mirando por encima de mi hombro como al acecho de alguien diferente. Seguramente él también deseaba apartarse y dialogar con otras personas, lo cual me pareció apenas lógico; había tanta gente ilustre y notable a nuestro alrededor que no tenía sentido que él, un señor evidentemente exitoso y acomodado, y por lo visto uno de los anfitriones de la noche, perdiera el tiempo conversando conmigo, un profesor universitario completamente ajeno al mundo de los negocios. Debido a su presencia en el palco central, reflexioné, y a su ubicación en las sillas posteriores y menos prominentes del mismo, él tendría que ser el tercero o cuarto en la jerarquía de la empresa, o a lo mejor el segundo de Salcedo, mientras yo sobraba en ese ámbito y además había llegado esa noche al teatro de pura casualidad. Era claro que Sebastián estaba allí en plan profesional, menos social que de trabajo, y probablemente tendría la tarea de saludar y cortejar a los invitados y departir con la gente más famosa e influyente. Y de todos los presentes, sin la menor duda, el menos famoso e influyente era yo. Sin embargo, al rato comprobé que no era eso, sino que Sebastián estaba buscando a uno de los meseros uniformados que habían salido a atender al público con bandejas de bebidas y pasabocas.

—¿Nos tomamos una copa de champaña, Roberto? —me preguntó en tono afable y considerado, y en seguida me palmoteó el hombro con un gesto varonil de amistad—. Este encuentro hay que celebrarlo.

Entonces Sebastián esbozó una sonrisa y ésta me llamó la atención. Era una expresión no sólo urbana y correcta sino deferente, cálida y honesta, como pocas veces he descubierto en ese tipo de eventos sociales. No reflejaba una personalidad que se pudiera definir como divertida o simpática, porque no había nada de gracioso en él, e incluso se podía decir que su mirada era más bien triste o melancólica, y su sonrisa, en vez de mitigar o desmentir esa sensación, curiosamente parecía acentuarla todavía más. Lo cierto es que en ese momento intuí, para mi asombro, que Sebastián no deseaba moverse de ahí, saludando a los convidados de la noche, picoteando entre las personas y los diversos grupos sociales, participando en diálogos amenos y fugaces, terciando en especulaciones políticas o diciendo frases chispeantes y triviales —como acostumbra hacer la gente en los cocteles y reuniones de esa naturaleza—, sino que él prefería conversar conmigo de manera sincera y genuina, y me sentí, no sé por qué, halagado.

Por otro lado, simultáneamente me encontré inundado de preguntas sobre este individuo. ¿Qué había sido de su vida? ¿Qué cosas le habían sucedido? Lo dejé de ver en la adolescencia y de repente, casi tres décadas más tarde, aparece en un concierto de música clásica en el Teatro Colón de Bogotá, convertido en un importante hombre de negocios que cita a Nietzsche. Nada de eso encajaba en mi mente. ¿Qué había pasado en todo este tiempo?

Sebastián llamó al mesero con un ademán de la mano, un gesto fino pero firme de hombre cosmopolita, y ese detalle también me pareció revelador. Siempre he creído que una prueba —pequeña pero elocuente— de una personalidad poderosa o carismática es, justamente, la capacidad de llamar la atención de criados, camareros, barmans o botones para ser ayudado o servido. Lo digo, desde luego, por experiencia propia. Yo puedo agitar mis manos en un restaurante como alguien que se ahoga y pocas veces los mozos me tienen en cuenta, y si me encuentro en un bar, tratando de pedir un par de cervezas o una copa de vino para mi mujer, falta poco para recostarme sobre la barra antes de que el cantinero note mi presencia. En cambio, he visto a señores elegantes, desenvueltos y privilegiados que parecen conocer secretos sobre mujeres de pasarela, automóviles italianos, los mejores vinos franceses, hoteles de cinco estrellas, aviones privados y yates de lujo, y a la vez desconocen lo que son las exasperantes colas para pagar los servicios públicos, las largas filas en clase turista para subirse a un vuelo comercial, las incomodidades y agresiones del transporte citadino, y la avalancha de angustias que viene con la pérdida del empleo o la zozobra económica. Son señores que viven lo que otros sólo vemos en el cine o en las revistas, y son los mismos que con apenas una mirada, un dedo levantado en alto o un movimiento discreto de la cabeza obtienen la atención que requieren en cafés, restaurantes y cenas de esplendor, y sus deseos son inmediatamente atendidos. Sin duda, éste era el caso de Sebastián Sarmiento. Pero con una diferencia, supuse en seguida. Porque mientras que esos magnates por lo general son seres engreídos, aristócratas que suelen menospreciar a todo el que no forma parte de su pequeño núcleo social, este hombre parecía lo contrario: un caballero sencillo y modesto, amable y decente, que no siempre se vislumbra en esas esferas tan altas y remotas de la sociedad capitalina. Es decir: una buena persona. Aunque en algún lugar oculto, sospeché, él también tendría un arsenal de dagas afiladas, porque nadie llega ni se mantiene en ese mundo tan feroz de los negocios si no sabe cómo asestar dos o tres puñaladas marrulleras. Al acercarse el joven con la bandeja, Sebastián escogió dos copas de champaña, a la vez que decía, «Gracias,

Alberto» —me llamó la atención que supiera el nombre del camarero—, y me entregó la más llena.

—Bueno —dijo, esbozando su sonrisa franca y amistosa—. Un brindis por este encuentro, Roberto. Nos tenemos que reunir muy pronto para actualizarnos. En tanto tiempo pasan muchas cosas.

—Muchísimas —admití, chocando mi copa delicadamente con la suya. Bebí un sorbo burbujeante—. Y te confieso que estoy realmente sorprendido de verte, Sebastián. Ésta es una verdadera casualidad.

El otro interrumpió el acto de beber.

—¿Una casualidad? —preguntó—. ¿Por qué lo dices?

Entonces le conté la llamada que me hizo Juan Manuel a raíz de algún inconveniente de última hora que había tenido su esposa, y que yo no había pensado asistir esa noche al Teatro Colón. Fue algo imprevisto y la invitación me cayó como del cielo, añadí en tono contento. Una afortunada coincidencia que me permitió escuchar una de mis piezas favoritas dirigida por uno de los directores de orquesta más importantes del mundo. Una suerte increíble, ¿no es cierto? Sebastián se quedó mirándome, asintiendo con la cabeza y con una mínima sonrisa flotando en los labios, como si estuviera rumiando algún pensamiento íntimo y significativo. Al cabo de un minuto confirmó:

—Una casualidad, dices.

—Así es —repliqué, un poco confundido ante su insistencia en ese detalle a todas luces menor.

—La segunda, entonces.

—¿Perdón?

El hombre vaciló, como pensando si debía responder o no.

—Nos conocimos en el colegio por un hecho casual —señaló—. Y ahora, casi treinta años más tarde, nos volvemos a encontrar gracias a otro, un acontecimiento accidental y fortuito. Es curioso, ¿no te parece?

Yo no sabía él a qué se refería y seguro se notaba en mi expresión.

—¿No te acuerdas, Roberto?

Procuré hacer memoria, pero no adiviné lo que él me estaba diciendo.

—En verdad no —balbuceé—. Lo que pasa es que… bueno… Fue hace tanto tiempo…

Sebastián sonrió, benévolo y comprensivo, y a continuación se mostró de acuerdo, sin duda para evitarme una molestia o una situación embarazosa.

—Tienes razón —dijo—. Sucedió hace demasiado tiempo. Además —concluyó, dándome una amistosa palmada en la espalda—, no tiene importancia.

Siguió un silencio incómodo y bebimos de nuestras copas.

Alguien pasó a nuestro lado y preguntó por Luis Antonio Salcedo. Sebastián respondió que estaba en el foyer, concediendo entrevistas a los medios.

Al quedarnos solos de nuevo, el empresario reinició el diálogo.

—Veo que te casaste, Roberto —me dijo con otra sonrisa gentil, reparando en mi anillo matrimonial—. ¿Hace cuánto fue la boda?

—Hace años —respondí—. Nos casamos aquí en Bogotá.

—¿Tienes hijos?

—Sí, dos hijas pequeñas —agregué, mientras yo también me fijaba en la sortija que brillaba en su mano izquierda—. ¿Y tú, Sebastián? ¿Hace cuánto estás casado?

—Bueno… —replicó, cordial y sereno—. En realidad soy viudo, Roberto. Mi esposa murió hace unos años.

Me sentí inmediatamente avergonzado.

—Disculpa, Sebastián, no tenía idea.

—No te preocupes. Me pasa a menudo.

—De veras no lo sabía.

—Olvídalo, Roberto. Te aseguro que la culpa es mía por no quitarme la argolla. Sé que lo tendré que hacer en algún momento, pero todavía no me atrevo. Quizás lo haga algún día.

—Cuánto lo siento.

—Gracias.

Ambos bebimos de nuestras copas, y ante el breve silencio que se produjo, esta vez traté yo de retomar el hilo de la conversación. Sin embargo, me temo que no soy una persona diestra para manejar ese tipo de situaciones, y debido a mi temperamento un poco tímido e inseguro y a mi falta de tacto o diplomacia, no es raro que empeore las cosas, diciendo algún comentario desatinado o inoportuno. Entonces preferí cambiar de tema y volver a un asunto neutral, como por ejemplo el trabajo, y en seguida articulé la primera idiotez que se me vino a la cabeza, algo del tipo:

—Alcásar debe ser una empresa muy exitosa, ¿verdad? —ahí mismo comprendí que había dicho una tontería, y aunque me traté de explicar, me enredé en mis propios pies—. Digo… para organizar un evento así —tosí en falso, incómodo—, convocar a tanta gente famosa… Más lo que debe costar —me aparté el cuello de la camisa con el índice y volví a carraspear—. Y todo para recaudar fondos destinados a obras de beneficencia… —para ese instante ya estaba a punto de pedir auxilio—. ¿No es cierto?

Sebastián me miró con amabilidad, pero por lo visto sin entender lo que le estaba diciendo.

—Sí, en verdad nos va muy bien —respondió.

Me sentí cohibido por la imprudencia de haber traído a colación a su esposa fallecida, y también por esta obviedad que yo acababa de balbucir, y como siempre me pasa en ese tipo de coyuntura, me sonrojé hasta la raíz del cabello a la vez que remataba con otra imbecilidad.

—El dueño de la empresa seguramente es muy rico.

Sebastián me miró con una expresión curiosa, como si yo le estuviera tomando del pelo.

—Yo soy el dueño —dijo de pronto.

Casi me atraganto con mi copa de champaña.

—¿Cómo? —exclamé, tosiendo.

—Disculpa —dijo Sebastián, mientras me daba un par de golpes en la espalda—. Creí que lo sabías.

—No tenía idea —musité, sofocado—. Incluso pensé que el dueño era Salcedo.

Entonces Sebastián giró el rostro para contemplar al otro que seguía dando declaraciones a la periodista. Aquel hombre sonreía y gesticulaba con las manos, y hablaba con propiedad y elegancia. Salcedo era un tipo vanidoso, advertí al observarlo yo también de reojo, pues se robaba miradas en los espejos del foyer, seguro para ver cómo llevaba el cabello.

—¿Luis Antonio? No, no —aclaró Sebastián, cortés pero inequívoco—. Él es el vicepresidente de la empresa, aunque sí, es cierto, le gusta hacerse pasar por el dueño.

—¿Y eso no te molesta?

—Para nada, Roberto. Al contrario, me conviene. Además, gran parte de la gente que cuenta en este mundo de los negocios sabe quién soy, y es saludable que el resto no lo sepa. Para eso Luis Antonio es alguien ideal —hizo un gesto discreto con la boca en su dirección, como invitando a estudiarlo—. Es un tipo simpático y sociable, lleno de conexiones. Es amigo de todo el mundo y no sólo se acuerda del nombre de cada persona, sino también del de sus hijos, nietos y sobrinos, y seguro hasta del de la mascota de la casa. En cambio, yo no soy bueno para esas cosas —Sebastián sonrió de nuevo, educado y modesto—. Por eso él es el rostro público de la empresa.

—Pero si eres el dueño —manifesté—, ¿no deberías estar… no sé… haciendo relaciones públicas, saludando a la gente y demás? No quiero que te sientas obligado a estar aquí conmigo.

—No, Roberto —Sebastián me apretó de nuevo el hombro, afable—. No me siento obligado. Lo que pasa es que casi nunca asisto a este tipo de fiestas y cocteles, pero de vez en cuando voy a las reuniones más relevantes, a las que no debo faltar, y sin duda ésta era una de ellas, porque el tema de la filantropía… bueno… es algo en lo que creo, que es importante para mí… En todo caso, estoy complacido de verte, y te aseguro que prefiero conversar contigo que adelantar la agenda social de Alcásar —se permitió una sonrisa y un guiño—. Para eso están Luis Antonio y su equipo de colaboradores, y la verdad es que lo hacen muy bien.

—¿Y qué significa Alcásar? —inquirí.

Fue entonces cuando Sebastián mencionó a su socio y cofundador de la empresa, Rafael Alcázar, a quien nunca conocí. Juntamos nuestros apellidos para fundar la compañía cuando sólo éramos dos jóvenes emprendedores, me explicó. Alcázar y Sarmiento, y de ahí Alcásar. Comenzamos en una mínima oficina con una sola secretaria, y hoy es una de las firmas más importantes del país en el campo de las comunicaciones, aunque no mucha gente lo sabe.

—Como yo —anoté—. No lo sabía.

—Así es —dijo Sebastián—. Nos pasa mucho.

Transcurrieron unos segundos sin que ninguno dijera nada más, y de repente él agregó:

—Rafael murió hace unos años, y desde entonces soy el dueño único de la empresa.

Siguió otro silencio incómodo, y vi que Sebastián miraba a Salcedo con una expresión pensativa.

—Pobre hombre —dijo de improviso, negando apenas con la cabeza—. Luis Antonio todavía no ha aprendido la lección.

Yo no entendí a qué se refería.

—¿La lección? —pregunté—. ¿Cuál lección, Sebastián?

El otro me miró como si no supiera que había hablado en voz alta, y dejó escapar un suspiro mientras examinaba su copa de champaña. Había bebido muy poco.

—Una de las más importantes que se pueden aprender en Colombia —declaró con otra sonrisa, aunque su mirada sugería que no hablaba en broma—. Al que asoma la cabeza en este país, Roberto, tarde o temprano se la bajan. Por eso yo prefiero un papel menos visible. Se vive más y mejor, y te garantizo que no hay nada como el anonimato.

Entonces, curiosamente, Sebastián aprovechó que pasaba otro mesero recogiendo copas y depositó la suya en la bandeja, a pesar de que estaba casi intacta.

—De veras nos tenemos que reunir muy pronto —me dijo en un tono más alegre—. Aquí tienes mi número —sacó una cajetilla de plata con sus tarjetas personales, y al estirar el brazo distinguí un valioso reloj Patek Philippe en su muñeca, medio oculto bajo el puño almidonado de la camisa, una joya que debía costar más de lo que yo produzco en un año de trabajo—. Llámame en estos días y organizamos un almuerzo, ¿te parece?

Recibí la tarjeta, agradecido pero a la vez desconcertado, pues parecía que nuestro encuentro se había terminado.

—Bueno, me voy —añadió Sebastián antes de que yo pudiera responder o atajarlo—. Como digo, no soy experto en capotear este tipo de eventos —dirigió una miraba a Salcedo, quien seguía hablando con la periodista aunque las luces de la cámara se habían apagado—. Además, ahí los dejo en buenas manos… Llámame cuando puedas, ¿de acuerdo?

—De acuerdo —sólo atiné a decir.

Entonces nos despedimos y, sin saludar ni despedirse de nadie más, Sebastián dio media vuelta y lo vi desaparecer por las escaleras hacia el primer piso del teatro.

4. El fantasma

Permanecí unos segundos ahí parado, perplejo. Este hombre no parecía ser el dueño de la empresa patrocinadora de la noche, pensé, ni actuaba como los pocos ejecutivos que yo había tenido la oportunidad de conocer en Colombia a lo largo de mi vida. Yo sabía algo de esa clase de profesional, leído en artículos de prensa y en revistas ilustradas, y también escuchado en boca de amigos y terceros, y no era difícil distinguir ciertos rasgos compartidos por la mayoría de empresarios y directores de compañías exitosas. En esos casos, por el contrario, todos parecían aspirar a ser famosos y protagonistas —sin ir más lejos, reflexioné mirando hacia el foyer, como el mismo Luis Antonio Salcedo—, a ser requeridos por los medios para figurar entrevistados en programas de televisión y salir fotografiados en revistas de actualidad, para moverse con autoridad en los círculos más selectos de la política, del comercio y de la sociedad capitalina. Ellos, por lo visto, no procuraban bajar el perfil o evitar este tipo de recepciones, sino que más bien las buscaban y anhelaban, y hasta las necesitaban para escalar en el mundo de las finanzas o en los clubes predilectos de la aristocracia nacional. No obstante, con el tiempo yo entendería un hecho esencial: Sebastián Sarmiento no era como otros hombres de negocios. Enemigo de la figuración y de la luz pública, él decía que vivir bajo el radar de los medios —a pesar de ser propietario de varios e importante accionista de casi todos— era más sabio y conveniente, y por eso él mantenía su vida profesional tan ajena al escrutinio de los demás, al igual que su vida privada. Por eso Sebastián era percibido como uno de los individuos más reservados y enigmáticos que existían en el país. Incluso así lo calificaban en algunos recortes de prensa que leí meses después, cuando inicié mi investigación sobre este curioso amigo de mi niñez: «Empresario poco conocido adquiere parte mayoritaria de la compañía Comtex», decía uno, y «Hombre de misterio vende tajada millonaria de la revista *Famosos y Poderosos*», decía otro. Pero en ese momento yo no sabía nada de eso, de modo que me quedé allí parado en el segundo piso del teatro, rodeado de gente extraña que bebía y conversaba alegre, incómodo en mi traje de etiqueta de mala calidad y en mi camisa de puños raídos que me apretaba el cuello, dándole vueltas a la tarjeta personal de aquel compañero del colegio. Entonces noté algo adicional que me llamó la atención: la pequeña cartulina tenía apenas el nombre del dueño y un número telefónico. Uno solo. No había un título profesional ni una dirección postal o un correo electrónico, y ni siquiera aparecía el logo de su empresa por ningún lado. Todo en él, definitivamente, parecía marcado por la modestia y la discreción, como si no deseara que su misma existencia se conociera por nadie. Sebastián, por lo visto, seguía siendo el mismo ser casi invisible y fantasmal de los viejos tiempos del colegio.

A continuación, busqué a Juan Manuel para despedirme y darle las gracias por la invitación, pero ante todo me quedé pensando en Sebastián. Supongo que ya es una costumbre propia de mi oficio, una especie de vicio de escritor, porque en seguida traté de fijar sus rasgos físicos en mi memoria. Ojos claros, casi azules, cabello color café oscuro, casi negro, bien cortado, cejas gruesas y la nariz recta. Una cicatriz pequeña pero notoria en la barbilla, y una boca de pocas palabras, llena de silencios. Un caballero de estatura mediana, continué, sin duda bien parecido y correcto. Galante, quizás, pero sin pinta de galán, de pronto precisé en mis adentros. Porque había algo en su conducta, tal vez esa discreción extrema o esa cortesía evidente, esas buenas maneras que lo hacían gentil y educado, pero al mismo tiempo lo dejaban un poco apartado y distante; algo apuntaba, en fin, a que él no era un hombre frívolo ni coqueto, y a que no se sentía a gusto en el papel de cazador de mujeres. Más aún: él no parecía interesado en conquistar a nadie. Era un individuo que despedía un agradable aroma de loción fina de afeitar, y lucía distinguido con su reloj de pulsera y su costoso traje de corbata negra hecho sobre medidas, con aquel corbatín que no se parecía torcer nunca y los puños inmaculados de la camisa asomados un par de centímetros para revelar dos mancornas de oro que hacían juego con los botones de la pechera impecable. Sin embargo, ante todo era un hombre privado, alguien que interponía una distancia entre su ámbito personal y el resto del mundo. No importaba que Sebastián estuviera rodeado de gente, como yo lo acababa de presenciar esa noche, porque lo rodeaba un aire… busqué la palabra indicada… solitario. Eso es. Un empresario exitoso y adinerado, claro está, elegante y apuesto, pero por encima de todo un hombre solitario.

5. De noche en la ciudad

Sebastián Sarmiento buscó su gabardina en el guardarropa del teatro, le dio una generosa propina a la joven que le entregó la prenda y salió por la puerta principal a la noche helada. Jaime lo esperaba con un paraguas cerrado a la salida, pues había dejado de llover, y le informó que Facundo aguardaba en el automóvil a la vuelta de la esquina, estacionado sobre la carrera Sexta, dado que la calzada frente al Teatro Colón era de uso peatonal. Sebastián asintió en silencio, el aspecto pensativo. Alzó la vista, observando las nubes bajas iluminadas por el tenue resplandor de la ciudad, que se desplazaban lentas y grises sobre las azoteas del viejo barrio colonial. Era la primera persona en salir del concierto y no había nadie más a la redonda, salvo dos guardias de uniforme azul y cascos con relumbres dorados que custodiaban el portón de hierro del Palacio de San Carlos —antigua casa presidencial y sede actual de la Cancillería de la República—, ambos parados bajo los faroles de luz amarillenta y con las culatas de los fusiles apoyadas en el suelo. También se veía una anciana que vendía maní dulce y cigarrillos en su carrito de golosinas, envuelta en una ruana blanca de lana, que había buscado protección de la lluvia bajo la marquesina de cristal del teatro. Sebastián miró a la izquierda, calle arriba, atisbando las cimas de los cerros ocultas en las nubes cenicientas, y luego contempló la calle en la dirección contraria, el pasaje peatonal en ligera pendiente, todavía reluciente de agua, con la silueta oscura y solitaria de la palma sabanera —asomada alta y esbelta por encima del patio interior del Palacio de San Carlos—, y más abajo el resto de luces de la ciudad encendida. Entonces le dijo a Jaime que iba a caminar un poco. Su asistente hizo un gesto afirmativo a la vez que presionaba el

47

botón del radioteléfono que portaba en la mano, y le transmitió la información a Facundo en susurros, para que el conductor tuviera el automóvil listo y con el motor en marcha, preparado para recogerlos en algún lugar más adelante. A continuación, Jaime se dispuso a seguir a su jefe pero manteniendo una distancia prudente, lo bastante cerca para acudir en su ayuda en caso necesario y lo bastante lejos para no interferir en sus reflexiones, pues él ya sabía cuándo su patrón deseaba estar a solas y hacía años que no había necesidad siquiera de verbalizarlo entre los dos.

Era una típica noche bogotana, fría y sin estrellas, con rachas de vientos glaciales que bajaban soplando por la montaña, de modo que Sebastián se anudó el cinturón de la gabardina, se subió el cuello hasta las orejas y hundió las manos en los bolsillos hasta los codos. Caminó calle abajo, dirigido hacia la lejana carrera Séptima, pisando atento los adoquines rojos y mojados de la calzada, que brillaban a la luz de las farolas con aspecto resbaladizo. Le gustaba caminar por la ciudad, una costumbre que había adquirido desde pequeño, y no perdía oportunidad de recorrer las aceras de cualquier ciudad en la que se encontraba, pues decía que era la mejor manera de pensar. Cambió de costado, y pasó bajo el histórico balcón de la Conspiración Septembrina, el famoso ventanal del Palacio de San Carlos de donde saltó el Libertador Simón Bolívar, el 25 de septiembre de 1828, para evitar ser asesinado. Siguiendo órdenes secretas de quien había sido su vicepresidente, Francisco de Paula Santander, y liderados por el español Pedro Carujo, una docena de civiles y casi treinta militares iniciaron el asalto alrededor de la medianoche con la intención de matar a Bolívar a raíz de los poderes dictatoriales que él había asumido meses antes. El grupo rebelde se tomó el palacio a la fuerza, y la insurrección les costó la vida a varios centinelas y al edecán presidencial, el coronel irlandés William Ferguson, pero, una vez más, la valerosa Manuelita Sáenz intervino para salvar a su hombre, convenciéndolo de que se fugara de prisa por la ventana, y el general sólo tuvo tiempo de huir con un sable y una pistola mientras ella se enfrentaba a los conspiradores. El Libertador de las Américas pasó el resto de la noche vestido a medias y temblando del frío bajo el puente del Carmen, y los historiadores coincidían en que esa funesta experiencia —la lluvia inclemente, la intemperie helada y el desamparo total— atizó la tuberculosis que lo terminaría llevando a la tumba dos años después.

Mientras evocaba aquel episodio, Sebastián se detuvo en la penumbra para leer la inscripción de la placa conmemorativa, puesta bajo el célebre ventanal y escrita en latín, y pensó que una de las grandes constantes de la historia de su país, incluso desde mucho antes de su independencia, era la violencia. Y en las últimas dos décadas ésta parecía desbocada, se dijo, pues ya hemos superado los índices de mayor violencia en el mundo. Por razones personales ése era uno de los temas que más lo obsesionaban, y vivía a la caza de las cifras más exactas y las estadísticas más confiables, como si procurara tomarle la temperatura al país para medirle la fiebre de la barbarie. Seis suicidios diarios, había leído en un informe oficial reciente. Y la población más azotada por ese mal, precisaba el documento, era la indígena. Tan sólo el mes pasado un indígena en el departamento del Vaupés se había suicidado cada semana. Y otro informe ofrecía un dato igual de estremecedor: tres colombianos morían cada ocho días solamente a causa de balas perdidas. Sebastián levantó la vista de nuevo, pensando en esa brutal casualidad —*otra*, reflexionó, sin poder eludir la estocada—, la del niño que regresa de la escuela y de repente cae fulminado por un plomo que cae del cielo, o la del hombre que sale de la fábrica o de la oficina con deseos de descansar después de la jornada laboral, ilusionado de ver a su mujer y a sus hijos, y al segundo está agonizando en la acera sin que nadie sepa jamás qué pasó o quién disparó el arma, y sin el mínimo consuelo de una explicación o una promesa incierta de justicia. Morir en la ignorancia absoluta, pensó. Sin una razón. Porque sí. Sólo porque alguien, a la salida de un bar o una taberna o un burdel o una cantina, ya sea alegre, iracundo, con miedo o con tragos, dispara al aire y la bala siega la vida de una persona inocente, lejos de allí, alguien que no tenía nada que ver con el pleito, la fiesta, el asalto o la borrachera. Tres muertes de ese tipo semanales. Para no hablar de todas las demás, de las miles de muertes violentas que desangraban al país cada año. Sebastián negó con la cabeza, cavilando en el sinsentido de la vida que prevalecía en esa sociedad tan sufrida y maltratada.

En la esquina, al pie de los bolardos y de la gruesa cadena de hierro que impedía el paso vehicular frente a la Cancillería, Sebastián dobló a la derecha por la carrera Sexta, caminando sin rumbo sobre las grietas de los andenes, viendo los muros blancos de cal sucia y los vidrios oscuros de las casas viejas y clausuradas. Pasó frente a un cafetín lleno de humo pero con pocos parroquianos visibles en la mortecina luz del establecimiento, y reparó en los letreros del comercio cerrado en la noche: una papelería, una fotocopiadora, un almacén de ropa interior femenina. Oía de vez en cuando los pasos de Jaime que lo seguía detrás, cauto y discreto, y agradeció que su hombre de confianza llevara el paraguas grande por si volvía a llover, el radioteléfono para comunicarse con Facundo en cualquier momento, y también la pistola Beretta de 9 milímetros, bruñida y niquelada, que aquél siempre portaba en la sobaquera de cuero, más dos cargadores extras de munición blindada. «Por si las moscas», solía decir el secretario. «Es mejor tenerla y no necesitarla, que necesitarla y no tenerla», sentenciaba con seriedad al referirse a su arma de escolta. Y también le repetía a su jefe otra de sus frases habituales: «No se preocupe, don Sebastián, que yo le cuido la espalda, pues para eso estoy. Mejor dicho: el día en que usted salga de un sitio y no me vea ahí afuera, esperándolo, ese día sí preocúpese». Sebastián esbozó una sonrisa triste y siguió andando, sintiendo el frío de la cordillera que le helaba los huesos. Dobló a la izquierda por la calle Once y continuó su camino cuesta abajo, bordeando el costado de piedras y ladrillos añejos de la Catedral Primada de Bogotá, admirando la silueta de la torre del reloj, recortada contra el cielo gris cargado de nubes, y la escalera de hierro iluminada con aire fantasmal que se adivinaba a través del arco del campanario. Finalmente desembocó en la carrera Séptima y contempló la Plaza de Bolívar, brillante de lluvia y amplia y desierta de gente. Sin saber por qué, quizás en busca de mejor vista, Sebastián trepó los peldaños de la escalinata de piedra de la catedral, el atrio que se estiraba a lo largo de la cuadra hasta la esquina siguiente del Palacio Arzobispal, y se detuvo frente a los tres grandes portones que correspondían a las naves de la iglesia. Observó la imponente fachada de estilo neoclásico de la catedral, punteada de palomas dormidas entre los nichos, con las lajas de piedra amarillenta tiznada por la polución, más las dos torres de los campanarios que se elevaban altas y oscuras en la noche. Giró el cuerpo a la izquierda para contemplar la famosa Casa del Florero de Llorente, con la columna de piedra del esquinero y los balcones verdes del segundo piso, la cual siempre le había intrigado porque parecía demasiado pequeña y modesta para albergar una gloria tan grande, ya que allí resonó el primer grito de la independencia en 1810. Luego sus ojos vagaron sobre la carrera Séptima, la avenida ancha y desprovista de automóviles a esa hora, cuyo asfalto relucía por la lluvia y reflejaba las luces verdes y rojas de la sucesión de semáforos. Su mirada se desplazó por el paisaje nocturno, lentamente y sin objetivo, cuando se posó en el edificio nuevo del Palacio de Justicia.

Hablando de violencia, se dijo. Y dejó escapar un hondo suspiro.

6. El epicentro

Sebastián, en efecto, jamás olvidaría aquel 6 de noviembre de 1985. Era miércoles, y la ciudad había amanecido con el cielo cubierto de nubes opacas, cuando a las once y media de la mañana un comando del grupo guerrillero M-19 se tomó por asalto el Palacio de Justicia, sede de la Corte Suprema y del Consejo de Estado, con el propósito de someter a juicio al Gobierno del entonces presidente, Belisario Betancur Cuartas, por el supuesto incumplimiento en el proceso de paz que se estaba negociando en esas fechas. En un operativo temerario y sangriento, alrededor de treinta guerrilleros irrumpieron a tiros en la inmensa mole del edificio que ocupaba un costado completo de la Plaza de Bolívar, enfrente del Capitolio Nacional y al lado del Palacio Liévano —silla de la alcaldía de la ciudad—, situado apenas a un par de cuadras de la Casa de Nariño, residencia del presidente de la República y corazón de la rama Ejecutiva del Estado. Ése había sido uno de los eventos más traumáticos de nuestra historia, y Sebastián lo recordaría toda la vida en detalle. El muchacho recién graduado de la universidad acababa de iniciar sus primeros tanteos de periodista en Bogotá, y tan pronto la programación de la radio se interrumpió por un boletín urgente de noticias que informaba de manera preliminar lo que estaba pasando, él desvió su auto y lo dejó estacionado de cualquier manera a cinco cuadras de distancia; corrió por aceras llenas de personas asustadas que huían en la dirección contraria, dobló una esquina y chocó con una mujer con rulos en el cabello y los ojos desorbitados del pánico, todo el tiempo oyendo estampidos y retumbos de disparos lejanos; logró sortear una valla que la policía estaba levantando para cerrar las calles y acordonar el lugar, y llegó jadeando a una esquina de la plaza para presenciar los hechos. Se amparó detrás de un murete junto a un grupo de periodistas, todos mayores que él, y estuvo el resto del día viendo lo que podía y tratando de entender lo que estaba pasando, porque para Sebastián y para el mundo entero aquel espectáculo infernal resultaba incomprensible.

En realidad, nunca se supo qué fue peor: la insania suprema de la guerrilla al promover un atentado tan violento en pleno centro de la capital, la incompetencia del Gobierno civil que careció de la autoridad para impedir o atajar la tragedia, o la ferocidad de las fuerzas armadas que retomaron el palacio a sangre y fuego. Aplicando un despliegue de armas brutal y desproporcionado, el ejército llegó con seis tanques Cascavel a la plaza, rodeó el edificio con más de mil soldados y tropas de asalto, y en seguida comenzó uno de los enfrentamientos más sangrientos que se han visto jamás en Colombia. A través de la televisión, el país presenció la imagen bárbara de los tanques trepando por los escalones de ingreso y derribando la puerta principal del palacio, luego disparando cañonazos a la fachada mientras, adentro, los magistrados de las altas cortes de la República y unas trescientas cincuenta personas eran retenidas como rehenes por la guerrilla. Durante veintiocho largas horas se prolongó la pesadilla, y uno de los momentos más angustiosos fue cuando se escuchó a través de la radio al presidente de la Corte Suprema de Justicia, Alfonso Reyes Echandía, clamar con insistencia —pero increíblemente sereno en medio del tiroteo que sonaba al fondo— la apremiante solicitud de cese al fuego, la cual fue desatendida por el presidente Betancur e ignorada por las fuerzas armadas. Esa misma tarde comenzó el incendio que terminaría devorando la estructura completa del palacio, y después, en la oscuridad de la noche, mientras las llamas rugían entre bocanadas de humo negro que brotaban en columnas espesas al cielo, y los cristales estallaban de las ventanas altas y estrechas, y la edificación entera ardía como una gigantesca hoguera sin control, derritiendo los letreros publicitarios del comercio vecino, con docenas de civiles todavía atrapados en el interior, refugiados en los baños e inmovilizados por el cruce de fuego entre guerrilleros y soldados, un periodista de la televisión interpeló al teniente coronel Alfonso Plazas Vega, comandante de la Escuela de Caballería y oficial al mando del operativo de retoma, y le preguntó con un micrófono en la mano cuál era la decisión de las fuerzas del orden en ese momento. Entonces el alto militar, con bigote negro y un casco verde de acero, respondió con una frase que hizo historia: «Mantener la democracia, maestro». En medio del estupor ante aquella tragedia confusa y colosal, la gente que escuchó al coronel experimentó un temblor de emoción patriótica.

Con el paso del tiempo, sin embargo, aquel fervor de patriotismo se esfumó y lo reemplazó la indignación, porque años después se empezó a vislumbrar la verdad y ésta resultó ser escalofriante. Por un lado, se supo que el grupo guerrillero M-19, que para muchos periodistas, universitarios e intelectuales de izquierda había encarnado una valiente postura de idealismo desde su fundación en 1974, careció por completo de ideales y de cualquier tipo de motivación justiciera, pues el comando no sólo había irrumpido en el edificio asesinando a sujetos inocentes, entre ellos un par de celadores humildes, sino que había hecho pactos secretos con el sector criminal más violento y vulgar del país: el narcotráfico. El supuesto juicio popular al presidente Betancur era apenas un pretexto de pantalla política, mientras que el temible jefe del cartel de Medellín, Pablo Escobar Gaviria, había financiado la toma del palacio para que el comando subversivo desapareciera los expedientes de los narcotraficantes solicitados en extradición por el Gobierno de Estados Unidos. Las fuerzas armadas, entre tanto, rescataron a doscientas sesenta y tres personas del edificio y las salvaron de una muerte segura, una proeza encomiable por la cual varios soldados sacrificaron la vida, pero a la vez apartaron al Ejecutivo del operativo como si fuera un estorbo, hasta el punto de que el ministro de Justicia, Enrique Parejo González, señaló que sus órdenes fueron ignoradas por las fuerzas militares y que la finalidad de éstas en ningún momento fue salvar la vida de los magistrados. La cúpula del Ejército mandó a dormir al gabinete presidencial al comenzar la tenebrosa noche de aquel 6 de noviembre, y aprovechando la ausencia del Gobierno civil comenzó la fase más violenta de la retoma. Tanto las brigadas del Ejército como los oficiales de la Policía Nacional, después de tantas horas de fuego encarnizado de parte y parte, ya no entraron a rescatar a nadie, sino con la orden terminante de dispararle —como más tarde confesaría un testigo marcial y lo reiteraría Carlos Betancur Jaramillo, presidente del Consejo de Estado— «a todo lo que se moviera». En medio del fragor del combate y del estruendo de las bombas, más los estragos de las llamas y la sofocante humarada del incendio, los soldados no identificaban con precisión el pequeño baño donde estaban resguardados los últimos guerrilleros vivos con un grupo de ochenta rehenes aterrados, todos apeñuscados en aquel recinto de tinieblas, lleno de humo y con el suelo inundado de aguas malolientas, pero tan pronto lo ubicaron, en vez de reducir el fuego, afinaron la puntería y lanzaron granadas de fragmentación, arrasando con todo, como lo presenció Hernando Tapias Rocha, magistrado de la Corte Suprema de Justicia, uno de los últimos civiles que salió con vida del palacio y de los pocos que sobrevivió aquella noche infernal, a pesar del balazo que le atravesó el tórax. En suma: no hubo prudencia en el manejo de las armas y los coroneles marginaron al Ejecutivo de la operación militar, causando lo que la Corte Interamericana de Derechos Humanos calificó como una masacre y un holocausto.

¿Cuál fue el resultado de la acción criminal de la guerrilla, la furiosa reacción de las fuerzas armadas y la alarmante inacción del Gobierno civil? La destrucción íntegra del palacio, la sede principal de la justicia colombiana convertida en cenizas, y alrededor de cien muertos entre militares, policías, guerrilleros, funcionarios y servidores públicos, incluidos doce magistrados más treinta cadáveres no identificados. Como si lo anterior no bastara, al final hubo once personas desaparecidas, empezando por los trabajadores de la cafetería ubicada en el primer piso del edificio. Entonces se divulgó lo impensable: que varias personas salieron con vida de la estructura en llamas y fueron llevadas a diferentes cuarteles militares, donde las torturaron hasta la muerte y luego regresaron sus cadáveres a escondidas a las ruinas del palacio para que se contabilizaran con los demás muertos en combate. Así ocurrió con el magistrado auxiliar del Consejo de Estado, Carlos Horacio Urán, a quien en varios videos que el público conoció después se le veía salir vivo del edificio, herido de una pierna y sin camisa, cojeando y apoyándose en los brazos de dos soldados que lo conducían afuera por la puerta principal, y sin embargo al día siguiente apareció muerto en el interior de los escombros calcinados del palacio, con el cuerpo lavado para borrar evidencias, más un tiro de gracia en la cabeza y un balazo disparado a quemarropa en el pecho, y para rematar sus documentos de identidad se descubrieron sin explicación en el Cantón Norte del Ejército en Bogotá. Además, dos jóvenes universitarios, Yolanda Santodomingo y Eduardo Matson, que en el momento del asalto se encontraban en el edificio haciendo una diligencia para una investigación académica, primero fueron rescatados por las tropas del Ejército, pero luego fueron llevados a una guarnición militar y allí los torturaron hasta que alguien se enteró de que Matson era sobrino del gobernador del departamento de Bolívar, y gracias a eso los dejaron salir con vida, aunque años después el Estado tuvo que admitir su responsabilidad en la detención ilegal y tortura de los dos estudiantes. En cuanto al presidente del más alto tribunal, el magistrado Reyes Echandía, quien finalmente nunca habló con el presidente Betancur porque éste no le pasó al teléfono, su cadáver fue descubierto con dificultad entre los despojos debido a las quemaduras que le cubrían medio cuerpo, y para sorpresa de todos tenía un proyectil mortal que los estudios de balística confirmaron que no pertenecía a las armas utilizadas por el M-19. Por último, sólo dos miembros del grupo guerrillero salieron vivos del edificio. Ambos eran mujeres, Clara Elena Enciso e Irma Franco, y mientras que la primera logró escapar y huir al exilio, la segunda fue violada y torturada durante una semana, luego asesinada y enterrada en secreto en los predios de una guarnición militar. Lo cierto es que once personas nunca aparecieron vivas ni muertas, y Sebastián había visto la sobrecogedora escena de sus familiares desesperados, gente desprovista de recursos y conexiones de importancia en busca de una respuesta, enviada de un despacho a otro y luego de una oficina a otra, extraviada en los laberintos de la burocracia estatal, dando vueltas y vueltas en torno a una ausencia y padeciendo durante años un calvario que no tendría fin nunca jamás.

Mientras estaba ahí parado en las escalinatas de la Catedral Primada, reviviendo ese conjunto de recuerdos atropellados que se amontonaban en su interior, tristes y abrumadores, Sebastián sintió que perdía el equilibrio y por un segundo se tuvo que apoyar contra la fachada de piedras para no irse de bruces, porque a continuación se percató de un hecho que no había pensado nunca, a pesar de haber pasado por allí tantas veces antes: en ese lugar exacto, al que había llegado esa noche caminando sin rumbo, se parecía concentrar la historia trágica de Colombia. Esta esquina de la carrera Séptima con la calle Once, se dijo, sobre la curvatura inicial del atrio y al pie de la fachada de la Catedral Primada, es una de las más familiares de nuestro país y a la vez es una de las más neurálgicas. El hombre soltó un suspiro que pareció salirle del alma, al tiempo que miraba a su alrededor. Este sitio, comprendió, es nada menos que el epicentro de la violencia nacional.

7. Demasiado corto

Mientras yo avanzaba en silencio hacia el norte de la ciudad, conduciendo mi destartalado Renault 4 cuyas latas requerían una urgente mano de pintura, me quedé pensando en aquel encuentro con mi viejo amigo del colegio. Después de unos minutos, deduje que había algo en el rostro de Sebastián que se me fue haciendo claro: una pincelada de su personalidad que vislumbré en sus ojos casi azules cuando él comentó que era viudo y cuando mencionó a su socio fallecido, Rafael Alcázar. Era la mirada de quien ha perdido una tajada esencial de la vida. Esas cosas dejan huellas, me dije, y se notan sin remedio. Al cabo de todos mis años como habitante de este mundo, además de mi papel como historiador, escritor e investigador, suelo detectar ese rasgo en las personas casi en seguida, pues he visto las marcas que quedan luego de una tragedia de ese tamaño, como cicatrices que no se pueden ocultar ni maquillar. A lo largo del tiempo he comprobado los rastros que dejan esas experiencias devastadoras, la chispa que se apaga o el fulgor que desaparece en las pupilas, o la arruga en torno a los párpados o el pliegue en la comisura de la boca que no se puede pintar o empolvar. Porque he visto de cerca pérdidas inmensas e irremplazables, como la pérdida de un hijo. La pérdida de la salud. La pérdida de la fortuna. La pérdida de los afectos. La pérdida de la honra. Una parte de esa ausencia se aposenta en la mirada luego de padecer una vivencia de esa magnitud, como el cráter que yace tras el impacto de un meteorito en la superficie de la Luna, y así lo registré en Sebastián esa noche. Y aunque sólo tomé conciencia de ello después, mientras conducía mi viejo auto de regreso a mi casa, en los días siguientes pude constatar lo acertada que había sido esa intuición. Más aún, con el paso de los días entendí que me había quedado corto en mi apreciación. En verdad, demasiado corto.

8. Hablando de Dios...

Sebastián miró a su alrededor. A pocas cuadras a la redonda, en efecto, con aquel punto como epicentro de un sinnúmero de tragedias históricas que convergían igual a los radios de una rueda de bicicleta, allí se parecían concentrar los hechos más significativos que habían trazado la trayectoria del país. Desde ese lugar sobre el atrio donde Sebastián estaba parado, no sólo se veía el sitio exacto donde sonó el primer grito de la independencia, un alarido de cólera popular al quitarnos de encima el yugo español y que nos iba a costar tanto dolor y tanta muerte, incluido el asedio de una ciudad amurallada, lejos de allí, sitiada por tropas leales a la Corona española y lideradas por Pablo Morillo y Morillo, teniente general de los ejércitos de España y mal llamado el Pacificador, mientras la población de Cartagena de Indias se moría de hambre; a la vez, muy cerca de esta esquina estratégica, además del atentado contra Simón Bolívar y de la masacre del Palacio de Justicia, también habían ocurrido los asesinatos de otros héroes de la patria, desde el general liberal Rafael Uribe Uribe, matado a hachazos en 1914 al pie del Capitolio Nacional, hasta Enrique Low Murtra, ultimado a tiros muchos años después por sicarios del narcotráfico, a sólo unas cuadras de distancia en la puerta de la Universidad de La Salle, por haber tenido el coraje de oponerse al cartel de Medellín como ministro de Justicia. Sebastián nunca olvidaría su defensa del Tratado de Extradición con Estados Unidos, que significó su sentencia de muerte porque eso era lo que más temían los capos de la droga en aquel entonces, así como su valiente discurso frente a las cámaras de la televisión nacional. «Me puede temblar la voz», confesó el ministro a la vez que hacía un esfuerzo por controlar la agitación de las manos, consciente del alcance de sus palabras. «Pero no la moral». Y ese crimen infame obligaba a pensar en otro, también a manos de sicarios de la mafia, porque había ocurrido el mismo día y casi a la misma hora, aunque siete años antes: el primer asesinato político del narcotráfico, que cambió la historia del país y con el cual se declaró la guerra a muerte entre el Estado de Colombia y el jefe del cartel de Medellín, Pablo Escobar Gaviria: el magnicidio del entonces ministro de Justicia, Rodrigo Lara Bonilla, en 1984. Y más todavía si se invertían los últimos dos dígitos de ese año terrible, pues apenas a un par de cuadras al norte, sobre la carrera Séptima, se divisaba el sitio preciso donde Juan Roa Sierra disparó contra el líder político Jorge Eliécer Gaitán, el 9 de abril de 1948. Sebastián contempló el asfalto y la acera en penumbras, pues por allí mismo la muchedumbre linchó al criminal y lo arrastró como un muñeco de trapo por la calle, desatando la peor guerra civil de nuestra historia, llamada de manera redundante La Violencia: una década de atrocidades que al final dejaría más de doscientos mil muertos y un número incalculable de heridos.

En ese momento el empresario sintió que las piernas le fallaban, porque luego de alzar la vista y de lanzar otra ojeada al moderno edificio que reemplazó la sede incendiada de las cortes del país, y de recordar a los culpables e inocentes calcinados en su interior, apareció en su memoria la siguiente catástrofe de escala mundial que ocurrió a la semana exacta de la toma del Palacio de Justicia: la erupción del volcán Nevado del Ruiz en el departamento del Tolima. Eran las 9:20 de la noche del 13 de noviembre de ese año infausto cuando se despeñó una avalancha de lodo que sepultó el pueblo de Armero y lo borró del mapa. El calor de la lava derritió las cumbres nevadas del volcán, y el hielo, convertido en un torrente de aguas revueltas de tierra y rocas, se precipitó por la ladera de la montaña con una potencia arrasadora, desbordando los ríos y aplastando los bosques y destruyendo todo lo que yacía en su camino. Veinticinco mil personas murieron a causa del cataclismo, entre ellas Omayra Sánchez, la hermosa niña de trece años que no pudieron rescatar mientras las cámaras de la televisión la entrevistaron durante tres días seguidos, atrapada con el agua al cuello, tratando de mantenerse a flote y sujeta de un palo con las yemas de sus dedos marchitos, sufriendo en silencio con su cabello de crespos negros y aquellos ojos grandes y castaños que quedaron grabados en la memoria colectiva de toda la nación. La tragedia de Armero rebosó los límites de lo tolerable, porque el volcán llevaba ciento cuarenta años en estado durmiente, y que hubiera estallado con esa reciedumbre una semana después de la carnicería del Palacio de Justicia llevó a que una desgracia se asociara a la otra para siempre en la retentiva de los colombianos. Por eso mucha gente rechazó la idea de que tantas desdichas eran resultado de una simple casualidad —como si las casualidades, puntualizó Sebastián, pudieran ser alguna vez *simples*—, y mucha otra se preguntó si tantos sufrimientos no serían parte de un ajuste de cuentas cósmico o un oscuro castigo de Dios. En suma, esa semana atroz había sido una de las peores de nuestra historia, y Sebastián siempre la definió como el momento de la Gran Decepción, porque los principales sectores de la sociedad colombiana sufrieron una desilusión profunda con sus ídolos de cabecera, y al final sólo quedó una sensación generalizada de orfandad, de desconfianza y de naufragio nacional. Esa semana perdimos la inocencia y la perdimos de por vida, anotaría Sebastián, porque los defensores de la izquierda tuvieron que aceptar que sus paladines de la guerrilla habían actuado como asesinos a sueldo, y los defensores de la derecha tuvieron que aceptar que sus héroes de las fuerzas armadas habían actuado como carniceros, y los defensores de la democracia tuvieron que aceptar que sus líderes en el Gobierno civil no habían servido para nada, y los creyentes en Dios tuvieron que aceptar que Su voluntad, por decir lo menos, parecía inescrutable.

El hombre volvió a sentir que las piernas le fallaban, así que buscó en dónde sentarse. Para su sorpresa, vio que una puerta de la iglesia estaba entreabierta.

Hablando de Dios, se dijo, sin poder disimular un gesto de ironía. Entonces entró, casi tambaleando, en la catedral.

9. Un mendigo

Sebastián ingresó por el gran portón para escapar del frío y serenar los ánimos, y tomó asiento en uno de los bancos de madera más próximos a la entrada. Reinaba un gran silencio en el lugar, con ecos tenues de recinto vacío, y el hombre percibió residuos del olor amargo del incienso y observó las columnas gruesas y blancas de la nave central, coronadas de capiteles dorados. Al fondo se veía el altar con la figura de Cristo en la cruz, y cerca titilaban las llamitas trémulas y rojizas de unas pocas velas encendidas. Sólo había un puñado de feligreses dispersos en el interior, rezando o mirando al frente, absortos en sus cavilaciones. Sebastián no entendía por qué se sentía así, con la sangre en sus venas latiendo a bombazos y el corazón desbocado. Por un segundo sintió asfixia en el pecho, y hasta se le pasó por la cabeza el temor de un infarto, entonces se desanudó el corbatín y se soltó los primeros botones de la camisa para respirar mejor. Inhaló varias veces seguidas, jadeando, y después apoyó los codos en las rodillas y el rostro en las manos.

Al cabo de unos minutos aquel hombre hizo algo que no había hecho hacía años: se postró de rodillas. Sebastián no se hincaba en una iglesia desde la noche de su matrimonio, y antes de eso, desde que salió del colegio de curas en el que estudió con Rafael Alcázar. Permaneció así un largo tiempo. Luego volvió a alzar la vista, tratando de adivinar una respuesta o una explicación, y sólo se le ocurrió que lo estaba haciendo por algo que no se podía negar más: había tocado fondo. A pesar de ser un hombre rico y exitoso, él se sentía abrumado por la culpa y la soledad, muerto por dentro, como lo vislumbró esa noche al mirarse de frente en el espejo del baño. Se quedó así, meditando de rodillas en el reclinatorio, y por primera vez contempló su vida en ruinas.

Mientras tanto, parado contra el portón de la iglesia, Jaime lo estudiaba sin pestañear. En todos los años que lo conocía, jamás había visto a su jefe ingresar a una iglesia salvo para admirar una antigüedad o apreciar un vitral o una obra de arte, y mucho menos para postrarse de rodillas y rezar, como parecía que lo estaba haciendo en ese momento. Así que se apartó en silencio, discreto, y aguardó a que su patrón terminara. Se mantuvo afuera en las sombras, alejado del rectángulo de luz que proyectaba la puerta abierta sobre el enlosado del atrio, sin decir una palabra y esperando inmóvil, atento y paciente.

Sebastián Sarmiento concluyó sus reflexiones y se incorporó con trabajo. Dio media vuelta, no sin antes robar otra mirada a la figura de Cristo sobre el altar, y salió a la noche helada. Ahora descubrió a un pordiosero tendido en la puerta de la catedral. No lo había visto al entrar. El hombre se veía barbudo y mugriento; le faltaba una pierna y en el suelo yacía un palo remendado que le servía de muleta improvisada. Le extendió una mano a aquel caballero que salía del portón y le pidió una limosna. Una ayuda, dijo con la voz quebrada. Por favor. Una ayuda, por el amor de Dios. Y mientras Sebastián extraía la billetera del bolsillo para ofrecerle todo el efectivo que tenía en ese momento, recordó su reciente conversación en el Teatro Colón con su amigo del colegio, Roberto Mendoza, cuando hablaron del filósofo alemán Friedrich Nietzsche, porque en ese instante él evocó otra de sus frases más certeras: «Un chiste es el epigrama de la muerte de un sentimiento», ya que en Colombia, caviló, se acostumbra llamar a estas personas tan sufridas y desgraciadas, a los mendigos, locos callejeros, pordioseros, gamines e indigentes, «desechables». La muerte de un sentimiento, se repitió. Al igual que cada broma machista, regionalista, clasista y racista. Pero si sólo son chistes, decían con expresión inocente quienes los decían entre risas. Sin embargo, Sebastián sabía que había un fondo más oscuro y perverso debajo de todas esas chanzas, pues cada una era indicativa de eso: la mutilación y la erosión de un sentimiento. Entonces el empresario pensó que un país tenía que estar muy enfermo para calificar a su gente más desamparada de esa manera: como superflua, inútil, inservible; sólo apta para ser descartada. *Desechable*. Muy enfermo… o muerto por dentro, se dijo. En ésas escuchó al mendigo, sorprendido por el valor del dinero —nunca recibía más de unos pocos pesos y solían ser dos o tres monedas sucias—, darle las gracias. «Dios lo ayude, señor», musitó. Entonces Sebastián inclinó la cabeza, agradecido a su vez por las palabras, y caminó sobre el enlosado del atrio mientras retomaba el hilo de su pensamiento, viendo el auto estacionado sobre la carrera Séptima, con el motor en marcha y nubecillas blancas saliendo del tubo de escape, y con Facundo a la espera tras el volante y Jaime aguardando con la puerta abierta. *Tan enfermo o tan muerto*, resumió, al tiempo que descendía los escalones y le indicaba a su asistente que ya se podían marchar a casa, *como lo estoy yo*.

10. El empresario

—Sebastián Sarmiento, oiga bien, es un *hijo de puta* —escupió el señor que estaba a mi lado. Sus palabras despedían rencor y amargura, y su mirada de rabia reflejaba una deuda que seguía sin saldar. Pendiente. Ese día entendí muchas cosas, entre ellas que Sebastián tenía su propia lista de enemigos y que algunos de éstos eran igual de ricos y poderosos que él, y además poseían largas y buenas memorias, de las que se mantienen frescas e intactas a pesar del paso del tiempo. Eran fulanos orgullosos y soberbios, para quienes ninguna afrenta es pequeña ni se olvida, y por eso mismo son más peligrosos que el tictac de una bomba de relojería.

Esto sucedió una semana después de nuestra breve charla en el Teatro Colón, en el primero de varios encuentros con personas que lo conocían, algunos accidentales —*casuales*, habría rectificado Sebastián, mirándome con aquella sonrisa que yo llegaría a conocer bastante bien, la que parecía matizar y a la vez recalcar la seriedad de su pensamiento—, como éste con el señor que lo acababa de insultar, y otros buscados por mí de manera deliberada —cenas, almuerzos, citas en bares y cafés, o en las oficinas de sus socios y rivales—, con el fin de llenar las lagunas que yo tenía sobre su pasado y quizás entender mejor a mi amigo de la infancia. En ese momento, lo confieso, no me imaginé que yo terminaría escribiendo estas páginas, aunque es probable que ya estuviera creciendo en mí la inquietud, un deseo incipiente e inconsciente de articular su historia en palabras, pues a fin de cuentas ése es mi oficio: contar la existencia de otros, narrar la biografía de individuos que, por una razón o suma de razones, considero que sobresalen e iluminan mejor que otros su tierra y su tiempo. En verdad, para entonces lo único que me motivaba y me espoleaba a ir más allá, cada vez más lejos y profundo en el enigma que para mí representaba Sebastián, era cierta curiosidad sobre su vida, las preguntas acerca de su recorrido que me había formulado al verlo después de tantos años, más el hecho, totalmente accidental —*casual*, habría corregido él de nuevo, ya con fastidio—, de que en los días siguientes a nuestro encuentro escuché su nombre tantas veces a mi alrededor. Eso, supongo, nos ha pasado a todos. Basta tener una antena en alto para detectar algo que nos interesa y de pronto lo percibimos en torno nuestro como nunca antes. En la universidad, recuerdo, tuve una compañera de facultad que me gustaba mucho, y un día al final de clases, mientras yo pugnaba y hacía la fila para subirme al colectivo de la carrera Séptima —en medio de un típico aguacero de abril, tapándome la cabeza con un periódico que se desintegraba en mis manos—, la vi saliendo de un parqueadero al volante de un Renault 6 de color amarillo mostaza. Jamás me había fijado antes en ese tono de pintura, y pensé que, para suerte mía, aquel automóvil sería fácil de distinguir en la ciudad y así yo podría descubrir a esa joven tan bella manejando por las avenidas atestadas de vehículos en su carrito de color singular, idéntico al de los resaltadores que usábamos para subrayar los textos y las fotocopias de lectura. Sin embargo, a partir de ese instante me pareció que las calles estaban repletas de autos amarillos, pues los veía por todas partes. Eso mismo me pasó con Sebastián. Yo llevaba veinticinco años sin pensar en él, sin tener noticias suyas y sin oír siquiera su nombre mencionado; de golpe me lo encuentro una noche en un concierto de música clásica en el Teatro Colón, y a continuación advierto su presencia por todos lados y escucho su nombre en boca de muchas personas. Lo cierto es que con cada reunión que siguió en esos meses, tanto las buscadas como las casuales, y con cada historia, anécdota, rumor y relato que se referían a Sebastián, sospecho que la idea de algún día escribir algo sobre este hombre tan particular se fue afianzando y echando raíces en mi interior.

En fin, recuerdo ese día perfectamente. Era un sábado en la tarde, y yo me encontraba en Il Pomeriggio, uno de los cafés más concurridos del norte de la ciudad, esperando a mi esposa que andaba de compras en el centro comercial Andino de Bogotá. Bueno, «de compras» es un decir. Ella no había tenido ocasión de cambiar algunos de los mejores regalos que nos habían dado en Navidad, y admito que yo estaba bastante ansioso con el plan. Habíamos dejado a nuestras hijas en una fiesta de cumpleaños —de una amiguita de ambas del conjunto residencial donde vivimos—, de modo que disponíamos de tiempo de sobra, y mi temor radicaba en que mi mujer aprovechara esas horas no sólo para devolver los obsequios sino de paso adquirir un par de cosas por su cuenta, pues nuestras finanzas no nos permiten el lujo de pasar una tarde de compras, y menos en un lugar tan costoso como ese centro comercial.

Ya he dicho que soy historiador, escritor y profesor universitario, y, si no me equivoco, gozo de buena reputación entre mis alumnos, quienes me ven como un maestro exigente pero justo. He publicado varios libros, aunque todos han sido de corte académico y para lectores más bien especializados, y por lo general los críticos han aplaudido mis esfuerzos, la mayoría destacando el rigor de la investigación y la solidez de las fuentes, junto con la validez de las tesis y la transparencia de la prosa. Mi fuerte son las biografías y los ensayos sobre aquel período de la historia que tanto me interesa, el paso de la Edad Media al Renacimiento europeo, ese momento tipo bisagra que unió dos épocas tan distintas y fascinantes, la primera marcada por el oscurantismo y el fanatismo religioso, la ignorancia y la superstición, y la segunda marcada por la cultura y la exploración, la sed de conocimiento, la innovación y el talento en las artes y la audacia en las ciencias. Tuve un éxito inesperado con mi libro sobre Fernando de Magallanes, en particular en España y Portugal, y mi nombre figuró entre otros durante unas semanas en la prensa europea, pues gracias al hallazgo fortuito de un documento refundido en una biblioteca privada en Florencia, con mis colegas italianos pudimos demostrar lo que

71

hasta entonces se creía que era un rumor sin fundamento: que la Conspiración Pazzi del 26 de abril de 1478, el atentado contra la familia Médici en la Catedral de Santa María del Fiore, donde murió asesinado Juliano de Médici mientras que su hermano, el célebre Lorenzo el Magnífico, se escapó de milagro, en realidad fue una orden secreta tramada por el papa de la época, Sixto IV —recordado por su nepotismo y por construir el templo que todavía lleva su nombre, la famosa Capilla Sixtina, pintada años después por los mayores artistas de su tiempo, entre ellos Perugino, Botticelli y Miguel Ángel—, y ejecutada por su amigo mercenario y duque de Urbino, el *condottiero* Federico da Montefeltro. Ése, lamento decir, fue mi único momento de gloria, mis quince minutos de fama. De resto, me invitan a menudo a dictar conferencias en distintas ciudades de Colombia y también, de vez en cuando, en el extranjero, mis libros se siguen vendiendo a pesar del limitado mercado de mis lectores y doy clases en tres universidades en Bogotá. De manera que esas fuentes de ingresos —más el sueldo de mi esposa, quien trabaja medio tiempo como asistente en un bufete de abogados— nos bastan para vivir, digamos, cómodamente, pero sin gastos excesivos. No para ir de compras, repito, en un lugar tan exclusivo como este centro comercial.

Así, luego de estacionar nuestro automóvil en el sótano del Andino, subimos por las escaleras eléctricas a la primera planta y nos pusimos de acuerdo para encontrarnos, unas horas más tarde, en ese mismo sitio. Matilde me dio un beso en la mejilla y se fue feliz con sus paquetes de regalos para devolver, y yo no supe qué hacer con mi tiempo libre. Entonces di un par de vueltas por el centro comercial, mirando distraído las vitrinas y reparando en los precios tan elevados de los artículos, y, sin proponérmelo, salí para disfrutar el aire de la tarde y caminar delante de las suntuosas tiendas del exterior, bordeando la gran fachada de ladrillos, y después entré en La Caja de Herramientas, la pequeña librería que queda al pie de Il Pomeriggio. Allí estuve curioseando un rato en la parte de atrás, revisando los anaqueles de la sección de Historia en busca de títulos recién publicados, y antes de salir me detuve a examinar algunos libros destacados en la mesa de novedades. Por último, como no tenía adónde ir ni tenía nada más que hacer, compré una revista para leer en el café vecino —diciéndome que tampoco había que exagerar, ni íbamos a terminar en la bancarrota si me permitía el inesperado gusto de un buen capuchino—, de modo que pasé al local contiguo y busqué un lugar apartado para sentarme y pasar las horas, tratando de no pensar demasiado en la cuenta.

Il Pomeriggio es un café elegante y agradable, con varias mesas afuera en la terraza, todas cubiertas con un mantel blanco de tela, y adentro hay una barra larga de madera con licores importados que adornan la pared del fondo. Los meseros visten pantalón negro y chaqueta blanca con corbatín, y hay un par de televisores que pasan sin cesar películas mudas de Charlie Chaplin, las cuales siempre me conmueven de manera especial. Este café tan limpio y placentero se podría encontrar en cualquiera de las grandes ciudades de Italia, y se conoce porque es uno de los sitios predilectos de la sociedad capitalina. Yo sólo me he sentado ahí dos o tres veces en mi vida, convidado sin falta por alguno de mis amigos más adinerados, y en cada ocasión he descubierto políticos, empresarios, abogados, actores y periodistas de renombre. Supongo que su ubicación resulta ideal para citas y reuniones después del trabajo, y también para ver a otras personas y, más que nada, para ser visto. Sin duda, por eso casi toda la gente que ingresa al café se roba una ojeada discreta en los grandes espejos de las paredes, para cerciorarse de que la blusa, el peinado, la corbata o el pañuelo lucen en forma adecuada.

Así pasé el tiempo, sentado en una mesa de la terraza, la más alejada de la entrada, hojeando mi revista y bebiendo de mi taza espumosa a sorbos lentos, gozando del sabor del café, cuya buena calidad es otro de los atractivos del lugar. No deja de ser irónico que en el país más famoso del mundo por este producto es difícil encontrar un café decente, y siempre he escuchado una explicación lógica pero no por eso menos ofensiva: que nuestros mejores granos se exportan al exterior y lo que resta para el consumo interno es lo peor de cada cosecha. El hecho es que me encontraba a gusto, saboreando el capuchino que me había traído el mesero —cuando finalmente conseguí que me atendiera—, leyendo por encima un artículo de la revista y notando cómo se iba llenando el establecimiento con su clientela habitual, cuando de pronto alcé los ojos y reconocí a Luis Antonio Salcedo, el segundo de Sebastián Sarmiento, parado en la puerta del local. Estaba charlando con un sujeto alto y delgado, con pinta de caballero inglés, aunque no supe quién era porque estaba de espaldas. En ésas Salcedo me vio y de inmediato se despidió del otro señor y se dirigió a mi mesa, sonriendo y luciendo su cabello blanco impecablemente peinado. Entonces vi que el individuo alto y flaco, el que Salcedo había dejado de manera un tanto abrupta para venir hacia mí, era nadie menos que Felipe López Caballero, periodista y dueño de la revista *Semana*, y además hijo y nieto de expresidentes. Yo no me lo habría creído si alguien me hubiera susurrado al oído que yo me iba a reunir, meses después, con ese hombre tan influyente para conversar sobre Sebastián, y que la persona que me serviría de enlace sería, justamente, Luis Antonio Salcedo. En todo caso me asombró que el vicepresidente de Alcásar se acordara de mí, y más todavía que dejara de lado a alguien como Felipe López para prestarme atención. La única explicación posible, pensé, mientras aquel señor apuesto y galante serpenteaba entre las mesas para aproximarse a la mía, era que Sebastián le había dicho algo. Y no me equivoqué, porque eso fue lo primero que me indicó Salcedo a modo de saludo, como si fuera necesaria una aclaración para entender su amabilidad conmigo.

—Hola, Roberto —su sonrisa relucía mientras yo me ponía de pie, algo perplejo, para estrechar su mano extendida—. Qué gusto volverte a ver. La otra noche Sebastián me llamó después del concierto, muy tarde, por lo demás, y me habló bastante de ti. Tengo entendido que eran amigos hace años, ¿correcto? ¿En el colegio, tal vez?

Balbuceé que sí, sin imaginar qué más le habría comentado Sebastián, y menos para que yo mereciera semejante cortesía por parte de este ejecutivo tan rico y ocupado, un personaje que, como tantos de los suyos, dispone de mucho dinero y poco tiempo, en particular para la gente que no le produce plata o placer. Incluso la primera vez que lo vi, recordé, cuando él saludó a Juan Manuel de la Torre en el Teatro Colón, tras nuestra afanosa llegada y antes de ingresar al palco central, él ni siquiera pareció registrar mi presencia, pues no creo que un simple profesor como yo figurara en los radares de un empresario como Luis Antonio Salcedo.

El hombre siguió hablando con gentileza, luciendo su dentadura blanca y brillante, diciendo que nos tendríamos que reunir todos para almorzar algún día —cosa que no iba a suceder nunca, por supuesto—, opinando sobre esto y aquello, y hasta preguntando por mis libros y artículos académicos —estaba bien informado, comprobé—, cuando un señor bien vestido y de aspecto presumido, que estaba ocupando solo una de las mesas vecinas, se levantó de su silla y se acercó a nosotros. Yo no lo conocía, y naturalmente pensé que deseaba saludar a Salcedo, pero la expresión de su rostro carecía del gesto cordial o la sonrisa familiar que suelen ofrecer las personas cuando se presentan ante un amigo.

—Buenas tardes, Luis Antonio —dijo en un tono seco, casi hostil.

Desprevenido, Salcedo se dio la vuelta para ver quién le hablaba, y pocas veces en mi vida he visto un semblante cambiar de manera tan repentina, como quien apaga un interruptor. A continuación se produjo una situación tensa entre ellos, como si alguien nos hubiera arrojado un balde de agua a la cara. Mi interlocutor se limitó a responder:

—Buenas tardes, Miguel Ángel.

Siguió un silencio incómodo.

—Pasaste a mi lado —señaló el otro—. Seguro no me viste.

—Así es… Disculpa. No te vi.

—Qué raro… Casi me pasas por encima.

—Como digo: no te vi. Reitero mis disculpas.

—Descuida… Ya estoy acostumbrado a que me pases por encima.

Siguió otro silencio más largo y más incómodo todavía.

Salcedo nos presentó, quizás para distender el ambiente, como si la presencia de un tercero, alguien neutral y ajeno a su conflicto o problema, sirviera para evitar una confrontación. Entonces el señor me escudriñó de pies a cabeza, sin disimular su desconcierto, como tratando de ubicarme y por lo visto sin entender, seguramente debido a mi atuendo y apariencia, por qué alguien como Luis Antonio Salcedo se dignaba a conversar conmigo o qué podríamos tener en común. Al cabo inquirió, no sin un eco de mofa bajo las palabras:

—Y ustedes dos… ¿cómo se conocen?

Salcedo pareció tardar un tiempo más de lo normal en responder; tosió en falso un par de veces, evidentemente molesto, y miró hacia arriba, como si hubiera visto un pájaro que le había llamado la atención. Yo me sentí fuera de lugar, casi obligado a decir cualquier cosa, y como la pregunta parecía formulada a los dos, repliqué sin prevención:

—Nos conocimos hace unos días en un concierto de música clásica —dije, pero mi respuesta no surtió mayor efecto. Siguió otro breve silencio, entonces agregué—: Tenemos un amigo en común: Sebastián Sarmiento.

El señor me miró como si yo, casualmente, le hubiera informado que su querida madre era una prostituta. Primero abrió muy grande los ojos, a la vez que daba un paso atrás, luego endureció la mirada y se esfumó todo vestigio de cortesía o cordialidad, que era poco para empezar, y fue entonces cuando declaró, a modo de despedida y con los labios apretados de la furia:

—Sebastián Sarmiento, oiga bien, es un *¡hijo de puta!*

Sin decir nada más nos dio la espalda, dejó unos billetes en su mesa, refunfuñando, y se marchó del café.

Quedé mudo, sin entender lo que había pasado, poco menos que rascándome la cabeza. Luis Antonio Salcedo suspiró profundo, como recobrando la calma, y me hizo un gesto con la mano invitándome a tomar asiento en mi propia mesa. Pidió un café —el mesero, por supuesto, lo atendió en seguida—, sin preguntarme si esa silla estaba ocupada o si yo me encontraba esperando a alguien más, y cuando le sirvieron la bebida me contó una historia que me permitió ver a mi viejo amigo del colegio bajo otra luz.

Esto ocurrió hace unos años, empezó Salcedo. El caballero endulzó su café con un sobrecito de azúcar dietética y procedió a revolver la taza con una cucharilla de plata, tomándose su tiempo, como preparándose para narrar los hechos en forma ordenada. Como te dije al presentarlos, el señor que acabas de conocer se llama Miguel Ángel Olarte. Era mi socio en una empresa privada llamada Comtex, una firma dedicada, principalmente, a las comunicaciones, aunque también teníamos intereses en otros sectores de la economía nacional. Probó el café, cauto para no quemarse los labios, y asintió con la cabeza, satisfecho. Nuestra compañía estaba creciendo a ritmo acelerado y había llegado la hora, según Miguel Ángel, de eliminar a unos competidores, porque en Colombia, ya lo sabes, la torta de los negocios es menos grande que en otros países y la de los medios de comunicación está repartida, en gran parte y desde hace generaciones, entre un puñado de familias y grupos económicos. En otras palabras, no hay mucho espacio para escalar ni para nuevos participantes, y si la idea es conservar o fomentar la presencia de tu empresa a nivel nacional, una forma de hacerlo es buscando capital y aumentando la inversión, siempre y cuando el mercado lo permita, pero otra es despejando el terreno de tus rivales, empezando con los más vulnerables o peligrosos, aquellos que representan una competencia directa a tus ventas e intereses. Así, la primera firma a la que Miguel Ángel le puso el ojo fue Alcásar, porque ellos también estaban creciendo con mucho éxito, aunque de manera más discreta, y, por eso mismo, más inteligente.

El hombre bebió otro sorbo de café, meditativo, y colocó con cuidado la taza en el platillo, con un gesto en la cara que denotaba que era necesario hacer una precisión antes de continuar.

Para ser honesto, Roberto, siempre pensé que los motivos de Miguel Ángel en relación con Alcásar no eran sólo empresariales. Parecía que él deseaba aplastar a Sebastián, te lo resumo así con toda franqueza, y puedo hablar contigo de esta forma por el aprecio que él te tiene, tal como me lo hizo saber la otra noche… Por cierto, en algún momento de nuestra charla Sebastián me comentó que ustedes dos habían sido como hermanos, ¿verdad?, a pesar de no verse hace años…

Creí haber oído mal. Me atajé a tiempo, antes de pedirle a Salcedo que repitiera lo último, porque de haberlo hecho me habría delatado y me interesaba, al menos por un rato, que este señor sí creyera que me unía a Sebastián una vieja amistad, aunque la realidad fuera otra. Era la única forma, pensé en esa fracción de segundo, de que el otro avanzara con aquella historia que ahora yo tenía curiosidad de escuchar, pero debo decir que esa frase me sorprendió más que cualquier otra, porque nunca pensé que eso lo podría decir Sebastián Sarmiento de mí. Sin duda, eso explicaba la atención que Salcedo me dispensaba en ese momento, y también que él hubiera dejado de lado a una persona como Felipe López para hablar conmigo, pero el recuerdo que yo tenía de nuestra infancia no se prestaba para concluir algo así de grande. *¿Como hermanos?* De ninguna manera. Sin embargo, no pude analizar más a fondo el comentario porque Salcedo ya estaba retomando el hilo de su relato.

En fin, prosiguió, muchas veces sentí que Miguel Ángel no sólo quería retirar a Sebastián del negocio o eliminarlo como rival, sino que deseaba eliminarlo del todo, acabar con él. No… en verdad no sé por qué le tenía esa antipatía, una enemistad que rayaba en el odio. Quizás Miguel Ángel le tenía envidia a Sebastián, o había sucedido algún problema de tipo personal entre ellos dos… En cualquier caso, lo cierto es que el objetivo de absorber a Alcásar y de sacar a Sebastián del camino, de una vez por todas, se volvió prioritario para Miguel Ángel, casi una obsesión. Mi socio no hablaba de otra cosa, y tardamos mucho tiempo pensando en cómo proceder, elaborando una estrategia de asalto y absorción, o, como se dice en el medio, una adquisición hostil de su compañía... Dicho en breve: diseñamos nada menos que un plan infalible.

Salcedo sonrió curtido, a la vez soltando un ligero bufido de sorna, como si después de tantos años trabajando en ese campo tan azaroso de los negocios él ya tuviera un concepto muy distinto sobre qué tan fiables y exitosos eran los planes infalibles.

De nuestro lado, continuó Salcedo, teníamos además un tercer socio: don Raimundo Echavarría. Supongo que no tengo que decirte quién era ese caballero tan importante, y es una gran pérdida para el país que él haya fallecido recientemente. Como sabes, don Raimundo era un patriarca de origen antioqueño, uno de esos empresarios visionarios y trabajadores, comprometidos con el futuro de Colombia, generoso y altruista como pocos y todavía más en esta sociedad que no entiende la necesidad de la filantropía, ni tiene la costumbre de practicarla, ni dispone de los incentivos fiscales que existen en otros países para estimularla. El hecho es que Comtex era una de las muchas compañías en las que don Raimundo tenía una participación significativa, y en este caso mayoritaria, mientras que Miguel Ángel y yo, con apenas el treinta y tres por ciento de la firma, estábamos al frente de las operaciones cotidianas. Así que nos preparamos durante meses, en agotadoras sesiones de trabajo, y un día nos reunimos con don Raimundo en su despacho para presentarle nuestra estrategia de crecimiento, la cual tendría dos etapas fundamentales: una, que consistía en abrir oficinas en Cali y Manizales, mejorar nuestros servicios en Ibagué y Cúcuta, y duplicar el número de empleados en Bogotá y Medellín. Pero esa etapa dependía de una previa, que era absorber a Alcásar, puesto que ellos ya tenían instalaciones en casi todas esas ciudades, y además contaban con una notable presencia en la costa atlántica, en particular en Cartagena, Santa Marta y Barranquilla, un mercado que nosotros no habíamos explorado hasta entonces. La idea era hacernos con una tajada mayor de los medios a nivel regional, y no sólo de revistas y prensa escrita sino también de radio y televisión, con miras a obtener una cuota superior de influencia y a la vez de ingresos mediante ventas y pauta publicitaria. Mejor dicho, lograr la adquisición de Alcásar, hostil o como fuera, nos permitiría fortalecer nuestra posición estratégica y expandir nuestro campo de acción para hacer lo demás. Se trataba de una inversión cuantiosa, eso es cierto, pero disponíamos del músculo financiero gracias al prestigio del emporio Echavarría, y además nuestros estudios de mercado preveían una recuperación del capital en pocos años, y las ganancias, a partir de entonces, serían formidables. Claro: al viejo le gustó la propuesta. A pesar de que él tenía tanto dominio y poseía tanta industria, es curioso que hasta ese momento su conglomerado no hubiera incursionado en el mundo de las comunicaciones, y precisamente por eso él había adquirido el sesenta y seis por ciento de Comtex, como un primer paso en esa dirección, o tal vez para ensayar las aguas del negocio a ver si le gustaban. Por supuesto, don Raimundo también estaba de acuerdo en que había que abrir nuevos frentes y quizás salir de algunos rivales para despejar el camino, y de ese modo crecer en este medio tan competido y, al mismo tiempo, tan lucrativo.

Salcedo volvió a sorber su café mientras yo lo escuchaba, atento. Tomó una servilleta de tela y se palpó la boca un par de veces para limpiar todo rastro de la bebida, un toque discreto que me llamó la atención porque era un gesto que yo sólo había visto en las películas, aunque él lo realizó con gracia y finura, con un estilo natural.

Entonces el panorama cambió de forma inesperada, declaró. Vientos favorables, si se puede decir, empezaron a soplar en nuestra dirección, porque fue por esa época, de casualidad, que el socio de Sebastián, un señor llamado Rafael Alcázar, murió en circunstancias extrañas, y eso nos permitió vislumbrar un nuevo plan de acción. Uno menos… ¿cómo lo describo? A lo mejor menos honorable, sin duda, pero más efectivo.

Salcedo pareció meditar sobre aquello, haciendo memoria y moviendo la cabeza con desaliento.

Así es, reiteró al cabo de un rato. Ahora teníamos una estrategia aún más prometedora. Y la razón de fondo era un dato esencial: Sebastián y Rafael poseían porcentajes diferentes de su empresa. Yo no sabía por qué era así y sólo lo entendí mucho tiempo después. Resulta que Sebastián había querido que su amigo tuviera un porcentaje mayor, algo mínimo pero simbólico, como un acto de cortesía y nobleza, lo cual era típico, luego aprendí, de su carácter deferente y generoso. Pero en aquel entonces lo único que a Miguel Ángel y a mí nos importaba eran los números: el hecho de que Rafael era dueño del cincuenta y uno por ciento de Alcásar, mientras que Sebastián poseía el cuarenta y nueve por ciento. Entonces, al morir Rafael, como suele suceder en esos casos, su participación quedó en manos de sus herederos: su esposa y dos hijos pequeños. Ahora la firma la manejaba Sebastián exclusivamente, pero la muerte de Rafael fue muy misteriosa, un asesinato que se prestó para toda suerte de rumores y conjeturas, porque mientras unos decían que había sido accidental y fruto del azar —un demente, parece, que iba matando personas por la calle sin motivo—, otros sugerían un escenario más perverso y, quizás, más verosímil: que Sebastián Sarmiento había contratado a un sicario para asesinar a su socio y quedarse con toda la compañía, y que el loco de la calle no había tenido nada que ver con el atentado y, antes bien, sólo era un desechable, un pobre desgraciado y chivo expiatorio. Eso, como sabes, ha ocurrido en otros lugares y todavía más en este país, donde tantos pleitos se resuelven a tiros y muchos rivales se eliminan para siempre. No fue difícil, en consecuencia, propagar esa segunda versión de los hechos, y gracias a esos cuentos y murmullos pudimos abordar a la viuda de Rafael, entrar en contacto con ella de manera discreta y confidencial, pero también cautelosa y astuta. En resumen: para llamar las cosas por su nombre, le envenenamos el oído a la señora. Las habladurías llegaron a tal punto que durante la investigación judicial que se hizo para esclarecer la muerte de Rafael,

Sebastián fue considerado sospechoso por las autoridades e interrogado varias veces, pero al final no se probó nada en su contra. Eso no nos inquietó, desde luego. Para nosotros lo principal era desacreditar a Sebastián frente a la esposa de Rafael, y aprovechar que él estaba distraído con el juicio y dedicado a demostrar su inocencia para entonces mover nuestras fichas y convencer a la mujer de que nos vendiera su participación mayoritaria de la empresa. Moralmente era inadmisible, le dijimos, que ella formara parte de una entidad manejada... si era cierto lo que se decía en la calle... por el asesino de su esposo. Figúrate el descaro. De modo que le pedimos prudencia en el manejo de la información para no poner a Sarmiento sobre aviso, y cuando llegó el momento indicado, a través de otra de las compañías de don Raimundo, se le hizo a la dama una importante oferta de dinero para comprar toda su parte de Alcásar. En seguida empezó un complejo proceso de negociación, porque la señora estaba bien asesorada y no era ninguna tonta, y además tenía ciertas condiciones que no eran fáciles de conceder, en particular por razones legales y tributarias, como que parte del pago se le hiciera en Bogotá y la otra parte, la más grande, se consignara en una cuenta privada en el exterior, un paraíso fiscal tipo Suiza o Panamá para evitar los impuestos, pues la viuda aspiraba a crear un colchón financiero que le permitiera seguir viviendo con el mismo nivel de solvencia económica que había gozado con su marido. En suma, todo se fue acordando y definiendo a través de varias reuniones secretas y con aire clandestino, no te exagero, y al cabo de un tiempo ya estábamos listos para dar el zarpazo final.

Salcedo pareció reflexionar un momento, no sé si recordando esas peripecias o calibrando la certeza de sus palabras.

No te puedes imaginar cómo estaba Miguel Ángel en ese entonces, señaló. Excitado y nervioso, parecía un adolescente que recibe un automóvil como regalo de grado. El hombre podía saborear su victoria, dichoso no sólo de quedarse con Alcásar sino de hacerlo en forma encubierta, sin que Sebastián se enterara de nada y sin presentir que dentro de poco se iba a despertar con un rival metido en la cama y dueño, además, de la tajada más grande del pastel; un nuevo socio y enemigo a muerte que poseía el mayor porcentaje de su preciosa compañía. A partir de entonces sólo sería una cuestión de días antes de verse obligado a vendernos su parte de la empresa, y en ese momento Alcásar sería completamente nuestra, absorbida por Comtex en su totalidad.

Salcedo bebió otro sorbo de café y revolvió la taza con la cucharilla, aunque no hacía falta. Parecía mirar hacia adentro, rememorando esos días de tensión y suspenso.

Nunca olvidaré cómo sucedieron las cosas, evocó. Miguel Ángel nos citó un viernes al mediodía en las elegantes oficinas de Comtex, en la lujosa sala de conferencias. Entré por la gran puerta del salón y vi, sobre la larga mesa de madera lustrada, una bandeja de plata con varias copas altas y delgadas, y una botella de champaña Dom Pérignon que se enfriaba metida en un cubo de cristal con hielo. Miguel Ángel se acercó con una sonrisa triunfante y me dio un fuerte abrazo, dándome las gracias y felicitándome por el excelente trabajo de varios meses, y luego me dijo al oído que ese día iba a ser uno de los más importantes de nuestras vidas, porque nos íbamos a volver millonarios… No obstante, creo que para Miguel Ángel lo más apetecido era la escena de venganza que él tenía preparada en su mente, como una fantasía alimentada en secreto durante años, y así me la describió en algún momento de esa tarde agotadora: después de recibir de la oficina de don Raimundo la confirmación que estábamos esperando hacía tiempo, la luz verde de que ya se había hecho el giro de fondos a la viuda de Rafael y de que ésta había firmado todos los documentos legales, transfiriendo los títulos de su propiedad a nosotros, él pensaba llamar a Sebastián para soltarle un par de frases por teléfono: «Le quiero decir que su empresa ya es mía, Sarmiento. Y ahora le voy a pedir una sola cosa: váyase a la mierda».

Salcedo bebió de su taza y se volvió a limpiar la boca como lo había hecho antes. Parecía un galán de cine, con su cabello blanco inmóvil, su traje cortado a medida y su pinta de aristócrata, y me pregunté si una actitud así era algo con lo cual se nacía o si era una especie de postura que se practicaba delante del espejo, como hacen los actores de teatro. Sin embargo, la seriedad de su rostro y su expresión un tanto contrita me indicó que no le quedaba fácil contarme todo aquello, porque de por medio estaba un amigo mío —al menos así lo creía—; uno que él y su socio de entonces se habían dispuesto a destruir.

Recuerdo que mientras Miguel Ángel y yo conversábamos en la amplia sala de Comtex, continuó, llegaron los demás participantes de la reunión. Eran cuatro de nuestros mejores abogados, más dos analistas financieros y un asistente que portaba bajo el brazo varias carpetas de gráficas e informes, que procedió a repartir entre todos, y nos hicimos en un extremo de la enorme mesa de nogal, la superficie de madera limpia y brillante como un espejo. Los nueve estábamos sentados en cómodas sillas de cuero y metal cromado, con sólo la bandeja de copas y la botella de champaña al final de la mesa, y, a nuestro lado, un teléfono moderno con varias líneas de acceso y un citófono interno para comunicarnos con Saturia, la secretaria privada de Miguel Ángel. Habíamos acordado hacer todas las llamadas a través de la secretaria para darle un aire profesional al asunto, de modo que ella sería la encargada de marcar los números telefónicos y de comunicarnos con los directores de los bancos o los subalternos de nuestra empresa, para que esta primera etapa de la estrategia que habíamos elaborado con tanto trabajo y atención a los detalles se realizara sin tropiezos. Aun así, y a pesar de que todas las fichas parecían puestas en su sitio, sin mayor espacio para errores o sorpresas, te confieso que había una verdadera mezcla de sentimientos en ese recinto, y se percibía en el ambiente. Por un lado estábamos intranquilos, tensos y temerosos de que algo, por pequeño que fuera, saliera mal, y por otro lado estábamos realmente entusiasmados y optimistas. Sí… yo también, desde luego. Para mí el momento era uno de gran importancia, no lo niego. A diferencia de Miguel Ángel Olarte, yo no tenía nada personal contra Sebastián Sarmiento, pero con ese negocio nos íbamos a convertir en un auténtico jugador de las comunicaciones en el país, y, por ende, en hombres adinerados. Además, otra consecuencia nada desdeñable era que nuestro socio Echavarría seguramente iba a quedar muy complacido con los dos gracias a nuestro plan de crecimiento, y eso nos garantizaba un futuro prometedor. Transcurrieron los minutos en ese salón con una lentitud exasperante, todos esperando la llamada de la oficina de don Raimundo. Pasó una hora. Después otra. Nadie se imaginó que esa reunión iba a tardar tanto, y estábamos a punto de pedir algo para almorzar cuando por fin sonó la voz de la secretaria en el citófono.

—¿Doctor Olarte?

Miguel Ángel pulsó el botón del parlante, mientras el asistente repartía nuevos documentos con los últimos datos que habíamos obtenido del estado financiero de Alcásar. La tensión en la sala había aumentado en esas horas, pues estábamos a punto de concluir lo que nos habíamos propuesto con tanto empeño, pero también teníamos presente una advertencia que don Raimundo nos había hecho la semana anterior: «No ensillen las bestias antes de traerlas, muchachos, y recuerden que en la puerta del horno se quema el pan». Eso es cierto, y sabíamos que en un instante todo se podía ir al carajo, de modo que estábamos procediendo con prudencia y templanza, aunque los nervios, claramente, ya estaban de punta.

—Dígame, Saturia.

—Tengo la oficina del doctor Echavarría.

—¿Qué línea?

—La número uno —replicó la secretaria.

Miguel Ángel dejó escapar un suspiro de alivio, tomó el auricular del teléfono y hundió el botón indicado, y procedió a hablar con el subdirector de don Raimundo. Entonces recibimos una noticia que nos tranquilizó: todo estaba en orden, incluidos los documentos, que ya estaban preparados y listos para la revisión de la viuda delante del notario; en ese momento la señora iba en camino al despacho del patriarca —había tenido un retraso involuntario en el salón de belleza, pues deseaba llegar bien atildada a su cita con el doctor Echavarría—, y tan pronto ella estampara los papeles con su huella y rúbrica, don Raimundo nos iba a llamar en persona para confirmar la transferencia de fondos y felicitarnos por la terminación del negocio. Todo estaba claro, sin duda, pero aquello sólo se refería a nuestra parte de la operación. En cuanto a la parte que le correspondía a la heredera de Rafael Alcázar estábamos a oscuras, pues desde hacía una semana ella había exigido hablar exclusivamente con don Raimundo, de modo que sólo sabíamos lo poco que se filtraba de la empresa Echavarría. No obstante, el subdirector calmó a Miguel Ángel, diciéndole que no había razón para poner en duda que las cosas iban a llegar a buen término y que, en apenas unos minutos, don Raimundo nos iba a llamar para darnos, él mismo, el parte de victoria.

—Espero que la champaña esté bien fría para celebrar —anunció Miguel Ángel con una sonrisa al colgar el teléfono.

Todos soltamos una ruidosa carcajada, en gran medida alimentada por la insoportable tensión del momento.

Volvieron a pasar varios minutos sin que recibiéramos la llamada. Saturia nos interrumpió un par de veces para preguntar si nos apetecía comer cualquier cosa, y como cada vez que sonaba el citófono saltábamos con la expectativa de que era la oficina de Echavarría, a Miguel Ángel se le agotó la paciencia y le ordenó de mal talante que no nos fastidiara más, que se limitara a pasarnos la llamada que estábamos esperando y que no nos molestara con tonterías. En seguida cada uno se dedicó a lo suyo, y nos tratamos de ocupar imaginando posibles imprevistos y haciendo cálculos de inversión, revisando balances financieros, líneas de crédito y las gráficas de crecimiento de la empresa codiciada —las líneas zigzagueantes de clara tendencia ascendente—, pero en realidad todos teníamos un ojo puesto en las luces del teléfono, aguardando que alguna se encendiera, y también un oído atento al citófono, pendientes de la voz de la secretaria anunciando la perentoria comunicación con don Raimundo.

—Ahora sólo falta la confirmación por parte de Echavarría —dijo Miguel Ángel otra vez—, y repartimos copas y abrimos esa botella de champaña. Aunque debimos haber comprado otra, ¡porque una no bastará para celebrar este triunfo!

Volvimos a reír, pero esta vez con menos intensidad.

Nos quedamos varios minutos más en suspenso, esperando la noticia anhelada. Entonces Miguel Ángel se comunicó de nuevo con su secretaria a través del citófono, luego de hacer las últimas consultas con los abogados, y le repitió la misma instrucción de pasarle la llamada de don Raimundo tan pronto la recibiera, y también le reiteró de manera tajante que nadie, por ningún motivo, nos interrumpiera. Nadie, insistió, ni siquiera su esposa ni el presidente de la República, ni aunque se estuviera incendiando el edificio. Sabíamos que éste era el momento de la verdad, y nuestro futuro estaba en juego en esos segundos que discurrían con angustiosa lentitud. Ya estábamos listos para hacernos con el cincuenta y uno por ciento de Alcásar, y después de eso podríamos proceder con la siguiente etapa de la estrategia, fortaleciendo la presencia de Comtex en las demás ciudades del país. Pero no podíamos desconocer un hecho incontrovertible: al cabo de varios meses de trabajo agotador y de docenas de reuniones hasta muy tarde en la noche, ahora todo se reducía a ese instante y nuestro porvenir dependía de una llamada telefónica.

Salcedo se quedó en silencio durante un tiempo. A esa hora atardecía. El bullicio en torno nuestro había aumentado de volumen, la gente se saludaba y charlaba en las mesas vecinas del café. Los meseros entraban y salían por la puerta principal del local, llevando y trayendo bandejas llenas de tazas, copas y platos, y servían bebidas o pequeños emparedados llamados paninis, aunque nosotros dos estábamos abstraídos de todo eso. Parecíamos aislados del mundo, concentrados en la historia de Salcedo, y hasta yo me había olvidado de Matilde y de sus compras y del agujero que probablemente nos iba a quedar en las finanzas del hogar al final del día. Entonces aguardé a que el hombre siguiera hablando, pero al ver que se demoraba más de la cuenta en decir algo adicional, como si estuviera inmerso en sus recuerdos, me atreví a preguntar:

—¿Qué pasó entonces, Luis Antonio?

Salcedo me miró con una expresión muy seria en los ojos y volvió a suspirar profundo. Estábamos allí, por fin anotó, todos fingiendo estar ocupados en esa sala de conferencias, pero realmente atisbando los dos aparatos sobre la mesa de nogal. De pronto, una de las lucecitas del teléfono empezó a titilar y luego sonó, para nuestro infinito alivio, la voz de la secretaria en el citófono.

—Doctor Olarte —anunció—. Tengo la oficina de don Raimundo Echavarría en la línea número dos.

Percibí un suspiro colectivo en la sala de conferencias. De todos los presentes menos de Miguel, quien estaba a punto de estallar debido a la tensión acumulada.

—¡Conécteme de inmediato, carajo! ¡Y no nos interrumpa más!

Miguel Ángel presionó el botón de luz intermitente del sistema de telefonía y levantó el auricular para atender la llamada. Todos lo estábamos observando, expectantes. Lo oímos decir «¿Aló?» y lo vimos asentir con la cabeza un par de veces, y luego él tapó la bocina con la mano para decirnos, aparte e irritado, que la secretaria de don Raimundo le acababa de pedir el favor de esperar un momento, que ya le iba a pasar al doctor Echavarría, y que entre tanto estaba escuchando música ambiental, como la que suena en los ascensores y en las salas de espera de los dentistas. Pasaron varios segundos. El nerviosismo y la ansiedad en ese recinto parecían en un punto de máxima tensión, y para Miguel Ángel todavía más. Era evidente que él se estaba tratando de controlar, haciendo esfuerzos por calmarse, porque sabía que al hablar con don Raimundo su compostura tenía que ser la de un profesional que está al mando de la situación, y por lo tanto su voz tenía que sonar serena y natural, o alegre y optimista, cualquier cosa menos como efectivamente lo estaba en realidad, que era al borde de la histeria.

Los segundos se convirtieron en minutos. Un abogado tamborileaba con los dedos sobre la mesa de nogal. Otro se mordía las uñas. El mayor de los analistas financieros sacó un pañuelo arrugado de su bolsillo y se lo pasó por la frente, y el menor se aflojó el nudo de la corbata y soltó el primer botón de su camisa, exhalando un bufido de cansancio que sonó demasiado fuerte. Yo hice lo mismo y empecé a sudar, y vi que Miguel Ángel se estaba desesperando más que cualquiera, dando vueltas de pasos cortos sujeto por el cable del teléfono, pasándose los dedos por el cabello y secándose la humedad de las manos en las perneras del pantalón. Reinaba un silencio sombrío e insufrible en el salón, lleno de temor y expectativa, como cuando uno se asoma a un abismo.

De pronto volvió a sonar la voz de la secretaria en el citófono.

—¿Doctor Olarte?

Miguel Ángel se enfureció con la interrupción y le pegó a la mesa un golpe en seco con la palma de la mano. No pudo ocurrir en un peor momento, por lo demás, porque en ese instante se perdió contacto con la oficina de don Raimundo. Entonces Miguel Ángel presionó iracundo el botón del citófono y le gritó al parlante:

—¡Carajo, Saturia! ¡Le dije que no nos interrumpiera! ¿No le quedó claro, pendeja? ¡Se cayó la llamada con don Raimundo! ¡Conécteme de nuevo ya mismo! ¿Oyó? ¡Ya mismo!

Miguel Ángel trataba mal a sus empleados, bastante mal, de eso puedo dar fe, y la verdad es que todos lo soportaban por necesidad, porque no tenían otra opción. No era raro que él les gritara o insultara, y jamás tuvo un gesto de bondad o generosidad con ninguno de ellos, y menos en términos de sueldos o bonificaciones, más allá de lo que estipulaba la ley. En fin, te cuento que yo estaba tan concentrado en la operación financiera y tenía los nervios tan a punto de reventar que también me exasperé, y casi le arrebato el teléfono a Miguel Ángel para tratar de marcar yo mismo el número de la oficina de don Raimundo, cuando oímos otra vez la voz atemorizada de la secretaria en el citófono. Ahora estaba pidiendo disculpas, explicando que ella sí sabía que no nos debía interrumpir, que la orden en efecto había sido clara, pero pensaba que tal vez… a lo mejor se trataba de algo importante, aunque podía estar equivocada, y sólo se quería cerciorar, estar segura de…

Miguel Ángel la cortó en seco:

—¡Deje de decir estupideces, maldita sea! ¡Hable de una vez!

Ella pareció vacilar un instante más. Luego dijo:

—Tengo al doctor Sebastián Sarmiento.

Todos quedamos en silencio, mirando el citófono como si nuestro peor enemigo estuviera allí metido, agazapado dentro del aparato. Pasaron varios segundos de desconcierto.

—¿Cómo así, Saturia? —preguntó Miguel Ángel—. ¿Está al teléfono? —entonces se le iluminó la cara como si se le hubiera ocurrido una nueva idea—. ¡Mejor! ¡Todavía mejor! —agregó con zorrería, soltando una risotada perversa. En seguida se dirigió a nosotros mientras hundía el botón para silenciar el parlante y hablar sin que lo oyera su secretaria—: Seguro ya se enteró de lo que le vamos a hacer y está llamando a protestar. Pataleo de ahogado, se llama esa figura —los ojos le brillaban como carbones encendidos, entonces volvió a pulsar el botón del parlante y le ordenó a la mujer—: Pásemelo de inmediato para anunciarle lo que se le viene encima.

Transcurrieron unos segundos de silencio.

—¿Me oyó, imbécil? —vociferó Miguel Ángel, presionando el botón repetidas veces—. ¿En qué línea está? ¡Pásemelo ya mismo, carajo!

Al cabo se oyó la voz trémula de la mujer.

—Perdón, doctor Olarte —articuló Saturia, y en sus palabras se notaban el miedo y la confusión de no saber cómo proceder—. Lo que pasa es que lo tengo aquí. Está delante de mí en este momento.

Todos pegamos un brinco hacia atrás, como si del citófono hubiera saltado una serpiente.

—Yo no lo conozco en persona —Saturia bajó la voz casi a un susurro, como tratando de explicar lo que estaba pasando o justificar la presencia de nuestro rival sin que él la escuchara—, pero el caballero dice llamarse Sebastián Sarmiento y que… bueno, que desea hablar con usted —pasaron varios segundos, nosotros perplejos y petrificados, y faltó poco para que la secretaria pidiera socorro—. ¿Qué hago, doctor Olarte?

Los nueve nos miramos sin decir nada en voz alta, como si temiéramos ser escuchados a través del aparato. Yo me encogí de hombros, con la expresión de alguien totalmente perdido, y peor estaban los abogados; uno incluso miraba a los costados como buscando la salida más próxima para escapar, y otro parecía contemplar la ventana, a lo mejor calculando la caída de diez pisos a la acera de la calle.

Miguel Ángel me miró de nuevo, agrandando los ojos como exigiendo consejo, y ante mi mutismo por fin presionó el botón del citófono, encolerizado. Entonces dijo, con un tono en la voz de hombre al frente del problema, aunque detecté un cierto temblor en sus palabras:

—Está bien, Saturia. Hágalo seguir.

Te confieso que en esa coyuntura yo entendía a Miguel Ángel. Porque una cosa era llamar a Sarmiento en su fantasía y mandarlo al demonio por teléfono, pero otra muy distinta era tener que hacerlo en persona y decírselo a la cara. Además, no sabíamos qué conocía Sebastián de nuestros planes, ni qué armas tenía él para defenderse, o cómo iba a reaccionar ante nuestra adquisición hostil de su compañía. Lo más seguro era que no podía hacer mucho, desde luego; quizás protestar o insultarnos o intimidarnos con amenazas de litigios, ya que nosotros teníamos la sartén por el mango, y no en vano el aspecto que más habíamos cuidado durante toda esa transacción había sido el jurídico, justamente para impedir que un pleito o una demanda echara todo por tierra. No obstante, un empresario poderoso y furibundo es impredecible y nunca se sabe cómo va a actuar, o hasta dónde está dispuesto a llegar.

Todos levantamos la vista hacia la pesada puerta de madera, como si no supiéramos qué iba a ingresar a la sala de conferencias. Ahora los nueve estábamos de pie, como preparados para una batalla, y me pareció ver a uno de los abogados empuñar su bolígrafo como si fuera una daga, y otro se deslizó detrás de su silla como si fuera un parapeto, y otro más tomó una carpeta de cuero como si la pensara usar como escudo. Quizá creímos que Sarmiento iba a irrumpir en el salón cabalgando al frente de un ejército de abogados, con sus contadores tocando trompetas de asalto y sus analistas lanzando gritos de guerra, y que se iba a entablar una sangrienta contienda sobre la mesa de madera barnizada. Sin embargo, al cabo de unos segundos se abrió la gran puerta sin hacer el menor ruido y apareció Sebastián. Solo. Yo no lo podía creer. Hasta me asomé por encima de su hombro para ver si venía alguien más detrás, pero no había nadie. El hombre lucía un traje de color azul oscuro, camisa blanca y corbata a rayas, muy sobrio y elegante, y, ante todo, asombrosamente tranquilo, como si se encontrara realizando un trámite de rutina. No parecía molesto ni agraviado, ni furioso o combativo, y por un momento pensé que ni siquiera estaba al tanto de lo que estaba pasando. En cualquier caso, sólo se quedó lo justo para decirnos lo siguiente:

—Señores —nos miró detenidamente a todos, uno por uno—, lamento interrumpir su reunión. Vengo a informarles que he comprado la mayor parte de Comtex y por lo tanto ahora somos socios, aunque ustedes sólo poseen un tercio de esta compañía. Para evitar complicaciones innecesarias, espero que me vendan el porcentaje que les corresponde, y como socio mayoritario sugiero que lo hagan cuanto antes —echó un vistazo alrededor del salón, una ojeada discreta y valorativa, como anticipando su uso futuro, e hizo un sencillo gesto de aprobación—. Les agradezco su tiempo y atención. Hasta pronto.

Con eso dio media vuelta y se marchó.

Quedamos mudos y estupefactos. Era absurdo, por supuesto. ¿*Comtex*? Imposible. Si ésa era *nuestra* empresa, y ante todo era la consentida de don Raimundo Echavarría. La pelea había sido en torno a Alcásar, pero sobre Comtex nunca hubo una duda y ni siquiera una palabra. Nos miramos por un instante y casi rompimos en carcajadas, como si se tratara de una broma orquestada por nuestro socio Echavarría, porque esa conclusión era inconcebible. Sin embargo, nadie se rió. Permanecimos inmóviles y en silencio, y de improviso, como rompiendo un sortilegio, alguien masculló atónito: «No puede ser». Entonces empezamos a actuar, tratando de llamar a la oficina de don Raimundo, mas cuando finalmente nos logramos comunicar, su secretaria nos informó que el doctor Echavarría no deseaba hablar con nosotros. Quedamos pasmados, sin entender lo que había pasado, pero en ese momento sospechamos que era cierto. Sebastián Sarmiento no sólo le compró a la viuda de Rafael su porcentaje mayoritario de Alcásar, y de esa manera él quedó de propietario absoluto de su propia empresa, sino que de paso le compró a don Raimundo la totalidad de su parte de Comtex. Y hasta ahí llegaron los intereses del conglomerado Echavarría en el campo de las comunicaciones. En suma: ahora Sebastián era dueño completo de su compañía y socio mayoritario de la nuestra, y Miguel Ángel y yo, así como los otros siete que estaban en esa sala de conferencias, quienes minutos antes creímos que nos íbamos a volver millonarios, entendimos que estábamos a puertas de estar desempleados. Literalmente en la calle. Y no había nada que pudiéramos hacer.

Salcedo esbozó otra vez esa sonrisa de ironía, entre admirado y como de hombre toreado en muchas plazas. Al cabo remató la taza de café y creí que su relato había concluido.

No obstante, afirmó, mientras se pasaba de nuevo la servilleta por la boca, ahí no termina la historia. Yo quedé un buen rato anonadado en ese salón, te lo juro. Pasé en un segundo de sentir que tenía el mundo al alcance de mis manos, que iba a ser realmente rico y poderoso, a verme sin sueldo y sin trabajo, porque obviamente lo primero que haría Sebastián, como socio principal de la firma, sería despedirnos a todos. Fueron tales mi desconcierto, mi rabia y confusión, que salí de la oficina como pude, creo que tropezando contra los muebles, y dejé atrás a Miguel Ángel y a los otros, no sin antes advertir que unos parecían buscar entre sus papeles, como si la explicación de ese desenlace inimaginable estuviera refundida en algún documento descartado, y los otros observaban alelados la puerta por donde había salido Sebastián Sarmiento. Lo último que vi fue la famosa botella de champaña metida en su cubo de hielo derretido, helada pero intacta. Entonces lo único que se me ocurrió hacer fue bajar al primer piso del edificio y salir a caminar por la calle. Necesitaba tomar aire, despejar mi mente, y di unas vueltas sin rumbo y anduve sin saber en dónde me encontraba, hasta que de pronto descubrí, a varias cuadras de distancia, un pequeño bar abierto que yo no conocía. En ese momento sentí la urgencia de beberme un par de whiskys dobles para ubicarme y tratar de entender lo que había sucedido, explicarme ese resultado imposible y, más importante todavía, meditar en lo que le iba a decir a mi esposa y en lo que iba a hacer con mi vida a partir de ese instante.

El hombre sonrió con cierta picardía, negando con la cabeza.

En fin, prosiguió al cabo de una pausa, dejando escapar el aire de sus pulmones, entré en el bar, que me sorprendió por ser un lugar discreto y bien iluminado, y creí que mi cerebro me estaba jugando una chanza pesada, como si estuviera viendo alucinaciones, porque adivina quién estaba ahí sentado, ocupando solo una mesa del rincón.

¿Quién?

Tu amigo.

No puede ser, afirmé. ¿Sebastián?

Salcedo movió apenas la cabeza para asentir. Sebastián Sarmiento, admitió, de nuevo en persona. Como digo, estaba sentado en un rincón del local, cruzado de piernas y bebiendo un aperitivo con placidez, como cualquier hijo de vecino. No te imaginas mi sorpresa. Y mi rabia. Su postura tan ecuánime y fría me suscitó una cólera incontenible, y me dirigí hacia él sin saber muy bien con qué intención; tal vez lo quería insultar o golpear, aunque sin ninguna justificación, lo reconozco, porque en ese negocio él había jugado tan limpio o tan sucio como lo habíamos hecho nosotros, y él, sin duda, con menos bajeza, porque Sarmiento se había limitado a defender lo suyo, su reputación y su empresa, mientras que nosotros habíamos acudido a maniobras traicioneras para quitarle su compañía y enlodarlo, calumniarlo y desprestigiarlo ante la sociedad. En todo caso, cuando me vio entrar, Sebastián se puso tranquilamente de pie y me hizo un gesto cordial con la mano, ofreciéndome la silla que tenía a su lado, mirándome con una expresión amable y cortés, y hasta con cierta alegría en los labios, como si estuviera gratamente sorprendido de verme. No me vas a creer, pero… ¿Cómo lo digo? Era como si él entendiera perfectamente la causa de mi enojo, como si no hubiera necesidad de decirlo en palabras, y que él estaba ahí precisamente para ayudarme, para brindarme apoyo y respuestas, y hasta por un segundo pensé que me iba a dar un abrazo de consolación. Esa actitud me desarmó por completo, y quedé tan perplejo y confundido que sólo atiné a seguir ahí parado, mirándolo con la boca abierta, y después creo que me desplomé en la silla que él me había ofrecido.

—¿Quién se cree usted? —articulé, iracundo—. ¿Cómo hizo…?

Sebastián levantó una mano con calma, como pidiendo un minuto de mi tiempo. Entonces tomó asiento y lo que dijo me desconcertó todavía más.

—Es curioso, Luis Antonio. Por lo visto las casualidades me siguen. En mi vida he tenido unas buenas y otras malas —se pasó la mano por el mentón y miró alrededor, y por primera vez reparé en una cicatriz que le surcaba la barbilla—, pero que tú hayas entrado justamente en este lugar y en este momento es, claramente, una de las buenas y quizás una de las mejores —me tuteaba como si fuéramos amigos, sin que le importara que yo lo tratara de usted, y su tono de veras sonaba sincero y por eso mismo convincente—. Te pensaba llamar en estos días.

—¿A *mí*? ¿Para qué? ¿Qué diablos puede usted querer de mí?

Sebastián me miró a los ojos sin parpadear, pero su rostro no irradiaba rencor o molestia, sino honestidad y nobleza, como para que yo no dudara de la transparencia de sus palabras. La suya era, te lo puedo decir sin exagerar una sílaba, una franqueza demoledora.

—Hace poco murió mi socio y amigo, Rafael Alcázar…
no sé si lo sabes —continuó, y ante la mención de ese nombre
yo me puse alerta, con la guardia en alto, pues imaginé que de
inmediato vendría una andanada de insultos para desquitarse
de mí; después de todo lo que habíamos hecho para aprove-
charnos de la trágica muerte de su socio, lo lógico era que Sebastián expresara esas palabras con enfado o sarcasmo, pero la
verdad es que no lucía resentido. Según su manera de hablar y
actuar, de veras parecía como si él no supiera si yo me encontraba al tanto de la muerte de su amigo, y mucho menos que
yo hubiera participado durante meses en explotar esa desgracia
a nuestro favor, envileciendo su honra y su reputación, y contribuyendo a que mucha gente pensara que Sebastián era nada
menos que un asesino—. El hecho es que Rafael —siguió diciendo, imperturbable—, entre muchas otras cosas, era el encargado de las relaciones públicas de nuestra empresa, y su presencia ha sido imposible de sustituir. Por lo tanto —resumió,
como si tratara de un tema menor—, me gustaría que ese trabajo lo hicieras tú.

La frase me dejó aturdido. Por mi mente pasó de todo
cuando vi a ese hombre ahí sentado, solo en aquel bar… de
todo menos que él me iba a ofrecer un empleo.

Sebastián se puso lentamente de pie y le hizo una discreta
señal al mesero, pero no como si le estuviera solicitando la
cuenta sino como si fuera un cliente habitual de la casa, al igual
que si le estuviera pidiendo que agregara lo consumido a la factura del mes. Algo así tenía que ser, advertí, porque el mesero
se limitó a asentir con la cabeza y el ejecutivo no sacó su billet-
tera ni pagó su aperitivo. En cualquier caso, yo quedé tan
asombrado con lo que él me acababa de decir que no sólo no lo
podía creer, sino que permanecí sentado, sin saber cómo reaccionar, y con las palabras atragantadas en mi boca.

—Mejor dicho —precisó Sebastián, y esto aumentó aún
más mi estupor—, me gustaría que fueras el vicepresidente de
Alcásar… Con el ingreso de Comtex y esta nueva participación, nuestra compañía será un formidable contrincante en el

terreno de las comunicaciones. Además, nadie conoce la empresa que hoy hemos adquirido como tú, y sé que eres la persona idónea para ocupar ese cargo y hacer ese trabajo. Ahora… también reconozco que es algo temprano para hacer esta propuesta, es claramente prematura, y te pido disculpas por mi falta de tacto y de *timing*, pero pienso que las oportunidades que se nos presentan en la vida son frágiles y fugaces, fruto del azar, el resultado de una serie de hechos casuales que pueden cambiar en un instante y por eso hay que aprovecharlas cuando éstas se dan; agarrarlas del cuello, si me permites la expresión. En ese sentido, como ya te dije, encontrarnos aquí a esta hora es una de esas oportunidades excepcionales, y por eso me atrevo a hacerte esta oferta ahora —el hombre me contemplaba sin apartar la vista, con una mirada amable y cálida, como si su intención fuera darme confianza—. Entonces tómate tu tiempo, Luis Antonio. Descansa una semana o dos, consúltalo con tu familia y sal de viaje para pensar en otras cosas. A tu regreso me avisas. Obviamente, yo no le ofreceré el cargo a nadie más hasta que me confirmes tu decisión —entonces esbozó esa sonrisa suya, amplia, cordial y generosa, la que parece decir que te está hablando con la mayor gentileza y sinceridad del mundo—. Naturalmente, me darías una gran alegría si tu decisión fuera positiva.

Luis Antonio Salcedo sonrió también, seguramente evocando ese encuentro, quizás todavía sin poderlo creer del todo. Se dio media vuelta en la silla y llamó al mesero, haciendo un ademán en el aire de solicitar la cuenta. El muchacho se la trajo al minuto, y, como buen relacionista público, Salcedo no permitió que yo pagara mi café. Te invita Alcásar, comentó medio en broma, colocando una tarjeta de crédito dorada en la pequeña bandeja metálica que le ofreció el mesero. Claro, prosiguió después de otra pausa, dos semanas más tarde yo había aceptado el cargo y ésa ha sido la mejor decisión de mi vida. Trabajar con Sebastián es un gran placer, como seguro tú lo sabes… Él me da mucho juego, y como es una persona tan discreta y reservada, tan reacia a la figuración y al protagonismo, mucha gente piensa incluso que yo soy el dueño de la compañía, lo cual no deja de tener su gracia.

A continuación Salcedo hizo un elocuente gesto con el pulgar, señalando la mesa que estaba a su espalda y de la que se había levantado su antiguo socio de Comtex, como recordando por qué me había contado esa historia. En conclusión, dijo, te podrás imaginar que desde ese momento Miguel Ángel Olarte nos aborrece a los dos, y la verdad es que no sé a quién más, si a Sebastián o a mí. Pero lo cierto es que nos odia con pasión, y algún día nos pasará la factura, no te quepa la menor duda.

Yo estaba impresionado con lo que Luis Antonio me había contado, cuando de pronto me acordé de mi cita con Matilde y consulté mi reloj. Faltaban pocos minutos para nuestro encuentro en la primera planta del centro comercial. Sin embargo, yo quería saber más sobre ese episodio, pues tenía demasiadas preguntas rondando en mi mente y mi curiosidad no me permitiría quedar así de insatisfecho. Yo no sabía qué tan prudente sería formular algún interrogante, pero seguramente no tendría otra ocasión para hacerlo, y entonces entendí lo que Sebastián había opinado en cuanto a las oportunidades y lo fugaces que son, y que por eso mismo hay que aprovecharlas cuando éstas se presentan. Agarrarlas del cuello, él había dicho.

Hay algo que no entiendo, dije al fin.

¿Qué cosa?

Traté de ordenar los cabos sueltos que tenía en mi cabeza, sabiendo que no tendría tiempo para atarlos todos. Finalmente, sólo atiné a preguntar:

¿Cómo hizo Sebastián para ganar?

¿Ganar?

Digo, ¿cómo se quedó él con ambas empresas?

Salcedo se puso lentamente de pie, alistándose para despedirse, y apoyó las manos en el respaldo de la silla. Sonrió de una forma extraña.

Eso sólo lo supe después, respondió. Sebastián, por supuesto, se enteró desde muy temprano de lo que nos proponíamos, pues en este mundo de los negocios, ahora lo sé bien, los grandes secretos los terminan comentando los mensajeros y las secretarias con la misma facilidad con que conversan sobre sus jefes, los amantes o los peinados. Entonces él se reunió en privado con don Raimundo Echavarría. Llegó una noche a su mansión y le contó su lado de las cosas, apelando a su sentido social y a su vocación altruista. Le explicó que Alcásar iba a seguir invirtiendo en programas de filantropía como lo había hecho siempre, mientras que Comtex no tenía un programa comparable de asistencia social o laboral, y añadió que su empresa de comunicaciones no buscaba acumular poder para controlar la información y de esa forma ganar todavía más poder, como lo han hecho siempre los medios en este país —y como lo habíamos planeado nosotros con la estrategia ideada—, al extremo que durante décadas los grandes periódicos nacionales ponían o tumbaban ministros desde las páginas editoriales, como probablemente tú lo sabes mejor que nadie dado que eres historiador, sino informar de manera objetiva o, al menos, neutral, para que los lectores u oyentes entendieran los temas, los diversos puntos de vista, y luego formaran sus propias opiniones. Y eso, que en cualquier país civilizado es apenas elemental, en éste, con semejante tradición de magnates que intervienen en el manejo de la información y moldean el proceso decisorio, esa postura resultaba pocos menos que revolucionaria. Claro, cuando uno lo dice así a lo mejor suena candoroso, pero dicho por Sebastián a don Raimundo, junto a la chimenea en la biblioteca de su casa y con ese tono sincero en la voz, firme y respetuoso, ambos sentados en repujados sillones de cuero, sin duda bebiendo un brandy de calidad y hablando a solas, te garantizo que le habrá sonado auténtico al viejo Echavarría. El hecho es que nuestro amigo fue tan convincente y persuasivo en su planteamiento que don Raimundo le acabó vendiendo su participación de Comtex, y además hizo de puente para conciliar y arreglar las cosas entre Sebastián y la viuda de Rafael. Entonces ella le vendió su parte de Alcásar, y bueno, ése es el fin de la historia: don Raimundo terminó por reconocer que lo suyo no eran los medios de comunicación e hizo un gran negocio; Sebastián también, porque se quedó con dos grandes empresas y se volvió lo que es hoy en las comunicaciones de Colombia; y la señora de Rafael igualmente, pues se quedó con todo lo que se había propuesto desde el inicio. Además, supe que el dinero que al final Sebastián le ofreció fue bastante superior a nuestra cifra. Por último, yo quedé mejor posicionado de como estaba, ya que tu amigo me permitió conservar mi porcentaje de la compañía y me paga un salario que es casi el doble del que recibía antes. En cambio, el único que lo perdió todo fue Miguel Ángel Olarte.

Guardé silencio por un momento. No obstante, al observar a Salcedo que hablaba de pie, apoyado en el respaldo de la silla, sentí que algo quedaba flotando en el tintero. Tenía el aspecto de la persona que vacila entre decir algo más u optar por un prudente silencio, mordiéndose el labio inferior. En eso regresó el mesero con la tarjeta de crédito y la factura. Luis Antonio firmó de prisa y arrancó el desprendible, rompiendo el papelito amarillo y depositando los trozos en el cenicero.

¿Hay algo más, Luis Antonio?, me atreví a preguntar. Lo digo porque parecería que quisieras añadir algo.

No, nada, dijo Salcedo, negando suavemente con la cabeza, mientras guardaba la billetera en el bolsillo superior de su chaqueta. Bueno… miento. Es sólo que desde entonces siempre he pensado que Sebastián le tuvo que decir algo más a Echavarría para que el viejo cambiara de opinión. No sé qué es; Sebastián nunca me lo ha dicho, pero tuvo que ser algo definitivo.

Es increíble, se me ocurrió declarar después de un rato.

Así es. A diferencia de lo que muchas veces sucede en la vida, esta historia tiene un final feliz.

Me puse también de pie, y Salcedo me extendió la mano para despedirnos. Yo se la estreché en serio, con gratitud por haber compartido ese relato conmigo, y a su vez le di las gracias por su tiempo y por el café. Le expliqué que se me hacía tarde, que me tenía que marchar para encontrarme con mi mujer ahí cerca, adentro del centro comercial, y él se limitó a asentir con la cabeza, como si comprendiera mis razones. Era ya de noche. Los primeros minutos de la oscuridad iban cubriendo, paulatinamente, la ciudad, los cerros opacos y la vasta sabana de Bogotá. Las figuras de la terraza ya no se distinguían con la misma nitidez de antes, y los meseros estaban encendiendo candiles de aceite en las mesas. Yo me empecé a alejar, dando un paso para salir del local, cuando Salcedo me atajó con una pregunta.

¿Sabes una cosa, Roberto?

Entonces el hombre me miró con una expresión curiosa, casi con pesadumbre, como si se hubiera despojado de su máscara profesional para compartir conmigo algo más personal.

Hay un detalle de lo que te acabo de contar que no es del todo exacto, manifestó. Creo que lo debes saber antes de irte, ya que eres tan amigo de Sebastián, y no deseo que te lleves una impresión equivocada.

No entendí a qué se refería.

¿Cómo así?

Salcedo volvió a suspirar profundo, y entornó los ojos para verme mejor, no tanto por la falta de luz sino como si me estuviera calibrando, analizando para establecer si de veras yo era merecedor de la siguiente confidencia. Al final, seguro pensando que entre Sebastián y yo sí existía una vieja y sólida amistad, se atrevió a contarme el último fragmento de su historia.

Lo del final feliz, aclaró. Esa parte no es del todo correcta.

Disculpa, Luis Antonio, me excusé. Pero no entiendo lo que me estás diciendo.

Salcedo pareció tomar aire para responder.

Me preguntaste cómo nos ganó Sebastián, y es cierto lo que te conté: el proceso interno de la negociación ocurrió tal como lo describí. Pero no fue así que él triunfó sobre nosotros. Yo mismo se lo pregunté esa tarde en el bar, luego de escuchar, incrédulo, su asombrosa oferta de trabajo, y segundos antes de despedirnos. Le hice la misma pregunta que me hiciste tú, pero yo se la hice de mala gana, con rencor y una rabia mal disimulada. En verdad yo necesitaba entender él cómo le propinó ese giro inesperado a la negociación, y así se lo hice saber.

—No me ha respondido —le dije, poco menos que con desprecio, mientras él ya se retiraba del bar—. ¿Cómo nos ganó usted?

Salcedo se miró las manos por un segundo, y parecía avergonzado de haber tratado mal a su futuro jefe, de haberle hablado en ese tono insolente y grosero.

Lo que Sebastián replicó en ese momento, continuó con aire pensativo, su versión de cómo nos arrebató nuestra propia compañía debajo de las narices y cómo se hizo dueño absoluto de la suya, fue lo que más me sorprendió. Porque él no se refirió a la mecánica del negocio. No me habló de los contactos a los que había acudido o las fichas que había movido, ni de las cifras o los datos que había investigado, ni de la cantidad de dinero invertido o los numerosos giros y préstamos bancarios para financiar la operación, o de la estrategia diestra y astuta que él había empleado para conseguir su objetivo, sino que me dio una explicación más... Veamos... más sincera... Sí, eso es... Y en todo caso más íntima.

Perdóname, le dije a Salcedo, robando otra mirada a mi reloj y pensando que Matilde ya debía estar esperándome en nuestro lugar de encuentro. Pero sigo sin entender lo que me estás diciendo. ¿Acaso las cosas no sucedieron así?

Salcedo sonrió a medias. Su rostro casi ya no se distinguía debido a la penumbra que nos envolvía.

Yo seguía abrumado con todo lo que había sucedido ese día, confesó, como si no me hubiera escuchado o como ofreciéndome una excusa por su altanería. Te pido que me entiendas: yo estaba agotado, con hambre y sed, y además tenía los sentimientos revueltos debido a la ira que me despertaba Sebastián en ese momento, eso unido a mi estupor por la oferta de trabajo tan descabellada que él me acababa de hacer y que yo, en ese instante, ni siquiera me creía del todo. Imagínate: vicepresidente de su empresa, nada menos, y además vicepresidente de una empresa que acababa de duplicar su tamaño... En fin, cuando le volví a hacer la pregunta en tono desafiante, Sebastián ya se estaba alejando. Entonces se detuvo, muy tranquilo, e inclinó un poco la cabeza, como mirando el suelo, y oí que exhalaba un suspiro de paciencia. Se dio media vuelta muy despacio para mirarme de frente, y dio un paso adelante para quedar más cerca de mí.

—¿Quieres saber cómo les gané, Luis Antonio? —me preguntó en voz baja, como si no deseara que nadie más nos escuchara, a pesar de que el local estaba casi vacío a esa hora, pero sin perder una fracción de su cordialidad y elegancia—. ¿Eso es lo que me estás preguntando?

—Sí —repuse, agresivo y provocador—. Quiero saber cómo hizo.

Sebastián me miró detenidamente, se ajustó con un toque el nudo de la corbata a rayas, y después dijo algo que tampoco me esperaba.

—Te envidio, Luis Antonio.

Creí, por supuesto, que se estaba burlando de mí. Este hombre nos había derrotado por completo, aniquilado en una negociación a la que le habíamos invertido meses de trabajo, y al final nos había dejado nada menos que humillados y en la calle. ¿Y ahora él decía que me envidiaba? Tenía que ser una mofa descarada. Y sin duda mi expresión le dejó en claro mi enojo.

—¿Acaso cree que voy a permitir que usted se ría de mí? —articulé, apretando los puños y con deseos de pegarle en la cara.

Sebastián permaneció inmóvil, mirándome fijamente a los ojos y sin alarma o jactancia, con aplomo y sin la menor señal de inquietud, guasa o burla. Estaba muy serio, y eso me confundió todavía más.

—No, Luis Antonio —dijo al fin, sin alzar la voz—. No me estoy riendo de ti. Me preguntas cómo les gané, y otro día te contaré la parte menos importante de este resultado, la mecánica y las diferentes etapas del negocio, si lo deseas… Y sólo si aceptas ser el vicepresidente de Alcásar, desde luego —se permitió una sonrisa amable y cómplice—. Pero la verdadera explicación de cómo triunfé sobre ustedes se resume en una palabra.

—¿Una palabra? Pero ¿qué está diciendo? ¿Cuál palabra, maldita sea?

Sebastián me siguió mirando con el semblante grave, con esos ojos que parecen no mentir nunca.

—Como comprenderás —reveló tras una pausa—, y espero que esto no te moleste, Luis Antonio, me he permitido investigar un poco sobre ti... —su tono sonó apenado, casi atribulado por la intrusión en mi privacidad—. Bueno, es apenas natural: no pienso ofrecerle el segundo puesto de mi compañía a alguien totalmente desconocido. Por eso lo hice y averigüé cuanto pude, aunque no es mucho, me temo. Estás casado, ¿correcto?

—Sí —respondí, conteniendo mi cólera y sin entender eso a qué venía a cuento—. Desde hace años. ¿Por qué?

—¿Hijos?

—Sí, también. Una hija de catorce años y dos varones, uno de doce y otro de diez años. ¿Y qué?

—¿Amigos?

—Sí, carajo —repliqué, impaciente y altivo—. Muchos. Pero eso qué tiene que ver...

En ese momento intuí lo que Sebastián me estaba tratando de decir. Vislumbré por un instante lo que me estaba confiando, y quizás él lo advirtió en mis ojos, porque su sonrisa se hizo más notoria y nostálgica, y mi rabia se pareció desinflar. La dureza de mi expresión también se relajó, como si me hubieran pinchado la tensión del cuerpo.

—Así es, Luis Antonio —dijo, como si ya lo hubiéramos aclarado todo—. Por eso te envidio. Porque yo no tengo nada de eso. Yo tenía un amigo cercano que murió hace poco. Mi esposa también falleció hace años, y no tuvimos hijos. No tengo más familia y soy una persona sin amistades, de modo que nada me quita tiempo de mi trabajo, que es lo único que tengo. Por lo tanto, mientras tú y Miguel Ángel planeaban cómo quedarse con mi empresa, e invertían horas en averiguar la mejor manera de hacerlo y en diseñar su estrategia, en algún momento ustedes tenían que pensar en otras cosas, atender otros frentes de la vida como la familia, los compromisos sociales, las amistades. Eso significa, Luis Antonio, que ustedes tenían un tiempo limitado para pensar en este negocio. Yo, en cambio, no tenía que gastar un minuto en nada de eso porque carezco de todo ello. Les gané por una razón muy simple, y, como digo, se resume en una palabra: por disponibilidad. Nada más. Porque todo mi tiempo lo invierto en mi vida profesional, mientras que ustedes, con sus abogados y analistas y financieros y asistentes, por buenos que sean, sólo pueden invertir una fracción de su calendario en estas cábalas y transacciones. Por eso, en fin, yo podré ser más poderoso que ustedes, y quizás algún día seré más rico e influyente que don Raimundo Echavarría. Pero ustedes, todos ustedes, que cuentan con esposas, hijos, amigos y familiares, serán más felices. Y eso, en última instancia, es lo único que importa.

Salcedo guardó silencio durante un rato, negando con la cabeza.

Con eso Sebastián se marchó, añadió. Y yo quedé mudo en mi sitio… Y ahora que llevo bastante tiempo trabajando con él, conociéndolo más de cerca, puedo aseverar que lo que me dijo esa tarde es rigurosamente cierto: él no tiene familia ni amigos ni mujeres ni nada, y por eso Sebastián proyecta un aire casi de desamparo, porque en el fondo es una de las personas más brillantes y exitosas que conozco, y a la vez es una de las más solitarias.

Ambos permanecimos callados unos segundos.

Claro, por ese motivo es entendible el afecto que él te tiene, Roberto. Y no vacilo en decirte que ha sido un honor hablar contigo esta tarde, porque desde que conozco a Sebastián él nunca me ha hablado de otra persona como lo hizo de ti la otra noche, ni la ha calificado como alguien tan cercano, casi un hermano, me reiteró. Es más, hasta donde llega mi conocimiento, eres el único amigo que él tiene de veras, o al menos el único que le queda…

No supe qué decir ante eso. Cada una de esas palabras era tan exagerada y alejada de mi recuerdo, de mi propio concepto de nuestra infancia, que me resultaba incomprensible. ¿Cómo llamar *amigo* a una persona que no se ha visto en casi treinta años, y con la cual el primer contacto, de niños, fue tan breve y efímero? Hoy en día tengo buenas y grandes amistades, y el contraste no puede ser mayor ni más evidente. De manera que aparté la vista, ruborizado, y mentalmente agradecí que en la creciente oscuridad mi interlocutor no lo podría notar.

Pero bueno, concluyó Salcedo con una sonrisa afable. No te quería entristecer con mi historia. Y es una tontería que yo te hable de cómo es Sebastián, porque tú lo conoces mejor que yo, ¿no es cierto?

Tampoco supe qué contestar ante eso, de modo que me limité a asentir con la cabeza.

Además, me recordó, tienes una cita con tu esposa.

Tardé unos segundos en salir de mi desconcierto.

Sí, repliqué por fin. Así es.

Hasta pronto, Roberto.

Hasta pronto, Luis Antonio.

Entonces salí del café con mi revista bajo el brazo, y me dirigí a la entrada lateral del centro comercial. Sin embargo, antes de ingresar por las pesadas puertas de vidrio, me di vuelta por un segundo y creí ver a Luis Antonio Salcedo en la penumbra, aún parado en el mismo lugar donde nos habíamos despedido, a lo mejor todavía pensando en el curioso destino de su exrival y ahora jefe, Sebastián Sarmiento.

11. La culpa

Hay algo que te debo contar, Roberto, para que me entiendas mejor. Esa noche en que me encontré contigo en el Teatro Colón, después de casi treinta años sin vernos, salí a caminar por el centro de la ciudad y de pronto tuve que parar y buscar en dónde apoyarme, porque me sentí mareado y creí que me iba a desmayar. Había llegado a la Plaza de Bolívar, y, a pesar de la hora, por suerte descubrí una puerta abierta en la Catedral Primada, de modo que ingresé y tomé asiento en un largo banco vacío, cerca de la entrada. Me faltaba el aire y no entendía de dónde procedían mi ansiedad y esa sensación de ahogo, pero me concentré con todas mis fuerzas, como si estuviera rezando, en el afán de comprender lo que me estaba pasando, y al cabo se me hizo claro. Inspirado por las calles y los edificios a mi alrededor, yo acababa de hacer un breve repaso mental de los eventos más dramáticos de nuestra historia, y ése fue el detonante. Entonces reconocí lo que se agitaba en mi interior, la sensación antigua y familiar y conocida, martillándome con furia mi pecho y las sienes, pues la había sentido muchas veces antes a lo largo de mi vida. Era la culpa, Roberto. La individual y colectiva. Por acción u omisión, me dije, soltando el aire de mis pulmones con fatiga, como una frase repetida demasiadas veces en el tiempo. Desde niño yo había padecido esa impresión paralizante, y no sólo la culpa propia e intransferible por las muchas tragedias que he causado —deliberadamente o no—, sino también la culpa compartida por toda la sociedad, por ser testigo de tantas desgracias que dejan preguntas que escuecen, inmensas e insoslayables, que arden sin falta en la mente. ¿Yo habría podido hacer algo para impedir ese crimen? ¿Para atajarlo o prevenirlo? ¿Para denunciarlo? ¿Para anticiparme a la violación, a la matanza, al asesinato o al atropello? Porque eso es lo grave de vivir en un país como el nuestro, amigo mío: no sólo correr el riesgo de sufrir en carne propia una de las miles de calamidades que ocurren en el territorio nacional cada día, y comprobar, con aprensión y desaliento, cómo nos vamos familiarizando con ese desfile de sucesos espeluznantes, acostumbrándonos a la infamia a fuerza de repetición, a tal punto que la imagen de un crío medio desnudo en la calle, rebuscando un desperdicio de comida en las canecas de la basura, nos parece normal, y una masacre que se reporta en los noticieros de la mañana a veces ni siquiera se menciona en los informes de la noche, sepultada bajo el alud de otras tragedias del día, todas igual de horrendas, y nadie se parece escandalizar ante ese hecho insólito; lo peor es sentirse, ambigua y confusamente, culpable en parte de esas desdichas, sin haber tenido nada que ver con ellas en forma directa. Porque así las vivimos, reflexioné en la iglesia. Porque la normalidad no se define según su contenido sino según su frecuencia, y por eso lo que es inaudito o aterrador o escandaloso, visto una y otra y demasiadas veces, nos termina por parecer normal. Y por eso nos sentimos culpables de todas esas desgracias, de la misma manera que ciertos pueblos se sienten partícipes de los peores crímenes contra la humanidad, así hayan ocurrido en otros tiempos y en sitios lejanos, como el Holocausto judío, el Gulag de la Unión Soviética, las bombas atómicas en Hiroshima y Nagasaki, las hambrunas en China y África, o los campos de la muerte de Pol Pot. Sus efectos y consecuencias se ramifican a través de las siguientes generaciones, durante décadas y décadas y décadas. ¿Acaso crees que la Guerra Civil Española, los muertos y exiliados de las dictaduras latinoamericanas, el exterminio de los indígenas nativos de Estados Unidos o la sangrienta guerra civil de ese país son episodios realmente concluidos, clausurados, finalizados de una vez por todas, sin que sus secuelas sigan acosando, cuestionando y lesionando a las generaciones posteriores? ¿No restan, entre la población moderna, residuos de culpa, cierto escozor en la conciencia que afecta las ideas y la conducta, que alimenta los prejuicios y las prevenciones, un malestar que marca e influye las relaciones entre las personas? Porque todas esas masacres y esos genocidios, yo había pensado de joven y de ingenuo, los habían causado individuos específicos, gente espoleada por la rabia, la demencia, la codicia, la convicción o el fanatismo, mientras que la mayor parte de la población los desconocía y era, por lo tanto, inocente de su existencia. Pero ahora sé, por el contrario, que cuando ocurre una barbarie de esa escala monumental, como la violencia actual en Colombia y todas las otras que te acabo de enumerar, aquéllas no sólo las producen unos cuantos fulanos sanguinarios, sino que se requieren también grandes sectores de la población —mediante diferentes grados de pasividad y colaboración— para permitirlas. Para que existan. Para que sean posibles. Por acción u omisión, me repetí. Sociedades y pueblos completos que, debido a su silencio, cooperación, cobardía o respaldo, han tolerado, aplaudido, aceptado o fomentado el horror. Implícita o explícitamente.

Si no me crees, Roberto, toma el caso que quieras de los muchos que conoces como historiador; cualquiera de todos los que te acabo de mencionar. Alemania, por ejemplo. Y recuerda que durante años leímos sobre un puñado de campos infames que representaban el Holocausto, nombres atroces e infernales como Auschwitz, Buchenwald, Treblinka y Dachau. Y por tratarse de un grupo reducido de lugares puntuales, los crímenes que ocurrieron en esos sitios espantosos se podían considerar extremos e inenarrables, mas aislados, hechos terribles pero excepcionales que, para la tranquilidad de conciencia del resto de la población, no la involucraban. Sin embargo, ahora se sabe que el número de centros y guetos prescritos por los nazis, los avernos que incluían campos de tortura, de concentración, de prisioneros de guerra y de exterminio, repartidos por toda Europa, fueron más de cuarenta y dos mil quinientos. ¿Te das cuenta? Había fábricas de trabajo forzado, recintos para practicar abortos a la fuerza y más de quinientos burdeles de esclavas sexuales para usufructo de los militares alemanes. O sea, además de los seis millones de judíos asesinados en los campos más conocidos, por esos muchos otros centros de reclusión y tormento desfilaron entre quince y veinte millones de seres inocentes, entre ellos gitanos, homosexuales, rusos, polacos y más judíos. Eso quiere decir que no era una crueldad puntual y aislada, y que se necesitó de vastas franjas de la población, mediante su ayuda, complicidad, colaboración o silencio, para que todos esos campos existieran y operaran con eficacia en pueblos, veredas, municipios y ciudades. Para que fluyeran el gas, el agua, la luz y los materiales de construcción. Y cuando pasaban los trenes atestados de civiles que sollozaban o gritaban de miedo, sus vecinos los veían y oían pasar; muchos impotentes y acongojados y también cohibidos y aterrados, pero otros felices y convencidos de la necesidad o la utilidad de su destrucción. Casi todos eran, de una u otra forma, testigos, y, por eso mismo, en cierto sentido y de cierta manera, actores y partícipes de esos horrores. Así que lo que se creía de la Segunda Guerra Mundial era mucho más atroz y abrumador de lo que se pensó inicialmente. Por supuesto, no todos tenían el mismo grado de participación, y pocos tenían una culpa comparable a la de los oficiales que trabajaban a diario en los campos, al mando de las operaciones cotidianas, pero tampoco se puede decir que nadie más que un puñado de nazis tuvo una cuota de responsabilidad, grande o pequeña, en la existencia y en la dimensión del Holocausto. Ver es saber, y saber es participar. Y de ahí la culpa.

Por desgracia, Roberto, algo similar nos pasa en Colombia. Quisiéramos creer que nuestra violencia desbocada y colosal es común a todos los pueblos, pero te aseguro que no lo es: muy pocos países en el mundo moderno sufren niveles comparables de violencia, con todos los homicidios, secuestros, suicidios, violaciones y casos de maltrato de niños y de mujeres que ocurren a diario en el país. Al extremo de que la posibilidad de morir en un tiroteo en buena parte de los países más avanzados de Europa, lo que aquí sucede en forma cotidiana, es algo tan remoto e improbable como fallecer por caerte de un árbol.

A la vez, también quisiéramos creer que nuestra sevicia tan desmesurada y prolongada es sólo obra de unas cuantas personas precisas, que cometen horrores y fechorías sin el conocimiento del resto de la sociedad. Pero tampoco es cierto, Roberto. Porque, así como no es válido que el pueblo alemán diga: «No sabíamos, y por lo tanto no somos culpables ni responsables de esas atrocidades», no es válido que eso se diga en Colombia. Porque sabemos. Nuestro baño de sangre de las últimas décadas salpica a todos los adultos, *comprendí esa noche en la catedral, porque cada uno de nosotros, en mayor o menor grado, podría añadir o aumentar su cuota de acción, denuncia o intransigencia para que semejante barbarie se acabe, o al menos para que no persista en tal forma y en tal dimensión. En otras palabras, deduje, si la tragedia requiere tantos actores y en diversos grados y niveles de participación para que ocurra, entonces la responsabilidad final, repartida a su vez en diversos grados y niveles, también es compartida entre muchos. Empezando por uno mismo. Por acción u omisión, me repetí. Y de ahí la culpa.*

Eso era lo que me pasaba, Roberto: esa culpa anonadora que me tenía abrumado, derrotado desde joven, que me había llevado con los años hasta ese lugar y a sentirme muerto por dentro. Yo había tocado fondo finalmente esa noche, y no veía salida por ningún lado, y además ya lo sabía con absoluta certeza. Por eso te juro que no sé qué me habría pasado si a los pocos días yo no hubiera conocido a Mara Ordóñez.

12. Plegarias atendidas

Plegarias atendidas. Así resumía Sebastián Sarmiento su encuentro con Mara Ordóñez poco tiempo después, seguro pensando en una frase de santa Teresa de Ávila que Truman Capote utilizó para titular su novela inconclusa *Answered Prayers*. El hecho es que Sebastián siempre sostuvo que esa mujer, entre muchas otras cosas, le salvó la vida.

Sebastián estaba en Cartagena de Indias, participando en un encuentro empresarial que por casualidad coincidía con el Hay Festival, el prestigioso evento literario que cada año reúne a escritores nacionales y extranjeros durante varios días para celebrar el mundo de las letras. El ejecutivo se encontraba en el recinto histórico, hospedado en una de las mejores suites del hotel Santa Clara, el antiguo Convento de las Clarisas construido en 1621, y había apartado seis días de su agenda de trabajo para permanecer en la ciudad: tres dedicados a las ponencias y reuniones programadas en el Centro de Convenciones con miras a debatir el futuro de las comunicaciones en Colombia, y luego el fin de semana largo para descansar y leer y asistir como espectador a una que otra conferencia de literatura. Pero Sebastián tenía un propósito más importante en mente, y en eso pensaba invertir su tiempo libre en la ciudad amurallada, porque era preferible hacerlo allí que en el caos de la capital, y era cavilar a fondo sobre su vida. En las últimas semanas él había tomado conciencia del peligro, sabiendo que el vacío lo estaba hundiendo en un pantano de arenas movedizas, como si tuviera lastres de plomo amarrados a los pies. Recuerdos con demasiado peso, se decía con cansancio, negando con la cabeza. Demasiada culpa. Demasiado pasado. Aparte de su trabajo, nada lo motivaba ni lo estimulaba a continuar, como si se le hubiera agotado el combustible existencial. Estaba atrapado en un callejón sin salida, y él mismo lo notaba en las noches en vela, en su sonrisa apagada, en su desinterés por todo a su alrededor, y en la dificultad de salir de la cama cada mañana, menos por la falta de horas de sueño que por la ausencia de un incentivo o un deseo, algo que se tradujera en una ilusión de vida.

Por esa razón, cuando Elvira, su secretaria de los últimos trece años, entró en el despacho con la agenda de cuero abierta en la mano, como lo hacía todos los lunes a primera hora para planear la semana laboral, él se forzó a dar un cambio y a buscar una salida, a aprovechar cualquier oportunidad que la suerte, el destino o los dioses le ofrecieran para tratar de extraerse del hueco que lo estaba matando. La mujer venía dispuesta a organizar el calendario y establecer cuáles citas ella debía aceptar o cancelar en su nombre, y después de tachar los consabidos matrimonios, almuerzos, banquetes y bautizos como lo hacía siempre, le mencionó sin expectativas la invitación al encuentro empresarial en Cartagena —incluso mientras ensayaba en su libreta las fórmulas habituales para declinar el ofrecimiento: «Debido a cuestiones de trabajo…», o «Compromisos previos e ineludibles…»; ¿qué tal «Inconvenientes de última hora me impiden…»?—, porque aquel ejecutivo jamás participaba en ese tipo de reuniones y sin excepción enviaba como representante a Luis Antonio Salcedo, a quien nunca había que pedírselo dos veces, pero inesperadamente su jefe le dijo «No, aguarda un minuto», y para su sorpresa él lo pareció considerar en serio, mirando por la ventana de su oficina, absorto y pensativo. Esto puede ser lo que estoy buscando, se dijo. Justo lo que necesito en este momento. El hombre había tratado de resumir su situación en una frase, y sobre el escritorio yacía la hoja de papel en la que había hecho varios intentos, anotando y tachando fragmentos, porque, en su experiencia, para solucionar un problema convenía articularlo en palabras y verlo en blanco y negro. Pero ni siquiera había podido hacer eso. Entonces, como si por fin hubiera llegado a una conclusión, Sebastián rasgó la hoja de papel y la arrojó a la basura, y le pidió a la mujer que les escribiera a los miembros del comité organizador para agradecerles la invitación y confirmar su asistencia. La secretaria alzó con discreción una ceja, procurando disimular su asombro, pero acató la orden sin decir una palabra y en seguida se encargó de coordinar los preparativos del viaje.

Por algún lado hay que empezar, reflexionó el empresario cuando se quedó de nuevo solo en su despacho. O tiro la toalla ya o hago un último esfuerzo. Además, ¿quién sabe? A lo mejor pasar unos días en esa hermosa ciudad histórica, descansando bajo el sol y junto al mar, con algo de tiempo para meditar en mis asuntos y de paso escuchar algunas conferencias de literatura, no sería mala idea. Estaba sentado en el cómodo sillón reclinable tras el elegante escritorio de madera, siempre limpio y ordenado en exceso, sin un lápiz o un papel fuera de lugar, contemplando la ciudad a través del amplio ventanal en el décimo piso del edificio Alcásar. Bogotá, gris y lluviosa, parecía un laberinto de cemento y ladrillo. Las principales avenidas se veían atascadas con un tráfico apretado e inmóvil, embotellado a toda hora, y había una alarmante escasez de color verde en las calles. Casi no se distinguían árboles ni parques con grama, y sólo sobresalían unos puñados de eucaliptos altos y viejos, tiznados por la polución. Al fondo, en la más remota lejanía, un mínimo y distante avión comercial levantaba vuelo desde las pistas rectas del aeropuerto internacional El Dorado. Sebastián permaneció abstraído, ensimismado, siguiendo la trayectoria de la aeronave que trazaba un lento semicírculo sobre la ciudad, y esa imagen lo llevó a pensar en un artículo que estaban preparando en la oficina sobre una avioneta que se había estrellado en esos días en la cordillera Oriental. En su última comunicación con la torre de control, el piloto anunció que estaba perdido en las nubes, ciego y sin uso de sus instrumentos, y al poco rato se precipitó en caída libre con el aullido de la nave entrando en barrena. Al confirmar el significado de aquel término en el diccionario, Sebastián había leído: «Cuando la nave empieza a descender verticalmente y en giro, por faltarle la velocidad mínima indispensable para sostenerse en el aire». Palabras exactas, admitió. Porque así me siento. Velocidad mínima para sostenerse en el aire.

Hacía mucho tiempo que Sebastián no visitaba aquella ciudad de la costa atlántica colombiana, conocida como La Heroica, y desde el primer día se acogió a una rutina sencilla. Se despertaba temprano, al igual que cada mañana en Bogotá; nadaba treinta largos en la piscina del hotel, seguidos de una intensa sesión de gimnasia; leía la prensa minuciosamente mientras desayunaba en la terraza principal —lo de siempre: una tostada de pan integral, café oscuro y sin azúcar, una tajada de queso blanco y una porción de fruta de temporada—, y a continuación se ponía a trabajar en el salón de la suite hasta las diez —contestando correos y revisando planes de inversión, y leyendo los últimos informes sobre la violencia nacional—, cuando debía salir al Centro de Convenciones para participar en las reuniones del encuentro empresarial. Después, en la tarde, luego de escuchar las ponencias del día sobre los retos técnicos y comerciales de las comunicaciones en Colombia, Sebastián salía a caminar solo por las calles estrechas y antiguas del casco histórico. Andaba sin rumbo, cavilante y pensativo, a veces trepando por las rampas de piedra de las murallas en busca de las brisas frescas de enero, y se detenía a contemplar el mar Caribe en el ocaso. Acomodado en las troneras de los cañones, observaba las olas gruesas reventar contra los espolones, o se detenía cerca de los pescadores en el extremo del tajamar, ellos parados en las puntas de las rocas de aspecto peligroso, algunos sosteniendo la caña con paciencia y otros lanzando lejos el plomo y el sedal. Entró en iglesias, conventos, museos y catedrales. Caminó bajo los arcos del Portal de los Dulces, reparando en los frascos de vidrio y las golosinas de colores, los bombones de caramelo, las galletitas de almendras y los pastelillos de azúcar. Cruzó la Puerta del Reloj y curioseó en la venta de libros viejos expuestos en el suelo del pasadizo central. Atravesó la Plaza de los Coches y admiró la estatua del fundador de la ciudad, el conquistador español Pedro de Heredia, y anduvo por calles

116

bulliciosas hasta llegar a las Bóvedas de San Diego, construidas en 1789 para acuartelar tropas y almacenar pólvora y víveres, convertidas en la actualidad en tiendas de artesanías. Una tarde visitó el Palacio de la Inquisición, y otra, el Castillo de San Felipe de Barajas. Conoció los nuevos hoteles y hasta pidió permiso para ingresar a dos o tres mansiones restauradas por opulentos europeos y gente del interior.

Sebastián hizo todo aquello siguiendo el recorrido usual de los turistas, al comienzo con desgana y sin fijarse en nada en particular. Sin embargo, al cabo de un tiempo y sin saber cómo o qué lo podría estar motivando —a lo mejor la resplandeciente luz del mar Caribe, o el melodioso retumbo de las olas en las playas, o el onduleo de las hermosas mujeres en las aceras, o el ambiente de fiesta que se respiraba en la ciudad a cada momento—, él empezó a notar un ligero cambio en su interior. Era una sensación frágil e imprecisa pero a la vez tangible e innegable, y no dudó en acogerla como el náufrago que se aferra a un tronco a la deriva. Era una especie de anhelo, un mínimo deseo vivencial, una impresión tan remota y olvidada que al comienzo la creyó nueva y desconocida.

Sebastián fue el primer sorprendido al percibir aquel surgimiento, como un leve y paulatino despertar, el nacimiento de un apetito en ciernes, tan tenue y vago que le costó trabajo identificarlo. Era demasiado sutil el sentimiento, demasiado pobre e incipiente para tener una identidad clara o merecer un nombre propio, pero, si había que llamarlo de alguna manera, Sebastián pensó que sería comparable al primer impulso, débil y penoso, del convaleciente de probar bocado tras sufrir una larga y extenuante enfermedad; aquel susurro inicial, apenas un murmullo inaudible, de quien pide un poco de agua o unas chispas de hielo para refrescar los labios. El hombre no dudó en obedecer ese llamado, como si fuera la voz que por fin se oye, apagada y lejana, en medio de la tormenta de nieve; aquella luz que se adivina, entre la borrasca y el frío y el viento que brama, y que el agotado explorador, entumecido y con la barba congelada de hielo, sospecha que anuncia la cabaña, modesta pero acogedora, donde crepita el fuego y humea una bebida caliente.

Ahora, intuyó el ejecutivo, por primera vez en mucho tiempo, él quería sentir. Sólo eso: sentir. Poco a poco y cada día más, él deseó experimentar cosas simples y elementales, como la brisa al tocarle la cara y su delicado rugido en los tímpanos, el perfume antiguo del mar con su olor a yodo y algas secas, el tacto del sol al tatuarle la piel, la tibieza que aún emana de la piedra de la muralla en el ocaso, el resplandor del crepúsculo que lastima los ojos y la frescura de la arena bajo sus pies en la playa, con la espuma bañándole los tobillos y el mar estirado hasta el horizonte, punteado de crestas blancas. Cosas sencillas, pero al tiempo vitales y necesarias. Hacer lo que sea para sentir lo que sea con tal de sentir, se dijo. Entonces se abandonó a su instinto, aceptando las pulsaciones de aquella voz silenciosa, persiguiéndola como el perro que husmea en busca de un hueso enterrado. Incluso en su empeño por tratar de recobrar un gusto por la vida se propuso saborear cocteles en bares y tabernas, únicamente por el placer de probarlos. Se sentaba solo para ponderar en sus recuerdos, y varias veces se entretuvo ocupando una silla, siempre en la parte de atrás del público para pasar desapercibido, en las tertulias que el festival literario había organizado en plazas, parques y baluartes de la ciudad colonial.

Así lo hizo Sebastián cada tarde a partir de ese momento, asistiendo a los coloquios que más le interesaban de la programación oficial, y lo hacía espoleado por un motivo adicional: desde su adolescencia la literatura había representado su pasión más grande y secreta, y a lo mejor no sería demasiado tarde para avivar las brasas de esa inclinación suya mediante las tertulias del festival. En parte por eso él había aceptado esa invitación a Cartagena, porque si lograba revivir esa fascinación por las letras, quizás eso lo llevaría a redescubrir otras facetas de la vida, e incluso, con suerte, a la vida misma. Durante décadas la literatura fue nada menos que un refugio espiritual para Sebastián, lleno de temas, personajes, historias y enseñanzas que le brindaban un alimento tan vital para su existencia como la comida diaria. Y lo más extraño es que Sebastián descubrió la literatura de manera accidental, apenas llegado a Boston y recién becado en la Universidad de Harvard, y justo en el primer día de clases. Era la semana inaugural del semestre, cuando los estudiantes se dirigen a los salones para escuchar a los maestros y decidir si les interesa la materia, ensayando de todo sin ningún compromiso, y al final se inscriben en las clases de su preferencia. Esa semana —llamada *shopping week*— es una de desorden total: los estudiantes, medio perdidos, buscan en dónde quedan las aulas, y entran y salen de los recintos, atentos a no interrumpir las cátedras de los profesores. Lo bueno de ese sistema, como lo comprobó Sebastián en carne propia, es que los alumnos no escogen sus asignaturas con base en un folleto, sino que las ensayan en persona para ver si les gusta el maestro y su manera de enseñar la materia. Sin embargo, a diferencia de tantos compañeros del *college*, que aprovechaban sus primeros dos años de estudios generales para explorar diferentes ramas de la academia y más adelante decidir su carrera, Sebastián sabía que él deseaba consagrar su pregrado a estudiar Economía y Ciencia Política, y después hacer una maestría en Periodismo. Por eso él quería sondear la clase de la politóloga Terry Karl, una de las profesoras más conocidas del departamento y una de las catedráticas más eminentes de la universidad, experta en derechos humanos, regímenes autoritarios de América Latina y obstáculos políticos y económicos de los países en vías de desarrollo. Hasta ese momento la literatura había tenido casi nada que ver con la vida de Sebastián, y los textos que él prefería leer, en su afán de estar siempre al día en cuanto a noticias colombianas y mundiales, eran de historia reciente y de actualidad política y empresarial. Incluso de niño, cuando él había tenido que estudiar mucho más que sus otros compañeros de curso, Sebastián jamás pensó que la poesía, las novelas o los cuentos pudieran tener un papel definitivo en su formación. De modo que en ese primer día de clases el muchacho se colgó su morral al hombro, y, con el grueso manual de materias en la mano, más un mapa del campus para orientarse en medio de la multitud de estudiantes igual de extraviados que él, Sebastián buscó la clase de Terry Karl. Finalmente llegó al salón indicado y creyó que se había equivocado, pues era uno de los recintos más grandes de la universidad y ya estaba lleno de jóvenes cuando él abrió la puerta. Con dificultad encontró un pupitre vacante, entonces tomó asiento y esperó con calma la llegada de la maestra. De pronto apareció la profesora Karl y el estudiantado se puso en pie para aplaudirla, como si se tratara de una celebridad del intelecto, y él se sorprendió al ver lo menuda que era la mujer, *petite*, como oyó que alguien la describía, mientras ella subía los peldaños de la tarima, se posicionaba detrás del podio y ensayaba el micrófono. No obstante, bastó que la mujer abriera la boca para que Sebastián entendiera la razón de su fama más que merecida, porque la maestra hablaba con un asombroso dominio de la materia, más un magnetismo y una fuerza carismática cautivantes, a tal punto que en medio de aquel inmenso salón atestado de jóvenes no se oía nada que no fuera esa voz tan lúcida y persuasiva. Aun así, la mayor sorpresa de Sebastián fue cuando la profesora Karl, después de hacer dos o tres precisiones acerca de calificaciones, requisitos de trabajos y exámenes finales, inauguró su cátedra con estas palabras: «Como ustedes saben, esta clase se titula "Política y economía de los países subdesarrollados". Nos vamos a concentrar en América Latina, y por eso me gustaría hablarles de una novela: *Cien años de soledad* de Gabriel García Márquez».

Sebastián Sarmiento creyó haber oído mal. ¿Cómo dijo? *¿Una novela?* ¿Escrita por un compatriota? ¿Y más para hablar sobre un tema tan terrenal y alejado del ámbito literario? El joven quedó hechizado, y escuchó sin pestañear a la maestra explicar por qué ese libro y la saga de la familia Buendía permitían vislumbrar las raíces del subdesarrollo en el continente. Un tiempo después, Sebastián comprendió que había sido una suerte estar ahí ese día, porque a partir de la clase siguiente la profesora no volvió a mencionar una sola obra de literatura y enfocó toda su atención en las causas políticas y económicas que explicaban el atraso, la desigualdad y la falta de desarrollo en América Latina. Esto ocurrió antes de que García Márquez alcanzara su fama mundial, de modo que muchos estudiantes todavía no lo habían leído y eso incluía a Sebastián. Entonces esa tarde, al concluir el primer día de clases, el muchacho atravesó el prado central de Harvard Yard y salió por la verja Johnston para comprar los textos de sus materias, y aprovechó que estaba cerca de la librería Letras y Notas, la única que vendía títulos en español, y adquirió un ejemplar en rústica de la novela de García Márquez. Se lo llevó al dormitorio con la idea de darle una mirada antes de acostarse, de modo que cenó en la cafetería y estudió durante horas, y al final, agotado por el trajín del día, se metió en la cama y abrió el libro, bostezando. Sin embargo, la primera frase le interrumpió el bostezo y no pudo cerrar la novela sino dos días después, leyendo sin parar esa incomparable obra maestra, paladeando sin prisa esa prosa tan poética y musical, descubriendo a su propio país como si fuera por primera vez en esa universidad de tejados de pizarra y paredes cubiertas de enredaderas de hiedra. Ése fue el inicio de una fascinación por la literatura que lo persiguió a lo largo de su carrera y que se ramificó de manera imprevisible, llevándolo a descubrir otros autores y otros tesoros del conocimiento. Un día, por ejemplo, mientras Sebastián devoraba en su escaso tiempo libre todo lo que había escrito García Márquez, se topó con una entrevista en donde el autor confesaba haber empezado a escribir luego de leer *La metamorfosis* de Franz Kafka, en una pensión estudiantil en Bogotá, cuando tenía apenas veinte años. Por lo visto el joven quedó tan impresionado al leer las palabras iniciales del checo que se tuvo que recostar, y lo primero que hizo, tan pronto se levantó, todavía aturdido y lleno de asombro, fue sentarse y escribir su primer cuento que tituló *La tercera resignación*, y que salió publicado ese mismo año de 1947.

Sebastián tampoco había leído a Kafka, pero pensó que, si ese autor había tenido semejante impacto en García Márquez, lo tenía que buscar sin remedio. De manera que una tarde solicitó un ejemplar de *La metamorfosis* en la biblioteca Widener, la más grande de Harvard y una de las mayores del mundo, y en vez de ocupar una silla en el salón de lectura, él prefirió salir para aprovechar la luz del día y se tendió en el césped, junto a la gran figura de bronce de John Harvard, conocida como la estatua de las tres mentiras, debido a la inscripción anotada en la base: «John Harvard, fundador, 1638». En realidad, el modelo de la escultura no había sido el intelectual John Harvard, ni él había sido el verdadero fundador de la universidad, y ésta se había inaugurado dos años antes de esa fecha errada. El hecho es que Sebastián se recostó en el pasto, apoyando la cabeza en su morral apretado de libros y cuadernos, leyó la primera frase de la novela y le pasó lo mismo que con *Cien años de soledad*: no la pudo soltar hasta que la terminó esa misma noche. A partir de entonces la literatura traducida del alemán representó su pasión más profunda, en especial los libros de Franz Kafka, Thomas Mann, Robert Musil, Stefan Zweig y Günter Grass. Los leyó a todos con deleite, y cada uno lo llevó a explorar otros paisajes igual de enriquecedores, pues «todo libro remite a otro libro», le había dicho uno de sus maestros más admirados. Zweig, por decir, le contagió el entusiasmo por la historia y las biografías de figuras sobresalientes de la humanidad; Kafka lo condujo a la literatura rusa y al teatro moderno; Thomas Mann le presentó a varios sabios de la filosofía, empezando por los presocráticos y otros griegos colosales como Platón, mediante su obra perfecta *La muerte en Venecia*, y luego otros pensadores de gran alcance, entre ellos el que se iba a convertir en su filósofo de cabecera, Friedrich Nietzsche, a quien leyó motivado por la formidable novela *Doktor Faustus*; y cada uno de ellos lo llevó, una y otra vez, a sumergirse en el más profundo de todos, el insuperable William Shakespeare. Sebastián nunca aspiró a ser un escritor de ficciones, pues tenía clara su vocación de empresario y periodista, y siempre dijo que el comienzo de todo aquello, esa inmersión en las delicias del intelecto que había empezado mediante el vicio abrasador de leer las grandes novelas de la literatura universal, había sido el afortunado desenlace de un simple hecho casual: haber llegado a tiempo a una clase de ciencia política y que ésta se iniciara, como cosa excepcional, comentando una obra de ficción, y por lo tanto que la responsable de ese giro en su destino había sido la profesora Terry Karl. Para él sus lecturas representaban una fuente secreta de felicidad, una aventura interna del conocimiento, y nunca le importó que éstas fueran desordenadas o que carecieran de rigor o estructura académica, pues sólo obedecían a la búsqueda de su propio placer intelectual. Por eso Sebastián solía evocar la famosa frase de Jorge Luis Borges, tan sabia como todas las suyas: «Que otros se jacten de las páginas que han escrito; a mí me enorgullecen las que he leído».

De modo que una noche en Cartagena de Indias, luego de asistir a la última tertulia del día que se realizó entre tres autores nacionales y dos europeos, Sebastián descendió del baluarte donde había tenido lugar la charla al aire libre y sintió deseos de comer algo. No le apeteció cenar solo en su cuarto del hotel, como lo había hecho las noches anteriores, de manera que caminó por el centro histórico, buscando algún restaurante que le llamara la atención. Recorrió las calles angostas y golpeó con los nudillos en la pequeña puerta verdosa de La Vitrola, pero Gregorio, el administrador del lugar, le dijo que lo sentía mucho pero que no disponía de un solo puesto libre, ni siquiera en la barra. Así que Sebastián siguió andando por la Playa de la Artillería y dobló por el Callejón de los Estribos, examinando el costado de piedra del Convento de Santo Domingo y los contrafuertes que le dan nombre a la calle estrecha —espiando, entre los barrotes de la cerca, las sombras y ruinas de la iglesia colonial, con aquel hueco que se adivina en el techo en las noches de luna, por donde ingresan las lechuzas y revolotean los murciélagos—, y entró en el primer local que encontró abierto en la esquina de la plaza y que resultó ser el restaurante Paco's. Abrió la vieja puerta desajustada y vio el lugar lleno de gente, con un conjunto vallenato tocando música en vivo al pie de las escaleras, y la barra repleta de parejas bebiendo y conversando. Una ojeada reveló mesas sencillas de madera, el techo bajo con vigas gruesas y un arco en ladrillos agrestes, y bancas largas contra las ventanas altas y abiertas a la calle. Curiosamente, en vez de sentir que su timidez se acentuaba, como le sucedía siempre al ingresar solo a un lugar abarrotado de gente, esa noche él se quiso rodear de otras personas, percibir la calidez y la cercanía de otros seres, algo que no le había ocurrido desde hacía mucho tiempo. Para su sorpresa, la primera mesa y la más extensa del restaurante estaba ocupada por varios escritores, y de casualidad unos eran los mismos que él había escuchado en la presentación de aquella noche, los que seguro se habían dirigido directamente allí mientras él daba vueltas por la ciudad, buscando en dónde cenar. Bebían ron y aguardiente, alegres y risueños, y parecía que estuvieran celebrando algún evento. Entonces Sebastián se forzó a hacer algo que tampoco hacía nunca: presentarse ante un grupo de desconocidos. Apretó los dientes y se acercó a la mesa, pidiendo disculpas por la interrupción y diciendo que sólo deseaba agradecerles por el coloquio que había escuchado en el baluarte de Santo Domingo, pues lo había disfrutado mucho. Con eso se retiró para buscar un taburete libre en la barra, cuando uno de los autores lo retuvo y lo convidó a tomarse un trago con ellos. «Estamos celebrando mi cumpleaños», explicó con una sonrisa, «y un amigo de las letras es un amigo nuestro». Los demás abrieron espacio para que Sebastián se sentara.

—Aquí cada uno paga lo suyo —dijo entre risas el autor que estaba de aniversario—. De modo que siéntese y pida lo que su billetera le permita.

Hacía años que Sebastián no pasaba un rato tan ameno en compañía de otras personas. Hablaron todo el tiempo de libros, y ellos quedaron sorprendidos con su erudición, en particular sobre las grandes novelas de Thomas Mann y Franz Kafka. Eso desembocó en una larga discusión sobre las diferencias entre esos dos novelistas que habían escrito en la misma lengua, con biografías y temperamentos tan opuestos, cada comensal aportando una observación pertinente. En un momento Sebastián se levantó para ir al lavabo, y estaba tan contento que al regreso se acercó a la caja registradora del restaurante y puso su tarjeta de crédito para pagar la cuenta de toda la mesa, lo cual, cuando se supo después por el grupo de escritores, fue festejado con vivas y aplausos, en particular por el que estaba de cumpleaños. Ya más relajado, complacido de sentirse tan a gusto, dichoso de estar hablando de literatura y no de inversiones en infraestructura para el sector de las comunicaciones, Sebastián se animó y ordenó más botellas de ron y aguardiente, y luego pidieron la cena y siguieron hablando y celebrando. Aquel hombre bebía muy poco, y solía ordenar un trago que apenas probaba pero que mantenía consigo para evitar la insistencia de los anfitriones, pero esa noche, como parte de su propósito de vivir experiencias nuevas, se bebió un ron con jugo de limón en las rocas, y le encantó. Entonces se sirvió otro, y estaba regresando la botella a la mesa cuando oyó que uno de los autores decía en tono alegre:

—Miren quién llegó.

Sebastián alzó el rostro y su corazón pegó un salto, porque delante de él estaba una de las mujeres más hermosas que él había visto en su vida. Acababa de ingresar al restaurante seguida por un escritor español, un famoso autor de culto, aplaudido por la crítica y admirado en los círculos intelectuales de su país. Todos saludaron a la pareja y arrimaron sillas y les abrieron campo en la banca larga de la ventana para que se sentaran con ellos.

La mujer no determinó a Sebastián. Las dos veces que ella miró en su dirección sus ojos verdes y grandes siguieron de largo, como si aquel hombre fuera invisible. Más bien parecía pendiente de su acompañante, el autor casi calvo que fumaba cigarrillos sin cesar y cuyos lentes redondos de montura metálica le conferían un aspecto de intelectual bohemio. La mujer tenía el cabello negro y liso, espeso y sedoso, que le llegaba casi a la cintura, y al sonreír revelaba una dentadura blanca y unos labios gruesos y ligeramente húmedos, de color rosa. Llevaba poco maquillaje, como si no fuera necesario para destacar su belleza natural, y tendría unos treinta o treinta y cinco años.

Tenía la nariz recta y fina, la piel bronceada como a fuego lento por el sol del Caribe, y ese tono cobrizo le resaltaba todavía más los ojos de color verde intenso y oscuro, chispeantes como esmeraldas en la penumbra del restaurante. Llevaba puestos unos jeans con parches en los bolsillos traseros, rasgados en las rodillas para dejar a la vista relumbres de piel suave y dorada, y una camiseta negra de cuello ancho que le dejaba apenas un hombro al descubierto, con el delicado tirante del sostén de seda negra visible. En cuanto a joyas, notó Sebastián, sólo lucía un par de aretes sencillos de perlas, y por fortuna no llevaba sortija matrimonial. Esta mujer no es sólo de una belleza deslumbrante, se dijo, sino que irradia sensualidad como nunca lo he percibido en una criatura antes. El empresario siguió hablando con su vecino, procurando ocultar su fascinación por la mujer, pero en realidad estaba pendiente de ella y de la forma como ella se movía, de su risa encantadora y de sus modales finos, y trató de observarla más en detalle sin ser indiscreto. En ese momento Sebastián experimentó algo extraño, como si un sentimiento perdido en su interior se estuviera removiendo, desperezando, una sensación adormecida y remotamente familiar, y entonces comprendió que se trataba nada menos que del deseo, la atracción física por una mujer, algo que él no había vuelto a sentir desde la muerte de su esposa. De pronto uno de los escritores colombianos le hizo un comentario al español que aquél no entendió por la música del conjunto vallenato y el ruido del lugar. El hombre se llevó una mano a la oreja, tratando de oír mejor, y cuando el otro repitió la frase, algo relacionado con las críticas favorables en España a su libro más reciente, el autor sonrió a medias, halagado, pero dejó escapar un «Joder, que no te escucho bien», así que pidió que algunos en la mesa cambiaran de puesto para quedar más cerca de su colega colombiano y seguir la charla sobre críticas literarias. Entonces la mujer se puso lentamente de pie, revelando otra vez su cuerpo espectacular, la redondez de sus nalgas compactas, y tomó asiento al lado de Sebastián. El hombre apartó la vista porque pensó que los martillazos de su corazón lo iban a delatar.

—Creo que no nos han presentado —oyó que decía la mujer en una voz suave y envolvente; sonaba como miel vertida sobre un pan cálido y tostado—. Me llamo Mara... Mara Ordóñez.

—Sebastián —respondió él, tratando de no titubear—. Sebastián Sarmiento.

Mientras se daban la mano el ejecutivo se encontró contemplando por un segundo aquellos ojos penetrantes de color verde, con las cejas negras y espesas, y pensó que reflejaban un carácter fuerte. Tenía una mirada inteligente y la rodeaba un aire de misterio. La hermosura de esta mujer, se dijo Sebastián, no tiene nada que ver con las modelos de pasarela, pues su cuerpo elástico y de curvas irresistibles, casi voluminoso, no se asemeja al de esas mujeres que cada año parecen más frágiles y raquíticas. Por el contrario, sus brazos de color melaza y aquel hombro desnudo, bajo el que parecía latir una vena violácea, le brindaban un aspecto impactante, estremecedor, y Sebastián creyó que si alguien tuviera la suerte de rozar esa piel con la yema de los dedos, acariciar esos antebrazos punteados de minúsculos vellos dorados, sería fulminado como por un rayo. Envidió al escritor que había llegado con ella y buscó las palabras que mejor podían definir el cuerpo y el rostro de esa criatura tan sensual y enigmática. Varias resplandecieron en su cabeza: sugestiva. Deseable. Hechizante. Apetecible. Eso era: ante todo una mujer apetecible, a la que provocaba pasarle la punta de la lengua, muy despacio, a lo largo de toda la piel de tono canela, desde los pies hasta la cabeza. Entonces robó una ojeada con disimulo a su busto que se insinuaba bajo la camiseta, y sospechó la presencia de dos senos grandes y firmes, y cayó en la cuenta de que era la primera vez, en muchos años, que él se fijaba de tal manera en una mujer.

—¿Qué bebes? —preguntó Mara con una sonrisa inocente.

—Ron... con hielo y limón —replicó Sebastián azorado, incapaz de apartar la vista de esos ojos verdes y centelleantes en medio de esa hermosa piel atezada—. ¿Quieres algo diferente?

—No, ron está bien —dijo la mujer; sonaba alegre y descomplicada—. Me encanta el ron.

Sebastián le sirvió un vaso con hielo y añadió una rodaja de limón.

—¿Lo deseas mezclar con algo?

Ella lo miró a los ojos, detenidamente, por un segundo fugaz.

—¿Hay alguna gaseosa?

—¿Qué tal Coca-Cola?

—Perfecto.

Sebastián llamó al mesero y le pidió un par de gaseosas. También le dijo que le preguntara al escritor recién llegado qué deseaba beber. De cierta manera, atender a ese fulano lo hacía sentir que también la estaba atendiendo a ella, y le agradó esa sensación.

El mesero no tardó en regresar con las gaseosas y un platillo con varios limones cortados, más otra cubeta llena de hielo picado. Sebastián procedió a mezclar la bebida para la mujer y le ofreció el vaso con una servilleta de papel.

—Muchas gracias.

—Con mucho gusto —contestó el empresario, haciendo lo posible por aparentar naturalidad y evitar que le temblara la voz.

En ésas llegó una camarera con las bandejas de la comida y las fue depositando en la mesa. Sebastián había pedido un poco de todo, varios platos típicos para que cada uno picara lo que quisiera.

—¿Te apetece comer algo?

—Bueno, gracias —dijo Mara, sonriendo con la boca entreabierta, mostrando sus dientes blancos, relucientes y apenas visibles entre sus labios húmedos y rojos—. Quizás robo un bocado de lo tuyo… ¿Te importa?

Sebastián se controló para no decirle que estaba dispuesto a comprarle el restaurante completo con todos los muebles incluidos para complacerla.

—Claro que no —respondió, esforzándose por sonar sereno—. Mira… prueba esto…

Le ofreció sus cubiertos y empezaron a compartir un plato de mariscos apanados. En ese instante el hombre se sintió feliz, consciente de que se trataba de una sensación poco menos que nueva para él, y lamentó que la misma fuera forzosamente breve, porque aquella mujer tan bella y voluptuosa estaba con otro. No importa, se dijo. Hay que aprovechar estos minutos antes de despedirnos para siempre. Aprovecharlos mientras duren.

—Creo que les interrumpimos la conversación —dijo Mara, sonriendo, mientras cortaba un trozo de calamar. A Sebastián le incomodó aquel plural que subrayaba que ella no había llegado sola, que era la pareja de aquel autor que estaba sentado frente a él—. ¿De qué estaban hablando?

—De libros —repuso Sebastián.

Ella pareció examinarlo en más detalle.

—¿Eres escritor?

El hombre se rió.

—No, no… Ojalá. Me hubiera gustado serlo, pero no tengo ese talento. No, soy empresario de una compañía en Bogotá —como siempre, se cuidó de no mencionar que era el dueño, pues le daba pudor decir esas cosas a bocajarro, frases que denotaran poder u opulencia—. Pero me encantan los libros y asistí a la conferencia de estos señores que tuvo lugar hace un rato en la muralla.

—Qué casualidad —dijo ella—. Yo también estaba allí… No te vi.

Sebastián casi le pregunta por qué lo habría de haber notado.

—¿Y tú qué haces? —averiguó él, para cambiar de tema.

—Trabajo en una agencia de publicidad.

Él quedó sorprendido.

—¿Como modelo?

Ella parecía cortésmente ofendida.

—No, por supuesto que no —afirmó, amable pero con firmeza—. Eso nunca lo haré. Trabajo en producción de comerciales. Lo que pasa es que a mí también me encantan los libros y por eso vine a Cartagena. Por el festival. Y me ha parecido buenísimo... Mmmm... este calamar está delicioso.

Entonces la mujer pinchó un trozo y le entregó el tenedor a Sebastián. Él lo probó y por poco cierra los ojos del placer, tanto por la comida como por el hecho de que ella había tenido el gesto de ofrecerle el bocado, de compartir el mismo cubierto.

—Sí —admitió—. Delicioso.

Siguió un breve silencio.

—¿A tu esposa también le gustan los libros? —inquirió Mara, bajando la vista.

—¿Mi esposa?

Ella señaló su sortija de matrimonio.

—Ah —dijo Sebastián, esbozando una sonrisa equívoca—. No, no... Soy viudo —precisó—. Lo que pasa es que no me he quitado el anillo.

Mara hizo una pausa y lo miró de un modo diferente. En sus ojos brilló un destello momentáneo.

—Lo siento mucho —dijo.

—No te preocupes —replicó él, y añadió lo que solía decir en esas circunstancias—: Me pasa a menudo.

Siguieron comiendo, y Sebastián no quiso que la mujer empezara a hablar con alguien más por miedo a perder su atención. Lo primero que se le ocurrió fue preguntarle por sus autores favoritos, ya que por lo visto tenían eso en común, pero se contuvo por un segundo, suspicaz, temiendo que una respuesta indeseable le estropeara la imagen que ya se estaba formando de ella en su mente. Una persona revela mucho con sus lecturas, pensó Sebastián, y él no quería oír una frase del tipo «No me pierdo las novelas de Corín Tellado». Sin embargo, se sintió casi obligado a decir algo, lo que fuera, porque era peor que ella le diera la espalda mientras hablaba con otro, o con el autor español con el que había llegado, pero tampoco se le venía a la cabeza otro tema. Entonces, sintiendo que los segundos pasaban y que él tenía que llenar el silencio de alguna forma, se atrevió a preguntarle por sus libros predilectos. Y Sebastián quedó con la boca abierta cuando la otra respondió, ruborizada:

—Te pareceré la mujer más aburrida del mundo, pero me encanta la literatura en alemán. Traducida, claro… ¿Conoces los libros de Hermann Hesse o Patrick Süskind? Aunque los que más me gustan son Franz Kafka y Thomas Mann.

Sebastián no supo cómo responder. Pero en seguida sospechó lo que estaba pasando, y creyó entender al tiempo que sufría un golpe de desilusión. Captó que él había sido objeto de una broma por parte de los autores, como si ahora comprendiera la chanza que le habían hecho, la inocentada en la que había caído, como cuando la persona de repente descubre —con esa mezcla de sorpresa, estupor y molestia, más la obligación de sonreír y no tomarlo demasiado en serio— que ha sido filmada para un reality que busca hacer reír a la teleaudiencia, y que el billete que encontró en la calle es falso, o que la lotería que se ganó es un engaño, o que esta mujer tan bella y sensual obviamente no estaba interesada en él para nada. Claro, se dijo con pesar, qué tonto soy. Como si fuera posible semejante suerte, se recriminó mentalmente. Entonces se sintió incómodo ahí sentado, pensando que los escritores de la mesa —a fin de cuentas ellos pertenecían a un gremio aparte, y él era un intruso que había osado sentarse con ellos y sentirse, por unos instantes, parte de su entorno— le habían hecho una pega perfectamente planeada: sentar a una mujer así de guapa a su lado para que fingiera tener un gusto literario tan particular e idéntico al suyo, y todos estarían listos a romper en carcajadas, señalándolo con el dedo, burlándose. El hombre sonrió a medias, sin poder ocultar su desencanto y disgusto, lamentando que todo aquello que alcanzó a disfrutar por unos segundos, esa ilusión olvidada que incluso había tenido la fuerza de avivar los rescoldos de unos sentimientos que él creía apagados para siempre, sólo había servido para un chiste vulgar, un chasco para ponerlo en su sitio.

—Ya, ya —murmuró, defraudado—. Muy gracioso.

Ella lo miró ligeramente confundida, como si no pillara a lo que se refería. Lucía preciosa ahí sentada, con su cabello negro suelto y abundante, largo y brillante, cubriéndole parte del rostro, y aquella piel bronceada y esa expresión tan seductora con sus labios gruesos y sensuales, mirándolo un tanto perpleja.

—No entiendo —dijo Mara, esbozando una sonrisa incierta.

Es una buena broma, casi explica Sebastián, mirando a los demás en la mesa. Pero entonces advirtió que ninguno de ellos los observaba, y menos como si estuviera a la expectativa, preparándose para soltar la risotada. ¿Podría ser verdad, acaso? ¿Que a semejante hembra no sólo le encantaran los libros, sino que además compartiera nada menos que sus mismos gustos literarios? ¿Que, de todos los escritores de la actualidad y de la historia, de esa cantidad incontable de poetas, ensayistas, dramaturgos y novelistas, sus predilectos fueran exactamente los mismos suyos? Imposible. Demasiada casualidad. No obstante, ella le sostenía la mirada con una pequeña arruga vertical en la frente que denotaba su desconcierto. A todas luces parecía sinceramente confundida.

—¿A qué te refieres? —insistió Mara, como tratando de adivinar el sentido de un chiste que ella no había captado.

—¿Me hablas en serio? —preguntó Sebastián, todavía con recelo—. ¿Kafka y Mann son tus autores favoritos?

—Sí —contestó ella en tono inocente—. ¿Los has leído?

—Claro que sí —dijo él—. También son los míos.

—¿En serio?

—Así es.

—No puede ser.

—Eso mismo pensé yo.

Intercambiaron una mirada de sorpresa mutua.

Entonces Sebastián chocó su vaso delicadamente con el de Mara. Un toque mínimo.

—Siendo así —brindó—, por Kafka y Mann.

Ella rió con gracia y asintió con la cabeza. Le correspondió el brindis, aunque el suyo fue menos un toque de cristales que un roce. Casi una caricia.

—Por Kafka y Mann —dijo.

Ambos bebieron y se permitieron una sonrisa de aliados.

A partir de ese momento Sebastián sintió que ella lo miraba con un nuevo interés, como si hubiera descubierto algo en él que no había percibido antes. Mara se apoyó contra el respaldo de la banca y lo observó fijamente durante unos segundos, antes de apartar la vista, y él la miró igual. En ese instante, el hombre se estremeció al comprobar que él habría dado cuanto poseía por darle un beso. Y a continuación se estremeció una segunda vez al pensar que la última mujer que él había besado había sido su difunta esposa.

—¿Has leído a Zweig? —quiso saber Sebastián, para retomar el tema y borrar aquellas ideas de su cabeza.

—No, todavía no —dijo Mara.

—Lo tienes que leer —le aconsejó, y por alguna razón ahora se sintió más tranquilo, más cómodo frente a esa mujer de esa belleza tan atrayente y tentadora—. Sus biografías son extraordinarias. Y también sus ensayos y novelas… Te va a encantar.

—Lo leeré tan pronto pueda —dijo ella.

—¿Y qué es lo que más te gusta de Kafka? —preguntó Sebastián.

—¿Te refieres a cuál libro?

—No, no… Me refiero a cuál aspecto.

Mara lo pareció meditar unos segundos. Parecía una chiquilla a quien le hacen una pregunta difícil en la escuela.

—Bueno, si me pones a escoger una sola cosa no es fácil, ¿no? —la mujer se veía repentinamente seria y pensativa—. ¿Sabes? Hay algo de ese autor que siempre me ha intrigado, pero sólo hasta ahora tomo conciencia de ello gracias a tu pregunta —guardó silencio por unos segundos, como tratando de encajar varias piezas sueltas en su cabeza—. Kafka tiene un… un estilo especial, ¿verdad? Él suele contar hechos desconcertantes, inexplicables, que incluso dejan perplejos a sus mismos personajes, pero siempre los narra de una forma… una manera… un *tono*, eso es, un tono casi frío, poco sorprendido —se quedó pensando algo más, vacilante, y luego agregó—: Es un tono objetivo y desapasionado, como distante, y esa distancia con la que narra cosas imposibles, como si fueran las más normales del mundo, es lo que más me gusta. En otras palabras… ¿Cómo lo resumo? —pareció concentrarse, la niña buscando la respuesta correcta frente al profesor, y al final se aventuró a decir—: Supongo que es una maestría similar a la de García Márquez… esa habilidad para contar sin asombro cosas asombrosas.

Era absolutamente cierto. A pesar de todo lo que Sebastián había leído sobre Kafka, él no recordaba una frase que, en forma tan concisa y puntual, sintetizara con esa elocuencia el secreto de su talento, la razón de su arte. En efecto, era aquel tono ecuánime y objetivo, casi científico, lo que hacía, por un lado, que el lector aceptara la realidad ficticia que Kafka ofrecía por descabellada o imposible que fuera, y, por otro lado, precisamente eso hacía que lo contado fuera mucho más estremecedor e impactante. Ese don para «contar sin asombro cosas asombrosas», como ella lo acababa de condensar, era la marca de su genio, su rasgo más eficaz, su sello inconfundible. Y también eso era lo que más compartía con García Márquez: su cara de jugador de póker mientras relataba cosas fantásticas. Aunque lo justo sería decir que eso era lo que el colombiano más había aprendido de su maestro checo, el recurso más perdurable de su notoria influencia.

—Es verdad —dijo él—. Jamás lo había escuchado planteado de esa forma.

Mara se pareció ruborizar de nuevo y sonrió complacida; la chiquilla felicitada en clase ante los demás estudiantes.

Siguieron hablando, bebiendo y cenando durante un rato más, conversando sobre libros y Cartagena. A Sebastián le pareció una mujer fascinante, y ella le hacía preguntas y les prestaba atención a sus respuestas con un interés genuino. Es una gran cualidad, pensó el ejecutivo, encontrar personas que saben escuchar, en vez de aquellas que apenas fingen hacerlo mientras sólo esperan su turno para hablar. La estaba oyendo, admirando la belleza de su rostro, disfrutando ese momento que tenía algo de mágico, de trascendental, y por eso no estaba preparado para lo que oyó después. Porque de pronto Mara miró su reloj y la expresión de su rostro cambió, como si la felicidad hubiera llegado a su fin.

—Mira la hora —se lamentó—. Me tengo que ir.

Sebastián se sintió como despertado a la fuerza. Casi ofendido, no podía creer que hasta ese segundo había llegado el encuentro con aquella mujer tan hermosa, que había gozado tanto contemplando y con la que había disfrutado tanto conversando, y por la que habría dado lo que fuera por besar o abrazar. Él no salía de su desencanto, procurando que no se notara, cuando oyó una pregunta todavía más desconcertante.

—¿Me acompañas hasta mi hotel?

Por un instante Sebastián no supo qué decir. Lanzó una rápida ojeada al escritor de culto sentado en el otro extremo de la mesa, con un vago sentimiento de culpa, como si le fuera a robar su compañera.

—¿Yo? —titubeó—. Claro... ejem... Con mucho gusto, pero... ¿No sería mejor que...? En fin, ¿no prefieres que te lleve tu amigo?

Ella lo miró un tanto confundida y entonces pareció entender.

—Ah, no, no, no —afirmó con su risa encantadora, y bajó la voz para hablarle en tono confidencial—. No estamos juntos. Nos conocimos la otra noche y simplemente entramos al mismo tiempo al restaurante, pero yo no estoy con él.

Sebastián se sintió aliviado. Feliz.

—Lo que pasa —explicó Mara en ese tono secreto, casi íntimo— es que no conozco bien el casco histórico de la ciudad, y no me quisiera perder a estas horas. Por eso te pido, si no te importa, que vengas conmigo.

135

Sebastián volvió a mirar al escritor, que seguía conversando con su colega colombiano.

—¿Estás segura?

—Claro que sí.

—En tal caso, vamos —dijo él, y se pusieron ambos de pie.

Se despidieron de todos en la mesa, sorteando las protestas cordiales y las preguntas amables de por qué se tenían que marchar, y los escritores le volvieron a dar las gracias a Sebastián por la invitación tan sabrosa.

—¿Tú pagaste la cuenta de la mesa? —preguntó Mara, mientras él firmaba en la caja registradora y recuperaba su tarjeta de crédito.

Sebastián sonrió con sencillez, dirigiéndose a la salida y abriendo la puerta del restaurante para que ella pasara primero.

—Así es —replicó.

Mara se detuvo en la acera, esperando que el otro saliera.

—Te debió costar mucho —razonó—. ¿La empresa en la que trabajas patrocina el festival, o algo por el estilo?

—No, no —dijo Sebastián, cortés y modesto—. En verdad no sé por qué lo hice. Estaba pasando tan contento que sentí ganas de hacerlo, nada más.

Ella lo miró con fijeza.

—¿Acaso eres rico?

Sebastián se rió, y se dio cuenta de que era la primera vez que lo hacía en mucho tiempo.

—Quizás un poco —respondió.

Bajaron por la calle de Nuestra Señora del Rosario, dejando atrás el bullicio de la Plaza de Santo Domingo. Sebastián caminaba por el asfalto y Mara sobre la acera, y él se tuvo que subir de prisa porque oyeron que venía trotando un coche de caballos. El cochero iba solo, sentado en el pescante, y les preguntó con una gentil inclinación de la cabeza y un ademán de la mano, como invitando a que se subieran, si deseaban que los llevara a alguna parte. Sebastián le sonrió y respondió que no, mil gracias, y percibieron el fuerte olor del animal al pasarles cerca.

Caminaron despacio frente a un bar oscuro de estilo marino, como una cueva de piratas, y luego un estrecho local que vendía botellas de licor a través de una reja de hierro. Vieron una tienda de artesanías que estaban cerrando por la hora y una heladería con varias personas afuera, haciendo fila para entrar. Llegaron a la esquina y le preguntaron a un joven vendedor de cigarrillos en qué dirección quedaba el hotel Agua. El muchacho les indicó que estaban cerca, a sólo unos cuantos pasos del lugar si seguían derecho, de modo que Sebastián le agradeció la información con una propina y decidieron dar una caminata primero.

Mientras andaban en mitad de la calle sin autos, admirando las casas antiguas y abandonadas, y otras elegantes y restauradas, escuchando el eco de sus pasos en el asfalto, él se atrevió a hacerle preguntas más personales a Mara —soy divorciada y sin hijos, confesó—, cuando de pronto Sebastián reflexionó sobre su suerte y el recorrido de su vida que lo había llevado hasta ese punto preciso, y casi se tuvo que detener para no tropezar del asombro. Y también del miedo. Porque le impactó comprobar la fragilidad de aquella larga serie de hechos casuales, la sucesión de acontecimientos fortuitos, algunos capitales pero la mayoría de apariencia menor, que, todos juntos y encadenados, lo habían conducido a través de los laberintos del tiempo y del espacio hasta ese lugar y ese momento, y pensó que habría bastado que no se diera uno solo de esos hechos innumerables, que se rompiera uno solo de esos eslabones —grandes o pequeños, recientes o remotos— para que ellos dos jamás se hubieran conocido. Un escalofrío bajó por su columna vertebral, porque Sebastián fue más allá mientras oía a Mara hablar de su vida y trabajo, pues tomó conciencia de lo inverosímil que había sido ese trayecto, de lo fácil que habría sido que apenas una de las incontables decisiones, importantes o triviales, tomadas a lo largo de los años, de haber sido distinta, él seguramente no estaría caminando al lado de esa mujer que despedía esa fragancia exquisita, que se desplazaba con ese porte tan confiado y esa cadencia tan sensual, que hablaba y lo envolvía con frases graciosas, tiernas, inteligentes o sagaces. Por primera vez en años él sintió ganas de estar con una hembra, el deseo de tomarla y abrazarla, de acariciarle los brazos con las puntas de los dedos, de besarle la boca y bajar las manos despacio y con cautela por la cintura y apretarle con fuerza las nalgas perfectas. Pero incluso por encima de ese apetito carnal, que ahora surgía repentino y vital y poderoso, su mente seguía cavilando en lo improbable que había sido el camino tan tortuoso y zigzagueante que lo había conducido hasta ahí. Entonces cayó en la cuenta de que si por cualquier motivo él no hubiera llegado esa mañana, tantos años atrás, a la cátedra de Terry Karl en el primer día de clases de la universidad en Boston, o si la maestra no hubiera iniciado el curso hablando sobre García Márquez y su novela formidable, y si ese autor no lo hubiera remitido a los libros de Kafka y Mann, y, de esa manera, a descubrir su fascinación por la literatura y más aún por las novelas en alemán, él probablemente no habría viajado a Cartagena para asistir al encuentro empresarial que coincidía con el festival literario, y tampoco habría tenido ese tema tan particular en común para compartir con la mujer que en ese instante andaba a su lado. Incluso, menos distante en el tiempo, si esa misma noche él no hubiera llegado a la tertulia que tuvo lugar al aire libre en el baluarte de Santo Domingo —no era la única programada esa hora; había una mesa redonda de ensayistas y un encuentro con poetas que se iban a realizar en sitios distintos y que también le habían llamado la atención—, o si se hubiera dirigido a su hotel después de la presentación para cenar solo, como era previsible, ya que así lo había hecho las noches anteriores, o si Gregorio le hubiera brindado un puesto para ordenar algo de comer en la barra de La Vitrola, o si no hubiera ingresado —de todos los restaurantes de la ciudad, de todos los otros por los que pasó enfrente mientras decidía en dónde cenar— a Paco's, y si además él no hubiera hecho algo tan contrario a su carácter y costumbre como presentarse ante una mesa de gente extraña y luego sentarse con ese grupo de escritores y conversar durante un rato —¿y qué tal, se le ocurrió también, si me hubiera levantado y despedido de todos y marchado del restaurante un minuto antes de que Mara entrara al lugar?—, y si, adicionalmente, ella no hubiera conocido también a esas mismas personas, pues esa coincidencia fue lo que llevó a que la mujer se sentara en esa mesa y no en otra, o que por una de esas cosas de la vida, uno de esos impredecibles giros de la suerte y del azar, la canción que estaba tocando el conjunto vallenato se hubiera terminado en el momento que el colega colombiano se dirigió al autor español, lo que habría permitido que el otro escuchara su comentario sobre las críticas favorables a su libro y, por lo tanto, no habría sido necesario que Mara cambiara de puesto en la mesa, pues eso fue lo que facilitó que ellos se sentaran juntos y se conocieran y conversaran como lo seguían haciendo ahora; en suma, de no haberse dado uno solo de esos infinitos acontecimientos casuales, los eslabones grandes o pequeños, recientes o remotos —se repitió—, y tanto por su lado como por el de ella, las dos cadenas de pasos que los habían conducido hasta ese lugar se habrían roto y él, seguramente, nunca habría conocido a esa mujer tan espectacular y seductora, en cuya compañía se sentía tan cómodo y tan a gusto. Seguía anonadado, sin llegar a creerlo del todo mientras ella hablaba sobre su trabajo, cuando de improviso Mara anunció:

—Llegamos.

Sebastián alzó la vista y vio que era cierto. Se fijó en la mansión colonial convertida en hotel boutique, y sintió una punzada en el corazón, porque sin darse cuenta habían dado una larga y lenta vuelta en torno a la Catedral de Cartagena de Indias. Habían recorrido la calle De los Santos de Piedra, y doblado a la izquierda bajo el reloj de sol en la esquina siguiente; caminaron frente al gran costado de piedra coralina que bordea la nave de la Epístola en la Plaza de la Proclamación, y después pasaron detrás de la capilla mayor y de la sacristía de la catedral a lo largo de la calle del Arzobispado, y por fin habían regresado al hotel Agua por la angosta calle de Ayos. Y ahora sí, comprendió con pesadumbre, sin más remedio tenían que decirse adiós. Hacía tanto tiempo que él no se encontraba en una situación similar, despidiendo a una mujer hermosa frente a la puerta de una casa, que se sintió confundido, sin saber cómo proceder —¿debía extenderle la mano o darle un beso en la mejilla? ¿Le agradaría ese gesto? ¿La ofendería? ¿La ofendería *no* hacerlo?—. Entonces Mara sonrió y le dio las gracias por haberla acompañado hasta allí, y pareció iniciar un paso hacia la puerta del hotel. Sebastián la quiso retener, tomarla de la mano y pedirle que no se fuera, decirle que deseaba verla de nuevo, pero por su condenada timidez se contuvo y sólo le preguntó, como para no parecer demasiado obvio, si estaría ocupada al día siguiente.

—Sí —respondió ella, algo seca, y no añadió nada más.

—Ah… —dijo Sebastián—. Entiendo.

Pasaron dos o tres segundos en silencio. Un silencio incómodo e insufrible. Por la cabeza del hombre cruzó la idea de que, a pesar de ese rechazo contundente, él debía insistir, pues en realidad no perdía nada si lo hacía, ya que él no contaba con nada para comenzar, y, en cambio, podría perderlo todo si no se atrevía a dar un paso adicional, a presionar de alguna forma, así hiciera el ridículo.

—¿Y pasado mañana? —averiguó—. ¿También estarás ocupada?

—Sí —dijo Mara, mirándolo sin sonreír—. También.

Qué lástima, se dijo Sebastián, y sintió verdadero pesar. El mensaje está claro, reflexionó. Cristalino. Y ante semejantes negativas no hay nada que hacer. Me hubiera encantado volver a ver a esta mujer, alcanzó a meditar. Viajar los dos a algún lugar, pasar más tiempo con ella, pero hasta aquí, por lo visto, llegó todo. Descorazonado, se empezó a despedir y a retroceder, un poco atolondrado, diciendo «Bueno… Entonces que descanses… Fue un placer haberte conoci…», cuando de pronto ella se aproximó, lo tomó suavemente de la camisa y lo acercó a su rostro. Le dio un delicado beso en los labios. Apenas un roce, un mínimo contacto que casi lo derrumba al suelo. En medio de su desconcierto, el hombre oyó que ella decía con una sonrisa pícara y en tono bajo, casi un susurro:

140

—Estaré ocupada todos estos días, Sebastián… porque los voy a pasar contigo.

Entonces sonrió de nuevo como una chica traviesa y entró en el hotel.

Sebastián se quedó en su sitio, atónito. Y, por primera vez en mucho tiempo, tomó conciencia de que estaba vivo, e incluso de que tenía una erección pulsando y apretando contra su pantalón. Se retiró lentamente de la puerta, casi tambaleando, feliz aunque todavía confundido, y dio media vuelta para dirigirse al hotel Santa Clara. Empezó a caminar por la acera vacía, escuchando el sonido de sus pasos contra las fachadas de las casas coloniales. De repente recapacitó acerca de todo y se tuvo que contener para no arrancar a correr por las calles como un loco, dando gritos de euforia. Se sentía dichoso, y especialmente feliz de estar feliz, pues él no podía creer que la sombra negra y pesada que se había adueñado de su vida, de la cual él creyó que ya no tendría escapatoria jamás y que lo había empujado hasta el filo del abismo, por primera vez en meses parecía levantarse, soltando amarras de su alma, y eso lo tenía maravillado. Sonrió con alegría, y más que nada con la expectativa de un mañana, la viabilidad de una esperanza real y posible, algo que tampoco había hecho en años, porque sin ilusión no hay motivación, y sin motivación no hay razón para despertarse cada día. Entonces recordó la frase que había leído en alguna parte y lanzó una mirada a lo alto, medio en broma y medio en serio, como de gratitud al cielo oscuro y sin estrellas. Plegarias atendidas, se dijo, negando con la cabeza y todavía sin dar crédito a lo que acababa de ocurrir. Nada menos que plegarias atendidas.

13. Duele al respirar

Cuando Sebastián Sarmiento preguntó por primera vez por su madre, siendo todavía un crío, su padre le contestó la verdad: que ella había muerto hacía años. El niño no preguntó más en esa ocasión; ni cómo ni cuándo murió, y así creció, huérfano de madre, criado por aquel señor que lo amaba por encima de todo en el mundo, el hombre sintiendo una permanente punzada de inquietud en el corazón, porque él sabía que el amor verdadero, el más auténtico y profundo de todos, es el que duele siempre en el pecho, a causa del temor y de la premonición, del pavor a la desgracia, a la posibilidad del accidente y a la certeza de la muerte. Amar es apreciar y atesorar lo que se tiene, decía, pero también es sufrir con la idea, la eventualidad y hasta la inevitabilidad de la pérdida. Un gozo sin fin y una angustia sin cesar. Van de la mano. Y esa clase de amor, opinaba el padre de Sebastián, así de inmenso e incondicional, libre de la necesidad y de la obligación de la reciprocidad, sólo se descubre con los hijos. Y basta tenerlos para comprender que todas las manifestaciones anteriores, todas aquellas por las que uno antes había jurado vivir y morir, sólo eran pálidos simulacros de ese sentimiento. Si no te duele al respirar, concluía el señor, no es amor de verdad. Por eso él se lo decía al niño a diario, porque era consciente del privilegio, agradecido con su hijo por nada menos que el regalo de sentir algo tan intenso, mucho más grande que él mismo; una emoción que lo rebosaba, que le enriquecía la vida como nada más en el planeta lo podía hacer —ya que nada era remotamente comparable—, y que existía gracias a la existencia de su hijo. ¿Quién te ama?, don Hernando Sarmiento le preguntaba al niño en medio de un abrazo fuerte y apretado. Y Sebastián creció con tanto afecto de parte de su padre que siempre respondía sin falta, seguro y confiado, y sin dudarlo un solo instante: «Tú, papá. Tú me amas».

Luego, cuando Sebastián cumplió diez años de edad, su padre le contó el resto de la historia. Los dos estaban recorriendo los potreros de su hacienda en la sabana de Bogotá, cerca del pueblo de Cota, adonde habían llegado a pasar el fin de semana, y mientras caminaban por los pastos altos y sin cortar, acompañados de la media docena de perros de diferentes razas que vivían en la casa y los seguían, juguetones y leales, y su padre usaba el bastón de guayacán con el que solía pasear por la finca y el niño corría con todos los perros detrás, brincando entre la hierba que pastaban las vacas sin quitarles los ojos adormilados de encima, rumiando despacio, el joven atento a las plastas húmedas de boñiga salpicadas por todas partes, de pronto el hombre dijo algo inesperado: «A tu madre le habría gustado ver cómo has crecido». Sebastián se detuvo y lo miró con atención, jadeando e ignorando los reclamos de los perros, porque aquel señor nunca mencionaba a su esposa fallecida. Estaría orgullosa, agregó retomando el paso, y ahora que has cumplido diez años y puedes escribir tu edad en dos dígitos creo que ya es hora de contarte un par de cosas sobre ella… Siguieron andando por el potrero, contemplando los cerros de la cordillera donde yacía la gran casa colonial incrustada como en el nicho de un pesebre, el niño escuchando en silencio, mirando a su padre que evocaba a su esposa con evidente amor y nostalgia. En ese momento el pequeño entendió algo que nunca se había cuestionado siquiera —la respuesta antes que la pregunta—, la razón por la cual ese caballero jamás se había vuelto a casar, y era porque él seguía enamorado de su mujer fallecida. El hombre le habló a su hijo de las manos de su madre, de la pulcritud de sus uñas, de su cabello color castaño —en el que lucía sin excepción el corte de moda—, de la fragancia que despedía al caminar, de su rostro fino y ovalado —como pintado por Perugino, anotó con una sonrisa triste—, siempre cariñosa, y lo distinguida que era y lo amable y considerada que era con los demás, especialmente con las personas más necesitadas. Fue ella quien lo inició en sus primeras obras de filantropía, afirmó don Hernando, en las numerosas caridades que dependían de sus negocios de inversiones y representaciones de firmas extranjeras, y ella siempre le estaba diciendo que podían hacer más, apoyar más y dar más a la gente de ese país tan sufrido, a las personas que sobrevivían padeciendo carencias y problemas abrumadores. Le contó al niño cómo la había conocido, a raíz de una simple casualidad —tropezó con esa preciosa señorita al salir de un almacén en Bogotá, y él quedó tan impresionado con su porte y belleza que ni siquiera le alcanzó el aliento para pedirle disculpas por su torpeza—, y le describió el primer baile juntos, la ocasión en que fueron al cine y él se atrevió a cogerle la mano por primera vez —la mía áspera y sudando a chorros, admitió el señor con otra sonrisa melancólica, mirándose las palmas y recordando a su mujer amada, y en cambio la mano de tu madre suave y seca y delicada—, la boda que celebraron en un club privado en el centro de Bogotá y la luna de miel que disfrutaron en París, con la travesía en un transatlántico de lujo y las noches que danzaron en la cubierta de primera clase, bajo las estrellas, apreciando el olor y la brisa del mar, ella vestida de largo y él de corbata negra, mientras se acercaban a las luces titilantes que anunciaban las costas de Europa. Ante todo, le dijo, lo que ella más deseó desde el comienzo, sobre cualquier otra cosa en el universo, era ser madre. Nos demoramos un poco, es verdad, reconoció su padre apoyado en su bastón de guayacán, pero cuando ella finalmente quedó embarazada te puedo decir que nunca la había visto tan feliz. Estaba radiante; de veras resplandecía con el embarazo y te cuidó mientras crecías en su interior como creo que pocas lo han hecho. Te cantaba canciones de cuna a cada rato, y se arrimaba a los parlantes del equipo de sonido de la casa para que te fueras familiarizando con la música clásica, y te contaba cuentos, historias y hasta chismes de la farándula internacional, convencida de que la podías escuchar mientras te formabas en su vientre. Recuerdo que se bebía unos brebajes que olían a mil demonios, una esencia de hígado o de salmón para que crecieras sano y fuerte, y como le repugnaba el olor ella se pinzaba la nariz con un gancho de ropa para tomarse de un solo golpe esas bebidas que, francamente, no entiendo cómo se las podía tragar. Los dos siguieron caminando un rato más en silencio, admirando la vegetación agreste y tupida que tapizaba los cerros de la sabana, las montañas gruesas y macizas que trazaban una silueta de dragón dormido en torno de la finca, viendo los caballos y las vacas que los observaban en el potrero sin apartarles la vista, y poco antes de llegar a la casa el hombre remató su historia. Ella murió en tu parto, declaró con el entrecejo fruncido. Es importante que lo sepas, Sebastián. Una complicación que los médicos no pudieron anticipar. Por unos minutos creyeron que tú también ibas a morir en el quirófano, pero de milagro naciste bien y saludable, aunque ella no sobrevivió y murió desangrada… No te miento si te digo que esa noche, cuando la enfermera finalmente te acomodó en mis brazos, envuelto en una mantita azul y con un gorrito de lana en la cabeza, tú y yo ambos llorando sin cesar, y ella me felicitaba a la vez que me daba el sentido pésame, fue el momento más feliz y al mismo tiempo el más triste de toda mi vida.

No volvieron a mencionar a la madre de Sebastián en tres años. Por alguna razón el niño no hizo una sola pregunta adicional sobre ella, y su padre tampoco la volvió a nombrar. Quizás el señor pensó que su papel en ese tema se tenía que limitar a respetar la voluntad de su hijo, y que, si el joven tenía cualquier duda o inquietud, o si simplemente deseaba hablar sobre su madre, él lo haría con mucho gusto y con toda franqueza —respondiendo a sus interrogantes con absoluta claridad y de la mejor forma posible—, pero si por algún motivo el chico no lo quería hacer, pues esa decisión también la tenía que respetar. Y Sebastián, por su lado, quien ya había crecido durante tantos años sin la presencia de su madre, tal vez no le hizo más preguntas a su padre porque no quería incorporarla en su vida, o no sabía cómo hacerlo y además ignoraba de qué serviría hacerlo, o no se imaginaba qué papel podría tener la imagen de esa mujer hermosa y casi fantasmal en su existencia, o a lo mejor sólo era una forma de protegerse, para evitar sufrir por una situación irremediable. Lo cierto es que Sebastián se propuso mencionar a su madre sólo una vez más, pocos años después de ese relato en los potreros de la finca, habiendo cumplido ya los trece años, y todo ocurrió por un hecho imprevisto y casual: porque Ernestina, la cocinera que llevaba un año trabajando en la casa de Bogotá, fue pillada robando.

El muchacho se enteró de lo ocurrido y entró corriendo al cuarto de la empleada para averiguar si era cierto. La mujer había sido despedida en el acto y Sebastián la encontró furibunda, sacando sus prendas del armario de su alcoba y empacándolas sin cuidado en una maletita pequeña. Ernestina parecía estar hablando consigo misma y se pasaba el dorso de la mano para quitarse las lágrimas de la cara, aunque el joven no sabía si ella lloraba de pesar o de rabia. La cocinera no le prestó atención, y siguió sacando y empacando sus cosas como si él no estuviera ahí, refunfuñando y maldiciendo en voz baja, recogiendo sus artículos de aseo personal del baño y abriendo y cerrando los cajones de la cómoda para cerciorarse de no dejar ni olvidar nada, y continuó buscando sus pertenencias que casi arrancaba de los ganchos del ropero y sacaba de las gavetas y arrojaba y embutía como fuera en la maletita. Al cabo Ernestina se puso el sombrero que Sebastián la veía lucir los domingos cuando salía en su día de descanso, coronado de florecitas de plástico, y procedió a abotonarse el abrigo gris frente al espejo alto de su cuarto de dormir. Entonces el joven preguntó:

—¿Es verdad lo que dicen, Ernestina?

La mujer terminó de recoger sus cosas y se secó las lágrimas de los ojos con un pañuelo que extrajo de la manga de su blusa. Ahora el muchacho vio que no eran lágrimas de tristeza o remordimiento sino de cólera. Era una solterona tozuda, que a menudo estaba de mal humor, pero el niño le había tomado cariño en el año que llevaba de servicio en la casa, al igual que le sucedía con todas las demás empleadas, seguro en busca de la presencia femenina que nunca tuvo a su alrededor. Por eso

Sebastián no quería que fuera cierta la noticia, y tampoco quería que Ernestina se marchara del hogar.

—¡Maldita sea! —protestó la cocinera, indignada—. ¡Lo que faltaba! ¡Un mocoso también haciéndome preguntas!

Ernestina nunca le había hablado así y Sebastián abrió muy grandes los ojos.

—¡Quítese de allí, niño, que me voy adonde nadie me llame ratera!

Iracunda, la mujer se ajustó el sombrero en la cabeza y salió con la maletita del cuarto. Atravesó la casa con el joven detrás, insistente, que no paraba de hacerle preguntas. Cuando estaban a punto de llegar a la puerta de la calle, Sebastián se adelantó y se detuvo ante la mujer con los brazos abiertos, impidiéndole el paso. No quería que ella se fuera sin al menos darle una explicación.

—Quiero saber si es verdad, Ernestina.

—Usted no tiene derecho a hacerme preguntas, joven Sebastián. ¡Así que apártese de mi camino!

—No, Ernestina. No me voy a mover hasta que me respondas.

—¡Déjeme pasar, niño! —exclamó la cocinera, buscando la manija de la puerta—. ¡No vuelvo nunca a esta casa! ¡Déjeme pasar antes de que alguien lo lamente!

—¿Por qué, Ernestina? ¿Por qué lo habría de lamentar? ¿Por qué robaste?

La mujer lo miró con dureza, la cara roja del llanto y los ojos como tizones encendidos. Por primera vez el niño descubrió odio en una mirada adulta.

—A ustedes no les falta nada —silabeó—. Lo tienen todo.

—Pero eso está mal, Ernestina. ¿Cómo pudiste robar?

La mujer se abrió paso a la fuerza, empujando al niño de lado con brusquedad, haciéndolo tambalear, y salió por la puerta principal y descendió los escalones que daban a la calle. Entonces se dio media vuelta y miró al joven sin disimular su desprecio, buscando unos guantes negros y viejos de cuero en el bolsillo de su abrigo. Mientras se los calzaba, una sonrisa cruel se asomó en sus labios.

—En esta casa podrán decir que soy una ratera —vociferó, como para que la oyera todo el vecindario, y unas personas en la calle, en efecto, se habían detenido y acercado para oír lo que estaba pasando—. Pero al menos no soy una asesina. ¿Me oyó? ¡No soy una asesina! —Y agregó con deliberación, apuntándole con el índice, como soltando una carga de dinamita—: Como *usted*, jovencito.

El niño se quedó estupefacto, como si le hubieran cruzado la cara de una bofetada.

—Pero, pero… ¿Qué estás diciendo, Ernestina? ¿Cómo así? ¿A qué te refieres?

La mujer empuñó su maletita en la mano y escupió antes de irse:

—¿No ve que usted mató a su propia mamá al nacer? ¿Acaso eso cómo se llama? Sépalo de una vez y para que le quede bien claro, *señorito*: usted es un asesino.

14. Los buenos tiempos

Al poco tiempo se iniciaron las actividades en torno a nuestra reunión de exalumnos del Liceo Americano, pero uno de los eventos que más disfruté en esos días no fue organizado por los encargados de las festividades sino por nosotros, un almuerzo privado con mis tres viejos amigos del colegio, los únicos de aquellos años, dicho sea de paso, con los que me mantengo en contacto regular. Nos vemos de vez en cuando aunque casi siempre por separado, pues las diferencias de agendas y de horarios, las distancias entre las casas y oficinas, los viajes de éste y los compromisos de aquél, más el hecho de que cada uno tiene familia y vivimos en sectores opuestos de esta ciudad intransitable, hacen difícil cuadrar un encuentro de los cuatro para almorzar o cenar, o simplemente para tomarnos unos tragos al final de la jornada laboral. Lo cierto es que hacía más de un año que no nos reuníamos todos con calma, salvo durante la presentación de alguno de mis libros o en un evento de importancia para ellos, y también —cada vez con más frecuencia— en el sepelio de alguien conocido de la infancia. Y aunque es verdad que hoy tengo otros amigos con los que me veo más, y colegas profesionales con los que comparto una afinidad de intereses, todas esas personas llegaron a mi vida después y son relaciones distintas, que jamás tendrán la hondura ni la misma coraza de solidez que tienen las que se forjaron en el colegio. Las amistades que uno hizo en esos años juveniles tienen una envoltura casi sagrada, pues son inmunes a la distancia o a la erosión del tiempo, y, aunque pasen los meses, tan pronto uno se junta con esos amigos del alma se retoman los hilos del afecto y de la confianza sin esfuerzo, como si nos hubiéramos despedido con un fuerte abrazo la tarde anterior. Ése es mi caso con estos tres viejos compadres, los más antiguos y cercanos que tengo. En el colegio fuimos inseparables, y por eso yo estaba tan ilusionado de verlos y de ponernos al día en cuanto a la vida de cada uno.

Nos encontramos en La Brasserie, un elegante restaurante francés que habían inaugurado hacía poco en el norte de la ciudad, porque uno de nosotros, Daniel Canedo, que siempre fue el negociante del grupo y hoy es un empresario exitoso, es socio del lugar y nos quería invitar a que lo conociéramos. Eso, para mí, representaba una suerte adicional, pues mis tres compinches son hombres adinerados —no comparables a Sebastián Sarmiento, desde luego, pero sí comparados conmigo, pues tienen ingresos elevados y hasta propiedades de recreo para descansar los fines de semana, y cada uno es un profesional respetado y bien posicionado en su respectivo campo de trabajo—, de modo que ellos podrían comer en ese costoso restaurante cuando quisieran, mientras que yo jamás me permitiría un gasto semejante y por ello, con toda seguridad, ésa sería una de mis pocas oportunidades de conocer el establecimiento. En cualquier caso, la invitación de Daniel nos alegró a los cuatro, porque además de las ganas de pasar un rato juntos teníamos el tintero rebosante de temas pendientes, incluyendo noticias relacionadas con otros colegas y compañeras del curso, más la fiesta que, ya lo sabíamos, se estaba preparando para unos meses después en el célebre restaurante que queda en las afueras de la ciudad, el famoso Andrés Carne de Res.

Fui el último en llegar. Aparte de Daniel, que no paraba de señalar y resaltar los atributos del lugar —las mesas cubiertas con manteles de tela blanca, las sillas de madera sin brazos, el suelo de tablas añejas y toda la decoración tipo bistrot parisino, hasta que uno de nosotros le rogó con las manos juntas que por favor se callara la jeta porque de lo contrario nos marcharíamos en protesta a comer a otro lado—, ya estaban sentados en los altos taburetes de la barra mis otros camaradas de la juventud. Saludé primero a nuestro anfitrión, Dani, como le decíamos en esa época con cariño, y me alegré de verlo igual que toda la vida, simpático y locuaz, un tipo inteligente y emprendedor, siempre a la escucha de un buen negocio y dotado de más energía que un potro salvaje. En seguida abracé a Antonio Céspedes, a quien en burla llamábamos Pelé en el colegio, pues era uno de los peores futbolistas de nuestro equipo de mayores, y hoy es un destacado cirujano de la Fundación Santa Fe de Bogotá y su especialidad es, ironías de la vida, medicina deportiva. Luego le di un fuerte abrazo al gordo Francisco Pérez, a quien llamábamos Pacho Pereza de niños porque era el alumno menos aplicado del salón, siempre pasando las materias a duras penas y ganando el año escolar de milagro, aunque después estudió Derecho en la universidad y terminó la carrera con honores —para nuestra infinita sorpresa—, y en la actualidad es un abogado penalista que dispone de una clientela de calidad y su nombre figura a menudo en casos de interés nacional. En fin, después de los abrazos, saludos y bromas en el bar, y al cabo del primer aperitivo mientras celebrábamos aquel encuentro tantas veces planeado y tantas veces postergado —y mientras cada uno registraba con discreción los avances de la edad en aquellos rostros queridos y familiares: la calvicie incipiente, la barriga creciente, las canas inocultables y las arrugas que se empezaban a notar en torno a los ojos—, nos sentaron en una de las mejores mesas del restaurante, la central del patio interno de esa casa restaurada, protegida por una hermosa marquesina de cristal. Los tres le delegamos a Daniel el pedido de comida y bebidas, y él se puso de acuerdo con el maître para que probáramos lo mejor de la cocina, una especie de menú de degustación que no figuraba en la carta y que se inició con un excelente Burdeos que nos despachamos en cuestión de minutos. Más adelante Daniel pidió otra botella, y ésta la disfrutamos sin prisas mientras evocábamos los legendarios tiempos del colegio, rememorando los partidos de fútbol, los juegos y almuerzos en el recreo, los primeros amores y las pegas a los profesores, más las escapadas de clase y los furiosos regaños de míster Collins, el severo director de la época que duró quince años viviendo en Colombia y nunca mejoró el español de vaquero con el que llegó al país, marcado por un fuerte acento del sur de Tejas. Estábamos hablando de todo eso, felices y muertos de risa, cuando de pronto me acordé de Sebastián Sarmiento.

—Ya que estamos recordando los buenos tiempos —anuncié—, a que no adivinan con quién me encontré hace unos días en el Teatro Colón...

Hice una pausa porque en ese momento los meseros empezaron a traer las primeras entradas y todas despedían un aroma suculento. Éstas incluían caracoles de Borgoña preparados en mantequilla de ajo y perejil, tostadas cubiertas de foie gras con un toque de mermelada de higos, cebollas rellenas de champiñones y trocitos de tocineta, albóndigas de cordero untadas en mostaza de Dijon, mejillones negros cocinados al vino blanco, y cucharas de endivias con nueces y boronas de queso azul.

Los observé por unos segundos mientras los meseros terminaban de servir los platos, demorando mi respuesta y aumentando el suspenso, porque yo sabía el efecto que tendría pronunciar ese nombre en aquella mesa.

—Sebastián Sarmiento —dije.

Tal como pensé, los tres me miraron con ojos de asombro y de inmediato me asaltaron con preguntas sobre Sebastián. ¿Cómo está? ¿Qué tal luce? ¿Es cierto que es viudo? ¿Es cierto que es millonario? En efecto, a diferencia mía, pues hacía décadas que yo no había vuelto a saber nada acerca de nuestro compañero de la infancia, ellos sí habían escuchado la cantidad de historias que circulaban sobre él, pero en cambio ninguno de los tres lo había visto en persona desde que nos graduamos del colegio, veinticinco años antes, cuando Sebastián se pareció desaparecer del mapa. A continuación, cada uno procedió a compartir los rumores que había oído a lo largo de los años, algún cuento nunca confirmado sobre la formidable fortuna que Sebastián había amasado, o la supuesta empresa que él adquirió o arruinó, o el avión privado en el que volaba a Londres y Nueva York, o el yate de lujo en el que navegaba por la Costa Azul en

154

el Mediterráneo o por las islas griegas en el Egeo —acompañado sin falta de una actriz de fama internacional o un grupo de celebridades de moda—, o alguna tragedia que, siempre se añadía aparte y en voz baja, le había sucedido. Hasta Antonio contó, mientras pinchaba una albóndiga y nos pasaba el plato hondo de los mejillones, que a él le habían dicho en una importante reunión de médicos, y lo creía a ciegas porque su fuente jamás se equivocaba... —robó una mirada a los costados y redujo el tono de la voz, a la vez que se inclinaba hacia el centro de la mesa y nosotros lo imitábamos, como conspiradores—, que Sebastián Sarmiento había matado a un hombre.

Entonces los puse al corriente de lo poco que yo sabía, de lo que me contó el mismo Sebastián al final del concierto en el Teatro Colón y de mi conversación con Luis Antonio Salcedo unos días después en Il Pomeriggio. Les dije que yo descreía de todos esos chismes y cotilleos, que no me lo figuraba en un plan tan frívolo como paseando con actrices y celebridades de farándula en un barco de magnate, y que incluso me pareció una persona igual de tímida y de reservada a como lo había sido en el colegio. Y eso es todo lo que sé, resumí. Aunque pronto sabré más, agregué, porque me pienso reunir con él para almorzar, o al menos así lo acordamos esa noche en el teatro. Yo todavía no lo había telefoneado, pues quería dejar pasar unos días primero para no parecer impertinente, de modo que aún no sabía cuándo ni dónde sería la cita. Ahí mismo Daniel saltó para sugerir que lo trajera allí, y no sólo para saludarlo sino de paso para mostrarle el restaurante, a ver si ese ejecutivo tan opulento se animaba después a traer a sus muchos socios y colegas millonarios. Le prometí que así lo intentaría, aunque en mis adentros yo sospechaba que, de llegar a concretar mi almuerzo con Sebastián, lo más probable es que él preferiría un sitio distinto, discreto y apartado, justamente un lugar en donde, por el contrario, no lo conociera nadie.

Guardamos silencio un minuto mientras compartíamos los platos y nos servíamos porciones de esto y de aquello para probar las especialidades del chef.

—Todo está delicioso —exclamé con una sonrisa, mirando a Daniel.

—Así es —dijo el gordo Francisco, escogiendo uno de los últimos mejillones—. Delicioso.

—Propongo un brindis —levanté mi copa—. Por nosotros cuatro. Porque finalmente nos pudimos reunir todos después de tanto tiempo; por este restaurante tan agradable, y, más que nada, por esta invitación tan generosa de nuestro querido Dani.

—¡Por los cuatro!

Sonó el delicado choque de cristales y Daniel nos dio las gracias por los cumplidos y por haber venido a conocer su establecimiento. El maître se acercó para ver cómo estaba la comida y preguntar si podían proceder con la siguiente ronda de entradas. Daniel le dijo que sí, y a su vez le pidió —señalando la botella— que por favor sirviera más vino en las copas.

Seguimos comiendo alegres, y cada uno empezó a contar novedades de su vida. Francisco nos habló, aunque sin poder aportar nombres concretos, de los casos más notorios que estaba llevando en esos días en los juzgados, entre ellos una disputa de tierras despojadas a una vereda de campesinos en el Cauca, y una sonada demanda al Estado por el ataque de un grupo paramilitar a un pueblo indefenso en el departamento de Bolívar, pues según el testimonio de los contados sobrevivientes, el ejército les había prestado ayuda a los paras mientras éstos mataban y torturaban a los pobladores durante una semana entera, al extremo de que les facilitaron un helicóptero de la Fuerza Aérea para trasladar a sus heridos a un hospital militar. Es todo un escándalo, declaró Francisco, y seguro van a rodar cabezas en las Fuerzas Armadas por este incidente. Por su lado, Antonio se extendió en los problemas que aquejaban al sistema de la salud pública, y también nos describió los avances de la cirugía robótica y de la medicina nuclear, cosa que va a cambiar el mundo, sentenció, y que nos dejó poco menos que boquiabiertos. Daniel nos contó de sus negocios más recientes, que comprendían tres restaurantes exclusivos en los que pensaba adquirir porcentajes importantes —listos para abrir próximamente—, más otros proyectos en los que tenía previsto invertir, casi todos relacionados con finca raíz y locales de óptima ubicación en nuevos centros comerciales. Para concluir, yo les hablé de mis clases universitarias y de la investigación que estaba preparando en ese tiempo, un estudio a fondo sobre los momentos iniciales de aquel milagro de la Historia, el Renacimiento, esa época que, ya lo he dicho, siempre me ha fascinado.

Los meseros habían depositado las últimas entradas en la mesa, lo que provocó de nuestra parte nuevas expresiones de entusiasmo. Estábamos elogiando las recetas tan sabrosas, sirviéndonos un poco de cada plato, cuando de pronto Antonio dijo:

—Era un tipo extraño, ¿verdad?

Los tres lo miramos. En el fondo, a pesar del aparente cambio de tema, creo que todos seguíamos pensando en lo mismo.

—Me refiero a Sebastián —precisó—. Recuerdo que él no se metía con nadie en el colegio. Siempre cordial y buena gente, pero a la vez solitario y un poco apartado… como quien mira un partido de fútbol que tiene lugar en la distancia.

—Sí —respondí—. Es verdad.

—Por cierto, hablando de fútbol, creo que Sebastián nunca practicó un deporte en el Liceo Americano —siguió diciendo Antonio, a la vez que saboreaba el queso brie apanado con uchuvas y cortaba una tajada del exquisito paté de la casa—. Al menos les puedo aseverar que nunca jugó fútbol con nosotros. Ni siquiera de suplente, y eso yo lo sabría porque me la pasé calentando banca y tuve tiempo de sobra para fijarme en todos los que jugaban en el colegio.

—Te la pasabas en la banca por malo, Pelé —le dije, dándole una amistosa palmada en la espalda—. No lo olvides.

Los cuatro soltamos una carcajada y Antonio reconoció, por primera vez en su vida, que el fútbol no había sido su deporte predilecto.

—¿*De veras?* —preguntó Daniel en burla—. Pues se notaba a leguas, hermano. ¡Nunca vimos en la cancha a otro paquete como tú!

Eso provocó nuevas risotadas del grupo.

Los meseros recogieron el servicio de las entradas y empezaron a traer los platos principales. Sin vacilar procedimos a repartir los medallones de lomo fino en salsa bearnesa, el salmón cocinado al laurel, el lenguado preparado a la meunière, las chuletas de cerdo a la brasa con zumo de naranja, los espárragos cubiertos en mantequilla de trufas y las papas a la francesa espolvoreadas con sal marina.

El maître llenó primero las copas de vino tinto —un magnífico Château d'Issan—, y luego descorchó una botella de vino blanco Montrachet, de la famosa región de Côte de Beaune, para acompañar los pescados.

—¿Se acuerdan cuando Sebastián se fue del colegio? —inquirió Daniel, retomando el tema, al tiempo que paladeaba y aprobaba el vino blanco con un gesto de la cabeza—. ¿Cuántos años tendríamos en ese entonces? ¿Trece?… ¿Catorce, tal vez?

—Me parece que trece —calculé, haciendo memoria—. Porque ocurrió, si mal no recuerdo, en primero de bachillerato.

—Así es —dijo Daniel, cortando el lenguado con el tenedor de plata—. Lo cierto es que jamás olvidaré que sucedió de la noche a la mañana. Un día Sebastián estaba en clase con todos nosotros y al otro día se había esfumado. En esos tiempos una ausencia era notoria, y más cuando no era por una gripa o un hueso roto. Además, recuerdo que eso fue lo único que nos dijeron en el salón: que Sebastián se había marchado del país y que no volvería al colegio… Nunca nos dieron una explicación, ¿verdad?

—Sí —confirmé, meditando sobre aquello—. Nunca.

—Yo pensé que lo habían expulsado —señaló Antonio, mojando un trozo de carne en la salsa bearnesa.

—Yo no, fíjate —discrepó Daniel—. Eso siempre me pareció improbable… Recuerden que Sebastián era uno de los mejores estudiantes del curso y su comportamiento era poco menos que ejemplar, de modo que no era factible que lo hubieran botado por alguna travesura de gravedad.

—¿Y un traslado del padre por cuestiones de trabajo? —indagué—. Eso pasaba mucho en el colegio.

—Es posible —concedió Daniel, después de pensarlo unos segundos—. Y es cierto: ocurría a menudo en el Liceo Americano, con toda esa población flotante de diplomáticos y gringos que iban y venían, empleados en compañías multinacionales… Pero recuerden que eso no les sucedía tanto a los colombianos como a los extranjeros, y menos aún se producía de esa forma, insisto, tan de repente y abrupta, y para rematar en mitad del año escolar… El hecho es que esa partida de Sebastián fue muy extraña, porque aconteció de un momento a otro… ¿Un niño de trece años que está en clase un miércoles, digamos, y el jueves se ha desaparecido? ¿Marchado del país? Era incomprensible.

—Sí —admití—. Fue muy raro.

—Todo eso lo recuerdo bien —dijo Antonio, revolviendo el vino tinto en la copa e inhalando el aroma con placer—. Y también recuerdo cuando Sebastián regresó de improviso a Bogotá años después, para cursar sexto de bachillerato en el colegio, y se graduó con nosotros, en nuestra misma promoción.

—Sí —evocó Daniel—. Y lo más peculiar, ya que lo mencionas, es que cuando él volvió al colegio, al cabo de casi cinco años por fuera, jamás le pregunté por qué había regresado, y menos por qué se había ido e ido así… ni en dónde había estado todo ese tiempo.

—Qué curioso —dijo Antonio, pasando la canastilla de papas a la francesa y tomando una larga con los dedos—. Yo tampoco.

Francisco se sirvió otra ronda de todo. Él es el más gordo de los cuatro y siempre lo ha sido, aunque su figura, por lo visto, lo tiene sin cuidado. Ni siquiera ahora le parece importar su aspecto un tanto rechoncho, a pesar de su fama bien ganada como abogado y de aparecer con frecuencia en los medios de comunicación, leyendo una declaración a la salida de un juicio, concediendo entrevistas a los noticieros o participando en mesas redondas con otros penalistas de renombre. Nuestro amigo barrigón tiene una cómica tendencia a suspirar, como si le faltara el aire a cada rato, y en el almuerzo él no parecía pendiente de la conversación sobre Sebastián sino más bien de la comida, concentrado en degustar los diferentes sabores.

—Eso es verdad —volví a terciar en el asunto—. Y es asombroso… porque ahora que hablamos de todo eso se me vienen a la cabeza algunas cosas que yo había olvidado por completo —reflexioné un momento, abstraído, y probé el vino blanco, pero en realidad escudriñando mi memoria—. ¿Saben…? Me acuerdo de algo relevante de aquel entonces, cuando Sebastián se fue del país en primero de bachillerato, como dice Dani… Y ahora lo veo con claridad porque, ya que lo pienso, estuve con él antes de que se marchara, un fin de semana que me invitó a su finca de tierra caliente, con su padre… —me callé de golpe, sorprendido con lo que yo acababa de decir. Increíblemente, ese hecho crucial de mi amistad con Sebastián Sarmiento se me había borrado de la mente y sólo renació en ese instante, en plena conversación con mis amigos en La Brasserie. Sin embargo, no pude cavilar en el recuerdo, brumoso y difuminado por el tiempo y el olvido, porque mi amigo estaba hablando de nuevo.

—… Así es —prosiguió Daniel—. ¿Y se acuerdan cuando Sebastián regresó al Liceo Americano en ese último año de clases…? Parecía más extraño que antes, más silencioso y retraído, y andaba como si tuviera una nube negra a toda hora sobre la cabeza. Quizás por eso nunca me acerqué a hablarle ni a preguntarle nada… —tenía el corcho del vino tinto sujeto entre el pulgar y el índice, y le daba vueltas con el dedo del corazón mientras recapitulaba el pasado—. Era la época en que nos creíamos los dueños del mundo porque finalmente estábamos en sexto de bachillerato y empezábamos a salir en serio con las chicas; una etapa de fiestas, bailes y bares, ¿se acuerdan?

—Claro que sí —dijo Antonio, pasándose la servilleta de tela por la boca—. Un tiempo alborozado, con planes cada fin de semana y muchas borracheras. Pero, curiosamente, no creo haber visto a Sebastián en ninguna de esas rumbas.

—Yo tampoco —anoté, pensativo.

—En fin —concluyó Daniel—, era buen tipo pero más bien callado, ¿verdad? Tranquilo y pacífico… Un estudiante pilo e inofensivo, de los que no lastiman a nadie, ni siquiera a una mosca, y ante todo discreto y reservado, casi taciturno… —negó con la cabeza, incrédulo—. ¿Quién se iba a imaginar que años después ese compañero del colegio se iba a convertir en uno de los hombres más ricos del país, y también en uno de los más influyentes…?

—De acuerdo —dije—. Es de no creer.

—¿De veras piensas que es tan influyente? —inquirió Antonio.

—No te quepa la menor duda —opinó Daniel, enfático—. Con todas las inversiones que tiene en medios de comunicación, como te lo comentó a ti, Roberto, y como te lo confirmó el vicepresidente de su empresa, se acumula un poder considerable… Pero su astucia consiste en que no hace alarde de nada de eso: se mantiene atrás y oculto, moviendo los hilos sin que nadie lo sepa y evitando los costos por figurar… Entre tanto, los demás ejecutivos y directores de revistas, prensa, radio y televisión, a los que les encanta salir retratados en las páginas sociales, se queman entre ellos.

—Pienso igual —me aventuré a decir—. Incluso eso mismo me confió Sebastián la otra noche en el Colón… En algún momento me dijo una frase equivalente —traté de recordar con precisión sus palabras—, que en este país a la persona que asoma la cabeza tarde o temprano se la cortan… o algo así, creo.

—Y es cierto —asintió Daniel—. Lo digo por experiencia propia. Aquí te aplauden cuando ganas la carrera, pero en cuanto subes al podio a recibir el trofeo, te bajan a pedradas. A veces pienso que en Colombia está prohibido triunfar. Por eso digo que esa estrategia de Sebastián, la de mantener el perfil bajo al extremo de ser casi invisible, es más astuta y más sabia.

Nos quedamos unos minutos en silencio mientras los meseros recogían los platos, reponían cubiertos y colocaban en la mesa otros manjares en platillos ovalados para facilitar la repartición en porciones individuales.

De pronto el gordo Francisco, quien no había dicho una sílaba sobre el tema, bebió un sorbo de vino tinto y afirmó, a la vez que regresaba la copa a la mesa y se pasaba la servilleta por los labios:

—Hay algo de todo eso que no es exacto.

Los tres lo miramos.

—¿Qué cosa? —pregunté.

Francisco pareció meditar unos segundos mientras examinaba su copa sobre el mantel, como si evocara un recuerdo cuya imagen podía ver flotando a medias en la superficie del vino opaco.

—Un detalle de lo que acaba de decir Daniel —aclaró con uno de sus suspiros habituales, haciendo un leve ademán en dirección a su amigo—. Que Sebastián era un tipo inofensivo.

—¿A qué te refieres, Pacho?

Nuestro amigo retomó su copa y bebió de nuevo. Al cabo dijo, como si hubiera cambiado de opinión:

—Nada… No tiene importancia.

Los tres lo observamos, confundidos, sin comprender lo que había dicho. De repente él cayó en la cuenta de que estábamos pendientes de una explicación y borró el comentario con un gesto de la mano.

—Olvídenlo —declaró con su sonrisa de bonachón—. No sé qué estoy diciendo. Me despisté por un segundo y creo que se me subió el vino a la cabeza. La verdad es que ni me acuerdo de Sebastián Sarmiento en el colegio… Y esta comida está deliciosa.

15. Bonita canción

El almuerzo se prolongó bastante, quizás demasiado, pero sabíamos que así iba a ser y por ello habíamos despejado nuestras agendas para comer en paz, sin citas de trabajo ni compromisos de familia en la tarde, ni nada que nos fuera a estorbar aquel encuentro tantas veces concertado y aplazado. Creo que los cuatro lo necesitábamos, puesto que hablamos hasta por los codos y nos pusimos al día en cuanto a la vida de cada uno. No volvimos a mencionar a Sebastián, y en cambio nos dedicamos a compartir las experiencias más recientes de la edad adulta: las vivencias dulces y amargas con las esposas y los hijos, las sorpresas y los altibajos de la vida laboral, y por último los giros imprevistos del destino, incluidos los primeros quebrantos de la salud y las primeras zancadillas de la madurez. Al levantarnos de la mesa y mientras nos dirigíamos a la salida, Daniel comentó que no había hablado tanto en toda su vida, y yo me mostré de acuerdo; Francisco tenía la barriga a reventar de tanto comer, y Antonio manifestó que quería poner la lengua sobre hielo para reponerse de la charla. Al término del festín, junto a la barra, nos despedimos con abrazos fuertes y sonoros, los deseos sinceros de volver a reunirnos muy pronto —aunque sabíamos que no sería fácil por los motivos de siempre, y por eso los cuatro prometimos que asistiríamos a la fiesta de exalumnos del liceo, programada para más adelante—, las gracias a Dani por esa invitación tan sabrosa y las felicitaciones por su restaurante tan espléndido.

Sin embargo, antes de salir por la puerta principal, tomé a Francisco del brazo y lo retuve por un segundo.

—Espera un momento —dije en voz baja—. No te vayas todavía.

Nos terminamos de despedir de Daniel y de Antonio, y permanecimos los dos parados a la salida del restaurante, viendo cómo ellos se subían a sus autos de lujo y nosotros les hacíamos un último gesto de adiós con la mano.

—¿Qué pasa? —preguntó Francisco, tan pronto quedamos solos.

—Quiero hablar contigo.

Mi amigo suspiró y hundió las manos en los bolsillos de su pantalón. Asintió despacio, y una extraña sonrisa se asomó en sus labios.

—Me imagino sobre qué —apuntó, el aire resignado—. Lo noté en tus ojos durante el almuerzo… Supuse que no ibas a dejar pasar el asunto tan fácilmente.

—Así es. Quiero que me cuentes por qué dijiste aquello sobre Sebastián Sarmiento.

Francisco volvió a suspirar, no sé si por su condición natural de falta de aire o por otra razón, y bajó la vista al suelo de cemento. Se aflojó el nudo de la corbata y se soltó el primer botón del cuello de la camisa para estar más cómodo. Después levantó la mirada y me observó con fijeza por unos segundos, como si estuviera sopesando las ventajas y desventajas de explicarme lo que había dicho. Al final, quién sabe qué balances o ajustes de cuentas habrá realizado en su mente, pero pareció concluir que me tenía que contar lo que sabía, sin remedio o escapatoria. No obstante, primero lo asaltó una duda.

—¿Por qué te interesa saber? —preguntó.

Ahora era mi turno de pensar las cosas. Y se me ocurrió que hasta ese momento yo me había enterado de unos cuantos detalles de la vida de Sebastián sin proponérmelo, de manera casual y accidental, como si me hubieran caído esos datos del cielo. Pero en ese instante, cuando Francisco me preguntó de frente por qué yo deseaba esclarecer lo que él había dicho a la ligera en el almuerzo, me tuve que plantear la cuestión con toda franqueza, y entonces advertí, para mi propia sorpresa, que yo tenía un interés casi profesional de saber más sobre Sebastián Sarmiento. Consistía en algo mayor que una incógnita o simple inquietud, como una necesidad de llenar las lagunas de su biografía y tratar de descifrar, en la medida de lo posible, quién era ese fulano tan misterioso que había sido mi amigo tanto tiempo atrás, durante los años remotos de la infancia. Y más después de haber recordado, por un segundo fugaz, aquel fin de semana que pasamos en su finca de tierra caliente en compañía de su padre; un episodio, reitero, que yo había olvidado por completo.

—No lo sé —respondí—. Es sólo una curiosidad. Pero no —me corregí tras una breve reflexión—: miento. Sinceramente, aún no te puedo decir con qué fin me interesa saber más acerca de Sebastián. A lo mejor algún día escriba algo sobre él… —era la primera vez que yo mencionaba o que se me ocurría siquiera esa posibilidad, y aunque la dije como una frase para salir del paso y ofrecerle a mi amigo una excusa cualquiera, el solo hecho de articular esa noción en palabras la dejó sembrada en mi mente como una idea, un sueño que, con el paso de los días y la información que empecé a acumular sobre Sebastián, de manera casual o deliberada, comenzó a tomar cuerpo y a perfilarse como una alternativa, una eventualidad y hasta un proyecto futuro. Una realidad lejana e imprecisa, desde luego, pero posible—. No olvides que escribir biografías hace parte de mi oficio, Pacho… En todo caso, si te soy franco, por ahora sólo quiero entender mejor a nuestro compañero del colegio, y sospecho que tú tienes algo importante que decir al respecto.

Francisco volvió a suspirar. Consultó su reloj de pulsera y se pareció rendir ante los hechos. Ambos sabíamos que los cuatro habíamos organizado las cosas para no tener obligaciones en el resto de la jornada y así contar con la tarde libre, de modo que teníamos tiempo de sobra para conversar un rato más. Y no sólo eso: mi amigo de tantos años me conoce lo suficiente para saber que, tan pronto un tema despierta mi interés, yo no lo suelto hasta tenerlo claro, aprendido, estudiado al derecho y al revés e investigado hasta en sus más ínfimos pormenores, pues sondear el porqué de las cosas y averiguar sus causas y consecuencias ha sido mi pasión desde la juventud, un rasgo sobresaliente de mi personalidad desde el colegio, y no en vano he convertido esa curiosidad exhaustiva en la columna vertebral de mi profesión, al igual, estoy seguro, que todo historiador. «Será ahora o después», probablemente especuló Francisco. «Pero después no tendré tiempo ni ganas de hablar sobre algo que le ocurrió a ese compadre Sebastián Sarmiento, un individuo alejado de mi trabajo y de mi familia, y que encima sucedió hace casi treinta años». Así que me dio una amistosa palmada en la espalda a la vez que dejaba escapar otro suspiro, éste, claramente, de resignación.

—Está bien —concluyó, como si no tuviera otra opción—. Además, me vas a volver loco hasta que te cuente, ¿no es cierto?

Emití una risa amable.

—Supongo que sí —respondí—. Me conoces bien, mi amigo.

—Pero aquí no —pidió Francisco—. Quizás regresa Dani y se sienta con nosotros, y prefiero que lo que te voy a contar no lo sepa nadie más, al menos por ahora… Crucemos la calle; ahí en el hotel Charleston nos podemos tomar algo.

—Vamos.

Sorteamos con cautela la fila de automóviles impacientes, detenidos a la espera del cambio de luz del semáforo en la estrecha carrera Trece, y ascendimos los escalones de la entrada principal del hotel. La puerta de vidrio estaba custodiada por un vigilante y dos botones que nos saludaron atentos, de modo que entramos y pasamos por el vestíbulo al comedor y de ahí a la terraza cubierta que habían abierto hacía poco, la que da a la acera de la calle y está rodeada de cristales gruesos y altos, con calentadores de gas tipo sombrilla para ambientar a los comensales y protegerlos del frío. A esa hora la gente ya había almorzado y se había marchado, y los meseros estaban terminando de recoger las últimas mesas, cambiando los manteles y ordenando los puestos para los clientes de la tarde. En ese momento éramos los únicos en el lugar, pero después llegarían otras personas para disfrutar una merienda, compartir unas onces o tomarse una copa a la salida del trabajo, así que nos sentamos en una mesa para dos en el rincón más apartado, para que nadie nos fuera a molestar, y en seguida pedimos un par de cafés, fuertes y oscuros. El mesero los trajo al cabo de unos minutos y cada uno procedió a endulzar el suyo al gusto.

—Bueno —dije, revolviendo mi taza con una cucharilla—. Comienza.

Francisco volvió a dudar por un instante, y nuevamente me pidió que, de momento, no les contara a los otros nada de lo que él me iba a decir.

—De acuerdo —le aseguré.

—Prométemelo.

Se lo prometí, intrigado.

—De veras no quiero que nadie más sepa nada de esto.

—Está bien, ya me lo has dicho. Dale.

—¿Lo prometes en serio?

—No jodas, hombre —exclamé con fastidio—. Empieza de una vez. Tampoco me vas a revelar el verdadero asesino de Kennedy, ¿no?

Francisco se rió y pareció relajarse un poco. Probó su café e hizo un gesto satisfecho, de aprobación. Me examinó detenidamente, luego miró a los costados como para comprobar que no había nadie alrededor, se inclinó más hacia mí y dejó escapar otro suspiro prolongado, como quien exhala todo el aire de los pulmones antes de llenarlos de nuevo para zambullirse en el fondo de la piscina. Entonces preguntó:

—¿Te acuerdas de los tres mosqueteros?

—¿La novela de Dumas?

Francisco soltó una risotada.

—No, hombre. No seas idiota. Me refiero a los tres gringos del liceo, los que se hacían llamar así por todo el mundo.

Busqué en mi memoria, perplejo. En verdad no me acordaba de aquel trío que mencionaba Francisco, y tampoco me podía imaginar eso qué tendría que ver con el propósito de la charla.

—¿Nada?

—¿Los tres mosqueteros? —me quise cerciorar de haber escuchado correctamente, a la vez que procuraba evocar alguna imagen, pero seguía con la mente en blanco. Era de esperarse: veinticinco años no pasan en vano—. No... el nombre no me dice nada.

—Haz un esfuerzo, Roberto. Piensa.

Reflexioné unos segundos más, y de pronto sí, lentamente, como un barco de luces tenues que surge de la bruma en el mar, me acordé vagamente de esos tipos. Llevaba casi tres décadas sin oír de ellos y sin traerlos a mi memoria. En el colegio había una división tácita entre norteamericanos y colombianos, y no eran frecuentes los casos de amistades reales entre estudiantes de nacionalidades distintas. Por lo general prevalecía un buen entendimiento entre los alumnos a pesar de las disparidades culturales, y en los salones de clase no se notaban mayores diferencias entre unos y otros, pero luego, fuera de las aulas y a nivel social, esas particiones resultaban evidentes y marcadas, a tal punto que en los recreos y a la hora del almuerzo los colombianos andaban por un lado y los gringos, casi siempre, por otro. En parte por eso yo no había tenido contacto directo con los llamados «tres mosqueteros», pero había otro motivo más relevante todavía, y era que yo tenía claro, al igual que los demás estudiantes del Liceo Americano, que era mejor no meterme con ellos ni atravesarme en su camino. Eran *bullies*, matones, que solían pillar a sus víctimas cuando estaban a solas, y, como ellos se la pasaban juntos, sus presas no podían hacer nada contra tres a la vez, y corría el rumor de que podían ser brutales. No recordaba mucho más, salvo que en algún momento los supuestos mosqueteros se esfumaron del colegio y pensé que sus padres habían sido trasladados a otro país por cuestiones de trabajo —lo que sucedía con frecuencia en la comunidad norteamericana, como se lo señalé a Daniel en La Brasserie—, o a lo mejor los tres habían sido expulsados por razones de mala conducta, lo cual no era imposible porque se comportaban como unos maleantes. Pero si ése fue el caso, me dije, debió suceder con bastante discreción, pues el papá de uno de ellos, si mi memoria no me engañaba, tenía un cargo en la Embajada de Estados Unidos, y yo no recordaba ningún escándalo al respecto. Muy pocos alumnos fueron echados del liceo durante mis años ahí, pero cuando ocurría una noticia de ese calibre, tarde o temprano se difundía y sin excepción provocaba un alboroto de chismes y versiones encontradas y murmullos en los salones y corredores. En consecuencia, la falta de ruido en torno a la posible expulsión de esos gringos, inferí, la hacía improbable. Traté de pensar en algo más, sin éxito. De manera que le conté todo eso a Francisco, las dos o tres cosas que yo recordaba a medias.

—A grandes rasgos es así, tal como dices —puntualizó mi amigo—. Pero hay más… Bastante más. El mayor de ese trío, un gringo alto y fornido de apellido Sullivan, era un excelente deportista, no sé si lo recuerdas; era campeón de lucha libre en el colegio y también una de las estrellas del equipo de fútbol americano, y su papá no era un mero funcionario de la Embajada gringa, sino uno de los diplomáticos de más alto nivel. Gracias a eso el hijo y sus secuaces gozaban de protección e impunidad, haciendo lo que les daba la gana con quien quisieran, y así actuaron durante años, cometiendo toda clase de fechorías.

Francisco hizo una pausa para beber un sorbo de café. Se calentó las manos en la taza, con los codos apoyados en la mesa, soplando un poco para enfriar la bebida humeante. Parecía ensimismado, meditando sobre lo que había dicho.

—Te garantizo que esos mal llamados mosqueteros no se limitaban a lo usual de un camorrista o buscapleitos —siguió diciendo después de unos segundos—. Es decir, el empujón o la zancadilla para tropezar con picardía a un sardino, o la zurra ocasional con el fin de piratear una lonchera, o el acto malicioso sin severas consecuencias. No: estos tipos eran unos auténticos criminales. Tal vez no lo sabes, pero los tres violaron a una estudiante de un curso menor que el nuestro; una colombiana a la que le dieron un brebaje de quién sabe qué en una fiesta, y parece que la reventaron entre los tres mientras ella yacía poco menos que inconsciente. No obstante, nunca les pasó nada porque no hubo testigos y tampoco hubo forma de demostrar que ellos habían sido los asaltantes. En esa época, como sabes, no existían pruebas de ADN y ni siquiera se consideraba tan escandaloso el tema de la violación, pues éste siempre ha sido un país retrógrado y machista, y la versión que quedó flotando en el ambiente, promovida por Sullivan y sus compinches, era que la niña les había implorado que se la tiraran a la fuerza, y que ellos, por el contrario, no la habían complacido y que seguramente alguien más en la parranda la había atacado. En otras palabras, que la víctima era en realidad una perra y los victimarios unos angelitos… Típico, desde luego.

Francisco bebió otro sorbo de café y reparé en su mirada dura y seria, de ceño fruncido.

—Claro, ése no fue el único acto criminal de esos delincuentes —continuó—. También le partieron la cara a un chico que estaba en segundo de bachillerato, al que asaltaron con un ladrillo para quitarle la mesada, y el pobre casi pierde un ojo. Y hasta tuvieron problemas con Reyes, nuestro profesor de Química, ¿lo recuerdas? Un percance que se mantuvo en silencio y nunca se ventiló en público. En torno a ese caso se filtraron diferentes versiones de lo sucedido, pero la que yo siempre creí como la más probable es que los mosqueteros amenazaron al profe porque éste le puso una mala nota a Sullivan en un examen importante, pero Reyes no se dejó intimidar y se negó a subirle la calificación, creyendo que sólo eran bravuconadas de muchachos; sin embargo, unos días después, en las horas de la tarde, los tres siguieron al profe a la salida del colegio y cuando estaban bien retirados del Liceo Americano, llegando a la esquina de la calle 74 con la carrera Décima, a la sombra de los arbustos que rodean el Gimnasio Moderno, lo atacaron por la espalda y le dieron una paliza feroz. Un transeúnte que pasaba por allí lo descubrió al rato, gimiendo y sangrando entre los matorrales, y se vio obligado a llamar una ambulancia. El asalto surtió efecto, por lo visto, porque el profesor le mejoró el promedio a Sullivan a la semana siguiente, y a raíz de esa agresión, como te podrás imaginar, jamás otro maestro volvió a cometer la estupidez de ponerle una baja nota a ninguno de los tres mosqueteros. A fin de cuentas, los profesores del colegio no eran héroes, y les importaba mucho más cuidar su pellejo que rajar o ponerles una mala calificación, por merecida que fuera, a esos hampones… En resumen, para llamar las cosas por su nombre, esos gringos eran unos canallas y unos verdaderos hijos de puta.

Francisco se quedó callado un momento, rememorando esos hechos del pasado sobre los cuales yo sabía casi nada. No tenía idea de la violación, ni de la salvajada que le hicieron al joven de segundo de bachillerato con un ladrillo, y menos de lo que había sucedido con nuestro profesor de Química. No obstante, el aspecto grave de su cara rechoncha sugería que la historia no terminaba ahí. Quise saber más, de modo que lo traté de animar a que me siguiera contando.

—¿Cómo sabes todo eso, Francisco?

Mi amigo no me miró. Se limitó a beber su café y luego dejó escapar otro suspiro de desaliento.

—Lo sé todo sobre esos malparidos.

Observé su rostro sombrío, las arrugas como pequeños abanicos que le surcaban los ojos a pesar de la gordura, y las primeras canas que le pintaban el cabello negro. Entonces entendí. Y a la vez entendí la reticencia de Francisco a hablar del tema, y más delante de sus viejos compañeros del colegio.

—¿Qué te hicieron? —pregunté.

El otro alzó brusco la vista y me miró a los ojos. Su expresión fugaz de alarma era la de alguien a quien le han descubierto un secreto. Sin embargo, pareció recapacitar y recordar que de eso se trataba esa charla, justamente de contarme lo que él no deseaba revelar, de manera que suavizó la mirada, se rió bajito y dirigió una ojeada de nuevo a la calle, negando con la cabeza.

—Ya te dije —suspiró—: eran unos malparidos.

Entonces Francisco me confió lo que le hicieron.

Ocurrió una tarde, evocó, después de clases, en tercero de bachillerato. Como recuerdas, yo no vivía lejos del Liceo Americano, y cuando no estaba lloviendo yo tenía permiso de mis padres de salir por la puerta principal del colegio y bajar por la montaña para llegar caminando a mi casa. Tú y yo hicimos ese trayecto más de una vez, y supongo que no lo habrás olvidado. Había que andar un poco por la avenida Circunvalar hacia el norte y luego doblar a la izquierda por la calle 70, esa vía tan larga y empinada que desciende por la ladera del cerro, dando varias curvas apretadas hasta desembocar, unas cuadras más abajo, en la carrera Quinta, y ahí quedaba mi casa. No sé si has pasado por ahí recientemente, pero no reconocerías el barrio de aquellos tiempos. En vez de hogares sencillos de una planta o dos, rodeados de arboledas de eucaliptos y terrenos baldíos que en ese entonces cubrían la falda de la montaña, hoy pululan los edificios de ladrillo y han construido en todas las zonas verdes, incluso en aquellas donde estaba prohibido. En cualquier caso, en esa época la calle 70 parecía inclinada, bajando derechita y angosta desde la Circunvalar hasta la carrera Primera, y después serpenteaba entre potreros de pastos altos hasta rematar en la Quinta. Por esa razón, en vez de caminar todo el tiempo por la acera para llegar a mi casa, un trayecto que tardaba demasiado por tanta curva y tanta vuelta, a la altura de la carrera Primera yo tomaba un atajo y atravesaba en línea recta esos potreros despoblados, bajando por un sendero a medio abrir en la montaña, donde a menudo descubría una vaca, una yegua o un burro amarrado a una zorra, pastando feliz. A veces me encontraba con el zorrero, un muchacho humilde que se ganaba unos pesos recogiendo chatarra, botellas, cartón o periódicos viejos, y el joven aprovechaba para descansar un rato, medio oculto en ese pasto alto mientras vigilaba su animal, y yo le preguntaba qué hacía con su bestia en esa zona verde, y el otro siempre respondía una frase graciosa, tipo «echando gasolina» o «tanqueando», mientras el burro o la vaca disfrutaba ese banquete de hierba en medio de la ciudad. El hecho es que ese día yo había tomado mi atajo de costumbre y estaba caminando solo, bajando por el estrecho sendero de la montaña, silbando una canción de moda, cuando de pronto escuché, en plena zona verde y en el lugar más apartado de la calle, una voz ronca que decía a mis espaldas: «Bonita canción». Me di vuelta al tiempo que percibí el olor amargo de la marihuana, y vi a los tres mosqueteros tumbados en el pasto alto sin cortar, fumando un cacho que se pasaban entre ellos, mirándome y sonriendo traviesos. En ese entonces yo sabía algo sobre esos tipos pero no mucho, no lo suficiente para hacer lo que debí haber hecho, que era huir corriendo y gritando a ver si alguien me oía. En cambio me quedé quieto, paralizado del susto. Sullivan se puso lentamente de pie, revelando su tamaño enorme y su musculatura, estudiándome con los ojos entornados y la sonrisa tonta de un trabado por la droga, y repitió en tono burlón, en ese español suyo de principiante: «De veras, amigo... Bonita canción». Entonces los tres me rodearon, grandes y fornidos y amenazantes. Quise preguntarles qué querían y pedirles que me dejaran en paz, pero ni siquiera me salió la voz. Me empezaron a empujar y a quitar a manotazos lo que tenía: mi dinero, mi morral con mis textos y cuadernos, y hasta mi uniforme del colegio, incluyendo los zapatos. Uno de ellos me inmovilizó por detrás con una llave de luchador, apretándome el cuello con el brazo, mientras los otros destruían con saña mis lápices y útiles, mis libros y papeles, arrancando las pastas y las hojas y tirando todo al viento entre risotadas. A continuación, los amigotes de Sullivan me sujetaron por los brazos y éste se aproximó, sonriendo perverso, y me dio un par de puñetazos en la boca del estómago que me hicieron caer de rodillas, boqueando sin aire y con los ojos desorbitados del dolor; luego los tres me despojaron del resto que yo tenía hasta dejarme en cueros, totalmente desnudo, y en ese momento comenzó lo peor. Pensé que me iban a violar, y hasta buscaron alrededor un palo de monte para hacerlo, pero de milagro no encontraron, así que me embutieron una de mis medias en la boca para que nadie oyera mis alaridos, y me alzaron y me dieron una vuelta de campana mientras yo forcejeaba, me removía y pataleaba con desespero, y en seguida me hundieron de cara, muy despacio, en una plasta fresca de mierda de vaca. Uno tomó mi ropa y la embarró y pisoteó en la misma mierda, y otro lanzó lejos mis zapatos por la falda del cerro para que yo no los encontrara nunca; me dieron varias cachetadas y otros puños más, empujándome de uno a otro como un corro de jóvenes que se pasa un balón, pues eran recios y fuertes, y sentí que me iba a ahogar por el punzante olor a mierda y por mi media sucia embutida en la boca. Yo sollozaba y trataba de rogarles que me dejaran solo, pero eso parecía incitarlos más, entonces Sullivan tomó mi camisa, que era la prenda menos sucia hasta el momento, y la usó como un guante para él no emporcarse las manos, y recogió toda la boñiga que pudo y la aplastó en mi cabeza, muerto de risa, frotándola en mi pelo, oídos y narices, restregándomela en la cara y en los ojos, y finalmente sacó la media y utilizó sus dedos para untarme la mierda por los labios y las encías, como pasta dentífrica, y después me la metió a manotadas en la boca. Yo me desplomé en ese instante, sofocado y jadeando, escupiendo con asco y llorando del miedo y de la humillación, repugnado por el hedor y el sabor nauseabundo de la mierda blanda, y recuerdo que ellos, parados junto a mí, se burlaban y me señalaban con el dedo, diciendo que yo olía a mierda y acusándome de ser un puerco, un sucio cochino, mientras se sacaban las vergas y me orinaban encima, apuntando los tres chorros a mis ojos y a mi boca, como si fuera una asquerosa competencia entre ellos, y sin dejar de reír a carcajadas. Por último, los otros dos cabrones me levantaron del suelo y me volvieron a sujetar de los brazos; Sullivan pareció tomar impulso, y de despedida me dio un rodillazo en las pelotas que me hizo perder el sentido. Creo que alcancé a escuchar sus risas finales mientras me desvanecía a tierra y ellos se retiraban, bajando por el sendero de la montaña, y así me dejaron en ese potrero, inconsciente y desnudo, untado de sus miserias…

Francisco bebió lo que restaba de su café. Por un minuto permaneció sin hablar, mirando la taza vacía, el semblante introspectivo. Yo no quise interferir en sus reflexiones, de modo que dejé que él retomara el hilo de su relato cuando sintiera deseos de hacerlo.

—Lo único que recuerdo es que desperté horas más tarde —prosiguió al cabo de un tiempo—. Era ya de noche, y se veían las primeras estrellas en el cielo. Sentía un frío terrible, pues no tenía ropa ni zapatos ni morral ni libros ni nada. Busqué a tientas a mi alrededor, intentando rescatar lo que fuera de mis pertenencias, así estuvieran inmundas o destruidas, pero ni siquiera encontré la media con la que me habían amordazado. Me dolía todo el cuerpo, en especial los testículos, y comprobé que me sangraban la boca y la nariz, y que me había vomitado, aunque no recordaba haberlo hecho. Me rodeaba una fetidez espantosa y volví a trasbocar. Entonces, sin otra opción tuve que caminar descalzo y desnudo, salpicado de orines y cubierto de boñiga de pies a cabeza, tiritando de frío y cortándome las plantas de los pies en trozos de botellas rotas que no podía adivinar entre el pasto y en la acera mal alumbrada, hasta llegar a mi casa, que afortunadamente no quedaba demasiado lejos. Cuando mi papá abrió la puerta y me vio ahí parado, vomitado y llorando, moqueando y temblando de frío y sucio de mierda, casi me mata por haber permitido esa golpiza. Yo le imploraba y le gritaba que habían sido tres contra uno y que además eran más grandes y mucho más fuertes que yo, pero no sirvió de nada. Mi padre ya me castigaba a diario por mis malas calificaciones, con seguridad eso lo recuerdas bien, pero creo que esa noche, adicionalmente, le dio rabia el costo que tendría mi paliza en ropa, morral, textos escolares y cuadernos de reemplazo, y también sintió vergüenza por su hijo que no se supo defender como un hombre, el que había caminado varias cuadras en nuestro barrio residencial totalmente empeloto y bañado de mierda. A partir de ese día yo le notaba la decepción en sus ojos. En fin, como sabrás, tuve serios problemas en el colegio con mis notas, que eran malas para empezar, y más todavía después de esa experiencia, pues sin libros ni apuntes de clase me retrasé varias semanas mientras reponía todo, y casi pierdo el año. No te miento si te digo que cada vez que alguien elogia una música diciendo «Bonita canción», o cada vez que veo una vaca rumiando en un potrero, me acuerdo de esa emboscada que fue traumática para mí. Incluso no me extrañaría que esa vivencia haya sido la que me motivó a estudiar Derecho y a ser lo que soy hoy en día: un abogado penalista que litiga a favor de quienes han sido víctimas de un abuso, un atropello o una injusticia. No lo sé... Lo cierto es que después en el colegio, cuando yo me topaba con esos tres hijos de puta en los corredores, ellos se daban con el codo y me señalaban y se burlaban de mí, y cuando pasaban a mi lado olisqueaban el aire y se pinzaban la nariz y preguntaban en voz alta que por qué olía tan feo, muertos de risa... Francisco miró la calle y guardó silencio un rato. Nunca le he contado esto a nadie, concluyó.

Quedé impresionado con esa historia.

—¿Y qué les hicieron a esos cabrones? —pregunté.

Mi amigo me miró como si le hubiera contado un chiste flojo.

—¿*Hicieron*, Roberto? ¡Obviamente nada! En el colegio no quisieron saber del tema, pues le tenían pavor al papá de Sullivan y no pude producir testigos de lo sucedido. Además, argumentaron que el incidente, si en realidad había ocurrido, y subrayaban esas palabras con deliberación para sugerir que a lo mejor todo era fruto de mi imaginación pervertida, una mala excusa para justificar mis pésimas notas en clase, había sucedido fuera de los predios del Liceo Americano y por lo tanto al colegio no le incumbía ni tenía responsabilidad alguna en el asunto... Más o menos lo mismo que dijeron cuando sucedió el problema con Reyes, el profesor de Química.

—No puede ser —objeté—. ¿Se lavaron las manos?

—Limpiecitas.

—¿Y la policía?

Francisco me hizo una mueca elocuente. Claramente no tenía sentido denunciar a esos canallas ante las autoridades y no era necesario que él me explicara por qué. Si en ese tiempo la policía se veía en aprietos para capturar a delincuentes reales, culpables de homicidios y crímenes graves como secuestros, masacres y asaltos a poblaciones, era ingenuo pretender que fueran a hacer algo contra unos adolescentes que, en última instancia, sólo le habían dado una muenda a un joven de su mismo colegio. Y menos si uno de los acusados era hijo de un diplomático gringo de grandes ligas.

Me quedé callado por un momento.

—Jamás nos contaste nada de esto —dije al fin—. ¿Por qué? ¿Por qué nunca nos pediste ayuda con tus materias, apoyo para protegerte, algo?

Francisco volvió a suspirar y dirigió la mirada nuevamente a la calle.

—En parte por vergüenza, Roberto —admitió en voz baja—. Toda esa experiencia fue humillante para mí, ya te dije, y además bochornosa y denigrante, y bien sabes cómo éramos en el colegio: crueles y burlones. Mi temor era que me salieran las cosas al revés, como pasó con mi padre, que en vez de recibir su apoyo y comprensión recibí sus reproches y correazos. En otras palabras, yo no quería correr el riesgo de contarles a ustedes lo sucedido y que los tres se rieran de mí, porque me podía imaginar el apodo que me iba a ganar a partir de entonces, algo así como «Mierda de vaca» o «Boñiga», o quién sabe qué otro nombre infame y lacerante. Un título que sólo serviría para recordarme todos los días ese ataque deshonroso, y para colmos dicho por mis amigos del alma… Habría sido intolerable.

En eso Francisco también tenía razón. Bastaba que uno de nosotros cometiera un error o mostrara una debilidad para que se ganara un alias de mofa, que resaltaba ese defecto por el resto de sus días. Sin ir más lejos, como ya lo recordé, a él le decíamos Pacho Pereza por sus malas calificaciones, y Antonio se ganó el mote de Pelé por ser tan mal jugador de fútbol. Quizás yo habría hecho lo mismo de estar en su lugar: no le habría contado nada a nadie.

—Además —agregó, un poco inesperadamente—, nunca hice algo al respecto por otra razón.

—¿A qué te refieres?

Francisco esbozó una sonrisa esquinada y sus ojos destellaron con picardía.

—Sebastián Sarmiento —dijo.

En ese momento me acordé de que toda esa historia estaba relacionada, de una manera inexplicable, con nuestro compañero del colegio. En verdad yo seguía tan atrapado con la narración de mi amigo y su percance con los tres mosqueteros que se me olvidó por completo que esa crónica se había iniciado a raíz del comentario de Francisco en el almuerzo. Sin embargo, algo no cuadraba en mi mente, entre otras cosas porque las fechas no coincidían.

—¿Cómo así? —pregunté, haciendo memoria—. ¿No dijiste que todo esto te sucedió en tercero de bachillerato?

—Así es.

—Pero Sebastián ni siquiera estaba en Bogotá en esa época, Francisco. Él se había marchado del país en primero de bachillerato y faltaban años para que regresara a Colombia, ¿o me equivoco?

—No... No te equivocas.

Me rasqué la cabeza, confundido.

—No entiendo —dije—. Si Sebastián vivía en el extranjero en ese tiempo, ¿qué tuvo que ver con este episodio?

El otro dejó escapar una risilla muy suave que me desconcertó.

—Más de lo que imaginas —afirmó—. Pero para esta parte del relato no basta un café. ¿Nos tomamos algo más fuerte?

Yo vacilé, primero porque la verdad es que bebo poco, pero ante todo pensando como siempre en la cuenta, demasiado consciente de que ese tipo de gasto, sin duda posible pero inconveniente, no lo permite realmente nuestro presupuesto familiar. Y menos tratándose de una copa o dos en un hotel de cinco estrellas. Pero Francisco me hizo un gesto amable con la mano para que yo no me preocupara, porque los tres son sensibles a mi situación económica y a mi desventaja, en ese sentido, frente a ellos. Debido a que mis amigos ganan bastante más que yo, como ya lo he dicho, ellos siempre me convidan y se las arreglan para que yo no tenga que pagar la cuenta en los bares o restaurantes, aunque eso nunca me ha dejado de incomodar.

—Yo invito —aclaró.

Sonreí, agradecido.

—Está bien —dije—. Gracias.

Francisco le pidió al mesero un par de whiskys en las rocas. Johnnie Walker Sello Negro, indicó. Y esperamos a que el hombre colocara los vasos en la mesa antes de proseguir.

Hicimos sonar el cristal con un toque breve y amistoso, y Francisco bebió un buen sorbo de whisky. Hizo el mismo gesto complacido que había hecho al probar el café, y entonces me contó la siguiente parte de su historia, la que tenía que ver con Sebastián Sarmiento.

16. La cancha de fútbol

—Transcurrieron los años sin mayores cambios o novedades —evocó mi amigo—. Los tres mosqueteros haciendo maldades, algunas de ellas bastante graves, y yo pasando las materias sin saber cómo y a duras penas, y a la vez me escondía a
toda carrera cuando me encontraba solo y veía venir a esos matones. En una ocasión me refugié de prisa en las duchas del vestuario de varones en el gimnasio, porque fui el último en salir
después de la práctica de deportes y oí sus risas al entrar, y yo
sabía que, si me pescaban allí, desamparado en ese lugar vacío
y sin testigos, quién sabe qué me habrían hecho de nuevo. Por
suerte esa vez no me descubrieron, pero te juro que sudé hielo
allí escondido, agazapado tras la pared del baño, temblando del
miedo y oyendo sus voces al pasar a mi lado, diciendo obsceni-
dades en inglés, hasta que por fin se marcharon. Otras veces me
oculté en el primer salón de clases que encontré abierto, en varias oportunidades en la biblioteca, y más de una vez en un armario del aseo, apretado entre las escobas y los baldes y los tra-
peros. Incluso me congratulaba de haber desarrollado cierto
olfato para evadirlos y bastante talento para que ustedes no se
dieran cuenta de nada.

Francisco bebió un sorbo de whisky y los cubos de hielo
tintinaron en el vaso.

—En fin, lo que me hicieron de camino a mi casa ocurrió
en tercero de bachillerato, tal como te dije… Al comenzar sexto, o sea unos tres años más tarde, Sebastián regresó del exterior, efectivamente, y lo que ustedes comentaron acerca de él en
el restaurante de Daniel es verdad: llegó a Colombia cambiado,
más silencioso y retraído; no sé si por tímido, antipático o simplemente porque no le gustaba la gente. Sebastián estuvo por

181

fuera casi cinco años en total, y nunca supe dónde había estado ni por qué se había ido, pero lo cierto es que cuando volvió él tenía el continente de alguien fuera de lugar, como una persona desubicada en su medio o incómoda en su propio pellejo. El hecho es que un día, a principios del año escolar, después de la hora del almuerzo, de casualidad yo me quedé afuera en la cancha de fútbol…

—Allí nos reuníamos los cuatro para almorzar —lo interrumpí, haciendo una precisión innecesaria.

—Correcto —asintió Francisco, expeliendo otro de sus suspiros—. El almuerzo era mi momento preferido del día, te lo aseguro, porque no teníamos clases y eso siempre era un alivio para mí, y durante un rato podíamos relajarnos y charlar entre nosotros, patear un balón y reírnos de todo, y hasta fumarnos un cigarrillo a escondidas… Como en esa época el liceo carecía de una cafetería y sólo tenía una pequeña tienda que vendía gaseosas y galguerías tipo chocolatinas y papitas en bolsa, toda secundaria salía al patio de recreo a almorzar cuando hacía sol, ¿recuerdas?, y muchos pasaban a la cancha de fútbol, que quedaba al lado, y los diferentes grupos de amigos se tiraban a descansar en la grama, o se sentaban a disfrutar y a compartir las cosas de sus loncheras. Así que ese día, cuando sonó la campana que anunciaba el término del almuerzo, todos ustedes regresaron al edificio de salones, pero yo me quedé atrás, cerca del costado derecho de la cancha, en el lado opuesto a las tribunas, pues teníamos un examen de Biología y, como cosa rara, yo no estaba preparado. Preferí faltar a clase y después inventar una excusa cualquiera que ir a que me rajaran gratis… Entonces me quedé afuera, tendido en el pasto y lejos para que nadie me viera, fumando un cigarrillo al pie de la gruesa hilera de arbustos bien podados que bordeaba ese costado de la cancha, y esperando a que se acabara Biología y comenzara la siguiente materia de Filosofía, si mal no recuerdo, para salir de mi escondite. Cerraron la tienda de cosas de comer y no se veía un alma alrededor, de modo que aguardé con paciencia, recostado en el pasto junto a los setos, fumando mi

Pielroja y observando las nubes del cielo, cuando miré en dirección a la montaña, a través de la cancha y más allá de las tribunas vacías, y vi que venían los tres mosqueteros. Me escondí volando detrás de aquel muro de arbustos, de medio metro de ancho y que le llegaba a un adulto a la cintura, a la vez que aplastaba el cigarrillo en la tierra para que el humo o el fuerte olor del Pielroja no me fueran a delatar, y por fortuna los tipos no me vieron. Seguramente se habían escapado de los predios del liceo, pasando debajo de la cerca de alambre de púas para compartir un cacho de marihuana en el monte, y ahora venían de regreso, pasando al lado de las tribunas y atravesando la cancha de fútbol en diagonal, como si hubieran salido del córner izquierdo. Cuando estaban como a cincuenta metros de distancia, de golpe vi, también caminando en mi dirección y dirigido a la salida del campo, a Sebastián Sarmiento. Venía desde el córner derecho de la cancha, bordeando la fila de arbustos donde yo me hallaba oculto, y llevaba un libro en la mano. Lucía el uniforme del colegio desaliñado y el pelo un poco largo, a la moda de aquellos años, y andaba ensimismado, como si caminara en un ámbito propio, desconectado de su entorno. Ya sabes que él se la pasaba solo y leyendo libros de historia, entonces supuse que se había quedado atrapado con la lectura y que iba tarde a clase. De manera que los mosqueteros venían en una dirección y Sarmiento en la otra —Francisco trazó con la mano un triángulo de embudo sobre el mantel de la mesa—, avanzando hacia la misma salida de la cancha, y como a medio campo, justo a la altura donde yo me encontraba escondido detrás de los arbustos, los tres gringos lo alcanzaron.

Mi amigo lanzó una ojeada taciturna a la calle. Bebió otro sorbo de whisky, negando con la cabeza, y tardó en continuar.

—¿Qué pasó, Francisco? ¿Qué hiciste?

Tintineo de cubos de hielo en el vaso. Otra mirada de ceño fruncido, reflexiva. Bebió de nuevo, largo, y se limpió la boca con la servilleta de tela.

—Te confieso que yo no sabía qué hacer —admitió, y percibí un eco de angustia en el tono de la voz, incluso después de tantos años—. En ese instante me acordé de todo lo que me hicieron esos hijos de puta, pero aun así no tuve valor para gritar, ni salir corriendo de mi escondite para pedir ayuda y salvar a Sarmiento… ¿Por qué? En verdad me asusté, amigo mío. Me morí de pavor, te lo digo con toda franqueza, pensando que si me descubrían no sólo lo iban a coger a puños a él sino de paso a mí también. Además, yo no conocía mucho a Sebastián; a lo sumo habíamos intercambiado media docena de palabras en toda mi vida, de modo que no le debía nada ni sentía hacia él un compromiso especial de lealtad o solidaridad. Mejor dicho, no era como si se tratara de alguno de ustedes tres, por los que me habría hecho matar antes que permitir esa paliza, aunque yo tampoco quería presenciar lo que estaba a punto de ocurrir y menos a esa distancia, porque lo interceptaron justo cuando estaban más cerca de mí, apenas a unos metros de donde yo me encontraba tendido en la tierra, oculto al otro lado de los matorrales, espiando entre las ramas. Con decirte que, si se hubieran arrimado y asomado por encima de los arbustos, me hubieran pillado. Y te cuento que me sorprendió la actitud de Sebastián… O, para ser más preciso, me indignó su pasividad.

—¿Su pasividad?

—Sí, es decir, su tibieza y cobardía. Y me pareció el colmo, te lo juro. Porque al menos yo protesté, Roberto. Pataleé y traté de gritar y les rogué a esos cabrones que me dejaran en paz, pero Sarmiento no hizo nada de eso. Aceptó que lo matonearan con total resignación, como a un pendejo.

Francisco volvió a negar con la cabeza, casi molesto con el recuerdo.

—Primero lo detuvieron y le preguntaron en tono de sorna que a dónde iba tan de afán —prosiguió, después de beber otro sorbo de whisky—, y él no les contestó. Sólo miraba al suelo con la vista huidiza, preso del temor, aferrado a su libro como una mujer que se abraza a su cartera para impedir que se la roben. Luego lo rodearon y uno de ellos le dio un empellón y otro le tumbó el libro de un manotazo. Sebastián tampoco reaccionó y vi que sus piernas temblaban. De pronto Sullivan le dio una cachetada durísima en la boca, una bofetada que le hizo dar un traspié y caer a tierra, y entonces, a nivel del suelo y desde la grama, al tratar de levantarse, aturdido y moviendo la cabeza como para sacudirse el golpe, Sebastián me divisó entre los tallos y las hojas de los arbustos. Seguro advirtió mis ojos de pánico y se quedó mirándome durante unos segundos, con una expresión extraña en la cara, porque no parecía de miedo o dolor, ni de reclamo o de furia sino… —Francisco hesitó, buscando la palabra adecuada— como de pesar o tristeza. Le comenzó a sangrar la comisura del labio debido a la cachetada y permaneció en el suelo, procurando incorporarse, lenta y trabajosamente. Entonces los tres gringos lo alzaron a la fuerza, envalentonados, preguntándole entre risotadas: «¿Adónde cree que va, imbécil?». Y lo empezaron a golpear y a empujar de uno a otro, como habían hecho conmigo, igual a cuando en práctica de baloncesto formábamos corro y nos pasábamos la bola con firmeza para aprender a cogerla.

—Lo recuerdo bien —dije.

—Yo también —afirmó Francisco—. Y te aseguro que en ese momento me dio rabia. No me vas a creer, Roberto, pero ante todo mi rabia estaba dirigida a Sebastián, porque el tipo ni siquiera alzaba las manos para defenderse; pusilánime y medroso, soportaba las burlas, los insultos y los golpes con la vista baja, como un gallina. Se dejaba empujar igual a un muñeco de trapo, recibiendo puños, bofetadas y cachetadas en el rostro, con la nariz y la boca sangrando copiosamente, cuando entonces sucedió.

—¿Sucedió…? ¿Qué sucedió? ¿A qué te refieres, Francisco?

Mi amigo volvió a emitir la risita maliciosa y se terminó el whisky de un solo trago. No dudó en pedirle otro al mesero, y tuvo la gentileza de ofrecerme una segunda ronda a mí también, pero creo que yo ni había probado el mío, de modo que procedí a beber un sorbo de prisa a la vez que le hacía un gesto con la mano para indicar que no, muchas gracias, y que más bien siguiera con su relato.

—Entonces sucedió —repitió Francisco, cuando el mesero finalmente le trajo la bebida—. Uno de los mosqueteros lo empujó con violencia por la espalda y Sebastián casi se cae de nuevo. Pero de repente, al recuperar el equilibrio, sin decir una palabra y a una velocidad increíble, tu amigo giró en el aire sobre una pierna y le pegó una patada al que lo había empujado que lo dejó privado en el pasto.

Me atoré con mi whisky.

—¿Perdón? —exclamé, tosiendo y palpando en busca de mi servilleta—. ¿Sebastián hizo *qué*?

—Lo que oyes. Igual que en las películas de karate, ni más ni menos. Aunque... en realidad no —se corrigió Francisco con un dedo en alto, como deseando matizar un detalle importante—. Porque en esas películas los karatecas siempre lanzan unos escandalosos chillidos de guerra, un *jaiiiiyá* y ese tipo de cosas. Pero Sebastián no hizo nada de eso. Casi con desgana o indolencia, sin aparente esfuerzo de su parte y con una rapidez asombrosa, tan pronto quedó parado en los pies saltó y giró sobre esa pierna, haciendo un movimiento como la hélice de un helicóptero con la otra, y le asestó al gringo aquella patada fulminante en la mitad de la cara. El tipo cayó en el acto. En seguida Sebastián no se puso en guardia, como vemos en los filmes de Bruce Lee o en *Karate kid*, con las manos como hachas en actitud de defensa, o listo como un tigre o en posición de cobra. Al contrario: él simplemente ladeó el cuerpo un poco para no ofrecer el torso de frente y abrió las piernas, ligeramente flexionadas, con los brazos colgando a los lados, sangrando por los labios y la nariz, pero sin hacer el menor ademán de limpiarse la sangre del rostro. Ahora miraba a los gringos con feroz lucidez, con calma y serenidad pero sin quitarles los ojos de encima, y comprobé que sus piernas ya no temblaban. A Sullivan y al otro se les apagó la risa en el instante en que vieron a su compañero tendido boca abajo en el pasto, como si hubiera caído desde la altura de un edificio, e intercambiaron una mirada de estupor, atónitos y confundidos. Entonces el lacayo de Sullivan se lanzó contra Sebastián, dando gritos de loco y manoteando como si lo fuera a hacer pedazos, pero Sarmiento apenas hizo un discreto movimiento del cuerpo, como si sólo fuera a cambiar de peso de una pierna a otra; dio un paso al frente y lo frenó en seco con la palma de la mano, un golpe contundente en la cara que lo detuvo como si se hubiera estrellado contra una pared, y de inmediato lo sujetó de las solapas de la chaqueta, lo acercó sin prisa como si quisiera decirle un secreto, y le asestó un rodillazo en las pelotas que lo dobló sin aire; estando en esa posición, cuando el gringo trató de alzar el rostro para lamentarse o insultarlo, con las venas del cuello hinchadas del dolor, Sebastián le descargó un puñetazo con la mano derecha que lo derribó al suelo. Todo eso sucedió en un abrir y cerrar de ojos. Entonces, al ver a su contrincante neutralizado en la grama, Sebastián se enfrentó a Sullivan. Se paró otra vez de perfil y abrió un poco las piernas, flexionando de nuevo las rodillas, y esperó con paciencia el ataque del gringo. A Sullivan la traba por la marihuana se le había despejado en un segundo, y no te olvides que el tipo era estrella del equipo de fútbol americano y campeón de lucha libre del colegio. No obstante, en su semblante se notaba la mezcla de sentimientos: su perplejidad y desconcierto, quizás hasta las ganas de huir, la furia por lo que Sebastián les había hecho a sus gorilas y también el miedo de saber que le podría pasar lo mismo. Entre tanto, Sarmiento seguía inmóvil, las piernas abiertas y los brazos a los lados, laxos, y la cara sangrando. Entonces Sullivan atacó. Y el único sonido que Sebastián emitió en todo ese episodio, un bufido seco como un martillazo, fue cuando lo frenó con una patada en el pecho, bajando los brazos con las manos en puño, que hizo que el otro trastabillara hacia atrás, perdiendo el equilibrio, y con una rapidez increíble Sebastián pegó un brinco y volvió a girar sobre la pierna en la que había caído, oscilando el cuerpo otra vez como la hélice de un helicóptero, y le dio un patadón al gringo en toda la cabeza, que lo dejó tendido en el suelo. Por último, mientras los tres se quejaban adoloridos en la grama, Sebastián se acercó a Sullivan y se abrió de piernas encima de él, lo alzó del cuello de la camisa y le propinó cuatro bofetadas seguidas durísimas, que sonaron como balazos, y luego le dijo en tono inequívoco, terminante, que si ellos tres volvían a cometer una sola matoneada más en el colegio, él los buscaría hasta encontrarlos, y que lo que acababan de vivir sería apenas un abreboca frente a lo que les esperaría. Entonces dejó caer su cabeza con un golpe seco contra la tierra. Para ese momento yo ya estaba totalmente asomado de los matorrales, observando la escena estupefacto, sin saber en qué momento me había puesto en pie. Y Sebastián, sin mirarme ni volver a mirar atrás a los tres gringos que se retorcían y gemían en el césped, sencillamente recogió su libro, le pasó la mano para sacudirle lo sucio, y se alejó caminando hacia la enfermería o el vestuario de hombres en el gimnasio, seguro para limpiarse la sangre antes de entrar a clase.

Me bebí mi whisky casi de un solo trago.

—¿Después qué pasó? —atiné a preguntar cuando me repuse un poco.

Francisco volvió a sonreír, malicioso y con evidente placer. Un placer rencoroso.

—Fue en ese momento que intervine en esta historia —declaró—. Sullivan y sus secuaces se marcharon a casa, y acusaron a Sebastián ante el poderoso viejo, el diplomático de la Embajada gringa. Al día siguiente, sabiendo que algo tenía que pasar después de semejante pelea, me asomé por el edificio de administración y me enteré por una secretaria de que iban a expulsar a Sarmiento del colegio. El diplomático ya había llamado al director Collins, y se había quejado con gran alboroto e indignación, pues la versión de los mosqueteros era que Sebastián los había atacado por la espalda, sin provocación y con piedras en las manos, y por eso les había causado tanto daño. Entonces vencí mi timidez y pedí permiso para hablar con míster Collins y le conté la verdad de lo sucedido. Fue en esa reunión que me enteré de todo el historial de los tres mosqueteros, de lo hastiado que estaba el director con esos maleantes y de las permanentes acusaciones en su contra, y de su felicidad de tener no sólo a un testigo que podía corroborar la narración de Sarmiento,

sino uno que al fin podía denunciar a esos bastardos con conocimiento por una infracción que ellos habían cometido, grave
error, en los predios del liceo. Y también pude admirar la lucidez de tu amigo al hacer aquel papel de cobarde, actuando
como un niño indefenso para permitir y hasta provocar la agresión, así como al dejarse golpear repetidas veces para tener la
prueba en su rostro del asalto. Con base en lo que vi, Sarmiento los habría podido aniquilar antes de recibir la primera bofetada, pero entonces él habría perdido el argumento de que había sido la víctima y no el causante de la pelea. El resultado es
que a Sebastián lo pusieron en período condicional durante
unos meses y a los otros tres los expulsaron del liceo de inmediato. Sin embargo, gracias a la influencia del papá de Sullivan,
las cosas ocurrieron bajo cuerda y con poco ruido y mucha discreción, y como Sebastián jamás contó lo que había pasado y
yo todavía menos, el asunto nunca trascendió ni se discutió en
público… En suma, hasta ahí llegó la hijueputez de esos gringos de mierda.

Pedí otro whisky, sin ni siquiera consultarlo con mi amigo,
anonadado con la historia.

—Es increíble —me limité a decir.

—Sí —reconoció Francisco—. Lo es. En ningún momento me imaginé que Sebastián tuviera ese dominio de las artes
marciales, pero se notaba que era un duro en la materia, como
si fuera un campeón o un cinturón negro, como les dicen. No
obstante, lo curioso es que nunca lo volví a ver haciendo un
gesto de ese tipo, y que yo sepa jamás participó en concursos,
competencias o torneos, ni hizo alarde ante nadie de sus talentos. Puedo decir que es el hombre más discreto que he visto en
mi vida, y no volvimos a tener contacto después de eso.

Ese dato me sorprendió aún más.

—¿Cómo así?… ¿Nunca?

—Nunca —Francisco negó con la cabeza, a la manera de
alguien a quien también le extraña ese hecho, y nuevamente
soltó el aire de sus pulmones—. ¿Cómo te explico?… Parecía
como si a él nada de eso le importara. Creo que hasta le habría

dado lo mismo si lo hubieran botado del colegio. En todo caso, la única vez que él me hizo una señal al respecto, como reconociendo mi participación en lo sucedido, y eso que gracias a mi testimonio no lo expulsaron del Liceo Americano, fue pocos días después en la cancha de fútbol. Estábamos iniciando el almuerzo, nosotros cuatro intercambiando cosas de nuestras loncheras, cuando Sebastián pasó caminando a nuestro lado, y, pese a las gafas de sol que llevaba puestas, le noté la cara todavía con moretones por los golpes. Entonces me hizo un gesto muy leve, como una sutil inclinación de la cabeza, y nada más. Ni una palabra, ni gracias, ni nada. Un solo gesto con la cabeza… Y eso es todo lo que sé —concluyó Francisco, bebiendo otro sorbo largo de whisky— acerca de tu amigo, Sebastián Sarmiento.

17. Una rama seca

He hablado de todo, Roberto, pero todavía no he mencionado a mi esposa, Alana. Me has dicho que no la recuerdas del colegio, lo cual es entendible, pues ella sólo estuvo un año allí y nunca trató de hacerse notar o llamar la atención. Aun así, lamento que no la tengas presente porque carezco del arte para describirte lo bella que era, lo amorosa y comprensiva, en ocasiones lo severa, y ante todo lo intolerante con las fricciones de la vida diaria; aquellas peleas o disputas que, a menudo, nos impiden ver en forma clara lo más grande y valioso, lo más importante. Alana era una mujer extraordinaria, y aunque te parezca un cliché o una cursilería sacada de una novela rosa o una mala película, te aseguro que la amé desde que la vi por primera vez, y lo más curioso es que eso sucedió por accidente, gracias a una suma de hechos casuales, cuando ambos teníamos trece años de edad.

No recuerdo por qué yo estaba allí. Sólo sé que era una de esas hermosas tardes de Bogotá, cuando la temperatura parece perfecta y el cielo luce limpio y sin nubes, y el aire huele fresco y la brisa sacude apenas las hojas de los grandes urapanes. Me encontraba en la calle 90, caminando desde la carrera Quince hacia la Octava, dirigido a La Cabrera, el barrio que más me gustaba recorrer a pie en ese entonces. Estaba deambulando por la acera cuando en cierto momento, sin aparente motivo y simplemente porque me apeteció hacerlo, se me ocurrió doblar a la derecha por la carrera Once, andar un par de cuadras al sur y luego virar a la izquierda por la calle 88, siguiendo mi camino por el caño del Virrey, la franja amplia de pasto atravesada por una quebrada de aguas cetrinas que bajan desde la montaña y discurren entre paredes viejas y musgosas de ladrillo. Yo avanzaba con las manos en los bolsillos, silbando y robando miradas distraídas a las casas que había en ese tiempo, *todas similares y de dos plantas, con jardines traseros que daban a la zona verde del césped mal cortado del caño. El trayecto estaba sembrado de urapanes antiguos —aquellos árboles de copas altas y troncos gruesos que amo tanto, los que abundan en parques y avenidas de la ciudad—, y la acera lucía agrietada por la presión de las raíces que se habían asomado de la tierra, levantando y quebrando el cemento. No era posible caminar por ese andén sin correr el riesgo de partirse un hueso, de modo que cambié de costado y tomé la acera que bordeaba los jardines posteriores de las casas, sin pensar en nada especial, cuando llegué a la última residencia ubicada en la esquina de la calle 88 con la carrera Novena. Desde el andén miré a través de la verja de hierro que protegía la propiedad, igual a como lo había hecho con las casas anteriores, de manera desprevenida y sin notar nada en particular, cuando vi que las cortinas de una habitación del primer piso estaban descorridas. Era la alcoba de una niña, seguro la misma que yacía allí tendida, dormida en su cama. Estaría haciendo la siesta, y calculé que tendría, más o menos, mi misma edad. Intrigado, me acerqué a las rejas que rodeaban aquel jardín trasero y al verle bien el rostro me detuve sin aliento, deslumbrado por la visión tan magnífica, porque era la niña más hermosa que yo había visto en toda mi vida. Estaba completamente vestida salvo por los zapatos, y reparé en su uniforme de cuadritos azules y en sus medias blancas de colegiala, y también en su cuerpo recogido en posición fetal, como si tuviera un poco de frío, pues la manta que la cubría había resbalado al suelo. A su alrededor, en la cama, había varias muñecas deterioradas por el tiempo y el uso, y detrás de ella, junto con las almohadas, se elevaba un gran oso de felpa de color marrón y brazos abiertos, como si la estuviera cuidando. La chica dormía con tanta inocencia, con tanta dulzura, tan ajena al dolor y al sufrimiento del universo, que permanecí congelado en mi sitio, sin poderme apartar de los barrotes de la verja, como si al doblar una esquina me hubiera topado con un ángel. La imagen era un tanto contradictoria, porque la niña ya no era una chiquilla, no como para estar jugando con muñecas o durmiendo con osos de felpa, y antes bien tenía un aire aplomado y sensual, de una madurez incipiente, y seguramente ya* le atraían los muchachos, pero se notaba que su alcoba se conservaba intacta, decorada como lo había sido en sus años infantiles, y por ello seguían presentes sus animalitos de dormir. A pesar de que en su cuerpo ya despuntaba la adolescencia, faltaba poco para verla chuparse el pulgar, a salvo de las maldades del pasado y de las incertidumbres del futuro. Y aquel oso grande de felpa que se asomaba por encima de ella con gesto protector sugería una impresión de fragilidad o aprensión, como si fuera una pequeña que había que abrigar y defender de los peligros del mundo. Entonces me quedé quieto, mirándola conmovido y vigilando su expresión serena. Por momentos parecía que aleteara cerca una pesadilla que la hacía fruncir el ceño, contrariada o molesta, pero luego su frente se volvía a despejar y ella seguía durmiendo con placidez. Sin entender por qué, de repente sentí el impulso de ingresar a esa alcoba y amparar a esa criatura tan tierna y preciosa: el deseo de abrazarla y velar su sueño, de salvarla de los sinsabores y de las inevitables crueldades que llegarían, protegerla de las envidias de las muchachas y de la lujuria de los muchachos. En ésas apareció un celador haciendo su ronda, de modo que me aparté de allí, azorado, y continué mi camino bajo los urapanes del caño hacia la carrera Octava.

No te puedo explicar por qué, Roberto, pero me retiré de esa verja con verdadera dificultad, renuente y con pesadumbre, presintiendo que algo trascendental me acababa de ocurrir, aunque yo no era capaz de descifrar qué era. Poco tiempo después, como sabes, me tuve que marchar de Colombia de un momento a otro, pero en ese instante mi vida parecía estirarse hacia un horizonte sin nubarrones, y me ilusionó la idea de volver a esa casa más adelante, incluso al día o a la semana siguiente, para buscar a esa niña y conocerla a como diera lugar, aunque fuera necesario pasar por ahí todas las tardes hasta dar con ella, o apostarme en el caño del Virrey y esperar a que ella llegara del colegio. Una suposición ingenua, desde luego, propia de mi juventud e inexperiencia. ¿Cómo podía yo saber, a mis trece años de edad, que toda oportunidad perdida se pierde para siempre, y cómo me iba a imaginar que a los pocos días yo estaría subido en un avión comercial, huyendo de mi *país sin saber adónde ni hasta cuándo, y que tardaría casi cinco años en regresar? El hecho es que me procuré calmar, diciéndome que volvería pronto a esa dirección con la esperanza de divisar otra vez a la niña, y hasta soñé con pillarla en el segundo de bajarse del bus escolar, o antes de entrar a su casa luego de hacer las compras del mercado con su madre. Pero de pronto me asaltó un temor y me detuve en seco, intuyendo que era un error esperar, y se me ocurrió dar marcha atrás para hacer un disparate, timbrar en la puerta de esa casa fingiendo buscar a otra persona para tratar de averiguar algo sobre la chica, cualquier tipo de pista o indicio, lo que fuera —a lo mejor un sobre con el apellido de sus padres visto en la bandeja de la correspondencia en la entrada, quizá una palabra reveladora dicha al descuido por la empleada del servicio, tal vez un morral tirado en el piso con las siglas de un liceo o el nombre de una niña bordado en letras mayúsculas—, pero en el fondo yo sabía que era inútil y con seguridad me habrían dado un portazo en las narices, así que seguí caminando cabizbajo, alejándome de ese lugar con una creciente e insoportable zozobra en el pecho. Y mientras daba pasos por la acera con desgana, tratando de adivinar el colegio de la niña con base en aquel uniforme que llevaba puesto, yo sólo podía reflexionar, asombrado, sobre mi suerte inverosímil, pensando en la casualidad que había sido pasar por ahí justo en ese momento. Entonces me asusté, Roberto, igual a como me iba a suceder, muchos años después, al conocer a Mara Ordóñez en Cartagena de Indias, porque tomé conciencia de la fragilidad de nuestra condición, de lo fácil que habría sido perderme de esa visión prodigiosa y ni siquiera saberlo jamás. Recuerdo que sólo me podía hacer, una y otra vez, preguntas que no me podía responder. ¿Qué habría pasado, me dije, si yo no hubiera subido por esa calle sino por la siguiente o la anterior? ¿O si al pasar por ese lugar la niña no estuviera dormida en su alcoba, si se acabara de despertar para salir de la habitación o ingresar al cuarto de baño? ¿O si alguien —ella misma, su madre o la criada de confianza— hubiera hecho algo tan inocuo como correr las cortinas para que la niña durmiera mejor? ¿Qué habría pasado, insistí en mis conjeturas, si todo hubiera ocurrido tal como en efecto ocurrió, salvo por un detalle* elemental y en apariencia insignificante: que ella, en vez de acostarse de cara a la ventana y al jardín, se hubiera tendido de espaldas para evitar la luz de la tarde, o si se hubiera dado la vuelta en la cama un segundo antes de que yo pasara frente a su alcoba? De ser así, comprendí alarmado, yo nunca la habría visto o simplemente habría seguido de largo. Y ahora sé, al cabo de todo lo que acaeció después, que mi vida habría sido totalmente distinta. Retomé mi camino, meditando acerca de la azarosa sucesión de hechos casuales que me había conducido a ese punto exacto, cavilando sobre las miles de opciones y posibilidades diferentes, cada una de las cuales me habría impedido contemplar esa imagen inolvidable. ¿Qué tal —me pregunté también, mientras me distanciaba del lugar y estudiaba el clima y la luz del día que agonizaba— que no estuviera haciendo una tarde tan espléndida como ésa? Que estuviera lloviendo a cántaros, como sucede a menudo en Bogotá, razón por la cual yo tampoco habría pasado ese día por esa calle ni habría contemplado a esa niña de apariencia angelical. En aquel instante vislumbré algo que hemos comentado antes, Roberto, y no deja de llamarme la atención: para que suceda un acontecimiento que en retrospectiva luce de capital importancia en nuestra vida, aunque sea algo tan sencillo como caminar por un lugar específico y en un momento determinado, o mirar a través de una ventana y descubrir a una niña dormida en su alcoba, se requiere un número incalculable y abrumador de hechos y circunstancias, de casualidades y decisiones grandes y pequeñas. Y basta que uno solo de esos hechos o de esas decisiones no se dé —que se rompa un solo eslabón de esa larga cadena de sucesos fortuitos—, o se dé con una mínima variante, para que nuestra existencia, tal como la conocemos, sea otra, radicalmente diferente, ya sea para bien o para mal. Como digo: en esa ocasión yo intuía que algo significativo me había sucedido, pero no tenía los elementos de juicio para medir su alcance o imaginar qué podría ser. El caso fue que esa cautivante imagen de la niña, resultado de un acto imprevisto y en apariencia intrascendente —doblar por aquí y caminar por allá; mirar en una dirección y no en otra—, algo tan trivial como eso, fue mucho más importante de lo que yo podría sospechar jamás.

Ya te he dicho que al poco tiempo me fui de Colombia a la fuerza y sólo regresé más de cuatro años después. Ingresé nuevamente al Liceo Americano para cursar sexto de bachillerato con todos ustedes, con mi clase de siempre, y de lo primero que me pasó, como al mes de estar de vuelta en Bogotá, fue que me enfrasqué en una pelea con un trío de gringos en la cancha de fútbol del colegio, unos matones desalmados que se hacían llamar «los tres mosqueteros», no sé si los recuerdas. El hecho es que al cabo del enfrentamiento me dirigí al baño de varones en el gimnasio para limpiarme un poco, pero debido a que la sangre que me escurría por las comisuras de los labios y de la nariz no paraba de fluir, tuve que ir a la enfermería para que me atendieran. Llegué con la cabeza echada hacia atrás, avanzando a tientas, cuando abrí la puerta y bajé la vista para ver por dónde iba, y me quedé otra vez sin aliento porque la vi sentada en una silla de madera. Yo no lo podía creer. Era ella, sin la menor duda. Casi pego un grito al verla y al comprobar no sólo que estaba allí sino que ahora estudiaba en mi mismo colegio, pues vestía el uniforme del liceo. Tendría unos dieciséis o diecisiete años, y se hallaba en la enfermería porque se había tropezado y raspado una rodilla, y estaba esperando su turno con la auxiliar. Yo llevaba casi cinco años acordándome de ella a diario y la reconocí de inmediato. Es más, tan pronto aterricé en Bogotá, al cabo de esos largos años de ausencia, una de las primeras cosas que hice fue volver a la casa de la niña y por poco se me parte el corazón de la tristeza, porque subí de nuevo por el caño del Virrey hasta llegar a su residencia y vi que ésta había desaparecido. Como ya había pasado con muchas propiedades del barrio y eventualmente sucedería con casi todas las demás, su casa había sido demolida y reemplazada por un edificio de ladrillos de cinco pisos de alto, de manera que ya no había forma de averiguar nada sobre ella. Así que te podrás imaginar mi sorpresa cuando entré en la enfermería y la vi allí sentada, esperando que le curaran la herida, convertida en una adolescente aún más hermosa que mi recuerdo y literalmente al alcance de mi mano. Y fíjate: gracias a otro par de hechos casuales, a la inesperada pelea con esos tres gringos pendencieros y a que ella se había caído, yo la había vuelto a encontrar. El dolor por todos los golpes que recibí a manos de los matones se esfumó como por ensalmo, y la estuve observando de reojo mientras la enfermera me recostaba en una camilla, me ponía hielo en la frente y me aplicaba un pañuelo para atajar la sangre, con la cabeza tendida hacia atrás. Pero yo robaba miradas de soslayo para atisbar a la chica, y cada vez que alzaba la vista para estudiarla con disimulo me venía de nuevo la hemorragia. El hecho es que estuve admirando su belleza y reparando en lo mucho que había crecido, notando cómo su cuerpo había madurado como el de toda una señorita. Tenía gracia y una distinción natural, el cabello largo y brillante color castaño, ojos grandes y azules y pestañas como las de una leona de las películas infantiles, la piel ligeramente bronceada y una sonrisa encantadora, y no tenía la actitud engreída de tantas jóvenes del colegio. Se veía tan bonita en la silla, doblando su pierna con delicadeza para que la asistente le limpiara el raspón con agua oxigenada, aplicándole el mercurocromo y la cura grande para cubrirle la herida, mientras ella hacía gestos por el ardor y se soplaba y se abanicaba la rodilla con la mano. Luego se puso en pie, recogió su morral de libros y se estiró la falda con un toque de elegancia. La enfermera le entregó una nota para excusar su llegada tarde a clase y ella le agradeció su ayuda con palabras educadas y amables. Al salir pasó a mi lado. Se fijó en mí por un segundo y me dirigió una sonrisa cortés. La retuve con la mano.

Un momento, le dije. Quiero hablar contigo.

¿Perdón?, me examinó sin entender. ¿Conmigo?

Contigo.

Ella pareció vacilar, observándome como tratando de hacer memoria, buscando mi rostro entre sus recuerdos, pero, evidentemente, sin llegar a ubicarme.

Lo siento, dijo, pasándose una hebra del cabello largo tras la oreja. Debes estar confundido… No creo que nos conozcamos.

Es cierto, admití, levantándome un poco y apoyándome en los codos, con el pañuelo ensangrentado contra la nariz. Tú no me conoces, pero yo te he visto antes… Y llevo más de cuatro años pensando en ti.

Me miró como si estuviera loco, pero por lo visto le agradó mi franqueza o mi audacia. O al menos le llamó la atención.

¿Qué te pasó?, inquirió, señalando mi boca y mi nariz que seguían sangrando.

Me caí.

Ella sonrió, pícara y comprensiva.

Ya veo, dijo con aire burlón. Esas caídas pueden ser agresivas, ¿verdad?

Así es.

¿Te caes con frecuencia?

No. Sólo hoy.

Qué bueno. No me gustan los chicos que se caen sin motivo.

No es mi caso.

Me alegro.

Yo también… Y me complace verte otra vez.

Ella me miró a los ojos, como para determinar si le estaba hablando en broma o en serio.

¿A qué te refieres con que llevas no sé cuántos años pensando en mí?

Cuatro. Son más de cuatro años. Casi cinco.

Está bien. Llevas todos esos años pensando en mí. ¿Por qué lo dices?

La miré fijamente, y decidí colocar mis cartas sobre la mesa. Entonces le conté lo que me había ocurrido, la tarde que pasé caminando frente a su casa, cuando la vi dormida en su cama. Le narré todos los pormenores mientras ella se limitaba a escuchar, al comienzo incrédula, luego interesada y al final impresionada.

Fuiste todo un espía, me amonestó con un dedo, fingiendo estar ofendida.

De acuerdo, sonreí.

Te portaste muy mal.

Lo sé, pero la culpa es tuya.

¿Mía?, objetó, haciendo un gracioso gesto de protesta. Si yo sólo estaba descansando en mi alcoba.

Es verdad, concedí. Pero si no fueras tan bella yo habría seguido de largo.

Ella se sonrojó.

¿Cuándo cambiaste de colegio?, quise saber.

Este año, replicó. Estudié en el Corazón Sagrado desde primaria, pero no soporté más a las monjas y me transferí.

Te entiendo. Me pasó lo mismo de niño con los curas.

¿De veras?

Sí.

Un silencio.

¿Y ahora qué hacemos?, preguntó ella.

Ahora, si no te importa, me gustaría conocerte en vez de imaginarte... ¿Te puedo invitar a cenar?

La joven lo pareció meditar. Observó la nota que tenía en la mano, seguro pensando que iba tarde a clase y que tenía que decidir lo que fuera ya mismo. Entonces se mordió el labio inferior, como si se encontrara a punto de hacer una pilatuna, y finalmente articuló una sola palabra que iba a cambiar mi vida para siempre:

Bueno.

En seguida buscó en su morral de libros y sacó un cuaderno. Arrancó un trocito de papel y anotó su teléfono.

Llámame este fin de semana.

Lo haré.

Se empezó a retirar cuando pareció recordar algo importante.

¿Mi espía tiene nombre?, preguntó.

Yo sonreí, ruborizado.

Sebastián, respondí. Sebastián Sarmiento.

Ella se acercó otra vez a la camilla y me dio un beso fugaz en la mejilla.

Alana, dijo, dulce y encantadora. Alana San Miguel.

Así empezamos. Nos ennoviamos al poco tiempo y duramos todo ese año juntos. Después nos separamos mientras cada uno estudiaba su carrera en el exterior, aunque nos mantuvimos siempre en contacto, y cuando yo regresé de Boston y ella de París al concluir la universidad, retomamos nuestro noviazgo y al cabo de unos años nos casamos. Cada día que pasé con Alana me sentí el hombre más afortunado del mundo, pero siempre tuve presente un hecho innegable: que esa suerte me había tocado, simplemente, gracias a una serie de hechos mínimos y casuales, los que habían permitido el milagro de conocernos y más tarde el de casarnos.

Vivimos juntos y felices varios años. Los fines de semana los pasábamos en la finca que alguna vez fue de mi padre. Él, como sabes, tenía dos haciendas. Una en tierra caliente, no lejos de Melgar, que fue la que conociste cuando pasamos ese fin de semana juntos antes de mi precipitado viaje al exterior, y otra que quedaba en las afueras de Bogotá, cerca del pueblo de Cota y al pie de la montaña. Ésa fue la finca donde mi padre me habló por primera vez de mi madre. Ambas propiedades, al igual que casi todos nuestros bienes, se perdieron durante los años del desastre, pero lo primero que hice, cuando logré recuperar parte de mi fortuna, fue volver a comprar esa hermosa hacienda de Cota. Por suerte la casa no había sufrido mucho en el tiempo que no fue nuestra, y mi esposa me ayudó a amoblarla para que fuera cómoda y acogedora. Era una mansión amplia y antigua, y nos solíamos desplazar allá los viernes en la tarde y regresábamos a Bogotá los domingos en la noche. Allí teníamos cuadros y caballos, las dos grandes pasiones de Alana. Le fascinaba coleccionar buenas pinturas y montar caballos finos, ya que había estudiado Historia del Arte en París y era una excelente jineta, pues había aprendido a montar de niña. Yo descubrí el placer de coleccionar gracias a ella, y confieso que antes de casarme nunca sentí curiosidad de frecuentar galerías o museos ni tuve inclinación por comprar cuadros o bronces, pero ella me educó con su criterio tan refinado y me terminó por enseñar cuanto sé de arte. Ambos teníamos predilección por la pintura clásica de los maestros europeos y por los bellos lienzos del Impresionismo, de modo que en las vacaciones o en mis viajes de trabajo acudíamos a las casas de subastas en París, Londres o Nueva York, y analizábamos los catálogos e inventarios, estudiando las condiciones y la procedencia de las piezas que se iban a rematar. Después en el hotel nos poníamos de acuerdo en cuánto podíamos apostar por una pintura o una escultura, y así como sufríamos con las derrotas, celebrábamos los triunfos en esas apasionantes sesiones de pujas y golpes de martillo. Al final gozábamos como niños cuando por fin llegaban las obras procedentes de Europa o Estados Unidos, como si fueran trofeos de guerra, y entre ambos abríamos con cuidado las cajas de madera y colocábamos las esculturas o colgábamos los cuadros con el fin de decorar nuestro hogar con el arte de nuestra preferencia.

En la parte de atrás de la hacienda hicimos construir un establo con caballerizas, y eso era lo que más le gustaba a Alana. Durante los fines de semana ella disfrutaba trabajando con los mozos de cuadra, limpiando las pesebreras y refrescando el cisco y el aserrín, o cepillando las bestias y dándoles de comer. Me relaja hacer todo eso, decía con una sonrisa, mientras empujaba la carretilla con el concentrado o llenaba un balde con agua fresca del grifo y lo vertía en el bebedero, enderezando el cuerpo y estirando los músculos de la espalda, enjugándose el sudor de la frente con la manga de la camisa. Había descubierto una forma graciosa de combinar sus dos pasiones: poniéndoles nombres de artistas a los caballos. Uno se llamaba Picasso, otro Tintoretto, otro Leonardo y otro Tiziano. Aquel último era su favorito, y lo cuidaba como si fuera un hijo, y yo la descubría conversando con el animal en susurros tiernos mientras le pasaba los dedos por la frente o le palpaba con cariño el pecho y la mandíbula, a la vez que le ofrecía rodajas de zanahoria, trozos de panela o cubitos de azúcar en la palma abierta de la mano, o mientras tomaba la buza y lo cepillaba con fuerza y le deshacía las trenzas de la crin que, según decían los campesinos de la región, duendes traviesos les tejían de noche a los caballos.

Un domingo en la tarde, antes de regresar a Bogotá, le propuse a Alana que diéramos la última cabalgata del fin de semana. Los días pasados habían sido extenuantes en mi oficina y yo había llegado a la finca con ganas de quemar energía y pensar en otra cosa. Por eso, antes de volver a la ciudad y enfrentar de nuevo los problemas de la empresa, yo deseaba dar un paseo final a caballo. Alana no quería, lo cual me pareció extraño, porque bastaba proponer una cabalgata para que ella empezara a buscar las bridas y las monturas antes de que uno terminara la frase. Pero esa vez no le apeteció. Estoy cansada, explicó con una sonrisa de fatiga. Ve tú y te espero en la biblioteca con la chimenea encendida, añadió con un mohín de pereza, e hizo un gesto de abrazarse para calentarse *por la tarde friolenta de la sabana. Sin embargo, al verme subido en mi caballo, ella cambió de opinión y alistó de prisa a Tiziano. Alana siempre me complacía, y cada vez que cabalgábamos yo la admiraba, hechizado al verla dominar su animal con esa elegancia que parecía despedir por los poros de la piel, y me sentía el hombre más feliz del planeta.*

Paseamos un buen rato. Galopamos parte del trayecto y luego anduvimos al paso mientras conversábamos, hablando de todo y planeando el futuro, discutiendo en broma sobre los nombres que les íbamos a poner a nuestros hijos. Subimos por una trocha en la montaña y nos detuvimos en una pequeña explanada para contemplar la vasta sabana de Bogotá. Apreciamos la planicie atravesada por caminos de tierra y filas de árboles altos y esbeltos; a lo lejos el río Bogotá que discurría entre potreros verdes, y bastante más allá los remotos rascacielos de la ciudad, mínimos y apenas visibles en la distancia. Observamos los pastos frescos y los cerros agrestes de Cota y Chía, aspirando el aire terso y limpio con la fragancia mentolada de los eucaliptos. Pronto iba a oscurecer, y nos quedamos unos minutos disfrutando del ocaso, pues los dos decíamos que los atardeceres más bellos del mundo son los de la sabana de Bogotá. Consulté la hora en mi reloj de pulsera, el precioso Patek Philippe que Alana me había regalado unos días antes con motivo de mi cumpleaños, y le dije que ya era tarde. Un minuto más, pidió ella con una sonrisa, sin apartar la vista del cielo inmenso, teñido de azules y amarillos y tonos rojizos. Al final tiramos suavemente de las riendas y regresamos a casa.

Estábamos cabalgando sin prisa, controlando bien las monturas, porque tan pronto éstas presentían que nos dirigíamos de vuelta a las pesebreras se trataban de desbocar y había que sujetar las bridas con fuerza. Ingresamos al galope por los potreros de pastos altos y frondosos, los mismos por donde paseamos mi padre y yo tantos años atrás, cuando él me habló por primera vez de mi madre, y Alana tomó la delantera. Yo la estaba observando mientras ella se alejaba, admirando su porte y su postura, la espalda recta con la blusa blanca y la chaqueta de cuadros con coderas de gamuza, los pantalones justos de equitación de color café y sus botas inglesas de montar. Su cabello ondeaba en la brisa como si se estuviera moviendo en cámara lenta, cuando de pronto Tiziano dio un respingo, como un breve corcoveo, algo que nunca había hecho antes, al igual que si se hubiera espantado con algo en la hierba. Vi a Alana elevarse unos centímetros de la silla, quedar por una fracción de segundo suspendida en el aire, y en el acto cayó en el pasto. No me alarmé. A lo largo de la vida ambos nos habíamos caído de nuestras monturas muchas veces, y ella aterrizó en el suelo blando y esponjoso, que le acolchonó la caída, y me pareció casi gracioso. Detuve mi caballo y desmonté para ver cómo estaba y preguntarle si se había golpeado o si la podía ayudar a subirse de nuevo en Tiziano. Me acerqué caminando en el pasto y en la penumbra creciente, llevando mi bestia del cabestro y notando cómo aumentaban las sombras de las montañas que se parecían estirar sobre nosotros, cubriendo los potreros y la extensa sabana de Bogotá. Cuando por fin la alcancé, Alana estaba sentada en el pasto, mirándose fijamente la pierna derecha. Por alguna razón ella no se ponía en pie. ¿Habría caído mal? ¿Se habría lastimado o partido un hueso? ¿De ser así por qué no gritaba, por qué no me llamaba, por qué no decía algo? Parecía, incluso, como cuando nos derramamos encima una taza de café sobre el regazo y uno echa bruscamente la silla hacia atrás, para evitar untarse aún más con el café que gotea de la mesa.

¿Estás bien?, pregunté, jadeando un poco por la cabalgata.

Alana alzó el rostro y me miró con sus ojos azules. Estaba muy pálida y eso me desconcertó. Más que adolorida parecía acongojada, y sólo me mostró su mano izquierda con todos los dedos extendidos. Estaban bañados en sangre.

Me abalancé a su lado para ver qué había pasado. Entonces la vi, todavía sujeta en su mano derecha, casi oculta entre el pasto: una rama seca. Alana había caído justo encima del tallo de una rama y éste le había perforado el muslo como un puñal, destrozándole la arteria femoral. Aterrada, ella se había arrancado el palo de un tirón, ahogando un gemido, y había destaponado la herida, abriéndola todavía más. Ahora la sangre, espesa y reluciente, brotaba rítmica, bombeando copiosa y sin cesar, escandalosa en su *abundancia. No paraba de manar en el pasto. Y comprendí, en ese instante, que mi esposa se estaba desangrando frente a mis ojos.*

Me volví loco, te lo juro. Empecé a dar alaridos, pidiendo ayuda. Arranqué una manga de mi camisa e improvisé un torniquete alrededor de su muslo para tratar de atajar la hemorragia, mientras Alana apretaba los ojos y se mordía el labio inferior, aguantando el dolor, buscando apoyarse en mi hombro. En seguida la alcé en mis brazos y me alarmó lo liviana que parecía, y sin pensar en nada salí corriendo hacia la casa, dando gritos, tropezando en el pasto del potrero y procurando adivinar un sendero en la luz menguante del ocaso. Estábamos cerca del portón principal. Alana soportó los brincos de mi carrera sin decir una palabra, y luego recostó su cabeza en mi pecho, como si se fuera a dormir. Yo seguía dando alaridos, gritando y pidiendo ayuda, y cuando irrumpí con mi esposa cargada en brazos por la puerta de la casa, como cuando una pareja de recién casados cruza el umbral de su nuevo hogar, sentí que ella perdía el sentido. La servidumbre de la casa ya estaba allí, todos ayudando y preguntando y apartando los canastos de frutas y los candelabros de plata de la mesa del comedor, y la tendimos sobre el tablero con mucho cuidado. Alguien decía en voz alta «¿Aló? ¿Aló?» en el teléfono, llamando al médico más cercano. Pero no sirvió de nada. Ni siquiera alcanzamos a llevarla al hospital. Agonizó en mis brazos, pálida y bañada en sangre, y murió en la misma mesa donde habíamos almorzado esa misma tarde. Falleció desangrada, igual que mi madre. En fin, si alguien me hubiera insinuado siquiera, mientras comíamos los dos en esa mesa, que unas horas después Alana estaría allí, tendida y moribunda, yo lo habría matado.

Recuerdo confusamente lo que siguió después, como visto a través de un cristal empañado. Duré meses viviendo a duras penas, atormentado por un dolor sin fondo, despertándome en mitad de la noche por un sonido que no cesaba, y siempre me demoraba segundos en comprender, en medio de la oscuridad de la alcoba, que era mi propio llanto al dormir. Era una pena tan grande e inconsolable que sentí que me iba a destruir, pero con el tiempo descubrí una verdad atroz, Roberto, una de las más terribles de la condición humana, y es que todo sufrimiento, por profundo y abrumador que sea, precisamente no *nos mata. Aunque nos parezca insoportable y así pensemos que el duelo nos va a aniquilar, pues la vida con semejante carga es invivible, y aunque la existencia carezca de sentido a raíz de esa aflicción y de esa ausencia inconmensurable, la triste realidad es que somos lo suficientemente duros y egoístas para seguir viviendo. Porque en la contienda que se produce entre la persona desaparecida y nuestro apetito por la vida triunfa lo segundo, y lo sobrellevamos como la mayor traición hacia la persona fallecida. Seguir viviendo es nada menos que una afrenta y un acto de deslealtad, como si el ser amado nos llamara desde la otra orilla de la muerte para preguntarnos, cuestionarnos: ¿Cómo es posible que puedas sobrevivir sin mí? ¿Que puedas continuar? ¿Que puedas, efectivamente, existir sin mi presencia? Porque vivir significa hacer, tarde o temprano, lo mismo que hacíamos con esa persona… pero con alguien distinto. Es, eventualmente, volver a comer con ganas, volver a dormir sin sobresaltos, volver a sonreír de manera sincera, volver a escuchar un chiste y soltar una risotada, y hasta volver a amar. A* otra. *De ahí la culpa, Roberto. El sentimiento demoledor y aplastante que nos mantiene presos y esclavos durante el resto de nuestras vidas.*

Como digo, lo que siguió después no lo recuerdo bien. Vendí la finca con todo lo que tenía dentro, incluidos los caballos, y lo único que conservé fueron las obras de arte que Alana y yo compramos juntos. Pero antes de la venta, en la última tarde que estuve en esa propiedad, varios días después de la tragedia, entré en las caballerizas con un revólver en la mano y la firme determinación de pegarle a Tiziano un tiro en la cabeza. No lo pude hacer. El caballo me miró con sus ojos grandes y castaños, y me empujó suavemente con su belfo, buscando en mis manos o bolsillos un trozo de panela o zanahoria, y me quedé un rato abrazado de su cuello, llorando sin parar. Luego me dirigí al potrero de pastos verdes y encontré el lugar exacto donde había ocurrido el accidente, e incluso descubrí la rama en el suelo… Hablando de hechos casuales, Roberto. No hay en las inmediaciones de ese paraje, a cuarenta o cincuenta metros a la redonda, un solo árbol. Me dejé caer de rodillas en la hierba, sosteniendo ese palo seco en las manos, cubierto de una sustancia parda y oscura que yo sabía era la sangre de mi esposa, tratando de explicarme lo sucedido. Al cabo empezó a llover, pero yo no me podía mover de mi sitio. Era una llovizna suave y silenciosa, y permanecí no sé cuánto tiempo allí arrodillado, viendo el agua caer sobre la sabana de Bogotá, la bruma ocultando lentamente las cimas de los cerros. ¿Cómo llegó esa rama a ese lugar?, me pregunté, examinándola en mi mano. ¿Acaso alguien, caminando por ese potrero, la habrá usado como un bastón y luego arrojado al pasto, sin pensarlo dos veces y sin malicia o prevención alguna? ¿La habrá traído hasta allí, jugando, alguno de los perros? ¿Se habrá caído de una carretilla, quizás la misma que usábamos para recoger la leña y alimentar las chimeneas de la casa? ¿Y qué habría pasado si por el contrario ese palo hubiera terminado en la leñera de la biblioteca, y si Alana no me hubiera acompañado esa tarde en aquella cabalgata final? A lo mejor a mi regreso yo habría encontrado a mi esposa envuelta en una ruana de lana, tal como ella lo había deseado, hojeando revistas o dormida en el sofá frente a la chimenea y disfrutando de la calidez que esa misma rama le brindaba al arder en el hogar, crepitando inofensiva. Y si esa rama seca —al igual que la piedra del camión que ya te comenté, aquel dirigido a la plaza de toros en el centro de Bogotá— hubiera caído un milímetro más adelante o un milímetro más atrás, o si al caer el tallo que le atravesó la pierna a mi mujer hubiera quedado apuntando en otra dirección, ¿no estaría ella viva todavía? Lo que sí tengo claro es que, si Alana no hubiera muerto ese día, todo lo que ocurrió después tampoco habría sucedido. Debido a ese hecho casual y en apariencia menor, que en un potrero yacía una rama seca medio oculta en el pasto, murió mi esposa. Aunque eso tampoco es exacto, Roberto. La triste verdad es que yo la maté. Porque Alana no se habría montado en Tiziano ni se habría caído sobre ese palo si no hubiera sido por mi solicitud de pasear conmigo a caballo. Por insistirle que me secundara en lo que terminó siendo nuestra última tarde juntos. Y no deja de ser irónico, desde luego, porque el primer impulso que yo sentí hacia ella, siendo apenas un niño de trece años, lo primero que quise hacer cuando la contemplé haciendo la siesta en su alcoba fue cuidarla, protegerla de los peligros y de las amenazas del mundo, y en cambio, muchos años después, la terminé destruyendo. Y lo peor es que ese día Alana murió sin haber recuperado el sentido, y por lo tanto ni siquiera tuve la oportunidad de decirle por última vez cuánto la amaba, ni de darle las gracias por haber existido, por haberme amado, por haberse casado conmigo, ni de implorarle perdón por haberla matado.

Ése es el tamaño de nuestra fragilidad, amigo mío. Entonces te pregunto: ¿cuántas ramas hemos visto y tocado a lo largo de la vida? Sin embargo, necesitamos tan sólo de una en particular para que ésa nos fragmente la existencia. Basta algo tan sencillo como que haya un palo atravesado en el camino, idéntico a miles de otros que hemos observado miles de veces antes, para que éste ya no sea un trozo inerme de madera sino algo terrible y siniestro, un objeto funesto capaz de cambiarnos la vida y de torcernos el destino para siempre. Basta eso y nada más, Roberto. Una maldita rama seca.

18. La leona

Al día siguiente en Cartagena de Indias, tan pronto Sebastián Sarmiento abrió los ojos y bostezó y descorrió las cortinas de la suite de lujo, apreciando la vista de la legendaria muralla de piedra con las troneras de los cañones y las garitas de los centinelas, y a continuación el luminoso mar Caribe estirado hasta el horizonte, vasto y azul y apacible en las horas de la mañana, lo primero que hizo fue llamar al hotel Agua y pedir que lo comunicaran con la habitación de Mara Ordóñez. Qué rica sorpresa, dijo ella, risueña. Y no, no me has despertado. Me levanté hace rato y estaba leyendo la prensa mientras tomaba el desayuno en la cama. Entonces le susurró en voz baja, como si no quisiera que nadie más la oyera, que había soñado con él durante la noche. Me gustaría verte, confesó, el tono entre sonrojada y coqueta, y le preguntó si le apetecía ir juntos a la primera conferencia del día del festival literario. Sebastián, sin embargo, tenía otros planes en mente. Lo había decidido la noche anterior, antes de quedarse dormido: deseaba estar a solas con Mara y no quería revivir una situación como la del restaurante Paco's, rodeados de gente extraña que les podría interrumpir la charla e impedir que se conocieran mejor. Así que le propuso que se olvidaran del festival por ahora y que más bien salieran a pasear solos en el mar. Yo me encargo de todo, afirmó. Lo único que tienes que hacer es estar lista en la puerta de tu hotel y te recojo a las once de la mañana. Me parece delicioso, replicó ella, entusiasmada. Te espero a esa hora. Sebastián regresó el auricular a la base del teléfono con una sonrisa, y reflexionó que algo tan sencillo como eso, como acordar una cita con una mujer hermosa y esbozar una sonrisa de placer e ilusión, eran cosas que él no había hecho hacía mucho tiempo. Demasiado, incluso.

En seguida el empresario llamó al conserje del hotel y le planteó lo deseado: una embarcación exclusiva alquilada por el día y un almuerzo completo para tres —teniendo en cuenta también al piloto—, con varias botellas de vino blanco italiano, entremeses y emparedados de diversos quesos y jamones, un típico pastel cartagenero de coco para el postre, hielo suficiente y otros licores y refrescos adicionales. A la hora prevista Sebastián dejó la llave de la suite en la recepción del primer piso, salió por la puerta principal y se subió al auto con chofer, reservado para llevarlos a la sede naval, y al poco recogió a Mara enfrente del hotel Agua —él vestido en un traje de baño azul tipo bermudas y una camisa blanca de lino con las mangas dobladas hasta los codos, sandalias y lentes de sol, y ella con un vestido de baño entero de tono negro y un pareo de colores anudado a la cintura, sandalias de cuero y un sombrero blanco aguadeño de paja, más gafas oscuras y una mochila de mimbre colgada al hombro, de la cual, Sebastián notó complacido, sobresalía un ejemplar en rústica, bastante manoseado, de *La montaña mágica* de Thomas Mann— y se dirigieron a la marina Santa Cruz en el barrio señorial de Manga. Se subieron a bordo del suntuoso yate de madera Riva de dieciséis metros de eslora y cabina abierta, capitaneada por un piloto diestro llamado Justo, y partieron los dos sin parar de hablar, cómodos y alegres, recostados en la tumbona de la popa. Admiraron el paisaje que iban dejando atrás sobre la estela de la lancha, señalando la ciudad amurallada con las cúpulas de las iglesias doradas por el sol, y a la derecha el cerro de La Popa con el convento blanco de cal en la cima. Vieron, al otro lado de la bahía, el gran buque escuela ARC Gloria atracado en la Base Naval, de tres mástiles y el elegante casco de madera pintado de blanco, con el velamen recogido y la inmensa bandera de Colombia ondeando en la brisa; los buques de guerra y los submarinos en reposo de la Armada Nacional; los edificios altos y esbeltos de Bocagrande y Castillogrande; y luego la amplia salida al mar, que separaba las playas de El Laguito de la isla de Tierra Bomba. Mara le pidió a Sebastián el favor de aplicarle la crema bronceadora en la espalda para protegerse del sol, y él no pudo evitar un estremecimiento al tocarle la piel con las yemas de los dedos, untando la crema suave y fría sobre ese hermoso cuerpo de color canela. Y cuando ella le dijo con una sonrisa que se diera la vuelta para corresponderle el gesto, él se estremeció por segunda vez al quitarse la camisa y al percibir el contacto femenino en su propia piel, el deleite de sentir esos dedos finos y firmes que le esparcían la crema por la nuca y los hombros, frotando con fuerza los músculos de su espalda, y recapacitó acerca de todo el tiempo que había transcurrido desde que él había sentido el roce de una mujer, el tacto de una mano ajena en su cuerpo. Era una sensación extraordinaria, casi olvidada, que él creía que nunca más iba a volver a sentir. Sin dejar de conversar, se tendieron en la colchoneta de la popa mientras surcaban las aguas opacas de la bahía —Sebastián robando miradas de reojo para estudiar el cuerpo de Mara en su traje de baño negro de una pieza, con la cintura esbelta y los dos senos de tamaño perfecto, los botones erizados de los pezones que se insinuaban bajo la tela—, y pasaron frente al pueblo de pescadores de Caño del Oro, con las casas de techos de cinc y las fachadas pintadas de colores alegres, y las ruinas de la iglesia bombardeada visibles entre la maleza, al igual que los hornos crematorios del antiguo leprocomio, y dejaron atrás la fortaleza de piedra de San Fernando de Bocachica hasta llegar, media hora más tarde, al canal de ingreso a las famosas islas del Rosario.

Primero visitaron el oceanario en la isla de San Martín de Pajarales, donde caminaron por la plataforma de tablas y se asomaron sobre la baranda a los estanques llenos de sábalos, meros, rayas y tortugas, y asistieron al banquete de los tiburones y al espectáculo de los delfines. Luego dieron un lento recorrido en el yate por la zona más apartada del archipiélago, sentados en la punta de la proa y acodados en la barandilla, felices como chiquillos con las piernas colgadas por la borda, embelesados ante la transparencia del agua y reparando en las bandadas de pelícanos que planeaban en fila a ras de las olas, y escrutando el colorido cristalino del fondo del mar. Después anclaron en una playa desierta, y mientras los dos se bañaban en las aguas cálidas de la orilla, Justo les sirvió el almuerzo a la sombra de un árbol sobre una toalla en la arena. Cada uno se comió un emparedado y compartieron una tajada del pastel de coco, y entre ambos se tomaron una botella de vino blanco vermentino. Caminaron por la playa, hablando sobre diversos temas a la vez que buscaban, distraídos, conchas y trozos de vidrio verde y dorado, con las aristas redondeadas por la sal y las olas. Mara se emocionó como una niña al encontrar un caracol grande y rosado que se llevó a la oreja, escuchando el resonante rugido del océano, y se lo acercó a Sebastián para que él también auscultara el retumbo del oleaje en el oído. Retomaron el paso, pero ahora ella le cogió la mano a Sebastián y siguieron charlando, dejando huellas paralelas en la playa. En seguida se volvieron a zambullir y permanecieron conversando en el mar, inmersos con el agua a la cintura, mecidos por el suave vaivén de las olas. La mujer estaba leyendo el libro que había traído por enésima vez, le dijo, pues era uno de sus favoritos de la literatura en alemán, y comentaron en detalle el aspecto del tiempo en la novela, que es crucial, así como el episodio que más le gustaba a ella, el duelo entre Naphta y Settembrini, los dos mentores del personaje principal, Hans Castorp. En un momento dado de la conversación, Mara se aproximó a Sebastián para apartarle de la frente un mechón del cabello mojado, y él aprovechó y deslizó una mano alrededor de su cintura, la acercó con cautela —viendo con emoción que ella se dejaba acercar—, y por primera vez la besó largo y sin prisas, rozando sus labios gruesos y saboreando el vino y la sal del mar en esa boca entreabierta, e intentando disimular la erección que resultaba demasiado notoria en su traje de baño. A tal punto que al salir ambos del agua y al tumbarse de nuevo en la toalla para secarse al sol, Sebastián se tuvo que recostar boca abajo.

Poco antes del ocaso regresaron a la ciudad amurallada y Justo los desembarcó en el muelle de los Pegasos, el más cercano a la entrada del casco histórico. Sebastián le agradeció el paseo y le ofreció todas las bebidas y la comida que no consumieron para que se las llevara a su casa, y el piloto se despidió feliz con su propina y la mano abierta, apuntando la proa de la lancha de vuelta a la marina Santa Cruz. Los dos atravesaron la congestionada avenida Luis Carlos López, esquivando el tráfico con risas nerviosas, e ingresaron caminando a las murallas, pasando bajo el arco central de la preciosa Puerta del Reloj. Entonces Sebastián sonrió para sí, asombrado, pues no podía dar crédito al giro que había dado su vida y todo gracias a un encuentro casual en un restaurante, ya que él había andado por ese mismo pasadizo hacía un par de días —aunque parecían años—, curioseando entre la venta de libros viejos y deambulando igual a un autómata, desprovisto del menor interés o apetito vital y sin ninguna ilusión por el día de mañana. Pero en cambio ahora paseaba con una bella mujer a su lado, por la cual se sentía profundamente atraído, que lo excitaba y seducía de manera vigorizante, con quien podía conversar sobre cualquier tema durante horas y con quien deseaba compartir la mayor cantidad de tiempo posible. No sabía a qué atribuirlo, si había sido fruto del azar, de los dioses o del destino, pero el hecho es que ahora él sentía que su vida era otra. Era demasiado pronto, desde luego; apenas había visto a esta mujer por primera vez la noche anterior, pero mientras la escuchaba y valoraba su humor e inteligencia, y sentía que su propia imaginación erótica se despertaba y estimulaba ante su sensualidad irresistible, Sebastián no pudo dejar de fantasear con un futuro, por incierto e improbable que fuera, junto a ella. Hacía años que él no alentaba una esperanza semejante, y se lo repitió a sí mismo como el monje que recita su mantra: ahora, por encima de todo, él deseaba quebrar la dura cáscara de su soledad y olvidarse de esa existencia gris y rutinaria, volcada de manera obsesiva en el trabajo para no afrontar el desierto de su corazón y las muchas culpas que lo mortificaban. Ahora, por primera vez en años, desde la muerte de su amada esposa, él quería gozar la vida y disfrutar de su fortuna; aprovechar que todavía era un hombre relativamente joven, apuesto y saludable; saborear las horas que fueran al lado de esta mujer que sonreía y caminaba junto a él, con su pareo de colores y sus sandalias de cuero y el sombrero blanco de paja, el cabello largo y negro que le llegaba a la cintura, más los lentes oscuros y la mochila colgada al hombro bronceado, que los hombres se daban vuelta para admirar. Todas estas ideas pasaron por su cabeza mientras cruzaban la Plaza de los Coches y él acompañaba a Mara hasta su hotel en la calle de Ayos. Al despedirse, Sebastián la invitó a cenar esa noche y ella aceptó encantada, diciendo que le parecía delicioso.

El hombre la volvió a besar, sintiendo el corazón dando martillazos en su pecho.

—Hmmm… qué rico —dijo ella, pasándose lentamente la lengua por el labio superior, como paladeando el sabor de su boca. Estaban parados en la puerta del hotel, Mara en el escalón de la entrada con los brazos descansando sobre los hombros de Sebastián, los dedos de las manos enlazados tras su nuca, y él un poco más abajo, de pie en la acera, con las manos apoyadas en las caderas de la mujer—. Por lo visto ya no puedes vivir sin mí —se rió.

—Por lo visto —concedió él.

Ella se ruborizó como una niña, sin atreverse a mirarlo a los ojos.

—Creo que me está pasando lo mismo —admitió.

—Me alegro.

—Yo también.

Se besaron de nuevo, largamente.

—Hago una reserva en un restaurante a las nueve y paso por ti faltando un cuarto, ¿te parece bien?

—Perfecto.

Se despidieron con otro beso prolongado, sin importarles la gente que pasaba a su lado, que entraba o salía por la puerta antigua, y después Sebastián se dirigió caminando hasta el hotel Santa Clara, en el otro extremo del centro histórico. En ese momento, mientras él recorría las aceras estrechas bajo los

214

balcones de las mansiones coloniales, notando cómo el bullicio de la mañana se había desvanecido en el ocaso, dejando las calles despobladas salvo para el paso de los coches de caballos con turistas que tomaban fotos de las fachadas, los cascos resonando contra las paredes viejas y agrietadas, Sebastián extrañó a esa mujer que acababa de dejar en su hotel y le parecieron demasiado tiempo las pocas horas que faltaban para volver a verla. Entonces tomó conciencia de los sentimientos tan intensos y novedosos que hacían ebullición en su interior; la atracción tan poderosa por aquella hembra cuyo pasado, sin embargo, seguía siendo en gran parte un misterio, pues así como Mara hablaba sin prevención sobre cualquier otro asunto, cuando él le preguntaba por su vida anterior era evasiva y ambivalente, como si fuera un tema espinoso que ella prefería eludir sin ofrecer demasiados detalles. Lo cierto es que Sebastián se percató del cambio que estaba sucediendo en su propio interior, como si estuviera surgiendo un hombre nuevo de un caparazón derruido y seco, pues no recordaba la última vez que él había sentido una dicha similar o una ilusión comparable.

Ésa es la palabra clave, se dijo, mientras cruzaba la Plaza Fernández de Madrid y pasaba al lado de la iglesia de Santo Toribio, donde una familia numerosa salía al término de una ceremonia de bautizo, posando y tomándose fotos, con la bebé en un largo vestido de encajes en mitad de la parentela. Porque al carecer de ilusiones nada nos jalona hacia adelante. No contamos con una meta hacia dónde enfocar nuestros actos; un día se vuelve igual al anterior y un año no se diferencia del siguiente, y da lo mismo si llueve o si hace sol porque todo, al fin y al cabo, nos es indiferente. Empezamos a morir, advirtió el empresario con un escalofrío, y ahí está el verdadero peligro. No tanto el terror ni la angustia ni la tristeza en el alma, porque esas sensaciones al menos son indicativas de que estamos vivos, sino la monótona y atroz indiferencia. La falta de horizontes, la ausencia de esperanzas y la apatía total. Por eso él intuía que aquel encuentro con Mara Ordóñez, tan esperado e inesperado, había sucedido justo a tiempo, como la persona que resbala por un abismo y en el último segundo atrapa una raíz salida de la tierra, agarrándola con todas sus fuerzas.

Sebastián llegó a su hotel y se recostó en la cama para descansar un poco. Durmió una siesta, corta como siempre —diez, doce minutos como máximo—, y al despertar se comunicó de nuevo con el conserje para pedirle el favor de que le hiciera una reserva para dos en uno de los mejores restaurantes de la ciudad a las nueve de la noche. El hombre se incorporó de la cama y se asomó a la ventana de la alcoba. Permaneció así un tiempo, viendo el mar que ahora lucía oscuro en la noche, y distinguió las remotas luces de un crucero suspendidas en el horizonte. Pensó en Mara y robó miradas a su reloj de pulsera, impaciente, contando los minutos que faltaban para verla de nuevo. Entonces se dedicó a trabajar un rato para pensar en otra cosa, sentado en la mesa redonda de la sala y junto al ventanal que daba a la gran piscina cuadrada del hotel, tres pisos más abajo. Extrajo su agenda y su computadora portátil del maletín de cuero, y estuvo revisando su calendario y otros temas con su secretaria Elvira por teléfono, contestando correos electrónicos y leyendo varios documentos confidenciales. También habló con Luis Antonio Salcedo para hacerles seguimiento a los negocios y ver cómo estaban las cosas en Bogotá, y a la vez para comentarle las novedades discutidas durante el encuentro empresarial en el Centro de Convenciones. No le fue fácil concentrarse en los últimos datos financieros de la compañía ni en el plan de inversiones que tenía anotado en sus papeles, cosa que nunca le había pasado antes, y se distrajo en su diálogo con el vicepresidente de Alcásar, pues por su mente iba y venía la imagen de esa mujer de cuerpo firme y sensual, que había visto zambullirse en la orilla del mar en su traje de baño y luego salir con el cabello negro y espeso peinado hacia atrás, chorreando agua destellante, mirándolo con esos ojos verdes y grandes en su tez bronceada, siempre sonriendo con esa expresión alegre y sincera, más la boca de labios rojos y dientes blancos y perfectos. Recordó cuando ella le apretó el brazo, asustada, al ver a los tiburones devorar con ferocidad los trozos de pescado en el festín del oceanario, y cuando ella le acercó el caracol al oído y él rozó su pecho con el antebrazo —sintiendo la presencia de la piel palpitante, tan próxima, tan tersa y lozana—, y el beso que se dieron en la orilla y los otros tres en la puerta de su hotel. Había sido un día inolvidable, y deseó estar a su lado lo antes posible.

Eran casi las ocho y media de la noche y Sebastián se estaba terminando de alistar para salir a recoger a Mara, y se sentía nervioso por la ansiedad y la emoción. Se había duchado, cepillado los dientes, peinado el cabello y aplicado el desodorante y la colonia francesa. La televisión en la alcoba estaba encendida y puesta en el canal de noticias, como era su costumbre, porque Sebastián vivía pendiente de mantenerse actualizado, ya que a él le constaba que la realidad podía cambiar en una fracción de segundo, y tanto a nivel personal como a nivel mundial. Sin embargo, la voz del presentador se oía apagada y lejana, y por primera vez en años los sucesos del día le sonaban irrelevantes a ese hombre que había construido una empresa y creado una fortuna en torno a la ventaja de estar bien informado. Ahora él sólo podía pensar en Mara, en el anhelo de verla en cuestión de minutos, departir con ella, conversar a gusto, y ante todo admirar su rostro fresco y juvenil, de poco maquillaje y ojos expresivos, a veces tímidos y a veces audaces, y aquel cuerpo que él podía contemplar durante horas. Por momentos ella parecía una niña indefensa, pero al minuto podía actuar como una mujer madura de siglos; se podía reír como una chiquilla y luego soltar una opinión contundente, como si procediera de una persona de armas tomar. Todo eso hacía que estar a su lado resultara fascinante, porque era una criatura impredecible, que podía ser tierna y juguetona y luego dura y casi áspera, y esa condición era lo que más le atraía a Sebastián. El hombre siguió pensando en ella, y de manera mecánica se abotonó la camisa blanca y limpia de lino, y se ajustó el reloj de pulsera que se había quitado para ducharse, el que Alana le había regalado en su cumpleaños tanto tiempo atrás, reflexionando que desde entonces él no sentía una expectativa tan grande de estar con una mujer, e incluso reconoció —sin poder esquivar otra estocada de culpa en su conciencia— el deseo de amar de nuevo, cuando oyó que tocaban a la puerta. Sebastián abrió a la carrera a la vez que daba las buenas noches de cortesía, sabiendo que era la mucama del servicio que siempre timbraba a esa hora para correr las cortinas y ordenar la alcoba para la noche, colocando un juego de toallas frescas en el cuarto de baño, el chocolatico sobre la almohada de plumas y la papeleta larga para ordenar el desayuno a la habitación, y empezó a dar media vuelta para buscar su billetera y la llave de la suite, y de paso revisar por última vez su imagen en el espejo del lavamanos, cuando se detuvo en seco. Giró sobre sus talones y abrió la puerta de par en par. Era Mara. La mujer estaba ahí parada, apoyada sonriente contra la pared, con las brisas de enero soplando frescas en el corredor colonial. Tenía el cabello peinado en una trenza larga y gruesa, sujeta con un pasador de carey, y no parecía vestida para cenar en un restaurante fino, pues tenía su mochila colgada al hombro y sólo lucía jeans rasgados en las rodillas y una camiseta blanca y sencilla de algodón.

—¿Qué haces aquí? —preguntó Sebastián, sonriendo feliz aunque un poco confundido—. ¿Cómo hiciste para subir sin que te anunciaran?

La mujer le guiñó un ojo como de chica traviesa.

—Te sorprendería todo lo que puedo hacer sin pedirle permiso a nadie.

—No me cabe duda —respondió Sebastián, pero seguía sin entender la presencia de la mujer y por un segundo creyó que se había equivocado en la hora de la cita, así que consultó su reloj—. Vamos a cenar en un restaurante dentro de media hora, ¿no es cierto?

Mara no dijo una palabra. Entró lentamente en la habitación, tomó el cartelito de *No molestar* y lo colgó en la manija exterior, cerró la puerta y pasó la pequeña tranca de bronce. Dejó resbalar la mochila al suelo y se acercó a Sebastián, mirándolo a los ojos. Se empinó y le tomó la cara entre los dedos, con mucha suavidad, y le dio un beso intenso y apasionado, abriendo la boca e introduciendo su lengua hasta el fondo.

—Sí… es cierto —se apartó para susurrarle al oído, sus labios rozando el lóbulo mientras le empezaba a desabotonar la camisa—. Pero en verdad no tengo ganas de ir a un restaurante… ¿Y tú?

Sebastián la miró de cerca. Sonrió y cerró los ojos al besarla de vuelta, aspirando el aliento fresco de la mujer en su boca y sintiendo aquel cuerpo voluptuoso arrimarse al suyo, juntarse al suyo. Podía sentir la firmeza de sus pechos bajo la camiseta blanca de algodón.

—Yo tampoco —musitó.

Entonces la siguió besando a la vez que pasaba las manos sobre la redondez de los senos, al comienzo con precaución y no sólo porque hacía tanto tiempo que no tocaba a una mujer, sino porque él no descartaba la posibilidad —todavía no— de que ella le tomara la mano y se la apartara con rudeza, incluso ofendida. Sin embargo ella se dejó tocar, y segundos después, mientras la besaba y sentía sus labios carnosos pegados a los suyos y la saliva que ingresaba y salía de su boca, él se animó y le acarició de veras el seno, abriendo la mano y extendiendo los dedos, envolviendo y apretando la carne mullida, advirtiendo el pezón duro y erguido y, con júbilo secreto, que ella no tenía puesto un sujetador, cuando notó que Mara alzaba una mano, buscando la suya, y en efecto lo tomó con suave firmeza de la muñeca, pero no para apartarlo sino para todo lo contrario: le bajó la mano, guiándola con seguridad, y le presionó los dedos contra la tela de su propio jean entre los muslos. Sebastián hizo fuerza con los dedos y la oyó proferir un gemido bajito, semejante al soñoliento ronroneo de un felino, y percibió la tibieza bajo la prenda. De inmediato él experimentó aquella erección que no había sentido hacía tanto tiempo, su miembro endurecerse y presionar contra su ropa interior. Entonces él hizo lo mismo: le tomó la mano y la bajó hasta colocarla sobre su carne que parecía decidida a romper la barrera del pantalón, latiendo urgente y enhiesta, y ella pasó su mano encima de la protuberancia, acariciándola y abriendo los ojos, con un gesto de grata sorpresa, mientras lo besaba cada vez con mayor intensidad, y le frotaba por encima de la ropa ese miembro duro y pujante. En ese momento una poderosa fuerza carnal se adueñó de Sebastián, un instinto casi animal que no recordaba haber sentido jamás. El hombre levantó a Mara en vilo, metiendo los antebrazos entre sus piernas y colocando las manos bajo sus nalgas para sostenerla en el aire, y la empujó con un golpe seco contra la pared de la entrada. Ella soltó otro gemido que podía ser de dolor o de placer, y Sebastián la presionó mientras ella lo envolvía con sus piernas elásticas y fuertes. Mara pasó las manos sobre sus brazos tensionados, con las venas hinchadas por el esfuerzo de sostenerla en alto, y entretanto él pujaba hacia adelante, empinándose en la punta de los pies como si la deseara martillar contra la pared. En seguida Sebastián la bajó, dejando que ella asentara los pies sobre el mármol, y notó que la mujer se quitaba los zapatos con un movimiento diestro de los pies, arrojándolos lejos. Sin vacilar él le empezó a abrir los botones del jean, uno por uno, y al tercer botón los dedos del hombre rozaron la delicada seda de sus bragas, y sin aguantar más la tentación le soltó el último botón y le bajó un poco la prenda a la vez que acariciaba esa carne suave y cálida, feliz de estar tocando la redondez de esa nalga perfecta, de modo que metió los dedos entre la tela de las bragas y esa piel erizada, palpando y sintiendo la curvatura, apretando la carne que, al robar miradas fugaces, percibía más blanca que la cintura esbelta y bronceada. Luego Sebastián pasó la mano al frente y con el dedo rozó los vellos ensortijados, y la bajó más y más a la vez que la cadera de Mara se elevaba como si también le estuviera buscando, anhelante, las puntas de los dedos. Entonces él sintió la maravillosa humedad, algo más espesa que la saliva que succionaba en su boca, al tiempo que una deliciosa fragancia a tierra húmeda ascendía a sus fosas nasales. Sus dedos buscaron a tientas los pliegues mojados, descubriendo la piel y los labios de su vientre, y los acarició mientras ella gemía como si no se fuera a poder controlar, y cuando él le introdujo el dedo del corazón, suave y hondamente, hasta el fondo de su sexo empapado, ella casi suelta un aullido y se acercó aún más, engarzándolo con la pierna para apretarlo contra su cuerpo. En ese momento Sebastián notó que Mara temblaba de la excitación, y oyó que ella le murmuraba al oído *No pares… No pares*. En ésas la mujer se despojó de su camiseta con un gesto de bailarina, estirando los brazos y dejando al descubierto sus dos senos grandes y trémulos. Tomó la cabeza del hombre y la fue bajando despacio, pasándola por su cuello y guiándola por su pecho. Él obedeció, siguiendo el descenso, dándole besos en la carne y trazando, con la punta de la lengua, un camino serpenteante de saliva, lamiendo aquella piel despierta que olía exquisita a perfume y palpitaba con tanta vida, sintiendo los latidos del corazón de la mujer, hasta que acercó sus labios a los pezones oscuros, duros y erizados. Sebastián pasó la punta de la lengua alrededor del botón erguido, delicadamente, y Mara se mordió el nudillo del índice para no gritar. En seguida la empezó a chupar y a lamer, apretando con las manos los senos redondos con dureza, mientras ella gemía, se contorsionaba y echaba la cabeza hacia atrás.

Se movieron a tientas, derribando el florero y el cenicero que adornaban la mesa auxiliar de la entrada, palpando la pared y el marco de la puerta hasta ingresar a la alcoba. Sebastián la tumbó en la cama, sin dejar de lamer y chuparle los pezones, y sin parar de acariciarle los pliegues mojados de la vagina. Mara alzó las piernas para quitarse los jeans, y la blancura de sus bragas contrastó con sus piernas largas y bronceadas. Tanteando, ella buscó en la pared, encima de la mesa de noche, el interruptor central de las luces de la habitación y lo presionó para dejar el lugar casi a oscuras, salvo por el resplandor tenue y parpadeante de la televisión, y luego movió la mano sobre la sábana hasta topar el control remoto y buscó a ciegas la tecla del volumen, reduciéndolo hasta que sólo se oían los ruidos de sus besos y los gruñidos de las bocas. Las imágenes cambiantes de la televisión bañaban la alcoba en una luz azulosa y fantasmal, y todavía se podía ver lo que se estaba tocando, acariciando, besando y lamiendo. Ahora Mara se deslizó las bragas y yació completamente desnuda sobre la cama, envuelta en su olor a hembra excitada, entonces se abrió de piernas y brazos para sentir la frescura de las sábanas bajo su cuerpo, de modo que Sebastián hizo lo mismo: se desnudó por completo, quitándose la camisa arrodillado en la cama, y al bajarse el pantalón y el calzoncillo su verga dio un coletazo de rebote y quedó erguida como el bauprés de un barco. Ella bajó la vista para admirar su miembro tieso y recto, observándolo con sensualidad, y en el acto se lamió los dedos de la mano y lo sujetó y lo empezó a acariciar, endureciéndolo todavía más, hasta que se arrimó y se apartó un mechón del cabello de su rostro y lo introdujo en su boca. Sebastián, de rodillas, cerró los ojos y dejó caer la cabeza hacia atrás, sin poder creer lo que estaba sintiendo, y gimió largo en un placer profundo, pasando sus dedos por el cabello de Mara sin saber en qué momento se le había soltado la trenza, mientras ella succionaba su verga recia y ardiente, hasta que él sintió que no iba a resistir más. Se apartó suavemente de su boca, a la vez que la mujer se recostaba en la cama, acercándolo, llevándolo de la mano hacia ella, y en seguida Sebastián se tendió sobre aquel cuerpo hermoso, sintiendo las tetas firmes presionadas contra su pecho, el abdomen suave y ondulante contra su estómago, y por último su verga dura y anhelante, posicionada a milímetros de la vagina mojada, rozando apenas la carne húmeda como un juego provocador, cuando de pronto ingresó despacio y con fluidez, absorbida y apretada por la carne palpitante de la mujer. Sebastián la penetró hasta el fondo, y Mara recogió las piernas y hundió su rostro en el hueco de su cuello, y así duraron lo que pareció un tiempo incalculable, él entrando suave y rítmico en ella, y Mara levantando las caderas para que la verga le entrara más y más hondo, hasta que ella exclamó en su oído, sudando y mordiéndole la piel del hombro y sin dejar de besarlo: *No aguanto más… Me voy a venir.* Y Sebastián, consciente de que él tampoco iba a resistir mucho más, hizo un esfuerzo monumental por controlarse y le murmuró en el oído, excitándola todavía más: *No… Espera.* Entonces él siguió pujando, clavándola con firmeza contra las sábanas de la cama, y tuvo que estirar los brazos y apretar el borde del colchón con los puños de las manos, empleando todas sus fuerzas,

222

sintiendo un placer que él no había sentido hacía años, creyendo que se iba a reventar entre sus piernas, y no sólo en una eyaculación y un orgasmo abrumador sino en algo más profundo y estremecedor, una alegría inenarrable de estar vivo, de poder experimentar ese vértigo de locura, al extremo que se apartó para mirarla a los ojos, extasiado y embriagado de la excitación, y casi le exclama: *Te amo.* Por suerte su razón lo atajó a tiempo, y Sebastián se mordió los labios para no susurrarle esas palabras al oído, intensa y apasionadamente. Entretanto ella gemía cada vez más fuerte, mordiéndose también el labio inferior, clavándole las uñas en la espalda y jadeando a punto de sucumbir, y le volvió a decir: *Sí. Sí... No resisto más.* Y Sebastián respondió, entre estertores de un frenesí incontrolable: *Yo tampoco.* Y a continuación se vino dentro de ella, largo y prolongado y espeso, sin poder creer las estrellas que veía estallar en su cabeza como un espectáculo de fuegos artificiales, y ella gimiendo demorada e intensamente, gozando su orgasmo con el corazón que le iba a saltar por la boca.

Después, él permaneció unos minutos sobre ella, vaciado y exhausto, sintiendo el sudor entre los cuerpos que los unía como un pegante, y se dejó caer de espaldas a su lado en la cama, exhalando todo el aire de los pulmones. Mara suspiró, satisfecha y complacida. «Dios mío», exclamó entre risas, y se acaballó de nuevo sobre él para besarlo con emoción. Luego ella también se dejó caer a su lado, y unos segundos después apoyó el codo en la cama y acomodó su cabeza contra la palma de la mano, mirando su perfil con interés. Sonreía igual a una chiquilla, y le pasó un dedo por el rostro jadeante, como recorriendo la silueta de una montaña en la oscuridad. Sebastián cerró los ojos, sintiendo la yema del índice en su frente, nariz y labios, y con la mano derecha se palpó el miembro empapado, notando que aún seguía endurecido.

—Hacía años que no hacía esto —confesó él, recuperando el aire.

—Yo tampoco —articuló Mara.

—¿De veras?

223

—De veras. Te lo aseguro.

La mujer parecía feliz, otra vez como la joven que ha hecho algo prohibido. Se levantó de la cama, abrió el minibar y sacó una botella de agua helada. La destapó y bebió un sorbo, largo y sediento. Se tumbó en la cama y le entregó la botella a Sebastián. Él también bebió con ganas, y descansaron tendidos boca arriba, jadeantes, mirando el techo en penumbras de la alcoba.

—Estoy sudando —se rió Sebastián.

—Yo también.

Se quedaron callados un minuto, recuperando la respiración acezante, transpirando en la tenue luz que procedía de la televisión encendida. El aire olía a sexo, a sudor y a sábanas revueltas.

—Hay algo que no entiendo —dijo Mara al cabo de un tiempo.

—¿Qué cosa?

Ella lo pareció meditar, como pensando en la mejor manera de formular la pregunta.

—¿Por qué llevas tanto tiempo sin hacer el amor? —la mujer se apoyó de nuevo en el codo para examinar al hombre de perfil—. En mi caso no hay misterio: desde mi divorcio no he conocido a nadie que me llame la atención, pero no me explico lo tuyo, un caballero todavía joven, apuesto y evidentemente rico —hizo un gesto con la mano, revelando el espacio amplio y lujoso de la suite en que estaba hospedado—. ¿Cómo es que no hay afuera un batallón de mujeres en lista de espera, todas dispuestas a matarse por ti?

Sebastián sonrió. Le pareció gracioso lo alejada que estaba esa imagen de la realidad.

—A lo mejor ésa es la apariencia —concedió—. Pero lo cierto es que llevo años así, como en estado de convalecencia emocional. Ya te dije que soy viudo, y la muerte de mi esposa me golpeó muy duro. Además, en ese momento también se acumularon otras experiencias del pasado, no todas agradables, que algún día te contaré... En fin, por eso llevo todos estos

224

años trabajando sin parar, dedicado a mi empresa en forma exclusiva, pero sin… ¿cómo decirte? Sin vivir, en verdad… sin gozar la vida.

El hombre guardó silencio, como si sólo al articular esa respuesta tomara plena conciencia, él también, de su propia condición. De la negación de la vida que había implicado su actitud. De su cobardía inadmisible. Negó con la cabeza, molesto por el desperdicio de tiempo y de existencia.

Mara lo observó detenidamente. Sus ojos grandes y brillantes reflejaban compasión y ternura. Le apretó la mano.

—Me gustaría que volvieras a hacerlo —le dijo—. A gozar la vida.

—Ya empecé —replicó Sebastián con una sonrisa—. Gracias a ti.

Entonces él se inclinó para besarle los labios.

Guardaron silencio de nuevo.

De improviso Mara pareció cambiar de ánimo, como asaltada por una súbita inquietud.

—Pero ¿qué estoy pensando? —inquirió, sujetándose la cabeza con las manos—. ¡Esto es una locura!

Sebastián la miró, extrañado.

—¿Por qué lo dices?

—¿Te parece poco? —preguntó ella con sarcasmo—. ¡Nos conocimos anoche!

—Sí, es verdad. Todo ha sucedido rápidamente, pero es lo que ambos deseamos, ¿no es cierto?

—De acuerdo, es sólo que… no sé… me asusta la velocidad de todo esto. Nunca me había ocurrido algo así. Y es extraño, porque jamás me he sentido tan cómoda con alguien como me siento contigo, como si te conociera de toda la vida. Créeme que esto no me había pasado antes.

—A mí tampoco —admitió Sebastián.

—¿En serio? —preguntó ella, mirándolo con fijeza a los ojos. Sebastián detectó un punto de ansiedad en su voz, como si le preocupara que no estuviera siendo honesto, o como si necesitara que él la tranquilizara y reconfortara.

—En serio —respondió él con cariño, a la vez que se inclinaba para abrazarla y besarla de nuevo. Luego le pasó las yemas de los dedos por el brazo, acariciando los vellos dorados por el sol, y experimentó otra vez el deseo de demostrarle la seriedad de sus afectos, de decirle lo que estaba sintiendo, de expresarle lo que profesaba por ella. Pero se volvió a contener a tiempo. Todavía no, se dijo. Es ridículo. Ella lo acaba de decir: nos conocimos anoche, y un amor así de repentino sólo ocurre en las películas.

—Me alegro —dijo Mara, un poco más relajada y dejando escapar un suspiro de alivio. Recostó la cabeza en su pecho, alzando y descansando una pierna sobre su muslo—. No te imaginas cuánto.

Permanecieron un rato en silencio. Esas frases, pensó Sebastián, bastaban para intuir lo que Mara no le había dicho todavía acerca de su pasado; delataban sus temores, su miedo a sufrir, a ser nuevamente herida. De lo poco que él había adivinado sobre sus previas experiencias sentimentales, tenía claro que el matrimonio de la mujer había durado casi nada, tan sólo unos cuantos meses, y que el divorcio había sido penoso y demorado, e irónicamente más largo que la misma relación con su exmarido. De ahí, sin duda, venían la prevención y la aprensión que traslucían sus palabras. Lo cual es comprensible, se dijo Sebastián. A esta edad, caviló, todos arrastramos un bagaje considerable. Hemos sido lastimados de una forma u otra, y nos acercamos al otro asustados, con recelos y suspicacias, procurando conservar cierta distancia emocional para protegernos en caso necesario. Es sólo con el paso del tiempo que dejamos de lado las armas, que renunciamos a la espada y olvidamos la armadura, pero en esta ocasión es muy pronto todavía. Y, sin embargo, pensó con asombro, después de todo lo que a él le había pasado, por poco le exclama a esta mujer que la amaba. ¿Podría ser cierto, acaso? ¿Sería posible que él volviera a amar y que Mara fuera la mujer escogida por el destino, el azar o la suerte para reconstruir su vida? ¿Quizás formar de nuevo un hogar, incluso tener los hijos que nunca tuvo con Alana, bautizarlos en una iglesia como Santo Toribio, en una ceremonia igual a la que había visto esa tarde al caminar de vuelta a su hotel? La miró, intrigado y a la vez fascinado, preguntándose por un futuro cuyos contornos no llegaba a vislumbrar todavía, y reconoció la fuerza de lo que estaba sintiendo en ese momento.

Ambos bebieron, sedientos, de la botella de agua.

De pronto Sebastián recordó que no habían cenado. Y, de paso, casi dándose un golpe en la frente por el olvido, que tampoco había llamado para cancelar la reserva del restaurante. Hizo una nota mental de telefonear al día siguiente y ofrecer sus disculpas.

—Tengo hambre —dijo, esbozando una sonrisa.

—Yo también.

El hombre extendió el brazo, levantó la bocina del teléfono y marcó el número de servicio a la habitación. Pidieron de comer y se quedaron recostados en la cama, conversando sobre todo y nada, exhaustos y dichosos. Al cabo escucharon al botones tocar a la puerta de la entrada, y, antes de que Sebastián se incorporara, Mara lo retuvo con la mano, le guiñó un ojo y le dijo que ella se haría cargo, que lo deseaba atender, y le pidió con una sonrisa juguetona que no se asomara a la sala hasta que ella no le avisara. Entonces la mujer se levantó de la cama —revelando otra vez, en todo su esplendor, ese cuerpo firme y desnudo, bronceado y sensual, con la hendidura en la mitad de la espalda que remataba en la raya oscura de la cola perfecta, las nalgas bellas y compactas que oscilaban al andar—, buscó una bata en el cuarto de baño y salió de la alcoba para recibir la cena, cerrando la puerta tras de sí. Sebastián aguardó un buen rato, y cuando finalmente oyó que Mara lo llamaba él apareció en la sala, anudándose el cordón de su bata blanca. El mesero ya se había retirado y no había señas del cenicero o del florero que habían derribado al suelo. Sus papeles y documentos dispersos sobre la mesa redonda, en la que había trabajado en la tarde, estaban recogidos y puestos sobre el sofá del salón, con la computadora y la agenda de cuero cerrada encima, y ahora esa misma mesa estaba servida con elegancia, cubierta con un mantel blanco y un par de velas encendidas en pequeños candelabros de plata, y una rosa solitaria asomada de una delicada vasija de cristal. Las puertas del balcón estaban abiertas, e ingresaba una brisa suave y tibia que procedía del mar, con su olor añejo a crustáceos y marea baja, y sacudía levemente las cortinas, las llamas de las velas y el mantel de la mesa. Sebastián le dio las gracias a Mara por ocuparse de todo, y ella parecía la chica orgullosa que revela, ante el profesor de la escuela, el proyecto que ha hecho en casa con esmero. El hombre admiró los platos que humeaban y despedían un aroma suculento, descorchó la botella de vino tinto y bebieron mientras comían con apetito. Al poco tiempo regresaron a la cama sin terminar la cena y volvieron a hacer el amor.

Después, otra vez jadeantes y tendidos en la cama, Mara con la cabeza descansando sobre el pecho de Sebastián, él le dijo que no podía creer lo sensual y hermosa que era. Le acarició los senos, y le pasó un dedo por los pezones oscuros, y le apretó las nalgas voluptuosas y redondas.

Ella parecía pensativa. Apagó el televisor y se incorporó de la cama. Salió a la sala y regresó con una copa de vino para los dos. Bebió un sorbo, atenta a no derramar una gota, y le entregó la copa a Sebastián para que él bebiera también. Se recostó a su lado y le habló en voz baja en la oscuridad:

—Tengo miedo, ¿sabes?

—¿De qué?

—De todo. De ti, de amarte, de perderte. De sufrir otra vez. De todo.

—Me alegra.

—¿Te *alegra*?

—Sí, porque yo también tengo ese mismo miedo.

—Pero no tenemos nada que temer, ¿verdad? —dijo Mara con una ansiedad imposible de ocultar—. No nos vamos a lastimar, ¿no es cierto?

Él sonrió, comprensivo, rozando con las yemas de sus dedos aquel rostro fino y el cabello negro y ondulante, reflexionando por un segundo sobre todo lo que le había sucedido a lo largo de la vida y convencido de que, a estas alturas, ya nadie le podría hacer más daño. Pero no dijo nada de eso y se limitó a señalar:

—Sí, es cierto… No nos vamos a lastimar, y tampoco quiero que te preocupes por nada.

—Me alivia escuchar eso.

Se dieron un beso con afecto y permanecieron un rato sin hablar. Percibieron, afuera en la noche, que alguien se bañaba en la gran piscina del hotel. Eran dos o tres personas, y se oían las risas lejanas y los chapuzones cuando se lanzaban al agua.

—Tu nombre, *Mara*… Me parece haberlo escuchado antes.

Ella se rió, un poco abochornada.

—Seguro que sí —dijo—, pero es una tontería.

—Dime.

—No… Nunca. Me da una vergüenza terrible.

—Anda, dime. Siempre que tocamos el tema de tu pasado pareces reticente, como reacia a compartirlo conmigo.

—¿De veras?

—Sí, de veras.

—Quizás tengas razón —convino ella, y le dio un beso en la mejilla—. Es mi maldita manera de ser, lo reconozco, un poco cobarde y bastante desconfiada, y sé que a veces soy demasiado reservada. No creas… eso me ha traído problemas antes. Pero no quiero tener problemas de ninguna clase contigo —la mujer se dio la vuelta, recostándose boca abajo y girando un poco la cabeza para mirarlo de cerca y con sinceridad a los ojos—. A partir de ahora haré un esfuerzo por ser más franca con respecto a mi pasado.

Él esbozó una sonrisa. Le agradó escuchar esas palabras.

—¿Lo prometes?

—Lo prometo.

—Entonces —dijo Sebastián en broma—, comienza por tu nombre.

Mara dejó escapar una risa y luego un suspiro, y Sebastián la sintió sonrojarse en la oscuridad.

—Conoces mi nombre por una película —dijo al fin.

Él se apoyó sobre el codo, intrigado.

—¿Una película?

Ella se echó a reír, negando con la cabeza.

—Mis padres eran adorados pero realmente cursis —confesó—. ¿Alguna vez viste la película *Nacida libre*? El título original en inglés era *Born Free*.

—No, no creo que la haya visto.

Mara se rió suavemente.

—*Born Free* es una película que cuenta la historia de Elsa, una leona en África rescatada tras la muerte de su madre en manos de cazadores, y criada por la pareja de naturalistas George y Joy Adamson. La première fue en 1966, pero la película sólo llegó a Colombia a comienzos de los años setenta, y a los pocos días de su estreno mis padres fueron juntos a verla, en su primera salida de enamorados. Para entonces la historia de la leona era famosa, incluyendo el conflicto de sus amos que la adoptaron cuando era apenas una cachorra recién nacida. La vieron crecer en su casa en Kenia, juguetona y domesticada como un gato, pero luego tuvieron que afrontar la dura decisión de liberarla en la sabana africana porque había crecido demasiado y podía representar un peligro para los vecinos. Ellos protestaron ante las autoridades, pero al final los obligaron y no tuvieron otra opción: la tenían que soltar. Así que durante un tiempo trataron de educar a Elsa para que sobreviviera sin ellos, volviéndola salvaje de nuevo, pero para los Adamson, que no tenían hijos, soltar a la leona y dejarla en libertad era como exponer una criatura a los peligros más temibles. En verdad no sabían lo que le podría suceder: si la leona iba a aprender a cazar por su cuenta, porque de lo contrario se moriría de hambre, o si la iban a matar otros leones al considerarla una rival o una amenaza para la manada... En fin, a lo mejor algún día veas la película, pero el hecho es que la leona de la vida real, la que actuó en la filmación y se volvió muy popular debido al éxito de la cinta, se llamaba Mara, y sus dueños eran Irene y Douglas Grindlay. De modo que mis padres, en recuerdo de su primera salida de novios, me pusieron Mara cuando nací, muchos años después. Y de ahí —concluyó, negando con la cabeza— viene mi nombre.

Sebastián no pudo impedir una suave risotada.

—¿Entonces eres una leona? —se burló con cariño, bebiendo un sorbo de vino.

—Así es —replicó ella con picardía, a la vez que tomaba la copa de su mano y también bebía con deleite un buen sorbo del vino tinto, el color, en la tenue luz que procedía de la sala a través de la puerta entreabierta, semejante a sangre vertida tras un rito de sacrificio—. Una leona de Hollywood y domesticada.

Ambos se rieron y volvieron a beber, tomando turnos hasta agotar el vino.

Siguieron hablando un rato más. Afuera cesaron los ruidos de los bañistas y el hotel quedó sumido en silencio. Después de un tiempo Sebastián tomó la sábana para cubrir su cuerpo y el de Mara, para protegerse de la brisa del mar que se filtraba por el balcón abierto de la sala, y finalmente los dos se quedaron dormidos.

19. El río Sumapaz

Luego del almuerzo con mis tres amigos en el restaurante La Brasserie, y más después de mi conversación a solas con Francisco Pérez en el hotel Charleston, no pude dejar de pensar en Sebastián Sarmiento y en aquel recuerdo que se me había borrado por completo de la memoria: el fin de semana que pasamos juntos en su finca de tierra caliente, cuando éramos apenas unos niños.

Me despedí de Francisco en la puerta del hotel, declinando su gentil ofrecimiento de llevarme hasta mi casa en su nuevo automóvil BMW —argumenté que yo tenía que hacer un recado para mi esposa por ahí cerca, pero en realidad me daba vergüenza apartarlo tanto de su camino, ya que mi residencia queda bastante lejos de la suya—, y tan pronto vi que su vehículo cruzó el semáforo de la calle 85 y desapareció al doblar la esquina hacia el occidente, caminé hasta la carrera Quince en busca de transporte público. Esperé un buen rato haciendo fila en la acera hasta que por fin apareció una buseta, y por suerte encontré un puesto vacante junto a una ventanilla, pues varias personas se acababan de bajar en ese lugar. Tomé asiento, notando el cojín de la silla todavía caliente y sumido por el pasajero anterior, y a los pocos minutos apoyé la cabeza contra el vidrio, viendo pasar la ciudad frente a mis ojos fatigados y cavilando sobre todo lo que yo había escuchado esa tarde. Había comido y bebido más de lo que acostumbro, incluso más que en los fines de semana, que es cuando me doy algunos gustos extras de bocados y licores, de modo que permanecí ensimismado y un poco aletargado, contemplando el paisaje urbano que desfilaba ante los cristales sucios de la buseta. Reparé en las fachadas de edificios, tiendas y locales comerciales, y me pregunté por qué éstas siempre lucen tan grises y manchadas, tiznadas sin falta por la polución, y por qué, en cambio, en otras ciudades que yo había tenido la fortuna de conocer en mis contados viajes al exterior, por ejemplo en España, Francia y Estados Unidos, casi nunca se ven así de negras y mugrientas. Me pregunté si tendría algo que ver con la altura de Bogotá, o con el combustible de nuestros vehículos, o si lo que pasaba en aquellas urbes era que las autoridades cuidaban y lavaban los frontispicios con regularidad, aunque eso era improbable porque yo había visto a sus escuadrones de limpieza encaramados en andamios y escaleras, utilizando mangueras de alta presión y haciendo trabajos de restauración en monumentos, puentes y catedrales en Nueva York, Madrid y París, pero siempre se trataba de ocasiones festivas o labores excepcionales, no la típica tarea programada para mantener limpias esas preciosas fachadas ennoblecidas por el tiempo y la historia. Lo cierto, reflexioné con melancolía a la vez que dejaba escapar un suspiro de pesar, es que Bogotá parece cada vez más sucia, caótica y fea, y sus contados edificios, parques, calles, mansiones, avenidas o rincones hermosos han ido desapareciendo ante la improvisación de sus arquitectos y las malas decisiones de sus alcaldes, los cuales, por desgracia, por cada uno bueno y honesto que elegimos lo suceden dos o tres malos y corruptos que deshacen, con perversidad o torpeza, lo poco que se ha logrado con tanto esfuerzo por embellecer la ciudad y mejorar la calidad de vida de sus habitantes.

Como cosa rara, registré con sorna a la vez que elevaba una ojeada malhumorada al cielo de nubes encalladas en las cimas de los cerros de la capital, empezó a llover. El tráfico se embotelló en seguida, más de lo normal, y el cristal de mi ventanilla se fue empañando y tapando con gruesas gotas de agua que repicaban y caían sin pausa, formando delgados regueros que estorbaban mi vista. Al cabo de un tiempo cerré los ojos, olvidándome de esa ingrata realidad exterior, tan triste y grisácea y difícil de cambiar, y preferí arrellanarme en mi asiento y ahondar en mi memoria, tratando de encajar las piezas sueltas del rompecabezas del pasado, procurando recordar ese fin de semana que había ocurrido hacía más de treinta años, el que tuve la suerte de pasar con Sebastián y su padre en su finca de recreo llamada La Canela.

Poco a poco las imágenes se fueron despejando y aclarando, perfilando en mi mente. Hasta ese momento, evoqué, yo había hablado casi nada con Sebastián en el colegio. Ambos teníamos trece años de edad y compartíamos más de una clase, e incluso yo le había pedido prestado su cuaderno de notas un par de veces para confirmar algún dato o copiar una información para las tareas de la noche, pues los suyos eran célebres en el salón por su letra cursiva tan pulcra y legible, y por lo completo y bien organizado que llevaba siempre el material de cada asignatura. Sin embargo, si mi memoria no me engañaba, nos conocimos mejor por un simple hecho casual... y en ese instante me sobresalté en la buseta como si alguien me hubiera asestado una palmotada en la cabeza por burro, pues sólo entonces comprendí lo que Sebastián me quiso decir al encontrarnos de nuevo en el Teatro Colón, tantos años después, al señalar que nos habíamos vuelto a ver por una casualidad. La segunda, él había precisado. Mi amigo tenía toda la razón, pues la primera vez que charlamos con calma fue por un hecho fortuito y accidental, simplemente porque en una excursión del colegio a Guatavita nos tocó compartir la misma banca del bus.

Como digo, nunca antes de esa ocasión habíamos conversado de veras. Recuerdo que el curso estaba dividido en dos grupos para la excursión, y cuando nos subimos al bus que nos correspondía, Daniel se apresuró a tomar asiento junto a una niña que le gustaba; Francisco y Antonio, muertos de risa, se sentaron de prisa en la banca siguiente para espiarle el romance, y como las demás ya estaban casi todas ocupadas yo me quedé parado en el pasillo como un idiota, buscando dónde sentarme, mientras ellos se codeaban y me hacían muecas de burla. «Cabrones», murmuré entre dientes, a la vez que los tres se reían todavía más. Entonces vi que Sebastián Sarmiento estaba sentado solo en la última banca del bus, mirando absorto por la ventana, de modo que fui hasta allá y me dejé caer con una maldición en el puesto vacante a su lado, molesto porque me habría gustado viajar en compañía de mis amigos, y más para un paseo así de largo.

La profesora a cargo del grupo se puso en pie e hizo un rápido conteo de cabezas; luego se aclaró la garganta e hizo el anuncio de siempre antes de iniciar una excursión, hablando del buen comportamiento que se esperaba de todos y señalando que nuestra conducta, fuera del plantel, reflejaría la imagen de nuestro querido colegio y que, por ese motivo —agregó con un punto de solemnidad, llevándose la mano al pecho—, «aquel día seríamos nada menos que embajadores» del mismo; por último, nos advirtió que estaba prohibido comer o beber en el bus, y que esos puestos en los que estábamos sentados debían ser los de todo el trayecto, tanto de ida como de regreso. Entonces miré a Sebastián y él esbozó una sonrisa de resignación, a lo mejor porque sabía que yo habría preferido a otro acompañante, así que me dio una palmada en el hombro y me dijo en un tono amable y comprensivo: «Nada que hacer, Roberto. Nos tocó juntos».

El paseo tardaría el día entero, pues nos dirigíamos a uno de los lugares más famosos de nuestra historia anterior a la Conquista, la laguna de Guatavita, el bello y solitario remanso de aguas claras en medio de las montañas azules de la cordillera. Ése es un sitio de visita obligada para colegios y turistas, porque allí se celebraba la mayor ceremonia religiosa de los muiscas, la cultura indígena que habitó el altiplano cundiboyacense hasta la llegada de los europeos. Después de asumir el trono del zipa, el gran cacique era desnudado y cubierto de oro en polvo para adorar a los dioses; en seguida lo subían a una balsa de juncos de madera, adornada con cestas de esmeraldas en bruto y piezas selectas fundidas en oro, y luego, escoltado por cuatro nobles ataviados con máscaras, brazaletes, narigueras y diademas de plumas, y otros más que alimentaban los braseros que quemaban el sahumerio llamado *moque*, los balseros remaban la embarcación hasta alcanzar el centro de la laguna. Entonces el cacique lanzaba las esmeraldas y las figuras de oro al agua, y en el acto se zambullía detrás, dejando una estela larga y destellante como un brochazo dorado en el agua, mientras el resto de la población indígena, en la orilla, tocaba música de flautas y caracolas, y también arrojaba joyas y piedras preciosas a la laguna como ofrendas a la divinidad. Esa leyenda, como bien se sabe, inspiró otra más conocida y funesta, la de El Dorado, y los conquistadores españoles incendiaron aldeas y torturaron indígenas y arrasaron las tierras del continente en busca de aquel metal maldito. El hecho es que ese día de la excursión, sin más remedio, yo tendría que hacer todo el paseo en el bus sin mi trío de amigos, de manera que me empiné y les hice un gesto de venganza aplazada con la mano, tipo «Esperen y verán», o la amenaza clásica de aquellos tiempos: «A la salida nos vemos». Eso les causó nuevas risotadas. Entonces me acomodé en mi puesto y, mientras descendíamos en el bus por la ladera del cerro para tomar la sabana y rodar hacia el norte, me dispuse a hablar con mi vecino de banca.

Recuerdo que Sebastián me cayó bien de inmediato. Era un muchacho gentil y apuesto, y de lejos el estudiante más sobresaliente de la clase, aunque carecía de las ínfulas que siempre ostentaban los alumnos de las mejores notas. En esa época él llevaba el cabello corto y bien peluqueado, y tenía un aspecto limpio y agradable, con ojos claros de un tono casi azul y una dentadura blanca y sana, aunque lo rodeaba un aire solitario y desamparado. Era un joven inteligente y leído para nuestra edad, pero a la vez reservado y algo tímido, y en ese sentido éramos bastante parecidos, y quizás por eso tuvimos buena química desde el primer momento. Hablamos sin descanso y compartimos la misma banca del bus durante toda la excursión, pero no pasé por alto el hecho de que, cuando nos bajamos para conocer el pueblo de Guatavita y después caminar alrededor del cráter de la laguna sagrada de los muiscas, Sebastián se esfumó, seguro para que yo pasara el tiempo con mis amigos y él, discreto y apartado, hizo ambos recorridos solo.

Al final de la tarde regresamos al colegio, pero antes de bajarnos del bus Sebastián me preguntó por mis planes del fin de semana siguiente, pues era puente de tres días, con lunes festivo. Le contesté la verdad, que no tenía nada especial en mente. Entonces él esbozó aquella sonrisa que parece ser la más sincera del mundo, y en el mismo tono me preguntó si me apetecía ir con él a su finca de tierra caliente. ¡Claro que sí!, respondí encantado, pues yo no tenía amigos que tuvieran propiedades de recreo y menos en esas regiones tan bonitas y placenteras, que yo sólo conocía de oídas. De modo que esa noche hablé con mis padres para pedirles el permiso y me puse feliz cuando ambos dijeron que sí, y hasta noté a mi papá impresionado por primera vez con una de mis amistades, pues me pidió que le confirmara que el dueño de la finca era nadie menos que el ilustre millonario don Hernando Sarmiento.

Eso fue un miércoles. El viernes en la tarde Sebastián pasó por mí en lo que llamó «la camioneta de la casa», el término que empleaban las familias adineradas que tenían más de un vehículo y destinaban el más grande para hacer el mercado y los recados del servicio o llevar a los niños al colegio. Sólo éramos nosotros dos y un conductor llamado Alfonso, que más que un empleado parecía su amigote; un hombre simpático, bajo y rechoncho con empaque de bisonte y al que, como cosa curiosa, no le dolía que le tiraran del cabello, ni siquiera el de las patillas, tal como Sebastián me demostró a modo de presentación, y Alfonso le correspondió el detalle con un puñetazo en el hombro. Cabíamos los tres en el asiento de adelante de la Ford F-100 y Sebastián me cedió el puesto de la ventana, y recuerdo que la palanca larga de cambios salía del suelo de la camioneta y chocaba contra la rodilla de mi amigo cada vez que Alfonso metía cuarta, lo cual provocaba protestas y codazos entre ellos dos para que cada uno se apartara más. De modo que arrojamos mi morral con mi ropa y mis cosas en el asiento de atrás, ya que el baúl estaba a tope con el mercado del fin de semana, y Sebastián me explicó que su padre llegaría a La Canela más tarde, debido a sus compromisos de trabajo.

Recuerdo bien el trayecto a la finca. Ya era de noche cuando tomamos la carretera hacia Girardot, saliendo por Soacha y

238

dejando atrás el Salto del Tequendama y los olores pestilentes de la zona industrial, y luego cruzamos despacio las cumbres heladas de la cordillera Oriental, obstruidas por una neblina tan espesa que ni siquiera se distinguían las señales de tránsito ni las rayas viales pintadas en el asfalto. En seguida empezamos a descender por la región de Quebrada Honda, sorteando el tráfico de buses, carros, motos, camiones y tractomulas, y una hora más tarde ya se notaba el cambio de temperatura en el aire saturado de olor vegetal que ingresaba por las ventanillas abiertas, en la naturaleza desbordante que se apreciaba a partir de la cuneta de la carretera y en el ruido de las chicharras que no nos dieron tregua en el resto del paseo. Pasamos la población de Silvania y nos detuvimos a cenar pollo rostizado con papas saladas y gaseosa en el asadero Donde Zoila, en las afueras de Fusagasugá, y de postre compartimos un melado con cuajada y también unas brevas con arequipe. Después retomamos nuestro camino, admirando las luces tristes y lejanas del pueblo de Pandi, serpenteando cuesta abajo por los precipicios del cañón del Boquerón, e incluso transitando debajo del tenebroso alero de rocas conocido como La Nariz del Diablo, observando las raíces que cuelgan de las piedras como pelos hirsutos y que le dan un aire diabólico a la célebre formación aguileña. Continuamos paralelos al río Sumapaz, escuchando el retumbo de aguas contra las rocas en las curvas, y después cruzamos el pueblo de Melgar y nos desviamos por un camino secundario hasta llegar a El Paso, un pobre caserío donde había que atravesar con cuidado, traqueteando, un ruinoso y crujiente puente colgante, con tablones faltantes y clavos y puntillas peligrosamente asomados. Al ganar el otro lado, Alfonso se bajó de la camioneta con una linterna de mano para escudriñar el estado de las llantas, y al darse por satisfecho seguimos por un camino de tierra, punteado de lechuzas y liebres encandiladas por las luces del automóvil, hasta que por fin llegamos a la finca.

Quedé maravillado. Era una casa de una sola planta, amplia y cómoda pero sin lujos excesivos, dotada de varias habitaciones y una piscina encendida en la noche con trampolín y rodadero y una curiosa forma de aguacate. Tenía macetas grandes de barro cocido en cada esquina, sembradas de buganvillas púrpuras y rosadas que trepaban por las columnas de madera y se dispersaban a lo largo del techo de palma seca en busca del sol, y una vista hermosa sobre el inmenso y caluroso valle de Ricaurte. En las mañanas despejadas y al fondo, en la más remota lejanía, se divisaban las cimas nevadas de los volcanes del Ruiz y del Tolima.

Yo no podía creer que todo aquello se me hubiera olvidado con los años, porque hasta ese momento yo nunca había pasado más contento. Recuerdo que en esos pocos días hicimos de todo. Jugamos durante horas en la piscina y dimos largos paseos a caballo. Comimos como nunca y salimos a cazar perdices con escopetas de perdigones. Trepamos por las montañas y descendimos como alpinistas con sogas bastas para explorar cuevas y tumbas abandonadas de indígenas, iluminando nuestro paso con antorchas parpadeantes, igual que en las películas de acción. De día recogimos mamoncillos y granadillas en un jardín de árboles frutales que rodeaba la casa, y de noche atrapamos luciérnagas en frascos de vidrio y emprendimos largas caminatas en los potreros aledaños, contando cuentos de miedo y alumbrando el sendero con el fulgor de los insectos. Sin embargo, para mi gran sorpresa, el deporte favorito de mi amigo era el fútbol —y digo que me sorprendió porque, como bien lo señaló Antonio en nuestro almuerzo de La Brasserie, jamás lo vimos jugar en el colegio, aunque en la finca comprobé que Sebastián era un jugador excepcional, un verdadero *crack*—, de modo que retamos a don Hernando y a Alfonso a varios partidos de banquitas, el futbolito que improvisamos en el césped frente a la casa, y les ganamos en cada ocasión. Aun así, de todo lo que hicimos ese fin de semana, sobresalen en mi memoria dos recuerdos por encima de los demás, y el primero fue un paseo que realizamos Sebastián y yo solos por el río Sumapaz.

Si no me equivoco, fue al día siguiente de haber llegado a la finca. Después de una mañana de mucho juego y diversión, y luego de un almuerzo abundante y suculento —un sancocho casero con trozos de cerdo y costillas de res, papas enteras, rodajas de yuca tierna, mazorcas amarillas y tajadas de plátano verde, todo acompañado de una olla grande de arroz blanco y humeante—, seguido del bienvenido reposo en las tumbonas al borde de la piscina, Sebastián me instruyó en lo que teníamos que hacer y hasta me prestó la ropa indicada: un par de tenis viejos y un traje de baño igual de viejo. Alfonso nos llevó en la camioneta varios kilómetros río arriba, bastante más allá de El Paso, y de pronto frenó en mitad del camino de tierra, un lugar solitario donde no había nada a la redonda. Sacamos del baúl una soga y dos neumáticos inflados aunque salpicados de remiendos, parches rojos como ronchas de zancudo en la piel negra y lisa de la goma. Alfonso dio media vuelta en la camioneta para regresar a la finca, y se despidió con la mano abierta y la advertencia de que tuviéramos cuidado, pues esa actividad no estaba exenta de peligros. En seguida arrancó con fuerza a propósito, echando una mirada guasona por el espejo retrovisor y dejándonos envueltos en una nube de polvo que tuvimos que apartar a manotazos, tosiendo. «Está pintado», musitó Sebastián, esbozando una sonrisa torcida y negando con la cabeza, a la vez que se sacudía el polvo del cabello. «Pero no te preocupes», me aseguró con un guiño. «Ya nos vengaremos». Entonces nos metimos entre la maleza y los árboles que bordeaban el camino, y bajamos con cautela por la ladera rocosa y empinada hasta llegar a la orilla del río. Apartamos con las manos el cortinaje de ramas y bejucos y nos detuvimos en el barro, como quien se para frente a un abismo, y me impactó ver de cerca el torrente del río Sumapaz, tan próximo que lo podía tocar con la punta del pie. Me cohibieron la inmensidad del caudal que se deslizaba despacio, robusto y majestuoso, y la potencia de la corriente de agua terrosa. A esa hora de la tarde todavía hacía calor, y los árboles sonaban con el canto de los pájaros y los lejanos chillidos de los micos. Me imaginé que así debía sonar la selva del Amazonas.

—Aquí hay un pozo profundo y sin piedras —me explicó Sebastián—. Por eso es un buen lugar para subirnos en los neumáticos y no golpearnos con nada.

Me arrimé con precaución a la superficie amarillenta de esa especie de alberca natural, temeroso al no poder distinguir el fondo de aguas turbias y revueltas.

—¿Es peligroso? —articulé, sin poder disimular los nervios de mi voz.

Sebastián se estaba alistando, adujando la cuerda entre la palma de la mano y el codo, y buscando buen apoyo para los pies en el barro de la orilla.

—¿Qué cosa? —preguntó, concentrado en lo que estaba haciendo.

—Todo esto —carraspeé sin saliva—. Lo que vamos a hacer.

El otro alzó la vista y me miró por un segundo. Luego dirigió la mirada al río.

—Bueno… es mejor tener algo de cuidado —replicó con sencillez—. Hay que estar atentos a no pisar una raya de río, o que nos muerda una babilla.

—¿Una babilla?

—Sí, ya sabes, esos caimanes pequeños que se encuentran en estas tierras… Pequeños, sin duda, pero más bravos que un perro con rabia —mi amigo se rió a la vez que anudaba la cuerda, fuerte—. Claro que el verdadero peligro es una crecida —añadió, la expresión ahora más grave—, un repentino aumento del caudal que viene y te arrastra y te lleva al carajo.

—Dios mío —balbuceé, alarmado—. ¿Y qué se hace en ese caso?

—No mucho —respondió Sebastián, en tono travieso—. Tomar una bocanada de aire y cruzar los dedos y rezar que llegues vivo y relativamente intacto al final, cuando todo haya terminado.

—No jodas, hermano —afirmé, dando un paso atrás—. Ahora sí tengo miedo.

Mi amigo soltó una carcajada.

—Fresco —me procuró calmar—. Nada nos va a pasar. Ya verás.

Volví a examinar la plancha movediza del agua, punteada de remolinos que aparecían de improviso y desaparecían más adelante, y franjas largas de espuma sucia en las orillas de mayor quietud, semejante a la que suscita la friega de riendas en el cuello de los caballos. Me fijé en un árbol grande que iba bajando sin tropiezos por el río, llevado con firmeza por la corriente. Aún le colgaban terrones secos de las raíces expuestas al aire, parecidas a una melena ensortijada de alambres, y descubrí una pareja de gallinazos de aspecto pensativo, como centinelas negros y vigilantes, parados en las ramas. En ese momento caí en la cuenta de que tenía la garganta reseca. Tragué con dificultad, procurando que Sebastián no lo notara.

—¿Me quito los tenis?

—No. Déjatelos puestos. Te protegerán los pies.

Lancé otra mirada aprensiva al río que discurría delante de nosotros. El agua no era como la que yo conocía, un líquido familiar y delicado, transparente e inerme, sino una sustancia maleable y espesa y por eso mismo peligrosa: tierra, barro y sedimento que tenían peso corporal, que podían absorber y ahogar sin dejar rastro alguno, igual a un pantano de arenas movedizas. Presté atención, escuchando con todos mis sentidos. El caudal poseía una fuerza intimidante. Fluía sin cesar, sonoro y amenazante, serpenteando entre la selva como si tuviera vida propia. Por momentos parecía que una presencia enorme se removiera con letargo bajo la superficie, desperezándose, y luego se adormilaba de nuevo, respirando pesada y siniestra bajo la corriente.

—¿Listo? —preguntó Sebastián, con una sonrisa.

—Más o menos —respondí, inseguro—. Primero dale tú y yo te sigo.

El otro volvió a sonreír a la vez que asentía, confiado y modesto. En seguida arrojó su neumático al agua y se lanzó de cabeza para alcanzarlo. Lo hizo sin esfuerzo y de un par de brazadas, y se encaramó con un movimiento diestro y se acomodó en el hueco de la rueda, sentado con los brazos y las piernas colgando a los lados. Se sacudió el agua como un perro en la lluvia y se estiró el cabello hacia atrás con las manos. Se veía a gusto y se notaba su pericia en la naturalidad con la que se movía entre

243

los elementos. Sebastián era un ágil deportista, como yo ya lo había notado en lo poco que había transcurrido del fin de semana, y en los días siguientes lo iba a comprobar todavía más. Vi que se empezó a apartar de la orilla, muy despacio, y a ser empujado por la corriente.

—¡Vamos! —me animó—. ¡Dale!

Tomé aire muy profundo, me encomendé a mis santos e hice lo mismo: arrojé mi llanta al agua y me lancé tras ella, chapoteando con torpeza. Yo nunca había nadado en un río y no sé por qué me llamó la atención que el agua fuera realmente dulce, y tampoco me había subido jamás en un neumático y menos en uno que se estuviera moviendo, así fuera lentamente. Lo tuve que intentar varias veces, dando dos o tres vueltas de campana en las aguas serenas de la orilla, hasta que lo conseguí a medias, bamboleando aterrado y tosiendo, y Sebastián me felicitó con aplausos de burla y una risotada.

Braceamos con las manos hacia la mitad del río color marrón oscuro, y nos dejamos llevar a tientas por la poderosa corriente que avanzaba con el siseo de seda sacudida en el viento. Alcé la vista, parpadeando deslumbrado, observando las copas altas y frondosas de los árboles levemente agitadas por la brisa, con parches de cielo azul visibles entre las ramas. La densa floresta trazaba sombras en la superficie del agua, con hojitas secas y amarillas que se desprendían del alto ramaje y brillaban en la luz del sol, cayendo trémulas sobre la corriente como carabelas diminutas. Entretanto, el cuerpo ancho e imponente del Sumapaz discurría entre murmullos indescifrables. Era una experiencia extraordinaria.

—¡Esto es increíble! —exclamé.

—Así es —dijo mi amigo—. Y eso que no has visto nada todavía.

Sebastián tomó la cuerda y la ató a los dos neumáticos, aclarando que era mejor para no alejarnos el uno del otro.

Descendimos por las ondulantes aguas del río, hechizados. De vez en cuando señalábamos algo en voz baja —un pájaro, la silueta imprecisa de un mono, una culebra grande camuflada entre las ramas—, pero más que nada parecíamos alucinados con aquel paisaje lleno de sonidos desconocidos. Llevábamos los talones de los tenis metidos en el agua, con las punteras afuera, y las manos hundidas en la corriente, remando ocasionalmente y orientando los neumáticos que oscilaban y giraban, sintiendo el agua que fluía entre los dedos con sus tintes opacos y su textura terrosa. El verdor en torno era casi excesivo, y en el aire de la tarde había una fragancia de vegetación indómita y tierra revuelta, con aromas dulces de flores marchitas y frutas podridas, y el fétido hedor de carne descompuesta y excremento de animal de monte. Por momentos el cauce se estrechaba o ensanchaba y la superficie del agua pasaba de estar casi cubierta por las sombras de las copas de los árboles a relucir sin estorbo con el resplandor del sol, que iniciaba su descenso tras las márgenes verdes y tupidas. El río daba curvas apretadas, con rocas grandes y secas asomadas a la superficie, y luego se enderezaba, recto y amplio, con playas de guijarros en las riberas y otras con pequeñas dunas de arena cremosa y de color café. En ciertos lugares la corriente se parecía acelerar y precipitar rugiente y espumosa sobre piedras suaves y pulidas, y luego se relajaba para recuperar su ritmo sereno. Vimos mariposas azules aleteando erráticas, tratando de pasar de un lado del río al otro; nubes de zancudos suspendidas sobre nuestras cabezas o flotando en el espejo del agua como si estuvieran patinando; árboles colosales que brotaban de la orilla forrados en enredaderas, con lianas y bejucos estirados por la corriente; conejos que distinguíamos bebiendo en el barro y desaparecían en el follaje; patos silvestres y torcazas que cruzaban el cielo sin nubes, volando en el aire luminoso del atardecer; las copas verdes y abultadas, ricas de hojas doradas por los últimos rayos del sol, más arbustos en las veras, juncos arqueados por la fuerza del caudal, y sauces gigantes cuyas ramas largas y sinuosas se meneaban en la superficie, como una mujer que se cepilla el cabello frente al espejo del tocador. La tarde fue avanzando y los ruidos de la selva se empezaron a escuchar con mayor claridad. Oímos el barrigazo seco de una iguana al lanzarse desde una rama y su carrera asustada al escabullirse sobre hojas muertas; los chillidos de murciélagos tijereteando el aire en busca de insectos; el canto de búhos, tórtolas y perdices invisibles; las monótonas cornetas de las chicharras y los remotos aullidos de los perros. Los árboles en la orilla se asemejaban a la muralla de una fortaleza impenetrable, y varios lucían inclinados, asomados a sus turbios reflejos.

Era una ocasión propicia para conversar, y fue en ese momento que Sebastián me contó muchas cosas de su vida privada. Eso no había sucedido durante la excursión a Guatavita, pues esa vez hablamos sin parar sobre los profesores y las clases, las niñas más bonitas del curso y los gustos que teníamos en común en cuanto a libros, canciones y películas, pero sin incursionar en terrenos más personales o sensibles. Se notaba que el muchacho tenía toda esa información acumulada, la que sólo se puede compartir con alguien de la misma edad, y hasta sospeché que por eso él me había invitado a su finca ese fin de semana, justamente para ventilar esos temas más íntimos o difíciles. Mi amigo necesitaba hablar, y quizás la casualidad de haber compartido la misma banca del bus en el paseo del colegio le permitió descubrir a otro joven como él, alguien capaz de comprender y bueno para escuchar, con quien él podría desahogar todo lo que tenía embotellado en las entrañas sin temor a hacer el ridículo. En efecto, fue como si Sebastián hubiera abierto las compuertas de su interior. Me habló de su madre que falleció en el parto, de la falta que le había hecho tener hermanos o más amigos —sólo tengo uno, indicó, y ahora sé que se refería a Rafael Alcázar—, de su amor por su padre y de su pasión por el fútbol. También me refirió el incidente con Ernestina, la cocinera de la casa —lo dijo bajando la vista, como temiendo que fuera cierta la brutal acusación—, y después, a lo mejor para cambiar de tema, me confió que en esos días se había enamorado por primera vez, pues había visto a la niña más hermosa del mundo a través de la ventana de un jardín, haciendo la siesta, mientras él caminaba por una calle de Bogotá. Le pedí que me contara más sobre la chica, pero él me dijo que primero iba a tratar de hablar con ella, pues ni siquiera conocía su nombre —aquello nos hizo reír a carcajadas—, y que con suerte eso sería la semana entrante. Y en ese momento, me prometió con un guiño, te contaré todos los detalles. También le pregunté por qué él nunca había jugado fútbol en el colegio, aunque no recuerdo su respuesta, y lo animé a que probara con nuestro equipo juvenil, pues seguro el entrenador lo escogería sin dudarlo, ya que él jugaba mejor que cualquiera de nosotros. Sebastián escuchó mi propuesta y se echó hacia atrás, manteniendo el equilibrio y entrelazando los dedos para apoyar la cabeza en la palma de las manos; exhaló un bufido de los pulmones, mirando el cielo abierto que discurría entre las ramas altas del follaje, y pareció meditar sobre aquello. Así lo haré, dijo al fin. Lo felicité con alegría, y sellamos su decisión con un fuerte apretón de manos, como si hubiéramos hecho un pacto secreto.

Permanecimos en silencio, avanzando en los neumáticos y admirando la luz que agonizaba sobre la selva. Me quedé pensativo, asimilando lo que Sebastián me acababa de confiar, y concluí que no era justo, maldita sea; no era justo que él les diera crédito a las habladurías de la tal Ernestina, la cocinera que había dicho aquello —*Eres un asesino*, le espetó antes de marcharse de la casa— tras ser acusada de robo, pillada con las manos en la masa y seguramente motivada por las ansias de venganza. De modo que, sintiéndome en mayor confianza y envalentonado por una nueva solidaridad de amigo, así se lo hice saber. Tienes razón, me dijo Sebastián, tras pensarlo un minuto. En todo caso, sugerí, la única forma de averiguar la verdad es hablando con tu padre, ¿correcto? Vi que el otro se mordía el labio inferior, sopesando mis palabras, y al cabo me dijo que era cierto y hasta me agradeció el consejo, pero aclarando que esa conversación la tendría que aplazar unos días, pues no quería tocar el tema durante aquel fin de semana para evitar que un posible mal momento nos estropeara el paseo. Le agradecí la consideración y él se limitó a asentir con la cabeza, tamborileando con los dedos sobre la goma del flotador mientras descendíamos por el río, girando suavemente en el crepúsculo. Tenía la mirada fija en la espesura que pasaba a nuestro alrededor, pero con una sombra de inquietud en el rostro. ¿Y si es cierto?, preguntó de pronto. ¿Qué pasa si averiguo las cosas, tal como dices, y mi padre me confirma que lo que dijo Ernestina es verdad, que yo maté a mi madre? Pero es obvio que no lo es, respondí, haciendo un gesto con la mano para borrarles relevancia a las palabras perversas de la mujer. Habla con tu padre y él te dirá. Entonces Sebastián cambió de expresión, seguro pensando en lo que tenía pendiente para esos días. No era poco, pues incluía buscar a la joven de sus sueños y tratar de hablar con ella; hacerle una demostración de su destreza al entrenador de fútbol a fin de ingresar al equipo juvenil del colegio; conversar a solas con su padre para aclarar, de una vez por todas, si había algo de válido en lo que había dicho Ernestina; y, por último, contarme todo aquello sin olvidar pormenor alguno. La otra semana será una de las más importantes de mi vida, infirió medio en broma. Así es, admití. Pero todo saldrá bien, ya verás. Sebastián me miró con una sonrisa incierta y adiviné un atisbo de gratitud en sus ojos. Ojalá, repuso, exhalando un suspiro. Claro que sí, insistí, para darle ánimos. Más aún: apuesto que, para el próximo fin de semana, con el tema de Ernestina resuelto, jugando de delantero en nuestro equipo de fútbol y estrenando una novia hermosa… ¡tu vida será otra! Nos reímos ante el tamaño del comentario, y él se limitó a repetir: «Ojalá». En seguida nos dimos otro apretón de manos para celebrar sus decisiones, como habíamos visto hacer a los adultos, chocando copas, para festejar un acontecimiento memorable. Y ahora que lo pienso, lo que hablamos esa tarde resultó siendo cierto: la semana siguiente fue una de las más importantes de la vida de Sebastián, pero no por lo que dijimos mientras flotábamos en las aguas vivas del río Sumapaz, sino por razones opuestas y todas negativas. No teníamos cómo saber nada de eso en ese momento, claro está, y yo sólo podía pensar en mi felicidad de contar con un nuevo amigo, alguien con quien tenía tanto en común y cuya camaradería, no me cabía duda, iba a durar toda mi vida. Incluso tras ese segundo apretón de manos sentí que habíamos sancionado nuestra amistad con el mismo compromiso de lealtad de dos indios guerreros que se cortan la palma de la mano para sellar con sangre un acuerdo inquebrantable. Y hasta me fijé en la cuerda que mantenía atados los dos neumáticos y no pude evitar el soplo de un presentimiento, como si fuera el símbolo de una hermandad invencible.

La luz del día fue desapareciendo y las tinieblas se adueñaron del paraje. Seguimos descendiendo por el río, sobrecogidos por la oscuridad creciente y la expectativa que había tras cada recodo del formidable caudal. Surgieron luces de cocuyos en la maleza y Sebastián me dijo que había visto la sombra escurridiza de un zorro retirándose de la orilla. De repente se callaron los sonidos de la selva y oímos voces en la distancia, y al doblar una vuelta en el río notamos que habíamos llegado al puente colgante de El Paso. Una figura nos saludó desde la baranda de hierro y reconocimos a Alfonso, que nos esperaba para cerciorarse de que estábamos bien; lo saludamos con entusiasmo, avanzando sin podernos detener, y pasamos debajo de la ruinosa estructura del puente suspendido en las luces finales del ocaso, observando a duras penas las vigas y los travesaños, los cables oxidados y los huecos visibles entre las tablas decrépitas. Alfonso se pasó a la baranda opuesta para vernos salir al otro lado, y nos lanzó media botella de aguardiente Tapa Roja, que cayó lejos con un *splash* en el agua, bamboleante, y tuvimos que bracear para alcanzarla. Nos despedimos agitando las manos, y atrás quedaron el puente y el caserío, y las voces se fueron diluyendo con un eco triste en el crepúsculo. Destapamos la botella y por primera vez probé el aguardiente. No bebimos mucho, pero disfrutamos los sorbos cortos y paladeamos el fuerte sabor del anís, agradecidos porque el licor nos calentaba en el agua que se empezaba a enfriar. Al cabo de un tiempo advertí que la oscuridad había borrado los contornos de la selva, y un rato después una luna gigantesca, redonda y amarilla, empezó a surgir de las ramas de los árboles. Parecía atrapada en una monstruosa telaraña.

Más adelante, el río atravesó un bosque oscuro. Nos sujetamos de las lianas y de los bejucos que colgaban sobre la superficie negra, sintiendo las aguas abrirse y jalarnos con fuerza, rugiendo, hasta que nos soltamos y seguimos bajando, llevados por la corriente. Le empecé a decir algo a Sebastián cuando él me hizo señas de guardar silencio, pues estábamos pasando delante de una fogata de pescadores casi oculta en la orilla. Descubrimos las piraguas atracadas en el barro y los hombres metidos entre los árboles, acuclillados en torno a las llamas que parpadeaban entre los troncos, con los rostros de piel cobriza iluminados por el fuego que crepitaba y las manos abiertas al calor como si fueran naipes; lentamente, sus murmullos se fueron apagando hasta que nos quedamos de nuevo en silencio, flotando bajo la noche vasta y sin estrellas, resbalando por el río con la luna que se filtraba entre las ramas y manchaba la superficie con pinceladas de plata. Un tiempo después, no sé cómo, Sebastián reconoció las playas de su finca, de modo que braceamos con dificultad hasta la orilla y salimos del río, chorreando agua y hundiendo los pies en el lodo hasta las rodillas. Desatamos la cuerda y cada uno se echó su neumático al hombro, y luego seguí a mi amigo a través de los potreros bajos, ambos conversando sin parar e iluminados por la luna llena, el fulgor tan intenso que producía sombras. Yo temía que algún animal nos fuera a asaltar o que fuéramos a pisar una serpiente o una babilla, pero por lo visto nada de eso inquietaba a Sebastián, y, sin entender cómo lo hacía, el muchacho se orientaba en la penumbra, avanzando sin titubeos por un sendero estrecho y ondulante. Por último, trepamos hacia la casa ubicada en la cresta de la ladera, la cual brillaba con todas sus luces encendidas.

En ese momento descubrí otra faceta de mi amigo: a pesar de sus buenos modales Sebastián era de los que saben esperar para saldar sus cuentas, y nunca las dejan sin saldar. A él no se le había olvidado la broma de Alfonso de dejarnos cubiertos de polvo al despedirse en la carretera, de modo que ingresamos a la casa por la puerta de atrás, avanzando sigilosos como tropas de un comando militar. Llenamos a escondidas un balde con agua, buscamos una escalerilla y lo acomodamos con cuidado sobre el marco de una puerta entreabierta, apoyado contra el dintel, y, después de ocultar la escalerilla y de limpiar con un trapo el agua derramada en el proceso, llamamos a Alfonso en voz alta. Tan pronto el conductor entró al cuarto, empujando la puerta al tiempo que abría la boca para decir hola, le cayó encima el balde de agua y salimos corriendo entre carcajadas. Alfonso nos alcanzó y empezó una lucha libre entre los tres en el corredor de la casa. A pesar de su fuerza de bisonte lo logramos derribar, y por fin el hombre se rindió, justo en el momento en que apareció el padre de Sebastián en el pasillo. Entonces Alfonso se puso de pie como un resorte, pasándose los dedos con torpeza por el cabello mojado, y dejó escapar un «Ejem... Verá usted, don Hernando... Lo que pasó... los niños...». Hasta que los cuatro reventamos en risotadas.

He dicho que tengo dos recuerdos que sobresalen por encima de los demás en mi memoria, y aquel paseo con Sebastián por el río Sumapaz sin duda es el primero. Pero el segundo me impactó todavía más, y no sólo porque yo nunca lo había vivido en carne propia y ni siquiera lo había visto en casa de mis amigos, sino porque no me imaginé que fuera posible en un país como Colombia. Me refiero a la relación tan afectuosa que existía entre Sebastián y su padre. Ésta es una tierra muy conservadora en cuanto a la familia, donde el trato entre varones siempre se ha regido por códigos estrictos y machistas. Y más en esa época, pues entonces se creía que ser cariñoso con un hijo era la peor forma de educarlo, ya que no lo preparaba para las durezas de la vida y lo terminaba por acobardar o volver amanerado. Pero éste no era el caso de mi amigo. Se trataba de un vínculo varonil, marcado por el humor y la amistad, incluso la complicidad, aunque al tiempo exigente y formativo; una crianza enfocada en abrir el pensamiento y fortalecer el carácter. Y puedo añadir que bastante exitosa, basada en los resultados, porque el muchacho era el mejor de los estudiantes, valiente y deportista, amable y sencillo, y, aunque tímido a nivel social, para nada blando o cobarde. Sebastián me habló de su amor por su padre mientras descendíamos por el río, pero yo ya lo había notado desde la noche en que llegamos a la finca y hasta me causó cierta envidia, porque yo habría dado cualquier cosa por tener una amistad comparable con mi propio papá. Recuerdo que esa primera noche estábamos jugando en la piscina, brincando desde el trampolín y lanzándonos por el rodadero, hablando con Alfonso que estaba sentado en una de las tumbonas, iluminado por la luz azulosa y trémula que procedía de los reflectores de la piscina, cuando de pronto Sebastián se quedó inmóvil, con un dedo en alto y el agua goteando del rostro. Parecía atento, como a la caza de un sonido que surgía de la distancia. Entonces salió a toda prisa, dando brazadas y gritando: «¡Llegó papá!». Me quedé sin saber qué hacer, pues yo nunca había mostrado tanta alegría por la llegada a casa de mi padre y nuestra relación, bastante seca y distante, jamás me habría permitido esos aspavientos de afecto. Al rato yo también salí de la piscina, y vi los faros de un automóvil despejar la negrura y las llantas que hacían crujir la gravilla del puesto de estacionamiento, entonces mi amigo arrancó a correr, todavía empapado de agua. No obstante, lo más insólito fue que el señor se bajó del puesto del pasajero —el otro conductor ya estaba abriendo el baúl del vehículo para sacar las maletas—, luciendo su traje de dos piezas y aflojándose el nudo de la corbata, estirando la espalda por el largo viaje desde la capital, pero al oír la exclamación de su hijo dejó caer al suelo su maletín de trabajo, seguramente lleno de documentos importantes, y se dirigió hacia Sebastián con una sonrisa y los brazos abiertos. Lo recibió en el aire a pesar de su edad y de su tamaño, y lo estrechó fuerte y apretado, como si no se hubieran visto en meses, y luego supe que los dos se referían a ese tipo de abrazo como un «rompehuesos». Sin embargo, lo que más me asombró fue que al papá de Sebastián no le importó que su hijo le mojara el atuendo ni la corbata. Entonces pensé para mis adentros —mientras me acercaba para saludar al señor de manera respetuosa y agradecerle la invitación a su casa— que si yo llegara a hacer algo similar, seguro mi padre me correspondería la empapada con una buena tanda de correazos.

A partir de ese instante parecía que éramos tres los que jugábamos en la finca, y a veces cuatro cuando Alfonso se sumaba a nuestros planes. En los partidos de banquitas, por ejemplo, ambos señores nos disputaban el balón en serio, pero a veces don Hernando —dime solamente Hernando, me decía en tono cortés—, al verse vencido y adelantado por su hijo que corría como una liebre, lo sujetaba de la cintura para que Alfonso tomara el balón, mientras Sebastián protestaba, riendo y gritando: «¡Para, papá! ¡Para! ¡Trampa! ¡Trampa!». Entonces el otro soltaba a su hijo para que el niño cobrara un penalti, pero el señor no se quedaba quieto y lo distraía con muecas y amagues, lo que hacía que Sebastián se riera todavía más y pateara mal el balón. Entonces mi amigo perseguía a su papá por el césped, gritando: «¡Trampa! ¡Trampa!».

Era fácil de entender el origen de ese afecto, por supuesto, pues la ausencia de la madre se notaba y su carencia había afianzado aquella relación entre padre e hijo con amarras de acero. Incluso así me lo dijo don Hernando cuando nos quedamos solos unos minutos, sentados en el borde de la piscina con los pies metidos en el agua —Sebastián se había levantado para ayudar a traer bandejas con limonadas y pasabocas deliciosos como yuquitas fritas, papitas criollas, trozos de morcillas, quesillos tolimenses envueltos en hojas de plátano, salchichas diminutas y salsas y picantes diversos—; entonces el señor me dijo algo inesperado: que él me agradecía que yo hubiera aceptado la invitación de su hijo a la finca. Imagínese, don Hernando, respondí asombrado. Si el agradecido soy yo. Y procedí a contarle lo feliz que estaba y lo excepcional que era para mí estar allí, porque ninguno de mis otros amigos, le confesé, tenía propiedades así de bonitas. El caballero sonrió, modesto y educado, y vislumbré de dónde Sebastián había heredado esa sencillez y ese trato tan amable y cordial que, aun en pleno juego o disputa, no desaparecían nunca. Luego insistió en el punto, diciendo que él celebraba esa nueva amistad, pues lamentaba

253

que Sebastián no tuviera más amigos en el colegio. Le he dicho mil veces que invite gente a la casa en Bogotá, anotó, o a nuestra hacienda en las afueras de Cota, o a esta finca de tierra caliente, pero Sebastián nunca lo hace y por eso él pasa tantas horas solo. Además, yo viajo con frecuencia debido a mi trabajo, de manera que no puedo disfrutar todo el tiempo que quisiera con mi hijo. El hombre estiró y levantó un poco las piernas, viendo el agua cristalina de la piscina resbalar y destellar a la luz del sol. Lo que pasa es que la falta de una madre no la reemplaza nadie, sentenció con un suspiro, y Sebastián ha crecido con ese vacío toda su vida… El señor se interrumpió, porque oímos que el joven ya venía por el corredor con una bandeja en las manos, charlando con la empleada del servicio. En todo caso, concluyó don Hernando, aprecio que hayas venido, y, si me permites, quisiera pedirte un favor. Claro que sí, me apresuré a replicar. Lo que sea. El otro sonrió de nuevo, agradecido. Me gustaría que le presentaras a Sebastián tus otros amigos del colegio, a ver si él deja atrás esa soledad tan malsana en la que vive… Mi hijo sólo tiene un amigo, que ha sido el mismo desde pequeños y es un excelente muchacho, pero no está en tu colegio y ahora vive en otro barrio, de modo que no es fácil que se vean. En fin, lo que te estoy diciendo, Roberto, es que a Sebastián le convendría ampliar su círculo de amistades, ¿no te parece? Claro que sí, repetí. Lo haré con mucho gusto, don Hernando, se lo prometo. Entonces sentí deseos de darle una buena noticia a ese señor tan gentil, y aunque lo que hablamos Sebastián y yo en el río era secreto, y varios de esos temas los tendrían que conversar ellos dos a solas, pensé que al menos sí le podría contar una de esas cosas sin cometer una infidencia demasiado grave: que la semana entrante Sebastián iba a tratar de ingresar a nuestro equipo juvenil de fútbol y que eso era bueno no sólo porque se podría convertir en la estrella de los delanteros, lo cual se traduciría en popularidad en nuestro curso, sino porque a través de ese deporte seguramente él haría nuevas amistades. ¿La semana entrante?, preguntó don Hernando. Sí señor, confirmé. Vaya, vaya, afirmó. Ésa sí es una buena noticia. Entonces me miró y esbozó una expresión contenta. Casi de alivio.

En todo caso, así transcurrieron los días del puente hasta que se acabó el fin de semana. El lunes en la tarde subimos a Bogotá, sintiendo el frío arreciar a medida que trepábamos por la cordillera, y unas horas después ya estábamos estacionados delante de la puerta de mi casa. Me despedí de los tres con mi morral colgado al hombro, les volví a agradecer por esa invitación maravillosa y me dirigí a la entrada para tocar el timbre eléctrico. Desde ahí les hice otro gesto de despedida con la mano, y luego vi la camioneta ponerse en marcha y desaparecer calle abajo. Al minuto mi madre abrió la puerta y me saludó con un abrazo y un beso cariñoso —y en seguida me regañó, tras revisar mis uñas y examinarme detrás de las orejas; soltó una exclamación y dijo que iba a preparar ya mismo un baño de agua caliente para que yo me lavara toda esa mugre—, y no pude dejar de pensar que una vivencia tan sencilla como era ésa para mí, es decir el afecto y la atención de una madre, era algo por lo cual Sebastián Sarmiento habría dado cuanto poseía por tener. Y al ingresar a la salita de mi casa, mientras yo comprobaba por primera vez el contraste entre la modestia de nuestra vivienda y la opulencia de la propiedad de Sebastián, y vi a mi padre sentado en su sillón de cuero viejo y cuarteado, leyendo la prensa vespertina, dirigiéndome apenas un gruñido de saludo, a la vez pensé —negando con la cabeza por la evidente ironía— que yo también habría dado lo que fuera por tener aquello que mi amigo poseía de sobra.

En fin, ahora creo que puedo entender por qué Sebastián le dijo a Luis Antonio Salcedo algo tan desmedido: que yo había sido como un hermano para él. Porque durante aquel fin de semana y por un brevísimo momento, quizás lo habíamos sido. No obstante, hasta ahí llegó nuestra amistad, por desgracia. Yo tenía la mejor voluntad de cumplirle mi promesa a don Hernando, de prolongar mi camaradería con su hijo y de presentarle a mis otros amigos en el colegio, pero a los pocos días Sebastián se marchó del país sin que yo supiera por qué ni a dónde, y no volví a saber nada de él —jamás recibí una carta, una postal o un telegrama, y ni siquiera un mensaje o un saludo enviado a través de un tercero— hasta más de cuatro años después, cuando de pronto Sebastián regresó al Liceo Americano para cursar sexto de bachillerato con todos nosotros. Claro, para entonces nuestra amistad ya se había enfriado y además él parecía otra persona, pues lo rodeaba un aire de descuido y lucía el uniforme del colegio desaliñado, y su cabello largo le llegaba hasta los hombros y su personalidad parecía la de alguien retraído y distante. Algo le había ocurrido en ese tiempo, aunque yo no podía imaginar qué había sido.

Entonces abrí los ojos, sobresaltado, porque intuí que la buseta estaba llegando a mi parada. Sacudí la cabeza para quitarme las imágenes del pasado y aterrizar en el presente, y me puse en pie, un poco aturdido, como si hubiera despertado de un largo sueño, y le pedí permiso a mi vecino de asiento para salir al pasillo del vehículo. Tiré del cordón de paradas para que el conductor frenara más adelante y me abrí paso entre la gente apeñuscada, sin saber a qué hora se habían subido tantas personas en la buseta, hasta que por fin pude bajar a la acera. Hacía frío. Levanté la vista y noté que el cielo seguía cubierto de nubes bajas y oscuras, pero al menos había dejado de llover. Empecé a caminar hacia mi conjunto residencial por la calle mal iluminada, esquivando grietas y huecos en el andén, y me sentí alegre al saber que en pocos minutos yo iba a entrar en mi casa, besar a mi mujer y abrazar a mis dos hijas pequeñas con todas mis fuerzas. Y en ese instante tomé conciencia de mi suerte increíble y de las vueltas que da la vida. Porque cuando éramos unos niños, jamás me imaginé que tantos años después, al compararme con Sebastián Sarmiento, mi conclusión sería que el afortunado era yo. Desde luego, yo no era un hombre influyente en los medios de comunicación nacionales, ni era dueño mayoritario de compañías grandes y exitosas, y tampoco poseía propiedades de recreo ni importantes sumas de dinero en el banco; mi casa era igual de modesta que la de mis padres, y mi trabajo era poco glamuroso, casi nunca aplaudido, y la remuneración dejaba mucho que desear, pero al menos yo tenía una familia y podía contar con la lealtad de mi esposa y el amor de mis hijas. Es decir: el calor de un hogar. Una calidez bienvenida, y más cuando se camina solo y lejos de la compañía de la gente, como era el caso de Sebastián. Lo cierto es que muchas cosas sin explicar rodeaban a mi amigo de la infancia, y volví a sentir el deseo de averiguar la verdad sobre él y quizás escribir algo al respecto, no con la intención de publicarlo, ya lo he dicho, sino para despejar el misterio y entender qué demonios le había pasado a Sebastián en todo ese tiempo. Tal como se lo comenté a Francisco a la salida de La Brasserie, escribir biografías hace parte de mi oficio, aunque yo nunca lo había hecho sobre alguien que no llevara al menos cuatrocientos o quinientos años de muerto. Entonces saqué el llavero de mi bolsillo y abrí la puerta de mi casa, y oí las voces de mis niñas que, al percibir la acción de la cerradura, gritaron felices lo mismo que había dicho Sebastián en la piscina de La Canela: «¡Llegó papá!». Y por un segundo me imaginé, mientras cruzaba el umbral y veía también a mi esposa que se acercaba, sonriendo y secándose las manos en el delantal de la cocina, que eso debió sentir don Hernando Sarmiento cada vez que abrazaba a su muchacho, y era algo que Sebastián jamás había tenido la fortuna de experimentar: el amor infinito por un hijo. Entonces, con esa imagen del padre de mi amigo rondando en mi cabeza, a la vez que mis dos pequeñas corrían hacia mí con los brazos abiertos y a mí se me comprimía el corazón, y ellas dejaban tiradas en el suelo las muñecas con las que estaban jugando —de la misma manera que don Hernando había dejado caer su maletín de trabajo lleno de papeles importantes—, entendí por dónde tendría que empezar mi investigación, porque por primera vez vislumbré el tamaño de la tragedia de Sebastián Sarmiento.

20. Naderías trascendentales

Tú lo dijiste, Roberto. No sé si te acuerdas, pero durante aquel puente que pasamos juntos en La Canela, cuando hicimos un paseo bajando por el río Sumapaz, mientras flotábamos sobre neumáticos en esas aguas densas y oscuras, vaticinaste que para el siguiente fin de semana mi vida iba a ser otra. Nos reímos, lo recuerdo bien, porque éramos jóvenes e ingenuos y nos pareció exagerado el comentario, y porque creíamos que a nadie le cambia la vida en sólo ocho días. Pero ahora sé, por el contrario, que se requiere mucho menos: basta apenas un instante para que la existencia de cualquiera estalle en pedazos. Aun así y valga la ironía, no te imaginas cuánta razón tuviste esa tarde en el río: una semana después, en efecto, mi vida era otra, y era además irreconocible.

Porque no son más que hechos casuales, Roberto. Sucesos pequeños, accidentales y fortuitos, frutos del azar y de la suerte, que alteran la realidad de manera imprevista y a menudo trascendental. Ésa es nuestra frágil y alarmante condición, la que, para bien o para mal, determina el destino de las personas. Y también el de las naciones. Como historiador que eres seguro no me crees, y serás reticente a aceptar que los grandes acontecimientos del pasado, en los que han intervenido factores tan formidables como los altibajos de los mercados internacionales, y los conflictos entre los pueblos y las religiones, y las determinaciones de los papas y los jefes de Estado, así como las guerras y las hambrunas y las mayores calamidades de la naturaleza, todo eso no puede depender de naderías, de detalles mínimos y triviales que nadie puede imaginar o anticipar. Pero te aseguro que así lo es. Y, si no me crees, basta recordar el caso de una señora modesta y de piel morena ocurrido en la ciudad de Montgomery, Alabama, el 1 de diciembre de 1955. Esa tarde la mujer buscó transporte público al igual que todos los días, luego de una extenuante jornada de trabajo como costurera en uno de los grandes almacenes del centro de la ciudad, y se subió al autobús número 2857 en la avenida Cleveland. Unas cuadras después, un grupo de personas blancas se subió frente al Teatro Empire, pero no había más asientos vacantes en la parte delantera del autobús. Como sabes, en ese entonces la ley establecía que los negros tenían que cederles su puesto a los blancos para que éstos se acomodaran en los espacios disponibles, de modo que el conductor James F. Blake le ordenó a esta mujer y a otros tres pasajeros que se movieran a la sección de atrás, reservada para la gente de color. La señora siempre había obedecido las normas y las reglas, pero cuando sus compañeros se levantaron sin protestar, retrocediendo hacia la parte trasera del vehículo, ella no se movió de su sitio. ¿Por qué no lo hizo? Quizás sintió, a sus cuarenta y dos años de edad, sobrevenir una fatiga de la madurez, o quizás ese día había trabajado más de lo normal y estaba un poco más cansada que de costumbre. O quizás a esa hora le dolían los pies y la espalda. O quizás sintió, por primera vez en su vida, la copa de su hastío rebosar, harta del maltrato y de la humillación que el racismo de su tiempo imponía a diario, junto con la necesidad de defender su honra y su integridad, el deseo elemental de ser tratada como un ser humano y una ciudadana común y corriente, y no como un ser inferior y de segunda categoría. O quizás en ese instante reconoció al mismo conductor que, insólita coincidencia, la había obligado a bajarse del autobús, doce años antes, durante una noche de lluvias torrenciales. O quizás, simplemente, no le dio la gana. El hecho es que la mujer se limitó a mirar por la ventana, y para el desconcierto y la irritación de los demás pasajeros, no se levantó de su puesto. El conductor la trató de obligar. «¡Se tiene que mover!», vociferó exasperado. «¡Es la ley!». Pero ella no se inmutó. El conductor amenazó con llamar a la policía. Aun así, la mujer no se movió. Los otros pasajeros se empezaron a quejar: los blancos en torno a la señora, negando con la cabeza y enfadados por su atrevimiento, y los demás negros en silencio, temerosos y mirándola de reojo, algunos preguntándose por qué ésta viene ahora a crear problemas, y todos molestos porque el autobús llevaba demasiado tiempo parado y deseaban llegar a su hogar para preparar la cena, descansar de la jornada laboral o cuidar a los hijos. Por fin llegó la policía, y, tras enterarse de lo que estaba pasando, los agentes se llevaron a la señora a la fuerza y la encerraron en la cárcel. Su nombre era Rosa Parks, y su pequeño y espontáneo acto de terquedad, resultado de una tenacidad y un valor admirables, pero también de una cadena de coincidencias y hechos casuales —estar allí a esa hora, subirse en ese bus particular, que el mismo conductor Blake de doce años antes estuviera al volante, más la falta de puestos libres para una cantidad específica de pasajeros blancos—, impulsó el Movimiento por los Derechos Civiles en Estados Unidos y sus repercusiones transformaron el mundo para siempre.

¿Otro ejemplo? El 9 de noviembre de 1989 una multitud se agolpó frente a Checkpoint Charlie, el retén militar situado en el ignominioso muro de hormigón que dividía la ciudad de Berlín desde 1961. ¿La razón? Se acababa de filtrar un rumor sorprendente aunque falso: la temida restricción para cruzar la frontera hacia el oeste, por la cual cientos de personas habían sacrificado la vida durante más de cuatro décadas de la Guerra Fría, sería levantada por completo. Unas horas antes, en efecto, el vocero Günter Schabowski, miembro del politburó y oficial del Gobierno socialista que había reemplazado a la fuerza a Erich Honecker, anunció en una rueda de prensa —aunque sin conocer con exactitud los detalles de la medida— que dicha restricción sería eliminada. Schabowski llevaba un buen rato hablando en el salón de medios del Ministerio Internacional de Prensa, leyendo ante los corresponsales acreditados en Berlín un extenso comunicado oficial, pero sólo al pronunciar esa declaración el cuerpo de periodistas se pareció callar y remover en sus sillas, sin saber si habían escuchado correctamente. ¿Cómo así? ¿Qué ha dicho? ¿Levantado el infame permiso para viajar? ¿Desaparecido el trámite, poco menos que imposible de obtener, para pasar de la Alemania Comunista a la Alemania Occidental? ¿Cruzar libremente los puestos fronterizos en Berlín sin ser acribillado por los guardias de la RDA, apostados con fusiles de asalto desde más de trescientas torres de vigilancia, los mismos que patrullaban las franjas internas con perros pastor

261

alemán y custodiaban aquel muro alto y gris, coronado de alam-
bradas de púas, reforzado con sacos terreros, nidos de ametrallado-
ras y obstáculos de hierro antitanque, que medía ciento cincuenta
y cinco kilómetros de largo y había partido la ciudad en dos desde
hacía veintiocho años? No parecía posible. Todo el mundo recorda-
ba las muchas víctimas del muro, entre ellas una de las primeras:
el joven obrero Peter Fechter, que, sin previo aviso, salió corriendo
en una acción temeraria y, mientras trepaba por la pared y vencía
la cima, recibió un disparo de fusil en la cadera que lo derribó al
suelo; allí agonizó durante más de una hora, dando gritos e implo-
rando ayuda, a la vista de todos y sin que nadie del costado orien-
tal hiciera el menor esfuerzo por socorrerlo. Y esa orden terminan-
te de disparar sin contemplaciones se había mantenido inalterable
a lo largo de todo ese tiempo. Si sólo unos meses antes, en el pasado
febrero, los guardias habían matado al mesero Chris Gueffroy al
intentar escalar el muro, y hacía diez días apenas que en otro lugar
de la frontera un soldado había abatido a tiros a un hombre que se
atrevió a ensayar el cruce. Es más: de las seiscientas personas que
murieron en la hazaña de sortear la línea fronteriza entre las dos
Alemanias, ciento treinta y ocho cayeron en Berlín. De modo que
al escuchar esa sorpresiva declaración de Günter Schabowski, la
aletargada sala de prensa de pronto se llenó de ruido y de voces en-
contradas, de manos levantadas en alto y preguntas que se atrope-
llaban para ser atendidas, cuando una se oyó por encima de las de-
más. El vocero, sin entender en ese instante la razón del alboroto
ni el alcance de sus propias palabras, un poco enceguecido por las
luces de las cámaras y los flashes de los fotógrafos, azorado y sin vis-
lumbrar de dónde o de quién había surgido la pregunta crucial,
hizo un gesto como tratando de escuchar, llevándose la mano a la
oreja. «¿Qué dice?», «¿cómo?». Entonces el periodista se puso en pie
y repitió la pregunta más elemental de todas, y esta vez resonó con
claridad: «¿Cuándo empezará a regir dicho cambio?». Günter
Schabowski revisó las hojas del comunicado y sus notas escritas a
mano, de repente perplejo porque no tenía la respuesta. El oficial
había llegado tarde a la reunión preparativa para la rueda de
prensa y sólo tuvo tiempo de anotar unos puntos principales de la

medida. Entonces buscó entre los papeles, tratando de deletrear cualquier frase o palabra que hiciera referencia a un hecho temporal —una hora, una fecha, un momento en el calendario—, sintiendo transcurrir los segundos con los ojos de los medios expectantes clavados encima, cuando en ésas, para su alivio, la descubrió en medio de un párrafo: «Sofort». Era la única que tenía relación con el tiempo, de modo que el funcionario alzó la vista, se ajustó los lentes con el dedo índice, y, ante el auditorio atestado de periodistas y frente a las cámaras de televisión, aunque todavía turbado y dudoso, leyó en voz alta esa palabra pero sin verificar si la misma tenía algo que ver con el permiso para cruzar la frontera. «Sofort», declaró. «Inmediatamente».

La verdad, sin embargo, era otra. Esa palabra descubierta al azar, refundida entre las notas y los papeles oficiales del portavoz Günter Schabowski, se refería a una información distinta. Más aún, el Gobierno socialista de la RDA, liderado por Egon Krenz, sí había decidido otorgar pasaportes a sus ciudadanos por primera vez en décadas, pero luego de tramitar y obtener ese documento, lo cual tardaría meses, la gente podría solicitar, bastante más adelante, una visa de carácter temporal y sólo para viajar con las más estrictas restricciones, y a conciencia de lo que les sucedería a sus familiares que se quedaban atrás si la persona no regresaba en el lapso previsto. La idea era iniciar un lento y discreto proceso de apertura, tolerar un mínimo nivel de movilización, gradual y regulado, pero de ninguna manera propiciar un éxodo ni desencadenar un cambio social y político de tipo drástico. No obstante, las palabras o, más exactamente, esa sola palabra pronunciada por error por Günter Schabowski —Sofort—, leída al aire delante de los micrófonos de la radio y las cámaras de la televisión estatal, llevó a que en pocas horas una muchedumbre emocionada de cientos de miles de personas marchara hacia el puesto fronterizo y se aglutinara frente a la garita central, exigiendo paso a Berlín Occidental. En medio de la creciente presión de la multitud que gritaba consignas de libertad al lado de los guardias armados y nerviosos, y pedía sin cesar que se levantaran las barras del retén militar, el comandante a cargo del puesto de control telefoneó a sus superiores, cada vez más desesperado, para que alguien le confirmara la información. Nadie lo hizo. La declaración de Schabowski había producido un verdadero caos en el interior del Gobierno y nadie contestó la llamada. Entonces, a las 11:17 de la noche, aquel oscuro militar en Checkpoint Charlie, confundido por los hechos y por la falta de instrucciones precisas, aturdido por el clamor del gentío que estaba a punto de salirse de control, que no paraba de crecer y de pedir el paso a gritos, sabiendo lo que el régimen esperaba de él —salir de la caseta con el megáfono en la mano e impartir la orden de disparar a quemarropa, ocasionando un baño de sangre y una masacre—, dejó escapar un suspiro y en cambio hizo un gesto sencillo, casi resignado: se encogió de hombros. «Y... ¿por qué no?», pareció decir. Entonces el militar dio la orden de levantar la barra. La multitud, eufórica y a la vez sorprendida e incrédula, cruzó de prisa los pocos metros que marcaban esa barrera infranqueable. En ese instante y para efectos prácticos, el odiado Muro de Berlín había dejado de existir. Y más todavía: en cuestión de horas éste empezaría a ser físicamente destruido por los mismos soldados que lo habían custodiado desde siempre y por el tumulto de personas que, riendo y llorando, se abrazaban con amigos y familiares que no habían visto en casi treinta años.

Esa serie de acontecimientos no ocurrió en un vacío, desde luego. Y tampoco desconozco el peso de otros factores definitivos en ese momento histórico, incluyendo la crisis económica de los países socialistas a finales de los años ochenta, la influencia de la política exterior de Estados Unidos encabezada por Ronald Reagan, el crepúsculo de la Guerra Fría, la caída de los precios mundiales del petróleo, la corrupción y el debilitamiento del régimen comunista, el fortalecimiento del movimiento democrático en Alemania del Este, la glásnost de Mijaíl Gorbachov y la importancia de otras figuras cruciales como Lech Walesa, Juan Pablo II y muchas más. Pero también es cierto que, adicionalmente, aquella suma de actos pequeños y casuales —una pregunta escuchada entre muchas otras en una rueda de prensa, una palabra errada y leída al azar en un discurso oficial, el hecho de que nadie contestara un teléfono en mitad de la noche para verificar una información perentoria, unido a un ademán modesto y resignado de un comandante militar, una simple encogida de hombros— terminó por derrumbar la Cortina de Hierro y, eventualmente, el imperio colosal de la Unión Soviética.

¿Todavía no me crees? No olvides que uno de los conflictos más terribles y sangrientos de la historia, nada menos que la Primera Guerra Mundial, una carnicería que destruyó media Europa y cobró la vida de millones de personas —y tras la cual cayeron al final cuatro imperios: el ruso, el otomano, el alemán y el austrohúngaro—, estalló por una sucesión inconcebible de azares menores y hechos triviales y fortuitos. El 28 de junio de 1914, el archiduque Francisco Fernando de Austria y su distinguida esposa, la duquesa Sofía Chotek, junto con una comitiva de miembros de la realeza y de la corte imperial, se desplazan en tren a la capital de Bosnia, Sarajevo. El archiduque es sobrino y heredero al trono de Francisco José I, soberano del imperio austrohúngaro, y a última hora ha aceptado una invitación de Estado para asistir a una ceremonia militar que tendrá lugar en las afueras de la ciudad. Tras recibir confirmación de la visita oficial por fuentes clandestinas, seis asesinos, entre ellos el serbio Gavrilo Princip, pertenecientes al grupo nacionalista Mlada Bosna (Joven Bosnia) y con armas facilitadas por la organización terrorista Mano Negra —de la cual varios de ellos son miembros secretos—, preparan los detalles finales del atentado. Esa mañana los seis se alistan y se dispersan entre el público a lo largo de la elegante avenida Appel, por donde está previsto que pasará la caravana imperial, y se camuflan entre los grupos de curiosos. Cada uno está dotado de pistolas y explosivos, y ninguno duda de su objetivo: matar al futuro emperador para liberar a Bosnia del yugo austrohúngaro. No obstante, cuando el archiduque pasa en el convoy acompañado de su bella esposa, ambos luciendo prendas de gala y sentados en el asiento posterior del coche descapotado, sonriendo y saludando con la mano a la muchedumbre que bordea la vía, sólo uno de los asesinos, Nedeljko Čabrinović, alcanza a actuar. El joven se abre paso entre la multitud y arroja una bomba al vehículo oficial, pero el artefacto rebota contra la parte de atrás del automóvil, una limusina negra de *marca Gräf & Stift, y explota segundos después, hiriendo a varios transeúntes y a otras figuras de la comitiva real, entre ellas el coronel Erich von Merizzi y el conde Alexander von Boss-Waldick. Čabrinović huye entre la confusión y el tumulto de personas asustadas que gritan, pero es capturado por la policía al lanzarse al río, y aunque se trata de suicidar, tragándose el sobrecito de cianuro en polvo que lleva en un bolsillo, el veneno no funciona y los agentes se lo llevan a rastras a la comisaría, vomitando y dando alaridos debido al dolor en sus entrañas. Entretanto, los heridos por la bomba son conducidos al hospital más cercano. El archiduque, estremecido pero a salvo de la explosión y las esquirlas, declara que prefiere morir antes que huir de una ciudad que forma parte del imperio, y luego de una acalorada discusión con sus asesores —que son conscientes del peligro de permanecer allí, pues ignoran si el joven ha actuado a solas o si hay otros asesinos al acecho, e incluso si hay otros atentados en marcha— resuelve proseguir con la programación del día. Ésta incluye la inspección a un cuartel militar, una visita de cortesía al Museo Nacional, reuniones y discursos en el ayuntamiento de la ciudad, y al final tomar el tren para retornar a su castillo en Austria. Sin embargo, tras concluir los compromisos principales y a la salida del ayuntamiento, en vez de encaminarse a la estación central de Sarajevo para partir a casa, el archiduque cambia de parecer y ordena regresar para visitar a los oficiales que yacen heridos en el hospital. El convoy parte de nuevo, pero en ese momento, por un error en las órdenes dadas al chofer, Leopold Lojka, el auto de lujo avanza por los muelles que bordean el río Miljacka, cruza el puente Latino y se introduce en una calle equivocada. Lojka frena para dar marcha atrás, pero el descapotado ha quedado brevemente detenido frente al café Moritz Schiller, allí donde Gavrilo Princip, de diecinueve años, se encuentra cabizbajo, rumiando sobre el fracaso del complot y la captura de su colega Čabrinović, y tratando de concebir un plan alterno mientras toma un bocado. Lojka hunde el pedal del embrague y acciona la palanca de cambios para poner el auto en reversa, pero su pie resbala del metal y, durante unos segundos fatídicos, el coche no se mueve. El asesino levanta la vista y descubre la limusina del* archiduque parada justo delante de él, y por un instante permanece atónito. La creía lejos a esa hora, seguramente en las afueras de la ciudad o inasible en una fortaleza militar, y la oportunidad de matar al enemigo perdida para siempre. Pero allí está, y no pasando a toda carrera frente a sus ojos alucinados sino quieta, inmóvil, al alcance de la mano y con la lona abajo, revelando a la pareja heredera al trono imperial expuesta y vulnerable. Entonces Princip reacciona y se incorpora de prisa, se dirige casi tropezando hacia el automóvil mientras saca su pequeña pistola Browning, apunta a medias y dispara dos veces. Una bala perfora el abdomen de la duquesa y la otra impacta el cuello del archiduque, destrozando la arteria carótida. Ella se lanza sobre su marido, tratando de protegerlo, y el archiduque le implora a su esposa, entre las primeras gárgaras de sangre, que por favor no se muera para no dejar huérfanos a sus hijos. En minutos, sin remedio, ambos agonizan en el asiento trasero del coche.

La noticia del asesinato se riega por todo el mundo. Al poco tiempo enciende protestas y disturbios públicos en Sarajevo, y no tarda en detonar una crisis diplomática sin precedentes: el imperio austrohúngaro le declara la guerra al reino de Serbia, y un mes después, por tratados internacionales que obligan a los diversos países a tomar las armas para defender a sus aliados —entre ellos Alemania, Francia, Rusia e Inglaterra—, Europa se encuentra sumida en la peor conflagración de su historia. Pronto otras naciones intervienen y llegan a sumar más de cien en total, todas involucradas en una catástrofe de escala mundial, hasta que la guerra concluye con el Armisticio, cuatro largos y sangrientos años después, que se firma en un vagón de tren en el bosque de Compiègne, Francia, el 11 de noviembre de 1918. El saldo final son diecisiete millones de muertos, más de veinte millones de soldados y civiles heridos, varios países nuevos que se forman de las ruinas de los cuatro imperios disueltos, y las semillas de la discordia sembradas entre las potencias europeas que, veintiún años después, darán paso al conflicto más devastador de la humanidad: la Segunda Guerra Mundial. Y todo por un acto, o una suma de actos, ínfimos y accidentales.

Ahora, si todavía necesitas otras pruebas, busca el hermoso libro de Stefan Zweig —ya sabes que soy un enamorado de la literatura en alemán—, Momentos estelares de la humanidad, y ahí verás varios ejemplos similares. En 1815 el mariscal francés Emmanuel de Grouchy toma una decisión equivocada y sella la suerte de Napoleón en Waterloo y, de paso, la de toda Europa. Por descuido, alguien deja una pequeña puerta abierta durante el asedio de los turcos en Bizancio, en 1453, y acto seguido se desploma el Imperio romano de Oriente. En enero de 1848 el carpintero James W. Marshall recorre el aserradero del hacendado John Augustus Sutter y distingue una chispa amarilla en la arena; ese hecho, en apariencia insignificante, desata la fiebre del oro en California y cambia la historia de Estados Unidos y, a su vez, la de todo el mundo civilizado.

Te repito: son casualidades, hechos menores e imprevistos, desenlaces de la buena o mala suerte que producen efectos sobresalientes y muchas veces de trascendencia histórica. ¿Acaso crees que la batalla por los derechos civiles en Estados Unidos habría seguido exactamente el mismo camino si ese 1 de diciembre la señora Rosa Parks no se hubiera subido a ese autobús preciso, el número 2857? Como sabes, aquella mujer tan digna y menuda estuvo presa, la multaron y la despidieron del trabajo, al igual que a su marido, en retaliación por su protesta, pero ella jamás dio su brazo a torcer. Y aunque su valiente acto de repudio y condena no significó el fin del racismo, ni en ese país ni en ningún otro, no se puede negar que la realidad cambió en gran medida, y para bien, gracias al impacto político y cultural de ese movimiento cívico, del cual ella se convirtió en uno de sus representantes más famosos, y fue bautizada, incluso, la madre de esa formidable lucha por la igualdad racial. Pero nada de eso habría sucedido si Rosa Parks no hubiera estado allí ese día, sentada en la parte delantera de aquel autobús. Por eso cabe la pregunta: ¿qué habría pasado si esa mañana la costurera no hubiera ido al trabajo? ¿Cómo habría sido el curso de la historia si las personas blancas que se subieron frente al Teatro Empire hubieran sido menos, o si hubieran llegado segundos más tarde, prefiriendo esperar el autobús siguiente? ¿Y qué habría pasado si el conductor del vehículo no hubiera sido James F. Blake, con quien la señora Parks ya había tenido un altercado doce años antes? ¿El mundo no sería, quizás, diferente del actual? Obviamente no podemos saber qué rumbo exacto habrían tomado los hechos concretos, pero es probable que el resultado haya sido, a la larga o a la corta, distinto. Recuerda que miles de personas se suben cada día en miles de autobuses alrededor del globo —e incluso otros ya habían protestado antes por la segregación racial en el transporte público de la ciudad de Montgomery, sin mayores consecuencias—, pero sólo en un día específico, en un lugar preciso, una mujer particular se sube a un autobús determinado y de alguna forma cambia el universo.

De la misma manera, ¿qué habría pasado con la caída del Muro de Berlín y la desintegración del bloque soviético si un comandante anónimo en Checkpoint Charlie no se hubiera encogido de hombros en ese caos, o si alguien le hubiera contestado el teléfono durante esa noche de locos e impartido una contraorden brutal, impidiendo el paso de la multitud a punta de bayonetas y disparos de fusil? ¿Qué habría pasado si Günter Schabowski no se hubiera equivocado en aquella rueda de prensa, si hubiera encontrado otro término que hiciera referencia a una fecha refundido entre sus papeles, o si hubiera pronunciado una palabra —una sola palabra— distinta? ¿Se habría prevenido o aplazado el colapso de la Cortina de Hierro y el desplome de la URSS? ¿Por cuánto tiempo? Entretanto, ¿cuántos muertos más habría cobrado el muro, y cuántas vidas se habrían afectado, de una forma u otra, en la Unión Soviética y en el mundo, si las cosas hubieran ocurrido de otro modo, o con un día, un mes o un año de diferencia? Nadie lo sabe.

En cuanto a la Primera Guerra Mundial, varios historiadores consideran que esa contienda era inevitable y que la misma habría estallado tarde o temprano, con o sin el famoso atentado en Sarajevo —aducen el apetito expansionista de las potencias europeas, las tensiones prevalecientes entre los imperios, el auge del nacionalismo y el desenfreno de la carrera de armas, entre otras especulaciones—, pero esa certeza no la tiene ninguno y casi todos coinciden en que el conflicto habría sido bastante menor, y que jamás *habría rebosado hasta alcanzar esa dimensión mundial. Por eso es válida la pregunta: ¿qué habría pasado si el chofer del archiduque Francisco Fernando no se hubiera extraviado en las calles de Sarajevo ese día de 1914? ¿Si no se hubiera detenido frente al café Moritz Schiller, precisamente allí —de todos los lugares posibles de la ciudad— donde el joven serbio Gavrilo Princip, armado con su pistola semiautomática, cavilaba en su mala estrella mientras comía un emparedado y adonde había llegado por simple azar? ¿Qué habría pasado si el archiduque hubiera proseguido con su itinerario sin dar la orden de regresar al hospital para visitar a los heridos de la mañana, o si Leopold Lojka hubiera retrocedido a tiempo en esa estrecha calle adoquinada, o si las balas disparadas de prisa por el adolescente Princip hubieran fallado por un milímetro? ¿Cuántos millones se habrían salvado de las trincheras europeas, de ser fileteados por las ametralladoras? ¿Cuántos imperios no se habrían desintegrado, y cuántas naciones no se habrían formado o formado de otra manera? ¿No sería el mundo diferente? Mejor dicho: porque un conductor dobla una esquina y su pie resbala de un pedal, ¿cambia el planeta? ¿Cambia la configuración social y cultural, la geografía política de la Tierra? Porque un muchacho deambula por una ciudad y decide sentarse en una pastelería y no en otra, ¿millones de niños quedan huérfanos, millones de mujeres quedan viudas, millones de civiles y soldados procedentes de lugares tan lejanos como Sudáfrica, Australia, Japón, la India y Nueva Zelandia —entre muchos otros— terminan heridos, mutilados y lisiados de por vida, y se recorta la población mundial en más de diecisiete millones de almas? Es claramente el efecto mariposa descubierto por el matemático Edward Lorenz, pionero de la teoría del caos, pero no relacionado con los cambios atmosféricos sino con la condición de los pueblos y la existencia de las personas. Sin duda, esos hechos mínimos del azar a veces ponen en marcha movimientos insospechados que tienen la fuerza de un temblor de tierra y alteran la Historia en forma inapelable. Aunque también es cierto que, a menudo, los efectos de esos actos pequeños y aleatorios son más sencillos, o quizás su relevancia no llega a superar el ámbito de un solo individuo.*

Tal es el caso de Frane Selak. No sé si lo sabes, pero durante décadas este señor padeció varios acontecimientos insólitos, y su destino estuvo en manos, repetidas veces, de sucesos ínfimos y anodinos. Por eso, mientras algunos piensan que este fulano es uno de los hombres menos afortunados de todos, otros creen que nadie ha tenido mejor suerte en el mundo.

Frane Selak era profesor de Música en Croacia, y su primer roce con la muerte ocurrió en enero de 1962. Al viajar en tren desde Sarajevo a Dubrovnik, una falla mecánica hizo que la locomotora saltara de los rieles, arrastrando consigo la ristra de vagones abarrotados de personas que gritaban del pánico, dando tumbos por la ladera y cayendo en un río de aguas heladas al fondo de un cañón de rocas enormes. Muchos pasajeros murieron aplastados o se ahogaron atrapados entre la corriente y los vagones destruidos, pero Frane sólo se partió un brazo y por fortuna llegó nadando a la orilla, tiritando y maltrecho, pero vivo.

Al año del accidente del tren, volando en un bimotor a la ciudad de Rijeka, el señor Selak iba tranquilo, leyendo su libro, cuando de pronto las hélices se apagaron, los motores tosieron y empezaron a humear, y el avión se precipitó a tierra. Las diecinueve personas que iban a bordo murieron en el impacto. Sin embargo, segundos antes de chocar, una puerta del fuselaje se abrió de golpe y Frane salió succionado al vacío sin un paracaídas, dando giros y volteretas en el aire, y de modo increíble cayó justo en un almiar, un solitario montículo de paja en la mitad de un potrero. No sufrió heridas de gravedad.

Dos años después, en pleno invierno, el señor Selak paseaba en un autobús cuando de pronto el vehículo empezó a derrapar en el hielo, el conductor perdió el control y el bus reventó la barrera vial, resbalando por un precipicio. Cuatro personas murieron en forma instantánea, pero Frane se salvó. Luego, seguro suspicaz del transporte público, el profesor de Música compró su primer automóvil, pero en 1970, mientras conducía por la ciudad, de pronto el motor estalló en llamas y el vehículo se prendió en una pavorosa bola de fuego. No obstante, Frane se alcanzó a lanzar a tiempo a la calle. Al cabo de tres años, al parecer una chispa en el alternador

271

*incendió la bomba de gasolina de su nuevo auto, y un fogonazo de
candela brotó por las rendijas del aire acondicionado, quemando
al profesor en su rostro y cabello. Pero también sobrevivió a ese incidente.*

*En 1995 este individuo fue atropellado por un autobús en la
calle, y tampoco murió. Al año, mientras conducía por una corni-
sa de curvas peligrosas en la montaña, un camión lo sacó de la carretera; su vehículo se despeñó al vacío y cayó a un abismo de más
de cien metros de hondo, donde explotó en llamas. Pero Frane saltó del auto en el último segundo y fue hallado después, balanceán-
dose en la copa de un árbol, aterrado, pero ileso.*

*Su historia no termina ahí. A los setenta y dos años Frane de-
cidió comprar una boleta de lotería y se ganó el premio mayor. Entonces, ¿un hombre con o sin suerte? Depende de cómo se mire. Lo
cierto es que en cada uno de esos incidentes en los que el profesor
Selak bordeó la muerte, un simple hecho casual hizo que él viviera
mientras otros morían a su alrededor: estar sentado en un puesto
específico en el tren o en el avión; que la fatiga de material llegara
a su punto máximo, permitiendo la ruptura de la puerta de emergencia justo a tiempo; que aquel cúmulo de paja estuviera exactamente allí y no a un metro de distancia; que el auto de Frane se
lanzara por un barranco aunque pasando, asombrosamente, al
lado de un árbol de copa frondosa. O sea: hechos pequeños y fortuitos que llevaron, por un lado, a que él estuviera presente en todos
esos instantes límites y de peligro, pero, por otro lado, a que él se
salvara cada vez por un pelo y un milagro.*

*Otro ejemplo es el de Dick Cavett. No hace mucho aquel céle-
bre escritor, periodista y entrevistador de la televisión recordó una
vivencia que tuvo lugar hace décadas. El hombre estaba solo un
domingo de verano, hospedado en una casa frente a la playa en
Long Island, al nordeste de Estados Unidos, cuando sintió deseos
de leer la prensa. Cansado de escribir en Nueva York debido al bullicio de la ciudad y a sus muchos compromisos sociales y profesionales, Cavett se había refugiado en esa casa para trabajar en un
libro que venía escribiendo hacía meses. Y aunque estaba complacido, avanzando a buen ritmo en esa hermosa propiedad con vista*

al mar, aquel domingo él prefirió cambiar de rutina y, en vez de sentarse a escribir como lo había hecho los días anteriores, el periodista optó por tomarse la mañana de descanso para recargar energías y pensar en otra cosa. Y la mejor manera de hacerlo, concluyó, era leyendo su periódico favorito, el New York Times, *mientras disfrutaba una sabrosa taza de té caliente. Entonces Cavett salió de la casa, se subió a su automóvil para conducir hasta el pueblo más cercano, y al cabo de un rato llegó al caserío y aparcó delante de la única tienda que vendía la voluminosa edición dominical del prestigioso diario neoyorquino. Para su alegría, desde la puerta del local el caballero vio que en el mostrador de ese sencillo almacén de pueblo quedaba un ejemplar disponible. El último. Cavett lo fue a coger, pero justo en ese segundo otro señor que también andaba de compras se le adelantó y se llevó el periódico. Decepcionado, el escritor quedó como en el aire, sin ganas de leer la gaceta local o buscar una revista para hojear en la casa. No obstante, al cabo de un minuto el otro señor hizo algo inesperado: regresó al mostrador y volvió a poner el diario en su lugar, por algún motivo arrepentido de comprarlo. Cavett, sorprendido, lo cogió de inmediato y pagó en la caja. Caminó hacia su auto, feliz con el pesado bulto de prensa bajo el brazo y todavía sin poder creer su suerte. Abrió la puerta del conductor y arrojó el grueso paquete sobre el asiento del pasajero. Con el impulso el diario se deslizó y las diversas secciones resbalaron al suelo. Todas salvo una: la cultural. Mientras ponía el motor en marcha y retrocedía para salir del puesto de parqueo, Cavett dirigió una mirada distraída y alcanzó a distinguir el titular de una noticia sin importancia: pronto sería el estreno de un musical en Broadway, una gran producción basada en un libro menor aunque de ventas notables. El hombre manejó de regreso a la casa, pensando que en contados minutos tendría el placer de sentarse en un cómodo sillón con su taza de té y leer el sustancioso diario a sus anchas, y también reflexionó sobre esa noticia —la única— que detectó de un vistazo, pues él conocía el librito en el que se habían basado para producir el espectáculo y en su opinión era poca cosa, un relato insulso que no tenía la hondura ni la calidad para que se montara todo un show de Broadway en torno suyo. Negando con* la cabeza, cavilando en la decadencia de las artes actuales y diciéndose que hoy en día hacen un musical inspirado en cualquier texto vulgar con tal de que haya tenido buenas ventas en librerías, Cavett llegó a la residencia. En ese momento, sin embargo, el periodista descubrió algo inusitado: una densa bruma procedente del mar había invadido el paisaje, creando un ambiente bello y fantasmal. Esto hay que aprovecharlo, se dijo, como si fuera un chico aventurero. Antes de sentarme a leer el diario, resolvió, daré una caminata por la playa. De modo que estacionó el auto y entró en la casa, dejó el periódico sin ordenar sobre la mesa del comedor y volvió a salir por la puerta corrediza de la terraza. Anduvo descalzo por la arena, oyendo el batido cercano de las olas y asombrado por la espesura de la niebla, pues no podía distinguir la espuma en la orilla ni ver más allá de un par de metros. De pronto, creyó adivinar una sombra, como una figura que se aproximaba. Aguzó la vista, y en medio de la bruma apareció un hombre, seguro el dueño o el huésped de alguna casa vecina, quien había tenido la misma idea y también se encontraba caminando por la playa en la niebla. Cavett no lo conocía y los dos señores se saludaron con amabilidad, admirados de encontrarse en esa bruma tan apretada y grisácea. Intercambiaron unas palabras corteses sobre el tiempo y luego Cavett se sintió algo incómodo, obligado a decir cualquier cosa para llenar el silencio que se acababa de producir entre ellos, porque no tenían otro tema en común. Entonces se le ocurrió hablar sobre la noticia que había divisado en el periódico. ¿Ha visto lo que hacen hoy en Broadway?, preguntó, consternado. Con tal de hacer dinero, estrenan un musical basado en un libro realmente insignificante. El señor lo miró sin entender. ¿Me habla en serio?, preguntó. Sí, sí, respondió Cavett. Acabo de ver la noticia en la prensa; parece que es una gran producción, con baile y música y lentejuelas, inspirada en ese librito tan mediocre. El señor lo observó por unos segundos, y sin decir nada más dio media vuelta y se alejó por la playa, desapareciendo en la bruma. Era el autor del libro.

Dime una cosa, Roberto: ¿de veras crees que esto se puede atribuir a una casualidad? Esa historia más bien sugiere que aquella suma de hechos menores y coincidentes parece obedecer a un diseño superior, casi celestial. *Un acto guasón, si se quiere, incluso una mofa tonta ya que sus consecuencias son igualmente intrascendentes, pero en cualquier caso intencional.* Deliberado. *Porque piensa por un segundo en todo lo que se requiere para que esta vivencia sea posible. Es decir: ¿cuántas noticias se publican en la edición diaria del* New York Times? *¿Cuántas se publican en la edición* dominical, *la cual es tan gruesa y extensa que pesa unas cinco libras en promedio y se requiere talar miles de árboles cada semana para imprimir ese diario, el más grande del país? ¿Que, de todas las noticias posibles, y gracias a una serie de acontecimientos fortuitos como un señor que escoge un periódico y luego se arrepiente y lo regresa al mostrador; una mano que finalmente compra ese mismo ejemplar y lo arroja en el asiento de un auto; una fuerza determinada, un impulso que hasta un físico podría medir y cuantificar; más una organización particular del diario, y todo se junta para que, en el segundo en que Cavett echa una ojeada —la única— al bulto de papel, una sola sección del impreso haya quedado al descubierto y dejado visible, exclusivamente, una sola noticia específica? ¿Que al llegar a la casa haya una bruma excepcional adueñada del paraje, un fenómeno que Cavett no había presenciado en los días anteriores, y que él tome la decisión espontánea de caminar por la playa en esa atmósfera, sin poder ver casi nada a su alrededor, y que se tope con una persona y no otra, una de miles de millones que habitan en el planeta, quien a su vez ha escogido esa misma hora para caminar por esa misma playa y justamente en el sentido contrario para encontrarse con Cavett de frente, y que a éste se le ocurra hablar, de todos los temas que existen en el universo, sobre esa noticia singular? ¿Y que aquel señor sea, precisamente, el autor del libro que él acaba de menospreciar? Simplemente no cabe dentro de lo posible. Como digo, en este caso esa suma de hechos casuales, reunidos por la mano de los dioses o del azar como si se tratara de una broma o una burla, no hizo más que ruborizar al señor Cavett y, seguramente, enemistarlo con ese individuo por el resto de su vida. Pero a veces las consecuencias de esos sucesos pequeños y banales son más grandes y no se limitan a una vergüenza pasajera, sino que desatan tragedias personales de naturaleza irreparable.*

Mi caso lo confirma. Y aquí repito que tuviste razón esa tarde en el río, cuando vaticinaste que para la semana siguiente mi vida iba a ser otra. Porque una sucesión de eventos mínimos —mínimos, reitero, sólo en apariencia— tuvo un desenlace imprevisto y trascendental, a tal punto que, aun después de tantos años, todavía me cuesta evocar el rosario de hechos y detalles, como una cadena de eslabones de acero, que en un solo día se sumaron para cambiar mi vida para siempre.

21. Palabras mayores

Nueva York, París, Venecia, Roma y Florencia, y el regreso otra vez por Nueva York. Ése fue el viaje que Sebastián emprendió con Mara un mes después de conocerse en Cartagena de Indias, y hacía muchos años que aquel hombre no había sido tan feliz, desde cuando vivía acompañado de su bella y amada esposa.

Los dos volvieron a Bogotá al concluir el festival literario, y a partir de entonces se vieron todas las noches. El empresario redujo la intensidad de su trabajo para dedicarle tiempo a la mujer, aunque no dejó de ir a su oficina a diario y se mantuvo bien informado de las noticias nacionales y mundiales, siguiendo los altibajos de la economía continental, pendiente de las inversiones de Alcásar y estudiando, poco menos que obsesivamente, las estadísticas más recientes de la violencia en Colombia. Su rutina era la misma de antes: madrugar, dirigirse al club temprano para hacer su sesión de gimnasia seguida de veinte o treinta piscinas de natación, el desayuno que tomaba en la terraza cubierta con un periódico en la mano —aseado y afeitado y envuelto en un albornoz blanco—, saboreando aquel menú sencillo que no variaba nunca —una tostada de pan integral untada de miel de campo, café oscuro y sin azúcar, una tajada de queso blanco y una porción de fruta fresca—, y luego pasar el resto del día trabajando en su oficina. La única diferencia era que al final de cada jornada, en vez de encaminarse a su residencia para cenar solo en su estudio mientras veía los noticieros y los debates de opinión o los informes de finanzas internacionales en la televisión, seguido de una hora de lectura de Kafka, Mann, Grass, Stefan Zweig o Friedrich Nietzsche antes de retirarse a dormir, ahora él pasaba por Mara en su automóvil de lujo para probar juntos alguno de los mejores restaurantes de la capital, y luego se dirigían al apartamento de Sebastián para seguir conversando, disfrutar una última copa antes de irse a la cama y hacer el amor. Después Facundo llevaba a Mara a su edificio, donde ella vivía sola en un pequeño piso alquilado, ubicado en los Cerros Orientales cerca de la mansión residencial del embajador de Estados Unidos, en la parte más alta del barrio Los Rosales, con una hermosa vista sobre la extensa y titilante ciudad de Bogotá. Sin embargo, cuando por algún motivo ellos se acostaban demasiado tarde en la noche, Mara se quedaba con Sebastián hasta la mañana siguiente y eso era lo que más le gustaba al ejecutivo: dormir juntos, abrazados y cogidos de la mano, abrir los ojos en mitad de la noche y sentir a la mujer tendida boca arriba en la cama, durmiendo apacible con el semblante inocente, apreciando su belleza natural y su sensualidad a flor de piel. Aquello era algo que sin falta lo maravillaba: el milagro de saberse acompañado. Entonces, moviéndose con cuidado para no despertarla, Sebastián le apartaba el cabello que le cubría parte del rostro, y percibía su respiración suave y rítmica, la temperatura tibia que emanaba de su cuerpo desnudo, e inhalaba su fragancia impregnada en las almohadas y en las sábanas revueltas.

Más aún, para Sebastián esas semanas con Mara fueron una revelación. Se le había olvidado lo mucho que se podía divertir, y descubrió que se podía reír de nuevo y hablar durante horas con esa mujer fascinante. No se cansaba de examinar su rostro precioso y gozaba al verla gesticular, charlar y sonreír; al notarla enfadada de celos por una mirada coqueta a su hombre por parte de una muchacha en un evento social, o triste al encenderse las luces en la sala de cine al final de una película sentimental, o indignada al oír la noticia de algún secuestro, matanza o asalto a otra población indefensa en manos del narcotráfico, la guerrilla o los grupos paramilitares. Sebastián demoraba la vista al escudriñar esos ojos grandes y verdes, al observar aquella boca de labios gruesos y entreabiertos, y cada vez sin poder creer su fortuna, agradecido por el hecho de haberse alejado del abismo justo a tiempo, y por el privilegio de ser él quien tenía la suerte de estar al lado de esa hembra tan apetecible. Se sentía favorecido por los dioses o el destino, tocado por la gracia o el azar, porque de todos los hombres del mundo él había sido el escogido para disfrutar de aquella compañía e inteligencia, gozar de aquel contacto físico y de aquellos olores; la licencia de poder besar y acariciar y reverenciar aquel cuerpo esbelto y voluptuoso. Le gustaba estudiar en detalle su figura de color canela, y a veces, cuando Mara yacía dormida en su cama, dándole la espalda y tendida de medio lado, él tomaba la sábana entre el pulgar y el índice y la alzaba apenas para espiar otra vez su cuerpo desnudo, admirando, en la tenue luz que procedía de la lámpara de la mesa de noche, la piel lisa y bronceada, los dos hoyuelos en esa cadera sensual, y la raya oscura entre la redondez de las nalgas perfectas. Y cuando hacían el amor en la penumbra del cuarto, mientras el hombre aspiraba, embriagado, el delicioso perfume de su cuello y aquel dulce olor a tierra fresca de mujer excitada, él exploraba con los ojos abiertos cada centímetro de su pellejo erizado, pasando la lengua por toda su columna vertebral, abriéndole las piernas para lamerle los muslos y husmearle el sexo; acariciaba, con la punta del dedo, la circunferencia negra del ano semejante a la ruedita de un juguete, recorriendo los pliegues de su vagina palpitante que parecía boquear con vida propia, introduciendo la lengua hasta el fondo de esa cavidad melosa, y luego metiendo un dedo o dos en esos orificios oscuros y pulsantes. Extasiado con sus aromas y la intensidad de las sensaciones, el hombre apretaba con fuerza las nalgas compactas, rozaba con las yemas la curvatura de los senos grandes y firmes, y lamía y chupaba los pezones duros y erguidos. No le quitaba la vista de encima mientras la mujer gemía con los ojos cerrados y se mordía el puño de la mano de la excitación. Sebastián se sabía entregado del todo a una experiencia que parecía nueva por haberla vivido hacía tanto tiempo atrás: la alegría de saber que había alguien en este planeta que le suscitaba sentimientos tan fuertes y vitales, y saber que éstos eran correspondidos. La euforia que nace de amar y de sentirse amado.

Lo cierto es que después de la muerte de Alana, y de la culpa que él sentía por esa tragedia y por todas las otras que habían marcado su vida, Sebastián creía que él no tenía derecho a ser feliz. En parte por eso él vivía dedicado al trabajo, como si fuera una penitencia. Y también por eso le sorprendió comprobar que ahora él deseaba sentir todo aquello con Mara. Le apeteció cenar en buenos restaurantes —con asombro descubrió la cantidad de lugares que habían brotado en los últimos años en Bogotá, una rica variedad de las mejores cocinas del mundo—, y luego los dos se reían como niños haciendo una lista mental de sus sitios preferidos. Le encantaba conversar largo y sabroso con esa mujer mientras paladeaban un vino tinto de Burdeos, o uno blanco y frío de la Toscana; ir al cine y al teatro, e incluso asistir a cocteles, inauguraciones y hasta bailes sociales —lo que antes él más detestaba—, pero acompañado ahora de esa mujer hermosa, y su presencia hacía toda la diferencia. Sebastián notaba cómo en esas reuniones los caballeros lo miraban con envidia, mientras sus esposas observaban a Mara con suspicacia, como si fuera una intrusa aparecida en ese mundillo de la sociedad capitalina. Era evidente que las incomodaba su belleza y juventud, su brillante cabello negro y espeso, su risa de dientes relucientes, sus vestidos de largos escotes con la espalda al aire, y su cuerpo firme y de curvas irresistibles, como si se tratara de una rival fuera de concurso.

Sin embargo, si Sebastián parecía un hombre nuevo, lo mismo se podía decir de Mara. Durante una mañana soleada y de cielos azules, mientras los dos caminaban abrazados por la cintura en el mercado de las pulgas de Usaquén, curioseando entre los puestos y deteniéndose a inspeccionar los objetos de segunda mano —un espejo de tocador con el mango de peltre, una caja de fósiles viejos traídos desde Villa de Leyva, un juego de bastones con los pomos bruñidos de plata, un sable oxidado de los tiempos de la Independencia, y unos prismáticos de nácar para ir a la ópera—, la mujer le confesó al empresario que hacía mucho que ella no salía en serio con nadie, desde su prolongado divorcio, y sentía que ahora estaba gozando de una segunda oportunidad para ser feliz. Le gustaba festejar cada cosa que hacían juntos, mostrando un entusiasmo casi infantil por las compras e invitaciones que Sebastián le hacía, desde la taza de chocolate caliente con empanadas que saboreaban en un cafetín del centro a la hora de las onces, y las palomitas de maíz con gaseosa que compraban en la tienda del cine, hasta el collar de esmeraldas y oro precolombino adquirido en la más selecta sucursal de la Galería Cano. Al término de cada cena en un restaurante exclusivo, sin falta Mara le daba las gracias a Sebastián con un beso de cariño en los labios, y lo mismo cuando salían de un concierto de música clásica o una exposición de pintura, o cuando él la convidaba a tomarse un aperitivo en uno de los mejores bares de la ciudad, y lo abrazaba con actitud posesiva cuando había mujeres alrededor que en su opinión no eran más que unas víboras descaradas. Éste es mi hombre, decía en serio, y el otro se reía divertido, porque sabía que era inconcebible que él la fuera a engañar con otra.

No obstante, antes de asistir al primer evento con gente desconocida, Mara le pidió a Sebastián un favor, que era casi una condición para salir en público, y era no salir fotografiada en ningún medio social. «Ni siquiera en los que pertenecen o dependen de Alcásar», le suplicó. La mujer le tenía aversión a aparecer retratada en revistas o periódicos, pues decía que no era fotogénica y además había tenido una experiencia nefasta con esas fotos sociales. Cuando su mejor amiga se casó en una fiesta campestre en las afueras de Bogotá, Mara salió fotografiada en una revista ilustrada, rodeada de su círculo de amistades y al lado de un señor que se unió al grupo en el último momento. Esto ocurrió al cabo de la relación con su exesposo, y aunque Mara no conocía al señor de la foto ni recordaba haberlo visto en la boda, aun así los abogados de su marido utilizaron la publicación para aducir una infidelidad inventada —incluso sobornando al fulano de la imagen y a otros más para que entre varios respaldaran la versión de una relación adúltera—, y en la separación de bienes que al final se acordó en el divorcio, esa calumnia la perjudicó en exceso. Sebastián la comprendía, pues él siempre resaltaba las virtudes del anonimato y también era un celoso guardián de su vida privada, de modo que los dos evitaban a los reporteros de cualquier medio para no aparecer en las revistas de farándula o en las notas sociales de los diarios. Aquel hombre estaba dispuesto a hacer lo que fuera por complacer a la mujer, y lo único que deseaba era aprovechar su compañía y pasar la mayor cantidad de tiempo a su lado.

Por eso, al cabo de unas semanas, Sebastián articuló la propuesta que venía madurando en la cabeza. En realidad se le ocurrió por primera vez cuando se despidió de Mara frente al hotel Agua en Cartagena de Indias, y desde entonces él había cavilado en esa posibilidad como si fuera un sueño remoto.

—¿Qué tal si nos vamos de viaje? —dijo de pronto, saboreando una copa de coñac en la sala de su apartamento. Ahora Sebastián bebía más que antes, y gozaba esos sabores exquisitos, especialmente los vinos finos en las cenas y los pluscafés al término de la noche. Ellos acababan de hacer el amor y estaban abrazados en la oscuridad, tendidos sobre la gruesa alfombra frente a la chimenea, escuchando el crujir de los leños y viendo el resplandor del fuego latiendo contra los cuadros en las paredes y los vidrios de la sala. Habían tomado los cojines de un sofá cercano y los habían apilado contra la base de un sillón de cuero para apoyar la cabeza, y estaban compartiendo el licor con gusto, protegidos del frío por una suave manta de cachemir.

—¿Un viaje? —preguntó ella, bebiendo un sorbo de la copa redonda—. ¿De qué tipo?

—Placer. Descanso. No recuerdo haber tomado unas vacaciones en años y me gustaría pasear contigo.

—Pero… ¿adónde?

—Adonde quieras. Empecemos por Nueva York, y de ahí volamos a Europa. ¿Qué dices?

La mujer lo miró a los ojos, y luego contempló el fuego durante un minuto, observando la danza de las llamas a través de la pantalla de la chimenea. Se mordió el labio inferior.

—Estás loco —dijo con una sonrisa disimulada—. Loco de remate.

Sebastián se rió, complacido.

—Quizá —concedió—. Pero tú eres la culpable.

Mara le apretó la mano con cariño.

—¿Cuándo lo tenías pensado?

—Tan pronto puedas.

—Pero yo no tengo vacaciones ahora en la agencia.

—¿Podrías pedirlas?

—Bueno, no sé... Tal vez... Anticipadas, supongo.

—Hazlo. Vamos.

Mara pareció considerar la oferta, escrutando las brasas rojas en la chimenea. La madera tenía trozos húmedos, y en medio de la crepitación del fuego se oía el siseo del agua al evaporarse en los extremos de los leños.

—No conozco Estados Unidos —confesó en voz baja—. Ni Europa.

—Mejor —dijo él—. Con mayor razón debemos ir.

Ella volvió a sonreír. La parpadeante luz del fuego iluminaba su piel atezada y su largo cabello oscuro. Estaba desnuda, y se incorporó para sentarse con las piernas cruzadas, como para pensar en serio. Se estremeció de frío, de modo que buscó la camisa de Sebastián y se la puso encima, como parte de una piyama que le quedaba demasiado grande. Sus senos voluptuosos y de pezones morenos se agitaban levemente al hablar, apenas visibles tras la tela sin abotonar. ¿Por qué será, se preguntó Sebastián, que las mujeres se ven tan sensuales con una prenda que las tapa a medias, que sólo permite insinuar la desnudez? Incluso se ven más deseables así que cuando están completamente desnudas. Quizás es porque sin ropa desaparece del todo el misterio, caviló, mientras que la tela que oculta en parte la piel estimula la imaginación y despierta la fantasía. Como siempre, el hombre la contempló hechizado, y volvió a sentir el impulso de decirle todo lo que sentía por ella, pero se contuvo de nuevo. Todavía no, reflexionó. Todavía no.

La mujer seguía con la vista fija en el fuego, como si estuviera rumiando la propuesta.

—¿No te preocupa que demos un paso así de grande y de pronto? —preguntó—. Nos conocemos hace apenas unas semanas.

—En verdad, no —replicó Sebastián—. Lo he pensado mucho, y es lo que más quisiera hacer en este momento.

Mara bebió otro sorbo de coñac.

—Es muy tentador —admitió con una sonrisa.

—¿A ti te preocupa? —quiso saber el empresario.

—No, tampoco. Y eso es lo que más me extraña, Sebastián. Soy desconfiada por naturaleza, ya te lo he dicho, pero contigo me siento tranquila, como si estuviera a salvo y protegida. Justamente por eso no quisiera cometer un error, hacer algo que pueda poner en peligro lo que tenemos.

—Nada lo hará.

—¿Estás seguro?

—Seguro.

—¿No crees que te puedas aburrir de mí?

El otro soltó una risotada.

—Tengo absoluta certeza de que eso no sucederá nunca.

Mara volvió a beber de la copa, escrutando el fuego.

—Es muy tentador —repitió.

—No lo dudes —la animó Sebastián—. Dame unos días para organizar las cosas y nos vamos.

Ella lo examinó unos segundos y después se acercó para besarlo en la boca, largamente.

—Me parece delicioso —murmuró—. Pido permiso en la agencia y empacamos maletas.

Al día siguiente, sentado detrás del escritorio de madera en la silla de cuero de su oficina, mientras revisaba documentos y firmaba cartas y contratos, Sebastián se comunicó con Elvira a través del citófono y le pidió que ingresara al despacho con su libreta de anotaciones. Entonces le anunció que se iba a tomar unas semanas de descanso. Al comienzo su secretaria creyó que se trataba de una broma. Él se lo tuvo que repetir en serio para que ella captara que era verdad y que aquel hombre tan ocupado, que desde que lo conocía jamás se había tomado más de un día de reposo en el semestre, el mismo que sin excepción iba a la oficina todos los fines de semana e incluso los días festivos, al que nunca le había anunciado la llegada de una visita o notado la presencia de una acompañante, que casi nunca almorzaba con colegas y ni siquiera parecía tener amigos diferentes a su socio fallecido, el doctor Rafael Alcázar, ahora aquel caballero tan discreto y obsesivo con el trabajo deseaba hacer un viaje de tres semanas y en compañía de una mujer llamada Mara Ordóñez. Al final la secretaria anotó las instrucciones en su libreta y procedió a organizar el trayecto con la agencia de viajes que utilizaba la empresa, con boletos de avión en primera clase y hoteles de cinco estrellas reservados en varias ciudades, y logró que en pocos días Mara renovara sus documentos de viaje —pidiendo favores, acudiendo a ministros, consulesas, y utilizando todas las influencias disponibles—, y consiguió que las respectivas embajadas estamparan las visas en su pasaporte en un tiempo récord. Sobre eso no hay duda, meditó la fiel asistente de Sebastián Sarmiento, pues para eso sirven el dinero y las palancas. Porque aquellas gestiones que típicamente requieren meses, ella las pudo completar en sólo ocho días. Concluida esa parte del asunto, Sebastián telefoneó a Luis Antonio Salcedo y le informó que se iba de viaje. «Quedas al mando de Alcásar», le comentó. El vicepresidente lo felicitó por su decisión. Te lo mereces, hombre, le dijo. Aprovecha y descansa. No sabes cómo me alegro. Y le aseguró que él se haría cargo de la firma y que todo marcharía a la perfección durante su ausencia.

Esa semana Sebastián adelantó varios temas pendientes de la oficina, por fin coordinó un almuerzo con su amigo de la infancia, Roberto Mendoza, para cuando regresara del paseo, y se dedicó a dejar todo listo para viajar sin distracciones. Dos días más tarde, con su agenda despejada y libre de compromisos, habiendo delegado todo en su segundo y en su secretaria Elvira, Sebastián partió con Mara a Nueva York.

De aquel largo viaje, que él disfrutaría como pocos en su vida, lo que luego recordaría serían momentos aislados que quedarían tatuados en su memoria. Para Mara todo era nuevo, de modo que Sebastián planeó el recorrido para que ella conociera los lugares más famosos e imprescindibles. Llegaron a Nueva York en pleno invierno, y caminaron por la avenida Madison para admirar las vitrinas de los locales más exclusivos, y también para que Sebastián le comprara a Mara unas prendas apropiadas para la temporada, incluyendo botas altas de cuero y botines de gamuza, y una chaqueta abullonada de pluma de ganso en la tienda Moncler para usar en el día, más un abrigo largo y fino de Chanel para salir en las noches. Esa misma tarde ingresaron a Central Park mientras caía una nevada suave y silenciosa, oyendo el crujido de la blancura bajo sus pies, y Mara se aferró al brazo de Sebastián, tiritando del frío, pero dichosa de ver la nieve por primera vez en su vida. Al día siguiente asistieron a un musical de Broadway, y a la salida del teatro quedaron pasmados con las luces y el tamaño descomunal de las vallas publicitarias de Times Square. Visitaron los grandes museos de la ciudad, otearon a la gente patinando en la pista de hielo de Rockefeller Center, percibieron el olor de castañas en los braseros de las esquinas y comieron en los mejores restaurantes de Manhattan. Luego viajaron a París, donde por suerte no hacía tanto frío en esos días, de modo que pasearon por el boulevard Saint-Germain y disfrutaron un aperitivo en el café Les Deux Magots. Ajustaron un candado de enamorados en la barandilla del Pont des Arts, y tomaron bicicletas públicas para andar por toda la ciudad, pedaleando por los Campos Elíseos y los muelles del Sena, pasando sobre el puente Alejandro III con sus farolas antiguas, y hasta dieron vueltas debajo de la gigantesca estructura de hierro de la torre Eiffel. Una noche curiosearon por la Rue de la Huchette, y vieron a los comensales rompiendo platos contra el suelo en los restaurantes griegos, y lechones asados expuestos en las vitrinas con una manzana en la boca, mientras ellos saboreaban crêpes de azúcar y zumo de naranja, rociados con licor Grand Marnier. Les encantó el espectáculo del cabaret Moulin Rouge, y navegaron por el Sena mientras probaban ostras y foie gras en uno de los barcos panorámicos del Bateaux-Mouche. De ahí volaron a Venecia, y llegaron justo a tiempo para la última noche del carnaval. Los dos se disfrazaron con trajes que Mara propuso con picardía —ella de diabla y él de *pagliaccio*—, y salieron felices a recorrer las calles en penumbras, viendo arlequines y cortesanas, punchinellos y casanovas; los ricos atuendos elaborados con capas, plumas, sombreros y joyas. Al final, mientras oían la premiación del concurso de disfraces en la Plaza de San Marcos, y veían por encima de los tejados las detonaciones de los fuegos artificiales en el Gran Canal, los dos se subieron a una góndola con una botella de champaña y se alejaron por los canales helados y solitarios, escuchando el cacheteo del agua contra el verdín de las fachadas en ruinas de los palazzos, bebiendo de la botella y besándose bajo una manta en el repujado sillón de terciopelo, mientras el gondolero remaba por las aguas opacas cantando canciones de amor en italiano. A Mara le gustó más Roma, pues se emocionó de saber que estaba tan cerca del papa, y se le humedecieron los ojos al contemplar la *Pietà* de Miguel Ángel en la basílica de San Pedro. Sebastián, en cambio, prefirió Florencia, asombrado con el trabajo de ingeniería de Filippo Brunelleschi, que levantó la cúpula del Duomo sin la ayuda de andamios, y quedó maravillado con la fortaleza medieval del Palazzo Vecchio. Al cabo tomaron el vuelo de regreso a Nueva York, donde pasaron las dos noches finales antes de volver a Bogotá. Seguía nevando en esos días, pues era uno de los inviernos más severos de la década.

Era su última noche en la ciudad y estaban hospedados en el hotel Plaza Athénée, y antes de salir a cenar Sebastián hizo algo que creyó que no iba a hacer nunca: se quitó la alianza matrimonial. Ya es hora, se dijo con un hondo suspiro. Mara estaba en la ducha, y él percibía el chorro de la regadera y la voz de la mujer que cantaba una canción de amores burlados. El hombre contempló la sortija, pensativo pero resuelto; leyó la inscripción grabada en el interior —*De Alana: siempre te amaré*—, le dio un beso de despedida y la guardó en la caja fuerte de la habitación, junto con las joyas de ella y los pasaportes de ambos. Se terminaron de arreglar, ella con un sastre nuevo de color negro que había comprado en París —más el collar de esmeraldas y oro precolombino, que le arrancaba destellos verdes a sus ojos brillantes—, y él con un traje azul oscuro, camisa blanca y corbata a rayas. A pesar de la nieve que no paraba de caer, los dos quisieron ir a pie al restaurante Harry Cipriani, pues no quedaba lejos del Plaza Athénée, y caminaron con abrigos, guantes y bufandas, abrazados y protegidos bajo un gran paraguas del hotel, admirando las vitrinas de las tiendas de la avenida Madison encendidas en la noche.

Al ingresar al restaurante, Mara quedó sorprendida con el ambiente. El lugar estaba lleno y reinaba una elegancia discreta, y había un rumor de meseros y de conversaciones animadas de los comensales. Una chica los saludó en italiano y les recibió las prendas mojadas de nieve, dejó el paraguas en la puerta al lado de otros que goteaban en el suelo, e introdujo las bufandas en las mangas y los guantes en los bolsillos de los abrigos para que no se fueran a extraviar; luego le entregó a Sebastián una ficha numerada y se llevó todo al guardarropa. Las mesas y las sillas del restaurante eran muy bajas, y el sitio olía a aceite de oliva y a pan horneado, y al cabo de unos minutos los sentaron en una de las mejores mesas del comedor, cerca del ventanal que daba a la Quinta Avenida. Con prudencia, Sebastián le señaló a Mara las celebridades que estaban presentes esa noche, y la tuvo que retener para que ella no se levantara de su puesto y le pidiera autógrafos a cada una. En la mesa vecina estaba el director de cine Woody Allen, sentado con su esposa y una pareja de amigos; en otra, el famoso escritor Tom Wolfe, vestido en su habitual traje blanco y una impecable camisa azul; también vieron a la presentadora de la televisión Barbara Walters y a la empresaria Martha Stewart, así como al actor Harrison Ford que cenaba con el director de *El padrino*, Francis Ford Coppola. Sebastián ordenó la comida, y para comenzar pidió un par de bellinis, el exquisito coctel de la casa con sabor a melocotón, y al hacer el brindis —«Por ti», dijo—, Mara lo empezó a corregir con una sonrisa, «Por mí no, por noso…», cuando reparó en su mano izquierda. Como Sebastián se había calzado los guantes en el cuarto del hotel antes de salir a la calle, ella no lo había notado hasta ese momento. Entonces advirtió la ausencia del anillo.

A la mujer se le salieron las lágrimas. Ella sabía lo que ese gesto significaba para él, y quería que Sebastián supiera lo mucho que lo valoraba. Más aún, ya que ésa era la última cena del viaje, quería aprovechar para darle las gracias. Gracias por todo, le dijo. Por aquel viaje tan maravilloso que habían hecho juntos, por esas semanas tan románticas que habían pasado en Europa, y por este acto tan grande de quitarte tu argolla de bodas. Estaban conversando cogidos de la mano, ella acariciándole el dedo que lucía la marca blanca de la huella de la sortija, cuando el mesero les sirvió la comida. Primero trajo el carpaccio alla Cipriani, y a continuación la pasta verde cocinada al horno y preparada con crema y trozos de prosciutto de Parma, y luego las chuletas de cordero con menta verde, acompañadas de espárragos tiernos y un delicioso puré de papas. Para beber, una magnífica botella de vino tinto Château Margaux. Y, de todas las cenas que disfrutaron en ese paseo, ésa fue una de las más especiales.

Regresaron caminando al hotel, dándose prisa porque el viento soplaba con fuerza y empezaba a nevar de nuevo. Dejaron el paraguas en la entrada y tomaron el ascensor en la planta baja e ingresaron a la habitación, besándose casi con desesperación tras cerrar la puerta, y se desnudaron camino a la alcoba, tenuemente iluminada, riendo y dejando un rastro de ropa tirada en el suelo. Sebastián recostó a Mara en la cama y la contempló en toda su desnudez. Hicieron el amor, cálidos y amparados bajo las cobijas de plumas, mientras afuera caía una silenciosa tempestad de nieve que iba cubriendo las aceras, los árboles y los autos estacionados en la calle con una gruesa y creciente colcha blanca. Y mientras Sebastián ingresaba una y otra vez con suavidad dentro de Mara, excitado y endurecido al máximo, besando la boca y gozando de la fragante humedad que él sentía entre sus piernas, el hombre le susurró con intensidad en el oído, en el segundo en que ambos alcanzaban su orgasmo inatajable, aquellas dos palabras que él pensó que jamás iba a volver a pronunciar en toda su vida: *Te amo.* Y ya no importa, se dijo, como si se hubiera quitado un peso de encima. Ya no importa lo que ella calle o conteste, porque es verdad, porque lo siento con cada átomo de mi ser y porque quiero que ella lo sepa. Aun así, no se imaginó el alcance de sus propias emociones al escuchar que Mara musitaba, todavía gimiendo, sudando y jadeando, apretada a su cuerpo con las piernas como tenazas y el corazón desbocado, repitiendo mientras le besaba la cara: *Yo también, Sebastián. Yo también te amo.*

22. El peso de un guijarro

Recuerdo que regresamos a Bogotá el lunes festivo en la noche, al cabo del puente que pasamos juntos en La Canela, y esa semana hice cuanto pude de lo que acordamos tú y yo, Roberto, mientras bajábamos flotando en neumáticos por las aguas oscuras del río Sumapaz. Traté de hablar con la niña de mis sueños pero no me fue posible, porque esos días llovió sin parar y me habría dado una pulmonía esperándola a la intemperie, oculto entre la hierba sin cortar del caño del Virrey; solicité una cita con el entrenador de fútbol del liceo, pero debido a que él estaba ocupado organizando un campeonato intercolegial, su secretaria me la dio para el lunes siguiente, casi una semana más tarde; por último, como mi padre tomó un avión ese martes y sólo volvía hasta el jueves, decidí llamarlo por teléfono a Nueva York, adonde había viajado por cuestiones de trabajo, para decirle que a su regreso yo deseaba conversar a solas con él sobre un asunto delicado y de cierta urgencia. Claro que sí, me dijo con cariño. ¿Me quieres adelantar de qué trata? Mejor no, respondí tras pensarlo unos segundos. Prefiero hablarlo en persona. Está bien, afirmó, y a continuación preguntó por mi ingreso en el equipo de fútbol del colegio. Se alegró cuando le dije que ya tenía una cita programada para el próximo lunes con el entrenador, porque mi padre tenía muchos deseos de que me aceptaran en la liga juvenil, pues decía que a través de ese deporte yo podría hacer más amigos y que eso me convendría sobremanera. Qué bueno, aprobó al final. Nos estábamos despidiendo cuando él pareció recordar algo importante. Espera, dijo. Acabo de caer en cuenta de que el jueves aterrizo en Bogotá tarde en la noche, casi de madrugada, y seguro ya estarás dormido a esa hora. Y el viernes temprano, durante el desayuno, nunca disponemos de tiempo para charlar con calma, pues siempre estás corriendo para que no te deje

291

el bus escolar. *Entonces te propongo lo siguiente: ¿qué tal si el vier-*
nes en la tarde, cuando salgas del colegio, nos encontramos en el
parque que está cerca de la casa? Así podremos practicar un poco de
fútbol para que estés mejor preparado para tu entrevista con el en-
trenador, y luego te invito a comernos un helado en el centro co-
mercial que está junto al parque. En ese momento podremos ha-
blar sobre el tema que desees. ¿Te parece bien? Perfecto, contesté
ilusionado. *Y así quedamos.*

Esperé esos días con impaciencia. El jueves en la noche dejó de
llover, y si no hubiera sido por la cita acordada con mi padre al día
siguiente, yo me habría apostado frente a la casa del caño del Virrey durante toda la tarde del viernes, con la esperanza de ver otra
vez a la chica. El hecho es que ese día, después del colegio, llegué
con mi balón al parque ubicado a unas cuadras de nuestro hogar,
el único que había en ese entonces en el barrio. Empecé a jugar, pa-
teando y corriendo con la bola de cuero blanco con pentágonos negros —la grama seguía bastante húmeda, pero había suficientes
áreas secas para practicar sin problema—, ensayando fintas y rega-
tes y tratando de hacer veintiuna, cuando vi llegar el auto de papá
conducido por Alfonso. El carro se detuvo en la esquina de la carrera Trece y mi padre se bajó del puesto del copiloto, pues no le
gustaba viajar en el asiento de atrás cuando iba solo con el conductor, y menos cuando iba con Alfonso, porque lo consideraba como
un miembro de la familia y eso sería ofensivo. Lo vi quitarse el saco
y la corbata, dejar las prendas dobladas en el asiento delantero, y
sin vacilar caminó hacia mí con una sonrisa, abriéndose el cuello
de la camisa y remangándose los puños sobre los antebrazos. Alfonso puso el auto en marcha y siguió manejando a la casa, tocando la
bocina un par de veces para saludarme. Me despedí agitando la
mano y salí corriendo hacia mi papá. Llevábamos días sin vernos
y me lancé sobre él igual a un felino; me recibió en el aire y nos dimos un abrazo «rompehuesos», como siempre le decíamos, y en seguida nos pusimos a jugar. Mi padre reunió unas hojas secas y las
amontonó en el césped para marcar los postes del arco, y primero
me hizo jugar de portero y después yo lo reemplacé, corriendo hacia
él una y otra vez sin perder el control del balón, y anoté varios goles

en su contra. Al cabo de un rato los dos estábamos sudando y con sed, entonces él me ofreció el helado que me había prometido por teléfono. Acepté con gusto. Yo tenía todo planeado, pues mi idea era tocarle el tema de Ernestina al final, mientras cada uno disfrutaba su cono de vainilla y chocolate, caminando de regreso a la casa para que nada nos interrumpiera la charla. Así que cogí mi balón, le limpié el lodo en la grama y nos dirigimos a El Nevado, la pequeña heladería que parecía escondida en el centro comercial de la carrera Quince. ¿La recuerdas, Roberto? Era una de las mejores de la ciudad, con un mostrador refrigerado de cristal lleno de potes de helado de todos los sabores. También tenía una nutrida selección de paletas de frutas, conos de azúcar, obleas con arequipe y barquillos de canela, y las paredes estaban pintadas con imágenes infantiles de esquimales sonrientes, pingüinos juguetones y osos polares que compartían felices un cono de helado con una docena de bolas de colores. De manera que seguimos caminando por la acera, y mientras yo rebotaba el balón contra el suelo, mi padre iba con su mano afectuosamente apoyada en mi nuca.

¿Qué veo en mi mente cuando recuerdo ese día? Tengo trece años de edad y estoy caminando al lado de la persona que más amo en el mundo. El pantalón de su traje se agita levemente en la brisa y noto que sus zapatos, que siempre lucen limpios y lustrados, ahora están salpicados de barro por nuestra práctica de fútbol en el parque. Estoy avanzando a su mismo paso, de vez en cuando lanzando el balón al aire y dejándolo rebotar contra el cemento de la acera antes de tomarlo de vuelta. Nos estamos aproximando a la parte posterior del centro comercial que se encuentra en la carrera Quince y mi padre me está comentando algo de su viaje, pero yo no le estoy prestando atención. Más bien estoy concentrado, meditando en cómo voy a plantearle el asunto de Ernestina y la muerte de mi madre, y estoy pensando que mi plan sigue siendo el mejor y por eso quiero esperar a que estemos saboreando nuestro cono de helado, caminando de vuelta a la casa, para hablar del tema en el trayecto. Estamos en ésas, cuando advierto que un señor avanza hacia nosotros, o al menos camina en nuestra dirección, y no sé por qué reparo en él. Luce, a primera vista, idéntico a cualquier otro

293

fulano que habita en Bogotá; un ciudadano semejante a muchos que se encuentran en las inmediaciones, parecido a un mensajero salido de alguna oficina cercana, aunque, pensándolo bien, quizás es algo mayor para ejercer ese tipo de trabajo, el que suelen hacer individuos más jóvenes. Tal vez me fijo en él por otro motivo, a lo mejor porque es el único que en ese momento comparte la acera con nosotros, o porque tiene aspecto de haber sido luchador o boxeador en su juventud; un tipo corpulento que camina a paso veloz y con una expresión de silenciosa tensión en el rostro; o tal vez lo detallo porque acabo de registrar algo extraño, y es que el sujeto observa a mi padre con una fijeza casi insolente. De pronto él parece notar que yo lo estoy estudiando, y a partir de ese instante aquel hombre, suspicaz, deja de mirar a mi padre y no me quita los ojos de encima. Cuando está a pocos metros de distancia, percibo una cicatriz que le cruza la mejilla derecha, en diagonal hacia abajo, como si un barbero le hubiera asestado un navajazo en plena afeitada. No sé por qué, quizás porque me impresiona la cicatriz o me inquieta esa mirada ceñuda de ojos oscuros, pero el hecho es que yo tampoco aparto la vista hasta que el individuo pasa a nuestro lado, tan cerca que casi roza el hombro de mi padre. Sólo entonces mi viejo, quien ha estado hablando todo ese tiempo, se percata de la presencia del señor y ladea un poco el cuerpo para evitarlo, como preguntándose «¿Qué le pasa a este tipo?», pero sin dejar de caminar y sin disminuir el paso. Y yo, que también he girado la cabeza para mirar al personaje, sin pensarlo he vuelto a arrojar el balón al aire y, por no fijarme en lo que estoy haciendo, al rebotar contra el suelo lo toco con la punta de los dedos y no lo alcanzo a coger. Estiro los brazos en un movimiento brusco e instintivo, tratando de atrapar el balón de cuero, pero en cambio mi mano izquierda lo golpea sin querer y lo proyecta con fuerza en ángulo, lanzándolo súbitamente por la acera, y rebota hacia el costado sur del centro comercial y las puertas gruesas y laterales de vidrio. La carrera Quince queda más allá, a varios metros de distancia, pero no quiero correr el riesgo de que la bola ruede y se pierda entre el tráfico que fluye congestionado por esa avenida, de modo que me desprendo de la mano apoyada en mi nuca y doy un par de pasos hacia adelante, en busca de mi pelota de fútbol, cuando al volver la cabeza por un segundo veo a mi padre mirando hacia la calle con el entrecejo fruncido, con la misma expresión que siempre pone cuando intenta resolver un problema complejo. Sigo avanzando hacia el balón manchado de lodo, que está rebotando con demasiado impulso, y sólo en ese momento descubro la piedra.

Es muy pequeña. ¿Cuánto podrá medir? ¿Seis, siete centímetros de diámetro? ¿Ocho, tal vez, como máximo? El hecho es que estamos llegando a la esquina del centro comercial y ya veo la explanada de baldosas de ladrillo que yace, amplia y llena de gente, enfrente de la imponente entrada principal, y mi balón continúa rebotando en diagonal, dirigido hacia la pared del costado sur del edificio. En ese instante se topa con esa piedra minúscula y cambia de dirección, desviándose hacia la explanada. Sólo después —mucho tiempo después— entenderé las consecuencias de ese acto tan nimio, el simple hecho de que esa piedrecita, poco más grande que un guijarro, esté ahí en ese lugar exacto y de que haya intervenido y cambiado el sentido de la pelota, que pasó de estar amparada por el costado del edificio a quedar rodando afuera, expuesta en la explanada. La explanada, repito, llena de gente.

Corro hacia el balón. No quiero que se pierda en el tráfico y sé que si llega a rebasar la acera tendré que parar y dejarlo a merced de los buses, taxis y automóviles que discurren por la carrera Quince, transitando lentos y pesados, pues sería un suicidio internarme en la calle con todos esos vehículos buscando cómo adelantarse los unos a los otros. Entonces escucho la voz de mi padre. No capto lo que dice, pero seguro es que me detenga, que no vaya a cometer la estupidez de introducirme en el tráfico, y quiero tranquilizarlo y decirle que no hay peligro de eso, que por supuesto trataré de recuperar la bola antes de llegar a la calle y que si no lo logro frenaré a tiempo, pues no me pienso meter entre ese caos de automóviles. Pero no le alcanzo a decir nada. Estoy corriendo hacia la pelota por la explanada, esquivando una, dos, tres personas, y estoy próximo a agarrarla antes de que ruede a la calle, cuando escucho de nuevo a mi padre a mis espaldas. Esta vez es un grito apremiante. Nunca lo he escuchado antes gritar de esa forma. De improviso siento que él me embiste por detrás, derribándome contra las baldosas de la explanada, cubriéndome por completo con su cuerpo justo en el instante en que veo mi balón cruzar la acera y el bordillo, y alargo la mano y los dedos en un último intento por retenerlo, y una fracción de segundo después un relampagazo de luz me enceguece y un violento impacto de aire macizo me levanta con fuerza, seguido de un estruendo ensordecedor. Caigo, caemos, al suelo, y alcanzo a ver el polvo de la calle que salta hacia arriba y rebota al tiempo que nosotros, quienes hemos golpeado los ladrillos de la explanada con una dureza brutal y brincado también hacia arriba. Entonces pierdo el sentido y sólo veo la negrura ante mis ojos, llenos de terror.

No sé cuánto tiempo pasa así. Al cabo procuro abrir los párpados pero no lo consigo, y más que nada lo que siento es un dolor intenso en todo el cuerpo, como si me hubiera arrollado un camión, y un peso aplastante encima de mí. Un peso que me sujeta atrapado contra el suelo, impidiendo que me levante, que no me deja respirar. Me esfuerzo por salir de debajo de aquella masa que me tiene prisionero, pegado contra las baldosas de ladrillo, y en ese momento abro a medias un ojo a la vez que mis oídos también se parecen destaponar, y en seguida escucho los gritos. Más que gritos son alaridos, y hielan la sangre. Percibo a mi alrededor, en medio de un paisaje de contornos brumosos y difuminados, y un humo negro y espeso revuelto con el olor nauseabundo de gasolina y caucho quemado, voces, pies que corren y pisan cristales rotos, alguien que llora, un gemido desgarrador, y aullidos como si estuvieran torturando a una persona. Al fondo se oye un clamor intermitente de bocinas y alarmas de automóviles, y a continuación la remota sirena de una ambulancia. Después, otra sirena. Pronto, el aire parece saturado de sirenas de ambulancia. Vislumbro destellos de luces rojizas que giran, intentando perforar la penumbra. Siento frío en los pies y me percato de estar descalzo, y confusamente pienso que me van a reñir, que mi padre o Alfonso me van a castigar por haber perdido mis zapatos. Insisto en moverme, buscando salir debajo del lastre que no me permite respirar, cuando de repente comprendo que es el cuerpo de mi padre que yace sobre mí.

«¿*Papá?*», *pregunto, tosiendo y, para mi sorpresa, escupiendo sangre. No escucho mi voz. Me duele la cabeza y el mentón me arde como si tuviera un hierro al rojo vivo clavado en la piel. Siento la garganta en llamas y la barbilla me sangra en exceso, seguro abierta por el duro golpe contra el enladrillado. Me trato de apartar, apretando los dientes, y al fin, trabajosamente, me escurro debajo del cuerpo de mi padre que también luce ensangrentado. Vuelvo y exclamo más fuerte: «¿Papá?», pero él no responde. Lo toco, lo sacudo con mi mano y advierto su cabello cubierto de polvo como ceniza, su cabeza inerte, la sangre que resbala por sus oídos. Entonces yo también grito.*

Te podrás imaginar el resto, Roberto. Ése fue uno de muchos carrobombas que estallaron en esos años en el país. Para entonces no era raro que explotaran dos o tres bombas en Bogotá y Medellín cada noche, pues en medio de la guerra sin cuartel del Estado contra el narcotráfico, la guerrilla y los paramilitares, y la lucha a muerte entre las distintas bandas rivales de la mafia, el número de policías, militares y civiles asesinados —te hablo de jueces, periodistas, ministros, abogados, sindicalistas, defensores de los derechos humanos y, más que nada, campesinos y gente del común— era difícil de contabilizar. Con decirte que sólo el temido jefe del cartel de Medellín, Pablo Escobar Gaviria, en menos de una década hizo detonar más de doscientos cincuenta artefactos explosivos, matando a miles de personas, incluida la poderosa carga de C4 introducida en un maletín de mano que estalló en un avión comercial con ciento siete pasajeros a bordo, el Avianca 203 con destino a Cali, y en el cual murieron todos. Lo cierto es que ese día en Bogotá hubo un centenar de heridos y un total de dieciséis muertos, entre ellos mi padre. Luego supe que el carrobomba estaba estacionado en la esquina del costado norte del edificio, frente al centro comercial, y que la mayor parte de quienes murieron a causa de la detonación estaban caminando en ese instante por la explanada, mientras que los pocos que estaban protegidos por la pared del costado sur del edificio salieron lesionados, pero vivos. Nosotros también estaríamos allí, amparados en ese preciso momento por aquel costado, pero el balón escapó de mis manos, rebotó unos metros en diagonal y la piedrecita le hizo dar un timonazo, virar de rumbo hacia la explanada y rodar al descubierto.

Mientras tanto, el hombre que vimos caminando hacia nosotros fue quien estacionó y activó el carrobomba delante del centro comercial. Mi padre, ahora lo sé, alcanzó a intuir lo que estaba a punto de suceder cuando casi se golpea con ese individuo, pues al girar el torso miró en esa dirección y le llamó la atención que el auto estuviera aparcado allí, ya que todo el mundo sabía que estaba prohibido estacionar frente al centro comercial porque se obstruía un carril entero de los tres disponibles de la carrera Quince. La verdad es que con tanta bomba explotando en ese entonces en Colombia y especialmente en sus grandes ciudades, la gente había desarrollado cierto olfato para detectar los signos de una situación peligrosa e inminente, y mientras yo corría detrás de mi balón por la explanada de ladrillos, mi padre se fijó por un segundo en aquel Renault 6 de color rojo, sospechosamente mal estacionado en la avenida, cuya parte posterior estaba casi tocando el asfalto por el peso de doscientos kilos de explosivos empacados en el baúl, y en el acto adivinó lo que estaba por ocurrir. Entonces gritó. Y corrió y se lanzó sobre mí para protegerme. Y me protegió, Roberto. Mi padre me salvó la vida. Pero por culpa mía, en cambio, él perdió la suya.

No recuerdo con precisión lo que siguió a partir de entonces. Vagamente entreveo a Alfonso que me está cargando en brazos —tras escuchar la detonación y al ver de dónde proviene la colosal columna de humo que asciende por encima de los techos de las casas vecinas, él ha salido corriendo en nuestra búsqueda—, y lo siento tropezando y bufando con el rostro rojo del esfuerzo, los ojos bañados en lágrimas. Hay un señor que tiene un bebé de meses sujeto de la cintura con ambas manos, mira a su alrededor como tratando de encontrar a los padres entre el reguero de heridos y cadáveres, y de la cara ensangrentada del crío le cuelga el ojo derecho. Hay una señora que se arrastra en el suelo, chillando e implorando ayuda a gritos, y está abrazada a su pierna arrancada desde la rodilla. A mi lado hay una joven adolescente como en estado de shock, que se aprieta el muñón de la mano que sangra a borbotones, mientras busca sus dedos entre los vidrios y los trozos de ladrillo. Veo un cuerpo tendido boca abajo en un charco de líquido muy oscuro, y sus intestinos yacen aparte como si alguien se los hubiera extraído y puesto al lado con mucho cuidado, y me sorprende que sus tripas luzcan tan limpias y azules. El aire está impregnado de un olor espantoso y sofocante; el cielo se ve negro del humo que emana a bocanadas de las llantas que arden de los automóviles, y por todos lados hay manchas de sangre y estragos, vitrinas destruidas con restos de cortinas que cuelgan en jirones, vigas asomadas de los techos de los locales vecinos, y pedazos de cuerpos humanos dispersos al azar sobre el suelo tapizado de cristales en añicos. Veo personas que prestan ayuda, sacando a gente inconsciente de los escombros del edificio central; otras que sollozan impotentes, con la cara hundida entre las manos; otras sentadas o de rodillas en la calle, que miran estupefactas al vacío; y otras que hurgan entre los bolsillos de los muertos, quitando de afán joyas y anillos, robando billeteras y carteras. El ruido intermitente de las alarmas se empieza a desvanecer pero el de las sirenas se torna abrumador, cuando advierto que estoy acostado en la camilla de una de las ambulancias que serpentea por la ciudad y por eso su berrido suena tan próximo, bramando en mis oídos como si no se fuera a callar nunca. Estoy asustado y aturdido, y lo único que sé es que no quiero estar ahí. Me quiero levantar de esa camilla, taparme los oídos porque no soporto la sirena que taladra mis tímpanos. Me quiero arrancar los tubos flexibles y los catéteres, y las agujas clavadas en mis brazos pegadas con esparadrapos, y sólo deseo regresar al suelo de baldosas y tenderme junto a mi padre, darle un abrazo rompehuesos, sacudirle el polvo de la cabeza y besarle la frente, y no moverme de su lado jamás. Me trato de incorporar pero alguien me retiene con fuerza, me ordena que me calme y me recuesta de nuevo en la camilla, las manos aferradas a mis hombros, mientras otro enfermero alista una inyección. Entonces vuelvo a perder el sentido.

También recuerdo noches de insomnio y el pánico a cerrar los ojos. Dolor en varias partes del cuerpo y un llanto sin término que presiento que es mío. Luego un brusco despertar en una cama de hospital, no sé cuánto tiempo después, y delante de mí hay un hombre vestido de civil, un detective tomando apuntes y haciéndome *preguntas, mostrándome fotos sueltas y álbumes de retratos para ver si puedo identificar al autor material del atentado. De pronto un semblante conocido, un individuo con una cicatriz en la mejilla derecha y de aspecto macizo y corpulento, como si hubiera sido luchador o boxeador en su juventud, aquel rostro de ojos oscuros que señalo con el dedo y en el que se inclina y repara el detective, asintiendo un par de veces, y en seguida murmura un alias, apretando la mandíbula: «Culebra». Entonces me dice que se trata de uno de los sicarios más sanguinarios de Pablo Escobar y que sospechan que fue él quien puso ésa y muchas otras bombas en Bogotá y Medellín, y que el fulano seguramente nos estuvo mirando con fijeza porque, debido a un simple hecho casual, fuimos de las pocas personas que nos cruzamos con él ese día y por lo tanto seríamos de las únicas que lo podrían identificar más adelante. Y ahora que mi padre yacía muerto, sólo yo estaba en condiciones de vincularlo a la explosión, cosa que acababa de hacer, sin prever o imaginar las consecuencias, desde esa cama en el hospital. A partir de ese segundo, claro está, yo no podía permanecer en el país. Aquel asesino me había observado detenidamente, y tan pronto averiguara el nombre del muchacho que lo había visto retirándose de la escena del crimen, sólo sería una cuestión de horas antes de que él o uno de sus secuaces me localizaran y me callaran para siempre. Imagínate: un chico que puede testificar contra uno de los sicarios más buscados del hampa, y además asalariado del peor criminal de nuestra historia; el único que lo podría asociar con semejante matanza. En ese instante me volví un testigo incómodo en la mira de la mafia y mi vida pasó a valer cero. Eso fue lo que me dijo el detective, cabizbajo y pensativo, tomándose su tiempo para explicarme las cosas de manera que yo las pudiera entender, mientras me dedicaba una mirada de pesar y al final se ponía de pie, cerrando muy despacio su cuaderno de apuntes y los álbumes de fotos. «Siendo así, joven Sebastián», declaró, «haremos lo posible para protegerlo. Sin embargo, honestamente dudo que sea suficiente. No hay entidad del Estado que no tenga informantes de los carteles de la droga y todas las paredes tienen oídos, de modo que lo mejor es que usted se vaya de aquí, muy lejos, y se esconda en un lugar donde no lo encuentre* nadie… *Aproveche que, según entiendo, usted tiene los recursos para hacerlo».* Se dirigió hacia la puerta de la habitación, pero antes de salir se volvió por un segundo, con la mano en el pomo, y concluyó: *«No olvide el caso del doctor Parejo».* Yo no sabía quién era ese señor y sólo lo supe después: el exministro de Justicia Enrique Parejo González, que a raíz de su lucha contra el narcotráfico y de las muchas amenazas que padeció, se vio forzado a salir intempestivamente de Colombia; el presidente de turno lo nombró embajador en Hungría, creyendo que en un Estado policial de Europa Oriental estaría más seguro. Pero hasta allá llegaron los sicarios de Escobar para matarlo. Mientras nevaba en la mañana de un 13 de enero en Budapest, dos hombres se le acercaron en la calle y le dispararon varios tiros a quemarropa, y nadie se explicó nunca cómo no murió en el atentado, porque le metieron seis balazos en total, incluyendo uno en la cara y otro en el paladar. Y si eso se lo podían hacer a un miembro del cuerpo diplomático en un país de la Cortina de Hierro, no era difícil imaginar lo que le podría pasar a un huérfano de trece años en Bogotá. De manera que había que huir, y había que huir de inmediato.

Luego tengo otras imágenes borrosas que pasan por mis ojos: una maleta pequeña con algunas de mis cosas empacadas de prisa; mi rostro en un espejo de baño con varias heridas leves, salvo una más notable y con suturas en la barbilla, y una venda terciada alrededor de la cabeza; Alfonso, vestido de negro y con los ojos enrojecidos, llevándome en silencio al aeropuerto días después de la explosión, rodeados de agentes de seguridad como guardaespaldas, y yo embarcándome en un avión comercial sin entender que mi destino es una ciudad que no conozco en Estados Unidos, aún dopado por los sedantes que me dieron los médicos y pensando de manera obsesiva en mi padre. En la puerta de la sala de embarque me despido de Alfonso, y estoy tan atolondrado por las drogas y por el dolor y por la pena que no comprendo lo que está pasando, de modo que le pregunto a mi amigo conductor si él me va a esperar allí mientras voy y vuelvo, como si sólo me fuera a ausentar por un par de horas. Entonces aquel hombre grueso como un bisonte estalla en un llanto tremendo, descontrolado, mientras la azafata nos separa

301

con dificultad y me conduce de la mano al interior de la nave. Después un tío, un medio hermano de mi madre que nunca he visto antes, me recibe en un aeropuerto desconocido, la misma azafata que me entrega y los documentos que él firma de mala gana, y luego un colegio internado en las afueras de West Newton, un pequeño pueblo a doce millas de distancia de Boston, adonde llego días después sin conocer a nadie.

Allí estuve más de cuatro años, estudiando en ese lugar semejante a una academia militar, únicamente en contacto por medio de cartas con Alfonso, quien se hizo cargo de mí en la lejanía, y allí permanecí convencido de que yo nunca más volvería a Colombia. Finalmente, una mañana recibí una nota en la que Alfonso me decía que Culebra había caído en una redada de la policía y que lo habían matado en el tiroteo, pero no sin antes liquidar a otros dos agentes y herir a tres más. Para entonces el jefe del cartel de Medellín, Pablo Escobar Gaviria, el mayor traficante de drogas ilícitas del mundo, después de asesinar a más de diez mil personas y de poner en jaque al país durante años, también había sido descubierto por el Bloque de Búsqueda del Ejército —en colaboración con los organismos de inteligencia de los gringos y sus muchos enemigos y rivales del cartel de Cali— y dado de baja, eliminado a tiros al huir descalzo sobre el tejado de una casa en el barrio Los Olivos de Medellín, junto con otro de sus guardaespaldas llamado Limón. Y los demás lugartenientes del capo, conocidos por sus alias como Mugre, Icopor, Otto, Garra, Angelito, y el jefe de su escuadrón de sicarios, Popeye —él solo, confesó ante las autoridades, mató a más de doscientas cincuenta personas y organizó el asesinato de otras tres mil—, ya estaban todos muertos o en la cárcel. Por lo tanto, yo ya podía regresar a Bogotá. Y eso hice, Roberto: volví al Liceo Americano y allí cursé nuestro último año escolar. Y por eso tú y yo nos graduamos al mismo tiempo.

En fin, ahora sabes por qué me fui de esta ciudad de un día para otro y por qué tardé tanto en volver. Mi caso nunca se ventiló en los medios y se mantuvo en secreto por el peligro que corría mi vida, y yo jamás le he contado esto a nadie aparte de mi esposa, Alana. El hecho es que todo esto ocurrió porque lancé un balón al *aire que no pude coger a tiempo, y porque una piedra diminuta se atravesó en mi camino. A partir de entonces nada volvió a ser lo mismo. Siguieron esos años que llamo los del desastre, porque mi padre, ya lo sabes, había hecho una fortuna como representante de varias compañías extranjeras, pero desaparecido el agente aquéllas cambiaron en seguida de representante, y como yo era hijo único y menor de edad, y además me tuve que ir a vivir escondido por fuera, los socios de su firma y los abogados se las arreglaron para irse quedando, poco a poco, con casi todas nuestras pertenencias. Tuvimos que vender el conjunto de nuestros bienes y me quedó apenas lo suficiente para terminar el colegio y hacer mi carrera universitaria —que pagué casi toda mediante una beca de mérito académico—, e invertir lo que para entonces me restaba en una aventura comercial con mi amigo de la infancia, Rafael Alcázar. Para nuestro asombro, como ya te dije, nos sonó la flauta y nuestra empresa creció de manera acelerada, a tal punto que recuperé parte de mi patrimonio y hasta volví a comprar la finca de Cota que había sido de mi padre.*

En cualquier caso, lo cierto es que tuviste razón esa tarde en el río: una semana después mi vida era otra. Porque algo tan insignificante —en realidad de todo menos insignificante— como una piedrecita en el suelo bastó para torcer mi destino. Nunca más volví a jugar fútbol, y cada vez que veo las luces de una ambulancia o escucho los aullidos de una sirena, revivo los instantes que siguieron luego de aquella explosión en Bogotá, con mi padre muerto encima de mí, impidiéndome respirar. Una piedrecita, Roberto. Poco más grande que un guijarro, repito, pero con mayor peso en mi vida que un rascacielos. Así que no te engañes, amigo mío: ésos son los hechos, pequeños y casuales, que a menudo determinan nuestra existencia.

De modo que no sé si ahora me comprendes. Porque por todo esto es que soy un asesino. Porque he matado a las personas más importantes de mi vida. Que haya sido a propósito o no es irrelevante. A lo mejor alguien dirá que no soy culpable de esas muertes, que al tratarse de accidentes no tengo realmente la culpa, pero a la vez nadie podrá decir que no soy en gran parte responsable de las

303

mismas, porque por algo que hice yo, por una funesta intervención de mi parte que resultó definitiva, esas personas —las más cercanas, las más valiosas— murieron: mi madre, mi padre, mi esposa y mi mejor amigo. Ésa es la culpa que arrastro conmigo adonde vaya.

Aun así, Roberto, hay algo que todavía no te he contado y es la razón de esta carta: por culpa mía morirían varias personas más y todas por hechos mínimos y casuales. Por eso te escribo ahora, porque necesito pedirte un gran favor. El último. Y confío en que me lo puedas hacer.

23. Cinco palabras

En esa primera noche del internado, Sebastián Sarmiento no se podía dormir.

Había llegado al mediodía, portando la misma maletita que trajo desde Colombia, y el tío que lo recogió de mala gana en el aeropuerto unos días antes lo dejó en la oficina del director sin despedirse y sin disimular su molestia de estar ahí. Era evidente su afán de largarse de ese sitio, tan parecido a una academia militar, y su premura de salir del joven que le había aterrizado encima y a quien consideraba un fastidio y una intromisión en su propia familia y en su rutina diaria. Por lo demás, ésa fue la última vez que Sebastián lo vio. Cuando el hombre salió de la oficina del director sin decirle adiós, sin tener siquiera la cortesía de anotar su teléfono en un trozo de papel para llamarlo en caso de una emergencia, y sin darle en ningún momento el pésame por la muerte de su padre ni brindarle una palabra de consuelo, fue como si hubiese dejado de existir. En todo el tiempo que el muchacho estuvo recluido en ese colegio, aquel tío jamás lo visitó ni lo llamó para saludarlo o saber cómo se encontraba. Era como si cualquier compromiso o deuda familiar que el señor pudiera sentir con su parienta olvidada, aquella medio hermana fallecida años atrás en un hospital en Bogotá, quedaba saldada al matricular a su hijo en esa institución. Cancelada para siempre. Esa mujer que él no había vuelto a ver desde que eran chicos, de la cual sólo había recibido noticias esporádicas a través de los años y que murió al dar a luz justamente a este jovencito, el que ahora, trece años más tarde, le había llegado de improviso, interrumpiendo su paz doméstica y su trabajo, como si él se pudiera dar ese lujo con lo ocupado que vivía y con lo agotadoras que eran sus jornadas laborales.

Por eso el tío se quería marchar de ahí cuanto antes, deshacerse del muchacho enviado de urgencia desde Colombia por un supuesto chofer llamado Alfonso, y solamente acompañado de una maletita y una historia inverosímil, explicada a retazos por teléfono, el cuento de una bomba en un centro comercial y las fuerzas oscuras de la mafia más peligrosa del mundo, y no sé qué otros embustes más difíciles de creer. Para rematar, este crío de expresión triste y heridas en el rostro, de ojeras pronunciadas y aspecto retraído, callado como una tumba e incapaz de aportar el menor dato complementario para esclarecer lo ocurrido en Bogotá, le había costado tiempo y dinero, cuando a él —vendedor de seguros y fumador empedernido, con cuatro niños pequeños y ninguno mayor que éste, más una esposa con debilidad por las compras— no le sobraba lo uno ni lo otro. Así que, a través de los cristales de la oficina de la administración, mientras esperaba su turno con el director, de pronto Sebastián vio que su tío se retiraba por el pasillo sin mirar atrás, abriéndose paso entre los demás estudiantes que tenían cita con el jefe del colegio, y en ésas advirtió un detalle que lo impactó como un guantazo en la cara: el hombre se sacudió las manos con un gesto de alivio, igual al mecánico que por fin termina de reparar un motor y se limpia las palmas sucias de grasa en los bolsillos traseros del overol.

—Puede seguir.

—¿Perdón?

—Que ya puede seguir —repitió la secretaria.

Sebastián tardó unos segundos en captar que se refería a él, entonces reaccionó e ingresó al despacho del director.

Nonantum, el prestigioso colegio internado para varones, quedaba a media hora de Boston y tenía un aire de escuela militar, pues en su fundación en 1851 había servido de academia naval para jóvenes aspirantes a la Marina. El director estaba ocupado, parado frente a su escritorio y hablando por teléfono sobre un asunto disciplinario, de modo que apenas le hizo un ademán de saludo al nuevo alumno que seguía de pie en la puerta, fijando la mirada por un instante en su ropa de calle y en la venda adhesiva que tenía en el mentón y que le cubría los puntos de sutura, y le indicó con la mano que entrara y tomara asiento. Sebastián obedeció, apartando la vista del pasillo, pero esperando que su tío regresara para acompañarlo en la entrevista —*Quizás tuvo que ir al baño*, pensó, *o le apeteció fumarse otro cigarrillo, o se le olvidó algo en el carro y salió a buscarlo, de manera que no tardará en volver*—, y tras cerrar la puerta se sentó en una silla de respaldo rígido a aguardar con paciencia. Al cabo el director colgó el teléfono, se acomodó en el sillón detrás de su mesa de trabajo y abrió una carpeta de cartulina que tenía dispuesta sobre la superficie de madera, cubierta de libros y papeles y montículos de carpetas similares, todas de color crema. Se calzó unos espejuelos para ver de cerca, estirando los alambres detrás de las orejas, y repasó las hojas con un suspiro, murmurando «Bueno... veamos...», y levantando la vista de vez en cuando para dirigirle a Sebastián una ojeada inquisitiva por encima de los lentes. Sólo le hizo unas preguntas relacionadas con sus materias y su conducta en el colegio anterior; lo felicitó por su dominio del inglés y por su excelencia académica —enarcando una ceja en señal de aprobación—, y después se quitó los espejuelos y los guardó en el bolsillo superior de su blazer azul. Volvió a suspirar, con la expresión de un adulto acostumbrado a hablarles a muchachos con la debida franqueza. «Sé que usted no quisiera estar aquí», afirmó al fin. «Estoy enterado de su situación y por eso accedí a ofrecerle una plaza a estas alturas del calendario escolar, por tratarse de circunstancias especiales, porque usted es un estudiante sobresaliente, como lo demuestran estas calificaciones —posó la mano abierta sobre la hoja con sus notas—, y porque tenemos una relación de tiempo atrás con su colegio en Colombia, con convenios de enseñanza y programas de intercambios. No... descuide: soy el único que está al tanto de lo ocurrido en Bogotá, y lo entiendo... Yo, en su lugar, a lo mejor tampoco quisiera hallarme aquí, tan lejos de mi país». El hombre cerró la carpeta y se echó hacia atrás en la silla, juntando las yemas de los dedos en actitud reflexiva. «Pero aquí está, de modo que le aconsejo tratar de adaptarse lo más rápido posible. No será fácil dado que las clases empezaron hace meses, pero bueno… ésas son las cartas que el destino le ha dado y le corresponde jugar la mejor partida que pueda con ellas, ¿no es cierto?». Sebastián se limitó a asentir con la cabeza. El director suspiró por tercera vez. «Ésta es una gran institución», continuó, abriendo los brazos como si quisiera abarcar el colegio entero. «Fue fundada hace más de un siglo y tiene mucho que ofrecer, pero en última instancia la experiencia depende de cada alumno, ¿me comprende?». «Sí, señor», repuso Sebastián. «Excelente», dijo el director. Se inclinó hacia adelante y tomó la carpeta del muchacho y la colocó sobre un montículo que seguro era el de los casos resueltos. Tamborileó con los dedos sobre la mesa, meditativo, y luego añadió: «No sé si lo sabe, pero el nombre de este lugar, Nonantum, es de origen algonquino, de la tribu indígena que vivía en estas tierras, y significa "plegaria u oración"… Y, bien considerado el asunto, eso puede ser este colegio para usted, como lo ha sido para muchos otros jóvenes del pasado, siempre y cuando acate las normas y evite los problemas: una bendición estar aquí para empezar de nuevo, ¿no le parece?». Sebastián lo miró a los ojos. Esa frase lo sacudió por dentro, precisamente porque él no quería empezar de nuevo y habría dado lo que fuera por regresar a su vida de antes. Acto seguido el director se comunicó con su secretaria y le pidió que llamara a un prefecto —«Un estudiante de un curso superior», le indicó aparte, tapando la bocina—, para que aquél le diera un recorrido de orientación por los predios del plantel. «¿Tiene alguna pregunta, muchacho?». «No, señor», contestó Sebastián. «Excelente», repitió el director. Entonces se puso en pie y el joven lo imitó, intuyendo que la entrevista había terminado. El hombre le estrechó la mano para desearle suerte, pero lo atajó con la voz antes de que el chico saliera de la oficina. «Le quiero dar un consejo final», agregó. Sebastián se detuvo para prestarle atención. «No comparta su historia aquí con nadie. Es decir, no cuente lo que le sucedió en Bogotá… En una comunidad como ésta, eso no lo van a entender». Sin esperar una respuesta el director se volvió a sentar detrás de su escritorio, abrió la siguiente carpeta que tenía sobre la mesa, extrajo los espejuelos del bolsillo del blazer azul y gesticuló para que ingresara el próximo estudiante que aguardaba en el pasillo.

Sebastián no entendió el significado de esas últimas palabras, pero sólo asintió de nuevo y salió de la oficina. Mientras esperaba la llegada del prefecto, confirmó con la secretaria que su tío se había marchado sin dejarle una nota o un teléfono escrito en un papel, y tan pronto admitió en su interior que ese familiar no iba a regresar nunca, se sintió desvalido y lo inundó el miedo, porque por primera vez vislumbró hasta qué punto estaba solo en el mundo. No conocía a nadie en ese colegio, ni a nadie en el resto del territorio nacional, salvo ese pariente que se acababa de escabullir de su vida para siempre. Todo había ocurrido demasiado rápido desde la explosión del carrobomba en Bogotá, y Sebastián no había tenido tiempo de asimilar su nueva realidad cuando ya se encontraba viviendo en otro país, huérfano ahora también de padre, inscrito en un colegio desconocido y de aspecto marcial. Se sentía fuera de lugar en ese ambiente, y se sintió todavía más así cuando inició la visita acompañado del prefecto, porque los jóvenes con los que se cruzaban en los corredores lo escudriñaban de pies a cabeza, con mirada juzgadora, y algunos se daban con el codo y le hacían muecas burlonas y hasta le lanzaban ojeadas desafiantes, y casi todos parecían reparar en la herida de su barbilla. Para rematar, su ropa de calle disonaba con el uniforme de la secundaria, pues cada alumno llevaba puesta la corbata roja con rayas azules —los colores insignes del colegio—, camisa blanca, pantalón gris y zapatos negros y limpios, y el blazer azul marino idéntico al del director, con el escudo de armas del plantel cosido en el bolsillo del pecho. Sebastián, en cambio, estaba vestido con una vieja camisa de cuadros y un suéter negro, jeans y zapatos sucios, sin lustrar. *A diferencia de...* El muchacho procuró evitar el recuerdo, pero sin éxito. Era demasiado grande. Demasiado reciente. Demasiado presente. *A diferencia de papá,* admitió al fin, *que siempre los llevaba brillantes y relucientes como un espejo. Siempre. Salvo aquella vez,* se dijo. *La última. Al cabo de la práctica de fútbol en el parque...*

Lo cierto es que el proceso para ingresar a ese colegio había sido diligenciado a las carreras por aquel tío lejano que no quería saber nada de Sebastián. Una noche lo despertó su mujer que lo sacudía del hombro, diciéndole con voz de alarma que tenía al teléfono una llamada urgente de Colombia, de parte de un tal chofer llamado Alfonso —*¿Un chofer?,* balbuceó el hombre, tanteando en la mesita de noche en busca de su reloj y tratando de leer las manecillas. *¿Llamando a estas horas?—,* y que éste le había dicho que don Hernando Sarmiento, el marido de tu medio hermana, acababa de morir trágicamente en Bogotá. Bostezando malhumorado, el hombre tomó el teléfono y después de oír a saltos lo sucedido, Alfonso le explicó las cosas lo mejor que pudo: sí, él era el conductor de la familia, pero ahora era el apoderado del joven Sebastián Sarmiento, de acuerdo con la última voluntad de su padre fallecido, y así lo estipulaba el testamento de don Hernando, que había sido leído por su abogado esa misma tarde en su oficina delante de testigos —una copia de la versión más reciente del documento se mantenía en su despacho—, mientras el niño se recuperaba de sus heridas en un hospital al norte de la ciudad, todavía adormilado con sedantes y, después de su diálogo con un detective de la Policía el día anterior, con dos agentes de seguridad parados afuera de su puerta. En consecuencia, y aunque lamentaba la hora y el inconveniente, él tenía que hacer esa llamada, puesto que el señor era el último familiar sobreviviente del muchacho, por distante que fuera, y además porque era el único allegado que vivía en Estados Unidos y con capacidad de ayudarles. Por eso él se veía obligado a formularle las siguientes instrucciones de carácter perentorias: que el tío buscara cupo para el joven en el colegio privado de Nonantum, uno de los mejores internados en las afueras de Boston, que tenía una relación intercolegial con el Liceo Americano de Bogotá desde hacía años; de ser necesario, que le explicara al director de admisiones de manera confidencial lo ocurrido, pues había que sacar a su sobrino de inmediato del país por razones de seguridad; que tramitara la documentación requerida en mitad del año escolar y se asegurara de que la transferencia bancaria para el pago de la matrícula, ordenada por el abogado de don Hernando, llegara correctamente; que recogiera al muchacho en el aeropuerto y se ocupara de él durante un día o dos; y, por último, que lo llevara en persona al colegio para que quedara constancia de un pariente que lo acompañaba, y de esa manera impedir que éste fuera trasladado a un orfelinato por ser menor de edad sin padres vivos, que era la mayor preocupación del tal Alfonso. Y como todo se hizo de forma tan apresurada, mucho quedó pendiente o a medio hacer, y eso incluía el uniforme de uso obligatorio en el plantel. De modo que las dos chaquetas azules y las tres corbatas de rayas, y las tres camisas blancas y los dos juegos de pantalones grises, más los dos pares de zapatos negros que él tendría que mantener lustrados, y las dos piyamas nuevas y el paquete de medias grises y el otro de ropa interior blanca, todo llegaría hasta el día siguiente, despachado de prisa por la tienda de vestimenta juvenil que recomendaba el colegio. Por lo tanto no había más remedio que ingresar al internado con la ropa de civil que Sebastián llevaba puesta ese día. Sin embargo, al joven le preocupaba menos su apariencia externa que su dolor interno, el tormento de su alma. Casi no hablaba, y miraba el suelo con una expresión ausente, y lucía acongojado por la pena y por una nube negra anclada sobre su cabeza, que años después él entendería que era una depresión profunda y un abrumador cargo de conciencia.

El prefecto lo llevó a conocer los lugares más importantes del colegio. El recorrido incluía las aulas, el laboratorio de química, el comedor, la biblioteca, la sala de música y teatro, la piscina, el gimnasio, la pista de hielo y finalmente los dormitorios; todo en estilo clásico New England, semejante al que después conocería en Harvard, con pisos crujientes de madera en salones nobles y austeros, muebles antiguos y alisados por el uso, pinturas viejas en las paredes —algunos paisajes y escenas marinas, pero la mayoría retratos de directores y profesores fallecidos—, tejados de pizarra y enredaderas de hiedra que cubrían las fachadas de ladrillos añejos. Pasaron por la oficina de admisiones para firmar documentos y llenar formularios, y la secretaria general le entregó a Sebastián su lista de materias y el horario de clases. En seguida se dirigieron al almacén escolar que ofrecía útiles de papelería y materiales de lectura, y también prendas básicas para hacer ejercicio, porque el atuendo de cada actividad dependería del deporte que él escogería al día siguiente con el entrenador. Por último, el prefecto lo llevó al gran salón de estudio, donde cabían sentados todos los alumnos de la secundaria, cada uno en su pupitre individual, y se veían banderas colgadas a los costados y un formidable blasón que adornaba la pared central del recinto, con el escudo de armas del colegio flanqueado por dos leones alados que sujetaban la banda como un rollo de pergamino, y debajo una inscripción en latín tomada de un poema de Virgilio: «*Labor Omnia Vincit*». Aquél era el lugar donde los jóvenes hacían sus deberes durante cualquier período que tuvieran libre, y todas las noches pasaban allí una hora obligatoria de estudio antes de cenar en el comedor. El prefecto le señaló el escudo en la pared a Sebastián, y, tras lanzar una mirada alrededor, le aconsejó en voz baja seguir el lema del colegio al pie de la letra. «El trabajo lo vence todo», tradujo. Ésa era la única forma de sobrevivir en ese sitio, afirmó, pues si el estudiante no se metía en conflictos y si no sacaba las narices de los libros, le iría razonablemente bien. Nadie ingresa a este colegio por lo divertido, apuntó con una mueca sardónica, y aunque es un lugar de mucho prestigio, destacado por su nivel académico y por la variedad y la exigencia de sus deportes, y porque entre sus exalumnos sobresalen dos presidentes y cinco premios Nobel, varios ministros y diplomáticos, más numerosas personalidades de las ciencias y el periodismo, también es una institución conocida por la disciplina de hierro de sus maestros. Sin embargo, había otra razón de peso para quemarse las pestañas estudiando allí, agregó: si al final de cada año sus calificaciones eran de las primeras del curso, quizás el día de mañana él podría aspirar a una beca para estudiar en una de las mejores universidades del país, incluidas las famosas *Ivy Leagues*, porque Nonantum era un conocido alimentador de los *colleges* más ilustres como Harvard, Princeton, Brown y Yale. Pero también le advirtió, bajando todavía más el tono de la voz, que de ninguna manera pusiera a prueba a sus profesores, porque el alumno que fuera pillado hablando en horas de tareas, o perdiendo el tiempo buscando pleitos o haciendo payasadas, o lanzando papelitos con mensajes secretos a sus compañeros, sería sancionado en forma ejemplar. Y ahí los castigos, se lo podía decir por experiencia propia, no eran en broma. Luego buscaron el pupitre que le habían asignado a Sebastián, y resultó que era uno de los últimos que quedaba junto al gran ventanal del fondo, el que daba —no lo podía creer— a la cancha de fútbol. El muchacho experimentó una oleada de escalofríos y una sensación de vértigo al ver a un grupo de niños jugando con un balón, y se tuvo que contener para no vomitar allí mismo a causa de sus recuerdos. El prefecto notó el repentino cambio en su semblante y le preguntó si se sentía bien. Sí, sí, repuso Sebastián, tratando de recobrar la compostura. No es nada. Entonces el otro le mostró cómo se levantaba el tablero del pupitre para guardar adentro sus libros, lápices y cuadernos, y al final se despidió con un apretón de manos y deseándole suerte en el colegio. Sebastián permaneció sentado en su puesto hasta la hora de la cena, hojeando los textos escolares por encima y evitando mirar por el ventanal, y sin advertir cómo iban llegando los demás alumnos al gran recinto y cómo se desvanecía la luz del ocaso. Cuando sonó la campana de bronce en el salón, el joven se puso en pie y se unió a la multitud de estudiantes que se dirigía caminando al comedor. Esa noche él cenó solo y apartado, sin prestar atención al bullicio de platos y diálogos a su alrededor, y sin registrar las miradas y los gestos de los demás muchachos al señalarlo como el novato. Sebastián solamente podía pensar en su padre y en Alfonso; en su amigo Roberto Mendoza, que había descubierto hacía tan poco; en la niña que había entrevisto de casualidad a través de la ventana de su casa, cerca del caño del Virrey, y en todo su mundo de Colombia que había dejado atrás y que no sabía si iba a volver a ver algún día.

Antes de que los estudiantes salieran del comedor al final de la cena, Sebastián buscó su maletita que había dejado en el despacho del director, y el encargado de su dormitorio, que era su mismo profesor de Historia —Jay St. John, se presentó—, lo condujo hasta su pieza. El joven apenas reparó en el aire espartano del lugar. Más que un cuarto parecía un cubículo, con paredes de tablas oscuras que se elevaban medio metro por encima de su cabeza, y una ventanita que se asomaba al patio central del edificio, con un pino antiguo e inmenso sembrado en el medio, tres pisos más abajo. El espacio era muy estrecho, a tal punto que si Sebastián se paraba en el centro podía tocar las paredes de los dos costados con las yemas de los dedos. La puerta era una cortinita que daba al corredor central, donde se encontraban las demás piezas en forma de cubículos de sus compañeros, y adentro había una cama angosta, un pequeño escritorio con una silla de madera y una lamparita flexo, una cómoda de tres cajones, un espejo del tamaño de una hoja de papel, y una mesita de noche con otra lamparita de pantalla amarillenta. Sebastián se acercó a la ventana y observó el gran árbol en el patio, con la copa que sobresalía por encima del techo del edificio y las ramas punteadas de conos como granadas, y luego colocó su maleta sobre la cama a la vez que oía el tropel de estudiantes que ingresaba al dormitorio. Procedió a desempacar sus cosas mientras los demás jóvenes aprovechaban una hora de ocio antes de dormir para jugar, charlar y bromear, y él percibía sus risotadas en torno y sentía sus pasos al pasar frente a su cortina, pero ninguno se asomó a su pieza y él no se atrevió a sacar la cabeza al corredor porque no quería llamar la atención. El muchacho guardó la maleta debajo de la cama y se puso la piyama que había traído de Colombia. Se recostó sobre el colchón pero sin meterse entre las sábanas que olían a naftalina, escuchando las carcajadas y las discusiones de los juegos, cuando se oyó la resonante voz del encargado, quien anunciaba que faltaban diez minutos para que se apagaran las luces. En seguida aumentó el trajín de pies y pantuflas en el pasillo, de estudiantes que corrían al baño comunal para cepillarse los dientes, orinar o defecar en los puestos de los retretes sin puertas. Después de un rato, volvió a bramar la voz del encargado al fondo del corredor, notificando cinco minutos, y se acabaron los pasos apresurados y los afanes de los juegos, y por fin sonó el último anuncio, hecho con las manos en bocina para que lo oyeran todos sin excepción: «¡Silencio! ¡Ya! ¡Luces apagadas!». De inmediato se oscurecieron los bombillos en el techo del dormitorio, y también las lámparas de los escritorios y las mesitas de noche, y el recinto quedó en tinieblas. Se oyeron unas risitas finales que el encargado acalló con la amenaza de un castigo a quien abriera la boca, y luego sonaron sus pasos lentos y pesados a lo largo del corredor, al acecho de cualquier luz o ruido clandestinos. Los pasos se fueron alejando por el suelo de tablas, y al cabo se escuchó el remoto chirrido de la puerta de su alcoba al cerrarse, y el vasto dormitorio se hundió en el silencio.

Sebastián no se podía dormir. Se levantó de la cama con sigilo, atento a que no fueran a crujir las tablas del piso bajo sus pies descalzos, y se acercó de nuevo a la ventana. Apartó la cortinita con el dedo, cauto y discreto. *¿En qué dirección quedará Colombia?*, se preguntó, escrutando la noche. Pero sólo distinguió la silueta oscura del pino, grande y tenebroso en la negrura, cuyas ramas parecían extremidades velludas y siniestras, como los brazos de un ogro gigante de los cuentos infantiles. Regresó a la cama y se metió entre las sábanas, examinando las sombras que se estiraban hacia el techo del dormitorio. Reinaba un silencio absoluto. Sólo se percibían la respiración serena de un vecino y la lejana tosecita de otro. El niño se mantuvo callado e inmóvil, con los ojos muy abiertos en la oscuridad, oyendo el tictac de algún reloj de mesa. Entonces le cayó encima todo el peso de su soledad. Se sintió demasiado lejos de su país, de todas las cosas que él amaba, de las caminatas por las zonas verdes en días soleados en Bogotá; de las excursiones a caballo en La Canela y los paseos bajando por el río Sumapaz en neumáticos inflados, escuchando el canto de los pájaros y los sonidos de la naturaleza; de las bromas y los juegos con Alfonso; de la niña hermosa cuyo nombre ignoraba y que no sabía si algún día podría llegar a conocer; de su vieja amistad con Rafael Alcázar, a pesar de que éste se había mudado hacía poco a otro vecindario, y de su nuevo amigo Roberto Mendoza, a quien había descubierto, ahora lo sabía con amarga certeza, demasiado tarde. Pero ante todo pensó en su padre. Caviló por enésima vez acerca de ese día en el parque, mientras practicaban fútbol en la grama todavía húmeda por la lluvia, y después se vio caminando a su lado hacia el centro comercial de la carrera Quince, gozando del aire de la tarde y rebotando el balón en la acera. Aún podía sentir aquella mano apoyada afectuosamente en su nuca y olía la fragancia de su colonia masculina, observando los zapatos negros salpicados de barro y pensando en su suerte increíble de tener a ese caballero de padre, un individuo decente y amoroso, generoso y bondadoso, dedicado a su crianza. Un hombre que a menudo repetía sus chistes porque olvidaba haberlos contado antes; que se sentaba con paciencia para ayudarle con las tareas de ciencias y matemáticas; que lo abrazaba sin pudor y le celebraba con euforia sus calificaciones del colegio; que le daba consejos sabios cada vez que veía la ocasión de impartir una enseñanza de vida, diciéndole cosas importantes y esenciales como «Nunca pierdas tu capacidad de asombro, Sebastián, especialmente ante las cosas pequeñas», y «Procura ser siempre una persona decente, y actúa con buenos modales y tolerancia, en particular en los momentos más difíciles, porque es fácil ser cortés en situaciones normales, cuando el reto es serlo en una crisis»; un señor que vivía y trabajaba para su hijo, para amarlo, educarlo y cuidarlo. Pero en seguida apareció en su memoria la mirada aciaga del sujeto de la cicatriz, caminando hacia ellos con paso firme, y todo lo que siguió después, entonces Sebastián sintió que crecía en su interior lo de siempre, aquel nudo grueso que ascendía por su garganta, y aunque lo trató de impedir no se pudo contener y lloró. Lloró en silencio para que sus vecinos no lo oyeran; lloró de tristeza y de rabia, todavía sin entender cómo su vida había dado semejante vuelco en cuestión de días e incluso de segundos, y todo por una suma inaudita de hechos menores y casuales. Hacía nada él estaba en Bogotá, estudiando feliz en el Liceo Americano, ilusionado de conocer a la niña que le aceleraba el pulso de sólo pensar en ella, entusiasmado con su nueva amistad con Roberto Mendoza y la idea de ingresar al equipo juvenil de fútbol del colegio, y gozando de su padre y de la familia que ellos dos habían formado con Alfonso y sin la ayuda de nadie más. En cambio ahora, en menos de un abrir y cerrar de ojos, por un descuido de su parte y por una piedra diminuta atravesada en su camino, él era un huérfano desterrado a otro país, sin manera de regresar al suyo y quizás para siempre, viviendo a escondidas en ese internado inhóspito y frío, rodeado de muchachos desconocidos que ignoraban lo que le había pasado y sin poder compartir esa experiencia con nadie, porque a ninguno le interesaría —todos tendrían su propio pasado y sus propios problemas, razonó—, y además porque ninguno se lo creería si él se lo llegara a contar. Entonces recordó la entrevista con el director y su consejo final, y en ese momento entendió que aquel hombre tenía razón. *Sin duda, estos jóvenes gringos jamás comprenderían lo que me había sucedido en Bogotá, porque nuestra realidad colombiana de bombas en centros comerciales y aviones derribados por la mafia; de atentados a oleoductos con manchas de petróleo oscureciendo los ríos; de secuestros prolongados durante años y alambradas para contener a los cautivos, amarrados como animales con sogas al cuello y cadenas en los tobillos; de masacres cotidianas y asaltos a poblaciones humildes, con el banco agrario saqueado y la estación de policía en ruinas; de erupciones de volcanes y avalanchas de lodo, y miles de muertos en segundos y pueblos borrados del todo; de torres de energía y antenas de comunicación destruidas, y ataques a puentes y carreteras con cargas de dinamita; de campos sembrados de matas de coca y cultivos de amapola, y también de minas quiebrapatas y de bombas asesinas; de guerrilleros y paramilitares enemigos entre sí, pero que dependían del mismo negocio de la droga para delinquir; de palacios de*

justicia en llamas y sus magistrados calcinados en cenizas; de tor-
turas y magnicidios y balas perdidas y homicidios; de ofensivas gue-
rrilleras y matanzas y extorsiones, y pescas milagrosas y barrios de
pobres sepultados por derrumbes; de boleteos y suicidios y crímenes
impunes, y desapariciones forzosas y falsos positivos y meses de apa-
gones; de niños trabajando como bestias y niñas vendidas como
prostitutas; de mujeres atacadas con ácido en la cara y esposas vio-
ladas por sus maridos; de gente descuartizada con motosierras y
hombres mutilados con machetes, y rivales cortados en picadillo y
vendettas de narcos con sopletes; de familias viviendo en basureros
y caseríos arrasados por crecidas, y chicos reclutados a la fuerza e
investigaciones que nunca concluían; de empresarios sobornados y
políticos corruptos, y la falta de recursos por desfalcos al tesoro pú-
blico; de millones de desplazados convertidos en mendigos, y nues-
tros ríos convertidos en cementerios, con cadáveres flotando y galli-
nazos picoteando encima; de matanzas de indígenas y masacres de
campesinos, y bolillazos a estudiantes y miles de desaparecidos; más
ciudades que vivían en obra negra y partidos políticos eliminados
a tiros, y candidatos presidenciales asesinados a bala y secuestros
colectivos; toda esa realidad era demasiado ajena a las vivencias de
estos jóvenes, la mayoría hijos de familias oriundas de Boston y
otros sitios de Massachusetts, urbes modernas donde todo funcio-
naba siempre, mientras que en Colombia nada funcionaba nunca,
nuestras ciudades agobiadas por fallas y cortes en los servicios, con
calles llenas de huecos y la vida malgastada en el tráfico, un trans-
porte público inhumano y el aire que respiramos envilecido, de
modo que yo tendría que cargar mi historia en secreto, sin decirles
una palabra a esos gringos, porque lo mío era un legado inconcebi-
ble para mis vecinos. Entonces Sebastián cerró los ojos y respiró
profundo, contando despacio para tratar de calmarse e intentar
conciliar el sueño, pero no lo pudo evitar y siguió pensando en
su padre, reviviendo esos instantes de confusión y terror en el
centro comercial, oyendo llantos y gritos y sirenas y gemidos, rodeados de humo y escombros y vísceras y charcos de sangre, con
el pesado cuerpo de aquel hombre desgonzado sobre él, aplastán-
dolo contra el suelo de ladrillos e impidiéndole respirar. Pasó el

tiempo, y no supo si había transcurrido un minuto o una hora, pero por lo visto se quedó dormido porque de pronto sintió que de veras no podía respirar, que se estaba ahogando, y tardó segundos en comprender que tenía manos encima que lo sujetaban con firmeza, rodillas apoyadas en las piernas y otras en el pecho, y una almohada presionada con fuerza sobre su cara. Se estaba sofocando, y sacudió la cabeza desesperado en busca de aire, cuando recibió el primer puñetazo en la boca del estómago y en seguida varios más. No sabía cuántos se habían metido en su cubículo, pero entre los que fueran lo tenían aprisionado de brazos y piernas, y cuando trató de gritar escuchó, muy cerca de su oído, una voz que le decía cinco palabras en inglés, silabeadas con furiosa intensidad: «Un sonido y usted muere». A continuación se reinició la paliza de puños y bofetadas. Al comienzo Sebastián no entendía por qué no le golpeaban la cara, cuando adivinó que era para que los profesores no notaran los moretones y las huellas del asalto al día siguiente, y en cambio le pegaban con violencia en el pecho y en el estómago, en los testículos, brazos y piernas, y él hacía un esfuerzo sobrehumano por no gritar ni soltar un bufido que oyera el encargado a través de la puerta cerrada de su habitación, y así sus compañeros se turnaban dándole puños y patadas y rodillazos. Tratando de eludir los golpes Sebastián cayó al suelo, y ahora era él quien se apretaba la almohada contra la boca para ahogar sus aullidos. Actuaban con precisión y sin decir una palabra, y alguien pasando por el corredor habría pensado que esos sonidos amordazados no eran más que los suspiros de un niño que dormía con placidez, cuando se oyó un chasquido de dedos y los golpes cesaron en el acto, y los jóvenes se esfumaron con la misma rapidez con que habían aparecido. Entonces Sebastián escuchó la misma voz de antes, muy cerca de su oído, a la vez que percibía su aliento inmundo de tabaco y cebolla cruda, que le susurraba una sola palabra de despedida: «Bienvenido». El muchacho permaneció en el suelo, boqueando sin aire, babeando de rabia y dolor y llorando en silencio. Al cabo hizo un esfuerzo por incorporarse y con trabajo logró trepar a su cama y tirarse sobre el colchón despojado de sábanas, temblando de frío, reprimiendo los quejidos por los golpes y sintiendo punzadas en todo el cuerpo. En medio de su humillación y la falta de aire, de sus ojos llenos de lágrimas y su aborrecimiento contra el universo, de repente el joven comprendió que detrás de esa embestida había algo más que un simple vapuleo o un rito de iniciación. Había un mensaje: que él supiera quién mandaba en su mundo a partir de ahora. Y aunque Sebastián no podía saber con exactitud quiénes eran ni cuántos de sus vecinos lo habían atacado, porque el asalto había sido demasiado veloz y había ocurrido en la oscuridad, los agresores como sombras, el mensaje era en cualquier caso cristalino: fuera quien fuera, lo importante era que quien mandaba no era él. Eran otros. Sin parar de llorar el muchacho palpó su mentón, y se percató de que en la refriega la venda adhesiva se le había zafado de la barbilla, de modo que hizo lo que pudo por volverla a pegar y cubrir los puntos de sutura para evitar que la herida se abriera de nuevo y manchara la cama de sangre. Y mientras tanteaba en la negrura con los dedos pisoteados, y se limpiaba los mocos de las narices y se quitaba las lágrimas de la cara con la manga de la piyama, también advirtió un hecho diciente: que él ni siquiera había intentado defenderse durante la arremetida. Y no sólo porque no sabía cómo hacerlo, ni tenía idea de cómo pelear o protegerse, ni veía ni entendía de dónde provenían los puños, golpes, bofetadas y patadas tan salvajes, sino porque de una manera confusa él sentía que se merecía esa golpiza brutal, como si fuera un castigo necesario por haber cometido un delito atroz.

Al día siguiente Sebastián se despertó con el primer toque de campana —y se imaginó que así debía sonar la trompeta de diana en un cuartel militar—, y se dirigió cojeando y adolorido, sin mirar a nadie y sin que nadie le hablara, escondiendo los hematomas y moretones, a los lavabos, para iniciar una rutina que sería la misma durante cuatro años seguidos: el aseo preliminar de la mañana, inspección general de habitáculos —el encargado revisaba la limpieza del cuarto y ponía a prueba la perfección del tendido, rebotando una moneda sobre la cama—, desayuno, clases a lo largo del día, almuerzo, dos horas más de materias, deportes, baño completo en las duchas del gimnasio, una hora o dos de tareas y lecturas en el salón de estudio, cena, la única hora libre de recreo, y por último luces apagadas y a dormir. En las vacaciones de verano y en las de Navidad, mientras sus compañeros eran recogidos por sus padres en la puerta del colegio para hacer planes de familia y viajar a destinos exóticos que después le contaban a Sebastián en detalle, debido a su orfandad y extranjería y a que él no tenía otro lugar adónde ir, el muchacho obtuvo permiso del director para permanecer esos meses en el plantel, viviendo solo en el dormitorio y comiendo en un rincón del desierto comedor los cereales, huevos y emparedados que él mismo se preparaba en la cocina, ya que casi todo el personal del colegio también salía a descansar en esos intervalos, incluyendo los cocineros. A la vez, para ganar un poco de dinero y mantenerse ocupado durante el día en esos meses solitarios, Sebastián buscaba algún empleo en el pueblo vecino de West Newton, de manera que un año trabajó como ayudante en una bomba de gasolina, otro hizo de asistente en una tienda de antigüedades, otro sirvió de mozo de limpieza en una cafetería, y otro laboró en una empresa de mensajería en bicicleta, repartiendo diarios en la mañana y haciendo entregas a domicilio en la tarde. En el resto del tiempo que tenía libre, Sebastián estudiaba y leía hasta altas horas de la noche —aunque casi nada de ficción; eso lo descubriría años después en la universidad—, y por eso sus calificaciones fueron siempre de lejos las mejores del curso, pues al final de cada año, mientras sus compañeros habían paseado como turistas y gastado sus horas de ocio yendo al cine y viendo programas de televisión, él tenía en promedio y a su favor cuatro meses más de estudios y lecturas, y eso fue lo que le permitió después aplicar a la Universidad de Harvard y aspirar a la beca de mérito académico que le pagaría toda la carrera. A raíz de eso el joven entendió la validez del lema del colegio —*Labor Omnia Vincit*—, que se convertiría en su mantra personal, y aprendió una lección que le iba a quedar de por vida: a fin de sobresalir en un proyecto o ser el mejor en un empeño, más que habilidad o talento a veces eran definitivas otras cosas más básicas, como la dedicación y la disciplina, o la simple disponibilidad de tiempo.

Sin embargo, al segundo día del colegio en la tarde, cuando avanzaba con dificultad hacia su primera práctica de educación física, sobrellevando las contusiones en las costillas y soportando el dolor de las trompadas en las piernas, Sebastián vio que el deporte de la temporada era el fútbol, y supo que no lo iba a poder hacer. De modo que buscó al entrenador y lo encontró en su oficina del gimnasio, alistándose para salir al campo y comenzar los ejercicios de calentamiento. Tratando de disimular su pánico, le preguntó si había una opción deportiva diferente. «Hay varias», respondió aquel hombre, que siempre vestía una sudadera gris y llevaba puesta una gorra de béisbol, zapatillas blancas de tenis y un cordel alrededor del cuello con un silbato plateado. «Pero ¿por qué no quiere jugar fútbol?», quiso saber. «A todos los muchachos les gusta ese deporte, y más a los que vienen de América Latina, como usted». «No lo sé», mintió Sebastián. «Sólo sé que no lo puedo hacer». «Está bien», replicó el entrenador, confuso. «Aquí tiene una lista de alternativas», y sacó de una gaveta una hoja de papel impresa. «Lo importante, en cualquier caso, es hacer algo. En este colegio el deporte es obligatorio y todo alumno que no tenga una discapacidad severa tiene que hacer una actividad física diaria». Sebastián le dio las gracias y salió del despacho ubicado en la parte de atrás del gimnasio, y allí mismo repasó la lista de deportes que ofrecía el colegio, y no sólo los principales de cada temporada como lacrosse, fútbol, baloncesto, hockey sobre hielo y fútbol americano, sino otros complementarios como voleibol, waterpolo, tenis, tenis de mesa y gimnasia olímpica, cuando de casualidad vio que un estudiante caminaba solo hacia una puerta de apariencia discreta, en el otro extremo del edificio. Sin saber por qué, en un acto espontáneo y sólo por curiosidad, Sebastián decidió seguirlo para ver adónde iba, y resultó que la puerta conducía a unas escaleras que descendían al sótano del gimnasio. El estudiante continuó por un largo pasillo donde estaban las alacenas de aseo y limpieza, así como los

armarios con los equipos de gimnasia, incluyendo las colcho-
netas y el potro de cuero y el módulo de las barras paralelas, y
al final ingresó por una solitaria puerta metálica. Sebastián se
detuvo en su sitio, estupefacto al descubrir un cartelito blanco
con letras negras clavado sobre el salón. De inmediato, todavía
sintiendo punzadas de dolor por la paliza de la noche anterior,
el joven regresó cojeando a la oficina del entrenador y lo alcanzó en la puerta, cerrando con llave y a punto de encaminarse a
la cancha de fútbol con un sujetapapeles bajo el brazo, y le preguntó jadeando si ésa podría ser su elección deportiva. El *coach*
respondió que sí, y esa misma tarde lo inscribió en esa clase que
sólo tenía doce alumnos. A partir de entonces Sebastián se dedicó de lleno a esa actividad, de manera obsesiva y exclusiva,
pues fue la única que practicó en todo el tiempo que estuvo en
ese colegio. Le gustaba que la misma exigía un entrenamiento
íntegro, que desarrollaba buen estado físico y ejercitaba todos
los músculos del cuerpo, al igual que la gimnasia olímpica o la
natación, pero con varias ventajas sobre las demás opciones disponibles, ya que no dependía de una estación del año como el
hockey, ni de otros miembros de un equipo como el béisbol, ni
de un campo de grama bien podado como el fútbol, ni de algo
tan complejo y costoso como una cancha de tenis de polvo de
ladrillo o una piscina llena de agua limpia y clorada, y se podía
hacer solo o acompañado, con sol o con lluvia, en otoño y en
invierno, y adentro o afuera. No obstante, lo que Sebastián más
apreció era que la clase se hacía todos los días, incluidos los fines de semana, y además tenía lugar en ese espacio apartado,
lejos de la vista de los curiosos, casi a escondidas en las entrañas
mismas del gimnasio. Cada tarde el muchacho entraba resuelto
y con entusiasmo en el salón, pero antes de atravesar el umbral
de la puerta metálica, como si fuera un pequeño rito personal,
él leía con una sutil inclinación de la cabeza, igual a una reve-
rencia arcana, aquella lámina de plástico con letras negras cla-
vada sobre el dintel, el cartelito con una sola palabra que le iba
a cambiar la vida por completo: *Karate*.

24. El efecto dominó

Lo más impactante es comprobar la fragilidad de los eslabones, Roberto. De cada uno de ellos. Me refiero a la pequeñez del hecho o incidente que, visto por sí solo, en forma aislada e independiente, no tiene por qué despertar una sospecha de inquietud ni una señal de alarma, y nunca pasaría de ser más que un inconveniente o apenas una molestia. Pero son esos hechos juntos y entrelazados, aquellos incidentes menores unidos por el azar, el destino o los dioses, los que tarde o temprano desatan una reacción en cadena, un efecto dominó que a su vez desemboca, a la larga o a la corta, en algo mayor e impredecible: el triunfo, la tragedia, la euforia o la desgracia.

Porque para que ocurra un evento de transcendencia personal, e incluso uno de importancia mundial, a menudo basta una serie encadenada de hechos triviales y casuales. Y lo más llamativo es lo vulnerables que son esos hechos particulares, cada uno sujeto a cambiar en un parpadeo de ubicación, de tamaño o de momento al ocurrir. Y no se necesita más que uno solo de aquellos eslabones se modifique en cualquier grado o forma para que el desenlace final sea otro, la experiencia última totalmente distinta, un resultado nuevo e inesperado, y ahora una vivencia ideal, inofensiva o infernal.

Eso es lo que más me cuesta aceptar, Roberto: la delicadeza de las conexiones. Entender que cada una de éstas puede ser una casualidad tan sencilla y en apariencia intrascendente como recordar de pronto algo olvidado —un rostro, un nombre, una melodía o un dato a todas luces irrelevante—, o simplemente optar por algo tan fortuito e inocuo como doblar a la derecha o a la izquierda en un lugar determinado —la esquina en una calle, el sendero en un camino de tierra, la puerta de embarque en un aeropuerto cualquiera—, y esa mínima decisión, a primera vista insignificante, puede suscitar una cascada de repercusiones inconcebibles, ya sean para bien o para mal, y de consecuencias inatajables.

Si lo piensas verás que tal es el caso de todos los episodios que ya te he contado. Pero hay más. Porque cada vez que reflexiono sobre la precariedad de los hechos casuales, me viene a la cabeza un torrente de historias y anécdotas, algunas relacionadas con la carrera espacial de los años sesenta, y en particular recuerdo la asombrosa suerte de Apolo XII.

Seguramente sabes que al despegar un poderoso cohete de la Tierra, esos primeros minutos son quizá los más peligrosos de toda la misión. Y si eso es cierto hoy, era doblemente cierto en los tiempos iniciales de la conquista del espacio, cuando la Unión Soviética y Estados Unidos se disputaban el primer lugar en la carrera espacial, y cuando el más elemental tropiezo técnico o error de cálculo podía llevar a la catástrofe, especialmente durante la formidable fase del lanzamiento. Sin duda, de lo que más temían los técnicos, ingenieros y científicos que trabajaban en los proyectos Mercury, Gemini y Apolo de la NASA, eran las contingencias del despegue, pues a todos les constaba que ese momento era uno de altísimo riesgo. Mientras los gigantescos motores de propulsión F-1 bramaban y retumbaban, con los tanques de combustible llenos al máximo, despidiendo chorros de fuego y consumiendo quince toneladas de queroseno refinado por segundo, impulsando la nave con la potencia necesaria para vencer la fuerza de gravedad de la Tierra y salir de la estratosfera, incluso superando la velocidad de una bala disparada por un revólver, cualquier chispa eléctrica o falla mecánica podría ocasionar una explosión devastadora, matando en un instante a todos los tripulantes en el interior de la nave.

Eso, por desgracia, ocurrió más de una vez. El 27 de enero de 1967, en la misión de Apolo 1, un fuego eléctrico se originó en la cápsula de mando y en segundos las llamas se adueñaron del fuselaje, incinerando a los tres astronautas atrapados en sus asientos, antes de que éstos pudieran reaccionar y sofocar la hoguera. Y también ocurrió décadas después, el 28 de enero de 1986, durante el lanzamiento del transbordador espacial Challenger, cuando a los setenta y tres segundos de despegar de la Tierra y en medio de un luminoso cielo azul, la aeronave explotó en miles de pedazos con sus siete tripulantes a bordo, mientras las cadenas de televisión de todo el mundo transmitían el acontecimiento en vivo. Y a su vez casi sucede el 14 de noviembre de 1969, durante la misión de Apolo XII, la segunda programada para aterrizar en la Luna, y la calamidad se evitó gracias a una oportuna —y nada menos que milagrosa— suma de hechos mínimos y casuales.

A los treinta y seis segundos del despegue de la plataforma de lanzamiento en el Centro Espacial John F. Kennedy, situado en la isla Merritt al noroeste de Cabo Cañaveral en la Florida, de repente los tres astronautas en la cápsula de mando escucharon una ruidosa crepitación de estática en sus auriculares, y dieciséis segundos después las pantallas con los datos de telemetría quedaron congeladas en una imagen confusa e indescifrable: un enredo de números, letras y símbolos sin sentido. Sin que nadie lo supiera, dos rayos de una tormenta eléctrica que tronaba en el firmamento habían golpeado la nave, desactivando tres celdas de combustible y los medidores de telemetría, así como el indispensable indicador del horizonte artificial. De inmediato todas las alarmas en la cápsula se encendieron. Charles «Pete» Conrad, comandante de la nave espacial, jamás había visto tantas luces y alarmas prendidas al mismo tiempo. «Nunca, en toda mi vida», declaró después, «yo había presenciado algo semejante. Ni siquiera en el peor caso imaginado en los simuladores de vuelo». En medio de las luces de alarma y el ruido de las sirenas, las baterías principales de la nave se apagaron y en el acto reaccionaron las auxiliares de emergencia, pero éstas sólo disponían de dos horas de carga. Conscientes de que contaban con apenas minutos para actuar, y forcejeando contra la intensa vibración del fuselaje y la creciente aceleración de 3 g —tres veces la fuerza de gravedad de la Tierra en el interior del cohete mientras rugían hacia el espacio—, los pilotos en la cabina probaron de todo: se comunicaron con Houston para confirmar lo ocurrido, activaron los protocolos de urgencia, prendieron y apagaron circuitos y sensores, revisaron cálculos en las bases de datos y hasta golpearon los cristales de los indicadores, pero nada funcionó. No había opción: tenían que abortar la misión, proyectando la cápsula al océano con los tres astronautas dentro y detonando de manera deliberada los poderosos cohetes Saturno V. Dicho en breve: cualquier cosa podía suceder, e iba a suceder en segundos.

A su vez, en Houston nadie se explicaba lo que estaba pasando, pero todos captaron que se trataba de una falla eléctrica y de instrumentación de máxima gravedad que condenaba la nave a muerte. Procurando mantener la calma, Gerald D. Griffin, director de vuelo de la NASA en el Centro Espacial Johnson, mientras presenciaban atónitos las pantallas de los monitores de telemetría con aquel revoltijo de signos y símbolos inescrutables, alzó la voz en la sala de mando y pidió orden de parte de todos los operadores, y en seguida solicitó información sistemática de cada jefe de estación. Pero la confusión en el recinto era total. Los encargados de las diferentes facetas de la misión sabían que la nave volaba a ciegas, arrojando torrentes de fuego y quemando toneladas de combustible por segundo, con las alarmas sonando dentro de la cabina y las luces titilando en los tableros, y con escasos minutos de energía disponibles antes de abortar el vuelo a la fuerza. La situación era apremiante, porque sin los datos de telemetría y sin el indicador del horizonte artificial los astronautas no tenían forma de determinar en dónde estaban ni en qué dirección estaban disparados —podrían estar volando boca abajo y dirigidos a Marte, sin manera de saberlo—, y cuanto más ascendía la nave en el cielo más complejo sería el proceso de reentrada atmosférica y el regreso a la Tierra. De modo que los operadores se afanaron en dar con una solución y ensayaron todo lo posible, pero los segundos transcurrían implacables y los monitores seguían congelados, detenidos en esas imágenes que recordaban una sopa de letras. Mientras unos debatían con los astronautas en el esfuerzo de aclarar lo sucedido, otros apagaron y reiniciaron circuitos y sensores, revisaron los cálculos matemáticos de la trayectoria de los cohetes para proyectar el reingreso a la atmósfera, y los expertos de sistemas eléctricos y de comunicación discutían qué hacer y cuál procedimiento seguir. El tiempo corría sin freno en el centro de mando, y fue entonces cuando el operador a cargo de abortar la misión levantó la tapa de acrílico del interruptor de emergencia, atento a la orden del director Griffin, listo para presionar el gran botón rojo. Había poco menos que pánico en la sala de control, mientras los astronautas insistían por su lado, tratando primero de resolver el problema de la instrumentación, pero ninguno entendía lo que había pasado y al minuto comprendieron que se les había agotado el tiempo: tenían que abortar sin remedio. Resignados a su suerte, los tres hombres se alistaron. Repasaron rápidamente las instrucciones de contingencia, recitaron la sucesión de pasos esenciales al ponerlos en marcha y apretaron con fuerza sus cinturones de seguridad, anticipándose a la violenta detonación de los cohetes y la rugiente precipitación a la Tierra. A punto de comenzar el conteo regresivo, los tres se persignaron; el comandante Conrad pensó en su esposa y en sus cuatro hijos pequeños, los otros también evocaron a sus familias y todos se aferraron con firmeza a los brazos de los asientos, rezando a Dios que el daño en la cápsula, cualquiera que éste fuera, no impidiera que florecieran abiertos los tres paracaídas en el momento del amerizaje, porque a esa velocidad morirían desintegrados al chocar contra la superficie del mar, que tendría la consistencia del concreto. Entonces el director Griffin, en la ruidosa sala de Houston, buscó con la mirada al operador que mantenía la palma de la mano abierta sobre el botón rojo, e inició el temido movimiento de cabeza para impartir la orden irreversible, sacrificando años de trabajo y poniendo en peligro la vida de los tres astronautas, dispuestos a lanzar al océano millones de dólares en equipos perdidos para siempre, cuando de pronto el joven controlador John Aaron, de apenas veintiséis años de edad, casi se da una palmada en la frente, porque en ese instante se acordó de algo excepcional. Más de un año antes, durante unas pruebas técnicas y de programas, él había visto una imagen idéntica a ese revoltijo de símbolos en la pantalla de su ordenador. Pero recordar algo así de detallado era imposible, porque nadie retenía en su mente esos cuadros de caracteres, pues todos sabían que eran dígitos sin orden ni valor alguno. En esos años primarios de la computación los pestañeos de los monitores y las fallas de los sistemas eran frecuentes, y no era raro que los datos de telemetría quedaran congelados y trastornados, con páginas y páginas revueltas de signos *indescifrables tipo «!jw7§'•x2t¿¡gi¢#*0+s?f1!», con algunas partes similares a la grafía en las tiras cómicas para indicar una maldición entre los personajes. Todas esas imágenes eran igual de confusas e inútiles, y nadie podía diferenciar una de otra, y aunque cada una era sutilmente distinta, eran comparables en el hecho de que eran indescifrables. Pero el joven Aaron tenía grabada en su memoria esa imagen exacta, y no sólo eso: en esa ocasión de un año atrás, él había descubierto una manera irregular de desbloquear el monitor, y era acudiendo a uno de los interruptores que existían en la cápsula espacial llamado el* SCE *—Signal Conditions Electronics—, que había sido diseñado para una tarea distinta. No obstante, al cambiar el interruptor de función y al ponerlo en* AUX, *curiosamente se solucionaba el problema en la pantalla. «Director», le dijo entonces a Griffin sin alterar el tono de la voz. «Ordene pasar el interruptor del* SCE *a* AUX». «*¿El* SCE?», *preguntó Griffin desconcertado, incorporándose de su silla y listo para abortar la misión. «¿Qué es eso?». Con la nave agonizando y la aguja del reloj descontando los últimos segundos, el operador insistió: «Ordene pasar el* SCE *a* AUX». *Sin otra opción, el director le transmitió la orden a Apolo XII, y los tres astronautas en la cápsula, balanceados en el filo de la tensión, se miraron sin entender. «Por favor repita, Houston», pidió el comandante Conrad, pensando que habían oído mal. Griffin retransmitió la orden, pero los astronautas seguían igual de perplejos. «No entiendo», dijo el piloto Alan Bean, ya iniciado el conteo regresivo. «¿Qué diablos es el* SCE?».*

Para alguien que no creció familiarizado con los primeros años de la exploración de los astros, es difícil concebir la complejidad del interior de una nave espacial de aquel entonces —que por cierto tenía menos capacidad de computación que cualquier teléfono móvil que hoy llevamos en el bolsillo—; un espacio muy reducido, atiborrado de una prodigiosa cantidad de instrumentos. Y allí, sentados y amarrados a sus asientos de lona, tres hombres fornidos y apeñuscados, vestidos con cascos y pesados trajes especiales conectados a mangueras, estaban rodeados de un número abrumador de mandos, sensores, circuitos, luces, tableros, interruptores, cámaras, controles, paneles, ruedas, consolas, monitores, pedales, medidores, indicadores, pulsadores, botones, tubos, palancas, pantallas, llaves y agujas tras cristales. Y el SCE era apenas un interruptor más, y uno tan pequeño y apartado y poco utilizado que ninguno de los tripulantes lo conocía, ni sabía para qué servía y menos en dónde estaba ubicado. Pero de repente Bean recordó haberlo visto de paso, escondido en un panel detrás de su hombro izquierdo. Entonces el piloto se dio la vuelta mientras avanzaba el conteo regresivo, y buscó a través del visor de su casco esa tecla específica entre docenas en el tablero, y por fin la encontró. Faltando segundos para abortar la misión, Bean la movió a AUX, y en seguida todo se normalizó. Las baterías principales resucitaron, las pantallas parpadearon y transmitieron los datos de telemetría en forma correcta, y el horizonte artificial se reanimó y recobró su equilibrio. Luego se supo que la poderosa descarga de los rayos de la tormenta había golpeado la nave en un momento crítico, averiando el computador central y la mayor parte de los sistemas eléctricos. Pero gracias a un puñado de hechos insólitos que sucedieron en cadena —que el operador John Aaron se acordara de esa imagen precisa y alborotada de números y signos en la pantalla de su monitor, vista un año atrás y evocada entre miles de imágenes similares que él había presenciado antes y después; que en esa remota ocasión él hubiera descubierto una forma poco ortodoxa de corregir la situación; que el astronauta Alan Bean observara fugazmente un interruptor sin importancia entre muchísimos otros en el interior de la nave espacial, y que él hubiera retenido en su mente su ubicación aproximada sin aparente necesidad—, estos hombres sortearon el desastre y lo hicieron, literalmente, con los últimos dos segundos disponibles.

Los astronautas no salían de su asombro. El comandante Conrad en la cápsula fue el primero en soltar una risotada de alivio y los otros dos lo secundaron. La misión se había salvado de milagro, y lo único que Houston oía a través de los parlantes en el Centro Espacial Johnson eran las risas de los astronautas. Carcajadas nerviosas y dichosas, rumbo a la Luna, sonando en la oscuridad del espacio.

Cosas así suceden con más frecuencia de lo que la gente se imagina. Hasta las crisis más imperiosas y dramáticas —cuando

cientos de vidas yacen en la balanza— a veces dependen de porme-
nores todavía más ínfimos y anodinos, algo tan simple como que
alguien tome a la derecha o a la izquierda en determinada cir-
cunstancia. Y a pocos les ha pasado eso mismo, de manera más diá-
fana y tangible, como al piloto de avión Denny Fitch.

Su hazaña es casi un mito en el mundo de la aviación. Porque
al igual que las facultades de economía y negocios en las grandes
universidades, que escogen casos ejemplares de empresas exitosas o
fallidas para estudiarlas a fondo y aprender sus lecciones, las com-
pañías aéreas hacen lo mismo en sus centros de instrucción. Cada
año las escuelas eligen una serie de accidentes y acontecimientos
reales que representan situaciones límite o de peligro, y proceden a
investigarlos y examinarlos con el fin de entrenar a sus aviadores y
prepararlos para capotear percances similares por si éstos les suceden
a más de treinta mil pies de altura. Y uno de los casos que siempre
analizan las mejores academias del mundo es el vuelo 232 de
United Airlines.

Nadie sabe por qué, y se atribuye este incidente al azar, a la
suerte o al destino, pero el hecho es que el capitán Denny Fitch, que
aquel día viajaba de pasajero sin su uniforme de oficial, prefirió
tomar ese vuelo que iba de Denver a Chicago en vez de escoger otro
que estaba más cerca en el terminal aéreo, y además salía antes.
Fitch era un prestigioso instructor de aviación con décadas de ex-
periencia y tenía licencia para embarcarse en el avión que quisiera
de su empresa, United Airlines. Mientras el piloto recorría el aero-
puerto internacional de Denver, vestido de civil como cualquier
ciudadano, se acercó a las pantallas que anunciaban los vuelos de
partida y comprobó que a esa hora había dos opciones de la aerolí-
nea para volar a Chicago, donde él vivía con su familia en el pue-
blo vecino de St. Charles desde hacía quince años. A su derecha un
avión DC-7 salía en seguida por una puerta cercana, y a su iz-
quierda un DC-10 salía minutos después por una puerta más apar-
tada. En ambos casos había un puesto disponible para el capitán,
según le informó un auxiliar de la compañía, y a pesar de su deseo
de encontrarse con su esposa y sus hijos y sin entender muy bien su
propia decisión, Fitch tomó a la izquierda y caminó hasta la

puerta de embarque más lejana, la B-9. *Y ese acto espontáneo, a primera vista intrascendente, les salvó la vida a ciento ochenta y cuatro personas.*

Era el 19 de julio de 1989, y el avezado capitán Fitch, que volvía a casa después de varios días de entrenar pilotos en situaciones de calamidad y emergencia, viajaba sentado en la última fila de la cabina de primera clase en ese vuelo 232 de United. Había terminado de almorzar y estaba saboreando el café que le trajo la azafata, descansando y mirando por la ventanilla a treinta y siete mil pies de altura, cuando una violenta explosión en la parte posterior de la nave sacudió el fuselaje y le derramó el café sobre la mesita. El avión entero vibró como si sufriera un escalofrío, y a la vez hundió el ala del costado derecho en un ángulo de inclinación bastante mayor del acostumbrado. Fitch supuso que se había averiado uno de los motores de reacción, pero también sabía que la nave contaba con dos motores más que le permitirían volar con normalidad, y además múltiples sistemas auxiliares que entraban a funcionar en forma automática si alguno de los principales fallaba. De modo que cualquiera que fuera el problema, razonó, el avión seguramente podría proceder y aterrizar en el aeropuerto internacional O'Hare de Chicago, como estaba previsto, sin mayores dificultades. Al minuto, en efecto, sonó la voz del piloto desde la cabina de mandos, confirmando sus sospechas. «Damas y caballeros», anunció el capitán por el altavoz, «quiero informarles que a raíz de un daño en uno de nuestros motores llegaremos a la ciudad de Chicago con un poco de retraso». Fue lo único que dijo, y lo hizo en tono cordial y tranquilo. Por lo visto no había peligro, así que el capitán Fitch limpió el café derramado con la servilleta del almuerzo, dobló la mesita plegable y la guardó en su compartimiento del apoyabrazos, y reclinó el asiento hacia atrás para reposar la comida y a lo mejor dormir una siesta. Transcurrieron unos minutos adicionales, cuando la azafata pasó corriendo a su lado con el rostro pálido del miedo. El hombre se apiadó de ella, entonces se desabrochó el cinturón de seguridad y se puso en pie para calmarla. «No se alarme», le dijo con una sonrisa amable. «Soy piloto de esta aerolínea y conozco esta clase de avión como la palma de mi mano,

333

y ya verá que todo saldrá bien». La azafata, con los ojos desorbitados del pánico, lo apartó para que nadie más la oyera. «No es cierto», susurró aterrada. «¡Hemos perdido el control de la nave!».

Confundido, Fitch entró de prisa en la cabina del piloto para ver qué estaba pasando y descubrió a los tres miembros de la tripulación desesperados, tratando de mantener el avión en el aire. Fue entonces cuando conoció la noticia: el motor ubicado en la cola de la aeronave había explotado, disparando trozos de metal al fuselaje y destruyendo todos los sistemas hidráulicos, incluyendo el principal más el auxiliar y el siguiente de redundancia, y tanto los de segundo como los de tercer nivel, necesarios para controlar la altitud, orientación y dirección de la nave. Un daño tan absoluto era inconcebible, pues nunca había ocurrido algo parecido en pleno trayecto aéreo. Incluso en los ejercicios y en las prácticas que se realizan en los simuladores de vuelo, cuando los entrenadores someten a los pilotos en instrucción a toda suerte de apuros, reveses, daños e imprevistos para aprender a lidiarlos en la realidad, los diseñadores del programa jamás habían imaginado siquiera una situación tan dramática e improbable como ésa, pues por crítica que fuera la condición del jet siempre se conservaba al menos uno de los tres sistemas en operación, y aquél bastaría para gobernar uno de los potentes motores de reacción: dos que colgaban de las alas y otro posicionado en la parte trasera del aparato, en medio del estabilizador vertical. De manera que el piloto, el copiloto, el ingeniero de vuelo y ahora Fitch estaban haciendo hasta lo imposible por maniobrar la nave, que ascendía y descendía como en una montaña rusa y se desplazaba a los lados sin obedecer instrucción alguna. De inmediato se comunicaron con la torre de control para declarar el SOS y despejar los cielos de cualquier avión vecino, y a la vez llamaron de emergencia a los expertos de sistemas en tierra, que conocen cada centímetro de la aeronave y tienen a mano todos los planos eléctricos y mecánicos, pero éstos ni siquiera entendían lo que el ingeniero de vuelo les estaba diciendo, porque semejante calamidad simplemente no era posible. «United Airlines 232», dijeron, «por favor repitan y corroboren: ¿el sistema principal de hidráulicos está averiado?». «Completamente», respondió el ingeniero. «¿Completamente?».

«Afirmativo: completamente averiado». «¿Y el segundo?». «También: inactivo». «¿Inactivo del todo?». «Así es: inactivo del todo». «¿Y el tercero?». «Igual: inoperativo». «No puede ser. ¿Totalmente?». «Confirmado: totalmente inoperativo». Al cabo de una larga pausa el ingeniero de vuelo resumió la crisis en cinco palabras: «Los tres sistemas son inservibles». Después del accidente esos mismos expertos declararon ante la comisión que se ordenó para investigar los hechos que en ese momento no supieron qué decirles a Fitch y a los otros miembros de la tripulación, porque tan pronto comprendieron la gravedad de la situación, al entender que ninguno de los sistemas hidráulicos de la nave se podía utilizar, les quedó claro que la tragedia era inevitable y que les estaban hablando a cuatro personas muertas. A bordo viajaban doscientos noventa y seis pasajeros, y sin la menor duda todos estaban a punto de morir.

Un DC-10 es un avión de gran tamaño, fabricado por la compañía McDonnell Douglas de Estados Unidos, de casi cincuenta y dos metros de largo y con capacidad para más de trescientos pasajeros. Debido a su masa y extensión, las diferentes partes de las alas y del alerón, que permiten que la nave ascienda o descienda y vire a la derecha o la izquierda, no se pueden mover mecánicamente, pues son demasiado pesadas, y sólo se pueden accionar mediante sistemas hidráulicos para transmitir grandes fuerzas a través de líquidos a presión. Más aún: casi todos los controles de la aeronave se manejan con fluidos hidráulicos, y son tan indispensables esas redes de mangueras internas que precisamente por eso, por razones de seguridad aérea, cada DC-10 no sólo está equipado de un sistema hidráulico principal, sino que adicionalmente cuenta con otro auxiliar para proteger y secundar al primero, e incluso otro más de redundancia para respaldar y amparar a la aeronave en el caso improbable de que alguno falle. Pero que de pronto dejen de funcionar los tres sistemas al mismo tiempo es una contingencia tan insólita, que la probabilidad de que algo así suceda es, literalmente, una entre mil millones. Y en esta ocasión, al explotar el motor número Dos ubicado en la parte posterior de la nave, las cuchillas de rotación salieron disparadas como esquirlas, perforando el fuselaje justo en el lugar exacto donde están las bombas de líquidos y aceites del jet, haciendo que los fluidos de los tres sistemas hidráulicos se vertieran por el aire en cuestión de minutos. Por ese motivo, al escrutar los cristales de los indicadores de presión en los paneles de la cabina de control, incluso golpeándolos con los nudillos para ver si reaccionaban, los miembros de la tripulación captaron la magnitud del problema, porque todos los sistemas hidráulicos señalaban que sus niveles estaban en cero.

Entonces Fitch se sentó en el suelo —el único espacio libre en la cabina de mandos del avión— para manipular los aceleradores de los dos motores que seguían funcionando, mientras el ingeniero de vuelo mantenía la comunicación abierta con la torre de control, y el piloto y el copiloto aplicaban todas sus fuerzas a los dos timones para tratar de contrabalancear la inclinación excesiva de la nave hacia el costado derecho. En medio de estas circunstancias los hombres se presentaron. «Mucho gusto», le dijo el capitán de la nave a Fitch, mientras sudaba y se esforzaba por contrarrestar el ángulo de derivación del avión. «Me llamo Al Haynes... Y éste es mi copiloto, William Records». El hombre vestido de pasajero replicó: «El gusto es mío. Me llamo Denny Fitch». Entonces los cuatro empezaron a trabajar en equipo, tratando de maniobrar la nave con los pocos instrumentos que seguían disponibles. Fitch empuñó los aceleradores y procedió a operarlos con tacto, alternando la velocidad de los dos motores restantes para tratar de emular en cierta medida las funciones de los timones. El avión subía y bajaba de prisa en las nubes, «como un delfín en el mar», diría después un testigo, pero estaba perdiendo altura sin remedio, descendiendo miles de pies rápidamente, y sin otra alternativa buscaron en dónde caer —había vastos campos sembrados de maíz alrededor, y autopistas de automóviles a las que quizás podrían acudir, pero ante todo tenían que evitar las ciudades porque estaban montados sobre una gigantesca bola de fuego a punto de explotar y en un centro urbano la tragedia de vidas perdidas se multiplicaría de manera incalculable—, cuando advirtieron que se estaban acercando al aeropuerto regional de Sioux City, Iowa. «Tratemos de dirigirnos hacia ahí», anunció el piloto. Desde la torre de control el operador aprobó la decisión y a continuación les indicó cuáles pistas estaban libres y disponibles. Haynes no pudo reprimir una sonrisa torcida. «Es gracioso que ese fulano cree que podemos escoger una pista», murmuró aparte. «Este aparato se va a desplomar en donde le dé la gana». En ese momento comprendieron que tenían un problema adicional: iban demasiado rápido. Estaban volando como un bólido, disparados a más de cien millas por hora superiores a la velocidad máxima para aterrizar. Sin embargo, si Fitch reducía la potencia de las turbinas, el poco control de dirección que tenían en la orientación de la nave se perdería del todo. Siguieron cayendo, sin que cundiera el pánico en la cabina y sin soltar los instrumentos en ningún momento, mientras Fitch trataba de corregir y de anticiparse a las inclinaciones y a los altibajos del avión. El piloto y el ingeniero de vuelo se comunicaron con la torre de control con la mayor serenidad, describiendo escuetamente la condición de la aeronave, y entretanto Fitch propuso bajar el tren de aterrizaje, confiando en que el engranaje de las ruedas más el peso de las llantas y la fuerza de gravedad lo permitirían. Pero eso podría agravar las cosas y los cuatro hombres lo sabían. En el gremio de la aviación se dice que es mejor lidiar con el diablo que conoces que enfrentarte a un diablo desconocido, y modificar la condición de una nave en problemas puede cambiar y empeorar el diablo que ya existe. Aun así lo decidieron ensayar, y cuando vieron que el tren había bajado por completo, notaron que el aparato se había estabilizado un poco más, pero eso no bastaba para alterar la situación. Todavía carecían de control y dirección, y también de frenos, flaps y alerones, y de cualquier otro mecanismo para reducir la velocidad del avión. La nave se precipitaba a tierra con demasiada fuerza, con tres veces más potencia de choque tolerada por el fuselaje y el tren de aterrizaje. De pronto vieron que la pista más cercana del aeropuerto era una vieja franja a medio asfaltar, una sección clausurada que había sido utilizada por última vez durante la Segunda Guerra Mundial y estaba en pésimas condiciones. Pero no tenían otra opción. Entonces descendieron más y más, y a través del altavoz el capitán Haynes les ordenó a los pasajeros que se prepararan para el impacto y asumieran la posición de accidente. El avión se aproximó *a tierra como un meteorito cayendo del espacio y al final se estrelló de cabeza contra la pista, dando un volantín y una vuelta de campana, reventando en cuatro pedazos y explotando en llamas, y soltando una colosal bocanada de humo negro que ocultó el cielo. Los trozos del fuselaje derraparon en fogonazos sobre el asfalto, rebasando los límites de la pista, y estallaron en el maizal que bordeaba el aeropuerto. Ciento ochenta y cuatro pasajeros sobrevivieron el accidente, más de la mitad de los que iban a bordo, entre ellos los cuatro tripulantes que fueron descubiertos, sangrando y con heridas de gravedad, colgados boca abajo y aprisionados en la cabina de mandos echa chatarra, y todavía con los instrumentos de control apuñados en las manos. En resumen, se estima que éste es uno de los casos más improbables y exitosos de salvamento de vidas en la historia de la aviación.*

Más aún, en aquellos simuladores de entrenamiento de las escuelas de aprendizaje, posteriormente muchos pilotos curtidos intentaron sortear una situación comparable a la que vivieron Fitch y los otros comandantes de la nave, reproduciendo con exactitud las mismas circunstancias y las mismas condiciones del avión, y ninguno ha conseguido siquiera aproximarse a tierra, y menos llegar a la pista de aterrizaje y todavía menos salvar a los pasajeros. En esos casos de práctica siempre han fallecido todas las personas. Por esa razón estos cuatro hombres son considerados unos héroes en el mundo de la aeronáutica, y fueron condecorados por su conducta y valentía con el Premio Polaris, la medalla más insigne que otorga la Federación Internacional de Pilotos de Líneas Aéreas. Lo cierto es que nadie sabe cómo lo lograron estos señores, pero en lo que todos están de acuerdo es que nada de esto habría sido factible con sólo el esfuerzo de los tres tripulantes originales, es decir, sin la pericia y la colaboración adicional de Denny Fitch. Y su presencia se dio allí ese día porque aquel piloto talentoso, experto en capotear situaciones de emergencia, y por razones que él mismo jamás se pudo explicar, optó por caminar a la izquierda y no a la derecha en el aeropuerto internacional de Denver, y prefirió tomar el vuelo que quedaba más lejos en el terminal aéreo y además salía cinco minutos después. Gracias a ese hecho fortuito y casual, ciento ochenta y cuatro personas sobrevivieron la tragedia aérea, empezando por ese aviador que aquel día iba vestido de pasajero, el capitán Denny Fitch.

En fin, todo esto te lo digo, Roberto, porque a mí me pasó algo similar: a raíz de un recuerdo sin importancia y de la espontánea decisión de tomar a la izquierda y no a la derecha en un lugar determinado, mi vida cambió otra vez. Y lo hizo para siempre.

25. Un nuevo capítulo

Las artes marciales fueron una revelación para Sebastián. Y también una salvación, porque aparte de enseñarle cualidades esenciales que le iban a servir por el resto de la vida, como perseverancia, lealtad, dedicación, cortesía y disciplina —las cuales prolongaban y hacían eco en las muchas enseñanzas de su padre—, a la vez le ayudaron a soportar el paso del tiempo en aquel internado que él odió con toda su alma, la larga suma de meses, semanas, días y horas que transcurrieron con una lentitud insufrible.

Aun así, de lo primero que hizo Sebastián, y lo tuvo que hacer con tacto y prudencia, fue marcar su diferencia frente a los demás integrantes del *dojo* de karate. Porque en contraste con la docena de alumnos que se reunían a diario en aquel salón oculto en las entrañas mismas del gimnasio, al joven colombiano le tenía sin cuidado el tema de los grados de maestría, premiados y evidenciados mediante el tradicional *obi* respectivo —el cinturón de colores para indicar el progreso individual—, ni cómo ascender de nivel o categoría. Para él eso no era lo importante. Los aspectos externos de las artes marciales, incluidos trofeos, diplomas, certámenes en público y torneos de exhibición, le llamaban poco la atención. Es cierto que al comienzo Sebastián quiso aprender lo más rápido posible para volverse un karateca respetado con sólo dos objetivos de corto plazo en mente: impedir que la bienvenida de su primera noche en el dormitorio se repitiera y vengarse de los hijos de puta que le habían propinado esa paliza tan cobarde y feroz. Pero con el paso del tiempo, marcado por el paulatino cambio de estaciones y la transformación del follaje en los árboles, y por las hojas que él arrancaba del calendario escolar que colgó de una puntilla en la pared de su cubículo de dormir, Sebastián descubrió lentamente que los aspectos fundamentales del karate, los más íntimos y profundos, empezando por su filosofía inspirada en el confucianismo y el budismo zen, con su énfasis en los valores del honor, el equilibrio, la generosidad, el desprendimiento y la sinceridad, eran cualidades que se debían cultivar a largo plazo, que cada estudiante debía fomentar en su interior para integrarlas en su rutina diaria y en su carácter, y por ello resultaba innecesario —además de inelegante— hacer alarde en público de esas virtudes. Por su lado, el maestro o *sensei* del salón no vaciló en mostrarse de acuerdo con Sebastián. Más aún, eso era justamente lo que ese hombre predicaba en cada una de sus clases. La escuela de karate que aquel mentor favorecía era la célebre Goju Ryu, inspirada en las técnicas originales de Okinawa y el kung-fu chino, con su combinación de golpes suaves y duros, y el interés por el ritmo de la respiración y la fluidez de los movimientos corporales, y ante todo la modestia y la honradez en la conducta cotidiana. De modo que si cada alumno desarrollaba las condiciones más espirituales de las artes marciales como era debido, señaló el *sensei* más de una vez al cabo de un enfrentamiento sobre el *tatami*, y que incluían espíritu de sacrificio, sencillez, paciencia y perfeccionismo, éstas se debían evidenciar por sí solas y a cada instante, y no sólo durante los entrenamientos o en los combates o *kumites* sino en todos los actos del joven, desde los más triviales hasta los más extremos o excepcionales, y por eso no era preciso hacer demostraciones públicas ni ostentosas de esos talentos o atributos. No obstante, como Nonantum era un colegio conocido a nivel estatal por lo competitivo y por el excelente desempeño de sus estudiantes, tanto en las esferas académicas como en las deportivas, el *sensei* se limitaba a cumplir con los requisitos de trofeos y certámenes semestrales exigidos por la dirección del plantel, así como con las contiendas y los torneos intercolegiales. En cualquier caso, si su discípulo colombiano era el único del *dojo* que prefería abstenerse de participar en dichos concursos y competencias, a pesar de haberse vuelto en poco tiempo uno de los mejores del salón, aquel maestro era el primero no sólo en entenderlo sino en apoyarlo.

Sin embargo, Sebastián tenía una segunda razón secreta para no querer combatir en público, y todavía menos lucirse ante los demás en eventos y torneos. Dadas sus circunstancias y por razones de seguridad, mantener un perfil bajo y no llamar la atención eran menos una preferencia que una condición para subsistir. Aunque también era más que eso. Debido a lo que él vivió en su ciudad, los hechos que lo forzaron a salir intempestivamente del país, el muchacho extrajo una lección que lo iba a acompañar de por vida, y eran la virtud y la necesidad de la discreción. El valor y la importancia del anonimato. Especialmente para sobrevivir. En una sola tarde en Bogotá aquel joven vislumbró lo que muchos adultos tardan décadas en aprender, lo que algunos incluso no aprenden nunca o sólo lo hacen cuando ya es demasiado tarde, y es que la notoriedad —de cualquier tipo y por cualquier motivo— viene siempre acompañada de una etiqueta de precio. Y en un país donde predomina la envidia como aspecto central de la cultura nacional, ese precio suele ser excesivo, pues sobresalir en el campo que sea obliga, tarde o temprano, a posicionarse en la mira de los enemigos. Y en Colombia, él lo descubrió de manera brutal y sin matices, no existen enemigos pequeños. «Al que asoma la cabeza en este país se la bajan», afirmó más de una vez. Pero esa dura lección, que él asimiló mediante un costo descomunal —la muerte de su padre y la pérdida de su patria—, también era aplicable en aquel internado. Porque para prevalecer en ese medio, donde había que mantenerse siempre alerta y en guardia, rodeado de compañeros que sin razón lo podían asaltar en mitad de la noche, era mejor pasar agachado, vivir en las sombras y ser lo más invisible posible. Actuar como un fantasma. Por eso era saludable que nadie supiera que él se estaba volviendo el pupilo estrella de su *dojo*. Y esa actitud, caracterizada por el recato y la discreción extrema, se iba a convertir en uno de los rasgos principales de su personalidad.

Por todo esto Sebastián fue aplazando su empeño inicial de venganza. No fue difícil descubrir quiénes habían participado en el ataque de aquella noche de estreno en el dormitorio, y a lo largo del primer año escolar, gracias a miradas, comentarios, deslices, insinuaciones, chismes, burlas y rumores, Sebastián pudo identificar a cada uno de sus asaltantes. Pero cuanto más aprendía el joven de karate y más asimilaba su filosofía central, más entendía que la venganza no era compatible con los valores esenciales de las artes marciales, y por eso pasaron años antes de planear su represalia. En realidad, Sebastián no era de la clase de fulano que deja sus cuentas sin saldar, y además éste era un asunto de honor y dignidad, pues resultaba inadmisible que una agresión tan desequilibrada y rastrera quedara impune, sin que los responsables sufrieran algún tipo de consecuencia. Pero a la vez había una razón más valiosa que se fue perfilando con el tiempo en su interior: impedir que esa canallada se la hicieran a otros en el futuro. De modo que Sebastián decidió al fin desquitarse, pero lo fue dilatando hasta concluir su último año en ese colegio, el equivalente a quinto de bachillerato. Y sólo lo hizo después de recibir la anhelada carta de Alfonso, la misiva en la que su amigo le anunciaba escuetamente lo que él había deseado con fervor cada día en el internado y que para entonces estaba convencido de que no iba a recibir nunca. Era una esquela modesta, no más grande que una tarjeta postal, y le sorprendió descubrir que un papelito tan insignificante podía ser tan significativo; que bastaba una hoja tan pequeña para cambiar una vida, porque con sólo un par de frases el conductor le comunicó una noticia tan trascendental y liberadora que le costó trabajo creer que fuera cierta: que el sicario Culebra, junto con los otros miembros de su banda de criminales, había sido descubierto en un allanamiento de la policía y dado de baja en el tiroteo que se produjo con las fuerzas del orden. Según le contaron después, el operativo resultó de un pequeño hecho casual, porque la patrulla en realidad estaba buscando a otro delincuente, el jefe de una red de falsificadores que operaba desde una casa en el barrio Pescaíto de Santa Marta, cuando al verse cercados los bandidos abrieron fuego y la policía respondió en el acto. Dos agentes cayeron muertos y tres más resultaron heridos, y al final, cuando se despejó el polvo de la balacera, para la sorpresa de todos encontraron los cadáveres de Culebra y sus hampones entre los escombros de la casa perforada a tiros. Entonces, al reparar en la puerta acribillada, y al ver de cerca la placa de la vivienda martillada sobre el dintel, los policías comprendieron que se habían equivocado en la dirección del predio, y además por un solo dígito, pues alguien en la oficina regional de inteligencia había confundido un 1 con un 9. El hecho es que, gracias a esa noticia inesperada, Sebastián podía regresar a Colombia.

El muchacho no compartió su determinación con nadie. Ni siquiera con su *sensei*, aquel hombre severo pero justo de apellido Dunham, quien había pasado gran parte de su vida en Japón y se había vuelto uno de los pocos con los que Sebastián hablaba de vez en cuando sobre sus asuntos personales. Entonces el joven comenzó por espiar a cada uno de sus asaltantes para conocerles sus rutinas, y en un mismo mes —el último del calendario escolar— se vengó de todos. Eran seis en total, y al primero lo cogió de noche a la salida de la biblioteca; a otro, antes de ingresar al dormitorio a la hora del atardecer; otro, en la cancha de baloncesto al quedarse solo recogiendo los enseres al cabo de una práctica; otro, cuando se encontraba caminando por los predios del colegio en el ocaso; y otro, en el parqueadero al despedirse de su familia que lo había venido a visitar. Todos pillados a solas, y a cada uno le dio una golpiza memorable que los dejó sangrando y lloriqueando, pero atento a no dejarles marcas ni moretones en la cara —otra lección aprendida de aquella primera noche de bienvenida— para que no lo acusaran ante el director ni lo señalaran de haber cometido una infracción disciplinaria. Además, a todos les hizo la misma advertencia de despedida: si decían una sola palabra sobre lo sucedido o si intercedían para ayudarse entre sí, sería mejor que lo mataran de una sola vez por todas, porque ellos ya sabían que Sebastián les conocía sus rutinas y costumbres, y no sería más que una cuestión de tiempo antes de que volvieran a recibir esa misma zurra duplicada. El muchacho había dejado al supuesto líder del grupo para el final, un estudiante más grande nacido en Italia llamado Moretti —fue el único que habló en el asalto de esa primera noche en el dormitorio, y por eso fue al que reconoció con mayor facilidad debido a su ligero acento napolitano—, y a ése lo pilló en las afueras del colegio, el último fin de semana que tenían salida libre en el pueblo vecino de West Newton. Moretti había ido al cine en compañía de sus cinco amigotes, quienes ya habían recibido la lección de parte de Sebastián; todos la habían sufrido en silencio, sin compartirla siquiera entre ellos, y no sólo por temor a una nueva represalia sino por vergüenza de haber sido descubiertos a solas y sin poderse defender de ese colombiano que, de manera inexplicable y sin que nadie supiera cómo ni cuándo, se había vuelto un admirable karateca. Así que a la salida del teatro, mientras los seis regresaban al colegio caminando por callejones solitarios y mal iluminados de los barrios bajos del pueblo, tomando atajos para evitar toparse con los *townies*, la pandilla de adolescentes nacidos en West Newton que detestaban a los estudiantes del internado, con quienes prevalecía una rivalidad territorial y de clase y un odio acumulado de parte y parte —a menudo los dos grupos tenían peleas tan severas que terminaban en riñas con navajas y botellas rotas y bates de béisbol, con llamadas a la policía local y más de uno enviado al hospital con heridas que requerían puntos de sutura—, de pronto Sebastián emergió detrás de unas canecas de basura. Se dirigió con paso resuelto hacia Moretti, y al contrario de lo que se imaginó, que los demás muchachos iban a terciar en favor de su amigo, todos unidos de nuevo contra él al igual que en esa lejana noche en el dormitorio, los cinco compañeros de Moretti se fueron apartando hasta rodearlos en un círculo, con ellos dos solos en el medio, como si entendieran que esa contienda era un asunto privado entre su líder y Sebastián Sarmiento. Esta vez no importa que queden huellas de la pelea, pensó con alivio el colombiano, porque ya no hay tiempo para una consecuencia disciplinaria, y esto está sucediendo afuera de los predios del colegio, y nadie podrá demostrar que yo he sido el causante. El combate no se prolongó, y ninguno de los otros intervino ni asistió a Moretti, ni siquiera cuando Sebastián se le acercó y sin preámbulos le hizo una finta con la mano, como si le fuera a lanzar un puñetazo en el rostro, y en cambio le pegó una patada de medio lado con la planta del pie en la boca del estómago, que le sacó el aire. En seguida, aún de medio lado y con la misma pierna en alto que plegó como un látigo, le asestó una patada en la sien que hizo que Moretti tambaleara, aturdido. Con una rapidez increíble Sebastián pegó un salto en su sitio y dio una vuelta en el aire, y con la otra pierna que giró como el aspa de un molino le pegó la tercera patada, exactamente en la sien del lado opuesto, y mientras el otro trastabillaba hacia el costado, con la mirada de estupor como si tratara de entender lo que estaba pasando, Sebastián enderezó el cuerpo, se posicionó con aplomo, y le pegó una violenta patada con el empeine justo en los testículos. Por lo visto ese dolor prevaleció sobre los otros dos de la cabeza, y Moretti juntó las rodillas y se arqueó con el rostro enrojecido y las manos aferradas a los huevos, los ojos desorbitados del suplicio y las venas hinchadas en el cuello, y sin vacilar Sebastián, erguido y casi sin moverse de su sitio, giró el cuerpo para dar media vuelta y lo derribó al suelo con un codazo en la cara. A continuación le pegó varias trompadas en la nariz hasta que estalló la sangre y escuchó el crujido de huesos —que su familia le pregunte qué le pasó cuando lo recoja en estos días para las vacaciones, pensó para sus adentros con placer rencoroso, mientras descargaba puñetazos con saña—, y después lo sujetó del cabello y lo golpeó contra el pavimento una y otra vez hasta que le sangró la cabeza. Entonces se arrimó a su oído y le silabeó la misma frase de cinco palabras que Moretti le había susurrado aquella noche inicial: «Un sonido y usted muere». Sebastián se incorporó jadeando ligeramente, y se enfrentó al corro de compinches que lo miraban sin parpadear, y tras un segundo de tensión los demás se apartaron para dejarlo pasar, sin decirle una palabra, y sólo entonces se agacharon para ayudarle al amigo que seguía sangrando en el asfalto.

Así fue su despedida del colegio. Unos días después Sebastián Sarmiento regresó a Colombia y nunca más volvió a pensar en ese internado ni en los años que pasó ahí. Fue como si lo hubiera borrado de su mente, y transcurriría mucho tiempo antes de volver a acordarse de Nonantum y de la sensación de desamparo y de soledad que lo acompañó durante toda esa experiencia.

Ahora él iba sentado en un vuelo de Avianca de regreso a su país. Sebastián pensó que la última vez que había viajado en un avión había sido años atrás, cuando llegó medio dopado y lleno de heridas a la ciudad de Boston procedente de Bogotá. Pero ahora comenzaba una nueva etapa de su vida, y tenía claro lo primero que iba a hacer tan pronto se abrazara con Alfonso y estableciera en dónde iba a vivir: buscar a la niña de sus sueños, la que había visto de casualidad aquella tarde remota al caminar por la zona verde del caño del Virrey, y cuya ilusión se había mantenido intacta a lo largo de todo ese tiempo. Sintió temor y emoción de retornar a su tierra, de volver a su colegio de antaño, el Liceo Americano, para completar su último año escolar y graduarse de ese plantel, cosa que, hasta hace pocos días, pensó que no haría jamás. Permaneció un buen rato mirando por la ventanilla del avión, observando las nubes colosales que ocultaban la cordillera del centro de su país, y tomó conciencia de todo lo que había sucedido en esos años. Sebastián sabía que él había cambiado por dentro, que la muerte de su padre y la experiencia del internando lo habían marcado, y que incluso por haber estado tanto tiempo rodeado de muchachos él no quería reanudar una posible amistad con otros varones y ni siquiera con Roberto Mendoza, de quien no había vuelto a saber nada desde que se había marchado de Colombia. Tal vez más adelante, pensó. Ya habrá tiempo para eso. Siguió rumiando esos pensamientos mientras la nave se estremecía al extraer el tren de aterrizaje y se despejaban las nubes que tapaban la cordillera, pasando encima del cerro plano en forma de yunque, la conocida meseta occidental llamada Alto El Vino. Y ahora, después de tantos años, Sebastián volvió a contemplar la hermosa sabana de Bogotá, la planicie verde y extensa que se estiraba hasta la falda de los Cerros Orientales de la capital. Sin embargo, notó que ahora ésta lucía diferente, cambiada, punteada de las primeras carpas de plástico de los cultivos de flores que terminarían afeando y cubriendo parte considerable de los potreros. Y mientras miraba por la ventanilla no pudo dejar de lamentar que otra vez había sucedido lo que tantas veces ocurría en su país, que los intereses de unos pocos prevalecían sobre el bien común y el patrimonio colectivo. Algún día haré lo que pueda por tratar de cambiar o remediar eso, se dijo. Y mientras el avión se aproximaba al aeropuerto internacional El Dorado, y él veía pasar por la ventanilla los caseríos humildes de los barrios populares que bordeaban las pistas de aterrizaje, Sebastián siguió pensando en los días que tenía por delante, cavilando en el encuentro con la chica del caño del Virrey y el comienzo de su último año escolar. Un nuevo capítulo de su vida. Y en ningún momento sospechó que pasarían casi treinta años antes de que resucitara de alguna forma su amistad con Roberto Mendoza.

Es decir, conmigo.

26. Sin secretos

Sebastián esperaba a Mara en su apartamento. Después de pensarlo durante días, él había decidido contarle todo. A ella y sólo a ella. En realidad, nadie más que Jaime, su hombre de confianza que hacía de secretario, asistente personal, guardaespaldas y mayordomo, conocía esta otra parte de su vida, la actividad que Sebastián hacía dos o tres veces por semana. Siempre solo y a escondidas. De manera discreta. Anónima.

La estaba esperando en su biblioteca. El ejecutivo miró su reloj de pulsera Patek Philippe y confirmó la hora en un antiguo reloj cuadrado con numerales romanos que se veía metido entre los libros. Ya tenía un retraso de treinta minutos. La puntualidad, pensó Sebastián con una sonrisa benévola, definitivamente no era el fuerte de esa mujer hermosa. Distraído, comenzó a abrir ejemplares al azar, motivado apenas por una corazonada o por el deseo de releer frases o pasajes de sus autores favoritos. Esto lo hacía a menudo, lo que él llamaba «regalarse momentos», abrir las páginas de sus libros más amados y leer párrafos o apartes que tenían la fuerza de deleitar, refrescar y alimentar su espíritu. Sus dedos pasaron lentamente sobre los lomos de cuero fino hasta que se detuvieron, de casualidad, en los cinco tomos encuadernados en piel marrón que él tanto admiraba. Era el trabajo monumental del catedrático español Martín de Rimmer, *Historia de la literatura universal*. Sebastián extrajo y abrió el tercer volumen, que incluía los capítulos dedicados a las grandes novelas del siglo XX escritas en alemán. Sus ojos repasaron las partes que más había disfrutado, releyó frases resaltadas o subrayadas y descifró sus notas escritas a lápiz en los márgenes —lo había leído con el juicio de un estudiante aplicado hacía muchos años—, y sonrió con indulgencia por su fervor de antaño, evidente en palabras anotadas con signos de exclamación tipo *¡Brillante!* y *¡Excelente resumen!*, cuando se detuvo en la sección dedicada a uno de sus autores predilectos, Franz Kafka. Aprovechando la luz del ventanal que daba a la carrera Séptima y a la vasta ciudad de Bogotá, el hombre empezó a leer con gusto y despacio, y como siempre le sucedía con la prosa de aquel maestro de la academia española, capaz de iluminar con una frase o una pincelada la estructura de tal novela o el estilo del narrador más complejo, Sebastián quedó atrapado en su análisis de los mayores aportes de Kafka a la literatura mundial. Rimmer celebraba el mundo onírico y las historias cautivantes del novelista checo, como pesadillas vivas ambientadas siempre en penumbras, más su retrato del hombre moderno asediado por fuerzas superiores y a menudo desconocidas. Pero ante todo el crítico aplaudía aquella voz tan original del gran escritor nacido en Praga, que tenía el talento de comunicar los sucesos más desconcertantes en el estilo más desapasionado y directo, sin necesidad de justificarlos o explicarlos. Y eso era, precisamente, lo que hacía que esos hechos, por extraños o fantásticos que parecieran —como un comerciante de telas que un día despierta de un sueño intranquilo convertido en un gigantesco insecto—, fueran sin falta creíbles. Verosímiles. El empresario leyó sin prisa hasta llegar al final de la sección, alzó la vista, y la volvió a leer por segunda vez. «Es aquel tono objetivo…», empezó.

En ese instante sonó el timbre de la puerta. Previamente le había dicho a Jaime que él se haría cargo, de modo que devolvió el grueso volumen al estante, lo alineó a la perfección con los otros y se dirigió al vestíbulo. Tras una breve revisión a su imagen en el espejo francés colgado junto a la entrada, Sebastián abrió la puerta de caoba y vio a Mara ahí parada, sonriendo en el corredor de suelo de granito negro y paredes cubiertas de madera oscura, vestida con una elegante chaqueta de gamuza, botines de tacón del mismo material —los que adquirimos en Nueva York, comprobó con alegría— y una seductora falda corta de cuero negro. Su corazón pegó un salto de emoción, como le ocurría cada vez que la veía, y eso le confirmó lo que él sabía de sobra: que estaba enamorado de esta mujer hasta las cachas.

Se besaron en la puerta.

—Disculpa que llegué un poco tarde.

—No hay problema.

—Mucho tráfico.

—Me imagino.

Se besaron otra vez, despacio y con cariño.

—Dijiste que me tenías una sorpresa —susurró Mara en su oído.

—En efecto —replicó Sebastián en voz baja—. Te quiero contar algo… Y te quiero mostrar algo.

—¿Qué es?

—Ya verás.

El hombre la condujo de la mano por el gran apartamento. Atravesaron el corredor de la entrada, la sala y el comedor, y al llegar al área de las alcobas, en vez de ingresar al dormitorio principal que ella conocía tan bien, en donde habían hecho el amor incontables veces, continuaron por un largo pasillo hasta llegar a la sección de atrás del piso. Pasaron la zona de limpieza del inmueble, con el cuarto de máquinas de la lavadora, la secadora y la tabla de la plancha, y luego los dos armarios de toallas y sábanas, y por fin se detuvieron ante una puerta alta de madera cerrada con llave.

—¿Sabes? —dijo Mara—. Nunca me habías traído a esta parte de tu hogar.

—Así es —dijo Sebastián—. En verdad, nunca he traído a nadie.

Ella lo miró, intrigada.

El otro hurgó en el bolsillo de su pantalón y extrajo un llavero fino. Escogió la llave indicada, abrió la puerta de roble y encendió la luz del recinto. Adentro, Mara descubrió una especie de estudio, con un amplio ventanal que daba a la zona posterior del edificio, dotado de una vista hermosa a los cerros altos y verdes de la capital, y un par de mesas largas de madera antigua, sin cajones ni sillas, cada una semejante a un comedor para ocho personas, cubiertas de un revoltijo de papeles grandes y hojas sueltas. Ese desarreglo fue lo primero que le llamó la atención. La mujer conocía perfectamente la biblioteca de Sebastián, y ahí quizás la mayor señal de desorden sería el libro que en ese momento estaría leyendo el ejecutivo, abierto y puesto sobre la mesa central de cristal, y también lo había visitado más de una vez en su lujoso despacho de Alcásar, y hasta se había reído de su orden casi excesivo, poco menos que maniático, con su gran escritorio de madera sin un solo documento fuera de lugar y sin nada más sobre el tablero reluciente salvo una moderna lámpara negra italiana, un computador portátil último modelo y el complejo sistema de telefonía. Pero aquí, en cambio, parecía que alguien hubiera olvidado cerrar las puertas y ventanas, dejando el espacio a merced del viento. No había un cuadro o espejo colgado en ningún lado, y tampoco bellos libros encuadernados con letras doradas en los lomos, del estilo que prevalecían en su biblioteca. Contra las paredes había archivadores metálicos similares a los de una oficina pública, varios abiertos con los largos cajones atestados de carpetas de cartulina organizadas en orden alfabético, y algunas de éstas extraídas y puestas como al descuido sobre las demás. Había una estantería atiborrada de tomos gruesos y pesados que curvaban la madera de los anaqueles, pero bastaba un vistazo para comprobar que todos eran volúmenes de consulta, ejemplares densos y manoseados del tipo guías telefónicas, páginas amarillas y directorios comerciales. En dos mesas más pequeñas había un par de sofisticados computadores de pantallas grandes y apagadas, y papelitos autoadhesivos pegados a los marcos con números y mensajes anotados con rotulador negro. La mujer reparó, confundida, en ficheros y pilas de cuadernos amontonados, y sobres de papel manila y grapadoras, y carpetas de colores y marcadores de tintas diversas. No había una flor ni un solo objeto decorativo para agraciar o embellecer el lugar, y el espacio parecía organizado de manera exclusiva en aras de la funcionalidad.

—¿Qué es todo esto? —preguntó.

—Bueno, para ser honesto no sé cómo describirlo —replicó Sebastián con el ceño fruncido, como si nunca antes se hubiera propuesto definirlo o articularlo en palabras—. No es en verdad un oficio, porque ya sabes que mi trabajo consiste en dirigir mi empresa Alcásar, pero tampoco sería justo reducirlo a un hobby o a un simple pasatiempo, porque le dedico varias horas a la semana y le invierto considerables sumas de dinero, y no lo hago por aburrimiento o distracción ni para ocupar las tardes de ocio. Supongo que ésa es una de las pocas ventajas de ser un millonario sin familia, que uno puede destinar sus recursos a lo que le apetece, ¿no es cierto?

La otra se acercó a las dos mesas largas, curiosa, sin entender lo que el hombre le decía. Empezó a mirar los papeles desplegados por encima, y tras unos instantes comprendió que ambos tableros estaban cubiertos de mapas. Eran planos urbanos y actuales. Lo miró perpleja.

—Son mapas de Bogotá —explicó Sebastián.

Ella se inclinó sobre la mesa más cercana. No había suficiente luz, de modo que encendió una de las lámparas flexo que descansaban sobre el tablero y escudriñó el primer plano que tenía a la mano. Estaba marcado con varias cruces y señales en tinta, más flechas y anotaciones y cifras garabateadas en los márgenes, escritas a lápiz. Sobre la mesa, observó Mara en ese momento, había borradores de goma y líquido blanco corrector, junto con lápices mecánicos y bolígrafos de colores, y los mapas se mantenían abiertos y desplegados mediante pesas de balanza antigua puestas en las esquinas. Eran varios planos modernos, del tamaño de cartas náuticas, colocados unos sobre otros. Una ojeada a la gran mesa vecina reveló que ésta era similar, igualmente tapizada de mapas desenrollados y estudiados en detalle.

—No entiendo —insistió ella.

—Te confieso que todo esto comenzó por un accidente —dijo Sebastián—. Una casualidad. Sin embargo, muy pronto se convirtió en una pasión, una actividad que consume bastante de mi tiempo y dinero, pero me llena y satisface como pocas otras cosas… En fin, ya sabes que mi empresa patrocina varios proyectos de filantropía, ¿correcto?

—Desde luego. Hemos asistido a más de un evento relacionado con ellos.

—Así es… Y no vacilo en decir que esos proyectos son importantes. Por desgracia, pocas firmas en Colombia promueven campañas comparables, ni tan exitosas o ambiciosas. Algunas sí lo hacen y con resultados admirables, pero no son muchas y no son suficientes. Colombia, a diferencia de otros países anglosajones y europeos, carece de una saludable tradición de filantropía y altruismo, cuando, irónicamente, aquí se necesita bastante más que en esos lugares. En cualquier caso, cada año Alcásar recauda miles de millones de pesos que se distribuyen a nivel nacional, a fin de atender algunas de las zonas más remotas y olvidadas por el Estado colombiano. Todo eso es muy positivo.

—Sin duda. Pero ¿qué tiene que ver con esto?

El hombre sonrió, se aproximó a la mesa y se apoyó de codos sobre un mapa.

—Eso es lo que te estoy explicando —dijo.

Tomó un lápiz mecánico y procedió a darle vueltas con los dedos, el aire reflexivo, mientras contemplaba el entramado de calles y avenidas en el papel.

—No obstante, lo malo de esas iniciativas de Alcásar —prosiguió Sebastián—, que no sólo consisten, digamos, en becas colegiales o universitarias para todos los hijos de los empleados de la compañía, o centros de nutrición en las regiones más pobres del país, como el Chocó o La Guajira, o trabajos de alcantarillado en algunos pueblos de la costa pacífica, entre muchas otras campañas; lo malo es que, aunque esos proyectos benefician a cientos o miles de personas, para uno son muy… ¿cómo lo describo…?, abstractos. Con dificultad uno ve o comprueba los resultados, que en ocasiones tardan años en materializarse, ni entras en contacto con la comunidad ni percibes los rostros de la gente que estás tratando de ayudar. Hay que hacer ese esfuerzo, sin la menor duda, porque son demasiadas las necesidades en este país que siguen sin ser atendidas, y por eso lo hacemos a nivel empresarial, porque así recolectamos más fondos y les llegamos a más personas. Pero con esos programas, como digo, uno no registra en carne propia los éxitos o fracasos de los mismos. Y eso es frustrante.

Sebastián apartó un mapa y encendió otra de las lámparas flexo para señalar un área en particular de Bogotá. Era un barrio del sur, que podría tener la población de una pequeña ciudad europea, tipo Nápoles o Bruselas. Sus dedos pasaron sobre el laberinto de calles, plazas, parques, avenidas principales y menores, como si los estuviera acariciando mientras hablaba.

—En realidad hay dos aspectos negativos de esas iniciativas que te cuento —continuó—. Primero, la triste verdad es que ninguna empresa en Colombia, por grande que sea y por más dinero que destine a estos programas de filantropía, tiene lo suficiente para cambiar o alterar la realidad de un país subdesarrollado. Sí, con estos recursos se benefician ciertos sectores, y cientos, si no miles de personas reciben una ayuda perentoria. Pero hay demasiada pobreza en Colombia, y este país es demasiado vasto y tiene demasiados problemas, con regiones separadas por cordilleras inmensas, olvidadas por una nefasta tradición centralista, y con una geografía muy extensa y quebrada. No olvides que el territorio de Colombia cuenta con montañas, bosques, páramos, llanos, selvas y desiertos, y su tamaño es comparable al de España y Francia puestos juntos.

El hombre suspiró, como abrumado por la magnitud de los retos y desafíos.

—Hay demasiada desigualdad en este país —reiteró—. Demasiada inequidad. Y el único que podría cambiar las cosas de verdad, el que tiene los recursos y las dimensiones y dispone de la infraestructura y de la capacidad de endeudamiento para volver nuestra sociedad más próspera e igualitaria, es el Estado. Pero el nuestro es un Estado pobre e ineficiente. Demasiado corrupto y negligente, lastrado por una burocracia paquidérmica y dominado por intereses particulares que no coinciden con los del bien común. Además, aquí pocas veces se terminan las grandes obras regionales o nacionales. Desde que tengo uso de razón estoy oyendo de formidables proyectos estatales que todavía no se han concluido: la autopista para comunicar la capital con los Llanos Orientales, el túnel para unir el centro del país con la región del Pacífico, las lujosas vías de acceso para que la entrada a Bogotá no dé grima y lástima o las grandes carreteras que podrían sacar a la costa atlántica de la miseria. Todas esas obras dependen del Estado y siguen en construcción, y cuando al fin se inauguran, años y años después de la programada fecha de entrega, en seguida hay que empezar labores de corrección y restauración. Dado que la gente dispone de una sola existencia, ésta no se puede malgastar esperando que esos planes se concluyan para que su calidad de vida mejore un poco.

El hombre pareció negar con la cabeza, desalentado por las enormes dificultades que entorpecían el cambio y el progreso en el país.

—Como digo, nuestro Estado tiene una tradición centralista de siglos, y además vive secuestrado por intereses específicos que definen la agenda nacional. Por esa razón, sólo quienes tienen el dinero y la influencia, como los departamentos con más peso y recursos, o los conglomerados económicos y los sectores más dominantes de la sociedad, deciden cuáles necesidades figuran en esa agenda política y en qué orden son atendidas. Me refiero a las prioridades de cada gobierno. Por eso los grupos sociales que carecen del poder o la fuerza, o no disponen del dinero o los medios, casi nunca ven sus intereses defendidos o priorizados, como son los niños y las minorías, o los ancianos y los indígenas, o las regiones más pobres y remotas, y por eso estas últimas subsisten a duras penas en la desidia más espantosa. La nuestra es una democracia representativa, qué duda cabe, pero no nos engañemos: aquí unos intereses están bastante mejor representados que otros.

—Estoy de acuerdo —dijo Mara—. Y me sorprende que digas todo eso. Nunca te había escuchado antes hablar de esa manera, y sospecho que pocos empresarios piensan así. Pero, insisto: ¿qué tiene que ver esa problemática con estos mapas y este lugar? —la mujer se abrió de brazos, como revelando el espacio a su alrededor para sustentar su pregunta.

—Es una cuestión de acciones y decisiones —respondió Sebastián—. Como el Estado no hace bien su papel, ya sea porque no quiere o porque no puede, entonces le toca a la empresa privada tomar la iniciativa y llenar los vacíos en la medida de sus capacidades. Pero, como te decía, a pesar de la cantidad de fondos y servicios que se pueden repartir, hay dos cosas negativas de emprender proyectos de filantropía a nivel empresarial. Por un lado, es descorazonador saber que por mucho que hagas, eso ni siquiera raspará la superficie de todo lo que se necesita. Y, por otro lado, como ya lo anoté, no es fácil apreciar con los ojos el progreso real. Por ejemplo, gracias a los diversos programas sociales que adelanta Alcásar, estamos alimentando a miles de niños de bajos recursos, pero jamás los veo. Y estamos educando a cientos de jóvenes, y no los conozco. Recaudamos cifras enormes mediante obras de beneficencia, como conciertos populares o de música clásica, y ese dinero se invierte en trabajos de infraestructura, becas universitarias, reparaciones de puentes y carreteras, o escuelas y profesores para regiones apartadas como la Amazonía, o planes de vacunación y asistencia médica en Vichada y Putumayo, pero nunca tengo tiempo para viajar a esos lugares y verificar las mejorías en persona.

El ejecutivo contempló detenidamente el mapa, moviendo con pesar la cabeza, y volvió a pasar las yemas de los dedos sobre la maraña de calles y avenidas en un ademán sutil y delicado. Casi amoroso. Entonces afirmó:

—Por eso inventé mi propia filantropía, y entre Jaime y yo la hacemos toda.

—Pero, pero… —Mara pareció titubear—. ¿De qué estás hablando?

—Bueno, te soy sincero: con esto uno tampoco podrá cambiar la realidad del país, desde luego, y ni siquiera la realidad de esta ciudad —esbozó una mínima sonrisa de desaliento—. Pero al menos puedes tocar con las manos y ver con tus ojos cómo tus recursos favorecen a las personas. Mira, fíjate…

Sebastián buscó y sacó un mapa que estaba debajo de los primeros y lo desplegó sobre el tablero, pisando sus extremos con las pesas antiguas de bronce. Tomó el lápiz mecánico para señalar algunas de las cruces que estaban ahí trazadas.

—Cada equis es un negocio o local que estamos ayudando, y al lado hay una flecha y una anotación para leer el oficio que representa. ¿Ves…? Aquí hay un montallantas, por ejemplo. Esta equis indica una panadería. Ésta, la biblioteca del barrio. Ésta, el parque que está a pocas cuadras de distancia. Ésta es una ferretería. Ésta es un restaurante casero. Y ésta es una tienda de ropa femenina…

Mara parecía asombrada ante la cantidad de marcas en los planos, incrédula con lo que estaba oyendo.

—Yo siempre escojo al beneficiario —precisó el hombre, asomado al mapa y mirando el panorama inmenso de la ciudad, golpeando suavemente el papel con el lápiz que tenía en la mano—. Lo estudio durante un tiempo, y sólo los negocios que considero que realmente tienen un aporte comunal, ya sea porque el dueño es una persona a quien le preocupan sus vecinos, o porque le da empleo a la gente del barrio, o porque le ayuda a su sector de una manera u otra, son los que reciben la ayuda. Un día les llega una carta anónima en la que se felicita al propietario por su actitud a favor de los demás, y se le ofrece una suma de dinero en reconocimiento por su trabajo a la comunidad. Se le aclara que esta iniciativa no tiene nada que ver con el Gobierno nacional ni distrital, que es sólo un compatriota secreto que desea lo mismo que esa persona: ayudarle a su vecindario, y que, si esa persona prosigue en ese sentido y con esa actitud, amparando o patrocinando a los habitantes del barrio, recibirá más dinero.

Sebastián soltó una risa discreta.

—Claro, la mayor parte de la gente, la inmensa mayoría, descarta esa primera misiva y no la toma en serio. Cree, con razón, que se trata de una broma, o lo que es peor, una trampa, una estafa para sacarles dinero. Pero, eso sí, ¡lo creen del todo cuando Jaime llama a su puerta y les entrega la primera suma!

Sebastián sonrió con modestia y se tocó la punta de la nariz con el puño de la mano, ligeramente avergonzado por la exclamación. Entonces se acercó a los archivadores y buscó entre las carpetas hasta extraer una de las más gruesas, de color rojo, atestada de hojas sueltas de papel.

—Después Jaime se encarga de hacerle el seguimiento a cada destinatario —retomó el hilo de lo que estaba diciendo—. Gracias a los contactos que cultivo en el Gobierno y a tener una considerable influencia en casi todos los medios de comunicación del país, tenemos una formidable base de datos y acceso a una información privilegiada —el hombre señaló los computadores apagados con un vago gesto de la mano—. Lo cierto es que, según nuestra experiencia, casi el noventa por ciento de las personas que reciben el dinero lo utilizan correctamente. Aquellos negocios que forman parte del proyecto figuran en estos mapas con una cruz roja. Los que han recibido el primer desembolso tienen un círculo alrededor. Los que han recibido la segunda cifra tienen un segundo círculo alrededor. Y así, ¿entiendes? De esta manera, con sólo ver el mapa, sabes quién forma parte del proyecto, qué tipo de actividad o comercio representa, y quiénes han recibido cuántos desembolsos. Además, a cada uno le abrimos un archivo para guardar toda la información relevante a ese negocio. Claro, no todos los escogidos son ejemplos de civismo y honestidad. Algunos simplemente se quedan con el dinero inicial y no lo invierten como deben, pensando en los demás. Como éste…

Sebastián abrió la carpeta y sacó una hoja de papel impresa que le mostró a Mara. Ahí se veía lo que un grupo de recipientes había hecho con la primera donación.

—Mira… este fulano se compró una motocicleta para su uso particular. Y éste se fue de vacaciones a San Andrés, y éste a Valledupar. Y éste invirtió mal el dinero y lo perdió todo. Bueno, en esos casos las personas no reciben el segundo desembolso. Y mucho menos los siguientes. Los que desperdician el regalo figuran en el mapa con una equis negra, ¿ves? Como éste… y éste… y a ver… éste también. Pero hemos comprobado que la mayoría sí contribuye al bien social. Contratan a más personas del barrio y les dan esperanzas a los demás. O montan un comedor para alimentar a los indigentes, o prestan un servicio de madres comunitarias para hacerse cargo de los hijos de madres solteras para que éstas puedan ir al trabajo, u ofrecen microcréditos, lo que sea. Claro, no sabemos si aquellos que invierten correctamente el dinero lo hacen por auténtico altruismo o para recibir los siguientes desembolsos. Pero no importa. Lo único que cuenta es si al final se beneficia la comunidad. El por qué lo hace cada uno depende de su propia conciencia.

El hombre guardó la hoja de papel en la carpeta y la regresó al archivador.

—Lo mejor, en cualquier caso, es que después estos negocios suelen funcionar por sí solos. Como se trata de un regalo, los dueños no tienen que reponer el dinero y por eso no hay una deuda que los lastra. El negocio crece, recibe un valioso aliento o empujón, y luego marcha con sus propios medios, favoreciendo al propietario pero también, de paso, a la comunidad. Y lo puedes ver y constatar con tus ojos.

—Pero no entiendo para qué hacer todo este esfuerzo —dijo Mara—. Digo, ¿no sería más fácil que tú o tu empresa simplemente construyan o hagan en tal barrio lo que se requiere?

—Es una buena pregunta, pero no sería posible —replicó Sebastián—. No tiene sentido que una sola persona trate de hacer todo esto. Primero, porque uno no conoce el vecindario como lo conoce la gente que vive allí, ni sabe qué se necesita o qué les hace falta. Y además porque de esta manera se integra e involucra a las personas, que ya son relativamente influyentes en ese microcosmos, y las comprometes todavía más con el barrio y las conviertes en líderes y agentes de cambio. Entonces esas personas, dotadas ahora de ciertos recursos, hacen todavía más por su comunidad. En última instancia se trata de eso: de convertir a esas figuras en aliados, actores que trabajen e influyan a nivel local. Y lo mejor es que puedes comprobar cómo tu tiempo y dinero producen frutos tangibles y medibles. Contantes y sonantes. Y así se mejora la calidad de vida de la gente. Porque si un parque se limpia y se poda la maleza y se le ponen bancas bonitas, digamos, y si se arreglan los columpios y el área de ejercicio o gimnasia, eventualmente deja de ser un peligroso muladar frecuentado por traquetos, y el papá que labora en la fábrica puede llevar allí a su hijo el domingo a jugar y pasar la tarde. Después él será el más interesado en que ese parque se mantenga y mejore. En fin, la ventaja es que aquí nadie tiene que reponer el dinero. Nunca. La única obligación y la única manera de recibir más desembolsos es invirtiendo el dinero de modo que termine asistiendo a la comunidad.

Sebastián abrió otra carpeta al azar.

—Ya tenemos varios ejemplos exitosos —añadió—. Un negocio que funciona y prospera emplea a la gente del barrio y así crece y atrae más clientes y se vuelve aún más exitoso. La mayor parte de quienes reciben el dinero captan en seguida que, ayudando a los demás, se ayudan a sí mismos. Y lo confirman cuando reciben el segundo aporte. Y más adelante el tercero, que suele ser el más grande. Como estudio bien los locales antes de hacer la primera donación, no me suelo equivocar. Incluso a veces me disfrazo para espiar el establecimiento de cerca y analizar la actitud del propietario y de la clientela. Me camuflo de mendigo para que nadie se meta conmigo, o me visto de obrero de la Empresa de Teléfonos o del Acueducto y Alcantarillado. Nunca me reconocen, y cualquier contacto que sea necesario después, entre nosotros y el local, se hace a través de Jaime y él jamás divulga quién financia todo esto. Luego se les envía la carta en la que se promete el dinero; lo reciben al poco tiempo, y, si continúan por un buen camino, reciben el otro aporte. En el peor de los casos sólo se pierde la primera inversión, que es la menos cuantiosa. Pero si resulta, eso se traduce en un efecto multiplicador, y uno puede regresar al barrio cuando sea y estudiar la evolución del progreso.

—Entonces lo haces de manera anónima.

—Así es. Nadie sabe que estoy detrás de esto. Sólo lo he notificado en unos pocos sitios. Un bar, por ejemplo, que no queda lejos de Alcásar, adonde voy de vez en cuando a beber una copa para pensar en mis cosas. Recuerdo que en ese lugar, curiosamente, me encontré una tarde con Luis Antonio Salcedo y le ofrecí la vicepresidencia de la empresa. Yo acababa de cerrar un gran negocio, pues había comprado la compañía donde él trabajaba en ese entonces. Y fíjate lo que son las casualidades de la vida: ese negocio lo pude hacer gracias a este proyecto de filantropía. Porque una noche hablé a solas con un admirable empresario antioqueño, don Raimundo Echavarría, que manejaba los hilos de aquel negocio, y cuando le conté de esta iniciativa secreta él accedió a venderme su empresa de comunicaciones que se llamaba Comtex, y así pude consolidar Alcásar en lo que es hoy en día.

Sebastián sonrió con nostalgia.

—Aquel caballero murió recientemente y bastante falta le hace al país. Pero bueno, como te decía, también revelé mi identidad en una cafetería del centro y en uno o dos sitios más. Ahí siempre me reciben bien y nunca me dejan pagar la cuenta, lo cual tiene su gracia. Pero de resto no lo sabe nadie. Los dueños del negocio jamás se enteran de quién está detrás del dinero. Sólo Jaime y yo… Y ahora tú.

Mara estaba estupefacta.

—Claro, soy el primero en reconocer que todo esto no es más que una gota de agua vertida en un vasto océano de problemas sociales, pero al menos es una gota que yo puedo observar y controlar, que disfruto viendo crecer, y eso, te prometo, es más satisfactorio que todos los proyectos de filantropía que promueve Alcásar, aunque aquéllos beneficien a muchísimas más personas.

Mara seguía atónita, como buscando las palabras adecuadas para expresar una opinión sobre lo que le estaban contando.

—Dijiste que esto había nacido de una casualidad —quiso saber.

—Ah, sí —recordó Sebastián—. Es una historia sencilla. Un día entré en ese bar que te digo, el mismo donde me encontré años después con Luis Antonio Salcedo, que yo frecuentaba de vez en cuando porque era como los cafés de Hemingway, limpio y bien iluminado, discreto y dotado de buenos licores, que me permitía pensar en mis asuntos mientras disfrutaba un jerez o una copa de coñac. Me estaba tomando solo un aperitivo cuando escuché un diálogo a mis espaldas. Era el dueño del local que le estaba diciendo a Dionisio, quien atendía la barra, que estaba a punto de declararse en quiebra porque tenía una deuda de tantos millones de pesos y no la podía pagar. El banco le había negado un préstamo y para entonces carecía de más opciones. La cifra no era muy grande: si la convertías no superaba los diez mil dólares de la época. Imagínate. Quizás no era un valor definitivo para mí, reflexioné, pero para este señor representaba la diferencia entre la bancarrota o la continuidad de su fuente de ingresos. Y me quedé pensando: yo le podría ofrecer el dinero a este tipo fácilmente, una suma que para mí no era indispensable pero que él necesitaba con premura. Además, concluí, si este compadre cierra su negocio, uno de los que más lo va a lamentar soy yo, porque me gustaba mucho el lugar y cerca de mi oficina no hay otro sitio igual de placentero. Fue entonces cuando el dueño añadió algo inesperado. Afirmó que lo que más lamentaba era que su deseo de contratar a una familia para que le ayudara con las tareas de limpieza del establecimiento, una familia humilde que acababa de llegar a Bogotá procedente del campo y que necesitaba un empleo con urgencia, no lo iba a poder llevar a cabo. Pero algo en el tono de la voz de aquel señor, un pesar realmente genuino, unido al anhelo de ayudarles a otras personas aún más necesitadas que él, me estremeció. Esa declaración me prendió un bombillo en la cabeza. Entonces pagué mi cuenta y me fui, pero toda esa noche estuve dándole vueltas a lo que había escuchado. Para resumir: al día siguiente regresé con el dinero. Y a partir de ahí empecé a organizar las cosas para hacerlas como las hago ahora, de manera ordenada y anónima, y por eso ese dueño de bar es de las pocas personas que me conocen y que saben de dónde salieron los fondos que le permitieron conservar su negocio, y por eso él nunca me deja pagar mis copas cuando visito su local.

Sebastián esbozó otra sonrisa discreta mientras evocaba los hechos.

—En fin —prosiguió al cabo de un momento—, con ese caso confirmé dos cosas importantes que siempre he pensado. La primera es que existen muchas personas buenas en este país que desean ayudarle al prójimo, pero no lo hacen porque carecen de los recursos o desconocen la forma de hacerlo. Y la segunda es el efecto multiplicador que puede tener una ayuda menor; cómo una pequeña suma de dinero puede generar un beneficio comunitario; una cifra que, invertida de cualquier otra manera, jamás tendría una resonancia tan positiva. Y así lo pude comprobar en mis próximas visitas. Al seguir funcionando el bar, sus empleados mantuvieron trabajo y sueldo; por su lado, el Distrito continuó recibiendo aportes e impuestos del sitio; además, los distribuidores de bebidas y alimentos no perdieron un cliente juicioso en sus pagos; y después conocí a la familia de campesinos que ahora laboraba allí y que, con su empleo, les ayudaba a otros parientes que se habían quedado atrás en el campo, en un caserío en Boyacá cerca de Villa de Leyva. ¿Ves? Ése es el tamaño del efecto multiplicador. Nada de eso habría sucedido sin la ayuda inicial, advertí, y los frutos aumentaron cuando hice una segunda donación, porque entonces el dueño amplió su local y para hacerlo tuvo que contratar a pintores, carpinteros, plomeros y albañiles, todos del barrio, y también empleó a dos personas más de tiempo completo para que le ayudaran con la nueva dimensión del negocio. Y no sólo eso. Con la ampliación el dueño incrementó sus ingresos y se ha dedicado a ayudarle a su gente, ofreciendo microcréditos y contratando un servicio de vigilancia para cuidar esa parte del vecindario, y hasta inventó algo llamado el «Ágape dominguero», que es una idea buena y sencilla: todos los domingos él y sus empleados preparan un sabroso almuerzo gratuito para los fulanos más necesitados del sector, a quienes conocen, y eso ha servido para fortalecer los lazos comunitarios. Según nuestros datos, hasta los índices de delincuencia se han reducido en casi cinco puntos porcentuales en la zona. En todo caso, unas semanas después se me ocurrió que esto lo podría repetir con más negocios y hacerlo más grande, a mayor escala, buscando a otros patronos como ese dueño de bar, personas que mostraran un interés por su comunidad más allá de sólo querer hacer dinero, e invirtiendo sumas controladas y crecientes, tratando de lograr un efecto similar. Lo cierto es que así nació el concepto, de un simple hecho casual, porque una tarde y no otra me senté en un bar y no otro, en una silla y no otra, donde por coincidencia ese señor en particular se estaba desahogando con su barman. De haber llegado una hora antes o después, u otro día, quizás nunca se me habría ocurrido esta idea.

La mujer lo miraba como si no pudiera creer el relato.

—Sigo sin entender —balbuceó—. ¿Por qué haces todo esto?

—No lo sé —admitió Sebastián con sencillez—. Nunca conocí a mi madre, como sabes, pero ella era amiga de la filantropía y mi padre también lo era. Debido a que mi padre murió cuando yo era todavía muy joven, después fui criado por nuestro chofer, Alfonso, y toda la vida he sentido que tengo con él y con su memoria una deuda que debo pagar como sea. En últimas, siempre he creído que la calidad de una persona no se mide en lo que puede producir para sí, sino en la felicidad y en la plenitud que puede producir para los demás. Y tiene lógica, fíjate. Porque hay muchas cosas en la vida que tienen doble filo, como el amor, la ambición, el dinero, y mil cosas similares. Pero la generosidad es de las pocas cosas que tienen doble bondad: el bien que produce en el que recibe, y el bien que produce en el que da. Sin embargo, no estoy seguro de por qué lo hago, te confieso. Quizás es el desenlace natural de cosas que me han pasado en la vida, o de lecciones que he aprendido.

El hombre sonrió, meditativo.

—La verdadera generosidad es la que nos cuesta —agregó—. Y es la que se hace sin esperar nada a cambio. Esas dos cosas me las enseñó mi padre. Si un millonario escribe un cheque para apoyar una causa social, eso está bien y es mejor a que no lo haga. Pero si le sobra el dinero ese gesto en realidad no le está costando. No requiere ningún sacrificio de su parte. Y si gira ese mismo cheque a una organización de caridad con el fin de reducir sus impuestos, pues también es mejor a que no lo haga, pero tampoco es un auténtico acto de altruismo, porque está esperando algo a cambio. Por eso, a diferencia de los recursos que destina Alcásar a sus programas de filantropía, que en parte proceden de otras fuentes y que al final suelen ser la mitad del total —el resto lo pone nuestra empresa—, recursos que se recaudan mediante eventos, subastas, conciertos, peticiones u obras de asistencia, este proyecto lo financio yo exclusivamente. Estas inversiones me exigen tiempo y atención, noches de estudio y análisis, seguimiento del plan para ver cómo se están beneficiando otros, y considerables sumas de dinero que monitoreo, y todo eso, en mi opinión, valida esas inversiones. Las justifica. Aun así, quizás lo que más me gusta es algo que aprendí hace mucho tiempo en otro lugar, un internado que detesté con toda mi alma pero que me dejó lecciones valiosas, como la necesidad de pensar en otros más vulnerables, y la importancia de la discreción y del anonimato, entre otras cosas.

Mara siguió revisando los mapas, reparando en el número de marcas, círculos, cruces y flechas con cifras, indicaciones, mensajes y anotaciones.

—Pero ¿cuánto te cuesta todo esto? —finalmente articuló.

—Tampoco lo sé —Sebastián se encogió de hombros, sincero—. Pero te lo digo de esta manera: Alcásar produce y me deja libres grandes sumas cada año. Si inviertes una fracción de ese dinero en este proyecto, y les ofreces tantos miles de dólares a equis número de negocios, locales que terminan vinculando y ayudando a más personas, la ganancia social es considerable. Porque, repito: la idea no es simplemente regalar a ciegas una cifra cualquiera. Es ofrecerla, pero sólo a patronos que demuestran verdadera conciencia social, que están dispuestos a trabajar y que desean ayudarles a sus semejantes de una forma u otra.

Esa suma, invertida en ese local específico, puede generar cosas buenas. Si no es así, el dinero se evapora sin difundir mayores beneficios. Y ese monto les puede cambiar la vida a las personas. ¿Sabes lo que significa para un montallantas en Bogotá, por decir, que le lleguen del cielo cinco o diez mil dólares? Es una cifra importante. Y después el negocio recibe otro desembolso aún mayor. Para el dueño ese valor quizás le permite cancelar sus deudas, emplear a otro mecánico o más asistentes, y crecer de manera que ayude a su vecindario, pues tiene la ventaja de que no hay que devolver el dinero ni pagar intereses sobre el mismo, lo que sí tendría que hacer si fuera un préstamo. Entretanto, yo sólo he gastado unos miles de dólares por negocio. En fin, con la fortuna que poseo, y como no tengo hijos ni familia ni otras obligaciones de ese estilo, y dado que llevo a cabo una vida relativamente austera, como a ti te consta, destinar parte de mis recursos a esto no representa un problema, te lo aseguro. En cambio, sí me produce un gran placer.

El ejecutivo se enderezó con una sonrisa triste y contempló las dos mesas cubiertas de mapas.

—No obstante —remató—, lo que más quisiera es que algún día esto marche de tal manera que otros lo puedan reproducir. ¿Te imaginas el bien que haría, digamos, que las diez o veinte compañías más rentables y productivas de cada ciudad grande y mediana del país emprendieran un programa similar? ¿Si cada una apoyara cincuenta, cien o doscientos locales o microempresas, y si a la vez aquellos negocios tuvieran un efecto positivo y multiplicador en su barrio o comunidad? Sería ideal. Porque, insisto: no se trata de repartir una limosna sino de cambiarles la vida a las personas. Recuerda que nuestro sistema tributario en Colombia no funciona como es debido, pues el país tiene un grave problema en cuanto a la redistribución de ingresos, y la gente lo que más quiere es poder trabajar. Este proyecto es sólo una fórmula o un mecanismo para facilitar ambas cosas.

Mara también se enderezó y observó las mesas largas, los tableros tapados bajo planos desplegados y sujetos con pesas antiguas de bronce.

—Yo no sabía nada de esto —afirmó, en un tono que sonó casi como una disculpa o un reproche.

Sebastián no le dio importancia y la abrazó con fuerza.

—No tenías por qué saberlo. Y de momento nadie más lo debe saber. Sólo te lo cuento a ti por algo que ya sabes. Porque te amo y porque no quiero tener secretos contigo.

—Yo también te amo, Sebastián —Mara lo besaba en la cara con los ojos brillantes, a la vez que lo tomaba de la mano para salir del estudio y conducirlo a su habitación—. Y tampoco quiero que tengamos secretos entre nosotros. Nunca… Ninguna clase de secretos.

Y lo siguió besando mientras ingresaban al dormitorio y ella cerraba la puerta con cuidado.

27. Santa Mónica

La modesta parroquia de Santa Mónica, también conocida como la iglesia Santa María de los Ángeles, se encuentra en la carrera Séptima con la calle 79 de Bogotá, y a primera vista su presencia es desconcertante. A lo largo de la extensa y amplia avenida de la Séptima, con su ruido de bocinas y el tráfico congestionado a toda hora, más los edificios de cemento o ladrillo sin cubrir, altos y sucios por la polución vehicular, de pronto, en mitad de la cuadra, aparece esa mínima capilla blanca con su torrecita y su campanario de tres niveles, coronado de tejas azules como de pizarra, idéntica a una ermita de las fábulas infantiles. La fachada tiene forma triangular y hay un nicho alto en el medio, con una estatua en mármol de la Virgen y el Niño, y el estilo de la iglesia es francés, como si la hubieran descubierto y traído entera desde un pueblito de Normandía. El portal de piedra tiene una triple entrada en arco, que suelen adornar con arreglos de flores para celebrar bodas y bautizos, y justo detrás de la parroquia se extiende la calle 79b, conocida como la calle de los Anticuarios, punteada de pinos, cerezos, urapanes y eucaliptos. Esa calle tiene poco tráfico y goza de un aire peatonal, y luce estrecha e inclinada en una suave pendiente hasta llegar a la carrera Novena, y en ese lugar Sebastián Sarmiento fue secuestrado.

El hombre intuyó lo que estaba a punto de suceder. Esa tarde, después de compartir con Mara su proyecto de filantropía que él hacía con Jaime, la mujer tomó a Sebastián de la mano, emocionada por su relato, y lo llevó hasta su alcoba en el gran apartamento e hicieron el amor con una intensidad que incluso para ellos, que disfrutaban de una relación sexual apasionada, resultó excepcional. Después, mientras recuperaban el aliento y descansaban felices y satisfechos en la cama de colchas revueltas, ella comentó con una sonrisa que tenía hambre y él admitió que sentía lo mismo, de modo que decidieron salir a comer un bocado en un restaurante sabroso. Sin embargo, en vez de tomar el auto y meterse en el tráfico infernal de la ciudad, Sebastián propuso que aprovecharan la tarde tan bella y soleada y fueran caminando hasta algún sitio cercano. Entonces se ducharon juntos —besos largos entre caricias y pompas de jabón— y se vistieron para salir. Él se puso un blazer oscuro y una camisa azul marino de cuello abotonado, sin corbata, jeans y mocasines cómodos de cuero fino, y ella se cambió la falda corta por sus tejanos favoritos que había dejado colgados en el armario, cuando llevó unas pocas prendas y un estuche con cosméticos y cepillos y útiles de aseo personal, para no tener que ir hasta su apartamento en las mañanas cuando pasaba la noche con Sebastián. La mujer se retocó el maquillaje y se volvió a aplicar el pintalabios frente al espejo del baño, se arropó con la chaqueta y se calzó los botines de gamuza. Cuando estuvieron listos bajaron por el viejo ascensor a la primera planta de aquel conjunto llamado Residencias El Nogal —cinco torres de nueve pisos cada una, construidas en 1948, y desde el aire su diseño se parece a la cara del cinco de un dado de marfil—, y salieron alegres por la puerta negra de hierro forjado del patio de estacionamiento. Jaime andaba detrás de ellos, siguiéndolos a una distancia prudente, y caminaron unas cuadras por el costado occidental de la carrera Séptima, contemplando a su derecha los cerros verdes que se elevan y amurallan la capital, hasta llegar a la calle 79. Ahí pensaban doblar a la izquierda para rodear la parroquia de Santa Mónica y bajar por la discreta vía asfaltada, entrando a curiosear en los anticuarios más conocidos del vecindario, para luego cenar en uno de los dos locales que se encuentran en el cruce de la calle con la carrera Novena: el restaurante italiano Il Tinello o el asador de carnes La Bifería.

Caminaron despacio y abrazados por la cintura, disfrutando la brisa y la tarde, sin escuchar los pasos de Jaime que los seguía de cerca, respetuoso y alerta, portando como siempre la pistola Beretta de 9 milímetros, reluciente y niquelada, metida en la sobaquera de cuero y oculta bajo su chaquetón de paño azul oscuro. La pareja avanzaba sin prisa por la acera agrietada, hablando en más detalle del proyecto de filantropía de Sebastián, y al descender los siete escalones de la carrera Séptima a los predios de la parroquia, comprobaron que faltaba poco para el inicio del ocaso. Más aún, estaba a punto de comenzar la última misa del día, y unos cuantos feligreses ingresaban por aquel portal abovedado que recuerda el hogar de un hobbit de Tolkien. Sólo había una patrulla de vigilancia y un par de autos estacionados en la mínima zona de parqueo frente a la capilla, y un celador uniformado que cuidaba los carros estaba apoyado contra el muro de ladrillo que bordea la avenida, conversando con los dos policías de la patrulla. En ese momento Mara se detuvo frente a la fachada blanca del templo, dándole la espalda a la carrera Séptima, y alzó la vista para observar el nicho con la figura color crema de la Virgen y el Niño. Pensativa, comentó que nunca había entrado en esa iglesia. Sebastián se mostró sorprendido. ¿De veras?, preguntó. Es una de las más pequeñas y hermosas de la ciudad. Ven te muestro. Así que ingresaron a la parroquia para que Mara la conociera.

Entraron por el arco central del portón de piedra con la cúpula azul. Adentro, tras pasar la siguiente puerta de madera muy antigua, con molduras labradas en octágonos y cuadrifolios, y delicadas imágenes taraceadas de flores y hojas en el interior de cada figura, rodearon la celosía de madera verde y las bellas columnas doradas de estilo colonial, y de inmediato se sintieron a gusto en esa íntima capilla donde no cabían más de ochenta personas sentadas. A cada costado había un par de vitrales blancos dotados de un rombo en el centro, con escenas en colores del Nuevo Testamento, y pinturas de santos debajo y a lo largo de la pared, como san Alipio, san Sahagún, san Guillermo y San Lorenzo. Sonaba una preciosa música barroca procedente del coro, y el padre se estaba alistando para comenzar el servicio, ordenando los objetos de la liturgia sobre el altar e indicándole algo al monaguillo en voz baja. Mara y Sebastián aprovecharon esos instantes para recorrer la iglesia en silencio, y se fijaron, por un lado del transepto, en el confesionario con su cortina púrpura y el artesonado idéntico a la celosía de la entrada, y, por el otro lado, en el sarcófago de doña Margarita Caro de Holguín, fallecida en 1925, esposa del presidente de la República Carlos Holguín Mallarino y madre de la dama que construyó la parroquia en 1920, la artista Margarita Holguín y Caro. No se pensaban quedar a escuchar toda la misa, de modo que se sentaron solos en la última fila para no interrumpir el sermón al salir, y descansaron unos minutos antes de continuar con su paseo. Había pocos feligreses sentados en los bancos delanteros, y el padre hablaba en un tono suave y placentero. Los dos apreciaron la música y la calidez del ambiente acogedor, y repararon en el gran cuadro del fondo con la tierna escena del nacimiento del Niño Jesús. Permanecieron un rato escuchando las palabras del sacerdote, quien disertaba sobre la necesidad de la gratitud cotidiana, y, paulatinamente, sin darse cuenta, Sebastián se encontró interesado, prestando atención, y hasta se mostró de acuerdo con lo que aquél predicaba. «Aun en medio de los fuertes procesos», declaró el cura, «sé agradecido, porque el agradecimiento abrirá la puerta que traerá todas las bendiciones». Sebastián asintió levemente con la cabeza. En efecto, desde hacía un tiempo lo primero que hacía el ejecutivo al abrir los ojos cada mañana, solo o con Mara a su lado, era dar gracias por el hecho de estar vivo, porque él sabía lo cercano que había estado de tirarlo todo por la borda. Era sorprendente el vuelco que había dado su vida en tan corto tiempo, porque la última vez que Sebastián se había sentado en una iglesia, apenas unos meses atrás, había sido en la Catedral Primada de Bogotá, frente a la Plaza de Bolívar, cuando llegó a la terrible conclusión de que su existencia carecía de sentido. La culpa permanente, aquel lastre abrumador y mortificante de sentirse responsable de todas las desgracias que habían trazado las directrices de su vida, más la ausencia de su esposa y la pérdida de su socio y amigo de la infancia, junto con la falta durante años de calor humano en su diario vivir, se habían acumulado hasta alcanzar un punto crítico, acercándolo peligrosamente a tocar fondo. Pero ahora, en cambio, Sebastián se encontraba lleno de ilusiones y de gusto por la vida, optimista en cuanto al futuro, y todo gracias a esta mujer sentada a su lado, a quien amaba de todo corazón y con quien había visto estrellas al hacer el amor en su apartamento momentos antes, al igual que le sucedió después en la ducha mientras se bañaban y enjabonaban, y al igual que le sucedía cada vez que se besaban y acariciaban. Ya está, se dijo de pronto, como si acabara de ver las cosas por fin con claridad. Le voy a proponer que nos casemos. No sé cuándo lo haré, pero le voy a pedir la mano seguro, y, si me dice que sí, me gustaría celebrar la boda en un lugar como éste —miró a su alrededor, una ojeada valorativa al recinto—, ¿y por qué no?, quizás en esta misma capilla. Ahora que lo pienso, es lo que más he deseado desde que la conocí en Cartagena de Indias; una ceremonia sencilla, pequeña y privada. Y después un largo viaje de luna de miel. Nada menos que su mayor sueño hecho realidad.

Emocionado, Sebastián volvió la vista para observar a Mara de perfil. Se fijó en la hermosura de su rostro y en la espesura de su cabello. La mujer miraba al frente, pendiente de lo que decía el padre. Entonces él tomó plena conciencia de su propia condición: era un hombre sano y adinerado, exitoso y realizado desde el punto de vista profesional, y ante todo estaba enamorado como un chico. Se sintió realmente afortunado, y esbozó una sonrisa de intensa felicidad, agradecido con su suerte y aliviado de haber salido de aquel hueco oscuro que casi lo consume. Examinó el crucifijo colgado en la pared, como lo había hecho aquella noche remota en la Catedral Primada, y se preguntó si ese viraje milagroso era fruto de la casualidad, de la intervención divina o de las leyes inescrutables del destino. Se miró brevemente la mano izquierda, que ya ni siquiera lucía la huella blanca de su anillo de matrimonio, y se iba a pasar los dedos por la cicatriz de la barbilla, la cual se había ido reduciendo de tamaño con el paso de los años, pero en cambio prefirió apretarle cariñosamente la mano a Mara. Ella lo miró con afecto y le correspondió el gesto, apretando su mano también, y en seguida bostezó como una chiquilla y recostó la cabeza sobre su hombro. Al cabo de un rato, cuando el padre terminó la primera parte de la misa y después de la colecta —Sebastián, complacido, depositó varios billetes en la cesta de mimbre que alargó el monaguillo—, al final del Credo y de la Oración de los Fieles, cuando la gente comenzó a incorporarse y a ponerse en fila para hacer la Comunión, ella reiteró que tenía hambre y él movió la cabeza en señal afirmativa. De acuerdo, musitó. Vamos. Los dos se levantaron con discreción y se dirigieron a la salida.

Eran los únicos que se iban. Sin embargo, tan pronto se puso en pie y viró el cuerpo hacia la puerta, Sebastián presintió que algo no estaba bien. A través del labrado de la celosía —semejante a una cuadrícula de madera verde— y del portón abierto de la iglesia, que les permitía ver el espacio enlosado delante de la parroquia, la escena parecía por alguna razón incorrecta, como si hubiera un detalle fuera de lugar. Lo intuyó antes de ser consciente de ello. Se paró en seco, confundido, sin saber lo que él mismo había notado; de inmediato giró un poco la cabeza y por encima del hombro le susurró a Mara que por favor se quedara ahí, detrás de él, amparada en el interior de la capilla. Entonces recordó lo que Jaime le había dicho más de una vez: «El día en que usted salga de un sitio, don Sebastián, y no me vea ahí afuera, esperándolo, ese día preocúpese». Jaime, en efecto, no lo aguardaba en la puerta. Y desde que lo conocía eso no había pasado jamás.

El ejecutivo avanzó unos pasos con cautela y se detuvo antes de salir. Sintió a Mara que se aproximaba a sus espaldas, curiosa, y él lanzó la mano abierta hacia atrás para impedir que ella diera otro paso adelante. Se dio la vuelta y le ordenó en tono inapelable: «Quédate aquí. No salgas hasta que yo te avise». «Pero…», empezó la mujer. Sebastián se llevó el índice a la boca para demandar silencio. «Haz lo que te digo, te lo ruego». Ella lo miró extrañada, perpleja de que él le hablara de esa forma, y en ese momento sus ojos captaron que algo grave estaba pasando, porque se llenaron de temor. Asustada, asintió tímidamente con la cabeza y se quedó allí parada.

Sebastián se asomó a la salida de la parroquia, bajo la pequeña bóveda del portal de piedra, y miró al frente y a los costados, como si olisqueara el aire. Nada. Acababa de anochecer, y sólo veía los mismos dos autos particulares estacionados en la estrecha zona de parqueo frente al templo, mientras que la patrulla de la policía que habían visto al llegar había desaparecido. Se dio la vuelta para asegurarse de que Mara seguía sus instrucciones, y a través de la cuadrícula de la celosía vio que ella había ocupado de nuevo su lugar en el último banco de la nave, pero sentada de medio lado, girando el cuerpo para mirar hacia afuera y no perderlo de vista. La mujer tenía el rostro tenso del miedo. Los demás feligreses seguían ocupados en el rito de la Comunión, y los que ya habían recibido la hostia, en la boca o en la mano, regresaban cabizbajos a sus puestos. Sebastián extrajo el teléfono celular del bolsillo de la chaqueta y marcó el número de su asistente, pero éste no contestó. Qué extraño, se dijo. El hombre avanzó un poco más y salió del todo a la noche, parado sobre las losas gastadas del atrio, y escrutó la oscuridad en varias direcciones, tratando de descubrir a Jaime en la penumbra. Vio el tráfico que discurría intenso sobre la carrera Séptima, ahora con los postes del alumbrado público encendidos, y los faros delanteros de los autos y las luces traseras punteaban la noche de brillos blancos y rojos. Sonaban bocinas y los soplidos de los frenos de aire de un bus que se detenía junto al bordillo para recoger una fila de pasajeros. El celador uniformado que cuidaba los carros, que habían visto apoyado contra el muro bajo de ladrillo, no se veía por ningún lado. Y Jaime tampoco estaba presente. Iba a volver a sacar el celular del bolsillo, esta vez para llamar a las autoridades si el otro no respondía, cuando se contuvo con un suspiro de alivio. A lo mejor no será necesario, pensó. Porque los dos policías que había notado charlando con el celador, y que seguro pertenecían a la patrulla de vigilancia que se había marchado, parecieron salir de las sombras y caminaban hacia él. Ambos se acercaron con actitud solícita, como para asistir a ese caballero que tenía aspecto de necesitar alguna cosa.

—Buenas noches, señores agentes. Me alegra verlos. ¿Me pueden ayudar, por favor? No veo a…

Sebastián se calló de golpe porque uno de los policías se detuvo muy cerca de él, demasiado cerca, y le estaba apuntando al centro del torso con un arma. En la oscuridad el ejecutivo advirtió que no era una pistola reglamentaria y tenía atornillada a la boca del cañón un silenciador. Antes de poder balbucear una protesta o articular una pregunta habló el otro policía, y al virar el rostro Sebastián captó que aquél también iba armado y a su vez le apuntaba disimuladamente con su pistola, aunque ésta carecía de silenciador. Ambas eran Taurus PT92 brasileras, con munición blindada de 9 milímetros parabellum, y cualquiera que trabajara en los medios de comunicación de Colombia sabía que éstas eran enemigas de las fuerzas del orden, por ser capaces de perforar un chaleco antibalas.

—Venga con nosotros, señor Sarmiento. Tenemos a su asistente. Si grita o corre, lo matamos. Y después lo matamos a él. ¿Está claro?

Ambos policías eran grandes y fornidos, y Sebastián comprendió que, quien lo estuviera observando desde la iglesia, su mismo cuerpo de espaldas estaba bloqueando la vista de las armas. A todas luces debía parecer que estos agentes corruptos —¿o quizás eran delincuentes disfrazados de policías?— le estaban ayudando. Desarmado e impotente, no tuvo más remedio que asentir con la cabeza. Ante dos pistolas de ese calibre y sin espacio para huir, y con la vida de su asistente de por medio, no había manera de acudir a las artes marciales ni de llamar a un tercero. Atropelladamente pensó que lo más urgente era proteger a Mara —alejando a esos maleantes de la capilla— y averiguar en dónde estaba Jaime y saber qué le habían hecho. Por lo tanto, de momento sólo quedaba obedecer.

—Vamos —ordenó el agente—. Aquí cerca. Y no alce las manos.

Ese mismo policía tomó la delantera, dejando a Sebastián en el medio. El otro, que portaba la pistola con el silenciador, lo seguía muy de cerca y en forma encubierta lo empujó un par de veces por la espalda con la punta del arma. Nadie que los viera, desde la iglesia o desde la avenida, pensaría que sucedía algo irregular. Bajaron por el costado derecho del templo, bordeando el cerco de arbustos que le llegan a un adulto a la rodilla, y observaron los vitrales blancos que brillaban iluminados desde el interior por las luces de la capilla. Sebastián acató las órdenes que sonaban como gruñidos, preocupado por Jaime y decidido a alejar a los agentes de la puerta de la iglesia y de Mara, quien seguro seguía sentada en el último banco, aliviada al ver que su hombre había encontrado a esos dos policías y que éstos, por lo visto, le estaban colaborando. En ese momento él sintió el primer asalto del miedo, pero lo trató de controlar para que los otros no lo advirtieran.

Los tres avanzaron en fila, bajando por la calle angosta y asfaltada, pobremente iluminada por la escasez de farolas de luz, y a Sebastián le llamó la atención que no hubiera nadie más a la redonda. Aunque ya todos los anticuarios de la cuadra estaban cerrados debido a la hora, por lo general siempre había unos pocos transeúntes que subían por esa calle solitaria hacia la Séptima o bajaban de ésta. Pero ahora no veía a quién acudir para hacer un discreto gesto de auxilio. Hacía frío, y casi todas las casas de las inmediaciones, de dos o tres plantas, tenían las ventanas negras y apagadas. Sebastián sabía que el terreno de la parroquia tiene forma de corazón, y que la calle 79b le da la vuelta completa al predio, como una isla rodeada por un río de asfalto, y ambas vías convergen en la parte de atrás del templo, donde hay un pequeño jardín infantil cercado por la valla de arbustos. Parecía que se dirigían ahí. Caminaron un poco más y, en efecto, al llegar al jardín con columpios y bancas y santos chicos en yeso, el ejecutivo vislumbró la misma patrulla de antes, estacionada en diagonal, con otros tres policías apenas visibles bajo las sombras de los árboles. Estaban esperándolos y tenían armas automáticas cortas en ristre. Veinte metros más

379

abajo había una segunda patrulla atravesada en la calle, bloqueando el acceso e impidiendo el tránsito de cualquier peatón interesado en subir a la carrera Séptima. En ese momento Sebastián supuso que tendría que haber otro agente posicionado allá arriba en la avenida, aunque él no lo había visto, encargado de desviar y prohibir el paso del público. Se trataba, sin la menor duda, de un operativo profesional y bien organizado, y estos fulanos claramente no eran unos meros hampones o delincuentes comunes, pues si le conocían el nombre eso descartaba la posibilidad de un simple atraco. Al aproximarse a la primera patrulla, poco menos que en tinieblas por la luz de la farola que escasamente penetraba las ramas de los cerezos, Sebastián vio que ésta tenía las puertas abiertas hacia el jardín infantil, y en seguida descubrió a Jaime. Estaba de rodillas en la grama del jardín, con las manos puestas sobre la cabeza, y temblaba de manera inocultable. Inició el impulso de acercarse para socorrerlo, pero el policía que estaba detrás lo sujetó con fuerza del hombro y le presionó amenazante la boca del silenciador contra la espalda. «Quieto», murmuró. A continuación otro agente lo cacheó con rudeza y lo despojó de su reloj, billetera y teléfono celular, e introdujo este último en una pequeña bolsa de plástico que también contenía el celular de Jaime; los dejó caer al suelo, los aplastó varias veces con el talón de su bota y arrojó la bolsa con el amasijo de fragmentos al interior de la patrulla. Claro, pensó el ejecutivo, así eliminan cualquier rastreo electrónico y tampoco quedarán pruebas ni restos en la vía. El vehículo bloqueaba la vista de quien tratara de ver la escena mirando hacia arriba, desde la calle inclinada, y, debido a la penumbra, Sebastián no podía distinguir bien las facciones de su hombre de confianza, pero creyó notar que tenía una herida sobre el ojo derecho y que le sangraban las comisuras de los labios. También, percibió, se le escurrían las lágrimas por las mejillas, y lo conocía lo suficiente para saber que aquéllas eran lágrimas de rabia. Tenía el chaquetón azul desgarrado desde el hombro, y la camisa blanca sucia y rasgada, prueba de un violento forcejeo. ¿Qué había pasado?, se preguntó Sebastián, la cabeza hecha una colmena. ¿Lo habían sorprendido con los uniformes de agentes del orden, como le había pasado a él, reteniéndolo antes de poder sacar la Beretta? Quizás, aunque era evidente que Jaime no se había quedado cruzado de brazos. Se sintió orgulloso de su asistente y admiró su coraje y lealtad, pero le alarmó verlo en una posición tan indefensa.

—Canallas —escupió Sebastián—. ¿Qué le hicieron? ¿Qué quieren?

Uno de los policías amartilló el arma y apuntó a la sien del ejecutivo para callarlo.

—Lo siento, don Sebastián —murmuró Jaime, adolorido—. Creí…

—¡Silencio! —ordenó otro de los policías, y por el tono parecía ser el jefe de todos. Hizo un gesto con la boca a uno de los agentes, señalando a Jaime, y luego se dirigió a Sebastián, apuntándole con su arma automática, una ametralladora Mini Uzi de fabricación israelí—. Usted va a venir con nosotros, señor Sarmiento —le habló en una voz áspera y seria—. Y esto es lo que va a pasar si opone resistencia.

El policía armado con la Taurus y el silenciador dio un paso al frente, abriéndose de piernas, y bajó y estiró el brazo, presionando el arma con violencia contra la frente de Jaime. El asistente crispó el rostro, pero aun así abrió los ojos para mirar a su jefe y le dijo: «Fue un honor, don Sebastián». El policía que empuñaba el arma también miró a Sebastián de soslayo, sonrió con malicia y apretó el gatillo. Sonó como el soplido de una cerbatana y la cabeza de Jaime explotó como una fruta al tiempo que se desplomó al suelo. Sebastián quedó congelado del horror, sin dar crédito a lo que acababa de suceder, iracundo ante la muerte de la persona en la que más confiaba en el mundo, y sin pensar en lo que hacía se lanzó dando gritos contra el asesino, ciego de cólera. Los demás lo sujetaron en el acto, apuntándole con las armas e inmovilizándolo por completo, y lo metieron a golpes y empujones dentro de la patrulla. De inmediato dos policías ocuparon los puestos de adelante y otros dos los de atrás, con Sebastián en el medio, forcejeando, y ellos agarrándolo con dureza de los brazos y sin dejar de apuntarle con sus pistolas a la cabeza y al vientre. Oyó que el quinto agente abría la portezuela del baúl y metía sin cuidado el cuerpo de Jaime como si fuera un bulto de papas, y sin vacilar salió corriendo para subirse a la otra patrulla que se hallaba calle abajo.

El que estaba en la silla de adelante era el mismo que había dado la orden de matar a Jaime, y se dio la vuelta para hablarle directamente al ejecutivo; extrajo una pistola niquelada y se la puso bajo la barbilla, alzándole la cara con brusquedad para que Sebastián lo mirara a los ojos.

—Ya vio que esto no es en broma, señor Sarmiento. Usted no va a decir una palabra, y si llega a poner problemas, lo matamos. ¿Entendió?

Sin quitarle los ojos de encima, resollando como un toro por la furia y la refriega, mirándolo con un desprecio que no había sentido jamás por otro ser humano, Sebastián se limitó a decir:

—¡Ustedes van a pagar por esto!

—El que va a pagar es usted, señor Sarmiento, y mucho.

El jefe hizo otro gesto con la boca a uno de los policías que estaban al lado de Sebastián, y éste le tapó la cabeza con un capuchón de tela gruesa.

La patrulla arrancó, y Sebastián sintió a los tres o cuatro segundos cuando se detuvo delante de la otra patrulla, que seguía atravesada en la vía. Escuchó que aquélla retrocedía para dejarlos pasar, y después procedió a seguirlos. Enceguecido por la capucha, advirtió cuando disminuían la marcha al llegar a la carrera Novena, pero se abrieron paso entre el tráfico pesado de la noche, sólo tocando la bocina un par de veces pero sin activar la sirena —seguro para no llamar la atención—, y doblaron a la derecha y continuaron en caravana por esa avenida, mientras Sebastián no lograba impedir que se le escurrieran las lágrimas del dolor y la rabia y la tristeza por la muerte de Jaime, quien había sido, junto con el conductor Alfonso de su infancia, la persona más leal que él había conocido en toda su vida.

No podía ser que tantos años de servicio impecable, de atención discreta y atenta, y de ayuda invaluable en cada aspecto de su vida diaria, especialmente en relación con su proyecto de filantropía; una persona todavía joven, de una calidad humana ejemplar y un brillante porvenir, todo eso había sido borrado por un dedo y un gatillo. Sintió un odio visceral y una furia incontrolable, repugnancia al recordar la cara crispada de su hombre de confianza explotando como una sandía reventada de un martillazo, y un aborrecimiento por sus captores tan intenso cual si tuviera lava viva corriendo por sus venas. *¡Lo mataron!*, lloraba y se repetía en voz baja, negando con la cabeza y todavía sin poderlo creer. *Asesinos hijos de puta*, gemía. *¡Lo mataron!* Unos minutos después, mientras la patrulla avanzaba por las calles del barrio La Cabrera, esquivando y sorteando el tráfico nocturno, y Sebastián inhalaba el sofocante olor corporal de los cuatro hombres que lo rodeaban, a la vez se trató de serenar, respirando hondo por la boca, porque la situación, por espantosa y violenta e infame que fuera, requería cabeza fría. Había que averiguar quiénes eran estos criminales; si eran policías verdaderos y comprados o profesionales disfrazados, porque de eso dependía todo. Era imprescindible dilucidar motivaciones y objetivos, capacidad de negociación, grado de influencia propia y de ellos. La única manera de salir de ésta, se dijo, probablemente es pactando, porque escapárseles a estos tipos armados hasta los dientes sólo sería posible mediante un descuido monumental de su parte, y estos cabrones no tenían trazas de cometer descuidos de esa naturaleza. Tenía que pensar, razonar, tratar de poner en orden su mente que daba vueltas, y estaba abrumado de dudas y preguntas y reviviendo, una y otra vez, la escena atroz de la muerte de Jaime —sus palabras finales, su cráneo explotando del balazo amordazado por el silenciador—, cuando se acordó de Mara. Evocó la última imagen que tenía de ella: tensa del miedo, el cuerpo girado a medias y con las manos aferradas al respaldo del banco, tratando de verlo a través de la celosía de madera. De momento sólo había eso de bueno, pensó con alivio: que por lo visto no la habían tocado ni se habían metido con ella. Gracias a que él alejó a esos bastardos de la iglesia, al menos Mara estaba a salvo. Y en medio de su congoja y de su terror se repitió esa frase para tratar de darse fuerzas: Mara, por ahora, estaba a salvo. Y eso era lo único que importaba.

28. El garaje

Estaba aturdido. Sebastián tenía la cabeza como un avispero y muy pronto perdió la orientación. Respirar le quedaba difícil por la capucha y el grosor de la tela, que al inhalar se le pegaba a la boca y nariz, y se sintió mareado y le faltaba el aire. Estaba confundido, angustiado, colérico. Las sensaciones parecían batallar en su interior, intensas y contradictorias, aunque todas estaban untadas de la más prevaleciente: el miedo. El miedo a morir, a sufrir, al tormento y al encierro. Porque como todo colombiano él sabía lo que significaba un rapto en ese país. No eran la molestia y el inconveniente del secuestro exprés que se acostumbra en otras latitudes, de susto pasajero y temeroso recorrido por un puñado de cajeros automáticos, en el que se saca el dinero con un arma en los riñones por las sumas máximas permitidas por la tarjeta o la cuenta bancaria, y al cabo de unas horas el alivio y la libertad, el vieran lo que me pasó, no me lo van a creer, el contar la anécdota en torno a una buena mesa, acompañado de amigos y con el brindis por la suerte y el final feliz. No. El secuestro en Colombia solía ser largo y real, atroz y prolongado, de años, y para rematar cruel e inhumano: el rehén encerrado en un corral cercado con alambre de púas y maltratado como un cerdo, o arrastrado por media selva con una cadena al cuello como un perro, o sumido durante meses en un hueco en la tierra como una rata, igual a un sonado caso reciente, con la víctima —un hombre de cuarenta años de edad—, tras ser rescatada por las autoridades de milagro, cargada en brazos como un crío por un par de oficiales, casi ciega y parpadeando en el resplandor de la mañana, y con las piernas escuálidas y atrofiadas, incapaces de dar ni un paso por sí solas. La famosa y verdadera barbarie nacional. El miedo a todo eso y quién sabe a qué otras cosas, porque en su caso no había duda: lo iban a ordeñar hasta donde fuera posible, hasta que no pudieran exprimir una gota más ni un peso o un dólar adicionales. Y luego el balazo en la cabeza y buenas noches a todos. El cuerpo descubierto más de una semana después, quién sabe dónde. Por el olor. Tembló, por supuesto. No lo pudo evitar. Y en ese momento escuchó que le hablaban. Lo obligaron a inclinar la cabeza hacia adelante, apoyando la frente sobre los brazos cruzados y éstos sobre las rodillas. Trató de hablar, de hacer una pregunta, de formular una petición para respirar mejor, pero lo callaron con hostilidad y sintió la boca de la misma pistola con la que mataron a Jaime, aún tibia y pesada, aplastante en su nuca. «Mejor cierre la jeta, pedazo de hijueputa», escuchó, muy cerca, el susurro siniestro de aquel asesino corpulento, sentado a su derecha. «Con tanto hueco en estas calles se me puede salir un tiro facilito».

Las dos patrullas avanzaron en el tráfico lento y embotellado, sin que nadie en la calle ni desde otros vehículos las mirara con mayor recelo o sorpresa. Los cristales traseros, tintados y oscuros, impedían que alguien entreviera el interior, que la patrulla llevaba a una persona encapuchada, y, además, si la llegaran a ver, seguro pensarían que era un simple ratero capturado y llevado al CAI —Centro de Atención Inmediata— más cercano. El radioteléfono Motorola atornillado bajo el salpicadero se mantuvo todo el tiempo encendido, y en medio de la crepitación y la estática que brotaban del parlante, los cinco parecían atentos a los informes de los operativos en curso, órdenes en clave procedentes de las estaciones de policía, réplicas también en clave de las patrullas que se hacían cargo de las misiones —*54. Firme, 55. Recibido, siga. 523. Ya estamos en el lugar del incendio…*— y solicitudes de asistencia para controlar o neutralizar asaltos, atracos, problemas de embriaguez, riñas, disparos, robos de establecimientos comerciales y toda clase de crímenes urbanos. Sin embargo, todavía no había mención del hurto de esas dos patrullas de vigilancia ni de la desaparición del ejecutivo. ¿Acaso serían verdaderos policías estos salvajes?

No parecía verosímil, pero por ahora tampoco había forma de averiguarlo. En cuanto a lo mío, es lógico que todavía no haya noticia de mi retención, alcanzó a pensar a ciegas Sebastián, resignado y fatalista. Debido a los informes semanales que él recibía en las oficinas de Alcásar, el hombre sabía que el Centro Automático de Despacho —CAD— y la línea telefónica 112, mediante la cual la ciudadanía se comunica con la Policía Metropolitana para hacer denuncias y reclamos, reciben en promedio más de diez mil llamadas al día, con el mayor número de éstas ocurriendo justo a esta hora, y las operadoras en sus cubículos del comando central tienen que repartir los casos según su urgencia a las diferentes radiopatrullas, dependiendo de su localización y del sector donde ha ocurrido el incidente, para que aquéllas procedan a investigar los hechos. Así que, para el momento que su caso fuera finalmente notificado por Mara o por algún vecino luego de ver u oír algo sospechoso, pasarían demasiados minutos, horas inclusive, tiempo de sobra para que estos canallas se lo llevaran y ocultaran donde les diera la gana. Alarmado, sofocado, sin poder levantar la cabeza de los brazos, Sebastián entendió que ahora su suerte dependía de eso. De una casualidad, que alguien hubiera apartado la cortina de su alcoba y visto lo que estaba pasando, justo en el momento del rapto, y creyera que algo raro sucedía allá abajo en la calle, y después que esa misma persona se tomara el trabajo de buscar el teléfono y marcar el número —que supiera el número indicado— para denunciar el hecho al CAD, haciendo caso omiso de que era la misma Policía la que parecía involucrada en el suceso. Demasiado improbable, se dijo sin esperanzas. Era más factible que Mara, al ver que la misa concluía y que tanto él como Jaime seguían sin regresar y sin contestar sus teléfonos celulares, quizás esperándolos unos minutos más sentada en la última fila de la iglesia, inquieta, nerviosa y asustada, viendo que ya iban a cerrar las puertas labradas del portal —porque Sebastián le había dicho que no se moviera de allí hasta que él no viniera por ella—, y aguardando otro rato a solas en el atrio hasta concluir que algo grave en efecto había sucedido, entonces y sólo entonces ella se comunicaría con las autoridades. Pero ¿cuánto tiempo pasaría en todo eso? Imposible saberlo. Demasiado, en cualquier caso. Lo único cierto era que ahora su salvación dependía exclusivamente de su amada.

Al cabo de media hora, las dos patrullas aceleraron un buen tramo en línea recta; luego redujeron la marcha, frenaron, doblaron bruscamente a la derecha, transitaron por un sector bullicioso, volvieron a doblar a la derecha y de inmediato treparon como subiendo por una rampa corta hasta que se detuvieron del todo. Abrieron las cuatro puertas y un aire helado y tonificante ingresó al auto. Sacaron a Sebastián casi a empellones del asiento. Le quitaron la capucha de un jalón, y el hombre inhaló varias bocanadas de aire frío con verdadera desesperación. Parpadeó y se frotó los ojos, tratando de enfocar la vista, y descubrió al jefe de los maleantes parado delante de él. Lo miraba con la misma expresión seria y mortal de antes, pero distinguió una ligera corriente de mofa en la voz cuando le preguntó:

—Dígame, señor Sarmiento, ¿cómo se encuentra?

Sebastián miró en torno, acezante y pestañeando. Por lo visto estaban en un garaje o un taller de autos, un espacio sin asear pero de buen tamaño y de techos altos de cinc, y se aprestaban a cambiar de vehículos. Había llantas con gomas gastadas apiladas contra las paredes, bombillos desnudos que pendían de cables roídos, una manguera de aire que colgaba de un clavo, una caneca metálica recostada y cortada por la mitad, llena de agua opaca, como los bebederos del ganado —utilizada para hundir el tubo inflado y detectar el pinchazo del neumático mediante el escape de burbujitas—, y un mesón artesanal con un tornillo de banco en un extremo y el tablero cubierto de herramientas: martillos, clavos, alicates, llaves de apriete, limas de acero, parches de caucho, destornilladores y una sierra con la hoja dentada sucia y oxidada. Olía a gasolina, a grasa mecánica y a ACPM. Parecía que iban a dejar las patrullas en ese lugar y continuar en camionetas usadas; dos Nissan Pathfinder de color negro y con placas de Tunja, del departamento de Boyacá, que ya estaban allí, previamente estacionadas en el garaje. Por el modelo y las placas Sebastián supuso que eran o habían pertenecido a esmeralderos, y las estaban terminando de alistar. Los hombres se quitaban los uniformes verdes de asistencia de la Policía Nacional, con sus correajes negros y los quepis y las gorras beisboleras, y se estaban vistiendo con prendas de civiles. Sebastián los contó: eran nueve en total, y todos estaban armados como para una guerra. Aparte de las armas cortas y automáticas que les había visto antes, tenían revólveres y fusiles de asalto AR-15 y AK-47, chalecos antibalas, cajas de munición y cartucheras, y dos bolsas pesadas de lona negra que parecían llenas de piedras redondas. Granadas de fragmentación, adivinó. El maleante en el que más se fijó fue el asesino de Jaime, el mismo que lo encañonó con la Taurus y el silenciador enfrente de la parroquia, y que lo custodió en la patrulla y le puso encima la pistola en la nuca. Aquel grandulón revisaba minuciosamente el interior de una de las patrullas con guantes de látex y una linterna, y pasaba un trapo sobre el volante, el tablero, los asientos y los vidrios, seguro para borrar huellas dactilares.

Recuperando el aliento y sintiendo el mismo aborrecimiento de entrañas, Sebastián miró al jefe detenidamente. Los demás seguían revoloteando alrededor, cada uno cumpliendo con su tarea asignada y trabajando en equipo, haciendo lo que les correspondía en esa etapa del operativo. Pero aquel fulano no parecía inquieto ni nervioso ni se veía de prisa, preocupado de que los estuvieran persiguiendo las autoridades, y más bien actuaba con calma y hasta parecía inclinado a conversar con el ejecutivo mientras se cambiaba de ropa. Los dos hombres tenían la misma estatura, y Sebastián reparó en su cabello negro y liso, espeso y peinado con vigor hacia atrás; lucía un colmillo de oro que no le había notado antes, y tampoco se había fijado en el hecho de que este individuo cojeaba. Tendría unos cuarenta o cuarenta y cinco años, y una larga cicatriz horizontal le cruzaba la frente, y los ojos eran tan oscuros que parecían carbones. Nada de eso lo había registrado Sebastián en los primeros momentos de su captura, en parte por el pavor y la zozobra, pero también por la falta de luz en el jardín infantil, la penumbra en la calle de los Anticuarios.

El jefe se acababa de sentar en una butaca, y advirtió que el rehén observaba su pierna mientras lo veía cambiarse de pantalones.

—Es de madera —explicó, golpeando la prótesis con los nudillos y levantándola un poco para que el otro la mirara bien—. Un balazo de un fusil militar, hace tiempo. En un operativo de rescate de un extranjero que teníamos secuestrado y que por cierto murió ese día. Mire… —señaló con el índice— tocó amputar de la rodilla para abajo. Como puede ver, señor Sarmiento, llevamos años en este oficio.

—De modo que no son policías —dedujo.

—No, no lo somos.

—¿Entonces quiénes son ustedes? ¿Guerrilla? ¿Paramilitares? ¿Qué?

El otro dejó escapar un bufido de reproche.

—No me insulte —respondió casi con desprecio, poniéndose en pie y metiéndose los faldones de la camisa en el interior del pantalón. Se cerró la cremallera de un tirón y se puso encima una gruesa chaqueta de cuero muy usada—. Todos los guerrilleros, con contadas excepciones, son una manada de campesinos ignorantes. Y todos los paramilitares, sin excepción alguna, son una manada de carniceros psicópatas. Trabajé con ambos grupos en diferentes momentos de mi vida y sé por qué se lo digo. No —añadió, sin ningún asomo de ironía o sarcasmo—, nosotros somos como usted, señor Sarmiento: empresarios.

—¿*Empresarios?* —Sebastián casi se echa a reír. No estaba preparado para oír esa palabra. Se imaginó que esta banda pertenecía a uno de los muchos grupos guerrilleros del país, como el EPL, el ELN o las FARC, o a un sector disidente de otras fuerzas rebeldes e incluso de algunas ya desmovilizadas como el M-19, el ERP o el Quintín Lame; o quizás eran miembros de las temidas milicias citadinas o de una facción de los grupos paramilitares como las AUC, las Águilas Negras o los comandos urbanos de Fidel Castaño o Ramón Isaza, o al menos que eran integrantes de las nacientes Bandas Criminales, denominadas Bacrim, como los GAO o los GDO, que ya se estaban empezando a formar en el país, y las crecientes noticias que él recibía a diario en su despacho de Alcásar confirmaban que aquéllas eran responsables de incontables secuestros y homicidios. Se imaginó de todo, en fin, salvo que este asesino se presentara de manera tan inesperada.

—Empresarios —repitió incrédulo, negando con la cabeza—. ¿Qué saben ustedes de crear empresa, de generar empleo?

—Sabemos lo mismo que ustedes, los oligarcas de este país —replicó el otro, sin alterarse—. Que en últimas lo importante es producir una ganancia, y, como puede ver —señaló alrededor, en un gesto que abarcaba los fusiles, las metralletas, el resto del armamento, las patrullas oficiales, el garaje en general y las dos camionetas negras—, nosotros hemos hecho una considerable inversión en este negocio y esperamos cosechar buenas utilidades.

—Empresarios —volvió a decir Sebastián, asombrado por el atrevimiento. Reflexionó un segundo sobre todo lo que él había hecho en su vida, sobre las empresas que había creado y que le habían dado empleo a tanta gente, para no hablar de los proyectos de filantropía que promovía Alcásar y de su propio proyecto que él había creado con Jaime, y le pareció ofensivo que este bandido se postulara como un trabajador virtuoso y honrado—. Ustedes son sólo unos asesinos. Y unos cobardes. Mataron a sangre fría a un hombre ejemplar.

—Y es lo que le vamos a hacer a usted si no colabora —sentenció el jefe con una sonrisa altanera, revelando otra vez su colmillo de oro—. No lo olvide. Pero ya verá: en el fondo usted y yo somos iguales, y estoy seguro de que nos vamos a entender de maravilla —lo miró socarrón—. De empresario a empresario.

—Usted y yo no somos iguales.

—Tenemos mucho en común y no me avergüenza admitirlo, como la ambición, la falta de escrúpulos y hasta el…

—Filo —lo interrumpió uno de los maleantes que se acercó sudando, embutiendo su uniforme verde con la chapa metálica y el carné oficial en una bolsa de plástico negra—. ¿Dejamos los cadáveres en las patrullas?

Sebastián se volvió de prisa, alarmado por el uso del plural —¿*Cadáveres?* ¿De quién sería el otro?—, y vio que habían abierto los dos baúles de los vehículos oficiales. En uno se hallaba el cuerpo de Jaime, con el rostro desfigurado y cubierto de sangre y sesos, y en el otro yacía el celador de la parroquia con su uniforme azul claro. Éste tenía los ojos abiertos y desorbitados, la boca torcida en una espantosa mueca de dolor, y un par de agujeros en mitad del pecho, los orificios visibles en la camisa casi negra de sangre. Al ejecutivo se le comprimió el corazón al ver los restos de su asistente así, trocado en una masa desechable, y sintió un profundo pesar por el celador, un hombre humilde y seguramente con familia, que había muerto sin necesidad y sin entender por qué moría de esa forma tan indigna y violenta. Ambas personas asesinadas como perros callejeros. Y por culpa suya, a fin de cuentas. Sebastián se estremeció, reviviendo esa angustiosa sensación que él había conseguido, mediante un esfuerzo monumental, apartar de su vida, pero que ahora regresaba con la potencia de un alud de tierra. La culpa. Miró de nuevo el cadáver de Jaime, con la cabeza casi partida en dos, y por poco trasboca delante de todos. Se logró contener, pero tuvo que apoyar las manos en las rodillas para respirar hondamente y tratar de controlarse. Otra vez se le llenaron los ojos de lágrimas. De tristeza y de rabia.

—Sí —el jefe al que llamaban el Filo le replicó a su subalterno; de paso le entregó su uniforme para que aquél lo metiera en la misma bolsa negra—. Recuerden —aplaudió para exigirles su atención y alzó la voz, dirigiéndose a todos—: las bolsas con los uniformes repartidas en las patrullas para que se incineren también. Terminen de borrar todas las huellas y muévanlo, que estamos apretados de tiempo.

Estaban finalizando los preparativos de las dos camionetas Nissan. Mientras unos les quitaban las placas de Tunja, otros les atornillaban placas nuevas de Cundinamarca. Estaban guardando las armas en maletines negros que acomodaban en los baúles y procedían a cubrirlos con mantas oscuras, y pusieron pistolas y granadas dentro de las guanteras por si los paraba un retén militar o si los detenían en una requisa. Era claro que si eso llegara a suceder, se abrirían espacio a la fuerza, huyendo y ocasionando un baño de sangre. Cuando estuvieron listos le informaron al Filo, quien asintió con la cabeza.

—Vamos —dijo.

El jefe le ordenó a Sebastián que se subiera en el asiento de atrás de la primera Nissan. Tenía la misma Mini Uzi colgada al hombro con una correa de cuero, pero prefirió apuntarle otra vez con la pistola niquelada de antes, que extrajo del cinto.

—¿La reconoce? —preguntó mordaz, mostrándole el arma a Sebastián. Con dolor éste advirtió que era la Beretta de Jaime—. Es una pistola preciosa… se la agradezco. Y también le agradezco su reloj —estiró el brazo para revelar el Patek Philippe oculto bajo el puño de la camisa—. ¿Sabe…? Ahora sí me siento como todo un ejecutivo.

El asesino de Jaime, que era el más grande y fornido del grupo, se había acercado a Sebastián por la espalda y también emitió una risita de burla. Vestía pantalones sucios y una chaqueta de cuero similar a la de su jefe.

El rehén sintió una lacerante indignación al ver su reloj en la muñeca de ese criminal. Aquella joya que su esposa le había obsequiado poco antes de morir, desangrada en sus brazos, y también por culpa suya.

—Quítese ese reloj —dijo Sebastián, sereno, y dio un paso al frente—. Se lo advierto.

—No se enfade, señor Sarmiento —el Filo se rió con descaro, mientras el asesino de Jaime trababa a Sebastián por la espalda y le ponía la Taurus bajo la quijada—. Dicen que eso es malo para la salud y no le conviene. Se lo dije hace rato: usted va a pagar, y mucho. Y fíjese —le mostró la pistola y el reloj nuevamente, soltando una carcajada—, ya empezó.

En seguida sentaron a Sebastián en el puesto de atrás de la camioneta, donde lo volverían a custodiar dos de los hombres, y el Filo se acomodó, como antes, en el asiento delantero del copiloto.

—Calaña —ordenó, dirigiéndose al asesino de Jaime—, hágame el favor de acompañar al señor Sarmiento.

El otro, esbozando una sonrisa perversa, respondió:

—Con gusto, Filo.

Se sentó otra vez a la diestra de Sebastián, y con la mano izquierda presionó con fuerza su pistola con el silenciador sobre la rodilla del ejecutivo, al extremo de causarle un intenso dolor.

—Se lo digo desde ya, pedazo de hijueputa —asqueado, Sebastián percibió, muy cerca de su rostro, el aliento maloliente de colillas de cigarrillo, aguardiente y cebolla cruda—: usted no se salva de ésta sin antes recibir un plomazo mío —Calaña hizo la señal del juramento con la mano derecha, cruzando el índice con el pulgar y estirando los otros tres dedos—. Vea —le clavó en los ojos una mirada homicida y se besó el pulgar—. Se lo juro.

Pusieron los motores en marcha, y mientras calentaban los autos, en cada Pathfinder encendieron una radio portátil y buscaron la frecuencia policial para hacerles seguimiento a las acciones de las autoridades. Entonces Sebastián vio que una anciana de aspecto humilde salió de un rincón oscuro del garaje y se apresuró a abrir las puertas altas y metálicas, que chirriaron y destemplaron aún más los nervios. Partieron de prisa, de nuevo en caravana, bajando por la rampa para salir a la calle, pero antes de llegar al asfalto le volvieron a poner el capuchón encima a Sebastián, y para él fue el recorrido más largo y angustioso de toda su vida.

No sabía en qué parte de Bogotá se encontraba. A través de la tela trató de distinguir el fulgor del alumbrado público, sabiendo que las luces de la carrera 68 y de la avenida Boyacá en dirección a Soacha son más amarillas, por si lo iban a sacar de la ciudad por esos rumbos. Pero el grosor de la capucha se lo impedía. Dieron muchas vueltas, y hasta se dio cuenta de que algunas eran innecesarias, deliberadas para despistarlo y engañarlo, porque giraban en círculos como si viraran en torno a las glorietas a fin de hacerle perder el rastro y el sentido de la orientación. Sin embargo, como una hora después y al cabo de tantos virajes y cruces de calles, Sebastián notó que la camioneta se había inclinado hacia atrás. Por lo visto escalaban por uno de los cerros que rodeaban la capital, mientras el terror y el trastorno le confundían los sentidos, y el juramento de Calaña resonaba en su cabeza: «Usted no se salva de ésta sin antes recibir un plomazo mío... Pedazo de hijueputa».

29. La Piedra de la Verdad

La carretera que ascendía por la montaña tenía muchas curvas. Pronto Sebastián sintió un mareo nauseabundo, y después que sus tímpanos se taponaban. Procuró tragar en busca de alivio, pero la falta de saliva en la boca se lo dificultó. Ninguno de los cuatro maleantes hablaba en el interior del vehículo, y en el silencio sólo se oían las comunicaciones de la Policía a través de la radio portátil.

—Nadie ha denunciado su secuestro todavía, señor Sarmiento —de repente oyó la voz del Filo, burlón—. Se tardan. ¿Será que nadie lo extraña?

Sebastián no le prestó atención a la insolencia. Necesitaba información sobre sus captores para tener claridad acerca de su situación, de modo que aprovechó que el otro había hablado para tratar de extraer la mayor cantidad de datos posibles.

—Lo que no entiendo es lo de las patrullas —afirmó a través de la gruesa tela de la capucha.

—Cáyese, pedazo de hijueputa —ordenó Calaña.

—Déjelo —dijo el Filo—. Podemos hablar un poco para pasar el rato. ¿Qué pasa con las patrullas?

—Tampoco han denunciado su robo todavía.

—Muy simple —replicó el jefe—. No fueron tomadas en servicio activo. De ser así advertirían su ausencia en seguida y las podrían localizar fácilmente. Toda patrulla tiene un mecanismo de rastreo, pero las que utilizamos nosotros fueron sacadas de los sótanos y garajes de la Policía mientras les hacían reparaciones, y les desactivamos el GPS y las antenas de localización. Después les cambiamos las placas y les tintamos los vidrios traseros, apenas una ligera capa de pintura marrón, para evitar que algún sapo meta las narices en lo que no le importa.

397

Van a tardar días en darse cuenta de que les hacen falta. Tenemos infiltrados dentro de la institución que escogen los autos, borran registros y nos consiguen chapas y carnés de identidad, y también disponemos de amigos en varias entidades del Estado, desde la Registraduría Nacional hasta la Cancillería... Le sorprendería saber todo lo que hemos averiguado sobre ustedes, los ricos del país.

—¿Y qué hacen con las patrullas?

—Lo que usted vio, señor Sarmiento. Las limpiamos a fondo y luego las quemamos, no lejos del garaje donde estábamos. Si las encuentran, cosa que dudo, no hay forma de que nos vinculen a ellas. En cualquier caso, lo bueno es que las patrullas sirven para ocultarse a la vista de todos. Nadie se mete con uno, como usted lo pudo comprobar, y no es esa chambonada de primíparos que secuestran y después buscan a ver cómo se escapan con la presa, corriendo como locos por toda la ciudad, antes de que los cojan. Como ve, nadie nos está persiguiendo y de momento nadie lo está buscando, señor Sarmiento. Ya se lo dije: somos profesionales, y es mejor que lo entienda desde ahora para que se sintonice y sepa a qué atenerse.

—¿Oyó, pedazo de hijueputa? —Sebastián escuchó la voz de Calaña, que habló fuerte para que todos lo oyeran—. Nadie lo está buscando.

El hombre soltó una risotada y los otros tres lo secundaron.

Sebastián asimiló aquello en silencio, asintiendo apenas con la cabeza, porque eso confirmaba sus sospechas iniciales: ésta era una banda bien preparada y adiestrada, y no estaba compuesta por novatos o aprendices en la materia, ni eran románticos idealistas posibles de disuadir ni simples bandidos fáciles de sobornar. Eran delincuentes fríos y despiadados, probablemente desprovistos de una ideología o motivación política, y por eso mismo más peligrosos que cualquier grupo insurgente de extrema derecha o extrema izquierda. Estaban dispuestos a secuestrar y asesinar sin preguntas o reparos, sin titubeos ni temor a la justicia o a las autoridades, y sin nada que perder y con todas las de ganar. Porque cuando no se tiene nada, todo es ganancia. Además, lo máximo que ellos podrían perder era la vida, razonó el cautivo, y por más señas violentamente, pero para el bajo mundo de la delincuencia colombiana, cuyos miembros nacían en la pobreza más abyecta y en la violencia más atroz, esa forma de morir era lo único seguro que tenían escrito en la palma de la mano desde su fecha de nacimiento. Todo lo demás estaba sujeto al azar. Una muerte tan predecible, y por lo mismo tan natural, como cualquier otra. Sebastián se erizó hasta la médula de los huesos, porque intuyó en manos de quién había caído, el desenlace final de meses de estudio y preparación de parte de esta cuadrilla de malhechores, pero también de una suma aparentemente inofensiva de hechos casuales: el deseo de cenar en un lugar sabroso, la decisión de caminar en la calle durante una tarde soleada, y las ganas imprevistas de visitar la parroquia de Santa Mónica en la carrera Séptima de Bogotá. Nada más.

Siguieron subiendo un buen trecho por la montaña.

—Estamos llegando —anunció el Filo al cabo.

Sebastián sintió cuando de pronto la camioneta viró a la derecha y se salió de la carretera asfaltada para tomar un camino secundario de tierra. Se sentían los baches y el cascajo bajo las ruedas, ruido de charcos apartados y choques de ramas contra el parabrisas y el techo metálico. El vehículo derrapaba en el lodo y avanzaba entre brincos y bandazos, el motor acelerando y rugiendo al trepar la cuesta, dando curvas apretadas, y a los veinte minutos se niveló como si hubiera coronado la cima. Frenó con un súbito patinar de neumáticos. Lo sacaron a la fuerza del asiento de atrás y entre dos lo llevaron de los brazos casi a rastras, el hombre chocando con piedras y arbustos y plantas de monte, ciego por la capucha. Hacía mucho frío, y olía a páramo y a lluvia reciente. Escuchó un remoto retumbo de truenos, y lo forzaron a escalar un terreno duro y rocoso, de superficie resbalosa. Sin poder ver nada por la gruesa tela que le cubría la cabeza, resbaló y tropezó varias veces, y, para no irse de bruces, se tuvo que agachar y andar un tramo a cuatro patas, tanteando y lastimándose las manos y las rodillas en el suelo escabroso, punteado de aristas. Finalmente pararon y los dos hombres lo irguieron, sujetándolo de los brazos y las axilas, y Sebastián sintió un viento fuerte y helado que silbaba en sus oídos y le golpeaba el cuerpo, sacudiéndole la ropa. Oyó que alguien se aproximaba a sus espaldas, los pasos irregulares de una persona coja, y de un tirón le arrancaron la capucha de la cabeza. Casi grita del pavor. Lo habían parado en el filo mismo de un barranco sin fondo, asomado al vacío, y tendida a sus pies y a lo lejos se divisaba la gigantesca ciudad de Bogotá, con todas sus luces encendidas y las largas avenidas claramente marcadas en la noche. A su lado derecho sobresalía una roca enorme, cubierta de líquenes y brotes de maleza, y a su izquierda crecía un puñado de eucaliptos altos y delgados, las raíces visibles y salidas de la tierra, colgando sobre el barranco. El borde terroso se desmoronaba bajo sus zapatos, piedras y guijarros rodando abajo en la oscuridad, y los brazos fuertes que lo sujetaban impedían que él diera un paso atrás. Parecía que lo iban a arrojar al abismo y Sebastián forcejeó enloquecido, dando gritos, los ojos desorbitados del pánico.

Además del par de secuestradores que le aferraban los brazos con dureza, otros dos hombres estaban cerca y pendientes, y los demás miembros de la banda hacían vigilancia un poco más abajo, con las armas en ristre, parados en torno a las camionetas. La escena la iluminaban los faros de las dos Pathfinder, estacionadas con los motores prendidos y las luces altas apuntando hacia el peñasco. Entonces el Filo se acercó al ejecutivo, que seguía con los ojos grandes del terror, tratando desesperado de retroceder del borde del precipicio; el jefe llevaba en la mano derecha la Beretta niquelada de Jaime y puso el arma encima de la cabeza de Sebastián, presionándole el cañón contra el cuero cabelludo, rayándole la piel y haciéndolo sangrar, tratando de obligarlo a agacharse, a hincarse sobre el labio mismo del barranco. Sebastián se resistió, negándose a postrarse de rodillas, así que el Filo hizo una señal con la boca y uno de los hombres que estaban a su espalda le pegó un par de puñetazos en los riñones, golpes recios y exactos para doblegarlo, y lo forzaron a inclinarse. De rodillas ante el tenebroso abismo, Sebastián alzó el rostro, babeando de rabia y de miedo, y empezó a maldecir y a lanzar insultos. Se retorcía con fuerza, tratando de zafarse, frenético. Entonces el jefe se metió la pistola al cinto, lo agarró del cuello de la camisa y le abofeteó la cara, varias veces, para ablandarlo. Cada golpe sonaba como una rama seca al partirse.

—¿Ha oído hablar de este lugar, señor Sarmiento? —el Filo jadeó a la vez que se enderezaba y se estiraba el cabello liso y brillante hacia atrás con las manos. Señaló la roca enorme con otro gesto de la boca—. Es famoso en nuestro medio. Le decimos la Piedra de la Verdad, porque esta roca inmensa está al pie de este barranco que está bien escondido, y aquí los colegas traen a sus reos para que canten. Y todos, oígame bien, absolutamente todos terminan cantando como artistas, desde ópera hasta boleros. Los que negaban ser subversivos lo acaban por admitir, y los traidores delatan a sus cómplices, y las mujeres que engañaban a sus maridos al final lo confiesan todo, dando alaridos y rogando de rodillas que las perdonen. En cambio, a los pocos que no cantan la verdad, a los que no cuentan lo que se espera de ellos o no les creen lo que dicen, los arrojan al fondo de este precipicio, que está lleno de cadáveres. Por eso a veces este lugar apesta y el hedor hace difícil el trabajo. Y es lo que le vamos a hacer a usted si no colabora.

Lo empujaron más hacia adelante para que Sebastián sintiera en las tripas el vértigo del vacío. Sus rodillas resbalaban en la orilla de tierra, desmoronando el borde del abismo, y mientras procuraba recuperar suelo firme, patinando y trastabillando enloquecido, en una fracción de segundo y en medio del pánico y la impotencia y la rabia, más el dolor en los riñones por los dos puñetazos y el ardor en el rostro por las cachetadas del Filo, sintiendo el viento bramar en sus oídos y el hilo de sangre que goteaba de su cuero cabelludo por la presión de la pistola, de improviso el ejecutivo vislumbró que no lo podían matar. Al menos no todavía. Este secuestro, alcanzó a pensar confusa y rápidamente, no tenía una motivación política ni era para enviarle un mensaje al Gobierno, como había hecho el cartel de Medellín en repetidas ocasiones, secuestrando a periodistas de renombre o asesinando a personas de fama nacional para ablandar a la opinión pública o forzar un acuerdo con el Estado, especialmente en torno al tema de la extradición. Era por dinero —«Usted va a pagar, y mucho», le había dicho dos veces el jefe de estos malandrines—, y si lo mataban antes de tiempo ellos se quedarían sin nada. «Hemos hecho una considerable inversión en este negocio», también recordó las palabras del Filo en el garaje, «y esperamos cosechar buenas utilidades». De manera que había que resistir como fuera, pero él no sabía hasta dónde podría aguantar ni cuáles eran sus propios límites. Aunque, por lo visto, estaba a punto de averiguarlo.

—¡Está bien! ¡Está bien! —exclamó con dificultad, adolorido, catando la sangre que corría por las comisuras de los labios y tratando de alzar las manos para que no lo golpearan más—. ¿Qué es lo que quieren?

—Se lo voy a decir sin rodeos, señor Sarmiento, y bien cristalino para que no tengamos malentendidos. Usted nos va a transferir a la cuenta que le digamos la totalidad de su fortuna, y si no lo hace lo matamos. Es así de simple. ¿Le quedó claro?

Sebastián lo miró a los ojos, estupefacto por la demanda, pero no tuvo tiempo de procesar la información porque lo volvieron a golpear, dándole puños, codazos y rodillazos, y agarrándolo del cabello y de la mandíbula, forzándole la cabeza a mirar hacia abajo, hacia el tenebroso abismo de sombras. Le estiraron los codos hacia atrás y uno de los hombres le plantó el pie en la parte superior de la espalda, presionando con fuerza, inclinándolo hacia adelante en una postura desgarradora, obligándolo a asomarse todavía más sobre el vacío. El viento helado soplaba y aullaba en su cara. No tuvo otra opción que asentir con la cabeza, extenuado y resignado.

El Filo hizo un gesto de basta con la mano y lo soltaron de los brazos. Lo dejaron derrumbarse sobre el polvo. Le dolían intensamente los músculos de los hombros. El jefe les sonrió a sus hombres, complacido.

—¿Ya ven, mis parches? Éste es un tipo inteligente —señaló con la mano abierta al hombre humillado y tendido a sus pies, mientras el colmillo de oro destellaba a la luz de los faros de las camionetas—. Y no nos va a poner problemas. Sabe que se puede ahorrar mucho dolor y mucha molestia, y además sabe que todo ese sufrimiento sería para nada, porque tarde o temprano tendrá que darnos lo que queremos. Es la única manera de salir con vida de esto. ¿No es cierto, señor Sarmiento?

Sebastián volvió a mover la cabeza afirmativamente.

—Sí, sí… está bien —repitió el ejecutivo con las manos en alto, tosiendo y escupiendo sangre mientras veía el fondo negro del precipicio y, a lo lejos, la resplandeciente ciudad de Bogotá. Pensó, atolondrado, que en una de esas luces se hallaba Mara, y la extrañó con toda su alma. Sentía el viento soplando contra su rostro maltratado y escuchaba el rugido en los oídos. Tosió de nuevo y se pasó el dorso de la mano por la boca para limpiarse la sangre—. Les ofrezco un millón de dólares —declaró de pronto—, y si no les gusta, mátenme.

El Filo dejó de sonreír, parpadeó y lo miró por un segundo, dudoso, como si creyera no haber oído bien. La cicatriz de la frente se pareció contraer de la rabia.

—¿Qué dice? —bramó iracundo, levantándolo de las solapas del blazer y poniéndole la Beretta bajo la mandíbula con fiereza—. *¿Un millón de dólares?* —le volvió a hincar la boca de la pistola en la piel, haciéndole daño, y después se la apoyó con saña en la sien—. ¿Acaso cree que no sabemos usted cuánto vale? ¿Que tiene muchísimo más? —susurró feroz, los ojos chispeantes de furia—. ¿Acaso me cree un imbécil? ¿O piensa que este secuestro es algo improvisado, que no hemos hecho la tarea?

Y mientras los otros dos lo volvían a sujetar de los brazos, el Filo le entregó la pistola a uno de sus hombres, se quitó la chaqueta de cuero para que no le estorbara, y lo golpeó con sevicia. Le dio bofetadas durísimas en la cara, le pegó manotazos en los oídos —sus tímpanos parecieron estallar— y le asestó puñetazos en la boca del estómago que lo dejaron tendido sobre la áspera superficie de la tierra, boqueando sin aire. Sebastián sintió sobrevenir una arcada y vomitó dolorosamente.

Es cuestión de aguantar hasta donde más pueda, se dijo el ejecutivo, tosiendo ahogado. Aturdido y tumbado sobre el polvo y las piedras, sangrando y con la cabeza dándole vueltas, se forzó a pensar en medio del dolor que lo enceguecía. Esto es una negociación, y me va la vida en ello. Y si hace unos meses tenía mis dudas ahora no tengo ninguna: quiero vivir, quiero volver a ver a Mara, tenerla entre mis brazos, besarle esa boca de labios gruesos, y la quiero volver a ver recién bañada, como la vi esta tarde en mi apartamento, sentada en el borde de la cama en ropa interior, con sólo una toalla alrededor de la cabeza como un turbante, más sensual que nunca. Así que me toca aguantar como sea y soportar lo que sea, si quiero sobrevivir a esta pesadilla. Necesito tiempo, tiempo para pensar y para negociar, porque ya les vi las caras a todos estos cabrones y ninguno tiene aspecto de gustarle los cabos sueltos. Sin duda, tan pronto les dé lo que quieren de mí, me van a matar.

—Le explico, señor Sarmiento —el Filo procuró hablar con calma, agachándose con cierta torpeza por la prótesis hasta ponerse de cuclillas al lado de Sebastián, estirando hacia atrás sus mechones grasientos y chasqueando los dedos un par de veces para que el rehén enfocara la atención—. Un secuestro es una experiencia traumática para cualquiera, y he visto demasiados para no saber que nadie se escapa de eso. Pero existen dos tipos de traumas en la vida, señor empresario, y créame que sé lo que le digo: el que se supera y el que no se supera nunca. Y esta noche le voy a ofrecer una oportunidad, que usted escoja entre un trauma que eventualmente podrá superar, con terapias y ayudas y doctores y todas esas cosas que usan ustedes los ricos, y un trauma que, por más que bregue y por más que rece y por más plata que le gaste, no podrá superar jamás. Su vida ahora está en mis manos, entiéndalo de una vez, y basta una decisión mía en este momento para que usted tenga un tipo de trauma u otro. Así que usted verá, señor Sarmiento. Escoja. Pero ojo: le ofrezco esta oportunidad una sola vez, se lo prometo, y si escoge mal tendrá que atenerse a las consecuencias.

—Está bien… —volvió a balbucir Sebastián, tosiendo y escupiendo sin levantar la cabeza, sintiendo la superficie fría de la tierra en el rostro herido. Habló en voz baja, las palabras sonaban entre gárgaras de sangre, y sentía el líquido caliente resbalar por su nariz y boca. Olía a vómitos, a sudor y miedo, le retumbaban los oídos y tenía ambos labios partidos, que le ardían como si se los hubieran rociado con jugo de limón. Le dolían intensamente la cara, el abdomen y la cabeza por los golpes—. Está bien, señor Filo… —masculló con dificultad, agotado, la voz torpe y pastosa—. Voy… voy a colaborar en lo que diga.

—Muy bien —dijo el otro—. Lo felicito. Es lo mejor, se lo aseguro.

Sebastián asintió débilmente, abatido. Se trató de incorporar a medias.

—Pero… primero —carraspeó, escupiendo una gruesa flema de sangre y procurando ubicar al Filo con la vista turbia, los ojos y los pómulos hinchados—, necesito… le quiero… pedir un favor.

—¿Qué es?

—…

—No le oigo. Hable más fuerte.

—…

El Filo se acercó para oír mejor.

Sebastián hizo un gran esfuerzo por incorporarse. Se logró sentar, mareado y cabizbajo; se apoyó en una rodilla hasta que se irguió, vacilante, y llegó a ponerse en pie, trabajosamente. Tenía el rostro ensangrentado untado de polvo, como un maquillaje espeso y grotesco. No podía abrir del todo el ojo derecho. Tambaleó, sus piernas flaquearon y casi resbala al abismo. Los dos hombres que lo custodiaban lo sujetaron a tiempo.

—Por favor…

—¿Sí?

—Por favor… váyase a la mierda.

El Filo lo observó con los ojos rojos de la furia y negó con la cabeza. Pareció repentinamente cansado, desencantado.

—Escogió mal, señor Sarmiento.

Entonces miró a su gorila principal y le hizo un gesto con la boca, señalando a Sebastián.

—A ver, Calaña. Hágale.

Frotándose las palmas y soplando para calentarlas, el grandulón se aproximó y procedió a darle una golpiza feroz a Sebastián. Con la mano izquierda lo agarró de las solapas de la chaqueta y le dio varios puñetazos en la cara con la derecha, golpes secos y fuertísimos que le lanzaban la cabeza violentamente hacia atrás. Le pegó con los nudillos desnudos como si llevara puesta una manopla, y le dio una serie de trompadas salvajes en los muslos y en las costillas. Lo sujetó con firmeza de los hombros y le encajó un rodillazo en los testículos que le sacó el aire de los pulmones y le hinchó las venas del cuello, los ojos desorbitados del suplicio. Lo alzó del cabello y le propinó bofetadas que restallaban en la noche, una tras otra, y luego lo inclinó sobre el precipicio para aterrarlo, gritándole al oído que lo iba a arrojar al vacío como una basura y que iba a terminar de carne de buitres. Sebastián, con la cara inflamada y la boca y las narices reventadas y sangrando, carecía de fuerzas para protestar o forcejear. Asintió con la cabeza, desorientado y aturdido, quebrantado, pero gimió de nuevo, la voz apagada, casi inaudible:

—Váyanse a la mierda.

—¡Hijo de puta! —gritó Calaña.

Entre él y el Filo lo volvieron a golpear, brutales, mientras los otros dos lo sostenían de los brazos, y después lo dejaron caer al suelo y lo cogieron a patadas. Boqueando, sintiendo las costillas que se quebraban con cada puntapié, bufando sin aire por los puñetazos y los porrazos y las bofetadas y las patadas, sangrando copiosamente y sucio de tierra, Sebastián perdió el sentido.

El Filo, resollando de furia, le asestó una última patada de rabia, siempre con la pierna buena y apoyándose en el hombro de Calaña, para desahogarse. Se quedó un minuto jadeando sin aire, y se apartó los mechones grasientos de la cara y se los estiró por la cabeza, con ambas manos. Contempló el cuerpo sangrante e inmóvil de Sebastián en el suelo, junto al precipicio. No podía distinguir sus facciones en la penumbra, y el líquido rojo que seguía brotando de su rostro estaba untado de mugre. Lucía espeso y oscuro, casi negro. Les ordenó a sus hombres:

—Pónganle la capucha de nuevo, por si se despierta en el camino. Amárrenle las manos y métanlo en la camioneta.

Los hombres obedecieron. Entre dos lo bajaron de la ladera, desgonzado, y lo cargaron como un moribundo, de las piernas y las axilas, hasta el vehículo. Ahí procedieron a atarle las muñecas con una soga, le pusieron la capucha encima de la cabeza sucia de polvo y sangre y restos de vómito, y lo tendieron a lo largo del puesto de atrás. Dejaron la puerta abierta.

En ésas un relámpago iluminó momentáneamente la silueta del cerro. Segundos después los alcanzó el sonido del trueno, retumbando hondo en el cielo. Empezó a llover con suavidad. Una llovizna tenue y ligera. Delicada.

Todos descendieron del peñasco, dándole la espalda a la vista de Bogotá. Sin embargo, antes de partir, Calaña se acercó a su jefe y le ofreció un cigarrillo sin filtro. Se levantaron los cuellos de las chaquetas de cuero y los dos fumaron para calmarse, recostados contra la primera camioneta y protegiendo la brasa de la llovizna con la palma de la mano. El grandulón examinó sus nudillos despellejados. Abrió y cerró los dedos, sacudiendo las manos, sabiendo que al día siguiente iban a amanecer hinchadas por los puñetazos.

—¿Qué opina, Filo? ¿Será que se rinde este hijueputa?

El jefe escudriñó la brasa de su cigarrillo en el hueco oscuro de la mano. Echó la cabeza hacia atrás para sentir la lluvia invisible en el rostro. Las gotas suaves se mezclaban con el sudor de la frente, y la larga cicatriz horizontal se pareció relajar, distender.

—No es si sí o no —afirmó—, sino cuándo.

—Quién sabe. Aguantó bastante.

—Sí —admitió el Filo, pensativo, mirando el cuerpo des-mayado y encapuchado de Sebastián, tendido boca arriba en el puesto de atrás de la otra Nissan, con las manos amarradas al frente y la ropa rasgada, puerca de tierra y suciedades—. Más que los otros. Y fíjese… —apuntó con el índice, señalando la entrepierna del ejecutivo.

—¿Qué cosa?

El Filo chupó su cigarrillo un par de veces antes de respon-der, reflexivo. Exhaló una larga bocanada de humo y después arrojó la colilla al monte, viendo el arco de chispas desaparecer en la negrura.

—Es el primero que traemos aquí que no se orina en los pantalones.

30. Un historiador sin fuentes

Cuando leí la noticia de que a Sebastián lo habían secuestrado, pegué un brinco que me hizo derramar el café y el jugo de naranja sobre los huevos revueltos del desayuno. Me acababa de sentar a la mesa con mi esposa y mis hijas, y les estaba preguntando si habían soñado con los monstruos del cuento infantil que les había leído la noche anterior —todos metidos en nuestra cama y después cargándolas dormidas a su cuarto, cada una vestida en la piyama de su princesa favorita, Ariel y Blancanieves—, cuando abrí el periódico desprevenido, como lo hago todas las mañanas en la mesa del desayuno para darles el primer vistazo a los titulares, y casi se me sale el corazón por la boca. No lo podía creer. Hablando de monstruos, me dije en silencio, mientras mi esposa me reñía por el reguero y por estropearle los huevos, y las niñas se quejaban porque el jugo les había salpicado la blusa y la falda y ahora tenían que subir a cambiarse el uniforme del colegio. Pero por una vez en mi vida no les presté atención. Leí la nota completa varias veces y encendí la radio y la televisión, buscando más información, pero no escuché nada adicional. Así que me desplomé en mi silla, atónito y consternado, y sólo entonces caí en la cuenta de que yo también tenía que subir a cambiarme de ropa, porque mi camisa y mi corbata estaban igualmente salpicadas de café y jugo de naranja.

Me estremeció la casualidad, pues yo había hablado con la secretaria de Sebastián justo el día anterior para acordar el sitio de nuestro famoso almuerzo. No había sido fácil organizar el encuentro y cada uno lo había tenido que aplazar más de una vez. A mí se me atravesó un viaje de trabajo que hice a Puebla, México, a donde fui invitado a presidir una serie de conferencias y una mesa redonda en torno al legado del Renacimiento en el Nuevo Mundo, y Sebastián, que vivía tan ocupado, primero participó en una asamblea empresarial que tuvo lugar en Cartagena de Indias, y después empezó a salir en serio con una mujer, lo que luego supe que él no había hecho desde la muerte de su esposa, Alana San Miguel. Más adelante, según tengo entendido, mi amigo emprendió un viaje de placer con esa misma dama por Estados Unidos y Europa, y entre una cosa y otra tuvimos que ir postergando nuestra reunión al punto que temí que no se iba a dar nunca. Sin embargo, un jueves en la mañana, mientras yo ordenaba mis papeles para dirigirme a mi primera clase del día en la universidad, me marcó Elvira, la secretaria de Sebastián —para entonces habíamos hablado tantas veces por teléfono que yo la llamaba por su nombre de pila—, y me reiteró que el doctor Sarmiento tenía mucho interés en reunirse conmigo. De modo que volvimos a programar nuestro almuerzo para el miércoles siguiente a la una de la tarde, y hasta confirmamos el local unos días después: el restaurante italiano O'Sole Mio. «Es uno de los favoritos del doctor», me explicó la secretaria, «pues la comida es sabrosa y tiene un ambiente discreto y casero, y además no queda lejos de la oficina». Anoté la cita en mi agenda, realmente ilusionado, porque yo tenía previstas docenas de preguntas que le quería hacer a mi compañero de la infancia, y a la vez le quería plantear mi proyecto de escribir una especie de biografía suya, aunque con su autorización, por supuesto. No obstante, fue al día siguiente que abrí el periódico y leí la noticia que me hizo pegar aquel brinco en la mesa del desayuno: Sebastián Sarmiento había sido secuestrado.

Yo no lo había vuelto a ver desde el concierto de gala en el Teatro Colón, y sólo tuvimos ocasión de intercambiar dos o tres palabras durante la fiesta de exalumnos que al fin celebró nuestro colegio en Andrés Carne de Res, el famoso restaurante y rumbeadero situado en las afueras del pueblo de Chía, a una hora de Bogotá. Me hubiera gustado sentarme a conversar con él esa noche, mientras bebíamos cerveza y aguardiente y picábamos papitas criollas, yucas fritas, filetes de lomo de res y pechugas de pollo a la brasa, que los meseros juveniles nos servían en platos de hierro candente que aún chisporroteaban, al tiempo que la música de Carlos Vives sonaba fuerte y animada, contagiosa, con varias parejas cantando y bailando alrededor de las mesas y en la apretada pista del restaurante. Pero yo sabía que ése no era el momento para charlar en serio con Sebastián, y afortunadamente no lo hice, porque no me hubiera acordado de nada al día siguiente. Ya he dicho que bebo poco, y mis recuerdos de esa reunión no son los más confiables, pues esa noche me enfiesté como contadas veces en mi vida, acompañado de mis tres grandes amigos, Daniel, Antonio y Francisco, y dichoso de reencontrarme con los demás compañeros del Liceo Americano, después de tantos años sin vernos. Nos quedamos felices celebrando en ese lugar tan mágico que es Andrés, con el menú enrollado en una caja de madera al pie de cada mesa, escrito en una tela larga que se desenvuelve como papel de baño, y una gallina viva metida en su jaula colgada del techo, y payasos y fotógrafos de plaza y mimos y vendedores de flores ofreciendo sus servicios, el espacio entero iluminado con velas chorreantes de cera, repleto de nichos y rincones inesperados, atiborrado de fotos viejas e imágenes de santos y una lista interminable de cachivaches por todos lados. Estuvimos de parranda hasta tarde en la noche, bebiendo sin parar y bailando encima de las bancas y luego de las mesas, y ya en la madrugada fuimos —o más exacto sería decir que me llevaron arrastrado y turbio de la borrachera, sin dejar de cantar desafinado en el puesto de atrás del automóvil— a desayunar changua en una de las fondas del centro de Bogotá, antes de que me dejaran hecho una miseria frente a mi casa, justo cuando mi esposa se aprestaba a salir con las niñas al colegio. Incluso creo recordar que mis amigos me pararon a medias contra la puerta de la entrada, tocaron el timbre muertos de risa y salieron corriendo, los muy cobardes. En todo caso, de lo poco que sí tengo claro de esa noche es la imagen de Sebastián sentado solo en un rincón del restaurante al comienzo de la fiesta, algo apartado y

411

distante, acariciando su bebida que apenas probaba —un humeante canelazo de ron oscuro, con el labio del vaso cubierto de una costra de azúcar—, vestido con elegancia y mirándonos a todos con su aspecto afable y cortés. Estaba cruzado de piernas y se veía pulcro y limpio, un poco tímido y fuera de lugar, pero dotado de sus buenos modales de siempre. Olía a agua de colonia masculina y tenía la piel bronceada, los ojos claros y el cabello oscuro bien cortado. Estuvo menos de un par de horas en Andrés, y en todo ese tiempo no bailó ni habló con nadie, que yo recuerde, y devolvía los saludos que los demás le hacían con una sonrisa, una amistosa inclinación de la cabeza o un gesto discreto con su vaso de barro cocido. Nos miraba a cada uno con un aire gentil e introvertido, pero a la vez complacido, como si le alegrara nuestra felicidad, recordando quién sabe qué cosas del pasado e igual que lo hizo siempre en el colegio, semejante a una sombra o a lo mejor un fantasma.

En cuanto a su secuestro los medios no aportaron mayor detalle. Se limitaban a señalar que el rapto había ocurrido al norte de la ciudad, sin precisar el barrio ni la calle exacta, y algunos especulaban sobre quiénes podían ser sus captores —empezando con los sospechosos usuales—, aunque todos coincidían en que nadie se había adjudicado todavía, de manera clara y comprobada, la autoría del delito. En esos días salieron publicados varios artículos sobre Sebastián, y me pareció diciente que en casi todos aparecía la misma foto de archivo del ejecutivo, una imagen un tanto borrosa tomada de frente, como recortada de otra mayor con más personas a su alrededor, donde él se veía de saco y corbata en algún evento de caridad, inaugurando la nueva ala de un hospital o la biblioteca de un colegio distrital. Me llamó la atención, incluso, que en las notas de prensa y en los comentarios de radio y televisión, se referían a Sebastián como un empresario poco conocido y misterioso. Lo cual era irónico, porque después, mientras yo ahondaba en la investigación acerca de mi amigo, pude constatar que él era socio en diferentes porcentajes de casi todos esos mismos medios. Eso demostraba lo exitoso que él había sido en mantener su identidad secreta y privada, ajena al protagonismo de la farándula y al escrutinio de las secciones sociales de la prensa, viviendo bajo el radar, como él lo prefería, igual a un ser invisible. Y aquel detalle de esa única foto que disponían de él los diarios y revistas, una imagen fugaz e imprecisa, lo parecía confirmar. Pero esa discreción extrema, que Sebastián compartió conmigo en el Colón y que él definió como el placer y la importancia del anonimato, debido al cubrimiento tan invasivo de los medios nacionales a raíz de su secuestro, ya se había ido, sin la menor duda, al carajo. En ese sentido, pasara lo que pasara tras su encierro, su vida acababa de cambiar de modo irrevocable.

Para entonces, como digo, yo había comenzado mi pesquisa en firme. Y luego de conocer la noticia de su retención me dediqué a la misma con mayor interés. El proyecto que nació de una curiosidad de pronto adquirió un sentido de urgencia, porque yo intuía que la historia de Sebastián se tenía que contar y más ahora que no había certeza de que él pudiera salir con vida de su cautiverio. La tragedia de un secuestro en Colombia es que nadie sabe si lo va a sobrevivir, y menos cuando se trata de alguien tan adinerado e influyente como Sebastián Sarmiento. El objetivo de exprimir a la víctima mediante un plagio alcanza en este país niveles inusitados de barbarie, dado que se trata de uno de los crímenes más viles y rentables de la delincuencia nacional. Durante los años sesenta y setenta un rapto en Colombia solía durar días o a lo sumo unas cuantas semanas. Pero ya en los años ochenta y noventa las capturas se estaban prolongando en el tiempo y podían durar hasta años, pues los maleantes habían entendido que, si extendían la tortura a la familia y si alargaban el horror y la incertidumbre, y si dejaban transcurrir meses antes de establecer el primer contacto para sólo entonces iniciar la negociación del rehén, en ese momento la parentela estaría tan desesperada que pagaría lo que fuera con tal de recuperar a su ser querido. Sin embargo, ha pasado demasiadas veces que los criminales finalmente acuerdan un monto por devolver a la víctima, y aunque la familia paga el rescate a tiempo los canallas no la sueltan; luego cobran una segunda y hasta una tercera vez por dejar a la persona en libertad, pero tampoco cumplen con su palabra ni la devuelven a su hogar. A continuación la matan a sangre fría, y después se atreven a cobrar una y hasta dos veces por entregar el cadáver o simplemente indicar en qué potrero baldío lo pueden encontrar. Así de infame es el negocio. La familia, a menudo, tiene que vender sus pertenencias para pagar los rescates hasta que acaba en la ruina total, al punto que un señor de setenta y seis años, al cabo de un secuestro atroz, declaró que en Colombia el rescate hay que pagarlo doble: una vez al raptor y otra al banco. Lo cierto es que después de padecer años de un calvario interminable, un desgaste emocional devastador y un desangre económico absoluto, ha pasado más de una vez que al final ni siquiera le queda a la familia un cuerpo para llevar al cementerio. Y eso fue lo que me aterró de la noticia de Sebastián, porque yo sabía que eso mismo iba a suceder con él. Quien lo tuviera en su poder, ya fuera un grupo ilegal organizado como la guerrilla, el narcotráfico o los paramilitares, o una de las incontables bandas criminales que azotan el país a diario, lo iban a torturar hasta la muerte para exprimirlo y sacarle la mayor tajada posible de su fortuna.

Por esas fechas llamé a Luis Antonio Salcedo para expresarle mi pesar y solidaridad, y para ver si él me podía brindar más información sobre lo que estaba pasando. Todos en Alcásar estamos desmoralizados, me confesó el vicepresidente. No sabemos qué hacer ni qué rumbo tomar, porque Sebastián es el cerebro de las operaciones diarias y cada decisión, por grande o trivial que parezca, depende de su aprobación y visto bueno. Además, es imposible planificar el futuro, porque sin saber si el dueño va a formar parte de la empresa, tampoco se puede adivinar un camino a seguir. En cuanto a su cautiverio, me dijo —y le noté la angustia en la voz—, estamos a oscuras, esperando la primera comunicación de parte de los secuestradores. Lo único claro, según nos han dicho los detectives del caso, es que además de Sebastián, su guardaespaldas y hombre de confianza, Jaime

Ramírez, también está desaparecido, y no se sabe si él es una víctima colateral del plagio o un partícipe voluntario y quizás hasta el autor intelectual del mismo. A estas alturas no pueden descartar ningún escenario al respecto. Aun así, cuando le mencioné a Luis Antonio mi deseo de redactar un estudio sobre Sebastián, el vicepresidente de Alcásar me apoyó la idea, porque a pesar de su aversión a la notoriedad y a su obsesión por la privacidad, afirmó, Sebastián era una persona que había hecho mucho por los demás y era saludable que eso se supiera. Además, él estaba alarmado con todos los rumores y las historias falsas que estaban circulando sobre su jefe, y sería bueno que alguien se atreviera a contar la verdad. «Ya después podrás decidir con Sebastián si conviene que tu investigación se publique o no», agregó Luis Antonio. «Y lo justo sería que esa decisión la tomara nuestro amigo, siempre y cuando él salga con vida del infierno que está viviendo». Sólo cuando le dije que yo estaba de acuerdo con su propuesta, y le prometí que la determinación de publicar mi trabajo solamente la podría tomar Sebastián, es que él me ayudó a conseguir las citas con las personas que yo deseaba localizar para hablar sobre mi compañero de la infancia. Además, recuerdo que así me lo había dicho el mismo Sebastián en el Teatro Colón: «Gran parte de quienes cuentan en este mundo de los negocios sabe quién soy, y es saludable que el resto no lo sepa». Esos primeros eran los que yo necesitaba entrevistar y jamás lo habría podido hacer sin la ayuda de Luis Antonio. Yo no disponía de los contactos para acceder a esas figuras tan importantes, y ante todo carecía del prestigio o de la influencia para que me pasaran al teléfono y menos para que me regalaran su tiempo con una cita en privado. Esos hombres y mujeres que eran, en su mayoría, los dueños y directores más famosos y poderosos de los medios en Colombia.

Durante un par de meses me alcancé a reunir con buena parte de los escogidos. El primero fue Felipe López Caballero, propietario de la revista *Semana*, quien me citó en su elegante oficina cerca del Parque de la 93. Yo no lo conocía en persona —sólo lo había visto una vez, la tarde en que lo vi hablando con

Luis Antonio Salcedo en la puerta del café Il Pomeriggio—, y apenas sabía lo mismo que todo el mundo: que era hijo y nieto de dos expresidentes de la República, y que desde hacía décadas era uno de los periodistas más influyentes del país. Pero Luis Antonio me insistió que hablara con él porque, según me dijo, de los primeros negocios que hizo Sebastián en el campo de las comunicaciones había sido con ese señor. Y así me lo confirmó aquel caballero alto y delgado, de barba canosa y lentes de concha de carey, sentado en su despacho detrás de su gran escritorio de madera con vista a los edificios de ladrillo de esa exclusiva zona del norte de Bogotá. Resulta que Sebastián y su socio, Rafael Alcázar, llevaban dos años diseñando una publicación que sería similar a *Semana*, una revista informativa que no tuviera una clara afiliación partidista, lo que en Colombia era poco menos que revolucionario. Los grandes medios del país siempre habían sido abiertamente liberales o conservadores —actuando como voceros de esos dos partidos políticos—, y cada diario, revista, canal o emisora no servían tanto para informar a la opinión pública como para adelantar una agenda política, ya fuera para aplaudir o criticar al Gobierno de turno, actuando como órgano oficialista o de la oposición, según quién ostentara el poder en la Casa de Nariño. En ese entonces el mercado periodístico de Colombia era más bien pequeño, y no daba para que prosperaran dos revistas que buscaran algo parecido a través del mismo grupo de consumidores, y por eso Felipe López se dio cuenta de que tenía que comprarles a los jóvenes de Alcázar su plan en ciernes para sacarlos de la competencia. Y eso hizo. Sebastián y Rafael hicieron un gran negocio con la venta, pues recibieron una cifra enorme, aunque nunca establecida, por su proyecto que se incorporó al de *Semana*, y así comenzó la fortuna de ambos. Y para Felipe López también fue un acierto, porque le quedó el camino despejado a su revista y a partir de entonces ésta fue creciendo hasta volverse la más importante de Colombia.

Esa experiencia fue decisiva para Sebastián, porque lo llevó a vislumbrar un hecho fundamental: en vez de meter todos los huevos en la misma canasta y dedicarse a sacar adelante una sola publicación, con la cantidad de riesgos y problemas que eso podría implicar —la sola lucha por la pauta publicitaria y el manejo de los suscriptores serían un dolor de cabeza permanente—, era preferible que Alcásar invirtiera en todos los medios colombianos, incluyendo *Semana*, para ejercer una influencia gradual y definitiva aunque invisible, sin ningún protagonismo, para tratar de elevar el nivel profesional de la prensa en general en el país. Y lo mejor era que lo podrían hacer desde el interior del gremio, participando en diálogos privados y juntas y mesas de redacción, hablando con los reporteros y los directores de cada medio, y convenciendo a los que todavía no lo estaban de la necesidad de modernizar la manera de cubrir las noticias e informar al público. Sebastián decía que era nefasto para la democracia colombiana la cercanía de la prensa con las esferas del poder —no era extraño que los directores de los principales medios almorzaran una vez a la semana en el palacio presidencial, lo cual se prestaba para manipular la información que después se transmitía a la opinión pública—, y que la independencia periodística tenía que ser un valor sagrado para fiscalizar al Gobierno que fuera, como sucedía en los países más avanzados del mundo. ¿Acaso un periódico liberal iba a investigar a los liberales del Congreso acusados de corrupción?, se preguntaba indignado. ¿O acaso una revista conservadora iba a denunciar los actos de violencia cometidos por las fuerzas del orden durante un gobierno godo? La historia de Colombia, decía, empezando con La Violencia, el período más sangriento de lucha partidista, había demostrado que ese tipo de periodismo se tenía que acabar. Pero sólo desde el interior de cada medio, opinaba Sebastián, ellos podrían ayudar a que el oficio dejara la vieja meta de promover los intereses de un partido político y que más bien le sirviera a los oyentes y lectores, ofreciendo la información de la manera más objetiva o neutral posible, para que el público formara sus propias opiniones y se enterara de algo cercano a la verdad. Las dictaduras requieren de la noticia amañada y tergiversada para sobrevivir, decía Sebastián, mientras que las democracias requieren de la noticia rigurosa y veraz, porque sólo así el pueblo puede tomar decisiones informadas y acertadas. Claro, no con todos los medios tuvieron éxito, me explicó Felipe López, llevándome hasta la puerta de su despacho mientras nos despedíamos luego de conversar a solas durante más de una hora. Algunos directores rechazaron esa intención… soterrada, por así decirlo, de Sebastián y Rafael, pues querían seguir utilizando la radio, prensa o televisión que tenían en su poder como instrumento de propaganda partidista, como lo habían hecho siempre. En esos casos, cuando se hizo claro que la batalla en ese órgano estaba perdida, Alcásar vendió su participación y se concentró en los demás medios. Y en el proceso, montados sobre la ola del éxito comercial de las comunicaciones en esos años, los dos socios hicieron una fortuna que sólo aumentó cuando Sebastián, después de la muerte de su amigo Rafael, compró otras empresas afines, empezando con Comtex, la consentida del patriarca antioqueño don Raimundo Echavarría.

Así, lentamente, de entrevistado en entrevistado, me fui haciendo una idea de lo que Sebastián había logrado a nivel profesional. Algunas de las personas que contacté me dijeron de frente que no querían hablar sobre este señor, porque no lo apreciaban o resentían lo que les había hecho en el pasado, y eso incluía, en forma titular, a Miguel Ángel Olarte, el enemigo a muerte de Sebastián que me presentó Luis Antonio Salcedo en Il Pomeriggio, meses atrás. Él ni siquiera quiso oír mi propuesta y me colgó el teléfono furioso, el equivalente a un portazo en las narices. Pero la mayor parte de los empresarios que entrevisté sólo tenían palabras de admiración por Sebastián, lo cual me pareció positivo, y todos lamentaban la noticia de su secuestro.

Sin embargo, a nivel personal no pude encontrar a nadie que me brindara mayor información sobre mi amigo. Quienes lo aplaudían o detestaban era por cuestiones de trabajo, y ninguno me aportó una luz que me iluminara algún aspecto de su personalidad, y menos de su intimidad, para saber cómo era Sebastián como ser humano. Por más que buscara no encontré a una sola persona que me hablara de sus fobias, temores, sueños o preferencias, y lo que sabía el vicepresidente de su empresa no era mucho más de lo que él ya me había contado aquella vez que conversamos a la hora del atardecer en el café del Centro Andino. Yo tenía grandes lagunas relacionadas con la biografía de Sebastián, pues no sabía cómo había muerto su padre ni su esposa, ni su amigo Rafael, ni quién era la dama con la cual él estaba saliendo en ese tiempo. Tampoco sabía gran cosa de su infancia y juventud, salvo lo que él me confió durante el fin de semana que pasamos juntos en La Canela, su finca de tierra caliente, ni por qué o adónde se había ido cuando se marchó del Liceo Americano en primero de bachillerato. Su secretaria Elvira, de la manera más cortés, me dijo que ella no me podía contar nada acerca de su jefe, porque sería traicionar su confianza, y lo que me relató mi amigo Francisco la tarde en que hablamos en la terraza del hotel Charleston, después de nuestro almuerzo de compadres en La Brasserie, que Sebastián era una especie de virtuoso de las artes marciales, eso sólo multiplicó mis preguntas. Yo estaba estancado, sin forma de acceder a ningún texto o testigo que me ofreciera la información necesaria, y eso era inusitado para mí. En mi profesión las mejores fuentes casi siempre son mencionadas por otras menores, y después es cuestión de dar con el libro o el pergamino o el manuscrito olvidado en el ático de la mansión, u oculto en el sótano de la universidad, o refundido en los anaqueles de una biblioteca pública o particular, pero al menos se sabe que la fuente existe. Sin embargo, la mayoría de quienes conocían a Sebastián a nivel personal, y que me habrían podido esclarecer lo esencial para hacerme una mejor idea de su vida privada, ya habían fallecido. Y así me encontraba al cabo de cuatro largos meses, perdido y cabizbajo, convencido de que yo tendría que archivar mi proyecto sin remedio porque estaba destinado al fracaso. Además, para entonces yo tenía la certeza de que a Sebastián lo habían matado, o quizás habría muerto accidentalmente en el momento de su captura o al intentar una fuga —lo que ha pasado muchas veces durante un secuestro—, porque nadie había oído una palabra de parte de sus captores. Así estaba, en efecto, huérfano de fuentes y triste con la muerte de mi amigo de la infancia, cuando recibí la llamada más inesperada de mi vida. Y en la voz que escuché al otro lado de la línea telefónica descubrí a la mejor fuente de todas.

31. El plagio

Nunca supe con exactitud en dónde me tenían retenido, pero no podía ser demasiado lejos de Bogotá. Era un lugar cercano a la sabana, como los cerros vecinos de Tabio o Tenjo, o quizás las cumbres heladas de Zipaquirá o Subachoque, muy alto en la montaña, donde el sol calentaba y picaba con fuerza durante el día, y de noche un frío glacial se metía entre los huesos y humedecía la sábana de dormir. Desde esa cima desolada se apreciaba una lejana pared opuesta de montañas similares, de vegetación agreste y sin labrar, y más abajo se veían colinas cubiertas de bosques de pinos y eucaliptos, y más abajo aún yacía un valle fértil y extenso, verde y despoblado, con pocas casas visibles en la distancia, todas de campesinos. Al fondo de aquel valle de siembras y cultivos humildes, en la más brumosa lejanía, sobresalía la solitaria torre de una iglesia de algún pueblo modesto, de los habituales de las comarcas de Cundinamarca, y se veían dos o tres caminos de tierra que atravesaban los potreros. Seguro que, de no estar todo el tiempo aterrado y privado de mi libertad, me habría parecido un paisaje hermoso.

No recuerdo nada de mis primeros días de encierro, en parte porque yo entraba y salía de un estado de inconsciencia, alucinando y dando alaridos, atormentado por pesadillas y tiritando de frío y de fiebre, fruto de la golpiza que me dieron en el sitio que llamaban la Piedra de la Verdad. Pero un día —nunca me dijeron cuánto tiempo había transcurrido— me desperté de un sobresalto, sintiéndome algo más lúcido, paladeando un gusto amargo en la boca seca y pastosa, pero sin transpirar ni temblar en exceso. Me encontré tendido en un camastro de hierro, el colchón relleno de espuma vieja y pétrea, duro como una tabla, y la almohada semejante a una lápida. La única sábana apestaba a sudor rancio acumulado, y la manta de lana cruda olía a desván sin airear. La habitación no tenía más muebles que una caja de listones que hacía de mesa de noche, una silla de madera y un pupitre de escuela, y nada colgado en las gruesas paredes pintadas blancas de cal, excepto un crucifijo artesanal clavado sobre la cabecera de la cama. Había un bombillo desnudo en mitad del techo, que se prendía y apagaba desde afuera de la habitación, y las tablas desvencijadas y sin barnizar del suelo crujían a cada paso. El sol se metía por una ventanita sin cortinas, atravesada por barrotes que le daban al recinto un toque adicional de celda o calabozo, y contiguo a la alcoba había un mínimo cuarto de baño sin puerta divisoria, con un inodoro desprovisto de tapa o asiento, un espejito apoyado sobre el lavamanos de porcelana, y un tubo de PVC que emergía de un agujero en lo alto de la pared y del cual salía un chorrito de agua helada. Afuera sólo se oían los ladridos de los perros y el ocasional mugido de una vaca, y nunca escuché la radio ni vi una televisión, y nunca me dieron un libro, un periódico o una revista para leer. Estuve completamente desconectado del mundo.

El día en que desperté en el camastro, muy débil y mareado y con náuseas, sintiendo una migraña tan intensa que el solo esfuerzo de abrir los ojos parecía intolerable, me palpé la cabeza con atención y toqué una tela, una venda, con algunas partes duras y acartonadas, que supuse eran manchas de sangre seca, y otra, no muy apretada, que me rodeaba el torso para sanar mis costillas fracturadas a patadas. Sólo tenía puesta una camiseta negra estampada y un par de calzoncillos blancos. Hacía mucho frío. Yo podía respirar hondamente, con bastante dolor pero lo podía hacer, lo cual significaba que ningún fragmento o astilla de hueso me había perforado un pulmón, y gracias a eso, seguramente, yo no había contraído una neumonía. La cabeza me dolía al extremo de provocar una descarga de destellos con el menor movimiento, y en especial la cara, y cuando me procuré sentar para bajarme de la cama, tiritando del helaje, sufrí un desvanecimiento que casi me derriba al suelo. Aguardé unos minutos, tratando de aquietar el recinto que me daba vueltas, recuperando mi equilibrio y el sentido de la orientación, y sólo cuando volví a ensayar la maniobra, muy despacio y con cautela, descubrí un objeto metálico en mi tobillo izquierdo. Era un grillete cerrado con llave, conectado a una cadena de acero inoxidable de ocho milímetros de grueso, amarrada a una argolla de la pata de hierro de la cama y asegurada con un gran candado marca Master, también de llave. Por suerte la cadena era bastante extensa, de unos cuatro metros de largo —el tintineo de los eslabones y el sonido de su arrastre por el suelo de tablas es algo que no olvidaré nunca—, y más adelante comprobé que la misma me permitía caminar de un extremo del cuarto al otro, sentarme en la silla frente al pupitre, hacer algunos ejercicios en el piso de madera y hasta ingresar al baño para ducharme y hacer mis necesidades. Como máximo yo podía llegar hasta la puerta de la alcoba que permanecía cerrada por fuera, con llave y falleba, más una segunda cerradura y dos trancas exteriores.

El caso es que desperté ese día sin saber cuánto tiempo llevaba en la casa, sintiendo un dolor muy fuerte en todo el cuerpo, como si me hubiera arrollado un camión —aquella sensación pareció remover mi memoria, resucitando imágenes y miedos del pasado, aunque mi mente atolondrada no logró precisar el origen del recuerdo—. De modo que me incorporé de la cama lentamente, y luego, con una dificultad enorme, padeciendo la presión en mis costillas todavía partidas que me limitaban el aire, apoyándome en las paredes para no irme de bruces, llegué hasta el baño y me espanté al ver mi rostro reflejado en el espejito. Parecía un monstruo. Tenía la cara hinchada por los golpes y los párpados morados e inflamados, coágulos de sangre ocultando por completo la blancura de los ojos, más los pómulos magullados y las mejillas laceradas. Para mi sorpresa, alguien me había cogido puntos de sutura en los labios partidos y aplicado toques de mercurocromo en las cortadas. También tenía tiritas mariposa tapándome algunas heridas de la frente y de la nariz. Vomité en el inodoro una baba blancuzca carente de alimentos, y la arcada me hizo soltar un quejido de dolor. Tenía los testículos hinchados por los porrazos, y oriné con un ardor que me hizo lanzar otro aullido. Me desenrollé con cuidado la venda de la cabeza y luego la del torso, y me sorprendió palpar mechones de cabello tieso por la sangre seca, y ver el número de contusiones y la diversidad de colores de los cardenales. Dando pasos cortos como de convaleciente, todavía mareado y exhausto, y reparando por primera vez en el tintineo metálico y el arrastre de la cadena sujeta a mi tobillo, llegué otra vez hasta el camastro. Descubrí sobre la caja de listones un vaso de agua y unas aspirinas que no había notado antes, y me las tragué sin muchas esperanzas de que me fueran a aliviar las punzadas que sentía por todas partes. Pero aun así las agradecí y mi garganta reseca apreció la frescura del agua, aunque mis labios deformes y excoriados me impedían beber bien, y mi organismo no toleró más que unos cuantos sorbos debido a las náuseas. En seguida examiné el grillete en mi tobillo. Al igual que la cadena éste era de acero inoxidable, de ocho centímetros de alto y con una bisagra que permitía juntar las dos hojas semicirculares y dentadas. Me lo traté de quitar a la fuerza y a tirones, pero bastó intentarlo un par de veces para comprobar que no era posible sin la llave. Con trabajo me volví a meter bajo la cobija maloliente, temblando del dolor y evitando rozar con los pies los eslabones de la cadena, que parecían escamas de una serpiente enroscada de hielo. Me sentía abatido, sin energías y maltrecho, y ahí mismo cerré los ojos y creo que dormí durante dos días seguidos.

Cuando por fin desperté de nuevo, encontré sobre la silla rústica de la alcoba una muda de ropa. Consistía en una sudadera gris y unas medias blancas y otro par de calzoncillos, y después me facilitaron una barra de jabón para lavarlo todo una vez a la semana. También me dieron unos zapatos tenis de color negro. Dentro del pupitre, cuya tapa se levantaba igual a las mesas de estudio en el internado de Nonantum, descubrí una resma de papel rayado, un par de lápices mecánicos y tres cajitas de minas. En el baño vi que habían dejado una peinilla, otra barra de jabón de cuerpo, un rollo de papel higiénico, una toalla mediana, un cepillo de dientes y un tubo de pasta dentífrica. Nunca tuve acceso a una rasuradora o máquina de afeitar, y la barba me creció larga y espesa, negra y veteada de las primeras canas. Nada de cuchillas, advertí, ni siquiera la diminuta de un tajalápiz —de ahí que los lápices fueran mecánicos—, sin duda para disuadir la tentación y la opción de un suicidio. Aparentemente, lo que sugería ese conjunto de utensilios y elementos de higiene y limpieza era que yo tenía lo necesario para pasar mucho tiempo allí encerrado. A fin de cuentas, como le oí decir a uno de los secuestradores, ellos tenían que velar por su inversión y cuidar de la mercancía.

Mi vida en ese lugar estaba regida por una rutina simple e invariable. Me despertaba casi al alba una señora vieja y encorvada, menuda y de la altura de una niña de diez años, sin dientes y con el cabello escaso y plateado, que me traía el desayuno en un plato de peltre y una taza de loza. La mujer no era sorda pero sí muda, y vivía de mal humor, gruñendo y haciendo ruidos incomprensibles con la boca, como refunfuñando por tener que estar pendiente de mí. Nunca me miró a los ojos ni me hizo un gesto de comunicación, y una vez me contó el Filo que de niña la había violado el padre, y que a raíz de esa experiencia ella había perdido el habla. Luego, como a las cinco o seis semanas de mi captura, cuando me terminé de recuperar de mis heridas y me pude mover de nuevo y respirar sin problema, yo hacía varias series de flexiones y abdominales, giros de torso y ejercicios de estiramiento, más una buena cantidad de gimnasia en el suelo de tablas de la habitación, y hasta algunos movimientos y técnicas básicas de artes marciales —lo que se llama kihon—, aunque siempre en silencio y muy limitado por la cadena y el grillete en mi tobillo. Después me bañaba y aseaba lo mejor posible, y todos los días tendía la cama. A continuación, me sentaba a escribir hasta la hora del almuerzo, cuando aparecía otra vez la vieja con el mismo plato de comida. A las cuatro en punto de la tarde uno de los secuestradores me sacaba a caminar durante hora y media, sin que importara el clima, con sol o con lluvia, acompañados sin falta por los dos perros de raza mixta de la casa, Simón y Bolívar. Uno era blanco y el otro negro, eran grandes y peludos y tenían aspecto de mastines feroces, pero en realidad eran mansos y juguetones y me hice amigo de ambos. Salvo la pequeña morada de los cuidanderos no había otras casas ni vecinos cerca, de modo que andábamos por las cumbres de la montaña y los potreros que había alrededor de la propiedad, yo arrastrando la cadena que el hombre desataba de la argolla de hierro de la cama, siempre sujeta al grillete aferrado a mi tobillo —le amarré unos trapos para que el roce del hierro no me siguiera lastimando *la piel—, y esposado al frente por las muñecas para impedir cualquier intento de fuga de mi parte. De regreso en la habitación me quitaban las esposas, y nuevamente con la cadena asegurada a la pata de la cama con el candado Master, yo me asomaba a la ventanita para contemplar el atardecer, y luego me sentaba a escribir un rato más a la luz del bombillo del techo. Después la misma vieja me traía el último plato de comida, y al final alguien apagaba sin anuncio la luz desde fuera del dormitorio hasta el amanecer del día siguiente. Por cierto, lo que la vieja me servía no variaba nunca, y no importaba la hora del día ni que fuera desayuno, almuerzo o cena, pues siempre era lo mismo: fríjoles con arroz blanco, de vez en cuando una taza de carne molida, tajadas de plátano maduro, un pedazo de pan duro y agua o café. Nada más.*

Como digo, en ningún momento me dieron algo para leer, ni siquiera la Biblia o el Nuevo Testamento. Y cuando le pedí al Filo material de lectura, o al menos que me explicara la razón de esa prohibición, él me miró con un brillo perverso en los ojos y se limitó a responder: «Usted no está aquí de vacaciones, señor Sarmiento. No lo olvide».

En cuanto a lo que yo escribía, comencé con largas cartas dirigidas a Mara. Yo sabía que ella nunca las iba a recibir ni a leer, pero aun así le decía cuánto la amaba y extrañaba, y le expresaba mi remordimiento de no haberle propuesto matrimonio a tiempo. Me atormentaba pensar que, de habernos comprometido y casado, en vez de estar cautivo y temiendo por mi vida las veinticuatro horas del día —era claro que en cualquier instante podría ingresar al cuarto uno de los secuestradores, agotada su paciencia y decidido a pegarme un tiro en la cabeza, o con órdenes de matarme al escuchar los primeros indicios de un operativo de rescate—, seguramente estaríamos juntos y a salvo en ese momento, lejos de ese infierno. A lo mejor nos encontraríamos gozando de nuestra luna de miel, le escribía, dejando correr mi imaginación a rienda suelta por el papel; haciendo un safari fotográfico en África, por ejemplo, o visitando las ciudades más bellas de China y Japón, o recorriendo otros países fabulosos como Vietnam, Tailandia o Camboya. Me imaginaba a los dos montando en lomo de elefante por las selvas de

Chiang Rai en el corazón del Triángulo del Oro, o caminando por las imponentes ruinas de Angkor Wat en las afueras de Siem Riep, o conociendo el inmenso templo budista de Borobudur, cerca de Yogyakarta en la isla de Java. También soñaba paseando por las ondulantes colinas de la Toscana o los antiguos castillos del Loira en Francia, o simplemente disfrutando de los hoteles de lujo en las islas de las Maldivas en el océano Índico, o en los atolones celestes de la Polinesia Francesa, o en las montañas encantadas de Ubud en la isla de Bali en Indonesia. Es cierto que esos pensamientos, como visiones y anhelos de libertad, me transportaban y me brindaban un deleite y un alivio pasajeros, un escapismo perentorio y una válvula de desahogo, y por eso me explayaba en sus descripciones y ahondaba en sus pormenores, pero también es cierto que me mortificaban y me estrujaban las entrañas, porque tan pronto yo levantaba la cabeza y recordaba en dónde me hallaba, aterrizando de un golpe brutal en mi realidad, maldecía mi suerte y se me salían las lágrimas de la rabia, y me invadían una frustración y una impotencia desesperantes. Pero el hecho es que yo soñaba mediante la escritura, y a través de las palabras me sentía más cerca de Mara y se me pasaban algo más de prisa las lentas, insufribles e interminables horas del día.

Sin embargo, al poco tiempo empecé a sentir un creciente deseo paralelo. Eran unas ganas apremiantes de anotar otra clase de ideas y reflexiones, de recuerdos y cavilaciones, de sacar de mi interior las historias y anécdotas de mi pasado que yo nunca me había atrevido a expresar en voz alta o a examinar con lupa y en detalle. Jamás había padecido una compulsión semejante, pero a raíz de lo que estaba viviendo, de estar enfrentado por primera vez a la muerte a nivel cotidiano, me desbordó la necesidad de repasar los hechos más sobresalientes de mi existencia para tratar de vislumbrar una trayectoria, un sentido y una finalidad. Un propósito. Ahí mismo advertí que me incomodaba escribir esas cosas a manera de diario, dirigido a mí mismo —eso nunca lo hice, ni siquiera de niño, pues siempre me sonó falso y cursi—, y menos todavía dirigido a nadie, como una nota metida en una botella y arrojada al mar. Así que se me ocurrió escribir esas palabras a modo de carta *también, y para que no se mezclaran o confundieran con las de Mara, pensé en otro destinatario, alguien vivo y en concreto, la única persona en la que yo podría confiar y a la que me habría gustado contarle esas experiencias de todas formas, compartir con ella mi vida y mis secretos, y aquélla eras tú, Roberto. A pesar de no habernos visto en casi treinta años, de casualidad yo te había redescubierto hacía unos meses en un concierto de música clásica que organizó Alcásar en el Teatro Colón de Bogotá. Y esa noche volví a experimentar la misma sensación de confianza y los mismos lazos de amistad que nos habían unido de jóvenes, por un tiempo muy corto, poco antes de fugarme de Colombia tras la muerte de mi padre. Además, con el tiempo te habías vuelto un respetado intelectual en el país, representante de la nueva generación de historiadores, un académico del prestigio de un Álvaro Tirado Mejía o un Jorge Orlando Melo, profesor universitario y autor de estupendas biografías, de modo que eras una figura idónea para comunicarte mis vivencias. Tú siempre fuiste una persona amable y prudente, incluso de joven, y ante todo eras un excelente escucha —ésa es una de las cualidades más valiosas que puede tener un ser humano, y a la vez es una de las más difíciles de encontrar—, y yo sabía que podría contar con tu discreción. De manera que así lo hice: te relaté todo, incluyendo mi relación con Mara y cada episodio de importancia en mi vida, aunque a sabiendas de que tú tampoco, seguramente, tendrías estos papeles jamás en tus manos. En cualquier caso, debo decir que me sirvió mucho ese ejercicio de la escritura, franca e implacablemente honesta conmigo mismo, como una especie de terapia personal que practiqué casi todos los días de mi encierro, y por suerte mis captores, tan canallas y despiadados, me permitieron escribir a mis anchas y sin retener o confiscar o quemar mis papeles. No por generosos o considerados, desde luego, sino porque sabían que esa clase de actividad cerebral, en medio de mi aislamiento y cautiverio, y más dado que no me daban nada para leer o combatir el tedio, era conveniente en aras de preservar mi salud mental. Y me necesitaban cuerdo y lúcido —de momento, al menos— para realizar las eventuales transacciones bancarias y así quedarse con mi riqueza.*

De otro lado, en una de mis primeras caminatas alrededor de la casa, pude establecer que la vieja que me alimentaba vivía sola con su marido. Éste era un anciano que andaba siempre con un sombrero negro y una ruana gris, la piel de un tono cobrizo, típico de quienes labran el campo en esas regiones, y era igual de menudo y malgeniado que su esposa. Ayudaba un poco con las tareas de la casa, y se la pasaba tratando de congraciarse con los secuestradores, y maltrataba e insultaba a su mujer a cada rato, riéndose de ella delante de los otros y hasta burlándose de que fuera muda. Tenía pocos dientes, y al sonreír su boca parecía una calabaza de la noche de brujas. Los dos habitaban una casita de adobe que se veía en la parte superior de la cuesta, como a doscientos pasos de distancia y llegando al filo mismo de la montaña, y alcancé a ver un pequeño corral de palos con un burro igual de viejo que sus dueños, y una vaca de color marrón que mugía en las horas de la tarde. Había un sendero abierto en la hierba alta que iba de una casa a la otra, y a la mitad del camino se desviaba una senda menor que moría en un huerto sembrado de legumbres y hortalizas, y por lo visto el anciano era el encargado de su cuidado y cultivo. Nunca hablé con ese hombre y jamás escuché la voz de un niño.

La casa, debo admitir, estaba bien escogida para su objetivo. Cuando me sacaban a caminar en la tarde, yo podía ver que era una construcción sencilla y rectangular de una sola planta, y por el número de ventanas concluí que disponía al menos de dos o tres alcobas más, aunque nunca las vi por dentro. Tenía un saloncito de estar con chimenea y muebles blancos de plástico tipo camping —que había que atravesar para llegar a mi cuarto—, y una cocina sin gracia donde la vieja muda preparaba mi comida y la de mis captores. Por fuera estaba pintada de verde para camuflarse con su entorno, y su ubicación era estratégicamente acertada, porque era un lugar muy elevado, apartado y solitario, barrido por los vientos de la cordillera andina, y, como estaba en lo alto, se apreciaba todo el valle abajo, y más importante aún, se podía divisar el único camino de tierra que ascendía en línea recta hasta la propiedad, semejante a una cicatriz color café visible en los potreros de la montaña. De esa manera los vigilantes podrían saber, con bastante antelación, si alguien venía y si ese alguien incluía un comando especial de la Policía o un pelotón de infantería. *Una tarde me contó el Filo que él había buscado un sitio así justamente por esa razón, desde aquella vez del rescate del ejército cuando él recibió el balazo de fusil que llevó a que le amputaran la pierna desde la altura de la rodilla. Esa casa anterior, evocó, quedaba sumida en la cuenca de un río en la selva del Magdalena Medio, un terreno bajo y húmedo, acosado por las víboras y los mosquitos. Había sido pésimamente escogida por uno de sus superiores de aquel entonces, y debido a su mala ubicación no pudieron escapar a tiempo cuando oyeron los primeros tiros del asalto militar. Él logró huir de milagro, con ese balazo que le había destrozado la rodilla, mordiendo el cuero de su cinturón para reprimir los gritos de dolor y apoyándose en uno de sus compañeros, y lo único que alcanzó a hacer, en gratitud por el operativo y por el disparo, fue matar al extranjero que llevaba un año de rehén en la casa, antes de huir arrastrando la pierna entre los árboles. Esa tarde en que el Filo me narró esa anécdota, a la vez aprovechó para prevenirme, y lo hizo en más de una ocasión, que él haría exactamente lo mismo conmigo si me trataban de liberar. Incluso me explicó que, si él no estaba de turno ese día, los demás miembros de la banda tenían órdenes terminantes de pegarme un tiro antes de permitir mi rescate. Era lógico: yo sabía demasiado sobre mis captores y les conocía el rostro a todos. En cualquier caso, agregó el Filo, después de ese episodio del balazo en la pierna, cuando él huyó en la selva y se lanzó al río con su compañero, luego de que éste le amarrara lo mejor posible un torniquete con su mismo cinturón en la oscuridad, flotando de noche y perdiendo litros de sangre —atrás se oían los tiros de los soldados que ajusticiaban a sus camaradas capturados, y la infección que llevó a la gangrena y a la amputación fue el resultado de ese descenso por el río—, él organizó su propia banda con su propia gente, que eran los muchachos que yo había tenido el placer de conocer. Sus parches. En fin, concluyó, cojeando a mi lado en el pasto alto y mal cortado del potrero —con Calaña y otro colega siguiéndonos a una distancia prudente, armados con una escopeta y un fusil—, para evitar una sorpresa similar él había buscado con insistencia hasta dar con aquel refugio, bien aislado y situado en la cima de esa montaña, lejos de las humedades y de los mosquitos de la selva. Y fíjese, dijo el Filo con una sonrisa de orgullo, revelando su colmillo de oro y la cicatriz de la frente, amplia y alegre. Parece un castillo, y señaló la casita con un gesto de la boca mientras sostenía la cadena aferrada a mi tobillo en la mano, abriendo los brazos como para abarcar el paisaje entero. Está dotado de buena vista a la redonda, y eso sirve —remató con un guiño— para ver a tiempo la llegada del enemigo.*

Por su lado, la rotación del orden de vigilancia también era inflexible. Siempre me cuidaban tres hombres, fuertemente armados, que el grupo original de nueve se repartía en tres turnos que se alternaban. Cada mañana, entre las diez y las once, llegaba el turno de relevo junto con las armas y los víveres requeridos, y el nuevo trío permanecía en la casa hasta la mañana siguiente. Desde mi cuarto yo escuchaba primero los ladridos frenéticos de Simón y Bolívar, y a continuación el ruido del motor de una de las camionetas negras Nissan trepando por la cuesta empinada, a veces patinando en el cascajo suelto en días de calor o en el lodo en días de lluvia, hasta que alcanzaba un terreno plano y se detenía tocando la bocina tres veces seguidas, en señal de que todo estaba en orden y de que nadie los estaba siguiendo. Después yo oía los golpes de las puertas del vehículo, la saludada de los hombres afuera mientras bajaban las provisiones, y luego las voces dentro de la casa al efectuar el relevo. Entre tanto el conductor se tomaba un café en la cocina —yo podía oír el rumor de la cuarta voz a través de la puerta de mi habitación—, conversando con los otros miembros de la banda, y al cabo éste se despedía y se volvía a subir en la camioneta, acompañado del turno de descanso. En seguida entraba al dormitorio el encargado del día para asegurarse de que todo seguía igual —unos me saludaban, otros no, y aparte de Calaña y del Filo ninguno respondió jamás a una de mis preguntas—, revisando el grillete y la cadena y el espacio en general, y después volvía a cerrar la puerta con llave, trancas y fallebas. Al final yo percibía el murmullo de voces de los tres hombres que se quedaban al otro lado de la puerta, sentados en los muebles de plástico del saloncito de estar, charlando y bromeando y jugando dominó o cartas. Por cosas que me pareció oír en esos meses, y por el tipo y el número de antenas que coronaban el tejado y que se veían durante las caminatas, deduje que en uno de los otros cuartos de la casa había una televisión y una computadora, y al menos un teléfono con amplificador de señal celular.

Siempre que era el turno de guardia del Filo, él llegaba con Calaña y con aquel otro colega —el mayor de todos— al que llamaban el Cucho, que tenía la cara marcada por las cicatrices de la viruela que lo había desfigurado en su niñez. Sólo Calaña y el Filo tenían permiso de hablar conmigo, aunque en algún momento me enteré de que el Cucho fue quien me puso las vendas, al igual que las tiritas mariposa y el mercurocromo en las heridas, y me cogió los puntos de sutura. Él no tenía estudios, pero decían que poseía una noción instintiva de primeros auxilios y de enfermería, y era el que se ocupaba de esas tareas en el grupo. Y puedo decir que no lo hacía del todo mal, porque me revisó las cortadas y me quitó los hilos de los labios, y lo hizo en silencio y con tal pericia de manos que casi no me dolió. De resto, a los demás hombres nunca les conocí sus alias o apodos, y a ninguno le conocí su nombre verdadero.

En cuanto a fugarme de la casa, muy pronto entendí que eso no era posible. Yo permanecía todo el día encerrado en mi habitación, y de ahí no había forma de escapar. Y cuando salía a dar la caminata a las cuatro, lo hacía arrastrando la cadena de acero, el extremo llevado en la mano por uno de los tres guardianes, quien me ponía esposas en las muñecas antes de franquear la puerta del cuarto, mientras los otros dos me vigilaban atentos, con fusiles y escopetas y sin quitarme la vista de encima. Los tres vivían armados hasta los dientes, y era evidente que de intentar cualquier acto imprevisto o sospechoso ellos me matarían sin pestañear. Pero no era sólo eso. Tal como me lo pregunté muchas veces mientras recorría con dificultad los potreros de pastos altos y nudosos, seguido de cerca por mis captores, esposado por delante y con la larga cadena sujeta al grillete de mi tobillo, «¿a dónde podía escapar?». Bastaba una ojeada al paraje para saber que si me precipitaba por la montaña, corriendo ladera abajo con mis manos esposadas y a la vista de todos como un demente, arriesgando partirme la crisma y

seguro con los perros Simón y Bolívar ladrando detrás y creyendo
que se trataba de un juego, cualquiera de ellos me atraparía en un
segundo. Además, esos potreros descuidados y de pastos crecidos,
desprovistos de rocas o árboles para esconderse, impedirían una carrera de prisa. De modo que yo tendría que acudir al camino recto
de tierra, el único disponible —¿y cómo hacerlo sin un vehículo y
sin que alguno de los tres guardias me viera?—, el cual se despeña-
ba derecho desde la casa cuesta abajo por la montaña, y a todas éstas sin saber en dónde me encontraba o hacia dónde me tenía que
dirigir. Adicionalmente, recuerdo una tarde de particular buena
luz, con el cielo limpio y despejado y excelente visibilidad; me detuve en la parte más alta del recorrido con el pretexto de recuperar
el aliento y apreciar la vista, y pude ver que ese camino rectilíneo
de tierra, como a medio kilómetro de distancia de la casa, de pronto se dividía en dos y era imposible saber cuál sería la dirección correcta al llegar a ese punto de la bifurcación. En suma, huir no era
una opción. Y el día que tomé plena conciencia de ello, de mi situación sin salida, me desmoralicé por completo. Porque no había
duda: yo iba a morir en ese lugar infame, con un grillete aferrado
a mi tobillo y encadenado como un perro miserable.

Por cierto, lo que había dicho uno de los secuestradores en su
jerga, aquello de cuidar la mercancía, tenía sus excepciones. El
ambiente que prevalecía en la casa no era sereno o apacible. Al
contrario: se respiraba una tensión permanente, porque no se sabía
en qué momento podría aparecer un batallón de soldados trepando
por la falda de la montaña, o una unidad de carabineros asomán-
dose por la cima. Y cada vez que se oían los rotores de algún helicóptero volando en la lejanía —que por suerte no sucedía con frecuencia—, de inmediato ingresaba corriendo uno de mis captores
a la habitación y me apoyaba su pistola en la cabeza, pendiente de
la confirmación del peligro y listo para disparar antes de emprender la huida. Por eso, en todo el tiempo que estuve ahí jamás escuché algo de música, porque los maleantes no querían que nada les
impidiera oír los ruidos preliminares de un asalto militar o un
operativo de rescate de la Policía. Así que la rutina sólo la inte-
rrumpían los diálogos con el Filo cada tres días —en uno de los

433

primeros él me comentó lo que sucedió en la Piedra de la Verdad, después de que perdí el sentido tras la paliza que me dieron—, mientras caminábamos por la montaña en el ocaso, y las sesiones de tortura que me hacía Calaña cuando le daba la gana, para seguir ablandándome. Su método preferido ya no eran tanto los puños y las patadas y los rodillazos, como los que me había propinado en aquel barranco la noche de mi captura. La casa tenía un pequeño sótano, húmedo y estrecho, y ahí me bajaba ese bárbaro cuando estaba borracho. Me aplicaba cables de electricidad conectados a una batería de automóvil, y también le gustaba hacerme el submarino. Entre dos me recostaban y me amarraban boca arriba sobre una tabla, levantando el extremo de mis pies para que la madera quedase inclinada; luego me ponían una toalla mojada sobre el rostro y en seguida Calaña me vertía baldes y baldes de agua helada. Yo sentía que me iba a ahogar, y trataba de patalear y daba alaridos, y ambas torturas las practicaba hasta que yo perdía el conocimiento. Luego yo duraba días tratando de recuperarme. No podía escribir en ese entonces, porque los choques eléctricos me dañaban el pulso por completo, y tampoco podía dormir, porque tan pronto cerraba los ojos me despertaba dando gritos, creyendo que me volvía a ahogar. Todo eso lo hacía Calaña porque lo disfrutaba, claro está, ya que era un psicópata y un asesino, pero también lo hacía para que yo entendiera que los lujos y las comodidades de mi hospedaje —el camastro, el cepillo de dientes, los lápices, el papel higiénico, etc.—, tenían un precio, y que ellos podrían seguir así, privándome de mi libertad y torturándome cada vez que quisieran, hasta mi muerte. A la vez, todo esto hacía parte de lo que el Filo me había prometido en la Piedra de la Verdad, basado en mi decisión de aquella noche: un trauma que yo no podría superar jamás. Y recuerdo que segundos antes de perder el sentido, mientras padecía los temblores por los corrientazos o la asfixia por la toalla y la ahogada, Calaña, ebrio y feliz, gozando con mi tormento, me lo recordaba entre risotadas.

—¿Ya vio, pedazo de hijueputa? —decía—. Esto es lo que el Filo le prometió esa noche. Y para que le quede bien claro: mi jefe es un hombre que cumple sus promesas.

32. El fin de los ismos

—¿De dónde viene su apodo, Filo?

Los dos hombres caminaban por los potreros aledaños a la casa pintada de verde. El Filo iba detrás, cojeando y siguiendo a Sebastián, sujetando la cadena que tintineaba al ser arrastrada por el pasto, como quien lleva un perro del extremo de su correa. El ejecutivo andaba con las manos al frente, esposadas, con otra cadenita de dos eslabones entre muñeca y muñeca —marca Smith & Wesson, modelo 100, niqueladas de seguro doble, clic, clic—, y caminaba con cierta dificultad en la hierba alta sin cortar, que le llegaba a la rodilla, chupando y mordisqueando una larga brizna de paja seca que le colgaba de los labios. La barba le había crecido negra y espesa, salpicada ya de algunas canas, y le confería un aire de bandolero. Sentía las manos entumecidas del frío, así que abrió y estiró los dedos varias veces seguidas. El sol, muy pronto, iniciaría su majestuoso descenso detrás de las montañas que se veían al otro lado del valle.

Ascendían hacia las primeras crestas del cerro. Ya habían pasado la humilde casa de adobe de los dos cuidanderos, la vieja muda y su esposo maltratante, y remontaban despacio y con trabajo el sendero de aspecto escalonado, abierto a golpes de pica y azadón entre el pasto y las piedras que se sentían bajo la tierra —seguro lo había hecho el anciano de la casa, hacía rato, siguiendo órdenes del Filo—. Avanzaban hacia su lugar de siempre, casi en la cima, donde había una formación de rocas grandes y planas, punteadas de brotes de musgo y manchas de liquen en forma de hojuelas grises, amarillas y verdosas, y ahí, cuando el tiempo lo permitía, solían sentarse a conversar mientras hacían un alto en el recorrido de la tarde. El Filo andaba lento a causa de la prótesis, que le molestaba en ese tipo de terreno escarpado, y Sebastián también debido a que no contaba con las manos libres y a que el otro, sin querer, de vez en cuando le pegaba un tirón a la cadena al tropezar, haciéndolo resbalar y perder el equilibrio. Tampoco ayudaba que los perros Simón y Bolívar se les atravesaban en el camino o se sentaban justo en mitad de la senda, jadeando con la lengua fuera y bloqueando el paso, y dado su tamaño había que empujarlos y moverlos a la fuerza para seguir trepando.

Finalmente llegaron al sitio indicado y se sentaron en la roca más ancha y lisa para contemplar la vista y recuperar el aliento. A pesar de ser ambos nativos acostumbrados a la altura de la sabana, casi a tres mil metros sobre el nivel del mar —*2.600 metros más cerca de las estrellas*, era el lema oficial de Bogotá—, la escalada y la elevación adicional de la montaña les exigían un esfuerzo mayor. Observaron la remota pared de la cordillera en la distancia, que parecía hacer espejo de ésta, con el valle fértil y extenso desplegado en el medio, y las pocas casas de campesinos junto a cultivos de fresas y siembras de papas, más las colinas cubiertas de bosques de pinos y eucaliptos centenarios. Allá abajo, en el extremo del valle y brumosa en la lejanía, sobresalía la mínima torrecita de la iglesia del pueblo. Sebastián se acomodó en la piedra y descansó las manos con las esposas en el regazo. No perdía de vista, en ningún momento, que él hablaba con el Filo como enemigos a muerte que eran, y también sabía que había más de un tema vedado en esos diálogos ocasionales, empezando con cualquier dato o indicio que ofreciera una pista de la región donde estaban, y por eso él seguía sin conocer el nombre de esa distante población. Esa lección la aprendió a las malas, durante una de las primeras caminatas, cuando Sebastián hizo una pregunta lateral que podría proporcionar cierta información de la zona, y el Filo lo miró alerta, suspicaz, lo acercó de un tirón de la cadena y sin decir una palabra le cruzó la cara de una bofetada que le dejó la comisura de la boca sangrando. Desde ese día, entendió el rehén, era mejor proceder con cautela y no dárselas de vivo ni de astuto.

Después de un rato los perros también dejaron de corretear. Habían estado persiguiendo liebres y palomas, y se tendieron a descansar a los pies de los dos señores, acezantes. A Bolívar le gustaba hacerse cerca de Sebastián, e incluso disfrutaba sentarse sobre las punteras de sus tenis negros, mientras Simón parecía preferir al Filo. Aquel hombre les hizo señas a Calaña y al Cucho, quienes los seguían como a treinta metros de distancia, agitando el brazo e indicándoles que iban a reposar unos minutos allí. Los otros aprovecharon para tumbarse en la hierba también, recostando con cuidado la escopeta de dos cañones y el rifle de largo alcance sobre la bufanda de lana del Cucho, que extendieron sobre el pasto. El uno le brindó al otro un cigarrillo sin filtro, y los dos colegas procedieron a fumar mientras descansaban y contemplaban la vista de las montañas, al igual que ellos.

—Mi mundo es muy distinto al suyo —replicó al fin el secuestrador, después de pensarlo con calma—. Muy distinto.

Antes de responder a sus preguntas, el Filo parecía meditarlo a fondo, como analizando si el interrogante transgredía la invisible línea de lo permitido, y como si sopesara cuánta información debía compartir con su cautivo. Y a Sebastián, con frecuencia, le preocupaba que el otro estuviera dispuesto a compartir tanta, porque no sabía si eso obedecía a una manera de ser, algo locuaz, jactanciosa o bocona, o si era porque su captor sabía que le estaba hablando a una persona que de cualquier modo estaría muerta en el próximo futuro, así que no importaba que él conociera los pormenores de su carrera o los grandes éxitos de su pasado criminal. El Filo esbozó una sonrisa mordaz, revelando por un instante su colmillo de oro, y se pasó despacio los dedos por la cicatriz de la frente.

—Muy distinto —repitió.

El hombre tenía puesta su chaqueta de cuero usada y se subió el cuello al sentir una racha de viento que soplaba más fuerte en ese paraje fresco y abierto, ondulando las briznas altas del pasto silvestre. En la mano izquierda sostenía el cabo de la cadena de Sebastián enrollado en el puño, y en la otra tenía un cigarrillo que acababa de encender, aspirando con fuerza y soltando largas bocanadas de humo. Sebastián reparó en la cicatriz de su frente, que parecía relajada, pues él ya había notado que la misma servía como una especie de barómetro para determinar el estado anímico de su enemigo: se contraía y se ponía cárdena cuando estaba colérico, y se distendía y tornaba de un tono rosado cuando estaba sereno o de buen humor. El Filo mantenía la pistola niquelada de Jaime metida en el bolsillo derecho de la chaqueta, su paquete de cigarrillos sin filtro con el mechero en el otro, y al cinto portaba la Taurus PT92 brasilera encajada en su funda negra de nylon, ambas armas listas con los cargadores llenos, la primera bala acerrojada dentro de la cámara y el seguro puesto. Al levantar el brazo para chupar su cigarrillo, se estiraba unos centímetros la manga de la chaqueta de cuero, y debajo del puño se asomaba el Patek Philippe que Alana le había obsequiado a su marido con motivo de su cumpleaños, y que el Filo le había quitado la noche de su captura. Desde esa vez en el garaje, mientras cambiaban de vehículos, cuando el jefe de la banda se burló y le mostró cómo lucía aquella joya en su mano, Sebastián no le había vuelto a mencionar el tema para no darle el gusto, pero en cada ocasión que estaban juntos lo espiaba con disimulo y le amargaba comprobar que ese reloj tan fino y elegante seguía adornando la muñeca de ese criminal. Más que recuperarlo para sí, él soñaba con tenerlo un segundo en su poder para reventarlo en pedazos contra el suelo, porque ese regalo tan precioso había sido envilecido por aquel rufián y prefería verlo en añicos que en manos de su raptor. Además, si el día de mañana él lograra salir con vida de ese infierno, lo último que querría sería un objeto tocado y manoseado por el Filo, que siempre le iba a recordar esa cara perversa y maligna, con su colmillo de oro y su larga cicatriz cruzándole la frente. Sebastián desvió la mirada para evitar el dolor y la indignación, pues ya sabía que ambos eran sentimientos inútiles en esas circunstancias, y escupió al suelo la larga brizna de paja amarilla.

—Yo no tuve la suerte de ir a la universidad —añadió el malhechor—, y menos de estudiar en el extranjero, como lo hizo usted, señor Sarmiento. Pero desde que recuerdo me han gustado los libros y leo lo que pueda, lo que caiga en mis manos. En este gremio de gente dura en verdad muy pocos leen, y como de vez en cuando les cito a mis parches algún autor o les comparto algo que he descubierto en mis lecturas, y hasta en ciertas ocasiones, cuando hemos cobrado un rescate y estamos celebrando con viejas y tragos, les he soltado un verso o recitado un poema, que los otros oyen respetuosos y en silencio, me he ganado cierta fama de pensador o de intelectual entre ellos. Para mis compadres soy como un filósofo, lo cual tiene su gracia, y en parte de ahí viene el apodo de *Filo*.

El hombre esbozó una sonrisa ambigua y chupó su cigarrillo, meditativo. Sebastián apartó la vista, contemplando las montañas de enfrente y el valle de abajo, y como le sucedía a menudo cuando observaba ese paisaje vasto y despoblado, lo sobrecogió una sensación de futilidad y desesperanza, porque otra vez se hizo evidente que escapar de ese lugar sería imposible. Lo había pensado mil veces y lo consideraba desde diferentes ángulos cada vez que salía a caminar vigilado por sus custodios. Y siempre se topaba con la misma pregunta, como un callejón sin salida, mientras miraba perplejo y consternado las inmediaciones: ¿escapar adónde? ¿Y cómo hacerlo sin que estos bandidos se dieran cuenta? ¿Acaso debía tratar de pelear o vencerlos físicamente? Eso, por supuesto, rayaba en lo risible. Sería un despropósito intentar un combate personal, incluso acudiendo a las artes marciales, porque él se hallaría sin ni siquiera un cortaúñas delante de un trío de hombres aguerridos y armados hasta las calzas. Sin duda, enfrentarse a uno de estos delincuentes provistos en todo momento de pistolas, revólveres, rifles y escopetas sería temerario, pero a dos sería una locura y a tres un suicidio. En efecto, al iniciar el menor gesto de agresión contra cualquiera de ellos, lo matarían sin titubear, y si por suerte él consiguiera sorprender y neutralizar a uno, los otros dos, que nunca estaban lejos, lo acribillarían en el acto. Para colmo de males, al estar todo el tiempo esposado y encadenado cuando se veía afuera, las opciones de fuga eran nulas. Sebastián exhaló un suspiro de desaliento e hizo un movimiento negativo y discreto con la cabeza, porque en esos recorridos él llegaba siempre a la misma conclusión inexorable: escapar de allí no sería posible nunca, y como tampoco parecía factible que lo fueran a dejar en libertad, así les entregara la totalidad de sus bienes, él iba a morir sin remedio en ese sitio inhóspito, con un grillete en el tobillo y un balazo en la frente, al igual que Jaime. Era sólo una cuestión de tiempo.

—Pero hay otra razón de ser de mi apodo —de pronto agregó el Filo—, y seguro es más relevante.

El hombre aspiró con fuerza el cigarrillo, manteniendo la mirada fija en la distancia, y dejó salir el humo lentamente por las narices.

—Ya le dije, señor Sarmiento, que estuve vinculado a la guerrilla y al paramilitarismo en diferentes épocas de mi vida. Como usted sabe, esas dos fuerzas antagónicas son enemigas mortales —hablaba en un tono frío y neutro, sin inflexiones—, y las batallas que han librado entre sí son de lo más violento que ha sufrido nuestro país en toda su historia.

El Filo se calló por unos instantes. Luego volvió a fumar y expelió una serie de aros con el humo del cigarrillo, apreciando cómo se alejaban, ondulantes, en el aire de la tarde.

—Por un lado está la guerrilla —continuó al cabo en el mismo tono—, bien financiada por sus muchas fuentes criminales, empezando con la protección de laboratorios y cultivos de coca, amapola y marihuana del narcotráfico, y dotada de una formidable experiencia de guerra, junto con valiosos aliados nacionales y un respaldo internacional importante. Y por otro lado están los paramilitares, financiados por los carteles de la mafia y apoyados por buena parte de los terratenientes y de la oligarquía de este país, y en franca alianza con varios comandantes de las Fuerzas Armadas. Quizás al comienzo las autodefensas surgieron en reacción a los abusos de la subversión, a todos los asaltos y extorsiones y asesinatos y secuestros realizados durante décadas por la guerrilla en medio de la indiferencia del Estado. Pero muy pronto éstas pasaron a la ofensiva, se asociaron con los capos de la droga y para finales del siglo pasado esos mercenarios ya ostentaban su propio inventario de horrores, con ataques igual de sangrientos que los de los rebeldes, y hasta duplicando el número de masacres cometidas al año por la guerrilla. Estos dos grupos han perpetrado los peores crímenes y han amasado verdaderas fortunas derivadas de sus acciones ilegales.

El Filo escrutó la brasa del cigarrillo con el semblante reflexivo, y dejó caer la ceniza en la hierba.

—Lo cierto es que el conflicto entre guerrilleros y paramilitares es una lucha a muerte por el dominio de la tierra y por el control de parte esencial del negocio de la droga —afirmó—, ambos afiliados con los narcos más poderosos del mundo. Y la gente no se figura cuánta sangre ha corrido en el país por cuenta de esa guerra. Siempre he dicho que los mayores cementerios de Colombia son nuestros ríos, y nadie puede concebir siquiera la cantidad de cadáveres que han terminado llevados por las corrientes, picoteados por los buitres y arrastrados al mar.

El hombre le dio otra calada a su cigarrillo. Los dos guardaron silencio un momento y observaron las nubes grises y colosales que se desplazaban sobre la cordillera de montañas que tenían enfrente. Abajo en el valle, una distante columna de humo se elevaba de algún potrero; una quema de basura o maleza, seguramente. Sentían el viento en la cara y el aire empezaba a enfriarse con la proximidad del atardecer. Sebastián metió las manos entre las piernas para calentarlas.

—El hecho es que una vez participé en una de esas batallas campales —confesó el Filo—, la peor de mi vida. Para ese tiempo yo había desertado de la guerrilla y me había pasado a los paras, aunque cambiando de identidad, desde luego. Habíamos tenido algunas peleas y escaramuzas previas, pero nada como esa batalla. Mientras acampábamos con el frente en las afueras de un polvoriento pueblo de Arauca, fuimos sorprendidos por una columna de las FARC y duramos tres días dándonos plomo. Tratamos de resistir hasta donde pudimos, pero los guerrilleros eran más y estaban mejor armados, y nos estaban dando duro y parejo. Al segundo día de combate nos dimos cuenta de que nos iban a vencer esos hijos de puta. Y fíjese lo que son las casualidades, señor Sarmiento: quienes nos atacaban eran integrantes del frente 45 de las FARC, el mismo del cual yo había desertado un año antes. Esa columna había llegado a Arauca para quitarle el control de la región a otro grupo subversivo, el ELN, que llevaba años apostado ahí, con el objetivo de convertir la zona en una importante productora de coca. En esa época los líderes del ELN se habían resistido a incursionar en ese negocio porque ya tenían las manos llenas, dedicados al robo de petróleo y al contrabando de gasolina, y a realizar atentados contra el oleoducto Caño Limón-Coveñas, extorsionando a la empresa alemana que lo había construido. En fin, la deserción en la guerrilla se castiga con la pena de muerte, de modo que, si mis camaradas del 45 me atrapaban vivo, me iban a reconocer y a torturar hasta sacarme las tripas, y todo para terminar maniatado frente a un pelotón de fusilamiento.

El Filo volvió a chupar su cigarrillo y se estremeció de manera notoria. Sebastián no sabía si era por el viento que volvía a soplar en esa cumbre tan elevada, o si era por lo que estaba evocando.

—Como digo, estuvimos peleando durante tres días seguidos —prosiguió después de otra pausa—, y al final nos tocó replegarnos y defendernos desde el interior del pueblo, usando las casas de la gente como puestos de combate, pero los números jugaban en nuestra contra. Había un claro desequilibrio de fuerzas, de hombres y de armamento. Aun así seguimos peleando hasta que los últimos doce nos atrincheramos en la estructura más apartada del pueblo, la modesta escuela que, debido a la violencia en la zona, llevaba meses abandonada. Ahí resistimos unas horas más, pero al anochecer comprendimos que era inútil. Para entonces ya habían matado a siete de mis compañeros, y los únicos vivos éramos cinco, tres tipos bravos, Calaña y yo… y sí, desde esa época viene nuestra amistad. Al cabo se agotó la munición y la guerrilla se tomó la escuela, que parecía un cuartel en ruinas después de tantas horas de fuego cruzado, con los muros picados a tiros y parte del tejado destruido a morterazos. Incluso nos habían lanzado un par de granadas, y la última había abierto un boquete en la pared que daba al patio trasero de la escuela, pero yo no podía llegar hasta ahí sin que alguno me viera. En ese momento comprendí que esos cabrones me iban a capturar. Me tenía que ocultar a como diera lugar, así que me escondí debajo de los cadáveres que había amontonados en el salón del fondo y me hice el muerto, mientras Calaña logró escabullirse por la brecha abierta en el muro. Ya era de noche, y para que no me reconocieran los guerrilleros, pues les oía las voces mientras se acercaban con antorchas entre los escombros del salón vecino, buscando paras vivos o heridos entre los despojos para ultimarlos, me traté de tapar el rostro con lo que tuviera a mi alcance, tierra o barro o lo que fuera, pero no encontré nada mientras palpaba en la negrura. En ésas se me ocurrió acudir a la sangre del muerto que tenía encima mío, pero tan de malas que por su peso y por la postura yo no podía acceder a su herida. Así que, en un acto final de desesperación, con la idea de la sangre todavía en la cabeza, lo único que pude hacer fue coger mi cuchillo y me abrí un tajo en la frente para que la sangre me bañara la cara. Y funcionó, le digo. En medio del polvo, del humo y la oscuridad, y los restos destrozados del salón, cuando los guerrilleros ingresaron al recinto y revisaron los cadáveres por encima, tocándolos con los fusiles o con las puntas de las botas y examinándolos a la luz del parpadeante fuego de las antorchas, me creyeron un muerto más y no me reconocieron. Allí mismo empezaron a celebrar su victoria y armaron una fiesta en mitad del pueblo, donde todos se emborracharon. Al día siguiente y con luz, seguramente, iban a deshacerse de los cadáveres, enterrándolos o quemándolos. Así que esa noche, en el primer descuido y aprovechando la fiesta y la música y la borrachera colectiva, me arrastré por el suelo de un salón al otro hasta que llegué al último, y ahí me escurrí por el boquete en la pared que había usado Calaña. Salí tropezando al patio trasero, tanteando entre los destrozos y con la cara bañada en sangre, y me fugué en el monte. Por suerte mi amigo estaba ahí, esperándome ansioso, y huimos juntos.

El hombre giró el rostro para observar a Sebastián en la moribunda luz del ocaso. Chupó otra vez su cigarrillo, y exhaló una larga bocanada de humo por las fosas nasales. Después volvió a mover la cabeza para contemplar el paisaje.

—En resumidas cuentas —concluyó—, de ahí viene esta hermosa cicatriz que tengo, y adivine quién me cogió estos puntos tan bonitos unos días después. Nadie menos que el Cucho —el Filo lo señaló con un gesto de la boca, como invitando a estudiarlo, y les hizo un leve ademán de saludo a los dos hombres que permanecían descansando más abajo, recostados en el pasto—. Lo cierto es que mis parches saben que yo mismo me hice esta herida con el filo de mi cuchillo, y bueno, de ahí también viene mi apodo.

Con eso el hombre le dio la última calada al cigarrillo y lo aplastó contra la piedra, la expresión rencorosa. Se incorporó para empezar a bajar por la montaña hacia la casa.

—Como puede ver, señor Sarmiento, me he escapado más de una vez de morir en manos de mis enemigos, y tengo las huellas en el cuerpo para probarlo —se volvió a tocar la cicatriz de la frente, como si se la estuviera mostrando a Sebastián por primera vez, y alzó la pierna de madera para que el otro la mirara bien—. Como le digo, mi mundo es muy distinto al suyo.

El ejecutivo tardó unos segundos en seguirlo. Al fin se levantó de la roca, pensativo y un poco entumecido por el frío, y el Filo, que ya iba por delante, tiró con dureza de la cadena. Sebastián casi se cae. Esta vez fue a propósito.

—Vamos —ordenó aquél, la voz áspera y tajante.

Procedieron a bajar por el terreno inclinado, buscando la senda abierta en el pasto alto, evitando las partes más resbalosas y pedregosas. Sonaban grillos en la hierba y titilaban las primeras luciérnagas. El jefe de la banda andaba despacio, cojeando en la penumbra creciente, y Sebastián también caminaba lento porque temía una caída de cara con las manos esposadas. Los perros corrían delante y batían las colas con alegría, anticipando el regreso a la calidez de la casa. Calaña y el Cucho se habían incorporado, sacudiéndose la ropa y recogiendo la bufanda y las armas del suelo. Marchaban un poco más abajo, manteniendo la misma distancia prudente de unos treinta metros.

—En todo caso —añadió el Filo—, le cuento todo esto para que sepa algo importante respecto a quién lo tiene preso, señor Sarmiento.

—¿Qué es?

El hombre lo observó con veneno en los ojos. Señaló su cicatriz con el dedo índice.

—Se nos está acabando la paciencia en torno a nuestra negociación, señor empresario. Y piense que si estoy dispuesto a hacerme esto a mí mismo, imagínese lo que estoy dispuesto a hacerle a usted.

Sebastián le devolvió la mirada, sin batir una pestaña.

—Me lo imagino —se limitó a decir.

Siguieron andando en silencio. La claridad parecía agonizar sobre el mundo. La montaña de enfrente lucía inmensa y oscura, y la escasez de puntos de luz en los cerros y en el valle hacía todavía más evidente lo poco poblada que era esa región. Dejaron atrás la vivienda de adobe de los cuidanderos, y en la mitad del trayecto hacia la casa, a la altura del desvío al huerto de legumbres, Sebastián se detuvo.

—Un momento —dijo.

El Filo se paró.

—¿Qué pasa?

—Hay algo que quiero saber.

El otro consultó la hora en el reloj de pulsera de Alana. Pareció concluir que disponía de unos minutos adicionales.

—Diga a ver.

Sebastián se quedó un instante callado, como tratando de articular la pregunta que hacía días le daba vueltas en la cabeza y que ahora, a raíz de la historia del Filo, parecía más pertinente.

—Me interesa saber qué lo ha llevado a todo esto. Aparte del dinero, desde luego.

—¿A qué se refiere?

—Me refiero a que si hay una motivación… filosófica a su carrera. Usted participó en la guerrilla y en el paramilitarismo,

445

que son enemigos acérrimos y polos opuestos. ¿Lo hizo porque en ese tiempo creía en sus causas o banderas? De ser así, ¿qué lo llevó a cambiar de bando? ¿Un desencanto ideológico o algo por el estilo?

El Filo lo miró largamente. Parecía reacio a contestar, como si otra vez estuviera sopesando cuánto convenía contarle a su rehén de sus propias convicciones. Por un segundo Sebastián creyó que se había vuelto a exceder y que el otro lo iba a golpear. Pero aquél sólo lo encaró y lo pareció escrutar con atención, como tratando de vislumbrar las intenciones más recónditas de su pregunta.

—¿De veras le interesa saber?

—De veras.

—¿Por qué?

—Porque soy un estudioso de la violencia en Colombia y quiero entender.

El otro lo escudriñó de nuevo.

—Un estudioso, dice.

—Así es.

El hombre sonrió a medias y con amargura, y le dio una vuelta al extremo de la cadena en el puño de la mano. Se metió la otra en el bolsillo de la chaqueta. Sebastián no supo si era para calentarla o para extraer la pistola niquelada de Jaime. Al final el Filo dejó escapar un suspiro y se encogió de hombros.

—Como ya le he dicho, señor Sarmiento, yo nunca tuve estudios superiores, pero me gusta leer. Y he leído muchos de los libros y tratados que sustentan ambas ideologías que usted menciona, y le puedo decir que todo eso es pura mierda.

El hombre extrajo otro cigarrillo sin filtro y lo prendió, protegiendo la llama del viento en el hueco de la mano. Miró el cielo que oscurecía. Los últimos tonos rosados y rojizos del poniente se parecían disolver sobre el firmamento. Era la vez que más se habían demorado en la caminata de la tarde.

—Pura mierda —repitió el Filo, severo—. En Colombia ninguno de esos bandos tiene una motivación ideológica, y se lo digo yo que los conocí bien por dentro. La guerrilla invoca los textos de la izquierda para justificar sus actos de barbarie, y los paramilitares invocan los de la derecha por lo mismo. Y sí, a lo mejor algún jefe o cabecilla de un frente se cree esos rollos, pero son la excepción, se lo garantizo, y no es por eso que están alzados en armas. Quizás en otros lugares sí fue así, y tal vez aquí hubo cierta intención romántica o idealista al comienzo, inspirada en la Revolución cubana y en la figura legendaria del Che. Pero hoy en día, en este país, lo de ambos es un puro y simple negocio. Disfrazan sus crímenes con discursos políticos, pero en realidad sólo les interesan el poder y el billete. Es una lucha por la tierra, por el dominio de unas mafias sobre otras, una pelea a muerte por el tráfico de drogas y otras fuentes de riqueza como son el oro, el petróleo, la extorsión, el boleteo, el contrabando y la trata de personas. Es un negocio y nada más. Y creer que hay una motivación política o ideológica detrás de esta guerra sucia y sangrienta es de una candidez ridícula.

El Filo aspiró su cigarrillo. Les hizo otro gesto a Calaña y al Cucho, que se habían detenido más adelante, para que esperasen. Los dos hombres, al ver que ellos retomaban la conversación, se volvieron a sentar en el pasto. Esta vez Simón y Bolívar se quedaron con ellos.

—Se lo digo de esta manera —afirmó el otro casi con desprecio—: la mayoría de los ismos políticos han sido derrotados por la historia, señor Sarmiento. El marxismo, el colectivismo, el estalinismo, el leninismo, el maoísmo, el fascismo, el socialismo y el comunismo han sido superados por los hechos y por el paso de los años. Hasta el capitalismo, que se ha perpetuado como el sistema económico prevaleciente en el mundo, ha demostrado que sólo sirve para enriquecer a los ricos y empobrecer a los pobres. Y de todo ese cementerio de ismos sólo queda uno intacto, que es con el cual yo comulgo ahora: el individualismo. Antes yo trabajaba para otros y ésas fueron las épocas cuando luché y expuse mi pellejo por la guerrilla y después por los paras, y ambos grupos no sólo son unos simples asesinos, que me importa poco, ¿porque cuál sector de la sociedad, a fin de cuentas, no lo es? Lo que les reprocho es que son pésimos estrategas, y eso sí me parece imperdonable. De haber mantenido un bajo perfil ellos habrían perdurado en el tiempo, pero les dio por representar un peligro institucional, como lo hizo Pablo Escobar con sus bombas y magnicidios, sus aspiraciones políticas y el asesinato de jueces, policías, periodistas y candidatos presidenciales. Es decir, constituyen una amenaza a la existencia del Estado. Y no hay país que lo permita y que no termine, tarde o temprano, ganando esa batalla sin cuartel. En Colombia el Estado es totalmente corrupto e incompetente, de eso no me cabe duda, pero en últimas es mucho más grande y poderoso que cualquier cartel, grupo insurgente o fuerza paramilitar, y por esa razón siempre acabará venciendo en la guerra contra esas amenazas institucionales. Ésa es la lección que nos dejó don Pablo Escobar y su sanguinario cartel de Medellín: un hampón puede crecer en la clandestinidad y se puede volver millonario mediante la extorsión, el secuestro, la prostitución, el sicariato, las esmeraldas, el narcotráfico o cualquier otra forma de actividad ilegal. Pero hampón que se convierta en un peligro para la supervivencia del Estado, a la larga o a la corta termina como Escobar, por rico, influyente o implacable que sea: huyendo descalzo y muerto a tiros en el tejado de un barrio de pobres. Un error garrafal de estrategia. Por eso ambos grupos que usted menciona están condenados a desaparecer, pero no sin antes mutilar, asesinar, desplazar, torturar y masacrar a miles de colombianos. Esos salvajes son, ante todo, pésimos empresarios. Así que yo defiendo el individualismo, señor Sarmiento, y desde hace años trabajo para mí solo. Y le puedo decir que así me he vuelto rico, y con usted nos vamos a jubilar para siempre de este peligroso oficio de mierda.

El hombre chupó otra vez su cigarrillo con fuerza y después lo expulsó con los dedos al monte.

—¿Le quedó claro? —preguntó, la mirada despiadada y penetrante.

Sebastián, vestido sólo con la sudadera gris y las esposas metálicas aferradas a sus muñecas que se habían puesto heladas, no pudo evitar que tiritaran y sonaran. Miró al otro con fijeza y asintió con la cabeza.

—Sí —replicó—. Me quedó claro.

—Entonces vamos —volvió a decir el Filo, tirando de la cadena—. Que hace frío.

Retomaron su camino y siguieron andando hacia la casa en silencio. Se veían pocas luces encendidas dentro.

El hombre llevó a Sebastián hasta su cuarto. Mientras Calaña lo vigilaba desde el umbral de la puerta abierta, sin quitarle los ojos de encima y con la escopeta de dos cañones sostenida con dejadez sobre el brazo doblado, apuntando al suelo, el Filo abrió y retiró las esposas del cautivo y las guardó en un bolsillo de su pantalón. Luego amarró la cadena a la argolla de la pata de hierro de la cama, la aseguró con el candado Master y tiró de éste un par de veces para comprobar que había quedado bien ajustado. La rutina vespertina.

—Hasta mañana —dijo el Filo.

—Hasta mañana —dijo Sebastián, frotándose las muñecas.

El otro cerró la puerta con llave y pasó las trancas y fallebas. Al cabo se oyeron amordazadas las voces de los tres hombres afuera en el saloncito de la casa. Por lo visto uno había dicho algo gracioso mientras revivían el fuego de la chimenea, y ahora todos se reían a carcajadas.

33. Rememorando

El ejecutivo temblaba del frío, de modo que tomó la manta de la cama y se la echó sobre los hombros para calentarse, y se sentó en la silla frente al pupitre. Con aire pensativo, levantó la tapa de madera y extrajo sus papeles escritos a lápiz. Revisó por encima lo que había anotado esa tarde, antes de salir a caminar —estaba corrigiendo la sección dedicada al vuelo 232 de United Airlines, buscando enfatizar la cadena de hechos menores y casuales que llevó a que el piloto Denny Fitch estuviera sentado allí, en la cabina de primera clase, justo en el instante de explotar el motor número Dos de la aeronave—, pero no se pudo concentrar en la lectura. Después de un rato, tras exhalar un suspiro que pareció salirle del alma, volvió a guardar las hojas en el cajón del escritorio. En verdad no tenía ganas de escribir esa noche. Su cerebro estaba absorto, distraído, ocupado en asimilar todo lo que el Filo había dicho. Sin duda había sido un diálogo iluminador, más que nada para entender la mentalidad de su captor y saber cómo aquél interpretaba su vida y su lugar en el mundo. Pero en algo tenía razón ese criminal, se dijo Sebastián con pesadumbre, y era que la historia reciente de Colombia estaba bañada en sangre como pocas otras de la modernidad.

El hombre se incorporó, oyendo el tintineo metálico de la cadena de cuatro metros de largo, arrastrada sobre el suelo de tablas desvencijadas, y caminó hasta la ventanita cruzada de barrotes de hierro. Se asomó a los cristales tiznados, pero la noche cerrada no permitía ver gran cosa. Oyó los ladridos de los perros en la oscuridad, seguidos de un aullido semejante al de un lobo a la luna, y a continuación el silencio apenas interrumpido por el apagado rumor de los hombres al otro lado de la puerta de madera. Sebastián se ajustó la manta sobre los hombros y regresó a la silla del pupitre.

Pocos países, en efecto, habían sufrido una barbarie comparable, pensó. En particular durante las tres décadas pasadas, incluida la primera del nuevo siglo. Sebastián sabía que a pesar de la cantidad de ataques terroristas que habían sacudido últimamente a la comunidad internacional —bombas en aeropuertos y centros comerciales, explosiones en conciertos de música popular y estaciones subterráneas de metro, asaltos en hoteles de lujo y centros financieros, y atentados en calles peatonales y templos religiosos—, que aterraban y atrapaban la atención del público mediante titulares de noticieros y portadas de revistas y diarios extranjeros, lo cierto era que ese tipo de delito atroz, para el asombro de muchos, se había ido reduciendo con el progreso de la humanidad de manera innegable y notoria. Hasta la primera mitad del siglo XX, recordó el ejecutivo, y en gran parte debido a las dos guerras mundiales y a otros conflictos sangrientos como la Guerra Civil Española y la Revolución rusa de 1917, la violencia había sido una causa significativa de muertes acaecidas en el globo. Pero en la actualidad, por ejemplo en muchos países europeos, la posibilidad de morir en forma violenta era algo tan excepcional e improbable como fallecer por tropezar en la calle o por caerse de un árbol. El equipo periodístico y de investigación de Alcásar había preparado varios estudios al respecto, y quizás el que más lo había sorprendido era el que mostraba la diferencia entre las causas reales de muertes en un país como Estados Unidos —por tratarse de uno de los casos más emblemáticos— y la percepción pública del problema derivada del cubrimiento informativo. Mientras que la suma total de víctimas fatales por acciones terroristas, homicidios y suicidios correspondía a menos del tres por ciento de todas las muertes ocurridas en el país cada año —y esa cifra era elevada comparada con las de otras naciones industrializadas—, esa clase de acto violento recibía casi el setenta por ciento del cubrimiento en los medios masivos de comunicación. Y no sólo en los tabloides más amarillistas y sensacionalistas, sino también en los diarios más serios y respetados, entre ellos el *New York Times* y el *Guardian* de Londres. De ahí la impresión del público de que el país naufragaba en un mar de sangre. Pero esa percepción no coincidía con la verdad de los hechos.

Sebastián soltó despacio otro largo y profundo suspiro, porque esos estudios apuntaban a una conclusión desalentadora: en muchos lugares del planeta, cada vez en mayor número y a pesar de sus propios y cuantiosos problemas, los horrores que en Colombia se vivían a diario eran poco menos que impensables. Nuestra violencia nacional, había que admitirlo con dolorosa franqueza, era diferente, desmedida, y pertenecía a una categoría aparte y a una dimensión superior. Claro, el pasado más remoto de la mayoría de los países era igualmente bárbaro y sangriento, de eso no cabía duda —bastaba repasar el Medioevo europeo, reflexionó, y las culturas prehispánicas, los flagelos de la Conquista, el exterminio indígena en Norte América, el infierno de Leopoldo II en el Congo africano, los avernos de Hitler, el Gulag de Stalin, el genocidio de Pol Pot, y miles de monstruosidades similares—, pero hoy en día las sociedades más prósperas y desarrolladas eran también más pacíficas y civilizadas, y gracias a ello nuestros crímenes atroces, sufridos por muchos y conocidos por todos, eran prácticamente inexistentes en esas tierras. «Los mayores cementerios de Colombia son nuestros ríos», había declarado el Filo en tono tajante. ¿Y de cuántos países, en verdad, se podía decir ahora algo semejante? Sebastián se apretó la manta sobre los hombros, y por su cabeza pareció desfilar, una por una y lentamente, el conjunto cabal de pesadillas que martirizaban a cada ciudad, región y aldea de Colombia. Entonces se acordó de la sonrisa burlona, al desmovilizarse durante uno de los más recientes procesos de paz, del paramilitar Hernán Giraldo Serna, apodado el Taladro, debido a su preferencia por ese instrumento en el tormento de sus víctimas, y por su gusto de violar niñas vírgenes menores de edad, muchas de ellas de apenas catorce y doce años. Y de la incapacidad de escribir su propio nombre del analfabeta Henry Loaiza Ceballos, llamado el Alacrán, un virulento narcotraficante del cartel del Norte del Valle, que al rendirse ante las autoridades tuvo que firmar el documento de entrega con sólo una equis, aunque era dueño de una fortuna inmensa y era famoso por su manejo de la motosierra en la tortura y decapitación de cientos de campesinos inocentes, como lo hizo en la masacre de Trujillo, Valle del Cauca, donde fueron descuartizadas más de doscientas personas, empezando con el párroco Tiberio Fernández, cuyos cadáveres fueron arrojados a las aguas marrones del río Cauca. Era indiscutible que las infamias cotidianas que azotaban a los habitantes del país incluían una escalofriante colección de delitos, abusos y agresiones, y entre ellos sobresalían secuestros, masacres, asaltos a poblaciones, bombas en oleoductos y destrucción de puentes y torres de energía, homicidios, magnicidios, carrobombas, burrobombas, collarbombas, niñobombas, minas quiebrapatas, reclutamiento forzoso de menores, violaciones de todas las edades —desde bebés de meses hasta ancianas nonagenarias—, matanzas, sicarios y grupos guerrilleros, fuerzas paramilitares, bandas criminales, delincuentes comunes, narcos sanguinarios y un tráfico ilegal de drogas que envilecía todos los estamentos de la sociedad, más falsos positivos, plagios colectivos, torturas con sopletes, reyertas con machetes, pescas milagrosas y mutilaciones con motosierras. Sin ir muy lejos, prosiguió Sebastián, un país como Japón, con casi tres veces la población de Colombia y acosado también por una peligrosa mafia infiltrada en la comunidad, la temible Yakuza, tenía una de las tasas de homicidios más bajas del mundo —su promedio de asesinatos durante los años noventa fue de 0,61 por cada cien mil habitantes, y hoy era todavía menor, de apenas 0,2—, mientras que nosotros teníamos una de las tasas más altas de todas —durante la misma década de los noventa el promedio colombiano llegó a superar los 75 asesinatos por cada cien mil habitantes, lo cual era insólito, y más cuando se pensaba que el promedio actual del mundo correspondía a 9 asesinatos por cada cien mil habitantes—. Más aún, la triste realidad era que en este país faltaba poco para que una muerte violenta se considerara natural. ¿Cómo olvidar, por ejemplo, que con una sola explosión —de centenares que detonaba la guerrilla cada año—, las FARC habían matado a setenta y cinco personas en la iglesia del municipio de Bojayá en el Chocó, la región más pobre y mísera del país? Entre los muertos había cuarenta y cinco niños, y a cielo abierto sólo quedó un montón de escombros entre lo que habían sido las modestas paredes del templo, más vísceras, manitas y piecitos regados por todas partes. Por su lado, los paramilitares estaban matando tanto, que uno de sus mayores desafíos era deshacerse a tiempo de los cadáveres, de modo que los jefes organizaron sesiones de entrenamiento para enseñarles a sus muchachos a descuartizar los cuerpos de prisa, empacar las extremidades dentro del torso para maximizar el espacio, y meterlos a la carrera en fosas comunes que cavaban en la tierra. Y como prueba suprema de su bestialidad y salvajismo, aquellas sesiones de aprendizaje no las hacían con muñecos y ni siquiera con los cuerpos de los muertos, sino con gente viva. Los paras llegaban de noche a una vereda de campesinos o a un pueblo de pobres y raptaban a un grupo de hombres y mujeres de distintas edades, que se llevaban aterrados en un camión. Luego, en la oscuridad de un potrero y a la luz de fogatas que avivaban, midiendo el tiempo con cronómetros, procedían a descuartizar a las víctimas lo más rápido posible, pero dado que sus motosierras se les enredaban en las prendas y en las telas de la ropa, utilizaban machetes para desmembrar a esas personas que daban gritos y alaridos.

Sebastián se puso en pie, negando con la cabeza, espantado. Tenía la piel erizada de sólo imaginar aquello. Y de pensar que el Filo y Calaña habían engrosado las filas de ambos grupos de asesinos. Caminó varias veces de un extremo del cuarto al otro, oyendo el sonido metálico de la larga cadena de acero y el arrastre de los eslabones por el suelo de tablas. Se pasó los dedos por la barba negra y espesa, rememorando.

Una vez, evocó, hacía diez años exactos, en un viaje a Europa por cuestiones de trabajo, sus socios españoles le habían hecho una pregunta elemental al cabo de una cena en uno de los mejores restaurantes de Madrid: ¿Por qué no hay más marchas de protesta en contra de la violencia en tu país, joder? El grupo de empresarios estaba reunido en un salón exclusivo, y después de un día dedicado a estudiar proyectos de inversión, riesgos de mercado y análisis financieros, para esa hora ya todos tenían el nudo de la corbata suelto y el primer botón de la camisa abierto, los blazers colgados sobre el respaldo de las sillas y las mangas dobladas hasta los codos, más un habano en la mano y un licor en la otra, y se disponían a hablar con mayor confianza y franqueza. Cada uno estaba vinculado a los medios de comunicación y tenía negocios con las empresas de Sebastián, y a su vez él tenía negocios con sus firmas españolas y europeas, y les interesaba comentar las noticias procedentes de Colombia, que ese día habían sido especialmente violentas —una cruenta masacre de paramilitares en el corregimiento de San Teodoro, departamento del Vichada—. Porque queremos mucho a tu país, le habían dicho con sinceridad, y no entendemos lo que pasa allí. ¿Cómo es posible, querían saber, que con tanta balacera y tanta matanza, y tanto juez y periodista asesinado, y tanta bomba en las ciudades y tanto líder político y jefe sindical acribillado a tiros, cómo es posible que el pueblo no salga a protestar a diario, o al menos con más frecuencia? Estamos casi en el año 2000, insistían, ¿y cuántas marchas nacionales de rechazo a la violencia se han dado en Colombia en las últimas décadas? ¿Una? ¿Dos? ¿Tres, quizás? En Francia, objetaban, por cualquier motivo los diversos sectores de la sociedad se organizan y movilizan para desfilar por las avenidas y defender sus derechos, marchando para apoyar una causa o protestando por esto o aquello. Y aquí en España, añadían, cuando el grupo terrorista ETA asesina a un miembro de la autoridad o de la sociedad civil, los ciudadanos se toman las calles para repudiar el crimen y no es raro que se produzcan manifestaciones con miles y hasta cientos de miles de personas condenando el acto infame. De modo que esa falta de acción de parte de la ciudadanía colombiana les resultaba, por decir lo menos, desconcertante.

En esos años esa clase de pregunta se la hicieron a Sebastián más de una vez, en diferentes contextos y con pequeñas variaciones en las frases y dudas, pero en esencia todas correspondían a la misma inquietud. Y ésta era válida, había que aceptarlo, pues no se refería a las causas de la violencia, que eran muchas y conocidas de sobra, y que comprendían factores históricos y contemporáneos como el hambre, la pobreza, la desigualdad y la injusticia social, la fragilidad de las instituciones y la inoperancia de la ley y la autoridad, las diferencias raciales, regionales, de clase y de oportunidades, la dificultad en la movilización social y el centralismo, las insuficiencias de la democracia nacional y la ausencia de mecanismos de participación ciudadana, las luchas entre grupos criminales y la opresión de sectores marginados, la falta de presencia del Estado en vastas zonas del país y el forcejeo territorial entre los carteles de la mafia, unidos a un larguísimo etcétera. La inquietud estaba relacionada, más bien, con la escasa reacción del pueblo ante tanta violencia.

Era, en efecto, una buena pregunta. Y cada vez que alguien se la hacía, o una similar, Sebastián tenía que conceder la validez de la cuestión, de modo que él ponía de lado su copa con un suspiro discreto e intentaba responderle al interlocutor del momento. Muchos creen que ese tipo de protesta y rechazo público no sucede más en mi país debido a la indiferencia de la población, admitía, o a su miedo y resignación después de tantas décadas de conflicto armado. Pero en su opinión la razón era más sencilla… y a la vez más alarmante. Se trata de un problema de escala, anotaba, de magnitud y dimensión. Porque en Colombia hay tanta violencia que, si respondiéramos en masa para denunciar cada muerte feroz que ocurre en el territorio nacional, en promedio tendríamos que salir a las calles, literalmente, entre ochenta o noventa veces… todos los días. Sólo durante la pasada década de los años noventa, decía, una de las más sangrientas de nuestra historia, más de treinta mil personas habían muerto violentamente en el país cada año. Y para colocar las cosas en perspectiva, bastaba comparar nuestro caso con los de otros pueblos con niveles menos escandalosos de violencia. Por ejemplo, señalaba Sebastián, después de la Segunda Guerra Mundial, una de las naciones europeas más afligida por la tragedia del secuestro ha sido Italia, en gran parte debido a vendettas y ajustes de cuentas internas de la mafia, y muchos todavía recuerdan el atentado al exprimer ministro, Aldo Moro, secuestrado por las Brigadas Rojas en 1978 y asesinado y abandonado en el baúl de un automóvil, a sólo cien pasos de las oficinas de la Democracia Cristiana. Los otros comensales asentían en la mesa. No obstante, agregaba Sebastián, en los últimos treinta años Italia ha sufrido alrededor de ochocientos plagios en total. Colombia, en cambio, con una población bastante menor, en el mismo período ha padecido dos o tres veces más esa misma cantidad de secuestros… cada año. Y la situación se ha agravado, añadía, porque ya para 1999 habíamos alcanzado la media de ocho secuestros diarios. Y no sólo eso. Si se suman los habitantes de varios países civilizados como Austria, Noruega, Nueva Zelandia, Portugal, Suecia y Suiza, resaltaba el empresario, eso equivale, más o menos, a la población de Colombia, pero mientras que en esas naciones ocurren menos de quinientos homicidios en total al año, en Colombia ocurren casi veinticinco mil. Por otro lado, insistía, nadie ignora que uno de los peores conflictos que sacudió el continente europeo tras la Segunda Guerra Mundial fue la sangrienta contienda en Irlanda del Norte llamada The Troubles. Durante esa pugna nacionalista y religiosa entre católicos y protestantes, precisaba Sebastián, que se extendió a lo largo de treinta y seis años, unas tres mil quinientas personas perdieron la vida. Eso es, aproximadamente, la décima parte de las muertes violentas que suceden en Colombia… cada año. La crisis es tan honda y abrumadora en mi país, les explicaba Sebastián a sus socios y amigos españoles, que hemos vivido atrocidades que no han ocurrido en ningún otro lugar del mundo actual, como ver a cuatro candidatos presidenciales asesinados en una sola elección. O ver al gentil futbolista, Andrés Escobar, baleado por meter un autogol. O ver al brillante cómico, Jaime Garzón, muerto a tiros por ser irreverente. Hacía unos años, inclusive, tras un emocionante partido de fútbol, cuando Colombia le ganó a Argentina cinco a cero —un marcador asombroso—, al día siguiente los medios tuvimos que reportar que habían muerto ochenta y dos personas en las fiestas de celebración, más otras setecientas veinticinco heridas de gravedad, y muchos nos preguntamos si no podíamos festejar siquiera un triunfo deportivo sin desembocar en un baño de sangre. ¿Y qué tal el exterminio de un partido político completo, la Unión Patriótica, cuyos miembros fueron total y sistemáticamente eliminados a bala? ¿Y qué tal el increíble número de desaparecidos, que cada año aumenta, sin que nadie sepa jamás cuál es el paradero final del marido, de la hija, de la esposa o del joven, lo que causa una agonía que no termina nunca para sus familiares? Más aún, les decía a sus oyentes, nuestro drama es a veces tan incomprensible —y eso se lo acababa de confirmar el Filo—, que los dos protagonistas más violentos del país, la guerrilla y los paramilitares, son adversarios a muerte, pero ambos dependen de la misma fuente de financiación, que es el narcotráfico. Mejor dicho, un solo negocio ilegal mantiene vivos a dos enemigos mortales. En fin, concluía el ejecutivo con desaliento, al igual que miles de sus compatriotas, él había visto masacres reportadas en los noticieros de la mañana que no se mencionaban en los informativos de la noche, sólo porque esa calamidad había sido sepultada bajo el alud de otras tragedias igual de atroces pero más recientes. Una masacre, oigan bien… En un mismo día.

Sebastián se volvió a sentar en la silla de madera, abatido y pensativo, recordando esas conversaciones y discusiones en torno a la violencia en su país, y no se dio cuenta de que había pasado el tiempo. Por eso se sobresaltó cuando sintió que había alguien en la puerta. Oyó las trancas y los cerrojos que se volvían a abrir. Seguramente es la vieja muda con la última comida del día, pensó. Sin embargo, para su sorpresa era otra vez el Filo, que se asomó y lo miró perverso. Estaba borracho, bebiendo aguardiente Cristal y sujetando la botella del cuello, y la cicatriz de la frente parecía brillarle de malicia.

—Prepárese —le ordenó a Sebastián, tomando un buen sorbo de la botella y secándose la boca con el dorso de la mano—. Mi amigo Calaña quiere conversar con usted… En el sótano.

34. Eureka

El mayor obstáculo en torno a mi liberación eran las garantías.
Al comienzo las discusiones giraron alrededor del valor mone-
tario, y la negociación avanzó a tropiezos y con grandes dificulta-
des durante las primeras semanas de mi cautiverio. Pero tan pron-
to sorteamos ese inconveniente se interpuso el próximo, el de las
malditas garantías, y ahí nos estancamos a lo largo de un tiempo
que me pareció eterno.
A diferencia de un secuestro habitual, cuyos términos se pac-
tan entre los criminales y un pariente de la víctima o un represen-
tante de la familia —y, cuando se trata de un pez gordo o un eje-
cutivo de una compañía multinacional, o una figura destacada en
el país ya sea por su fama, poder o riqueza, a menudo se contrata
a un profesional de carrera, un experto en negociaciones y manejo
de crisis, alguien curtido en ese tipo de labor y diligencia—, en este
caso mis secuestradores no aceptaron la injerencia de nadie más y
menos la de un conocedor de la materia. Era incomprensible que
se opusieran a una colaboración tan necesaria y elemental, y más
con una suma de dinero tan grande en juego; la participación de
un especialista que facilitara y agilizara el proceso del acuerdo,
porque eso sería conveniente tanto para ellos como para mí; al-
guien que sirviera de garante y que estipulara las condiciones de la
transferencia de fondos a cambio de mi libertad. Pero no había
forma de hacerles cambiar de opinión. Desconfiaban de mis cole-
gas, abogados y asistentes, decían, y no querían oír siquiera de la
intervención de un negociador profesional, y dado que yo no tenía
otros familiares o amigos cercanos a quiénes acudir, fueron tajantes
en que el asunto lo tenía que manejar yo solo. Además, aducían
que las experiencias del pasado les habían confirmado que, en el
instante de confiar la negociación a un tercero sin un vínculo

emocional con el rehén, se prolongaba demasiado el cautiverio y aumentaba el riesgo de captura de la banda, ya fuera porque alguien perdía los estribos y balbuceaba un dato revelador en un momento inoportuno, o cometía una imprudencia en plena conversación interceptada, o algún miembro del grupo, con urgencia de reducir o borrar su expediente judicial con las autoridades, terminaba de soplón y aguafiestas. Nunca les creí sus razones, por supuesto, porque era bien sabido que la dilatación del tiempo en un secuestro favorece a los bandidos y perjudica a la víctima, y no al revés como ellos alegaban, pero lo cierto es que el acuerdo final lo teníamos que definir entre el Filo y yo. Y eso, muy pronto descubrí, no era nada fácil.

La razón era doble. Por un lado, porque ambas partes estábamos involucradas en la retención y nos encontrábamos actuando bajo presión —el jefe de la banda temía que los fueran a pillar en cualquier momento, y yo tenía un revólver puesto en la sien, por así decirlo, todo el tiempo—, cuando esos diálogos, por el contrario, requieren cálculo y cabeza fría, justamente para negociar con prudencia y eficacia y para no exigir o prometer más de lo que conviene. Y también porque en semejantes circunstancias las garantías del acuerdo, de lado y lado, se van al carajo. Así, tan pronto logré convencer al Filo de que simplemente remitirles la totalidad de mi fortuna a una cuenta bancaria en el exterior no sería posible —un refugio o paraíso fiscal, pretendían, dotado de protección de datos personales y secreto bancario—, porque la mayor parte de mi capital no se hallaba en estado de liquidez, repartido en bonos del Tesoro, títulos valores, monedas y divisas, y cuantiosos ahorros de dinero en efectivo, como ellos habían creído erróneamente, sino que estaba invertido en activos de compañías que no se podrían rematar y comercializar con rapidez y sin perder millones en su venta, empezamos a discutir para tratar de llegar a una cifra más realista.

Sin embargo, ése no era el único problema que teníamos de por medio. Había uno todavía mayor, le hice ver a mi captor, y era que nadie podría ofrecer en venta esos activos en reemplazo mío, sin mi palabra y gestión y firma autorizada. Ningún amigo o abogado o ejecutivo de mi compañía estaba acreditado para hacerlo, y sólo había una persona que yo había designado para que me representara en estos trámites, que conocía mis claves de seguridad y podría prescribir traslados y giros bancarios en mi ausencia, sin necesidad de estar yo físicamente presente en las sedes centrales, y que a la vez contaba con un poder autenticado en la Notaría 21 de Bogotá para actuar legalmente en mi nombre, y esa persona era mi guardaespaldas y hombre de confianza, Jaime Ramírez. De ahí la equivocación gigantesca —aparte de la infamia que yo no les perdonaría jamás— de que ellos lo hubieran asesinado la noche de mi captura. El hecho es que duramos meses negociando el monto final del rescate, uno que yo mismo podría ordenar desde esa casa o desde cualquier lugar del mundo mediante un computador portátil, coordinando una serie de operaciones financieras y organizando un número de transferencias y giros bancarios. Y lamento admitir que las aterradoras sesiones con Calaña en el sótano de la casa, en las que me vertía baldados de agua helada en mi rostro cubierto con una toalla para ahogarme mientras gritaba «¡Pedazo de hijueputa!», y me aplicaba choques eléctricos a través de cables conectados a la batería de un automóvil hasta que salía humo de las pinzas, efectivamente sirvieron para ablandarme y elevar el precio de mi libertad. En fin, terminamos acordando una cifra en varios millones de dólares.

No obstante, como digo, todavía existía el obstáculo de las garantías. Es muy difícil llegar a un acuerdo cuando ninguna de las partes cree en la palabra de la otra. Desde mi orilla, la mayor incertidumbre que yo tenía era cómo estar seguro de que Calaña no me iba a pegar un tiro en la cabeza, como había hecho con Jaime, en el instante en que yo pulsara la tecla en el computador para ejecutar el último giro bancario. Porque si yo no contaba con la certeza de mi liberación, les decía, o si sospechaba que ellos me iban a traicionar y a matar de todas formas, entonces yo prefería morir sin darles un maldito centavo, dejando que mi fortuna se repartiera según mi última voluntad, tal como estaba estipulada en el testamento que yacía en el despacho de mi abogado de cabecera. De esa manera el Filo y sus condenados parches terminarían sin nada

después de tanto trabajo, de tanto riesgo y de tanto tiempo inverti-
do en este miserable «negocio».

Pero desde la orilla de mis captores, la mayor incertidumbre
que ellos tenían era cómo saber que yo no los iba a denunciar a las
autoridades si me dejaban suelto. En ese momento se me hizo claro
que la intención original de esta cuadrilla de malhechores era ase-
sinarme tan pronto recibieran el dinero, y así me lo confirmó el
Filo una tarde cuando se le acabó la paciencia y explotó enfureci-
do, con la cicatriz en la frente cárdena y contraída de la rabia, y
me lo dijo con absoluto descaro y sin disimular siquiera su propó-
sito homicida. Yo le había visto el rostro a cada uno de estos delin-
cuentes, incluyendo a los nueve miembros del grupo criminal más
los dos cuidanderos de la casa, y sabía lo suficiente para que las
fuerzas del orden los rastreasen hasta dar con ellos. Aun si nunca
me habían dicho en dónde me tenían retenido, tampoco sería de-
masiado difícil descubrirlo una vez libre, asistido por las autorida-
des y haciendo sobrevuelos en helicóptero por las montañas cerca-
nas a la sabana de Bogotá hasta dar con la guarida. Además,
utilizando la tecnología más reciente, seguro que las solas marcas en
la cara del Filo y las huellas de viruela en la cara del Cucho servi-
rían para identificarlos en las bases de datos computarizados del
Ejército y la Policía. Y al dar con uno, los organismos de inteligen-
cia darían con el resto, y caerían uno tras otro como fichas de domi-
nó. Los malandrines sabían todo esto perfectamente, y de ahí que
dejarme en libertad, sin pruebas de que yo no los iba a acusar o a
denunciar, era un riesgo demasiado elevado para ellos. La traba,
repito, era una de garantías. De lado y lado. Y habíamos desem-
bocado en un callejón sin salida.

Mis secuestradores estaban desesperados. Y yo también, desde
luego. Pero ellos más. Y el Filo me advirtió varias veces que, si no
llegábamos pronto a un acuerdo, no tendría sentido prolongar mi
retención. Pensaban cortar por lo sano, asumir la pérdida y pasar
al próximo candidato. Porque con el transcurso del tiempo se hizo
evidente que había sido un error escoger a un empresario como yo.
Es decir, un ejecutivo sin hijos, padres o esposa, ya que no había
forma de exprimir el dolor de terceros a favor de los raptores, o, en

palabras del Filo, no tenían cómo apretar las teclas para que sonara el acordeón. Y desde el principio eso me pareció inexplicable. ¿Cómo entender que se hubieran equivocado de tal manera, y más cuando, seguramente, habían gastado meses buscando y seleccionando a su presa? Lo claro era que ahora todo dependía de mi voluntad y determinación. Porque si el acuerdo no nos satisface a los dos, le repetí a mi secuestrador más de una vez, y si estoy convencido de que ustedes me van a matar pase lo que pase, entonces me resigno a mi suerte y aquí nadie se va con un peso. En ese momento hice un descubrimiento que me estremeció: tan pronto la víctima acepta en su interior que puede morir, y sabe que nadie más va a sufrir por su desaparición debido a la falta de familiares, por un tiempo se invierte la relación de poder y el que lleva la sartén por el mango es el rehén. Pero esa moneda tiene otra cara, advertí en seguida. Puesto que, si resulta probable que los secuestradores no van a ganar nada con la transacción, sólo es cuestión de días antes de que alguno tire la toalla e ingrese al cuarto para sacarme a rastras, pegarme un tiro en la nuca y enterrarme en uno de esos mismos potreros por los que yo había caminado tantas veces acompañado de Simón y Bolívar, esposado y encadenado como un perro más. Y ahí sí nadie encontraría mi cuerpo ni por casualidad.

Estábamos en ésas cuando un día, al cumplir mi cuarto mes de encierro, mientras escribía sin parar en ese pupitre de escuela, de improviso quedé inmóvil, como en un estado de trance. Ya te he dicho, Roberto, que mis captores nunca me dieron nada para leer en todo ese tiempo: ni un libro, un periódico o una revista; me tenían incomunicado del resto del mundo, y a raíz de eso me dediqué a la escritura. Pero escribir exige reflexionar, sondear el fondo y el porqué de las cosas, y recordar. Me concentré en eso, en cavilar y repasar los hechos más importantes de mi vida, una y otra vez, de manera obsesiva. Yo estaba desconectado del universo, es cierto, pero sin saberlo ni proponérmelo, ese ejercicio casi diario de introspección, de evocar y anotar mis memorias en las hojas de papel, de formular mis pensamientos y articular las conclusiones con nitidez, en blanco y negro, me permitió conectarme conmigo mismo como nunca lo había hecho antes. Me replegué igual a un caracol en su concha para estudiar mi pasado en detalle, escudriñando los acontecimientos más sobresalientes y resonantes, tanto los míos como los de otras personas —e incluso algunos históricos que yo había estudiado con minucia a lo largo de mi carrera, que siempre me habían llamado la atención—, aquellos hechos casuales cuyos significados yo no había percibido con transparencia debido al trabajo y a los compromisos y a los ruidos y a las distracciones de la vida cotidiana. Entonces un día, sentado en ese pupitre de madera mientras escribía sin tomar aliento, de repente parpadeé y levanté la cabeza, con el lápiz en alto, como si me hubiera alcanzado un rayo de lucidez. Experimenté una suerte de epifanía, un momento de clarividencia total, un instante de revelación. Hasta me di una palmada en la frente y me puse en pie de un brinco, porque de pronto vi todo limpio y cristalino, y finalmente entendí.

Fue la única vez que le di puñetazos a la puerta para demandar algo. Y cuando el Filo, que de casualidad estaba ese día de turno, corrió las trancas y abrió las llaves, fallebas y cerraduras, perplejo y con cara de molesto, le dije una sola palabra:

—Tráigala.

Y él ni siquiera tuvo que preguntar a quién me refería.

35. Un hecho casual

—¿Cómo supiste? —preguntó Mara.

—Kafka —contestó Sebastián.

La mujer asintió con la cabeza un par de veces, como si fuera de esperar esa respuesta.

—¿Qué de Kafka? —quiso saber.

—La frase que dijiste en Cartagena de Indias. La noche en que nos conocimos. Aquella relacionada con el estilo del autor. Dijiste que Kafka «tiene el talento de contar sin asombro cosas asombrosas…». Y el día en que te convidé al apartamento para compartir contigo mi proyecto de filantropía, mientras te esperaba en la biblioteca, abriendo libros al azar para pasar el rato, de casualidad encontré esa misma frase en un tomo de…

—Rimmer —lo interrumpió ella.

—Eso es. *Historia de la literatura universal*, de Martín de Rimmer. Ese día me intrigó verla, porque creí que yo había leído aquella frase recientemente y no me acordaba dónde, en qué texto o artículo. Leí hasta el final de la sección, pero alcé la vista del libro y la tuve que volver a leer, confundido, porque tropecé con tu misma frase. «Es aquel tono objetivo», dice Rimmer textualmente, «su capacidad de contar sin asombro cosas asombrosas lo que más seduce de este prodigioso escritor judío que, por desgracia, murió demasiado joven». En fin, ése fue mi error. Creí haber leído esa frase en otro lugar, y no, la había escuchado, de boca tuya, en el restaurante Paco's. Pero fíjate: justo en ese momento llegaste al apartamento, llamaste a la puerta, y no pude pensar más en el asunto. Después, esa misma tarde ocurrió el secuestro y sólo hasta ahora, que he tenido tiempo de hacer memoria y de reflexionar, es que caí en la cuenta de que me habías engañado.

—Kafka, entonces —murmuró la otra, negando apenas con la cabeza—. Siempre es por donde una menos se imagina.

—Al comienzo no le di importancia —confesó Sebastián—. A lo mejor era una coincidencia, inferí, o a lo sumo una apropiación tuya de una frase ajena, leída o escuchada. Nada grave, por lo demás. Pero a partir de ese detalle empecé a atar cabos hasta que de pronto comprendí que ésa era la única explicación posible, la que resolvía tantos interrogantes que me acosaban sin cesar: que me habías mentido. Y no sólo en cuanto a tus gustos literarios sino en cuanto a todo, ¿no es cierto?

—Sí —dijo ella, ecuánime y aplomada, sacando un cigarrillo Marlboro de su bolso junto con un encendedor de oro—. Pero te lo advertí, querido… También en Cartagena —precisó con el asomo de una sonrisa mordaz, mientras encendía el cigarrillo y aspiraba una honda bocanada de humo—. Cuando te conté el origen de mi nombre, con aquel relato de la leona de la película, y te insinué que yo era una actriz.

—Sí, es verdad… —admitió Sebastián—. Aquella noche, la primera vez que hicimos el… —el hombre se contuvo, reaccionando ante la punzada por el recuerdo, como quien se detiene a tiempo antes de pisar un hueco en la calle. Observó los labios gruesos pintados de rojo y las uñas lacadas del mismo color; luego reparó en la pistola que descansaba sobre el pupitre, el pequeño orificio negro del cañón apuntando en su dirección, y en el brazo izquierdo estirado y sosteniendo el cigarrillo con naturalidad entre los dedos—. No sabía que fumabas.

Ella hizo un leve gesto afirmativo, reteniendo y expulsando el humo con placer, incluso haciendo un par de aros seguidos, igual que había hecho el Filo en la cima de la montaña, la tarde que habló con su cautivo sobre el fin de los ismos.

—La verdad es que no sabes nada de mí —replicó en voz neutra.

Sebastián la miró con fijeza a los ojos, como si fuera por primera vez, y sintió los cimientos de su interior amenazar con venirse abajo en una implosión devastadora. Un escalofrío le atravesó la médula de los huesos, y tuvo que apartar la vista.

Desde ese ángulo alcanzó a ver parte del bolso abierto en el suelo, y divisó varias cajetillas de la misma marca sin abrir, todavía envueltas en papel de celofán. Tenía tabaco para toda la noche, pensó.

—Sí, supongo que eso también es cierto —aceptó al cabo, intentando recomponerse—. Empezando por cómo te llamas… Imagino que Mara no es tu nombre verdadero, ¿correcto?

—Correcto.

El ejecutivo se tocó la barba y pareció considerar la cuestión.

—Ese nombre que escogiste… ¿tiene algo que ver con las pandillas criminales de Centroamérica? ¿La violenta organización Mara Salvatrucha?

En las comisuras de la boca pintada de rojo despuntó una sonrisa.

—Digamos —respondió, misteriosa— que hay una relación indirecta.

Sebastián se mordió el labio inferior, molesto consigo mismo por no haber visto lo obvio.

—Bien elegido el nombre —concedió tras una breve reflexión—. Porque ahora que lo pienso… ¿no es *Mara* un término antiguo, de origen nórdico, creo recordar, que hace alusión a un demonio femenino?

—Así es. Tomado del folclore escandinavo y germánico, para ser exactos. Muy bien, Sebastián. A veces se me olvida que eres un empresario erudito… Era una especie de furia temible que atormentaba de noche a las personas.

—Claro —asintió el otro—. Y en inglés arcaico, si no me equivoco, significa pesadilla, de donde viene la palabra *nightmare*.

—No, no te equivocas —reconoció ella con un toque travieso—. Y en la religión budista es una diosa maligna, la que tienta a Buda para impedir que éste alcance la meta suprema de nirvana.

—Ya veo.

—Me alegra que lo captes… En fin, por todas esas asociaciones concluí que era un nombre apropiado, ¿no lo crees?

—¿Y cuál es? —preguntó Sebastián, eludiendo el tono de sarcasmo—. Me refiero a tu nombre verdadero.

La mujer lo miró por unos segundos y luego examinó la ceniza del cigarrillo, que dejó caer al suelo con unos golpecitos del índice.

—¿Importa a estas alturas?

—No, en realidad no. Pero me gustaría saberlo.

Ella se limitó a hacer un ademán negativo.

—Está bien… En verdad debí sospecharlo antes —se recriminó Sebastián—. Me debió haber parecido extraño que una supuesta enamorada de la literatura en alemán, después de esos días en Cartagena, no volviera a mencionar una lectura de Kafka, ni de Grass o Musil o Thomas Mann. Y aunque me complació descubrir algunos de esos libros asomados de tu bolso o mochila, nunca te vi leer ninguno. Claro, ahora comprendo que esos ejemplares eran sólo para despistar. Tampoco le di importancia a eso en el momento ni me di cuenta de la incongruencia. Ni de nada, la verdad sea dicha… El amor enceguece, definitivamente.

—Así es —repitió ella, chupando su cigarrillo y dejando escapar el humo despacio por las narices—. Y aprovecho para decirte que no hay mucho que te reprocho, Sebastián, pues a diferencia de otros te comportaste siempre como un caballero y fuiste muy generoso conmigo, con todos esos viajes y los regalos y las compras. Pero, eso sí, lo de la literatura en alemán no te lo perdonaré jamás —esbozó una ligera mueca sardónica—. Eso fue lo peor. Como parte de mi trabajo y de la investigación que tuve que hacer sobre ti, me tocó leer varios de esos libros tan insufribles traducidos del alemán, y aprenderme de memoria los tratados tan densos e incomprensibles del español ése, Rimmer. Me duele la cabeza de sólo recordar esas novelas tan malas y soporíferas, y algunas, como las de Mann, interminables de largas. ¿Qué tal el ladrillo de *Los Buddenbrook*? Me bastó verle el grosor para descartarlo sin abrirlo siquiera. Pero sin duda tu autor favorito, ese tal Frank Kafka, me pareció el peor de todos.

—Franz —corrigió él en voz baja.

—Franz, Frank, da lo mismo —insistió ella con el ceño fruncido, irritada—. ¿A quién se le ocurre escribir semejantes estupideces? ¿Un tipo que un día se despierta convertido en un insecto? Eso, en una mala película de ciencia ficción, se tolera. ¿Pero en una novela, que hay que leer durante *horas*? Es imperdonable.

Sebastián encajó aquello en silencio.

—Entonces todo fue mentira —resumió a su pesar, la voz casi inaudible—. Una gran mentira —y le sorprendió descubrir que incluso ahora, con todo lo que ya sabía y con el resto que se podía imaginar sin esfuerzo, aun así él albergaba una esperanza, tenue e insensata, de que ella le dijera que no, que sí lo había amado y que todavía lo amaba.

Sin embargo, la otra replicó imperturbable, serena como una aplanadora:

—Sí… Todo fue falso.

A continuación, extrajo el siguiente cigarrillo de la cajetilla y lo prendió con el que estaba por concluir. Luego apagó éste contra el tablero del pupitre y dejó caer la colilla al suelo, con descuido.

—A ver… ¿qué te puedo decir? —prosiguió, expulsando una nueva bocanada de humo—. El sexo era bueno, lo admito, bastante bueno, y los viajes estuvieron divertidos, de los mejores que he hecho, como ya te dije. También reconozco que cuando compartiste conmigo tu proyecto de filantropía me pusiste a dudar. Eso sí no me lo esperaba. Fue la única vez que flaqueé, te confieso, porque eso no lo hacen los demás empresarios, exponiéndose de esa forma en la calle y gastando tanto tiempo y dinero para ayudarle a gente desconocida y sin recursos. Hasta me enojé, te lo digo, pues era el colmo que esa faceta tuya no la conociéramos nosotros, e incluso llegué a pensar en cancelar el operativo y simplemente desaparecer de tu vida. Que, ahora comprendo, hubiera sido lo mejor para todos…

Pero era demasiado tarde. Ese mismo día era la fecha programada de tu captura y ya no había marcha atrás. Después de varios tropiezos e imprevistos, que nunca nos habían sucedido antes, finalmente disponíamos de las patrullas, de la banda entera, del armamento y de todo lo demás. Así que proseguimos.

La mujer aspiró otra bocanada del cigarrillo y la expulsó por pausas, como un guerrero apache haciendo señales de humo en una película de vaqueros. Contempló al ejecutivo por un minuto, sin dejar de fumar con actitud confiada y tranquila, porque sabía que, si Sebastián iniciaba cualquier movimiento en su contra, ella tenía la pistola brasilera a la mano, y además bastaría un ruido o un grito para que Calaña y el Filo, que estaban al otro lado de la puerta en el saloncito de la casa, ingresaran corriendo con las armas por delante, listas para disparar. No obstante, aun así ladeó un poco la cabeza para cerciorarse de que la extensa cadena enrollada en el suelo, recogida junto a los tenis negros del rehén, estuviese bien sujeta con el candado Master a la argolla de hierro del camastro.

—No le des tantas vueltas —aconsejó al fin, enderezándose y chupando otra vez su cigarrillo con fuerza—. Sólo eras un trabajo, Sebastián. Nada más. Estoy sentada aquí porque me quería despedir, ¿y quién sabe? A lo mejor te debo algunas respuestas, pues eres una buena persona y tal vez te las mereces… No lo sé. Pero en ningún momento lo nuestro fue algo personal. Más aún: «lo nuestro…» —gesticuló con los dedos para añadirles comillas a las palabras— nunca existió. Y conviene que sepas que jamás te amé.

El hombre la miró detenidamente, intentando controlar y esconder su demolición interna. Podía escuchar su corazón resquebrajándose y desplomándose en pedazos. De poder escoger, él habría preferido volver a padecer la paliza brutal que Calaña y el Filo le habían propinado en la Piedra de la Verdad que escuchar esas palabras como puñales, que cortaban y laceraban y dolían muchísimo más y causaban muchísimo más daño por ser de carácter irreparable. De ésta, se dijo, pasando saliva con disimulo —mientras ella seguía disfrutando su cigarrillo, impasible—, no me voy a recuperar en años, si es que algún día lo logre hacer y si llego a salir vivo de este infierno. Éste es apenas otro de los traumas que me prometió el Filo esa noche en el barranco, advirtió. Uno más de los insuperables.

Sebastián permaneció un rato observándola en silencio, y ella le devolvía la mirada sin cambiar de expresión y sin mostrar ninguna clase de sentimiento o emoción. Incluso había un punto de desafío o jactancia en esa boca maquillada de carmín rojo, y él tuvo que hacer un esfuerzo sobrehumano para que sus ojos no se llenaran de lágrimas mientras se repetía esa frase inverosímil que resonaba en su cabeza, haciendo eco contra las paredes de su cráneo: *Jamás te amé.*

La siguió mirando estupefacto, viendo cómo ella fumaba con avidez, en ocasiones prendiendo el cigarrillo con su encendedor de oro y en otras con la brasa del anterior antes de apagarlo, y tomó verdadera conciencia del tamaño de la traición.

La mujer había llegado a la casa a las seis de la tarde. Era la primera vez que la camioneta subía hasta la propiedad a esa hora y no entre las diez y las once de la mañana. El conductor dejó a Mara en el puesto de estacionamiento y partió de inmediato, sin tomarse nada en la cocina y llevándose consigo al Cucho. «Porque sólo hay tres camas individuales en la casa», le explicó después el Filo al ejecutivo, «aparte de ésta», señalando su camastro. «Por eso siempre somos tres como máximo».

Sebastián había pasado el día entero esperándola. Quería confrontarla, insultarla, agredirla, interrogarla, pero ahora que la tenía enfrente estaba paralizado, sin saber qué hacer o decir. Ese día fue el más largo y penoso de todo su cautiverio. No pudo comer o escribir ni hacer su rutina diaria de ejercicios, y tampoco aceptó salir a caminar a las cuatro de la tarde. Fue tal su ansiedad y desasosiego que por primera vez en décadas se acordó de Nonantum, que había borrado por completo de su memoria. Pero durante esa jornada de prolongada agonía, con la sucesión interminable de minutos y horas mientras aguardaba impaciente la llegada de Mara, extrañando su reloj de pulsera y robando ojeadas nerviosas entre los barrotes de la ventanita, atento a cualquier ruido procedente de afuera y caminando de un lado a otro de la habitación como una fiera enjaulada, oyendo los crujidos del suelo de tablas y el tintineo metálico de los eslabones arrastrados de aquí para allá, y dando pasos hasta sentir el tirón de la cadena de cuatro metros de largo en el grillete —para entonces Sebastián tenía la piel del tobillo forrada de callos—, él había vuelto a vivir la misma lentitud intolerable del paso del tiempo que padeció en ese colegio aborrecible, la misma impotencia frente a una situación que lo rebosaba, el mismo desamparo y la misma sensación de orfandad y vulnerabilidad que había sentido durante esos primeros años de la adolescencia. Porque Sebastián había soportado días terribles durante su secuestro. De miedo, tedio, terror, furia, desolación y un martirizante dolor corporal. Cada minuto marcado por la angustia, la zozobra y la incertidumbre. Pero la única vez que pensó en darse por vencido fue ese día, puesto que le habían causado un perjuicio de mayor alcance y de mayor hondura que cualquier sesión de tormento con Calaña en el sótano, ya que de un solo golpe le habían arrebatado las esperanzas e ilusiones, la razón de vivir. Ahora lo único seguro era el futuro sin ella, y sólo faltaba que ella se lo confirmara, tal como lo acababa de hacer, despiadada y brutal, casi risueña y con la indolencia de un presidiario al blandir su mazo de hierro en una cristalería de Bohemia.

En ese momento Mara, o como se llamara esa mujer, permanecía sentada delante de él, fumando sin parar. Sebastián no se había movido del borde del camastro, amarrado con la cadena y el grillete, mientras la otra ocupaba la silla de madera, al otro lado del pupitre, y la pistola negra PT92 yacía apuntándolo a medias, puesta sobre el tablero. «Tenla allí por si le da por hacer alguna gracia», le había dicho el Filo a la mujer, precavido. «Con éste nunca se sabe».

El maleante había ingresado a la habitación llevando a Mara del brazo. Ella estaba vestida con sencillez, jeans azules, un suéter negro, la chaqueta Moncler de plumas de ganso que Sebastián le había comprado en Nueva York, y los mismos botines de gamuza y tacón que tenía puestos la última vez que la había visto en Bogotá. Llevaba un bolso grande de cuero colgado al hombro, que dejó deslizar y caer al suelo con indiferencia. Se quitó la chaqueta abullonada para estar más a gusto, y la arrojó sobre el camastro con un gesto mundano. Mientras el ejecutivo la miraba sin parpadear, todavía sin dar crédito a lo que veía, sin poderse incorporar siquiera del colchón, el Filo reordenó los pocos muebles —levantando la silla y el pupitre y poniéndolos delante del camastro— para que ella pudiera tomar asiento frente al prisionero. Cuando la mujer se acomodó sin decir una palabra en la silla de madera, detrás del pupitre, el Filo extrajo la pistola brasilera del bolsillo de su chaqueta y la puso sobre el tablero, con el cañón dirigido hacia Sebastián. Entonces el bellaco le murmuró aquello de «Tenla allí por si...», y luego soltó una carcajada sonora y grosera. Estaba parado al lado de Mara, con la mano apoyada en su hombro, y ambos lo miraban con aire burlón.

—Se lo traté de decir la tarde en que nos conocimos, señor Sarmiento. En el garaje, recuerde. Le dije que usted y yo éramos iguales y que teníamos más en común de lo que creía. Y ya ve... Yo tenía razón, ¿no le parece?

El hombre pasó cariñosamente los dedos por el cabello de la mujer, a la vez que ella observaba a Sebastián sin cambiar de semblante.

—Me sorprende, ¿sabe? —continuó el Filo—. Un tipo inteligente como usted. ¿Nunca se preguntó cómo sabíamos que ese día los dos iban a caminar hacia la iglesia de Santa Mónica? Mientras usted terminaba de arreglarse en el baño, Mara nos telefoneó de prisa y confirmó la ruta hacia la calle de los Anticuarios, y al vernos estacionados en la patrulla frente a la parroquia, ella se hizo la que quería conocer el interior de la capilla, dejando que pasara el tiempo para que anocheciera. Después comentó que tenía hambre para que ustedes dos salieran de la iglesia mientras los demás feligreses permanecían adentro. Así aprovechamos esa ventana de tiempo y los apresamos en la oscuridad... A usted y a su guardaespaldas.

—Y de paso asesinaban al celador de la cuadra —le recordó Sebastián con rabia—. Un fulano humilde e inocente que no tenía nada que ver con todo esto.

—De acuerdo —dijo el Filo, encogiéndose de hombros—. Una baja lamentable, pero en este oficio a menudo hay que asumir ciertos daños colaterales.

Sebastián negó con la cabeza, incrédulo por el descaro.

—Qué fácil es lamentar los daños colaterales cuando los asumen otros, ¿no?

—Quizá… Pero no olvide que la buena suerte de uno suele ser la mala suerte del vecino.

En seguida el Filo esbozó una mueca perversa, mostrando su colmillo de oro.

—Volviendo al punto anterior, señor Sarmiento, el hecho es que se lo dije: que éramos más parecidos de lo que se imaginaba. Pero usted no me creyó y hasta le ofendió que se lo dijera, si mal no recuerdo —lo señaló con el dedo, amonestador—. Y fíjese… Aunque no se lo alcancé a decir esa noche en el garaje, tenemos mucho en común, empezando por lo más importante, que es el mismo gusto por las mujeres.

Con eso el malandrín se inclinó y besó a Mara en la boca. Las lenguas de ambos se retorcían, visibles y babeantes, como serpientes entrelazadas, y los dos lo miraban de reojo mientras se chupaban y lamían, con la misma expresión canalla. Sebastián, entre tanto, apartaba los ojos, repugnado.

—Y ahora los dejo —concluyó el Filo, pasándose el dorso de la mano para secarse los labios mojados. La cicatriz de la frente, notó Sebastián, lucía amplia y rosada—. Porque supongo que tienen mucho de qué hablar…

Lanzó otra risotada y salió del cuarto, cojeando. Cerró la puerta, pero esta vez, por precaución, no puso los seguros ni pasó las trancas y fallebas, y el eco de su risa lo pareció seguir hacia el saloncito de la casa.

Sebastián, aturdido, observaba a la mujer con asombro y rencor. Hasta él emanaba su olor, aquel efluvio tan familiar y entrañable, único, cálido y dulce, que lo envolvía y le estrujaba el corazón como si fuera con dos manos exprimiendo una toalla. La combinación singular del perfume que ella siempre usaba más la exquisita fragancia de su piel, aquel aroma exclusivo e hipnotizante, anidado en la curvatura del cuello, en su sexo, en los senos y en su cabello negro y sedoso. Sin embargo, ante todo Sebastián no podía dejar de mirarla. Ella seguía inmóvil, con sus labios rojos y gruesos todavía brillantes por la saliva del Filo, y esos ojos grandes y verdes que tenían la fuerza de cortarle el aliento. Incluso en ese contexto, a la luz de la mayor traición que él había experimentado en su vida, aquella belleza lo seducía y le atormentaba contemplarla. Le dolía físicamente esa hermosura, tan sensual y cautivante, tan cercana y, a partir de ahora y para siempre, tan remota e inalcanzable. No podía desviar la vista, resistiéndose a aceptar que la mujer que tenía delante de sus pupilas era la misma que él había amado con cada latido de sus arterias; la única por la cual se había quitado el anillo de bodas que Alana le había puesto en el dedo la noche de su matrimonio; la única por la cual él había pensado en casarse de nuevo. Las emociones, como cables eléctricos arrancados de raíz, dando latigazos y coletazos de chispas, batallaban en su interior. Sentía cólera, indignación, vergüenza de haber sido tan estúpido, humillado por la mentira y vejado por la burla, ultrajado por el engaño. Pero más que nada sentía una profunda y desgarradora tristeza, agobiante en su pecho y pulsante contra su corazón hecho añicos, porque todo lo que él había llegado a disfrutar durante esos meses al lado de esa mujer tan preciosa, los sentimientos tan nobles y esperanzadores que lo habían apartado del abismo y le habían vuelto a sembrar deseos carnales y apetito por la vida, que habían prevalecido sobre la culpa y la falta insaciable que le hacían su esposa y su mejor amigo, todo eso no había sido más que una comedia vulgar para quitarle su dinero. Y había sido tan poderoso su deseo de creer, de amar y de existir de nuevo, que no se había percatado de las señales más claras y obvias, ni había reparado en los hechos más sutiles o dicientes. Semejante a un inválido ciego y sordo, él había pasado por encima de las pistas que ella, a veces sin querer y a veces adrede, con maliciosa picardía, había ido dejando caer aquí y allá, como un sendero de pétalos que conducen al cordero al matadero. Con razón, ahora lo vio transparente y dolorosamente nítido, Mara había propuesto en el carnaval de Venecia que él se disfrazara de *pagliaccio*, con una lágrima negra pintada en la mejilla incluida, mientras que ella se vestía de diabla coqueta, dichosa con el rabo en punta y el tridente en la mano y la diadema de cuernos rojos. En aquel instante eso sentía Sebastián goteando en sus adentros: lágrimas negras. Entonces se volvió a controlar para no llorar delante de esa hembra que lo había engañado como a un chico.

Aun así, vislumbró, lo peor era la ironía que había detrás de todo esto. Porque el ejecutivo estaba ahí encerrado por cuenta de esta mujer, sin la menor duda, pero a la vez él había resistido la privación de su libertad y el maltrato del Filo y las torturas de Calaña gracias a ella. Gracias a la esperanza de volver a verla algún día, y su recuerdo fue lo que le brindó fuerzas para soportar lo insoportable. Durante todo el tiempo de su cautiverio Sebastián había pensado obsesivamente en Mara, recordando, con dolor e ilusión, los últimos momentos que pasaron juntos, cuando, después de hacer el amor en su apartamento y luego en la ducha que tomaron al tiempo, los dos envueltos en los vapores del agua caliente y el uno lavando con cariño a la otra, él había introducido el jabón entre cada uno de los dedos de sus pies pequeños, y pasado las manos espumosas por sus nalgas compactas y carnosas, y tocado con sus yemas cubiertas de burbujitas sus pechos grandes y de pezones duros y oscuros; evocando cómo se veía de sensual en su alcoba, sentada en el borde de la cama con la toalla amarrada a la cabeza como un turbante, vestida apenas en ropa interior y con la piel suave y húmeda de color canela. Esa tarde él había sentido la tentación de despojarla de la toalla y volver a arrojarla de espaldas sobre la colcha para abrirle las piernas recién bañadas, arrancarle las bragas negras de un jalón y hundir la boca en su sexo y chupar sus jugos como un banquete sin fin. Durante todos los días de su encierro él se había arrepentido de no haberlo hecho. Y ahora que la tenía delante de sus ojos, Sebastián se rehusaba a creer que aquella mujer de sus recuerdos, tan tierna y cariñosa y tan bella y seductora, era la misma que le acababa de decir sin una alteración de la voz que jamás lo había amado.

Entonces Sebastián comprendió algo escalofriante y abrumador: una simple frase puede anular el pasado. Porque de repente el último tiempo pareció girar en su memoria. El conjunto total de sucesos rotó como en un calidoscopio hasta detenerse en una imagen inconcebible pero irrefutable. Ahora, descubrió, su memoria almacenaba *otro* pasado, pues cada vivencia con Mara había sido mentira. Cada vez que ella se mostró indignada al oír la noticia de algún secuestro, matanza o asalto a otra población indefensa por parte de la guerrilla o los grupos paramilitares, mientras miraban la televisión sentados y abrazados en el sofá de su apartamento, había sido mentira. Cada vez que la notó enfadada de celos por una mirada coqueta a su hombre por parte de una muchacha en algún evento social, o triste al encenderse las luces en la sala de cine al concluir una película sentimental, había sido mentira. Cada vez que ella apretó su mano con ternura, y recostó la cabeza en su pecho con dulzura, y caminó a su lado con el brazo enlazado por su cintura, había sido mentira. Y cada beso que ella le dio y cada promesa que le ofreció y cada vez que hicieron el amor, todo había sido mentira. Especialmente aquella lejana noche en Nueva York, mientras afuera caía una silenciosa tormenta de nieve que blanqueaba las aceras y cubría los automóviles estacionados en la calle, cuando ella le dijo por primera vez, besándole la cara y jadeando de la excitación, que lo amaba, también había sido mentira. Todo lo vivido y todo lo compartido con ella acababa de ser borrado con una frase de tres palabras, y de aquel montón de cenizas ahora resurgía un pasado radicalmente distinto en su interior, una suma de sucesos diferentes marcados con el hierro de la traición. En ese momento lo espantó la fragilidad de las vivencias, comprender que el pasado no era un trayecto estático y congelado en el tiempo, inmune al peligro y a salvo en la memoria, como él siempre había creído, sino que era un recorrido precario, maleable y, sobre todo, *vulnerable*. Una simple frase, vislumbró, puede abolir el pasado entero.

Él la miraba y ella lo miraba a él, el rostro hermético e inescrutable. Entonces Sebastián intuyó otra lección estremecedora: toda mentira es temporal. Tarde o temprano siempre sale a relucir la verdad.

—Te prefiero sin barba —dijo la mujer de pronto.

Él no supo si le hablaba en serio o en burla, y esquivó el comentario.

—Hay algo que quiero saber —se limitó a contestar.

—Dime.

—¿Cómo supiste de mi gusto por la literatura en alemán y todo lo demás? Ésos son temas privados, que no son de público conocimiento.

—Ah… —respondió la otra con una sonrisa de orgullo, como el chef que decide compartir el secreto de su famosa receta—. No fue fácil, te lo prometo…

Ella extrajo otro cigarrillo de la cajetilla en su bolso y lo encendió con la brasa del anterior. Aplastó la colilla contra el tablero del pupitre y la botó al piso. Cruzó las piernas, relajada, y con la uña larga y roja del índice sacudió una ceniza que había caído en sus jeans azules.

—Ocurrió que por primera vez el Filo me encomendó la tarea de escoger a nuestro próximo candidato —declaró, expulsando una bocanada de humo, satisfecha—. Entre nosotros, te aseguro, ése es un gran honor, y luego de analizar y de sopesar varios magnates, al final te escogí a ti. Pero pronto sospeché que me había equivocado, porque casi no existe información disponible sobre Sebastián Sarmiento. Claro, ahora sé que eres una persona reacia a la figuración pública y al protagonismo, pero en esa fase del operativo jamás pensé que sería tan difícil documentarme.

—¿Y qué averiguaste?

—No mucho —admitió la mujer, chupando su Marlboro con fuerza—. Apenas lo básico para compararte con los demás candidatos que eventualmente descarté. El problema surgió cuando me enfoqué exclusivamente en ti —ella examinó la luminosa punta del cigarrillo con la mirada pensativa—. Como te podrás imaginar, en nuestra profesión esa etapa previa de la investigación al sujeto es fundamental, porque sólo así se determina si éste realmente supone una opción viable. Es decir, sólo entonces se sabe si el elegido tiene rutinas y horarios fijos, si utiliza las mismas rutas para ir y volver de la oficina, cuáles son sus diversiones y pasatiempos preferidos, qué tipo de deportes practica, qué tan bien protegido se encuentra y si se desplaza en autos blindados, y si tiene amante en un barrio diferente de donde vive que hará más fácil su captura... Ese tipo de cosas. Lo cierto es que ya habíamos iniciado las primeras pesquisas y seguimientos, y el Filo estaba indagando lo que más podía sobre tus negocios y propiedades, estudiando las ganancias de tu empresa para adivinar el tamaño de tu fortuna y tu estado de liquidez. Para esas fechas no había duda de que eras un pez gordo. Pero, por mi lado, no había sido posible prepararme en forma para aproximarme a ti con una sólida base de conocimientos, íntimos o personales, y empezar a seducirte. Yo no quería reconocerle al Filo mi error, confesarle que habías sido una equivocación, porque no teníamos tiempo de escoger a otro candidato y la banda nunca me lo habría perdonado. Me hallaba en ese dilema, sin saber qué hacer y con los nervios a punto de reventar, cuando descubrí esto...

La mujer se inclinó y volvió a abrir el bolso que yacía en el suelo. Hurgó un poco, apretando el cigarrillo en los labios rojos y entornando los párpados por el humo, y al cabo sacó un descolorido recorte de revista doblado en cuatro. Lo desplegó con cuidado y alargó la mano por encima del pupitre para pasárselo.

—Fue nada menos que un milagro —anotó, expeliendo otra bocanada a la vez que se echaba hacia atrás en la silla—. Uno de esos incidentes del azar que tanto te gustan... Figúrate que en esos días era tal mi agitación que tuve que ir al dentista por dolor de muelas, pues estaba rechinando mis dientes en exceso al dormir; bruxismo, creo que le dicen a esa condición,

481

causada por una sobredosis de tensión. En todo caso, en la sala de espera del consultorio, mientras hojeaba semanarios y viejas revistas de farándula, de casualidad encontré ese artículo que tienes en tus manos y quedé boquiabierta, sembrada en mi sitio…

Sebastián jamás lo había visto. Él, incluso, había olvidado el episodio por completo. Como al año de estar trabajando en Alcásar en su cargo de vicepresidente de la empresa, un día Luis Antonio Salcedo le contó que su hija tenía que entrevistar a alguien importante para el periódico del colegio. De sus tres hijos ella era la única que había mostrado interés en seguir los pasos del padre en el campo de las comunicaciones, le había dicho, y Luis Antonio, para estimularla y alentarla, la estaba ayudando con el proyecto. Entonces le comentó con una expresión de orgullo que la niña había escogido a Sebastián, naturalmente, por tratarse del jefe de su padre. El ejecutivo, siempre reacio a la publicidad personal y a cualquier clase de protagonismo, al principio quiso declinar el honor y el diálogo con la chica, pero después pensó que no sería una transgresión demasiado grave, ya que sólo era una publicación estudiantil de tirada mínima e interna, y dado que la consentida del vicepresidente de su empresa estaba de por medio, no tuvo corazón para negarse. Y menos cuando al día siguiente llegó la niña de quince años puntual a su oficina, vestida con su uniforme del colegio y portando una cámara, una grabadora y un cuaderno de notas, muy seria en su papel de reportera. Al final de un recorrido general por toda la firma, con Sebastián haciendo de guía e indicando los distintos departamentos y explicando sus aportes y funciones, regresaron a su despacho y el caballero le pidió a la niña que tomara asiento al otro lado de su escritorio. A continuación, ella procedió a hacerle varias preguntas básicas sobre su vida, persona y oficio, una especie de cuestionario Proust, y ahí figuraban en la entrevista una pequeña biografía y todos sus datos cardinales: sus comidas favoritas, sus deportes predilectos, sus hábitos principales, y hasta sus gustos en arte, películas y, más que nada, libros. Había, incluso, una foto suya que la chica tomó con su cámara, sentado detrás de su escritorio reluciente y vestido de saco y corbata, sonriendo con discreción y la mirada afable y atenta. La niña, agradecida, estaba feliz de concluir su proyecto, que luego le mereció la mejor nota del curso. Aunque Sebastián nunca lo supo y tampoco lo supo Luis Antonio, aquella charla inocente primero apareció impresa en el reducido periódico del colegio, pero después la chica la envió a la revista para adolescentes *Jóvenes y Bellas*, y la habían publicado en la sección «Periodistas de mañana». Era la única entrevista que Sebastián había dado en su vida, y ahora la tenía ahí, sujeta entre sus manos.

—La busqué en la carpeta que abrí sobre ti —sonrió la otra, altiva—. Y la traje porque supuse que me ibas a preguntar por esto…

Sebastián seguía atónito, escrutando aquel viejo recorte y registrando los aros concéntricos que se habían desprendido de un hecho tan simple e inocuo, como ondulaciones que se amplían y retiran de la roca arrojada a la superficie de un gran lago sereno. Aceptar esa cita con la hijita de Luis Antonio había sido una cortesía, apenas una gentileza, una decisión completamente ligera e intrascendente, seguro la menos ponderada y la de menor peso de todas las que se tomaron aquel día en su oficina. Y en ese segundo Sebastián intuyó otra conclusión alarmante: cualquier suceso es trivial únicamente en apariencia, pues los hechos insignificantes no existen. Y si así lo parecen es sólo porque no hemos escuchado el último de sus ecos, o no hemos percibido la última de sus ondulaciones.

—No era mucha información, desde luego —prosiguió la mujer—. Casi nada en comparación con la investigación exhaustiva que siempre hemos hecho de nuestros candidatos en ocasiones anteriores. Pero bastaba para avanzar con el plan. Y bueno, después siguió lo de siempre: conversaciones telefónicas intervenidas, un soborno aquí o allá, algún informante con un dato relevante, hasta que supimos que ibas a viajar a Cartagena de Indias a un encuentro empresarial, que coincidía con el festival de literatura, y el lugar nos pareció perfecto para tender la trampa y establecer el primer contacto contigo. También me brindó algo de tiempo para alistarme y leer la mayor cantidad de mamotretos de la literatura en alemán. Por suerte algunas de esas novelas habían sido llevadas al cine y así no tuve que leerlas todas, como *La muerte en Venecia*, *El tambor de hojalata* y hasta *El proceso*, con Anthony Perkins. Todas, por cierto, malísimas…

Entonces Mara siguió hablando. No paró de fumar a lo largo del diálogo, abriendo las cajetillas Marlboro y arrugando y botando el celofán al piso con negligencia, al igual que la hojita separadora de papel de estaño, y prendiendo cigarrillo tras cigarrillo con su encendedor de oro o con la brasa última del anterior. El aire en la habitación se fue llenando de espirales de humo y se enrareció el ambiente. La solitaria luz procedente del bombillo desnudo del techo se veía tamizada por las nubecillas acumuladas del tabaco. Era de noche cuando ella inició su recuento detallado de los hechos, y no había terminado cuando empezó a salir el sol. Según le manifestó a Sebastián en un momento dado, ella le había pedido al Filo que ni él ni Calaña los interrumpieran hasta no terminar la charla. Quizás se lo debo, le dijo a su amante a modo de explicación, encogiéndose de hombros. Pero ante todo —agregó, apoyando las palmas de las manos sobre el tablero del pupitre y mirando al rehén directo a los ojos—, es la única forma de que éste entienda que nos tiene que pagar si aspira a ver otro atardecer. Y por eso la mujer seguía ahí sentada, hablando y fumando.

—¿Recuerdas cuando te comenté en Cartagena que mis padres eran adorados pero realmente cursis? —preguntó—. Pues eso también era mentira y es de las más grandes que he dicho jamás. Mis padres fueron unos verdaderos hijos de puta, unos cobardes derrotados por la vida que me abandonaron de niña en la puerta de un orfanato. A mí y a mi hermanito de cuatro años, quien murió en ese lugar horrible, cuando uno de los custodios le fracturó un brazo al castigarlo, y como el niñito no paraba de llorar, el otro se exasperó y lo arrojó por el hueco de las escaleras de la casa. El hecho es que duré años buscando a mis viejos, y cuando finalmente los localicé, siendo yo una moza casi adulta y ellos una pareja de ancianos miserables, me presenté en su casa de pobres, les anuncié quién era, y, después de comprobar con placer sus expresiones de estupor, y luego ambos llorando y rogándome perdón de rodillas, a cada uno le pegué un tiro en la cabeza. Fueron las primeras personas que maté a sangre fría, y a partir de entonces, si te soy sincera, no me costó tanto apretar el gatillo. Ni hacer lo que fuera para sobrevivir en este mundo de mierda.

El que me salvó de joven fue el Filo, continuó. Yo era apenas una adolescente cuando lo conocí, y él me facilitó el arma para matar a mis viejos. Su primera prueba de amor. Y desde entonces estamos juntos. Siempre. Él fue quien me costeó mis estudios académicos y mis cursos de modelaje y de conducta social, para saber cómo hablar y actuar con gracia y refinamiento, y para desenvolverme con la gente de tu podrida clase alta y burguesa. Incluso él me acompañó a Cartagena de Indias. Recuerdo que cuando tú me llamaste en esos días para invitarme a pasear en lancha, yo te susurré en voz baja al teléfono, como si no quisiera que nadie más me oyera… Seguro habrás pensado que era por tímida o coqueta, sonrió con veneno, pero en verdad era para no despertar al Filo, quien estaba dormido a mi lado.

La mujer soltó una risotada y de nuevo hizo aros con el humo del cigarrillo.

—Ahora entiendo de dónde sacaste el dinero para pagar el hotel Agua —dijo él.

—Claro —dijo ella—. Así como mi apartamento en Los Rosales.

Sebastián asintió con la cabeza.

—¿Y tu trabajo en la agencia de publicidad? Cuando te llamaba nunca estabas disponible. «Mara se encuentra en producción», siempre me decía la secretaria, que sin falta era la misma, y procedía a tomar el mensaje para que me devolvieras la llamada, cosa que hacías a los pocos minutos. Por eso jamás sospeché que había algo indebido. Deduzco que era una empleada a la que le pagaban para avisarte y hacer la farsa, ¿correcto?

485

—Correcto. La recepcionista. Una más de la nómina. Tenemos a varias personas así… No saben cuál es la verdad de nuestro negocio y tampoco les importa. Cumplen, cobran y callan. Como nos gusta.

—Y ahora también entiendo por qué no deseabas aparecer en los medios fotografiada conmigo… —añadió Sebastián—. Esa historia que me contaste, la de tu divorcio y tu aversión a salir retratada en la prensa y en revistas nacionales…

—Todo era mentira, obviamente —confirmó la otra—. Nadie en este oficio se puede dar el lujo que le tomen una fotografía bajo ninguna circunstancia. Eso fue de lo primero que me enseñó el Filo, pues te quema para planes futuros.

—Me imagino —reconoció el hombre con amargura y pesadumbre. Cómo fui de estúpido, se volvió a recriminar, furioso consigo mismo. ¿Cómo no vi lo más grande y patente?

Sebastián reflexionaba sobre los hechos relatados, tratando de encajar las piezas sueltas, mientras ella seguía consumiendo sus cigarrillos Marlboro.

—Otra pregunta —dijo al cabo de una pausa.

—Aprovecha, que te quedan pocas.

—¿Por todo esto no pudimos acudir a un profesional para negociar el rescate? —quiso saber—. ¿Por ti?

—Así es —replicó la mujer, descruzando las piernas y estirando los músculos de la espalda—. A falta de otras personas disponibles, tarde o temprano me habrías mencionado para ayudarle a ese señor, fuera quien fuera. Y al buscarme, como es lógico, habrían captado en seguida que mi nombre era falso, y eso habría bastado para empezar a descifrar la trampa que te habíamos tendido, y también para que las autoridades solicitaran mi orden de captura a nivel nacional, lo cual me habría quemado, igualmente, para otros operativos del futuro. Era un riesgo que el Filo no quería correr. Él renunció a esa colaboración para protegerme. Aunque las excusas que te dimos, como todo lo demás, te las tragaste enteritas… como el cretino que eres.

Aspiró el cigarrillo hondamente, y esta vez expulsó el humo con vileza hacia el rostro de Sebastián, haciéndolo toser un par de veces.

—Y te cuento algo más —afirmó con cierto placer cáustico—. ¿Recuerdas la primera vez que hicimos el amor en Cartagena, cuando escuchamos al botones tocar a la puerta con la comida que pedimos a la habitación? —el ejecutivo apretó los dientes ante la mención de esa noche, y le estrujó el corazón el modo frívolo con que ella se refería a un acontecimiento que a él le había cambiado nada menos que la vida—. Antes de que te incorporaras de la cama para recibir la comida te retuve y te dije que yo me haría cargo, que te deseaba atender... ¡hazme el favor! —emitió un bufido de sorna, desdeñosa—. Incluso te pedí que no te asomaras hasta que yo no te avisara, como si quisiera darte una sorpresa... Pues esa noche tuve acceso por primera vez a tu computadora portátil y a tu agenda de cuero, que habías descuidado en la mesa redonda del salón de ingreso. No sé si recuerdas que al llegar a tu suite de improviso yo había dejado caer mi mochila al suelo, al pie de la entrada, y tan pronto cerré las puertas de la alcoba rápidamente saqué un pequeño dispositivo de memoria externa tipo USB, que introduje en la computadora que no habías apagado, y mientras ordenaba la mesa de la cena descargué una cantidad de datos y gráficas de tus archivos, y hasta tuve tiempo de recoger un florero y un cenicero que habíamos derribado, y de colocar una rosa en una vasija de cristal. También tomé fotografías de cuanto pude, incluyendo tus papeles y documentos de trabajo, dispersos sobre esa mesa redonda, con la cámara de mi teléfono celular. El hecho es que con la información que obtuve esa noche nos hicimos una mejor idea de tus finanzas, inversiones y negocios. Y de tu fortuna.

Siguieron hablando durante horas, sin percatarse del paso del tiempo. A pesar del cinismo y la maldad, por alguna razón la mujer parecía necesitada de contar y explicar. Y Sebastián, a pesar del dolor y del engaño, necesitaba saber y escuchar.

—Yo habría dado lo que fuera por ti —de pronto confesó el hombre, negando tristemente con la cabeza—. Incluso te iba a proponer que nos casáramos.

La otra lo miró con fijeza. Había encendido el enésimo cigarrillo de la noche.

—No me extraña —respondió al fin, exhalando el humo por las narices y viéndolo ascender despacio en espirales—. Calculamos que eso iba a suceder. Porque me moldeé a tu figura ideal. Fui la mujer que querías que yo fuera, y no hay nada que enamore más a un hombre que eso. Todos ustedes son predecibles, querido. El único que es distinto es el Filo. Y con seguridad eso mismo va a sentir nuestro próximo candidato: ganas de casarse conmigo.

Aquello sobresaltó a Sebastián. Claro, se dijo, sintiendo una rabia visceral. Después de mí vendrán más. Otros igual de incautos, de ingenuos; otra serie de víctimas que sufrirán como perros. Pero con una diferencia abismal, reflexionó, asqueado por la perfidia. Porque gracias a mi caso estos criminales habrán aprendido la lección y no volverán a cometer el mismo error jamás, y sin excepción cada una de sus presas futuras tendrá familia, con esposas y pequeños, que padecerán lo indecible. Y yo habré contribuido a ese sufrimiento, razonó…

—Pero ¿sabes qué es lo más gracioso? —preguntó la mujer, interrumpiendo sus cavilaciones—. Y esto es lo mejor de todo… Muchas veces me dijiste que siempre te han intrigado los hechos casuales, y estoy segura de que pensaste, en varias ocasiones a lo largo de estos meses en que estuvimos… «juntos» —volvió a gesticular con los dedos para añadirle comillas a la palabra—, que fueron casualidades las que decidieron las cosas entre nosotros. Que fueron sucesos menores y fortuitos que actuaron de manera espontánea e impredecible, primero para llevar a conocernos, y luego para cambiarle el curso a tu destino. Entonces voy a compartir un secreto contigo, Sebastián, y quiero que lo oigas de mi boca para te quede claro y cristalino —se inclinó hacia adelante y bajó el tono de la voz, el aire confidencial—: ninguno de esos hechos fue casual. Cada uno fue deliberado, planeado y buscado por nosotros.

Estaba saliendo el sol cuando Mara le dijo eso a Sebastián, cuando le hizo ver que el conjunto de incidentes supuestamente accidentales que habían ocurrido en su relación de pareja, los acontecimientos aleatorios e inesperados que habían intervenido de una forma u otra, no lo eran. No había sido un acto improvisado que ella ingresara a Paco's esa noche en Cartagena de Indias, sino que le habían seguido los pasos durante todo el tiempo que él estuvo de visita en la ciudad amurallada. Y aquella noche, después de la tertulia del festival literario en el baluarte de Santo Domingo, al entrar Sebastián solo en el restaurante, se presentó la oportunidad anhelada para que ella se le aproximara, sagaz y disimuladamente. Acompañada de un intelectual español que nunca supo nada, con quien ella se encontró en la puerta del lugar —circunstancia que aprovechó astutamente a su favor—, y actuando como la profesional que era. Y así le reveló la verdad de cada anécdota, a lo largo de su amorío, que el ejecutivo creyó que había surgido de la suerte o del azar, de la intervención de los dioses o del destino, pero que en realidad había sido gestionada, promovida y orquestada cuidadosamente por Mara y el Filo.

—Sin embargo —remató la mujer—, y éste es el último detalle que te voy a contar, sí sucedió un incidente imprevisto que intercedió de manera definitiva en todo esto. Sin duda, es el más importante de todos. Más, incluso, que el artículo de la revista juvenil que te traje… Un hecho casual de aquellos, repito, que tanto te gustan.

—¿Cuál fue? —preguntó Sebastián secamente. La rabia había seguido creciendo en su interior durante esas horas. No sólo por la indignación de lo que le habían hecho, sino al comprender que lo mismo se lo iban a hacer a otros más, sabiendo que su experiencia iba a facilitar el tormento de otras personas. Y eso le pareció intolerable.

—Presta atención —le dijo su interlocutora con un chasquido de los dedos, al sospechar que estaba pensando en otra cosa—. Porque esto es de no creer...

La mujer hurgó en su bolso otra vez y extrajo el último cigarrillo de su cajetilla final. Lo encendió con deleite y soltó una larga bocanada de humo hacia el techo, complacida.

—Imagínate que cuando el Filo me ordenó que escogiera a nuestro próximo candidato me sentí realmente feliz y orgullosa, como te digo. Llevamos mucho tiempo juntos como pareja, y he participado en todos los operativos que hemos realizado con esta banda de amigos que él ha ido formando, preparando y entrenando con los años. Pero una cosa son los sentimientos y otra cosa es el trabajo. De modo que cuando él me encomendó la selección del siguiente rehén y me hizo cargo de la estrategia general, lo interpreté como una prueba de respeto, un reconocimiento a mi papel dentro del equipo y una señal de aprobación a mi conducta como profesional.

—¿Acaso estás esperando que te felicite?

La mujer endureció la mirada y lo contempló con desprecio. Exhaló el humo del cigarrillo nuevamente en su dirección.

—No seas imbécil. Te lo cuento para que entiendas lo que sigue...

Le dio otra calada a su Marlboro y la brasa se intensificó en la punta.

—Lo cierto es que para mí, como te decía, fue un honor. Y lo tomé, como hago todas mis cosas, muy en serio. Estuve analizando a varios candidatos, magnates con perfiles y negocios muy distintos, y al cabo de bastante tiempo y seguimientos, y de mucho pensar y ponderar, fui descartando unos y conservando otros hasta que logré reducir la lista a diez figuras principales, cuyos nombres escribí en una hoja de papel. El grupo comprendía hombres, mujeres y menores de edad. A cada uno le abrí una carpeta para reunir todos los datos que iba encontrando y recopilando, y eso incluía notas y recortes de prensa; información personal y familiar; horarios de movimientos y desplazamientos, tanto los propios como los de sus seres queridos, e incluyendo socios, amistades y enemigos conocidos; fichas técnicas con copias de documentos de identidad y pasaportes, que nos facilitaron nuestros infiltrados en la Registraduría Nacional y en Cancillería; fotografías del candidato entrando y saliendo de su oficina y residencia, y de los niños bajándose del bus escolar o jugando desprevenidos en el parque; placas de autos, número de guardaespaldas, tipo de armas que éstos portan, etcétera. Yo no hacía más que estudiar mi lista de millonarios y sus respectivas carpetas, pero escoger uno entre todos no me pareció nada fácil, porque la decisión final depende de una combinación de factores e ingredientes, todos muy complejos, que hay que sopesar con verdadero cuidado. Por ejemplo: ¿qué tan factible será atrapar al individuo? ¿Cuánto tiempo pasa en el país? ¿Se transporta en autos de lujo normales o en vehículos blindados? ¿Cuántos escoltas lo protegen y cómo es su sistema de seguridad personal? ¿Tiene una vida social intensa o moderada? ¿Qué tal está de salud? ¿Es alguien de hábitos fijos y agendas previsibles, o actúa de manera repentina y espontánea? ¿Podrá soportar el encierro?… En fin, hay numerosos componentes y variables que terminan por inclinar la balanza a favor de uno o en contra de aquél, y hacen que una prefiera a éste y descarte a los demás. Y yo, te confieso, estaba echa un lío, abrumada por la responsabilidad y sin poder eliminar más nombres de mi lista de diez, porque a esas alturas cada personaje tenía aspectos que me gustaban mucho y otros que no me gustaban nada…

El sol se asomó por encima de las cumbres de los cerros vecinos y brilló intenso por la ventana. Con base en su acostumbrada rutina diaria, y por la posición del astro y el ángulo de los rayos que penetraban en la habitación, abriéndose paso entre los barrotes y el espeso humo del tabaco como lanzas doradas, Sebastián no tuvo que preguntar la hora para saber que eran más de las seis de la mañana. Registró el frío en los huesos y lo reconoció como el helaje del amanecer en la sabana. Eso significaba que en pocas horas llegaría la camioneta con el relevo, y esta mujer se subiría en el vehículo para bajar por la falda de la montaña y no volver a esa casa jamás. El hombre tomó conciencia de que éstos, para bien o para mal, eran los últimos minutos que dispondría con ella.

—En todo caso —continuó la otra, aspirando una nueva bocanada del cigarrillo—, un día el Filo me informó que las cosas habían cambiado y que teníamos que escoger muy pronto al candidato, meses antes de lo previsto. Algo que ver con el acceso a las patrullas en la estación de policía que habíamos utilizado en las ocasiones anteriores. Por lo visto el agente que nos colaboraba con las chapas, los carnés y uniformes, y nos ayudaba a sacar los vehículos del garaje de reparaciones de la institución, por algún motivo sólo iba a permanecer unas semanas más en su cargo y sin él no podría funcionar el plan. Teniendo en cuenta el tiempo que se necesita para preparar el operativo, y el que se requiere para abordar y seducir al sujeto, debíamos comprimir el proceso de selección como nunca y por eso era urgente escoger un personaje cuanto antes. Entonces el Filo me ordenó que le comunicara mi decisión rápidamente, porque ya no contábamos con tres meses más de plazo sino con apenas tres días.

La mujer negó con la cabeza, seguro recordando la presión y los nervios de aquel momento.

—El hecho es que pasé las siguientes setenta y dos horas sin dormir, quemándome las pestañas y trabajando sin pausa, dedicada a mis notas y archivos. Recuerdo que yo estaba sentada frente a la mesita cuadrada de mi cocina, en mi pequeño apartamento en Los Rosales, y me estaba tomando otro café negro muy cargado mientras revisaba los candidatos por enésima vez, concentrada al máximo e incapaz de elegir al mejor. No había tenido suficiente tiempo, maldita sea, y yo tenía todas las carpetas abiertas en desorden a mi alrededor, ocupando las sillas y amontonadas en la mesa y en el suelo. Como digo, cada individuo poseía una fortuna inmensa y a la vez representaba un reto particular, con grandes ventajas y desventajas para nuestros propósitos, pero yo seguía con demasiadas lagunas acerca de la mayoría, aspectos fundamentales que no había alcanzado a investigar a fondo, y me sentía forzada a tomar una decisión trascendental poco menos que a ciegas. Estaba absorta, estudiando la hoja de papel con los diez nombres, fumando desaforada y con un cenicero a mi lado rebosante de colillas apagadas, enfocada en mi tarea y con los dedos temblando por el exceso de cafeína en mi organismo, pues hacía rato que había perdido la cuenta de todas las tazas que había consumido, y me encontraba repasando las fotografías y meditando en mis anotaciones, comparando estrategias y anticipando dificultades y problemas, cuando de pronto irrumpió el Filo en la cocina para que le dijera ya mismo por quién me había decidido. Del susto me incorporé y le di un golpe a la mesa con el regazo y volqué la taza, derramando el café sobre la lista. El Filo me preguntó de nuevo, palmoteando las manos de la urgencia, y en seguida examiné la hoja de papel por última vez, azorada y aturdida, perpleja como en una especie de trance, y vi que el café había ocultado todos los nombres. Todos salvo uno. El tuyo.

La mujer volvió a negar con la cabeza, viendo las espirales de humo que se elevaban perezosamente hacia el bombillo prendido del dormitorio.

—Eso quiere decir —concluyó con una mueca perversa— que la suma de cosas que has vivido en este año, con todo lo bueno y todo lo malo, ocurrió porque alguien que no conocías volcó una bebida sobre una lista de personas. Entonces miré al Filo y contesté: Sebastián Sarmiento. Y por eso llevas cuatro meses aquí encerrado, y por eso estás ahí sentado delante de mí, mirándome con esos ojos que parecen echar chispas del odio; por algo tan simple y casual como una taza de café derramada sobre una hoja de papel…

La mujer soltó una risa estrepitosa que le sacudió las entrañas al ejecutivo.

—Lo peor es que tantas carreras fueron en vano —agregó después con un gesto amargo—. Porque en esos días pillaron a nuestro agente encubierto en la Policía robando y lo despidieron en el acto, antes de poner en marcha el plan. Ese compañero no podía andar por ahí suelto como si nada, con todo lo que sabía sobre nosotros, y entre el Filo y yo decidimos cortar por lo sano y callarlo del todo. En fin… Calaña fue el encargado de traerlo.

—¿Traerlo?

La otra hizo un ademán con el mentón, indicando vagamente el exterior.

—En efecto —expulsó el humo hacia la ventanita—. Aquí lo trajimos y aquí lo ejecutamos, y por ahí está enterrado. En uno de estos potreros, y supongo que habrás caminado encima de él más de una vez sin saberlo… En cualquier caso, por eso yo duré varios meses contigo, más de lo normal, mientras el Filo rehacía el equipo y convencía al reemplazo en la institución, a las buenas o a las malas, de formar parte de nuestro proyecto, y mientras organizábamos de nuevo el secuestro.

La mujer chupó el cigarrillo con tanta fuerza que la brasa se aproximó al filtro.

—¿Y sabes qué es lo más irónico? —preguntó, riendo entre dientes—. Que, bien pensado el asunto, estoy segura de que al final yo te habría descartado de mi lista. No eras el mejor candidato de esa selección y ni siquiera uno aceptable. Pero eso yo aún no lo sabía. Como dije, cada individuo tiene rasgos o circunstancias que nos atraen o repelen para nuestros fines, y por eso no es fácil optar por uno en definitiva. Pero de haber contado con más tiempo para investigar y analizar las opciones debidamente, con seguridad yo habría entendido, a la larga o a la corta, que a pesar de tus considerables ventajas, empezando por ser un millonario saludable que se desplazaba en un vehículo costoso pero sin blindaje, con trayectos fijos y rutinas predecibles, y además custodiado por un solo guardaespaldas, tú tenías graves inconvenientes para el plagio…

—No me digas.

—Así es —prosiguió la otra, ignorando el sarcasmo de Sebastián y dejando caer la ceniza del cigarrillo en el piso de tablas—. Primero —contabilizó, mostrando el pulgar de la mano libre—, que no poseías una parte significativa de tu fortuna en estado de liquidez, como yo creí erróneamente, y como sólo lo pudimos comprobar después, cuando ya estabas retenido en este lugar y bajo nuestro control. Segundo —extendió el índice—, que era casi imposible encontrar información útil y confiable sobre ti… Y tercero, por encima de todo lo demás —añadió, estirando el dedo del corazón—, que carecías de esposa, padres e hijos, que constituyen un mecanismo de presión indispensable. En eso consiste el arte del ordeño, querido. Porque cada rehén tiene un flanco débil y éste suele ser la familia, y basta exprimir un poco por ese lado, donde más le duele al personaje, para que eventualmente produzca leche.

Con eso la mujer lanzó otra carcajada.

Sebastián trató de contener la rabia que ascendía por su cuerpo. La sentía subir desde las plantas de los pies. Volcánica. Apretó la manta del camastro con los puños.

—¿Y ahora? —preguntó.

—Ahora llegó el momento de la verdad —dijo ella, repentinamente seria y apagando el cigarrillo como los había apagado todos a falta de un cenicero: aplastando la colilla sobre el tablero del pupitre y dejándola caer al suelo, junto con las demás—. Estoy aquí por las razones que ya te mencioné, pero ante todo para esto. Para persuadirte de aceptar nuestra oferta: tu libertad a cambio de que pagues el dinero acordado, y te doy mi palabra de que te dejaremos ir. El Filo es de la opinión de que no te vas a mover de tu posición tan testaruda y de que no vas a soltar un centavo por tu liberación, pero yo lo convencí de esperar hasta que tú y yo habláramos en privado y te contara en detalle lo sucedido, para que sepas a qué atenerte y entiendas que no tienes otra salida. Y ya lo he hecho. Te he relatado todo lo que me está permitido, y ahora sabes la verdad de lo que pasó y de lo que sigue… Sin embargo, todavía tienes un futuro, Sebastián. No lo dudes y te pido que recapacites, pues carece de sentido que un hombre como tú muera en este sitio inmundo como un perro de la calle. En cualquier caso, se nos acabó el tiempo y no vamos a prolongar esta retención, ni puedo hacer nada más por ti. Así que repito: éste es el momento de la verdad y estoy autorizada para preguntarte por última vez:

¿cuál es tu determinación final? Pero piénsalo bien y con cuidado, porque a partir de este punto ya no hay marcha atrás. Y antes de responder te lo advierto: no te volveremos a preguntar y tendrás que asumir las consecuencias de tu decisión. Ahora tu vida depende de una sola palabra, querido. Entonces dime: ¿vas a pagar el rescate, sí o no?

Sebastián, iracundo, sólo movió la cabeza en un lento gesto negativo.

La mujer lo miró a los ojos sin pestañear, y al cabo dejó escapar un hondo y sonoro suspiro de cansancio.

—Siendo así —sentenció exasperada—, preferimos cancelar este contrato y hoy mismo te vamos a ultimar en esta finca miserable.

Empezó a levantarse para recoger sus cosas, y fue entonces cuando Sebastián estalló.

36. Que tanto dependa de tan poco

Estallé.

No soporté más la actitud de esta traidora ni sus palabras cargadas de mofa y veneno, pero en ningún momento imaginé lo que de repente me vi haciendo. Más aún, de haber tenido tiempo para reflexionar con cabeza fría y trazar un plan de acción, seguro que no habría sido el que tomé en ese instante, por lo temerario y suicida, pero ahí está la paradoja, porque cualquier otro camino habría significado el fin. Con absoluta certeza yo estaría muerto ahora, ejecutado y enterrado en uno de los potreros aledaños de la casa —igual al agente de la Policía que trajeron desde Bogotá y que asesinaron y sepultaron en esa desolada propiedad—, donde nadie encontraría mi cuerpo jamás.

Admito que mi reacción fue del todo irracional. Sentí una furia volcánica que me subía desde los talones, y tan pronto escuché de boca de esta mujer que en cuestión de minutos me iban a matar en ese lugar infame, después de padecer cuatro meses de encierro y torturas, antes de pensar siquiera en lo que debía hacer, ya estaba actuando. Y a partir de ahí, efectivamente, como había dicho esa criminal sentada delante de mí, no había marcha atrás. Como quien se encuentra flotando en un río cuando lo acomete la crecida, sólo quedaba tomar una bocanada de aire y obedecer los instintos y patalear y bracear hasta el final, sin saber en qué paraje iba a terminar ni en qué condiciones llegaría al retroceder las aguas.

Lo extraño, sin embargo, es que cada vez que evoco lo sucedido no lo veo como una serie de actos inmóviles, congelados en el pasado y archivados en mi memoria, sino que lo sufro como algo presente que está teniendo lugar de nuevo, aquí y ahora, en mi realidad actual y en movimientos tardos y pausados, como filmados en cámara lenta. Nietzsche, en su Zaratustra, postula una meta moral, el eterno retorno, la vida repitiéndose una y otra vez hasta el infinito. Estos eventos, por su lado, se reproducen en mi interior como un eterno presente, donde el tiempo externo se ha esfumado y sólo quedan estas acciones que ocurren y vuelven a ocurrir, sin término o demora, ante mis ojos insomnes. Nietzsche llamó aquella idea abrumadora «su carga más pesada». Y ésta, sin duda, es la mía, porque lo acontecido me lastra y atormenta, sucediendo y repitiéndose sin cesar, vigente e inmediato, como una película rebobinada en un proyector en marcha que no puedo dejar de mirar y tampoco puedo detener.

No recuerdo, en breve. Revivo.

La experiencia siempre comienza igual: no quiero que la mujer vea mi rostro para que no anticipe mis actos, que incluso yo desconozco cuáles serán, pero sólo sé que no me voy a dejar matar sin dar la pelea y sin intentar algo, lo que sea, así no tenga ninguna posibilidad de éxito frente a tres asesinos de oficio, armados con pistolas semiautomáticas y listas a disparar. Además, sigo limitado y restringido con el grillete aferrado a mi tobillo izquierdo, sujeto a la larga cadena de acero inoxidable, y ésta amarrada a la argolla de la pata de hierro del camastro, asegurada con el gran candado Master. Aunque ese mismo hecho, de pronto, enciende una idea en mi cabeza. Una idea y una esperanza. Descabellada y remota, lo sé, y absurda y mínima, también, pero es lo único que me queda.

Cuando la mujer me pasó el recorte de la revista juvenil por encima del pupitre, calculé la distancia entre nosotros y estimé que sería poco más de un metro. Entonces inclino la cabeza hacia adelante y me agarro la frente con la mano derecha, como si fuera a llorar o a lamentar mi suerte, y de esta manera oculto mi semblante de su mirada. Y al verme reducido a ese estado indigno y lastimoso, ella, que se está empezando a incorporar de la silla, seguramente hace una mueca de desprecio mientras baja la guardia, porque de haber visto otra vez mis ojos inyectados de sangre y chispeantes de cólera, probablemente habría reaccionado a tiempo, suspicaz y alerta, y me habría paralizado con sólo empuñar la pistola que tenía a la mano y apuntarla a mi pecho. Pero no lo hace,

y desde mi posición, sin levantar la cabeza y con la mano encu-
briendo mis ojos que miran el suelo de tablas, distingo la extensa
cadena de acero recogida a mis pies, idéntica a una serpiente pla-
teada y agazapada. Son cuatro metros de eslabones que conozco
como la palma de mi mano, que he arrastrado de aquí para allá
las veinticuatro horas de cada jornada, y con los que he dormido y
comido y caminado durante ciento veinte días con sus noches; que
me han seguido como una sombra, y que he escuchado tintineando
detrás de mí y a mi lado, semejantes a una mascota fiel dotada de
una campanilla, y en aquel momento el instinto me susurra un se-
creto que resuena en mi mente: esos cuatro metros de cadena son
suficientes. Alcanzan.

Insisto: sé que todo está sucediendo a una velocidad de vértigo,
pero lo revivo como una pesadilla que transcurre por partes y con
una lentitud pasmosa. Así, antes de planear siquiera lo que voy a
hacer, ya he iniciado la secuencia de actos que no se podrá conte-
ner. Dispongo de una sola oportunidad, y recuerdo como un re-
lámpago lo que siempre he pensado, que las oportunidades son fu-
gaces e irrepetibles y que urge apresarlas del cuello cuando éstas
—gracias a la fortuna o al azar— se revelan ante nosotros. Enton-
ces me agacho como si me fuera a resbalar del borde del camastro,
como si me fuera a desplomar o a ir de bruces, desmayado del mie-
do o de la impotencia por el anuncio de mi inminente fin como un
perro de la calle, y sé que la mujer me está observando decepciona-
da, seguro negando con la cabeza y con una expresión de infinito
repudio y desdén, profundamente desilusionada por mi falta de
hombría. Aprovecho esa fracción de segundo en que ella no está a
la defensiva y me agacho todavía más, flexionando casi del todo la
pierna derecha, y alcanzo a espiar entre mis dedos y registro el dis-
gusto en sus ojos verdes, a lo mejor cree que me voy a postrar de ro-
dillas para rogarle piedad y misericordia. No puedo esperar más,
de modo que aprieto los dientes y actúo. De improviso estiro la
pierna hincada como un resorte al tiempo que brinco y giro el
cuerpo en el aire, proyectando mi pierna izquierda en su dirección
por encima del pupitre, igual a la hélice de un helicóptero, como si
me propusiera darle una patada voladora en la cara. Ella abre

enormes los ojos del susto, tomada por sorpresa y echando la cabeza
hacia atrás, y, mientras mi pie pasa a milímetros de su rostro espantado, la cadena sigue su curso, avanzando con el impulso de la
patada semejante al lazo de un vaquero, y le enrolla el cuello como
un látigo. Repliego la pierna de inmediato, tirando bruscamente a
la mujer hacia adelante, cuidándome de no derribar la silla ni la
mesita, y en el acto agarro la cadena con ambas manos y la tenso
al máximo en el segundo en que ella se percata de lo que está pasando —todo ha sido demasiado veloz— y trata de chillar, pero le
atrapo la voz en la garganta. Aprieto con todas mis fuerzas. La
otra, aterrada, en vez de patear y volcar uno de los muebles, pues
el estrépito me habría delatado y condenado, instintivamente se
lleva las manos a los eslabones, procurando liberar su pescuezo para
dar el grito de alarma, pero la cadena le ha cortado el aire de la
tráquea. Se logra incorporar con torpeza, forcejeando y lanzando
ojeadas a la puerta con las pupilas desorbitadas del pánico, y cuanto más tiro y estrujo más se enrojece su cara y se le hinchan las venas del cuello, con la cadena enroscada en torno a su piel color canela. De repente ella suelta la mano derecha de los eslabones y me
trata de rasguñar desesperada, amenazando mis ojos con sus uñas
lacadas de rojo, perforándome con su mirada de víbora iracunda,
pero se las aparto de un par de manotazos. En seguida ella tantea
con la misma mano en el pupitre, frenética, y advierto que está
buscando la pistola —me impresiona ver tan cerca sus ojos verdes
que ahora lucen saltones, como los de un pez fuera del agua, y el
rostro que ya está morado por la estrangulación, y su boca empieza
a emitir gruñidos roncos y sordos, y a expeler chispitas de saliva—,
así que sujeto la cadena con una mano como si le fuera a ajustar el
nudo de una corbata, y con la otra arrebato la pistola y la arrojo al
camastro, donde aterriza sobre la abullonada chaqueta Moncler y
se hunde con un suspiro. Deploro deshacerme del arma, pero re-
quiero las dos manos para templar la cadena con cada fibra de mis
brazos. Ahora toda mi energía está concentrada en apretar las anillas y en no hacer ruido de ninguna clase, para no llamar la atención de los hombres que están afuera del cuarto, esperando que ter-
minemos nuestra charla, aguardando en el saloncito o en alguna

de las habitaciones de la casa —por suerte la mujer los ha instruido de no ingresar a la alcoba hasta que ella no se los indique—, y sé que al menor sonido ambos irrumpirán en el recinto para averiguar qué está pasando, con las pistolas al frente, y en ese escenario estaré liquidado. Así que redoblo mis fuerzas, apretando los eslabones con las manos aún más, ahorcando sin piedad aquel cuello esbelto que he besado tantas veces, mientras ella sigue resistiendo y luchando con la cadena, debatiéndose enloquecida, probando liberarse y moverse y ahora sí patear los muebles como una fiera —he visto sus botines de gamuza fallar dos veces el pupitre y sus rodillas buscar en vano mis testículos—, pero cada vez con menos bríos, cuando escucho estertores que brotan de su garganta asfixiada, y veo la cadena hincarse en la piel, haciéndola sangrar, y discierno que está a punto de perder el sentido. A continuación la mujer empieza a parpadear, con una expresión casi somnolienta, la pujanza drenándose de su figura, y sé que se está yendo, que se va a desvanecer en segundos. Siento el bulto de su cuerpo cada vez más pesado, y me propongo tenderla o recostarla para que no se vaya a abatir ruidosamente. La he apartado cuanto puedo de los enseres por precaución, pero ahora la arrimo a la silla en medio de sus últimos pataleos, buscando sentarla con cuidado para luego pasar al camastro y ocuparme de la pistola, cuando de pronto ella suelta una mano de las anillas de acero, vacilante y desgonzada, crispada y con los nudillos blanqueados del esfuerzo, y deja caer el brazo sin control y golpea el respaldo de madera con fuerza, iniciando la volcada. La silla se inclina lentamente. La trato de retener con una mano, y después alargo el pie, alarmado, pero no alcanzo y la silla se sigue doblando hasta que se viene abajo y choca aparatosamente contra el suelo de tablas. Suena como el estruendo de una demolición.

Mierda, pienso.

Acto seguido escucho pasos desiguales que se aproximan a toda prisa a la habitación. Rápidamente desenrollo la cadena del cuello de la mujer y permito que ésta se desplome al piso —ella cae con otro fuerte golpe sonoro, boqueando sin aire y casi desmayada, poco menos que moribunda—, porque necesito disponer de toda la *extensión de la atadura. Y en el instante en que el Filo abre la puerta agresivamente —por primera vez en cuatro meses, recordé, él no había puesto las llaves, trancas y fallebas— se detiene en plena carrera, estupefacto, con los ojos llenos de preguntas, incrédulo de ver a su hembra tumbada en el suelo y sin saber si está viva o muerta. Parece captar que por la premura o por un exceso de confianza ha cometido el error de entrar en el dormitorio sin el arma fuera y lista para disparar. Reacciona de inmediato, sin embargo, y mete la mano en el bolsillo de su chaqueta de cuero y hurga en busca de la pistola niquelada de Jaime. Pero entre tanto yo me he lanzado y deslizado sobre el piso de tablas y desde ahí le asesto una patada lateral en la pierna, seca y fuertísima, y sólo al escuchar un traquido de madera advierto que le he dado en la prótesis, que se parte en dos. El hombre pierde el equilibrio al tiempo que extrae la Beretta de la chaqueta —de milagro se le ha trabado por una milésima de segundo en la tela del bolsillo—, y se derrumba con una blasfemia pero sin soltar el arma. Me le abalanzo encima, aferrado a su muñeca con las dos manos para impedir que me apunte con la pistola, pero me encuentro estirado al máximo porque la cadena está tirando de mi tobillo. Estoy tendido boca abajo sobre él, y siento sus gruñidos muy próximos a mi rostro y huelo su cuerpo sudoroso y sin bañar, y mientras resollamos y forcejeamos percibo que él está intentando alcanzar la Beretta con la otra mano, de modo que me doy la vuelta sobre su pecho sin soltar su muñeca con mi derecha, y con mi brazo izquierdo le descargo un codazo con todas mis fuerzas en las narices. Oigo el crujido de huesos y la sangre salta en el acto y le escucho dar un aullido. Entonces le doy otro codazo, y otro y otro, mientras le sostengo el brazo estirado y la muñeca alejada con mi diestra, desesperado por mantener el arma apartada de mí, cuando truena un disparo. La bala silba al cruzar mi frente. Me sobresalto, puesto que el retumbo en el cuarto es ensordecedor. Ahora sí vendrá Calaña, alcanzo a pensar atropelladamente. Si no ha entrado todavía a la habitación y más después del aullido del Filo, es porque seguramente no estaba en ese momento en el saloncito acompañando a su jefe sino quizás, por una simple suerte o casualidad, en el baño o afuera o dormitando en alguna de las otras* piezas —¿habrán tomado turnos de guardia durante la noche?—, pero en todo caso sé que sólo me restan segundos de acción. Así que aprovecho que el Filo está atontado por los codazos y que tiene la vista medio obstruida por la sangre que le brota de la cara macerada, y procedo a darle puños como si fueran martillazos a la nariz desbaratada. Entonces el hombre lanza otro aullido desgarrador y suelta la pistola que cae al suelo. La agarro sin vacilar y retrocedo pataleando, sentado sobre las tablas del piso hasta toparme contra el camastro, y desde ahí, sin apuntar bien y sujetando la culata de la Beretta con ambas manos, aprieto el gatillo y disparo un tiro que le falla la cabeza al maleante por un centímetro y abre un hueco en la madera del suelo del tamaño de una naranja. Me asombra el impacto del retroceso del arma y lo mucho que brinca, como si tuviera vida propia. Con el rostro ensangrentado el Filo parece un demonio, azorado por los golpes y desconcertado por el disparo, pero ya se está enderezando y reptando hacia mí, acercándose con mirada feroz y homicida, y me clava una garra en mi pierna y está a punto de clavarme la otra para atraerme con las uñas, de manera que retengo el aliento y lo ubico en la mira y vuelvo a apretar el gatillo. Esta vez el tiro le arroja la cara violentamente hacia atrás. Aunque ha sido casi a quemarropa el resplandor del fogonazo me impide distinguir en dónde le he pegado. En ésas alzo la vista y veo que aparece Calaña corriendo, y se presenta inmenso en el marco de la puerta, llevando su pistola por delante —él no ha cometido el mismo error de su jefe—, moviendo la boca abierta y seguro diciendo o gritando algo que no escucho porque tengo los tímpanos taponados por el estruendo de los disparos. El hombre, sorprendido, no tarda en descifrar lo que ha pasado, y al verme sentado en el suelo con la espalda contra el camastro y armado con la pistola niquelada de Jaime, apuntándole, me dispara y le disparo, los dos fogonazos estallan al tiempo. Ambos hemos fallado, no obstante, y en la misma fracción de segundo veo que mi tiro arranca astillas del marco de la puerta y su bala roza mi oreja y se incrusta con dureza en el colchón, levantando trozos de tela y espuma. Entonces los dos volvemos a disparar y los destellos intensos y amarillos florecen simultáneamente. Siento un puñetazo en el hombro izquierdo que me hace girar el torso con brusquedad, a la vez que veo a Calaña despedido hacia atrás. Cae de espaldas en el suelo de tablas, seguro con el remezón de un edificio al demolerse, pero tampoco lo oigo. En ese momento me incorporo aturdido, buscando apoyo en la pared y atónito de hallarme vivo, y cuando me voy a palpar por encima para identificar mis heridas, siento un dolor salvaje en el hombro que me hace aullar y me impide alzar el brazo izquierdo. La misma rabia volcánica de antes vuelve a adueñarse de mí. Erguido y tambaleante, tomo conciencia de lo pesada y caliente que es la pistola niquelada que sostengo en la mano. Calaña luce inmóvil, de modo que la apunto primero al Filo, temblando por la acción y por los bombazos de adrenalina, y me arrimo con cautela; éste yace boca arriba, sangrando a chorros por la quijada arrancada de raíz por el balazo, haciendo esfuerzos por levantarse y tocándose lelo lo que queda de su mandíbula, como si no lo pudiera creer. Lo miro horrorizado, pero sé que lo tengo que rematar. Entonces afirmo el arma en el centro de su frente, en la mitad de su maldita cicatriz —ahora ésta se ve gruesa y púrpura—, y presiono despacio su cabeza contra el suelo. Tose y resopla entre burbujitas y salivazos rojos, y tiene los ojos abiertos y alucinados, con el semblante grotesco y desfigurado, y noto que el colmillo de oro le cuelga sobre el vacío. Disparo otra vez. Su cráneo explota igual a como estalló el de Jaime la noche de mi secuestro. La sangre y los sesos saltan y me salpican la cara. Mis ojos se contraen de la aversión, y me paso la manga de la sudadera por el rostro y la barba mientras me dirijo a Calaña, siempre buscando el soporte de los muros, dando traspiés del mareo y sujetándome el hombro con fuerza, sintiendo el líquido cálido y pegajoso latir y fluir entre mis dedos. Voy dejando un largo y sinuoso brochazo escarlata que mancha la pared pintada blanca de cal. Me acerco lo más que puedo al gorila, quien está atravesado en el umbral de la puerta con medio cuerpo dentro y el otro medio afuera de la habitación, pero la cadena —no sé a qué hora se ha enredado— me imposibilita llegar del todo hasta él. Aun así veo que de su boca brota sangre a borbotones, y advierto que jadea igual que si le faltara oxígeno, expectorando entre un sonido —me imagino— agónico de gárgaras, y tiene los ojos grandes y brillantes. Sólo en ese instante detecto que también tiene un hueco oscuro casi en el centro del tórax, que comienza a manar sangre como un surtidor. Sigue vivo, sin embargo, tratando de doblar una pierna y de incorporarse, moviendo las manos como si estuviera ebrio o quisiera arrancarse el balazo del pecho. Entonces, desde donde estoy parado, levanto el brazo con la Beretta empuñada en la mano derecha y el pulso tembloroso, y le disparo entre fogonazos el resto de la munición que queda en el cargador, apuntando a su cabeza y tronco —la pistola brinca como un diablo, y unos tiros fallan y vuelan fragmentos del suelo y pedazos de cal de la pared—, dando alaridos y enloquecido de cólera, con los casquillos escupidos y rebotando en el piso de tablas, los retumbos de los balazos tronando en ese recinto tan estrecho, hasta que salta abierta la corredera de la pistola, el gatillo hace clic y el percutor golpea la recámara vacía.

—¡PEDAZO DE HIJUEPUTA! —le grito al cuerpo inerte del asesino.

Apoyo una mano en la rodilla, rugiendo y bufando del agotamiento. Estoy bañado en sudor a pesar del frío, y veo la sangre que resbala por mi brazo izquierdo y gotea de mis dedos, roja y viscosa. Observo el cadáver del grandulón, y sólo puedo pensar que al final Calaña tuvo razón. Me había jurado que antes de que esto se acabara él me iba a pegar un plomazo, y lo ha hecho. Pero ahora su corpulencia está quieta y rendida, con los ojos vidriosos fijos en el techo, y sangra como un colador. Por un tiempo permanezco estático e incrédulo, contemplando aquellos dos bultos que no respiran, asombrado al comprobar que Calaña y el Filo están realmente ahí, derribados y muertos, mientras yo sigo vivo. Examino y sopeso la Beretta en mi mano, y me pregunto qué habría dicho Jaime de todo esto, al saber que ambos criminales fueron dados de baja con el arma que él siempre portaba en la sobaquera de cuero. Abandono la pistola descargada en la cama, cavilando en la inmensidad de mi suerte, porque sin buena puntería ni mayor experiencia en el uso de armas, sólo fueron las reacciones del instinto, más la ventura del azar o del destino —el efecto dominó de una serie de hechos casuales y afortunados—, las que hicieron que mis balazos dieran en el blanco. Y, hablando de balazos, éste del hombro me duele en exceso, y me estremezco al recordar lo cerca que pasaron los proyectiles de mi rostro.

—Estoy vivo —me digo al cabo, jadeando adolorido y sudando en el helaje, todavía sin dar crédito a lo sucedido—. Estoy vivo —repito una y otra vez, como si necesitara articular mi condición en voz alta para confirmar que es cierta.

Transcurren los minutos, no sé cuántos, y no puedo dejar de mirar los dos cadáveres que sangran sin cesar. En ese momento algo más llama mi atención. Reparo en un puñado de dados que reposan alrededor del Filo. ¿Se le habrán salido del bolsillo en la pelea? ¿Los usarán para algún juego en el salón y pasar el rato? Pero no, me corrijo, no puede ser porque son demasiados. Concentro la vista a fin de establecer qué son esas piezas blancas y cuadradas que zozobran en el reguero de sangre, y me erizo al comprender que son dientes y fragmentos de cráneo y hueso. Aparto los ojos, resistiendo las ganas de trasbocar, y al moverme vuelvo a sentir el quemazón en el hombro que me hace soltar otro aullido. Aprieto la mandíbula, tratando de reprimir y asimilar el dolor, y me paso de nuevo la manga por la frente. La retiro mojada de sangre y sudor. Tengo que cerrar los párpados por un segundo, apoyando la espalda contra la pared, y procuro detener el ámbito que me da vueltas. Las cosas lentamente recobran su lugar en el mundo, y al abrir los ojos reafirmo, para mi infinita sorpresa, que todo esto es verdad, y que estoy realmente vivo.

De repente mis oídos se parecen destaponar a medias cuando percibo que el tercer cuerpo, el de la mujer, se rebulle débilmente. De su garganta emergen sonidos gangosos, estertores y gemidos sin aire. Está gesticulando con las manos desde el suelo, como espantando fantasmas. Así que me inclino sobre el cadáver del Filo y registro los bolsillos de su chaqueta y pantalón, empleando sólo mi diestra —hallo y tiro lejos las esposas que, junto con la cadena y el grillete, son los objetos materiales que más he aborrecido en mi vida—, hasta que encuentro el manojo de llaves que le he visto sacar tantas veces de su ropa. Ensayo varias en la cerradura del grillete hasta dar con una pequeña y plateada que ingresa sin resistencia, la giro con un ligero clac y, sin llegar a creerlo, abro las dos hojas semicirculares y dentadas que rodean mi tobillo. Me las quito por primera vez en cuatro meses. El alivio es inconmensurable. Me froto la carne lacerada, llena de callos, que está sangrando ahora por la refriega contra el metal. Entonces me acerco al camastro, extrañado al no sentir el peso del grillete en mi tobillo ni el acostumbrado tintineo de eslabones arrastrados a mis pies, tomo la pistola brasilera que había arrojado sobre la chaqueta de plumas y regreso a donde yace la hembra, su cuerpo tendido en el suelo de tablas que crujen a cada paso. De pronto escucho que los perros Simón y Bolívar ladran afuera, histéricos, e ignoro si acaban de empezar o si llevan rato aullando y no los había oído antes debido a que mis tímpanos estaban taponados por la balacera en el dormitorio. En medio del humo acumulado por todos los cigarrillos que fumó esta mujer a lo largo de la noche, y del penetrante olor a pólvora de los disparos atrapado en el cuarto, que se introduce en mis fosas nasales y me hace arder la garganta y escocer los ojos, me aproximo a la figura que se está removiendo, palpándose con torpeza el cuello y la piel en carne viva. Resopla sofocada y gimotea, intentando inhalar bocanadas de aire, cuando consigue ubicarme con la mirada turbia y perpleja, como quien despierta de un sueño intranquilo. Carraspea y tose repetidas veces, el semblante todavía cárdeno e hinchado del ahogo, y me acuclillo a su lado y hago un leve ademán con el mentón y la punta del arma, como invitándola a estudiar lo que tiene a su espalda. Ella vuelve el rostro con dificultad, igual que si estuviera borracha, y su expresión se frunce y palidece al descubrir al Filo en un charco de sangre, con la cabeza destruida a plomazos. Levanta un poco la vista y más allá entreví las piernas estiradas de Calaña en el piso, con el resto del cuerpo fuera de la alcoba. Me mira confundida; repara en mi cara y barba salpicadas de puntos rojos y en mi hombro empapado de sangre, y mientras su cerebro parece procesar la información, procurando encajar las piezas de lo ocurrido, sus pupilas oscilan y retornan a las mías, como si no comprendiera. Advierto que esta pistola es diferente a la otra y además tiene puesto el seguro. Se lo quito con el pulgar e introduzco el arma entre sus muslos. Ella intuye lo que voy a hacer y abre los ojos *del pavor, negando con la cabeza y tratando de apartarse, rogándome que No, que por favor No —la voz le suena ronca, rauca y afónica, casi masculina—, al tiempo que aprieto el gatillo y le pego un balazo entre las piernas. La mujer grita del dolor y se retuerce en el suelo, chillando y dando alaridos de agonía. En seguida me yergo y le disparo otra vez, y otra y otra, y sigo disparando hasta que salta abierta la corredera de esta pistola también y el percutor golpea en la recámara vacía.*

Permanezco unos minutos fatigado y acezante, contemplando el cuerpo de esta persona con la que aspiré a casarme, que amé tanto como a mi esposa y que también he matado. Pero esta vez no ha sido fruto de un accidente sino un acto consciente e intencional. Mientras observo la sangre que mana libremente de su anatomía, vertida por todos los orificios y fluyendo escandalosa en su abundancia, comprendo lo que he hecho, el tamaño de mis acciones, y anticipo que esta experiencia, y su culpa, me van a acompañar durante el resto de mi vida. Éste será, qué duda cabe, un trauma más de los insuperables. Mi carga más pesada.

Entonces me arrimo nuevamente al Filo, tambaleando y sintiendo un vértigo terrible, apretándome el hombro que sangra y me arde demasiado. El balazo me hace ver estrellas del dolor, y me induce a temblar y a sudar como si sufriera un repentino ataque de fiebre; me estoy inclinando sobre el cadáver para reventar mi reloj en su muñeca con la culata de la pistola descargada, cuando al mirar el cristal compruebo la posición de las agujas y se me hiela la sangre en las venas. No es posible, me digo aterrado. ¡Son casi las diez de la mañana! ¿A qué horas ha pasado tanto tiempo? En cualquier instante va a llegar el conductor con el relevo, y si los cuatro malandrines me encuentran ahí, rodeado de aquellos tres cadáveres, sólo quedará apagar las luces y desearles buenas noches a todos.

No destruyo el reloj como lo había planeado desde que el Filo me lo robó, en esa primera y lejana fecha de mi captura, sino que se lo quito de su muñeca y me lo pongo rápidamente en la mía, pues quizá lo necesite más adelante. No se me ocurre tomar el arma de Calaña, que es la única que aún tiene munición, ni tengo tiempo para revisar los cuartos de la casa en busca de un teléfono celular u otra pistola o un cargador de reserva. En cambio, no sé cómo me acuerdo en ese segundo de mis papeles. El pánico parece despejar mi mente y abro la tapa del pupitre, tiznada de cenizas y colillas aplastadas encima, y saco todas las hojas escritas a lápiz y las embuto en el bolso de la mujer, que primero desocupo sobre la cama. Casi patino en la sangre oscura y resbaladiza de los tres cuerpos que va cubriendo todo el espacio, arrastrando espesa y lentamente las colillas de los cigarrillos y los casquillos de las balas, depositándolos en las grietas y junturas del suelo de tablas, escurriendo y desapareciendo por los huecos abiertos a plomazos. Me veo obligado a dar una zancada y un brinco sobre el cadáver de Calaña, que está bloqueando la salida de la alcoba, y salgo trastabillando sin poder concebir la libertad de mis pasos, con la mano aferrada a mi herida que sigue pulsando y sangrando, y con la correa del bolso colgada de mi hombro sano. Atravieso el saloncito y abro la puerta de la casa a la vez que los mastines ingresan como un ventarrón, y la cierro de inmediato a mis espaldas, dejándolos adentro, dando aullidos. Lo último que necesito ahora es ambos perros ladrando detrás de mí. Entonces arranco a correr.

La pareja de cuidanderos no se ve por ninguna parte. Él es un anciano maltratante pero no es tonto, y ella es una vieja muda pero no es sorda, y seguro que al oír la balacera ambos se han refugiado en su humilde casa de adobe y saben que por un rato no deben asomar las narices. Ahí mismo vislumbro que el escenario que imaginé tantas veces con temor se va a cumplir a continuación, porque la única forma de huir de esa propiedad es corriendo cuesta abajo por el camino de tierra. Carezco de energías para escalar por la senda tortuosa de la cordillera y ni siquiera sé si hay una trocha de fuga en esas cumbres, y si me lanzo por la falda de la montaña, precipitado a campo abierto por los potreros sin árboles o rocas para ocultarme, los de la camioneta me verán fácilmente y me alcanzarán en dos patadas. Hay una sola ruta disponible que es bajar por el trazado recto de tierra, pero asumiendo el riesgo de que en cualquier momento aparezca la Pathfinder subiendo en el sentido contrario. Sin otra alternativa echo a correr como un lunático, con el brazo izquierdo inmovilizado y la mano derecha sujeta a mi

509

hombro que me duele una barbaridad, tropezando en las piedras y casi dando tumbos en el cascajo, perdiendo una afluencia de sangre y con el corazón desbocado, sintiendo que me voy a quedar sin fuerzas y sin aliento, cuando descubro que la situación es peor de lo que había supuesto. Ese camino que desciende al valle está flanqueado de lado y lado por una cerca de alambre de púas, pero ésta no luce compuesta de dos hileras de cables trenzados ni de tres o cuatro, como suele ser en la sabana, sino de ocho, separadas apenas por unos veinte centímetros entre una y otra, y parece cubierta de una apretada colcha de zarzales y arbustos espinosos sembrada alrededor para camuflar los alambres. Además, las púas no son de las pequeñas de cuatro puntas puestas a intervalos, empleadas para contener el movimiento del ganado, sino de la clase militar de espino que recuerdan cuchillas de afeitar, utilizadas para restringir el paso de las personas. Para rematar, hay dos cables adicionales, lisos y sin púas, que recorren la parte inferior y la superior de toda la cerca, sujetos con aislantes de cerámica que indican que es una valla eléctrica de alto voltaje. El resultado se asemeja a un largo y elevado corredor erizado de puntillas que yo no podría sortear herido como estoy, así quisiera intentarlo, de modo que sólo me queda huir hacia adelante, avanzando lo más veloz que puedo y temiendo a cada paso que me voy a dar de bruces con la camioneta. Quién sabe qué me harán los del relevo si me pillan corriendo en la dirección contraria, solo y sangrando y fugado por esa carretera de tierra, y tampoco lo quiero averiguar. En ese momento me percato de la hondura de mi cansancio, del error de no haber comido nada en todo el día anterior ni en éste, pues estoy débil y agotado, vertiendo sangre a gorgoteos con cada latido del pulso, la respiración entrecortada y los ojos parpadeando del dolor. Sigo corriendo, sin embargo, pensando que ya se estará acercando la camioneta, y al cabo de unos minutos que parecen interminables, resbalando en el polvo y chocando con piedras y guijarros, oyendo ladridos de perros remotos, llego al punto donde el camino se bifurca y quedo paralizado de la indecisión. Desde arriba en los predios de la casa, mientras yo emprendía las caminatas de la tarde, debido a la distancia yo no podía divisar lo que ahora veo con claridad: que esta vía se divide en dos y ambos senderos yacen inclinados en curva hacia abajo —rodean un barranco escarpado y un espeso bosquecillo de eucaliptos que se eleva en medio—, por lo visto dirigidos hacia la planicie del valle, y no sé adónde conduce cada uno ni sé por cuál vendrá la camioneta. Me siento mareado y extenuado, no se ven casas alrededor para pedir ayuda o refugio, y reconozco que estoy a punto de perder el conocimiento a causa de la sangre que bombea de mi herida y baña mi costado, goteando de los dedos de mis manos. De repente me invade el pánico, porque escucho a lo lejos, viniendo de abajo y desde algún lugar impreciso, tronando en el silencio del campo, el rugido de la Pathfinder. Yo podría identificar el sonido de ese motor en cualquier rincón del mundo, pues llevo cuatro meses oyéndolo todos los días al trepar por la cuesta empinada hacia la propiedad. Pero desde ese sitio en donde estoy parado no puedo saber si el vehículo ascenderá por la senda de la derecha o de la izquierda, y se me están acabando los segundos. Tengo que decidir ya mismo. Es como una apuesta mortal de cara o sello, porque no hay dónde esconderme —no veo una zanja cerca, ni árboles ni matorrales en torno, y sólo está el peligroso barranco delante de mis pies y la alambrada eléctrica que bordea cada lado del camino, densa de cuchillas y arbustos espinosos que imposibilitan pasar por encima o por debajo de la misma—, y si me lanzo por la ruta equivocada me estrellaré de frente con la camioneta. Vacilo y dudo, apretándome el hombro con la mano bañada en sangre, usando las pocas energías que me quedan y oyendo el ruido del motor que se avecina, cada vez más fuerte y próximo. Estoy que me desplomo del miedo y de la tensión, inhalando bocanadas de aire con avidez, sudando a chorros y desesperado, sintiendo la muerte pisándome los talones, cuando de improviso se me viene a la cabeza, sin saber por qué y con la fuerza de un estallido, un recuerdo inexplicable.

Tomar a la derecha o a la izquierda, en efecto. Igual que Denny Fitch. Yo estaba corrigiendo ese episodio del vuelo 232 de United Airlines justamente en esos días, y mi vida se reduce a la misma decisión. Es increíble que tanto dependa de tan poco, alcanzo a reflexionar. Y aunque es una casualidad indescifrable que en esa coyuntura me acuerde de ese incidente, no lo puedo evitar. Tengo que *escoger de inmediato, y entonces, sin más remedio, opto por una senda y sigo el ejemplo del capitán Fitch: tomo a la izquierda. Y en cuanto avanzo y bajo unos metros por esa vía destapada, escucho el bramido del motor y vuelvo la cabeza y veo que el vehículo se está acercando por el otro sentido, subiendo por el lado derecho, y dobla en la bifurcación que acabo de dejar —las llantas frenan en la curva y trituran la tierra— para tomar el camino recto y trepar hacia la casa, dejando una estela de polvo suspendida en el aire. Sólo distingo el techo negro metálico cuando pasa veloz detrás de mí. Uno o dos segundos más, pienso, y alguno de los bandidos me habría entrevisto por la ventanilla de su costado. Suspiro de alivio y tiemblo del terror, incontrolable, y entonces continúo huyendo y bajando por ese sendero que desconozco, rodeando el barranco y los altos árboles del bosquecillo, dando traspiés y trompicones, mareado y perdiendo sangre copiosamente, tropezando con el bolso lleno de papeles colgado de mi hombro sano, y, cuando estoy a punto de derrumbarme del agotamiento y de la debilidad, alzo la vista y descubro a un hombre.*

—¡Socorro! —le grito—. ¡Ayuda! —pero no sé si han salido palabras de mi garganta.

Es un campesino. Lleva puesto en la cabeza un roído sombrero de paja y está labrando el potrero con un azadón, al otro lado de la senda que desciende al valle, y mira en mi dirección. Suelta el apero que tiene en las manos y corre hacia mí. No sé si es alguien amigo o enemigo, si figura en la nómina de los secuestradores o si estará obligado o intimidado a obedecerlos. Doy un paso con torpeza y otro más, tratando de acercarme, pero mis piernas flaquean y en ese instante se me va el mundo y me desmayo.

Lo que siguió lo supe después porque aquel hombre me lo contó.

Tan pronto me vio, el campesino corrió hasta donde yo estaba y, al verme caer desplomado a tierra, ensangrentado de pies a cabeza, creyó que me había muerto delante de sus ojos. Yo no me había dado cuenta, pero mi rostro y toda mi ropa estaban sucios de sangre propia y ajena, procedente de mi lesión y de los tres secuestradores muertos. Rápidamente me tocó el cuello, buscando mi pulso. Comprendió que yo estaba vivo, pero también reparó en la gravedad de mi herida. Me levantó con fuerza y me echó sobre su hombro, y corrió hasta su casa de adobe que quedaba a unos doscientos metros de distancia. Ese hombre se llama José Castro y su esposa se llama Ana Cecilia Barón —Anita—, y entre los dos me salvaron la vida. Me escondieron en su hogar y me cuidaron lo mejor que pudieron. Lavaron mi herida del hombro y me aplicaron su remedio casero, que era una compresa hecha de todas las telarañas que fueron recogiendo de las vigas y el techo de la estancia, y eso, increíblemente, gracias a las propiedades coagulantes y antisépticas de esas sedas, ayudó a atajar la hemorragia y a prevenir la infección. Luego me pusieron una venda limpia que Anita me cambiaba varias veces al día. Ambos habían oído rumores de lo que ocurría en esa casa de arriba, casi en la cima de la montaña, y desconfiaban de la muda y de su marido que hacían de cuidanderos, a quienes conocían de vista —Anita había coincidido más de una vez con la vieja en la plaza de mercado, y José había observado al anciano en las fondas y cantinas de la región, y le molestaba que era bocón y que hacía trampa jugando tejo, y además procuraba eludir el pago de las cervezas que se tomaba—. Tampoco les gustaba que todos los días subía por el otro sendero, más o menos a la misma hora, esa camioneta negra con tres hombres huraños y un conductor que jamás se detenía a saludarlos, pasando de prisa y sin cuidado, y siempre asustando a los perros y espantando a las gallinas. Muchas veces se cruzaron en la vía mientras José regresaba del ordeño montado en su burro, y en una ocasión o dos casi lo sacan del camino por la premura de sus carreras.

Yo no recuerdo nada del primer día que estuve en su vivienda. Permanecí inconsciente la mayor parte del tiempo, temblando y sufriendo pesadillas, y por lo visto forcejeando y alucinando, todavía tratando de huir de mis captores. Al segundo día recobré el sentido, y con la voz entrecortada y la mirada febril le conté a esa pareja de personas buenas y nobles los detalles de mi secuestro. Por su lado, José me describió lo que sucedió después, incluyendo el hecho de que él había desandado mis pasos hasta la bifurcación, borrando con los pies las huellas de mi sangre —el rastro habría conducido a los raptores directo a su puerta de entrada—, y que éstos habían ido de casa en casa por toda la montaña, preguntando por mí y ofreciendo una cuantiosa recompensa a quien diera información sobre mi paradero. Cuando llegaron a su hogar, me dijo, él y Anita me escondieron debajo de su cama. Los dos me protegieron sin saber nada de mí y sin esperar nada a cambio, poniendo en peligro sus vidas y su parcela de tierra, y no dudaron en compartir conmigo su comida y la modestia de su techo. Anita pasaba sin descanso un paño fresco y húmedo por mi frente para combatir la fiebre, y José se mantuvo pendiente del camino que pasaba frente a su propiedad, atento a cualquier presencia extraña. Ellos no tenían teléfono para llamar a las autoridades, y yo necesitaba ir a un hospital con urgencia, porque había perdido demasiada sangre, la herida de mi hombro seguía en estado crítico y el ardor era insufrible. Entonces en la madrugada del tercer día, que era domingo, José y Anita me ocultaron en su carroza tirada por el burro, tapado bajo una manta y cubierto por un lecho de mazorcas —yo respiraba a través de un agujero que José abrió en el piso de tablas de la carroza—, como si se dirigieran a la plaza de mercado, al igual que tantos fines de semana. De esa manera, lentamente para que los baches en la carretera no me hicieran dar gritos de dolor, me llevaron a escondidas a la estación de policía del pueblo más cercano. Al despedirme les agradecí porque me habían salvado de una muerte segura y atroz, y les prometí que yo me haría cargo de ellos y de toda su familia a partir de ese momento. Entre tanto les entregué mi reloj con el deseo de que lo vendieran, y añadí que si lo hacían bien —anoté unos nombres de representantes especializados en Bogotá para que los trataran con amabilidad y respeto—, ese reloj les podría generar un buen dinero. El hecho es que desde la estación de policía de aquel pueblo pude telefonear a Luis Antonio Salcedo, y a la hora las autoridades me rescataron con un impresionante operativo militar. Me llevaron en ambulancia a la clínica Santa Fe de la capital, y ahí fui registrado bajo un nombre distinto por motivos de seguridad. Afortunadamente me pude recuperar del balazo en mi hombro, y también me tuvieron que operar de las costillas, porque dos de los huesos fracturados a patadas meses atrás habían soldado mal y era necesario ajustarlos y enmendarlos. Al cabo de unos días salí del hospital, rodeado de guardaespaldas, y sólo entonces se hizo pública la noticia de mi liberación. Finalmente llegué a mi casa, Roberto, y desde ahí, como sabes, te llamé por teléfono.

37. Adiós

Era Sebastián.

A esas alturas yo ya había archivado el proyecto de contar su historia, tras concluir que nadie me podría facilitar la información requerida para trazar una imagen veraz de su vida privada, porque quienes más la conocían de primera mano estaban todos fallecidos. Después de entrevistar a buena parte de sus socios, rivales, colegas y enemigos, me encontré frustrado y sin fuentes, sin tener por dónde avanzar, cuando justo en ese momento recibí aquella llamada que me tomó por sorpresa. Habían pasado más de cuatro meses desde que leí en la prensa la noticia del secuestro de Sebastián, y luego del intenso cubrimiento de la semana inicial, con esa andanada de informes, artículos y reportajes, los medios no habían vuelto a publicar nada nuevo al respecto. Lo único distinto que yo sabía me lo comunicó una noche Luis Antonio Salcedo, como a los veinte días de haber ocurrido el plagio, cuando me marcó tarde a mi casa para contarme que acababa de salir de una reunión con los agentes de la Fiscalía y los detectives encargados de investigar el caso, en la que le dijeron que habían descubierto el cadáver del guardaespaldas de Sebastián Sarmiento. Encontraron un par de cuerpos incinerados hacía una semana, señalaron, metidos en los baúles de dos patrullas de la Policía robadas meses atrás, y, según el estudio forense preliminar, ambos difuntos eran de sexo masculino y tenían balazos disparados a quemarropa, dos en el pecho del mayor y uno en la cabeza del más joven, y a este último la bala le había destrozado el cráneo. Más aún, agregó un agente que sólo abrió la boca para añadir aquello, a raíz del estado de descomposición y de las quemaduras tan extensivas de las víctimas, las tuvieron que identificar mediante sus placas dentales, y por eso hasta ahora sabían con certeza quiénes eran los dos tostados: el primero era el celador de una empresa privada de vigilancia contratada para custodiar las inmediaciones de la parroquia de Santa Mónica, localizada en el norte de la capital, y el segundo era el escolta y asistente del doctor Sarmiento, el señor Jaime Ramírez.

Lo cierto es que yo no podía creer que la voz que me hablaba al otro lado de la línea telefónica era la de mi amigo de la infancia. Sonaba bien y clara, saludable y hasta enérgica, aunque era evidente que estaba de afán. Me alcanzó a decir dos o tres cosas de prisa, entre ellas que tenía urgencia de reunirse conmigo, y me pidió el favor de vernos cuanto antes en su apartamento. Me refiero a hoy, Roberto, precisó. Esta misma tarde. ¿Podrás? Claro que sí, balbuceé desconcertado. Con todo gusto, Sebastián. Lo que necesites. Entonces él me dio las gracias y me dictó rápidamente la dirección, que yo anoté en la palma de mi mano, pues siempre llevo conmigo mi pluma de tinta azul y ni siquiera tuve tiempo de buscar un papel, cuando él me volvió a dar las gracias, afirmó que se tenía que ir y colgó el teléfono. Yo quedé atónito, mirando el auricular sujeto en mis dedos y pensando una sola cosa: que Sebastián estuviera vivo era nada menos que un milagro.

Me alisté corriendo. Descarté la posibilidad de tomar el bus, pues a esa hora me habría demorado una eternidad en alcanzar mi destino, y mi esposa, que ese día tenía el auto, había salido con las niñas a hacer las diligencias de la tarde, así que me tocó pagar un taxi para que me llevara al conjunto residencial de Sebastián, ubicado casi en la esquina de la calle 76 con carrera Séptima del barrio Bellavista. Poco antes de llegar noté que el tráfico estaba bastante pesado, aún más de lo normal, y después de varios minutos sin movernos, con los buses y los vehículos a nuestro alrededor tocando impacientes las bocinas, el taxista bajó su ventanilla y sacó la cabeza para echar un vistazo. ¿Qué sucede?, pregunté. El hombre se encogió de hombros y murmuró, mirándome a través del espejo retrovisor, que por lo visto había algo bloqueando la calle, quizá una manifestación popular o una marcha de protesta. Al cabo comprendí lo que pasaba: ya se había filtrado la noticia de la liberación del ejecutivo y un enjambre de corresponsales revoloteaba frente a las rejas negras de hierro forjado del edificio. Había camionetas de prensa subidas en la acera y unidades móviles estacionadas sobre el carril oriental de la avenida, obstaculizando el paso del tránsito, y me fijé en sus conocidos logos de emisoras de radio y noticieros de televisión, con antenas parabólicas y platos satelitales asomados de los techos. Me tuve que bajar del taxi a media cuadra de distancia, y, rodeado de reporteros equipados de trípodes, celulares y micrófonos, y cámaras, libretas y grabadoras, que pugnaban por acceder a la residencia, no vi forma de aproximarme al portón de entrada. Intenté empinarme para llamarle la atención al guardia que cuidaba el ingreso, pero el viejo estaba abrumado por las luces y las preguntas y la multitud de extraños, y optó por encerrarse en la caseta de la portería, ocupado en llamar al administrador de la propiedad. Así que procedí a gritar mi nombre con las manos en bocina, y al rato unos guardaespaldas me oyeron y acudieron en mi ayuda tras confirmar mi identidad, abriéndome paso casi a empujones entre los periodistas y las cámaras. Quedé agotado por la brega y la gritería. Los señores me hicieron pasar por la puerta principal de hierro forjado, y luego por el patio de estacionamiento del lujoso conjunto Residencias El Nogal; en seguida me condujeron por un vestíbulo hasta la siguiente portería interna, donde otro vigilante revisó mi cédula de ciudadanía y anotó mi nombre en un cuaderno de visitantes. Después otros dos guardaespaldas me acompañaron en el sobrio ascensor sin decir una palabra, y subimos al noveno y último piso de la primera torre de apartamentos. Los hombres eran serios, fornidos y tenían una catadura intimidante. Ambos portaban chalecos antibalas visibles bajo las chaquetas abiertas, que ni siquiera pretendían disimular, e iban armados con ametralladoras Mini Uzi sujetas por correas del hombro, y distinguí los bultos de las pistolas metidas al cinto. Llevaban cables ensortijados de auriculares colgando de un oído, y el de aspecto más veterano se comunicó con alguien en susurros mediante un transmisor oculto en la muñeca izquierda. Se abrieron las puertas del ascensor y me encontré en un alto corredor de suelo de granito negro lustrado, con las paredes cubiertas de madera oscura y un ventanal con vista al occidente. Allí había otro par de escoltas similares, también vestidos de civiles y fuertemente armados, uno a cada lado de la única puerta del piso. Los saludé un poco atemorizado y ambos me hicieron un leve gesto con la cabeza. Toqué el timbre, nervioso y confundido, incrédulo con lo que estaba pasando, como si hubiera aterrizado de golpe en el rodaje de una película de acción. Entonces se abrió la puerta de caoba y reconocí a Sebastián parado en el umbral, luciendo como siempre su sonrisa afable y cortés.

—¡Roberto! —exclamó con alegría.

Nos dimos un fuerte abrazo de amistad, pero ahí mismo él hizo una mueca de dolor. No, no es nada, me tranquilizó con otra sonrisa, algo forzada. Es sólo un par de heridas que no se me han curado del todo. Les dio las gracias a los señores por haberme acompañado hasta ahí, y después les pidió que nadie más subiera al apartamento por ningún motivo. Los primeros guardaespaldas tomaron el ascensor de vuelta a la planta baja, mientras los otros dos permanecerían apostados afuera, custodiando la entrada, y bastaba verles la cara para saber que nadie iba a interrumpir nuestra reunión. Sebastián cerró la puerta suavemente.

—Te agradezco que hayas venido —dijo mi amigo, apoyando las manos en mis hombros y apretándolos con fuerza, afectuoso y alborozado—. Espero no haber interrumpido tu trabajo ni tu tiempo en familia.

—¿Cómo se te ocurre? —repliqué, todavía perplejo de estar allí y de estar viendo a Sebastián, vivo y en persona—. Incluso traté de llegar antes pero el tráfico estaba imposible.

—No te preocupes —el otro sonreía, considerado y comprensivo—. Lo importante es que ya estás aquí.

—En verdad lo importante es que *tú* estás aquí —le dije, radiante—. No puedo creer que estás a salvo, Sebastián. ¿Cuándo te liberaron?

—Hace unos días, Roberto, pero sólo ayer por la mañana salí del hospital. Aunque no me liberaron, te confieso… Me escapé.

—¿*Te escapaste?*

—Sí, ahora te cuento todo con calma. Pero ven… pasemos a la biblioteca y nos sentamos a conversar, que tenemos mucha tinta en el tintero. ¿Te ofrezco una bebida?

—Bueno, gracias —respondí, mientras lo seguía por el largo corredor de la entrada, y recordé por un instante lo difícil que había sido infiltrarme en el edificio—. Un vaso de agua estaría bien.

—¿Sólo agua, Roberto? No lo creo —disintió mi amigo, sonriente—. Esta ocasión merece algo especial.

Lo seguí unos pasos más y al término del corredor reparé en la grandeza del inmueble: suelo de madera pulida, cuadros costosos en las paredes, espacios amplios y generosos, techos altos y una panorámica espectacular de Bogotá que se apreciaba a través de grandes ventanales que rodeaban todo el apartamento. Percibí el olor de su usual agua de colonia masculina, que flotaba detrás de él como una discreta estela fragante, y me fijé en su atuendo. Estaba vestido con buen gusto pero con un toque informal: camisa abierta sin corbata de color blanca, un fino suéter azul marino con el cuello en V, jeans y mocasines de cuero. A la vez detallé que estaba bien rasurado y su pelo oscuro tenía la apariencia fresca del cabello recién cortado, pero ahora éste lucía salpicado de más canas que antes, y también unas ojeras pronunciadas se notaban bajo sus ojos, las cuales delataban noches en vela. Saltaba a la vista que éste era un hombre muy diferente al compañero que yo había redescubierto hacía meses en el Teatro Colón, como si, desde aquella noche lejana, los años le hubieran pasado por encima. No me quería ni imaginar lo que mi amigo había padecido durante su cautiverio.

—Estoy realmente aliviado de verte —le dije casi a bocajarro—. Perdona la imprudencia, Sebastián, pero te confieso que yo había perdido las esperanzas de que salieras con vida de donde estabas.

—Yo también las perdí —respondió en tono grave aunque amable—. Varias veces. Pero tengo mucho que contarte, y para ello necesitamos un buen vino, ¿no lo crees?

—Claro que sí.

Volvió a posar las manos sobre mis hombros, visiblemente afectado.

—Y también te quiero agradecer por lo pendiente que estuviste de mí —agregó con gentileza—. Me contó Luis Antonio de las muchas veces que hablaron y de lo preocupado que estabas con mi secuestro.

—Faltaría más, Sebastián. Imagínate. Pero no sólo yo. Todos lo estábamos. Tu secretaria Elvira, Luis Antonio y la empresa íntegra de Alcásar. Te quieren mucho en tu compañía.

—Sí, lo sé. Y eso me tiene conmovido. Pero bueno… no me demoro. Voy a buscar una de mis mejores botellas, porque hoy vamos a celebrar muchas cosas, Roberto.

—¿Cómo qué? —pregunté estúpidamente, sin saber él a qué se refería.

Me miró con fijeza por unos segundos, la expresión sincera.

—Como el hecho de que tú y yo estamos vivos, amigo mío —afirmó—. Y eso es algo extraordinario.

El hombre sonrió, franco y benévolo. Me sorprendieron su aplomo y su aire sereno, y todavía más que él pudiera sonreír después de lo que habría vivido.

—Sigue adelante —convidó—. Acomódate en la biblioteca —extendió la mano a la derecha para indicar el rumbo— y ya te alcanzo.

—¿Te puedo ayudar con algo?

—Gracias, no te preocupes. Yo puedo sin problema.

Atravesé la sala, admirando las obras de arte y los sofás de gamuza, mientras Sebastián ingresaba a la cocina. En ésas tomé conciencia de que sonaba música procedente de un equipo de alta fidelidad, algo clásico que reconocí como el famoso *Moldau* de Bedřich Smetana. No obstante, el bajo volumen me hizo pensar que el concierto cumplía una función más de música de fondo, casi ambiental. Pasé entonces a la biblioteca, y de inmediato aprecié la calidez y la elegancia del lugar. Había una chimenea prendida y bien alimentada, crepitando y despidiendo un grato fulgor, y un gran ventanal por donde se veía la ciudad en el ocaso, con tonos rosados, amarillos y bermejos que teñían el firmamento. Al fondo, en la más remota lejanía, bastante más allá de las pistas rectas del aeropuerto internacional El Dorado, se distinguía el cerro plano en forma de yunque, la meseta occidental Alto El Vino, protegido por un grueso manto de nubes bajas y grises. Desvié la mirada hacia las paredes de la biblioteca, cubiertas de estantes que iban desde el techo hasta el suelo de madera —tapizado de kilims y antiguas alfombras persas—, y los anaqueles lucían atestados de volúmenes bellamente encuadernados en cuero fino de distintos colores, con letras doradas en los lomos. Me bastó un vistazo para comprobar, asombrado, la predilección de Sebastián por la literatura traducida del alemán, pues descubrí la obra completa de Franz Kafka, de Thomas Mann, de Robert Musil y de Günter Grass, y una sección dedicada exclusivamente al filósofo Friedrich Nietzsche. También noté una hermosa colección, finamente encuadernada en piel marrón, de todos los libros de uno de mis maestros de cabecera, el historiador y humanista Stefan Zweig, incluyendo sus biografías, ensayos, cuentos y novelas. Luego había enciclopedias, diccionarios y libros de consulta —sobresalían los cinco tomos del formidable catedrático Martín de Rimmer, *Historia de la literatura universal*—, más ediciones de lujo de mis autoras favoritas, entre ellas Beryl Markham, Virginia Woolf, Marguerite Yourcenar y la baronesa Karen Blixen, y una respetable selección de literatura española y latinoamericana —todo García Márquez, Juan Rulfo, Jorge Luis Borges, Mario Vargas Llosa, Ernesto Sábato, Javier Marías, Arturo Pérez-Reverte y muchos otros—, pero lo que más me llamó la atención fueron las repisas consagradas a los textos de historia. No sabía que Sebastián tenía estos intereses tan marcados, y me podía imaginar la solidez de su cultura intelectual, pues los preciosos tomos se veían ajados y trajinados, y resultaba claro que esta biblioteca no era de simple decoración, como se ven en tantos hogares de figuras millonarias, sino de uso, placer y trabajo. Pasé con delicadeza los dedos por los lomos como una caricia, feliz de encontrar títulos y volúmenes que yo conocía de sobra, como el prodigioso estudio de Edward Gibbon *Historia de la decadencia y caída del Imperio romano*, los once tomos de *Historia de la civilización* de Will y Ariel Durant, y varias obras difíciles de conseguir dedicadas a la Primera y a la Segunda Guerras Mundiales. Extraje al azar un libro que yo había gozado como pocos: *A World Lit Only by Fire*, cuyo autor era uno de los biógrafos más destacados de sir Winston Churchill, el norteamericano William Manchester. Yo tenía ese texto asignado en mis cátedras y seminarios como lectura obligatoria, pues enfocaba justamente aquel período de puente que es mi especialidad, la fascinante época de lento despertar, de cambio e innovación en todos los campos de lo humano, el paso trascendental y revolucionario del Medioevo al Renacimiento europeo, cuando la superstición cedió su dominio al triunfo de la razón. Lo abrí con curiosidad, y me impactaron el número de frases subrayadas y las notas y los comentarios escritos en los márgenes. De no saber que mi amigo era un empresario exitoso, con ese breve repaso a su biblioteca uno pensaría que se trataba de otro más de mis colegas historiadores.

—¿Qué opinas? —escuché de pronto a mis espaldas.

Sebastián había llegado portando una bandeja de plata con dos vasos de agua y dos copas finas y redondas para el vino tinto, que no era nada menos que una botella de Château Margaux 1989. Hasta alguien como yo, neófito en materia de enología, sabe que ése es uno de los mejores vinos del mundo.

—La verdad no sé qué me impresiona más —admití medio en broma, cerrando el ejemplar para ponerlo en su sitio y dirigiendo un gesto con la boca a la bandeja—. Si esa botella o esta hermosa colección de libros.

El otro sonrió, modesto y educado.

—Oh, para nada —dijo—. Lo mío es sólo un interés de aficionado… No es como lo tuyo, una erudición profesional.

—Pues tienes más libros de los que poseo yo y de los que poseen muchos de mis compañeros de la facultad —le aseguré.

A Sebastián le pareció agradar el cumplido pero negó con la cabeza, como para quitarle importancia al asunto.

—El valor de una biblioteca, Roberto, y lo sabes tú mejor que nadie, no es por la cantidad de libros que se tiene sino por lo bien leídos que éstos sean.

—Es cierto —dije, deslizando el tratado de Manchester entre los otros para que se alineara perfectamente en el anaquel—. Y éstos tienen aspecto de estar bien leídos.

Sebastián volvió a sonreír con sencillez. Colocó la bandeja sobre un antiguo escritorio Luis XIV y se enderezó, palpándose el costillar que parecía dolerle. Luego rotó el hombro izquierdo varias veces, como si se estuviera acostumbrando a usarlo de nuevo. Descorchó la botella y olisqueó el tapón con la pericia de un conocedor. Asintió con gusto, ilusionado. Se quedó con el corcho en la mano, dándole vueltas entre los dedos.

—Dejémoslo respirar un rato —dijo, señalando el vino—, y empiezo a hablar, que tengo mucho que decirte. Al final entenderás por qué te he llamado y por qué te estoy contando todo esto.

El hombre se acomodó en un sillón de cuero repujado de color cobrizo, de brazos altos y gruesos, y me senté en el sillón gemelo, enfrente de él. Entre los dos había una bella mesa baja de cristal, adornada con un pequeño florero con astromelias y varios libros ilustrados de gran formato. Unos eran de pintores europeos, otros de arquitectura, uno de las mayores catedrales del mundo y otros más de fotografía: los hermosos paisajes colombianos de Santiago Harker, las grandes haciendas de la sabana de Bogotá y las imágenes más selectas del maestro francés Henri Cartier-Bresson. El fuego crepitaba suave y acogedor en la chimenea, y en torno a nosotros se sentía la presencia cálida y noble de los volúmenes encuadernados, y pensé que me gustaría tener, algún día, la oportunidad de inspeccionar esta colección más a fondo y a mis anchas.

—Escucho música todo el tiempo —comenzó Sebastián de repente, haciendo un vago gesto hacia los parlantes disimulados en el techo; percibí, complacido, que en ese momento sonaba una de las piezas más sublimes que he oído, el primer movimiento de la *Sinfonía no. 3* de Henryk Górecki—. Hasta de noche, mientras duermo… o intento dormir. No me importa lo que sea, con tal de que suene. Son cosas que tendré que ir superando, supongo, pero por ahora no soporto el silencio. Duré cuatro meses en silencio total, hablando con apenas dos de las once personas que me custodiaban, y eso sólo era posible cada tres días. Además, no se trataba exactamente de charlas cordiales. De ahí que necesite música a todo rato… Y largos baños con agua muy, muy caliente —remató con una risa traviesa.

Advertí que llevaba puesta su sortija de bodas. Yo la había notado en el Teatro Colón —imposible olvidar mi comentario desatinado de aquella noche—, pero también me había fijado, cuando lo volví a ver en nuestra fiesta de exalumnos del colegio, que él se la había quitado. Así se lo dije.

—Es verdad —replicó Sebastián con cierta melancolía—. Me la he vuelto a poner.

Mi amigo alargó el brazo y abrió la mano, observando la joya con cariño, y muchas veces durante nuestra prolongada conversación él pasó los dedos por ese anillo de oro, como si lo estuviera acariciando. Y también se pasó más de una vez las yemas de los dedos por la barbilla, rozando la cicatriz cuyo origen para mí era todavía un misterio.

Yo no sabía de cuánto tiempo disponíamos para nuestra reunión, y aquello me hizo reparar en que Sebastián tampoco tenía puesto su valioso Patek Philippe de oro blanco, que detecté por primera vez esa noche en el Colón cuando él sacó su cajetilla de plata con sus tarjetas personales. Entonces comprobé la hora en un antiguo reloj cuadrado con numerales romanos que se veía metido entre los libros. Las manecillas marcaban casi las seis de la tarde. Para mi sorpresa, hablamos durante el resto del ocaso y a lo largo de toda la noche, y sólo volví a tocar la calle en la mañana del día siguiente.

Sebastián se incorporó y sirvió el vino en las copas. Lo revolvió con naturalidad, lo cató y paladeó con placer, e hizo un guiño de aprobación. «Excelente», sentenció. Yo también me levanté y brindamos por su regreso a casa, chocando delicadamente las copas, y probé ese vino que no era nada menos que un privilegio saborear.

El hombre volvió a ocupar su lugar en el sillón de cuero y me hizo un ademán con la mano para que yo también me sentara.

—Lamento decirte que me voy mañana del país —anunció.

—¿Por qué, Sebastián? —quise saber—. ¿Razones de seguridad?

—En efecto —aceptó con una expresión consternada—. Siguen libres varios de los secuestradores que me retuvieron y no se descarta que haya represalias. De ahí los escoltas que están afuera y el aparato de seguridad que ahora me rodea. Eso, aparte de la multitud de periodistas que habrás visto al llegar y que, sin duda, están perturbando a mis vecinos.

—Te lo creo —señalé—. No te imaginas lo que fue entrar hasta aquí.

—Así es —dijo Sebastián, revolviendo el vino en su mano para extraer todos los aromas del tinto—. Piensa en un joven que regresa del colegio, o una madre o un padre que vuelven del trabajo, lo que sentirán al tratar de ingresar a su hogar. También por eso me voy. No deseo incomodar a nadie. He ordenado que mañana cada apartamento de este conjunto reciba de mi parte una caja de champaña y un arreglo de rosas, con mis disculpas por las molestias ocasionadas. Luego tengo una rueda de prensa programada al mediodía en mis oficinas de Alcásar, en la que voy a contar lo que pasó y responderles a los reporteros todas sus preguntas, y después no quiero tocar el tema en público nunca más. Y por la noche salgo al aeropuerto, pues necesito un buen descanso.

Mi amigo volvió a probar el vino con una sonrisa triste.

—Por eso me voy, Roberto, y no sé cuándo regrese —continuó—. Con el cubrimiento tan intensivo e invasivo de los medios en torno a mi caso, desgraciadamente se acabó el anonimato que tanto me gustaba. Sospecho que tendré que buscar otro lugar donde vivir en paz y bajo el radar. Para alguien como yo, tan reacio a la figuración y a la luz pública, esa romería de periodistas, a pesar de que muchos de ellos trabajan directa o indirectamente para mí, es difícil de sortear, y sé que así será durante un tiempo. Además, ya viste el número de escoltas que me acompaña, y ese estilo de vida no concuerda con mi manera de ser. En fin, por todo eso me voy, Roberto.

Mi amigo paladeó de nuevo el vino, pero era evidente que su mente estaba concentrada en otras cosas.

—También por eso he tomado una serie de decisiones importantes —prosiguió—, que son inmodificables y obedecen a mi más estricta voluntad. Y me gustaría que me ayudaras, si estás de acuerdo y si no te representan un inconveniente, a llevar algunas a cabo.

—Con el mayor de los gustos, Sebastián —respondí—. En lo que te pueda ayudar.

—Gracias, Roberto. Yo sabía que podía contar contigo.

El hombre se puso en pie y corrió la rejilla de la chimenea para agregar un par de leños al fuego; las chispas se alteraron al caer éstos, pesados, sobre las brasas. Luego se sacudió las palmas y se pasó los dedos por las perneras del jean, y se quedó de pie un rato largo, mirando las llamas sin decir nada más, con la mano derecha apoyada en la repisa de mármol antiguo, un bello fragmento romano en relieve, seguro parte de un templo o un sarcófago de finales del siglo I a. C., con una escena de las cuatro estaciones y un fauno, un jabalí y un ciervo ocultos en el follaje. Después retornó al sillón y se sentó con un suspiro, cruzando las piernas, y bebió un sorbo de su copa, sin dejar de escrutar el fuego. Le daba vueltas al corcho entre los dedos de la otra mano y parecía meditativo, como si estuviera rumiando pensamientos que sólo hasta ese momento se atrevía a expresar en voz alta. No quise interrumpir sus reflexiones, pues lucía grave y ensimismado, y me pareció imprudente hablar hasta que él no lo hiciera. Guardamos silencio a lo largo de varios minutos.

—Llevo meses cavilando sobre esto —dijo de improviso, con la mirada ahora más severa—. Durante todo mi cautiverio. ¿Y sabes cuál es mi conclusión…? Te parecerá la más obvia y tonta del mundo, pero no por eso es menos cierta, y es que éste es un gran país, Roberto.

Me sorprendió oír aquello, pero me atajé a tiempo para no mostrarlo. No me esperaba una frase semejante, y menos de alguien que acababa de sobrevivir milagrosamente a un secuestro.

—Sí, ha tenido una historia trágica —asintió Sebastián—, y ha sufrido niveles de violencia como pocos otros de la modernidad… Pero Colombia continúa su esfuerzo por salir adelante, a pesar de padecer una realidad abrumadora y brutal —el hombre revolvió el vino en la copa, el aire introspectivo—. Y eso es admirable, porque nuestra democracia ha sido amenazada sin tregua desde todos los ángulos, atacada sin piedad por grupos criminales y sectores radicales de extrema derecha y extrema izquierda, pero aun así es la más antigua y estable de América Latina. Aunque nos veamos lastrados por tasas inhumanas de pobreza, sometidos a los efectos traumáticos del subdesarrollo y la violencia, no hemos sucumbido a la funesta espiral de revoluciones y golpes de Estado, como ha pasado en Bolivia, por ejemplo, que desde su independencia ha sufrido alrededor de ciento noventa golpes militares. Nosotros tuvimos una sola dictadura en todo el siglo XX, como lo sabes mejor que cualquiera, y ésta duró apenas cuatro años, la del general Gustavo Rojas Pinilla. Además, aquí la economía siempre ha sido manejada con prudencia y sensatez, y los organismos internacionales suelen reconocer y aplaudir nuestra seriedad financiera. No hemos seguido el curso de tantas naciones vecinas que se han derrumbado por el abismo de la hiperinflación o de la irresponsabilidad monetaria, y la batalla por modernizar nuestras instituciones ha dominado la agenda política de la mayor parte de los Gobiernos.

Mi interlocutor bebió y le siguió dando vueltas al corcho con los dedos.

—Sé que esto no se aprecia a nivel cotidiano —concedió—. La gente en el país, con razón, vive pendiente de sus necesidades básicas e inmediatas, y cuando puede se interesa por el escándalo del día o de la semana, con la atención atrapada en saber quién está subiendo o bajando en las encuestas locales. Las alianzas y rivalidades políticas que ocupan la atención de los medios no permiten que el público se aleje para ver las cosas más a largo plazo, para constatar la lenta y paulatina marcha del desarrollo y los avances sociales de los que hablo. Pero cuando te apartas un poco y miras el panorama con cierta distancia, resulta evidente la tendencia hacia el progreso. Es algo similar a lo que Martin Luther King denominó «… el largo arco del universo que se inclina hacia la justicia». Y que, por cierto, primero lo dijo un teólogo del movimiento trascendentalista, Theodore Parker.

El ejecutivo bebió un buen sorbo de vino y en seguida se puso en pie, en busca de la botella. Nos sirvió a los dos, rellenando las copas.

—¿Cómo te lo explicas? —preguntó, a la vez que se volvía a sentar—. ¿Cómo te explicas que un país con tanto desafío y tanta amenaza no estalle en mil pedazos, y, antes bien, persista en crecer y prosperar? ¿Que siga procurando mejorar la calidad de vida de sus habitantes, con grandes dificultades y desesperante lentitud, de acuerdo, pero que lo siga intentando sin tirar la toalla, sin que se desintegre su sistema político y electoral, la transferencia pacífica y ordenada del poder, y sin que la nación naufrague en otra prolongada guerra civil y un formidable baño de sangre?

Sebastián se veía absorto y cavilante, observando el fuego en la chimenea, y en vez de aventurar una respuesta preferí que él siguiera exponiendo su pensamiento.

—Creo que pocos países en el mundo podrían soportar uno solo de los enormes problemas que afronta Colombia a diario sin despeñarse por un caos irreversible —añadió al cabo—. Nosotros, en cambio, los capoteamos todos al mismo tiempo y a una escala colosal, incluyendo ataques permanentes de grupos guerrilleros y paramilitares, narcotráfico, delincuencia común, terrorismo, bandas criminales, corrupción, violencia, pobreza y desigualdad social, y aun así seguimos avanzando… A bandazos, es cierto, y con la embarcación haciendo agua a menudo, no lo niego, pero sin parar de crecer y de progresar… a pesar de todo.

Miró por el ventanal de la biblioteca hacia la vasta ciudad de Bogotá, cuyas luces ahora titilaban en la oscuridad como estrellas derribadas. Exhaló otro suspiro hondo.

—Es la gente, Roberto. Lo que salva a este país. Porque por cada bandido que hay en Colombia hay miles de compatriotas buenos y honrados que están en lo suyo, ayudándole al vecino en silencio y trabajando de sol a sol. Lo que pasa es que la bondad es discreta y modesta, casi invisible, adversa a la fama y a la figuración, y los titulares de la prensa se los llevan los malos que producen la noticia, de la misma manera que los periódicos registran los pocos aviones que se caen o accidentan y no los miles que cada día realizan la asombrosa hazaña de despegar y aterrizar con éxito. El público confunde la realidad con lo que aparece en los diarios, y por eso los corruptos y los violentos parecen más. Pero no es verdad. Y reconozco que personas como yo, los encargados de los medios de comunicación, tenemos una elevada cuota de responsabilidad en ese resultado, porque nosotros decidimos qué es noticia y qué no lo es. En fin —resumió—, la mejor prueba de la nobleza y la tenacidad de este país son José y Anita.

—¿Perdón? —inquirí—. ¿Quiénes?

El otro pareció captar que había hablado consigo mismo y esbozó otra sonrisa triste. Entonces me contó quién era la pareja que él había mencionado, y también me contó lo demás. En detalle. Nos acabamos esa primera botella de vino y después abrimos otra. Más tarde preparamos un bocado para cenar. Mi amigo no tenía servicio en la casa, me explicó, porque la persona en la cual él confiaba para manejar su hogar, Jaime, había sido asesinada —al pronunciar ese nombre Sebastián apretó la mandíbula y la mirada, indagando o contemplando algo muy lejos, o muy adentro, quizás rememorando las circunstancias de esa muerte infame—, y todo estaba un poco en el aire. No obstante, mientras él se recuperaba bajo otra identidad en el hospital, su secretaria Elvira había organizado para que alguien en esos días fuera a limpiar y a ordenar el inmueble, trayendo flores y surtiendo la nevera y la despensa de unas pocas cosas para comer. De modo que pasamos a la cocina y entre los dos alistamos y calentamos unos emparedados de jamón con queso, y los disfrutamos en el comedor con un par de cervezas frías, sin parar de hablar. Me sentí como si fuéramos los buenos amigos de otros tiempos. Después de la cena regresamos a la biblioteca y acompañamos el diálogo con unos whiskys que nos duraron hasta tarde en la noche, y, ya próximos a la madrugada, cuando vimos que faltaba poco para que saliera el sol por los ventanales del lujoso apartamento, retornamos a la cocina e improvisamos un desayuno sencillo, de café con tostadas y miel y rodajas de queso blanco. Ahí nos quedamos conversando y haciendo la sobremesa en el comedor, hasta que llegó la hora de irme a mi casa.

La verdad es que guardo un recuerdo un tanto confuso del orden de la charla. En parte debido a todo lo que bebimos, y en parte a que me pareció por momentos un solo monólogo ininterrumpido de Sebastián, donde él iba y volvía en los temas y se saltaba episodios y regresaba para recordar los pormenores de otros, o se detenía para enfatizar un punto que le parecía importante y que había pasado por alto. A las diez en punto de la noche sonó el citófono interno en la cocina y el ejecutivo se levantó para atender la llamada —por lo visto los periodistas se habían marchado y los dos guardaespaldas que estaban afuera del apartamento iban a bajar a la primera planta, respetando la rotación de guardia, para que el siguiente turno vigilara el ingreso de las personas desde la portería del edificio—, pero ésa fue la única interrupción en toda la velada. Lo que sí recuerdo con claridad es que hablamos durante horas, cuando de pronto mi amigo, en la mitad del desayuno, se levantó de la mesa del comedor con un guiño cómplice, diciendo que me tenía algo especial. Entonces fue hasta su alcoba y regresó con un voluminoso sobre de manila atado con una cuerda.

—Aquí tienes —me dijo, a la vez que depositaba el pesado paquete en mis manos—. Me comentó Luis Antonio que estás pensando escribir algo sobre mí. Me parece bien y estoy de acuerdo en que lo publiques. Ahora que me voy no le veo inconveniente. Estos papeles son todo lo que escribí durante mi cautiverio, y lo hice, valga la casualidad, en forma de carta… Una larga carta personal dirigida a ti.

—*¿A mí?* —pregunté sorprendido.

—Sí, Roberto —posó su mano en mi hombro con un gesto varonil de aprecio—. Pasara lo que pasara, siempre quise compartir todo esto contigo, pues ahí recuento los sucesos que más me han marcado, de una manera u otra, y para mí sería un honor que leyeras ese legajo.

—El honor será mío —articulé.

Sebastián hizo una expresión amable y agregó:

—También te estoy anexando las cartas que le escribí a Mara, la mujer que… bueno, ya verás quién fue y qué lugar ocupó en mi vida. Creo que estos papeles te servirán para redactar tu documento.

Quedé pasmado de incredulidad. Esto quería decir que mi proyecto contaba con luz verde para proseguir, y ahora yo disponía de la mejor fuente de todas: las vivencias narradas por el mismo protagonista. Todo esto era mucho más de lo que yo podía esperar y así se lo traté de comunicar, lleno de gratitud.

El otro sonrió con timidez mientras se volvía a sentar en la silla del comedor.

—En los días pasados en el hospital y esta mañana aquí —declaró, aludiendo al envoltorio de hojas en mis manos—, aprovechando cada segundo disponible, he estado elaborando y escribiendo un poco más, corrigiendo las primeras páginas y las del final, para procurar darle cierta coherencia al conjunto. Pero bueno, como puedes ver tienes una extensa labor por delante, porque tendrás que ir armando la historia según tu criterio, como una especie de rompecabezas.

—Por supuesto, Sebastián —le dije—. Así lo haré. Agradezco tu confianza y que me prestes estos documentos. Y no te preocupes, que los voy a cuidar como un tesoro.

—No es un préstamo, Roberto —me corrigió con otra sonrisa afable—. Es un regalo. Yo no los quiero. Para mí ya cumplieron su misión, y no los voy a necesitar adonde me voy.

Puse la mano encima del sobre de manila, dubitativo.

—¿Estás seguro, Sebastián?

—Seguro.

—¿Y adónde te vas? —pregunté—. Digo…, si se puede saber.

—Aún lo estoy decidiendo —repuso cabizbajo—. Como dije, salgo mañana en la noche del país, primero a Boston, porque tengo varias citas médicas programadas, entre ellas una con un conocido terapeuta colombiano, con quien estudié en la universidad, para ver si me ayuda a digerir lo que he vivido… —el hombre pareció negar discretamente con la cabeza—. Después de eso no lo tengo claro todavía.

Volvió a mirar por los ventanales del comedor, como evocando algo o buscando una sombra en la noche.

—Una vez —recordó—, el jefe de mis captores me hizo un pronóstico: que yo nunca iba a recuperarme de esta experiencia… Que si yo salía con vida de mi retención, nunca la iba a superar…. No sé si es cierto o no, pero lo tengo que intentar.

—Claro que sí —lo traté de animar—. Y lo vas a lograr, Sebastián. Ya verás. Será una cuestión de tiempo, ¿no?

Mi anfitrión esbozó la misma sonrisa triste de antes, y a la vez me miró con el semblante cargado de reminiscencias. Era imposible ignorar que, en otra ocasión, muchos años atrás, habíamos tenido un diálogo similar, flotando en neumáticos sobre las aguas de un río en medio de la selva, con él enunciando un dilema o una dificultad y yo tratando de alentarlo, pintándole un futuro reluciente con final feliz. Me había equivocado por completo en esa oportunidad, y sólo podía anhelar que esta vez fuera distinto.

—No lo sé —se limitó a responder—. Ojalá.

Se pasó los dedos por la cicatriz de la barbilla.

—En cualquier caso —afirmó, cambiando de tono—, estaré en contacto todo el tiempo con Luis Antonio Salcedo y con las autoridades. Resulta que hay mucho cabo suelto en esta investigación, y el principal, como te mencioné, es el paradero del resto de la banda de secuestradores. Sin embargo, he solicitado hacer mis declaraciones desde el exterior. Y el director de la Fiscalía, por razones de seguridad, mientras la Policía persigue y ojalá atrapa a esas personas, ya lo aprobó, pues es el primero en reconocer que me conviene residir un tiempo por fuera.

—Es una excelente idea, Sebastián.

El hombre me examinó, pensativo. Parecía vacilar, como sin saber si debía avanzar y decir lo siguiente.

—Tengo mucho que asimilar, Roberto. Empezando con lo más difícil de todo, y así lo señalo en esos papeles…

—¿Qué es? —pregunté, intrigado.

Hubo otro largo silencio.

—El hecho de que soy un asesino —dijo al fin.

—¿Cómo? —me sobresalté—. ¿De qué hablas, Sebastián?

Entonces mi amigo procedió a contarme cómo se escapó de su cautiverio. Ésa fue la parte de su relato que nos llevó hasta el inicio del amanecer. Seguimos desayunando en la mesa del comedor, analizando la información y dándole vueltas a todo lo que él me había dicho. Su descripción de los hechos confirmaba lo que concluí al colgar el teléfono en mi casa la tarde anterior: que Sebastián estuviera vivo era nada menos que un prodigio. Y al oírlo hablar era evidente que le hacía falta ventilar y desahogar esas experiencias tan duras, pero a la vez saltaba a la vista la tarea tan monumental que él tenía por delante, en cuanto a reparación interna y recuperación emocional y psicológica, porque al revivir los acontecimientos se traslucía lo mucho que le estrujaban el alma.

En ese orden de ideas, recuerdo una pausa en la conversación, mientras disfrutábamos las tajadas de queso y las tostadas con miel del desayuno, sentados los dos solos en esa mesa para una docena de invitados, cuando de pronto Sebastián bebió un sorbo de café, colocó con cuidado la taza en el platillo y me preguntó, claramente interesado:

—¿A ti qué es lo que más te preocupa en la actualidad, Roberto? Mejor dicho, ¿qué te desvela?

Bebí de mi taza yo también, reflexivo. Amanecía en la ciudad, y a través de los cristales del comedor se asomaba una primera luz, gris e incipiente, que invadía lentamente el cielo, trepando a nuestras espaldas por los Cerros Orientales, despejando las tinieblas de la noche sin esfuerzo.

—Bueno, tengo inquietudes —admití—. Como todo el mundo, supongo. Preocupaciones económicas, profesionales, otras relacionadas con el país, acerca de cuándo vamos a dejar la costumbre de matarnos y vivir en paz, con prosperidad y justicia, al igual que tantos países avanzados. Pero si te soy sincero, Sebastián, lo que más me preocupa hoy son temas familiares. Ésas son las cosas que de veras me impiden dormir. La salud de mis hijas, por ejemplo. Y la de mi esposa. Y hasta la mía. Pero no tanto por mí como por el temor de que me pase algo y las deje a ellas solas, a mis hijas huérfanas de padre.

El otro asintió con la cabeza.

—Te entiendo, Roberto. Perfectamente.

—¿Y a ti, Sebastián? —quise saber—. Aparte de esta prueba tan difícil que has vivido, ¿qué es lo que más te quita el sueño?

Mi amigo suspiró profundo.

—Me desvelan temas similares —confesó—, incluidos aquellos relacionados con mi salud y el país. Yo también me pregunto cuándo dejaremos este ciclo de matanzas, y cuándo dejaremos de creer que para acabar con un problema tenemos que acabar con las personas que lo representan. Para muchos en Colombia la muerte no es una tragedia sino una solución.

—Y, sin embargo —anoté—, por lo visto mantienes intacta tu fe en el país. A pesar de todo y de lo que me has contado, no te siento rencoroso o amargado, y ni siquiera pesimista.

Sebastián me dirigió una sonrisa equívoca.

—El pesimismo es un lujo que sólo se dan aquellas personas que no son conscientes, realmente conscientes, de que son mortales, Roberto. Y yo lo soy.

Con eso el ejecutivo acercó la cafetera de plata que humeaba y despedía un aroma exquisito. Nos sirvió a los dos, llenando las tazas, y de repente advertí que su pulso temblaba. Mientras yo preparaba mi café con un chorrito de crema de leche y dos terrones de azúcar morena, él se bebía el suyo puro y sin endulzar, negro y caliente.

—No obstante —continuó—, te puedo decir que lo que más me mortifica, y es lo que más me ha mortificado desde niño, es la culpa. Y ahora ésta me atormenta más —precisó—. Llevo varias noches sin dormir, salvo unas pocas horas, máximo una o dos, y de resto permanezco tendido con los ojos abiertos, jadeando y sudando en la cama, reviviendo una y otra vez lo que hi... lo que pasó durante mi fuga... Mira —extendió la mano abierta, revelando su inocultable temblor—. De ahí mi pulso que de vez en cuando se pone a bailar.

Emitió una risa suave y ligera. Luego hizo un chasquido con los dedos y agitó el índice en un gesto de reprobación, como quien casi olvida algo importante.

—Por cierto, esto me recuerda...

Metió la mano en el bolsillo del pantalón y extrajo un pequeño frasco de plástico color naranja. Medicamentos. Lo abrió y escogió dos pastillas de colores y las ingirió con un sorbo de café.

—¿Sabes, Roberto? —prosiguió—. A veces pienso que la culpa es como una de esas diosas de la Antigüedad que exigían sacrificios terribles, cuya ira divina demandaba satisfacción mediante una ofrenda cruel pero ineludible: las vírgenes más bellas de la aldea que había que arrojar al fuego, o corazones palpitantes que había que arrancar de víctimas vivas, sujetas de espaldas sobre el altar en la cima del templo, con brillantes cuchillos de obsidiana que se alzaban al cielo y se clavaban con fuertes traquidos en el pecho.

Esbozó una sonrisa incierta, como para quitarles gravedad a sus palabras.

—En últimas la culpa siempre reclamará su libra de carne —opinó—. Y es fácil creer que hay que brindarle esa cuota si aspiramos a la expiación, a dormir en paz… Pero ya sé que en eso, justamente, radica su trampa.

El hombre guardó silencio durante unos minutos, el rostro cavilante, con los codos apoyados en el tablero de la mesa y la taza sujeta en ambas manos, muy cerca de su boca. Parecía disfrutar de la calidez de la porcelana y el efluvio del café. El temblor de los dedos había cesado.

—Por suerte existen otras fuerzas en el universo, Roberto. Quizás hay deidades egoístas y vengativas, como la envidia y la culpa, pero hay otras más fecundas y bondadosas, como la caridad y la hospitalidad. La generosidad. Porque mientras que las primeras son perversas e insaciables, y cuanto más consumen más exigen, sin dejar nada a cambio, las segundas retribuyen y ayudan a caminar más erguido, con un poco más de dignidad. Contribuyen a aligerar la carga, a limpiar el alma. Y eso, créeme, no es algo trivial.

Sonrió otra vez de manera esquinada, a lo mejor para matizar lo anterior.

—En todo caso, yo me encargaré de lidiar con las consecuencias de lo que he hecho, y batallaré con la culpa por enésima vez en mi vida y ya veremos quién gana la contienda. Pero en cuanto a lo otro sí necesito tu ayuda, estimado Roberto, y es aquí que pienso que me puedes colaborar.

—Cuenta con ello —respondí, procurando disimular mi desconcierto, ya que se me estaba escapando parte de lo que él me decía y yo no sabía en qué consistía «lo otro»—. En lo que pueda y con el mayor de los gustos, Sebastián. Pero dudo que un profesor e historiador como yo te pueda asistir en mucho.

—Te garantizo que me podrás ayudar más de lo que crees, amigo mío.

Sebastián apuró el último sorbo de café y procedió a apartar las cosas de la mesa. Movió los platos y las tazas y la canasta de las tostadas y la vasija de la miel y la azucarera y la cafetera y la jarrita de plata con la crema de leche y todo lo demás para usar el tablero como si fuera el mapa de una campaña militar.

—¿Recuerdas al comienzo de esta charla que te conté que he tomado una serie de resoluciones inmodificables? Bueno, pues llevo días organizando todo, en el hospital y aquí, y he pasado horas estudiando el tema con los contables y los abogados. Es cierto que aún faltan por definir algunos trámites y detalles importantes, que imagino se irán aclarando en las próximas semanas, pero el armazón de lo que he decidido por fin está listo —él gesticulaba con las manos sobre la superficie de la mesa como si estuviera dibujando los contornos de su proyecto—. Esto me ilusiona, Roberto, y es lo que más deseo hacer en este momento, pero no lo veo factible sin tu cooperación.

—Perdona, Sebastián —reconocí mi perplejidad—. Francamente no entiendo lo que me estás pidiendo. ¿A qué te refieres?

El hombre sonrió ampliamente, con auténtica alegría. La tristeza de unos minutos antes se había desvanecido de sus ojos.

—En primer lugar —anunció, trazando cifras y garabatos con el índice—, voy a regalarles la mitad de Alcásar (el cuarenta y nueve por ciento, para ser exactos) a todos los trabajadores de la empresa. Es decir, desde el presidente de la compañía, que a partir de ahora será Luis Antonio, hasta el más humilde barrendero. Todavía estamos estableciendo los porcentajes, y seguro serán proporcionales al cargo o al sueldo del empleado, pero cada uno recibirá su parte correspondiente, porque para que funcione una firma se requiere el esfuerzo de todos por igual, y sin uno los demás no pueden hacer su trabajo adecuadamente. ¿Acaso crees que yo podría proyectar el futuro de la empresa y ordenar planes de costos o inversión sin mi secretaria, o sin que alguien entre al final del día a limpiar las oficinas, o sin la muchacha de los tintos o los contadores, celadores y mensajeros? Imposible. Cada cual cumple un papel esencial y por eso son todos indispensables. Y de ahí que cada uno vaya a recibir su fracción de la compañía.

—Caramba, Sebastián… ¡Es una gran idea!

—Sí, lo es… No será la primera vez que esto se hace en Colombia, pero creo que es lo más justo y correcto. Y lo más estimulante, desde el punto de vista laboral.

—¿Ya lo saben en Alcásar?

—Aún no. Mañana… qué digo…, hoy iré a las nueve, y voy a reunir a la empresa entera para contarles. Luego al mediodía tengo la rueda de prensa que te comenté, pero eso me da unas dos o tres horas para compartir y celebrar la noticia con todos mis empleados.

—Me alegra mucho, Sebastián.

—Sí, a mí también. En cualquier caso, en los documentos que te llevas hay un resumen detallado de las resoluciones que he tomado en estos días, y ésta encabeza la lista. Y por eso me gustaría que te reunieras con Luis Antonio Salcedo, como una persona ajena a la compañía y en representación mía, para asegurarte de que mi voluntad se cumpla y de que cada trabajador reciba el porcentaje de la empresa que le atañe. ¿Me podrás ayudar con eso, Roberto?

—Desde luego, Sebastián. Con mucho gusto.

—Perfecto. Te lo agradezco en el alma. Bueno… también verás en esos papeles que tengo un proyecto privado de filantropía que vengo adelantando desde hace años, pero sin mi presencia y la de Jaime, quien era la persona que me asistía a ponerlo en marcha, no sé si tiene futuro y me gustaría que tú lo analizaras para ver si se te ocurre alguna forma de mantenerlo vigente. Eso es muy importante, Roberto. Adicionalmente, he dejado un dinero asignado para la familia del celador de la parroquia de Santa Mónica, a quien mataron la noche de mi secuestro, y me gustaría que te ocuparas de este valor para que a esas personas no les falte nada. Y a la vez hay otro fondo considerable apartado para José y Anita, y desde ahora ellos tendrán la tierra y los recursos que deseen, porque ambos me salvaron la vida. Al despedirme les dije que yo me haría cargo de sus finanzas a partir de este momento, y por eso quiero pedirte que te cerciores igualmente de que esa pareja tan generosa y valiente reciba todo lo que se merece.

—Con mucho gusto —repetí, un poco aturdido por lo que estaba oyendo—. Te prometo que así lo haré.

—Gracias, Roberto… De veras lamento molestarte con tantas tareas y más sabiendo lo ocupado que vives, pero te he escogido a ti porque, como puedes ver, hay elevadas sumas de por medio y no confío en nadie más para llevar a cabo estas decisiones.

—Me honras con tus palabras, Sebastián.

El hombre hizo caso omiso de eso con una sonrisa de modestia. Hundió la mano en el otro bolsillo del pantalón y sacó un llavero.

—También te voy a entregar este juego de llaves —afirmó—. Mira… Ésta es la llave que abre el cuarto del fondo de este apartamento, que siempre está cerrado con seguro, y ahí encontrarás toda la documentación de mi proyecto de filantropía que te menciono. Dentro verás los planos y los mapas, y las listas de personas que hemos ayudado, con el número de desembolsos y los montos que hemos entregado y los que están prometidos y pendientes. Yo lo seguiré financiando, claro, pero sólo si tú lo ves viable.

—Naturalmente —respondí—. Haré lo que pueda, Sebastián. Te doy mi palabra.

—Excelente, Roberto —el otro extrajo una llave más grande y me la mostró de manera singular. Esa pieza, comprobé, era más sofisticada y moderna, claramente de seguridad, pues no tenía muescas ni acanaladuras sino cavidades talladas en el vástago—. Y ésta es la llave de este apartamento —dijo—. En los papeles que te llevas hay una copia de la carta que ayer le escribí al administrador del conjunto, autorizando tu ingreso…

—Por supuesto, Sebastián —hice un gesto con la mano para indicar que me hacía cargo de la petición—. ¿Deseas que venga a revisar que todo esté en orden durante tu ausencia?

Descuida que entre mi esposa y yo lo haremos con gusto. Supongo que habrá que regar tus plantas y recoger el correo y pagar los servicios, ¿correcto? ¿Te parece bien que lo hagamos una vez a la semana?

Mi amigo sonrió, casi enternecido.

—Gracias, Roberto, pero no… en realidad no se trata de eso. Tengo otras personas que me pueden ayudar con esas cosas… Lo que quiero es que entres aquí para utilizar este inmueble como mejor te parezca con tus colegas historiadores. Para que aprovechen la biblioteca cuando tú lo desees y cuando ellos lo deseen. Como ves, este apartamento goza de buen espacio y de buena luz, y se me ocurre que aquí podrán leer y trabajar en paz, y hasta coordinar algunos encuentros y reuniones académicas. No quiero que este lugar tan confortable permanezca inútil y clausurado mientras estoy por fuera, que probablemente serán años, y sé que tú le podrás sacar bastante beneficio.

Aquello me dejó estupefacto.

—¿Hablas en serio, Sebastián? —balbuceé sin llegar a creerlo, mirando a mi alrededor—. Pero si éste es tu hogar…

—Te lo juro, Roberto. Me dará mayor placer saber que los volúmenes de mi biblioteca van a ser usados y leídos, y que esta residencia la están empleando personas sabias y pensantes, y que no va a estar todo el tiempo vacía, acumulando polvo y telarañas. Eso sí sería un pesar, ¿no lo crees?

Entonces Sebastián volvió a sonreír. Y en ese momento advertí que esas últimas sonrisas tenían un aspecto diferente a las previas que yo había visto desde que él me había abierto la puerta de su casa, antes del ocaso. Aquéllas habían sido tristes, forzadas o melancólicas, mientras que éstas eran sinceras, anchas y genuinas, y denotaban entusiasmo y alborozo. Le chispeaban los ojos, y se despejó toda huella de cansancio del rostro, y su figura pareció irradiar algo comparable a un cálido resplandor. Normalmente lo cortés sería declinar semejante ofrecimiento, pero este caballero se veía tan feliz de brindar y prestar su vivienda que sentí que lo descortés, paradójicamente, sería rechazarlo.

—Claro que sí, Sebastián —consentí gratificado—. Te lo agradezco en nombre mío y el de mis colegas. Y no te preocupes, que trataremos tus libros y tu propiedad con todo el cuidado del mundo.

Mi amigo hizo otra vez el mismo gesto anterior, quitándole importancia o trascendencia al asunto.

Nos estrechamos con fuerza la mano por encima del tablero de madera, como sellando un pacto secreto o un trato de honor, al igual que lo habíamos hecho de niños flotando en el río Sumapaz, y con eso parecía concluida la velada. Afuera se notaba, a través de los grandes ventanales de la sala, que seguía amaneciendo muy despacio, y la luz dorada de la mañana empezaba a invadir y a bañar la ciudad de Bogotá con la promesa de un nuevo día. Dentro de unas pocas horas, recordé, comenzaría la última jornada de Sebastián antes de marcharse del país, con su apretada agenda de citas, entrevistas y compromisos, de modo que ya era momento de irme.

Nos levantamos de la mesa del comedor y caminamos hacia el vestíbulo de la entrada para despedirnos. Yo llevaba las llaves en mi bolsillo y el bulto de papeles bajo el brazo.

—Gracias por tu tiempo, estimado Roberto —dijo mi anfitrión, afable y gentil, apoyando una mano en mi hombro—. Te lo agradezco de todo corazón.

—Ha sido un placer, Sebastián —declaré con una sonrisa de aprecio—. Y te garantizo que el agradecido soy yo.

Llegamos a la salida del apartamento. Sin embargo, mi amigo había reservado lo mejor para el final y lo que siguió me dejó sin palabras. Mientras él abría la gruesa puerta de caoba y se aseguraba de que no había nadie en el corredor que nos pudiera escuchar —hacía horas que los dos guardaespaldas habían bajado al primer piso del edificio—, de pronto añadió algo inesperado. Yo me estaba apartando un segundo para pulsar el botón de bajada del ascensor, cuando escuché su voz a mis espaldas.

—Y tú también serás rico, Roberto —susurró.

Frené en seco.

—¿Perdón?

Sebastián sonrió con calidez y me palpó el rostro, afectuoso.

—He instruido al banco que te consigne una suma importante —explicó con sencillez—, para que la disfrutes como quieras.

—Pero ¿qué dices? —quedé boquiabierto, sin saber a qué se refería—. Estás loco, Sebastián. Yo no te puedo aceptar eso.

—Quiero que lo pienses —afirmó, mirándome con esa expresión, como alguna vez la describió Luis Antonio Salcedo, de una franqueza demoledora, apretándome el hombro con el mismo gesto varonil que había tenido conmigo antes y en el Teatro Colón—, pues me harías un gran favor si lo hicieras. Ya todo está organizado. Yo no tengo familia, como sabes, y sé que esa fortuna te podrá cambiar la vida para bien. Por desgracia, Roberto, yo no puedo eliminar todas tus inquietudes, empezando con tus preocupaciones profesionales y de salud. Pero a lo mejor sí te puedo ayudar con las económicas, y me harías feliz si me permitieras brindarte esa posibilidad. Además, te la mereces como nadie, ya que tu bondad, amistad y lealtad son cualidades que valoro mucho y ninguna de las personas que están vivas ahora me las ha conferido tanto como tú.

El ejecutivo se sonrojó y se tocó la punta de la nariz con el puño de la mano, como excusándose por verbalizar aquello en voz alta.

—Lo que te quiero comunicar —remató, cortés y prudente— es que me complacería darte ese obsequio, Roberto, si me lo permites.

—No sé qué decirte, Sebastián. Me has dejado mudo.

El otro sonrió dichoso, como si el beneficiario del regalo fuera él y no yo.

—Te lo dije cuando entraste aquí —anotó con un guiño de broma—. Que teníamos varias cosas que celebrar, y ésta era una de ellas.

Los dos reímos suavemente.

Nos dimos un fuerte abrazo en la puerta, y él, otra vez, hizo una ligera mueca de dolor a causa de las heridas en el hombro y en las costillas. Traté de pedirle disculpas de nuevo, pero él lo descartó con el semblante risueño y cordial. Y cuando intenté reiterarle las gracias por el regalo que me acababa de ofrecer, a mí y a mi familia, lo borró con otro ademán sencillo, como si no tuviera la menor importancia.

—Bueno, estaremos en contacto, mi querido amigo. Te lo prometo. Y ojalá te guste lo que leas en esos papeles —concluyó, señalando el sobre de manila bajo mi brazo—. Todo lo que necesitas saber está ahí.

—Estoy seguro que sí —musité, todavía atónito—. Sin duda me va a servir mucho.

—Adiós, Roberto.

—Adiós, Sebastián.

Entonces el hombre hizo una amable señal de despedida con la mano y cerró discretamente la puerta de su hogar.

Yo permanecí anonadado en el corredor, asombrado con todo lo que acababa de pasar y con todo de lo que me acababa de enterar. Sólo en ese momento me percaté de lo que había dicho Sebastián al comienzo de la charla y que era cierto: había sonado música a lo largo de la reunión, y a través de la puerta de madera yo podía escuchar la melodía que seguía sonando en el interior del apartamento. Ahí dentro se queda solo mi amigo, pensé, acompañado de sus traumas y sus demonios.

Di unos pasos por el suelo de granito negro, poco menos que abrumado. Me detuve pensativo frente al amplio ventanal del corredor que había divisado al llegar. Desde esa altura del edificio se apreciaba la gran extensión de la ciudad, que había cambiado y crecido tanto desde los años de mi infancia. Afuera la luz del día ya dominaba la capital, y ésta se removía con la gente saliendo de sus casas, yendo al trabajo, desplazándose en buses y autos por calles y avenidas, que en breve estarían congestionadas y densas de tráfico. Toqué los cristales suavemente con las yemas de mis dedos. Estaban helados. Y de pronto entendí. Vi las cosas con claridad. Y me pareció significativo que la primera pregunta que Sebastián me hizo en el Teatro Colón —de modo casual, por cierto—, después de tantos años sin vernos y mientras nos acomodábamos en las sillas del palco para escuchar la *Novena sinfonía* de Ludwig van Beethoven, era que si yo veía bien. Porque ahora, al cabo de estos meses y después de todo lo que había ocurrido, yo estaba viendo bien, efectivamente. Y vislumbré, o creí vislumbrar, por qué la historia de Sebastián era relevante y válida de ser contada.

Es la gente, él había dicho. Lo que salva a este país. Y tenía razón. Porque cada uno es el resultado de sus circunstancias, me dije, evocando las palabras de José Ortega y Gasset, y cada uno actúa según su conciencia y de acuerdo a sus talentos y posibilidades. Pero llega un momento en la vida de todo ciudadano cuando éste se tiene que preguntar si va a contribuir a salvar al país o si va a contribuir a destruirlo. En el fondo y al final de todo, no era más complejo que eso.

Miré por la ventana, observando con cariño la vasta urbe de cemento, y exhalé un vaho con la boca y vi cómo el cristal se empañaba, obstruyendo la vista. Sin embargo, comprendí, lo anterior no significa que cada persona debe actuar como un héroe, ni le corresponde solucionar las muchas crisis de la nación. Un país no lo salva un solo individuo y menos con un solo acto valeroso, grandioso y espectacular. Eso únicamente sucede en las religiones y en las películas. Lo van salvando, todos los días, millones de compatriotas mediante decisiones pequeñas y limpias, modestas y decentes. Es un arduo proceso cotidiano y colectivo que no termina nunca. Por eso, cada vez que un ciudadano actúa en ese sentido está reafirmando su decisión de hacer, en la medida de sus opciones y capacidades, lo que puede por defender el país, aunque no sea consciente de ello, aunque jamás se lo plantee en esos términos y aunque nunca se proponga, en forma deliberada e intencional, rescatar a la nación. Así, cada vez que un juez rehúsa un soborno, y cada vez que un estudiante se sienta bajo el poste del alumbrado público para leer porque carece de luz en su casa, y cada vez que una joven opta por sacar las mejores calificaciones que puede, y cada día que un campesino labra su cultivo, y en cada ocasión que un muchacho se niega a formar parte de una pandilla criminal o resiste la presión de matricularse en una escuela de sicarios, todos ellos están contribuyendo, desde su orilla y con un acto esencial, a salvar al país. Como la niña que todas las mañanas atraviesa un río turbulento mediante una soga de la que se aferra con las manos, con las aguas rugientes embistiéndole la cintura, mojándole la ropa y sacudiéndole las piernas, para ir a la escuela. Y cada vez que un conductor deja pasar a otro en la vía, y se detiene con respeto ante el semáforo en rojo y espera su turno; y cada vez que un ciudadano paga sus impuestos o se mete la mano en el bolsillo en busca de una limosna para el mendigo de la calle; y cada vez que un enfermero pasa el paño por una frente afiebrada o baña con la esponja al paciente inválido; y cada vez que un padre corrige a su hijo con amor en vez de acudir al cinturón; y cada vez que el barrendero limpia la acera con su escoba o el basurero recoge la caneca y la desocupa en la parte trasera del camión; todos están aportando su grano de arena de ese día, haciendo lo que pueden, seguramente sin proponérselo, por fortalecer a la nación y alejarla del abismo. Porque aquellos actos pequeños y seguidos, multiplicados por millones similares, son los que van llevando al país a un mejor lugar, apartándolo del caos, de la desunión, del borde del precipicio. Pero también es cierta la otra cara de esa moneda. Porque cada vez que alguien comete un delito, una infracción, un abuso o un atropello, está contribuyendo a arruinar, deshacer y desmantelar aquel mismo país. Así, cada vez que un político compra un voto, y un marido golpea a su mujer, y un narco empaca un kilo, y un sicario acepta un mandado, y un concejal recibe un billete, y un guerrillero entierra una quiebrapata, y un para engrasa su motosierra, y un periodista publica una mentira y un policía empuña su bolillo con malicia, aunque no lo sepan ni lo piensen de tal manera, están causando un daño que va más allá de ese delito particular; están empujando el país al barranco, ayudando a debilitar el tejido social. Porque en este tema, como sucede a menudo en la vida, el número importa. Y mientras haya más de unos que de otros esa mayoría irá ganando. Y en Colombia la mayoría que hasta ahora ha prevalecido es la que aporta, salva y protege; la que se manifiesta a diario, discreta y tenaz y solidaria y en silencio, aunque pocas veces se reconozca. De modo que Sebastián tenía razón, concluí. Así era el país: sufrido y, sin embargo, generoso. Y en ese momento noté que el vaho de mi aliento se había desvanecido y a través del cristal se veía perfecto el panorama: la ciudad, vasta y extendida, reluciente en los primeros minutos del amanecer.

Al cabo me aparté del ventanal y presioné el botón negro del ascensor. Y, mientras descendía a la planta baja, no resistí las ganas y abrí el voluminoso sobre de manila que tenía en mis manos. Había una carpeta negra con los documentos que Sebastián me había mencionado —la lista detallada de sus resoluciones, la carta al administrador del conjunto, la relación de su proyecto de filantropía, etcétera—, y lo otro eran más de quinientas hojas escritas a lápiz, en una letra cursiva, fina y legible, la misma que yo había comprobado de niño en sus cuadernos del Liceo Americano. Vi que algunas habían sido dobladas y arrugadas y aplanadas de nuevo, y para mi estupor vi que otras lucían manchadas de un color parduzco, que deduje eran rastros de sangre seca. Entonces leí la primera frase:

Ella tenía razón: siempre me han intrigado los hechos casuales...

No pude leer más porque el ascensor se detuvo con un tope, se abrió la puerta corredera y salí al vestíbulo del primer piso. Allí me recibieron dos escoltas que me condujeron a la entrada principal del edificio, cruzamos el patio delantero del conjunto y ambos se despidieron cuando alcanzamos la caseta de la portería. Ya no estaban los periodistas del día anterior. Seguramente aparecerían más tarde, especulé, o esperarían a Sebastián en su oficina de Alcásar para escuchar la rueda de prensa programada para el mediodía.

A pesar del cansancio lo que más me apetecía era llegar a mi casa para seguir leyendo los papeles de mi amigo, pero preferí caminar un poco primero a fin de despejar mi mente y recapacitar acerca de todo lo que acababa de pasar. Le di los buenos días al vigilante que me abrió el portón de hierro pintado de negro, y me detuve un segundo en la acera, sin saber qué dirección tomar. Qué casualidad, reflexioné. ¿Derecha o izquierda? Sonreí con pesar, pues recordé lo que Sebastián me acababa de relatar a grandes rasgos; lo que le sucedió al huir de la casa donde lo tenían retenido. Había poca gente en la calle, así que empecé a caminar y noté, deslumbrado, que era una de las mañanas más hermosas que yo había visto en Bogotá. El aire frío del amanecer se veía limpio y cristalino, y la luz parecía nueva, fresca y recién creada. Sin estrenar.

Visibilidad ilimitada, en efecto.

Con seguridad va a ser un día espléndido, me dije.

Entonces sonreí otra vez para mis adentros, porque entendí que Sebastián tenía razón en algo más, algo importante, y era la suerte y el prodigio de estar vivos. Sin ir más lejos, pensé, ni su padre, ni su madre, ni su esposa, ni su mejor amigo, ni tres de sus secuestradores, ni el celador, ni su guardaespaldas estaban ahí para hacer algo tan sencillo como lo que yo estaba haciendo en ese momento, que era gozar del privilegio de caminar por la ciudad durante una mañana preciosa. Porque basta un parpadeo, entreví, dar un paso en falso en un sentido u otro, el descuido de un instante y subirte al auto o bajarte del tren un segundo antes o después, para dejar de estarlo. Y tomar conciencia de lo vulnerables que somos, reconocer que el hecho más pequeño y trivial puede desatar reverberaciones trascendentales, para bien o para mal, es también tomar conciencia de la fragilidad y de la precariedad de la existencia. Y eso lleva a apreciar el milagro que es estar con vida.

Así que apreté el bulto de papeles bajo mi brazo y seguí andando, pasando, minutos después, frente a la iglesia de Santa Mónica, sin saber que, al día siguiente, luego de leer sin interrupción durante horas, yo descubriría las páginas donde mi amigo describe su secuestro que ocurrió justo detrás de esa capilla. Continué mi trayecto por la carrera Séptima, avanzando sin rumbo fijo y admirando como nunca el paisaje a mi alrededor. Dejé escapar un suspiro de alivio y gratitud, y alcé la vista para examinar el cielo azul, libre de nubes. Entonces me subí el cuello de la chaqueta para protegerme del frío y proseguí mi camino, pensando, con ilusión, que en un pequeño rincón de esta urbe inmensa me aguardaban mi esposa y mis hijas, y la calidez de mi hogar.

No obstante, mientras caminaba, lo que resonaba en mi mente eran las palabras iniciales del manuscrito de Sebastián y su referencia a los hechos casuales. Aquella suma de sucesos mínimos y fortuitos, encadenados por la suerte y el azar, que me habían traído hasta aquí. Y quizás el primero de éstos fue sentarme junto a un muchacho en la banca de un bus escolar, cuando éramos apenas unos niños, porque no había otro puesto vacante aquel día de la excursión del colegio. Y gracias a ese acto espontáneo y de apariencia menor e insignificante, yo estaba ahora, décadas después, cavilando sobre mi amistad con Sebastián Sarmiento, y me encontraba en las primeras horas de la mañana transitando por la acera sin gente de la carrera Séptima, a la sombra de los Cerros Orientales.

De golpe me detuve, y durante un tiempo permanecí quieto en mi sitio. Me sentí a gusto en mitad de la acera, contemplando aquellos cerros altos y verdes que custodian la capital. Yo había visto esas montañas macizas toda mi vida, pero creo que sólo hasta esa mañana de cielos azules las observé de verdad, con detenimiento, y me sentí en paz conmigo mismo, deslumbrado por su grandeza y belleza. Me esperaba un largo trabajo por delante, como había dicho Sebastián, pero yo tenía ganas de empezar cuanto antes, de modo que sujeté el bulto de papeles en mis manos y seguí caminando hacia mi casa, amparado por aquellos cerros hermosos que rodean la ciudad de Bogotá, que la escudan y abrigan sin falta, igual a un abrazo protector.

20 de octubre de 2021

Índice